乾嘉文学思想研究
（1736-1820）

A Study on the Literal Thought of Qianlong and Jiaqing
（1736-1820）

张昊苏　著

中国社会科学出版社

图书在版编目（CIP）数据

乾嘉文学思想研究：1736—1820 / 张昊苏著 . —北京：中国社会科学出版社，2022.8
ISBN 978 - 7 - 5227 - 0435 - 7

Ⅰ.①乾… Ⅱ.①张… Ⅲ.①中国文学—古代文学史—文学史研究—1736 - 1820 Ⅳ.①I209.49

中国版本图书馆 CIP 数据核字（2022）第 117879 号

出 版 人	赵剑英
责任编辑	安　芳
责任校对	张爱华
责任印制	李寡寡

出　　版	中国社会科学出版社
社　　址	北京鼓楼西大街甲 158 号
邮　　编	100720
网　　址	http://www.csspw.cn
发 行 部	010 - 84083685
门 市 部	010 - 84029450
经　　销	新华书店及其他书店
印　　刷	北京君升印刷有限公司
装　　订	廊坊市广阳区广增装订厂
版　　次	2022 年 8 月第 1 版
印　　次	2022 年 8 月第 1 次印刷
开　　本	710×1000　1/16
印　　张	28
字　　数	391 千字
定　　价	156.00 元

凡购买中国社会科学出版社图书，如有质量问题请与本社营销中心联系调换
电话：010 - 84083683
版权所有　侵权必究

出 版 说 明

为进一步加大对哲学社会科学领域青年人才扶持力度，促进优秀青年学者更快更好成长，国家社科基金2019年起设立博士论文出版项目，重点资助学术基础扎实、具有创新意识和发展潜力的青年学者。每年评选一次。2021年经组织申报、专家评审、社会公示，评选出第三批博士论文项目。按照"统一标识、统一封面、统一版式、统一标准"的总体要求，现予出版，以飨读者。

全国哲学社会科学工作办公室
2022年

顶天立地　跬步可阶

——《乾嘉文学思想研究（1736—1820）》序

昊苏的著作付梓，定稿余得先睹。几年来，虽曾数度翻阅，亦不乏彼此切磋、推敲，但重览全璧，仍难禁喜悦与兴奋。

十年前，昊苏进入文学院，不久即崭露头角。从本科到硕士，屡获殊荣。既有全国范围的"国学"大赛的金榜龙头，也有刊发到《文史哲》《文献》等重要期刊的独立论文，以及多种学术性著述，甚至还荣膺运动健将的称号。其间，南开文学院有两位学业卓荦的少年才俊，师生戏称"两神童"。一位是张元昕，连续跳级，硕士师从叶嘉莹先生，现在获哈佛全额奖学金攻读博士。另一位便是张昊苏，博士毕业，因其突出的成绩被破格留校，任教于本学院。

今昊苏邀我作序，我头脑中当即跳出了"顶天立地，跬步可阶"八个字，自以为作为题目，实在恰切。

所谓"顶天立地"，首先是与昊苏从学之路、知识结构有关。昊苏硕士的专业是中国古典文献学，师从杨洪升，余亦从旁协助。博士则继续在我门下，方向则是中国文学思想史，主攻清代。硕士阶段的文献学训练，为昊苏打下了扎实的基础。而博士的方向调整，则使他的学术视野、理论思维更上了一个层次。而这两个方面，都在本书的写作中得到了体现。

讨论乾嘉文学思想，《红楼梦》是一个绕不过去的问题。特别是

"红学"中的脂批话题,更是烟云模糊,荆棘丛生。脂砚斋的真实身份,脂砚斋与畸笏叟的关系,脂批与创作的关系,相关的《枣窗闲笔》的真伪,等等,百年间几乎都成了乱麻一般的死结或半死结。大多数学者,包括本人在内,对此都是尽可能不去正面接触,免得陷入泥沼。昊苏则不然。他在酝酿思想史选题的同时,就开始梳理这一系列疑难。而由于扎实的文献辨析能力和缜密、透辟的逻辑思维,一两年间陆续得出了不少可贵的见解,其成果在学术界也产生了一定的影响。他所做的很多类似"打地基"的工作,无疑是构建文学思想史的坚实的基础。

涉及《红楼梦》,除了基本文献的问题,对作品的整体认识也是聚讼纷纭。索隐与考证的所谓"旧红学"与"新红学"之间的战火延烧了一个世纪,仍无熄灭的征兆。而这个问题的背后则牵涉到文学创作论的若干根本性话题。对此,昊苏同样是迎难而上。他站在文学史的高处,用长时段的眼光,来看待、辨析问题的本质。对于叙事文学自我指涉的边界,作家自身经历、社会环境与文学、文化的血脉传承等,都有独到的见解。其间,既要面对巨人般的学界前贤,还要关注 e 时代的新锐新说。通过多方面的切磋、磨砺,不仅使他"一朝物格",而且提升了自身的理论、思辨水平。这些,同样在面前这部著作中灼然可见。

乾嘉时代的文学思想,当然不限于叙事文学。对于诗坛文苑,本书同样新见多多。如沈德潜,过去一般的看法多停留在"格调说",甚或"御用"的层面。昊苏把有清一代汉族士人的心态作为大背景,把乾隆朝文化政策作切入点,梳理沈德潜的交游与仕宦经历,从而发掘作品的潜在内涵,对其文学思想作出了更全面更深入的评判。

在本书的绪论部分,昊苏谈到了他对文学思想史研究方法论的思考。中国文学思想史作为一个学科方向,罗宗强先生的开创之功得到了学界的高度评价。他的《隋唐五代文学思想史》等著作也成为后学继武的范式。罗先生晚年写作《明代文学思想史》时,我曾和他有过几次方法论的探讨。主要是如何处理大小传统的同异、离合关系。这既涉及研究路径的设计，也关联写作体例的安排。可以说，宋代以下，特别是元明清三代，这都是治文学思想史无法回避的棘手问题。对此，昊苏也有自己的思考，自己的探索。览本书绪论当可见其苦心孤诣。

正是从这个意义上，我想到了"顶天立地"四个字。天者，开阔的视野，通透的理论思辨；地者，扎实的材料，缜密的文献功夫。不是说其人其书已然，而是说其规模，其堂庑隐然可见此意。虎未成文，气吞全牛也。

此外，昊苏笃志于学，甚少旁骛。稻粱之谋，几不挂心。能有今天的成绩，是与他融学术与生命为一体的志趣密切相关的。提出"顶天立地"四个字，有期许义，亦有期待义。靡不有初鲜克有终，一个大写的人才能顶天立地，一个"咬定青山不放松"的人才能实遂光晔。有鉴于此，遂于四字之后，又续四字，曰"跬步可阶"。

积跬步，至千里，终能顶天立地——是昊苏众师友之热望。

不必速成，然必可期，其谁曰不然！

陈　洪
虎年春季于南开园

摘 要

本书运用罗宗强先生开创的文学思想史研究方法,对"乾嘉文学思想"展开专门研究,希望对乾嘉文学思潮、士人心态乃至时代风貌有所发明。

本书分为以下几部分:

第一章,绪论。主要包括对文学思想史研究方法的综述与反思,特别注意探讨在乾嘉文学思想研究中运用这一角度的学术价值。本书在方法上对罗宗强范式的改良。对乾嘉文学思想研究情况的综述。本书研究的范围、框架、思路。

第二章,简要概括乾嘉时期的文化政策、思想学术史、文学活动等内容。本章勾勒的简要框架,是此下数章专题性论述的基本依据。

第三章,主要探讨政治力量与文学思想的关系。乾嘉时代,特别是乾隆朝,以"稽古右文"为世所艳称,文化贡献不可抹杀;但社会也处在文字狱和"官学"的阴影之下,帝王专制对学术、思想、文学、心态均有压抑,使士人闭口钳舌。然而,即使是体制内的知识人,甚至是在官方性的写作中,也常常或显或隐地透露出与主流意识形态的疏离感。不遇之士则"变音"尤甚。

第四章,主要讨论乾嘉考据学与文学思想的关系。区别于文人、学人合一的倾向,乾嘉以"朴学"为"主流",考据学者对辞章多有贬斥。这一学术倾向投射到文学领域,则引起了学、文的分离,使创作倾向、批评理论均有相应的演化。这个时期大盛的义理考据辞章之讨论，代表了朴学家与理学家、辞章家的区隔，隐然成为数十年后文史哲"学术现代化"分科的理论资源。

第五章，主要讨论追求个性解放与艺术精致的文学思想倾向。任何一个时代的文学家，都必有其创作追求。乾嘉时代固然有讲求规范的创作理论，但文人所接受的主流思潮则是发扬性灵，彰显才情。更具体地说，这些观念直接地接续了晚明的传统，包括士人（主要是江南）的生活方式、文学创作心态和思想观念等，均成为晚明的延续，并在某些问题上走得更远。

第六章，主要讨论叙事文学展现的文学思想命题。乾嘉时期同时是叙事文学的高峰，"六大名著"独占其二，其他小说也各有优长。故单独立章，以文体为中心探讨叙事文学在乾嘉时期对文学思想的特殊贡献。创作中出现的"自传性"现象、文体兼容的"集大成"现象及文言叙事文学的文体新变，均证明这一时期叙事文学创作思想上的特殊性。

关键词： 乾嘉　文学思想　官学　考据学　叙事文学

Abstract

This book uses the research method of the history of literary thoughts initiated by Luo Zongqiang to conduct a special study on the literary thoughts of Qianlong and Jiaqing periods (1736 – 1820), hoping to make some inventions on Qianjia's literary thoughts, intellectuals' mentality and even the style of The Times. The book is divided into the following parts:

Chapter one, The introduction. It mainly includes: summarizing and reflecting on the research methods of the history of literary thoughts, paying special attention to the discussion, applying the academic value of this Angle in the research of literary thoughts of Qianjia, and improving Luo Zongqiang's paradigm in the method.

Chapter two, summarizes the cultural policy, ideological and academic history, literary activities and other contents of Qianjia period. The brief framework outlined in this chapter is the basic basis for the thematic discussion of the following chapters.

Chapter three, the relationship between political power and literary thought. In the Qianjia era, especially in the Qianlong Dynasty, "Jiguyouwen" was the most charming, and cultural contributions could not be erased. However, the society was also under the shadow of literary purgatory and "iperical academic", and the imperial autocracy suppressed academic, ideological, literary and mental state, which made the scholars shut their mouths and tongues. However, even the intellectuals in the system, even in the official writing, often reveal a sense of alienation from the mainstream ideology either explicitly or implicitly. People you don't meet are especially likely to "change their voice".

Chapter four, the relationship between Qianjia's textual research and literary thought. Different from the tendency of the combination of literati and scholar, this era regarded textual science as the mainstream, and textual scholars mostly criticized the lexis. The projection of this academic tendency to the field of literature caused the separation of learning and literature, and the corresponding evolution of creative tendency and critical theory. During this period, the discussion on the lexicon of textual argumentation was very prosperous which represented the division between the Textual scholar and neo – confucianists, and became the theoretical resources of the "academic modernization" of literature, history and philosophy decades later.

Chapter five, the literary ideological tendency of pursuing individual liberation and artistic refinement. Writers of any age must have their creative pursuits. In Qianjia era, there was no doubt the creation theory of standardization, but the main trend of thought accepted by the literati was to carry forward the spirit and show the talent. To be more specific, these ideas directly continued the tradition of the Late Ming Dynasty, including the way of life of scholars (mainly jiangnan), the mentality of literary creation and ideas, etc., all became the continuation of the Late Ming Dynasty, and went further in some issues.

Chapter six, the literary thought proposition presented by narrative literature. At the same time, the Period of Qianjia was the peak of narrative literature, the "six famous novels" dominated the other two, and other novels also had their own advantages. Therefore, this chapter focuses on the special contribution of narrative literature to literary thought in Qianjia period. The phenomenon of "autobiography", the phenomenon of "integration" and the new style of classical Chinese narrative literature all prove the particularity of narrative literature in this period.

Key Words: Qianlong and Jiaqing; literal thought; imperial academic; textual criticism; narrative literature

目　　录

第一章　绪论 …………………………………………………（1）
  第一节　文学思想史研究的基本方法 …………………………（1）
    一　文学思想史研究综述 ………………………………………（1）
    二　何为"文学"？何为"文学思想"？
    　　——立足于清代文学的考察 ………………………………（5）
    三　何以"文学思想史"？………………………………………（14）
  第二节　乾嘉文学思想研究综述 ………………………………（21）
    一　乾嘉文学与文学思想史料略述 ……………………………（21）
    二　乾嘉时期文学史、思想史、学术史研究综述 ……………（27）
  第三节　范围、框架、思路 ……………………………………（30）
    一　关于"乾嘉" …………………………………………………（30）
    二　基本框架与主要思路 ………………………………………（35）

第二章　乾嘉文学思想展开的背景 …………………………（38）
  第一节　乾嘉历史与文化政策 …………………………………（38）
  第二节　乾嘉时期的思想史、学术史概况 ……………………（48）
  第三节　乾嘉文学概述（上）：流派概述
    　　（附理论批评）………………………………………………（60）
  第四节　乾嘉文学概述（下）：历时性考察 …………………（70）

第三章　政治压抑下的文学思潮 (84)
　　第一节　御制文学、科举制度、台阁文艺 (85)
　　第二节　官方修书与文体正变 (123)
　　第三节　盛世中的变音 (147)

第四章　朴学背景下的创作转向 (193)
　　第一节　"学人"与"文人"、"考据"与"辞章"
　　　　　　之争 (194)
　　第二节　从推重学养到逞才炫博 (221)

第五章　个性解放与艺术的精致 (246)
　　第一节　晚明的潜流 (247)
　　第二节　两种精致化追求的离合 (275)
　　第三节　女性观念与女性文学的变化 (291)

第六章　叙事文学中的文学思想新貌 (319)
　　第一节　自寓、自况向自传性的进发 (320)
　　第二节　集大成与雅文学化 (350)
　　第三节　文言叙事文学的体制创新 (375)

结语：何以乾嘉？ (395)

参考文献 (398)

索引 (419)

后记 (425)

Contents

Chapter 1 Introduction ……………………………………… (1)
  Section 1 The Basic Method of the Study of Literary
           Thought ……………………………………………… (1)
    1. Research Review of Literary Thought ……………………… (1)
    2. What is Literature? What is Literature Thought? A Study
       Based on Qing Literature …………………………………… (5)
    3. What is "the History of Literary Thought"? ……………… (14)
  Section 2 Research Review of the Literal Thought of Qianlong
           and Jiaqing ………………………………………… (21)
    1. A Brief Introduction to the Literature of this Period ……… (21)
    2. A Research Summary: History of Literature, History of
       Thought and Academic History in Qianjia Period ………… (27)
  Section 3 Scope, Structure and Ideas …………………………… (30)
    1. About Qianjia Period ……………………………………… (30)
    2. Basic Structure and Main Ideas ………………………… (35)

**Chapter 2 The Background of Qianjia Period Literary
          Thoughts** ……………………………………………… (38)
  Section 1 Historical Events and Cultural Policy ……………… (38)
  Section 2 Intellectual History and Academic History ………… (48)

Section 3　A Brief Introduction of Qianjia Literature（Ⅰ）:
　　　　　　Major Schools and Theoretical Criticism ……… (60)
Section 4　A Brief Introduction of Qianjia Literature（Ⅱ）:
　　　　　　A Diachronic Investigation ……………………… (70)

Chapter 3　The Relationship Between Politics and Literary Thought ……………………………………………… (84)
Section 1　The Emperor's Writings, The Imperial Examination
　　　　　　System and Taige Literature ……………………… (85)
Section 2　The Official Bookmaking and Stylistic
　　　　　　Standards …………………………………………… (123)
Section 3　Dissident Literature in the Age of Prosperity …… (147)

Chapter 4　Textual Research and New Phenomena of Literature ……………………………………………… (193)
Section 1　Controversy: Scholars and Writers, Textual
　　　　　　Research and Literature …………………………… (194)
Section 2　From Studying to Ostentation …………………… (221)

Chapter 5　Liberation of Individuality and Refinement of Literature ……………………………………………… (246)
Section 1　The Undercurrent of the Late Ming Dynasty ……… (247)
Section 2　Two Delicate Ways of Creating …………………… (275)
Section 3　The New Change of Feminine Thought and Feminine
　　　　　　Literature …………………………………………… (291)

Chapter 6　A New View of Literary Thought in Narrative Literature ……………………………………………… (319)
Section 1　From Self-reference to Autobiographical ………… (320)

Section 2　Novel: Epitome with Elegant Style ……………… (350)
Section 3　New Creation Phenomenons of Classical Novels … (375)

Conclusion: What Is Qianjia Period? ………………………… (395)

References ………………………………………………… (398)

Index ………………………………………………………… (419)

Postcript ……………………………………………………… (425)

第一章 绪论

第一节 文学思想史研究的基本方法

一 文学思想史研究综述

本书名为"乾嘉文学思想研究",初名"乾嘉文学思想史略",顾名思义即运用文学思想史方法,对乾嘉时期的众多文学思想现象展开研究。写作的体例是立足于专题分析的史体,与学位论文的特点亦相适合。

文学思想史是一种较为独特而有效的研究方法,系由罗宗强(为行文方便,本书中凡称学者之名,均不系"先生""教授"等敬辞,特此说明。)于20世纪80年代首先系统使用,迄今已得到学界广泛认可。用此方法研究清代文学者,成果尚属罕见;而系统研究乾嘉文学思想史者则尚付阙如。通过这一角度切入乾嘉文学的研究,可以揭示一些新问题,而这些问题的解决,也可能为文学思想史研究,补充新的案例。这即是本选题的学术意义所在。

有感于中国文学批评史研究方法长于专人研究和范畴研究,但短于复归历史语境与历史脉络的局限性,罗宗强开创了系统的文学思想史研究工作,并通过几部极有影响力的专书专史撰写,规定了其研究对象、研究范围和研究目的,使文学思想史成为一门具有独立性的学科。至今该学科仍在南开大学文学院建有博士授权点,罗门高弟张毅、张峰屹均为此学科方向之中坚。另一罗门翘楚左东岭则在首都师范大学建立有中国文学思想史研究中心，允为文学思想研究的另一重镇，在理论反思和具体研究中均有颇多建树。

约言之，"文学思想"是区别于"文学批评"（实际研究中往往即"文学理论"的代名词）而生的一种研究范畴，特点是更加注重文学创作实际、思想潮流与理论批评多方面的会通。对此间的关联，其实可以参考中国古代"哲学"与"思想"研究的分歧，如葛兆光在《中国思想史·导论》中就有相当深入的理论反思，对本《绪论》的话题颇有启发意义。[①]

此外，学界亦往往有命名为"文学思想史"的著作[②]，但多数注重理论批评而较少结合文学创作实际，故实际上与文学批评史并无本质区别，只是命名习惯不同而已。还有一些著作研究"文学思潮"，大致亦是在文学思想史——文学史之间摇摆，异同互见。本《绪论》的讨论，以罗宗强（及其同人、弟子）的研究方法和研究范围为核心标准，此外仅酌情提及比较重要且方法近似的相关研究。

1982年罗宗强《隋代文学思想平议》[③]一文的发表标志着"文学思想"研究的发轫，1986年罗著《隋唐五代文学思想史》[④]的印行则代表了文学思想史研究的奠基。

在此之后，相关研究已星火燎原，即就文学思想断代史来说，几乎笼括中国历史的主要朝代。仅就专史专书论，似乎亦已经为数不少。

先秦时期虽有文学作品，但是否有独立的"文学思想"则一向

---

① 葛兆光：《中国思想史·导论》，复旦大学出版社2001年版。
② 类似命名著作如：青木正儿《中国文学思想史纲》，山西人民出版社2015年版；敏泽《中国文学思想史》，湖南教育出版社2004年版。
③ 罗宗强：《隋代文学思想平议》，《古代文学理论研究丛刊》第7辑，上海古籍出版社1982年版。
④ 罗宗强：《隋唐五代文学思想史》，上海古籍出版社1986年版；中华书局1999、2003、2006年版。

有所争议，故迄无专史。① 近年来，沈立岩《先秦文学思想史研究之反思》② 等文章对本问题有深入的思辨与讨论。

两汉时期，有许结《汉代文学思想史》③；张峰屹《西汉文学思想史》④《东汉文学思想史》⑤；

魏晋南北朝时期，有罗宗强《魏晋南北朝文学思想史》⑥、雷炳锋《北朝文学思想史》⑦；

隋唐五代，有罗宗强《隋唐五代文学思想史》⑧；

宋元二代，有张毅《宋代文学思想史》⑨《宋元文艺思想史》⑩；刘畅《宋代文学思想史》⑪；

明代，有罗宗强《明代文学思想史》⑫；左东岭《明代文学思想

---

① 周卫东：《先秦儒家文学思想研究》，博士学位论文，南开大学，2001年。导师为陈洪。
② 沈立岩：《先秦文学思想史研究之反思》，《文学与文化》2018年第2期。
③ 许结：《汉代文学思想史》，南京大学出版社1990年版；人民文学出版社2010年版。尽管许结与罗宗强似乎并无直接的学缘关系，但该书的《序言》中明确说明自己是受到罗宗强的影响而从事这一研究。
④ 张峰屹：《西汉文学思想史》，南开大学出版社2001年版；台湾商务印书馆2013年版。
⑤ 张峰屹：《东汉文学思想史》，上海古籍出版社2021年版。
⑥ 罗宗强：《魏晋南北朝文学思想史》，中华书局2006年版。此外罗宗强还指导了学位论文。卢盛江：《魏晋玄学与文学思想》，博士学位论文，南开大学，1989年。
⑦ 雷炳锋：《北朝文学思想史》，博士学位论文，南开大学，2012年。其博士导师为张峰屹。
⑧ 相关研究还有李从军《唐代文学思想史》，博士学位论文，山东大学，1985年。承山东大学杜泽逊先生赐告，作者在论文答辩时明确声明受到了《隋唐五代文学思想史》的影响。就其答辩时间看，应该是先阅读了罗宗强的相关论文。李从军的论文后以《唐代文学演变史》之名刊行，人民文学出版社1993、2006年版。
⑨ 张毅：《宋代文学思想史》，中华书局2006、2016年版。
⑩ 张毅：《宋元文艺思想史》，中华书局2019年版。
⑪ 刘畅：《宋代文学思想史》，湖南教育出版社2004年版。
⑫ 罗宗强：《明代文学思想史》，中华书局2013年版。

研究》①《李贽与晚明文学思想》② 等，此外还有罗宗强指导的多篇学位论文③；

清代，目前并无文学思想专史，但已有陈洪《论清初文学思想的异趋与同归（上）》④《论清代顺康之际文坛的娱世闲情风尚》⑤，李瑞山《道光时期的文学思想》⑥ 等专题论文，罗宗强⑦、陈洪⑧等亦指导过相关的博士学位论文。

此外，对文学思想史学科的理论论述和重要研究还见于罗宗强《罗宗强古代文学思想论集》⑨ 等著作，前引各位作者的相关专题论文及其指导的学位论文等。

就如上的简明勾勒，易于发现先秦、辽金元、清代、近代，尽管间有研讨，但迄无打通一代的文学思想史研究。其中，清代文学思想由于展现了大量重要命题，又历时较久，未有专书系统研究允称一大遗憾。2016 年以来，南开大学文学院计划填补相关学术空

---

① 左东岭：《明代文学思想研究》，商务印书馆 2013 年版。
② 左东岭：《李贽与晚明文学思想》，天津人民出版社 1997 年版；人民文学出版社 2010 年版。
③ 主要有：饶龙隼《明代隆庆、万历间文学思想转变研究》（1994）、孙学堂《王世贞与十六世纪文学复古思想》（2000）、贾宗普《公安派文学思想研究》（2003）、李瑄《明遗民心态与文学思想研究》（2004）等。这些均系南开大学博士学位论文。
④ 陈洪：《论清初文学思想的异趋与同归（上）》，《南开学报》（哲学社会科学版）2004 年第 2 期。
⑤ 陈洪：《论清代顺康之际文坛的娱世闲情风尚》，《文学与文化》2018 年第 4 期。
⑥ 李瑞山：《道光时期的文学思想》，载南开大学中国语言文学系编《文学语言学论集》，南开大学出版社 1999 年版。
⑦ 主要有：黄河《王士禛与清初诗歌思想》（1999）、邬烈波《钱谦益心态与文学思想研究》（2003）等。这些均系南开大学博士学位论文。
⑧ 主要有：黄果泉《李渔的文化人格和文学思想》（2000）、刘敬《清初士人"逃禅"现象及其对文学之影响研究》（2015）等。这些均系南开大学博士学位论文。
⑨ 罗宗强：《罗宗强古代文学思想论集》，汕头大学出版社 1999 年版。

白,整合多卷本《中国文学思想通史》①,其中由业师陈洪先生主持《清代文学思想史》的撰写工作。《清代文学思想史》的分工是:明清之际与顺康雍部分由陈洪撰写,乾嘉部分由张昊苏撰写,道咸同光宣部分由李瑞山撰写。本书《乾嘉文学思想研究》,即《清代文学思想史·乾嘉编》的一部分草稿和基础性研究,故指导思想、基本体例均与《清代文学思想史》保持同步,由于同时属笔者的博士论文,故也保留了若干师心自用之见以俟增删。

二 何为"文学"? 何为"文学思想"?——立足于清代文学的考察

由于经历了"古典学术现代化"的进程,学科建制及畛域间存在不少名实相离的问题,研究应追求"还原"抑"建构"素存张力。这在文学思想史研究中也有相当多的讨论。立足于现有的古代文学学科范畴,罗宗强在为张毅《宋代文学思想史》作的序中,对文学思想史研究的基本对象、学科边界等问题均有着极精到的说明:

> 极简略地说,文学思想就是人们对于文学的看法。文学的特质是什么?它是功利的还是非功利的?它在社会生活中应占有什么样的位置,扮演什么样的角色?它应该是个什么样的面貌(体裁的探索、风格韵味情趣的追求等等),应该如何构成这个面貌(方法与技巧的选择、修辞与声律的运用等等)?它的承传关系是什么(应该接受哪些和摒弃或者改造哪些传统,文学传统上的是是非非等等)?它应该如何发展?对诸如此类的问题的种种看法,都属于文学思想史所要研究的范围。

---

① 目前收入中华书局《中国文学思想通史》丛书并正式出版的有罗宗强《魏晋南北朝文学思想史》《隋唐五代文学思想史》《明代文学思想史》及张毅《宋代文学思想史》。

文学思想史不仅要研究个人的文学思想，而且要研究文学思想潮流。有时候，一种文学思想倾向成为一股不可阻拦的力量，推动着一个时期文学的发展。这在历史上是可以举出无数例子来的。建安时期以文学抒泄个人情怀，追求风骨，成为一时风尚；梁、陈的宫体诗风；明代诗坛的复古风尚，明清之际的才子佳人小说创作热，都是人所共知的例子。在这些形成一时风尚的创作倾向背后，是什么样的共同的文学思想支配着，正是文学思想史所要着重研究的内容。

文学思想史不仅要研究左右一代的文学思想潮流，而且还要研究不同文学流派的文学思想。在中国文学思想史上，我们可以看到一种很有意思的现象，这就是：在文学发展的初期，文学思想的发展趋向较为单一，而越到后来，便越向多元发展，在同一个社会经济文化背景里，产生着不同流派的文学思想。这同样可以举出许多的例子。例如，同是中唐，就有基本倾向完全不同的元、白诗派与韩、孟诗派。这两个诗派，在看待文学的特质、功能上，在审美情趣的好尚上，在技巧的追求上，都是完全相左的。何以产生这类现象，应该给予怎样的解释与评价，这正是文学思想史所特别关注的问题。

文学思想史还要研究文学思想的地域色彩问题。在中国文学思想史上，有过这样的现象：出生于同一个地域或者活动于同一个地域的作家，往往在创作倾向上相近或相似，如何解释这种现象，文学思想史也必须作出回答。①

……

文学思想史的研究对象显然比文学理论批评史更为广泛。文学理论与批评当然反映了文学思想，是文学思想史研究的主要对象。但是，文学思想除了反映在文学批评与文学理论中之

---

① 罗宗强：《序》，载张毅《宋代文学思想史》，中华书局2016年版，序第1—2页。

外，它大量的是反映在文学创作里。有的时期，理论与批评可能相对沉寂，而文学思想的新潮流却是异常活跃的。如果只研究文学批评与理论，而不从文学创作的发展趋向研究文学思想，我们可能就会把极其重要的文学思想的发展段落忽略了。同样的道理，有的文学家可能没有或很少文学理论的表述，而他的创作所反映的文学思想却是异常重要的。这样的例子在中国文学思想史上为数不少。①

……

要之，同是涉及文学创作，文学史更注重文学创作的全貌，而文学思想史则只注意那些反映出文学思想共同倾向的部分。

即使涉及同样的作品，文学史与文学思想史的着眼点也往往是不同的。文学史分析的是作品本身；而文学思想史则是通过作品追寻其文学思想，它是属于更为内在的层次。与此有关，文学史往往较为详细地介绍作者的生平遭际（对大作家尤其如此），以便更为全面与深刻地分析他的作品。而文学思想史则极少这样作，除非他生平的某一重要经历对于他文学思想的转变有重大影响。

当然，更为主要的区别，是文学思想史不仅涉及创作实际，而且大量涉及文学批评与文学理论。而这两个方面，在大多数的文学史著作里，是被忽略或者是被放在次要地位上的。而从总体风貌上看，文学思想史较之文学史，必然更富思辨色彩，更具理论素质。②

应该说，通过以上的论述，在当代的古代文学学科中确定"中国文学思想史"这一研究的基本范式，并与一般的中国文学发展史、中国文学批评史研究相区别，似乎无甚剩义。尽管不少学

---

① 罗宗强：《序》，载张毅《宋代文学思想史》，序第3页。
② 罗宗强：《序》，载张毅《宋代文学思想史》，序第6页。

者在此基础上展开了更具体的理论发微①、改良②乃至批评③，但绝大多数集中于具体研究方法的细化，故并未在本质上超越罗宗强的论述。

但是，如果我们首先经过一番学术史的回溯，特别是立足于清代文学的角度来展开观察，则可以看出，在"文学"学科本身存在不稳定性的情况下，文学思想史研究也实受其波及，而有未尽确切之处。

最为关键的问题首先在于，古代无今天意义上的"文学"学科，而古典目录学中类似之"集部""文章""诗文评"等缺乏严格的学理意义，并不是与现代（或云西方）"文学"概念等价的定义。尽管近年来文体学等新的学术增长点④，对传统集部之学的研究日臻深入，可称填补了不少研究空白，但就文学学科本身来说，收入"集部"或"别集"的多数作品，本身很难简单理解为今天意义上的文学作品，文章学、文体学研究与散文研究也自有差异，这些内容很难直接照搬入现在的文学史书写中。⑤ 在笔者看来，"大文学"或"杂文学"至少在客观上正在

---

① 代表研究如张毅《罗宗强先生的中国文学思想史研究》，《阴山学刊》2002年第4期。
② 代表研究如左东岭《中国文学思想史研究方法的再思考》，《中国人民大学学报》2014年第4期。
③ 代表研究如卫云亮：《罗宗强〈魏晋南北朝文学思想史〉写作得失之检视》，《太原理工大学学报》（社会科学版）2013年第5期；彭树欣：《历史还原：理论与实践的尴尬——兼评罗宗强先生的文学思想史的写法》，《社会科学论坛》2007年第3期等。李明等学者对彭树欣等的相关批评作了有益的回应。李明：《"历史还原"与"效果历史"——罗宗强文学思想史研究中的"纯文学"观念》，《天中学刊》2014年第4期。在笔者看来，其中涉及的某些批评实际并非仅是文学思想史研究范式的问题，而可能是当下文学史研究的"先天不足"。
④ 吴承学的代表作《中国古代文体形态研究》（中山大学出版社2000年版）及在其领导下建立的中山大学文体学研究中心，在这方面颇有贡献。
⑤ 主要原因可能是，集部与经、史、子部，或辞章与义理、考据之学，其对应互补关系相对较清楚，但这种关系无法简单平移到现代学科体系中。

起到解构现有文学观念与文学学科的作用[1],同时也并不会由此导向传统的集部研究。现有学科体系下文学研究中看重的文学作品,不少在传统知识体系内被分在经、史、子三部,也难以被集部之学所涵摄。故从根本上说,这是两种知识体系的碰撞,而现代知识体系目前还只能是"文学的"而非"集部的"。因此,作为一种学科的建制,当下普遍接受的"文学"本身是一个后设性极强、却又暂时无法摆脱的概念,用以回溯古代文学实存凿枘。方东树(1772—1851)《书林扬觯》谓:"世有今古,述作之体亦不一,必执后世所习见者以讥古人,谬矣"[2],正是相当具有普适性的论断。故在此古今差异的基础上谈"历史还原",除却历史研究本身在材料上所具有的局限性以外,还别存若干先天不足。[3] 然而从另一方面来说,随着文体、观念的变化而重定伦类,也自有其理据。两方面的碰撞与反思当然颇为必要,但短期内也许只能各适其适,难以得出总结性的答案。

更具体地说,目前中国古代文学史研究者所惯于接受之"文学四体"框架,即诗歌、散文、小说、戏曲,与中国传统之文学颇有不能兼容之处。特别是现代西方之"文学"(literature)长期用来指代具虚构和想象性质的作品,这与中国文学主流传统有一定扞格。[4]

---

[1] 此盖即《文史通义·经解上》的"六经不言经,三传不言传,犹人各有我而不容我其我也。依经而有传,对人而有我,是经传人我之名,起于势之不得已,而非其质本尔也"。章学诚撰、叶瑛校注:《文史通义校注》,中华书局 2014 年标点本,第 110 页。

[2] 方东树:《书林扬觯》,华东师范大学出版社 2015 年标点本,第 6 页。

[3] 此外,从认识论的角度,追求有精确性的"还原"几乎是不可能的。如欧布里德(Eubulides)的"连锁悖论"指出的那样,在日常生活中很难清楚地定义出质变的分界点。更详细的讨论可以参考基斯·范迪姆特《不确定之美:给模糊的赞歌》,北京时代华文书局 2016 年版。

[4] 不过,乔纳森·卡勒业已指出,"1800 年之前,literature 这个词和它在其他欧洲语言中相似的词指的是'著作'或者'书本知识'"(乔纳森·卡勒:《文学理论》,辽宁教育出版社 1998 年版,第 21 页)。这似乎可与《论语》中的"文学"形成某种形式的呼应。可见,对文学的研究,亦不过是一种"一代有一代之学术",文学研究既已成为西方现代意义上的 literature 之对文,当代学者似乎无法也无须过度纠缠于名相问题了。

不过从另一面来说，至少在明清时期的文学来说，又已经相当程度上接近于现代的文学观念，故在"学术现代化"进程中没有体现出明显的隔膜。若简单目为"后设"，也未免过于率易。换言之，目前的古代文学研究似乎更接近一种中西文学观念的杂糅。作为一种学科的定义，也许还需要更深入的研讨。

"散文"之与"文体学"的关系，前已稍论之，这里不妨再略举小说为证——历代涉及"小说"的相关论述，与"小说"这种文学式样间的关系颇为复杂，且又涉及文言、白话两体之纠缠，其名实关系前贤论之颇备①，无须重谈。而在文学思想史研究中，这实际上是一个尚未被真正触及的问题。因白话小说的发达、并在文体上近似于现代小说，就其大端而言，仅是明清两代之事；而若论及文学思想、观念，则时间更短。故此前的文学思想史著作，相对来说不甚需要对这些问题给出更详细的清理。比如，罗宗强的《隋唐五代文学思想史》虽设单章，但篇幅却甚短，与一节略同②；张毅的《宋代文学思想史》，只在南宋后期有一节篇幅涉及小说③。罗宗强的《明代文学思想史》，章节设计稍为详细，有不少专章讨论小说，但依然认为"在文学思想发展过程中，小说文体所反映的文学思想观念是相对独立的一个系统"④。可见，小说思想虽"雅俗共赏"，但在撰写文学思想史的实际操作中，使之与诗文有比较清楚的界限，是一种令人习以为常的写法。只是，若研讨清代文学思想，则此类问题殊难跳过。就通常归为"近代"的清代最后七十年（1840—1911），已经明显地展现出古今、中西文学的争胜与融合。"没有晚

---

① 如陈洪师《中国小说理论史》（安徽文艺出版社 1992 年版；天津人民出版社 2006 年版）就有颇为通透的论断，即用瓶、酒之喻来解释小说的名实错位。谭帆的"语义源流考"系列研究也展现出名实问题的复杂性。谭帆：《中国古代小说文体文法术语考释》，上海古籍出版社 2013 年版。

② 见该书第九章"小说观念的形成"。

③ 见该书第六章第四节"小说观念的变革和市民文艺思潮"。

④ 罗宗强：《明代文学思想史》，第 305 页。

清，何来五四"一类的说法正在尝试挖掘晚清文学中"被压抑的现代性"。而上溯这"现代性"之所由，则必然引发对此前文学的重新省思。而这广义的"近代"（或曰"近世"），则至少包括整个清朝。

因此，包括"小说"本身的定义与范围；白话小说与文言小说、戏曲传奇等文体的关系；通俗文学与诗文的交错关系等，均系这一时期文学思想的重要话题，而且似乎绝难绕过。更具体地说，清代文学暗示了、甚至已经明显表现出了古今"文学"的内在矛盾冲突，即恰好处在传统集部之学（或"文学"？）与现代文学概念的中点。因此，清代文学思想的特殊性质，导致其在中国文学思想通史的研究中也具有相应的特殊地位，有"古代文学"学科固有立场所不能完全融摄之处。

目前来说，"文学思想史"讨论的应该是文学的思想；而"文学"的定义，则相当程度上依托于现有的文学学科建制、文学史框架和文学观念，即汉文[①]书写的叙事文学与抒情文学，具体来说包括诗歌（诗、词、散曲等）、文言文（古文、骈文等）、小说（文言、白话）、戏曲（主要为其中的案头部分，表演性文本不在其内）及相关的理论批评和鉴赏、研究之作。更严格地定义的话，还应该在这些文本中适当剥离出那些并非文学本位的内容，如社交应酬而乏文学性的诗文，及单纯保存资料而无见解的诗文评等。即对文学思想作相对狭义的界定，以便于展开初步的研究。当然，在本书的适当位置，及未来的深入研究中，不会局限于此；但就文学思想史研究范式的旨趣来看，以上述思路排定主次似乎并无不妥。

尽管在中国古代文学研究中，对何为"文学思想"有相当丰富

---

① 事实上，就清代来说，满、蒙、藏语文学与汉文学均有交融之处。比如，顺治朝以来"满汉合璧""满蒙合璧"著作的刊印，及汉文经史、小说、戏曲等被翻译成满、蒙文字。康熙帝对"国书"的论述，对当时音韵学研究者乃至一般文人均有启发。乾隆帝本人亦兼擅多种语言，并用满文创作诗歌，其诗也曾被翻译为满文，均值得加以更深入的梳理研究。但这些问题更为复杂，故只好暂时搁置了。

的讨论,但就理论深度而言,笔者尚未见到能够超越罗宗强论述的成果。在现当代文学研究领域,对文学思想问题的争议,虽未必尽适用于古代文学学科,却可提供一定的借鉴因子。其中一个重要的命题在于,文学思想研究如何在文学史和思想史两极之间保持适度的张力与相对的平衡。

这里可以参考的是 20 世纪 80 年代开始的"文学史还是思想史"之争[1],即在现当代文学研究中是否应该提倡"思想史热"等"非文学"研究倾向。温儒敏、赵宪章等学者认为首先要区分文学思想与非文学思想,文学研究作为一种学科建制,必须以文学自身及其审美价值作为根本立足点。[2] 贺照田反驳说,目前的文学史研究缺乏将"文学"与"史"打通的能力,故思想史转向是为了更好地把握文学课题。[3] 双方争议的一个重点议题即"左翼文学"与"纯文学"之争。按照"回到文学自身"的观点,以审美为主要评价标准,则"左翼文学"的文学价值相当有限。然陈演池指出这一立场"无法对左翼文学进行有效、恰切的历史理解和美学分析,从而导致了对整个新文学传统脱离历史脉络的理解"[4]。

尽管面对的具体问题与牵涉的学术史语境不同,但其中的隐含内核却与本书涉及的讨论颇有近似之处,即在具体研究中,个体研究者的立场和观念无疑会受到当下学科建制和主流观念的规训,故不仅仅是一个简单的学术问题。限于篇幅,这里很难给出全面的评价。本书既然一定程度上是从属于中国文学思想史范式的

---

[1] 以下的描述参考了陈演池《文学观念和学术规范的歧路:回顾"文学史还是思想史"之争》的观点与引用篇目。陈文载:《第六届全国中文学科博士生学术论坛论文集》,广州:中山大学中文系主办,2017 年 9 月,第 200—216 页。

[2] 参见温儒敏《思想史能否取代文学史》,《中华读书报》2001 年 10 月 31 日第 10 版。赵宪章:《也谈思想史与文学史》,《中华读书报》2001 年 11 月 28 日第 10 版。

[3] 参见贺照田《文学史与思想史》,《郑州大学学报》2003 年第 6 期。

[4] 陈演池:《文学观念和学术规范的歧路:回顾"文学史还是思想史"之争》,第 207 页。还可参洪子诚《问题与方法:中国当代文学史研究讲稿》,生活·读书·新知三联书店 2015 年版,第 163—166 页。

"常态研究"(库恩语),那么在基本立场上应该接受古代文学科建制的基本观念。秉持这一立场,也与博士论文所能处理问题的有限性密切相关。但在具体研究中,也会根据前揭的讨论尝试适当的变通。

就本书所聚焦的问题来说,在清代文学思想史研究中,如何全面认识本时期雅/俗的会通与差异,也需要再作发微。至晚在唐代,诗文理论就已有较明显的分野,但雅俗文学的差异性更加明显。如果说此前雅/俗文学的作者和目标读者具有明显差异的话,那么这个视角可能不尽适用于清代文学研究——俗文学的雅化是本时期文学创作、思想的一大主潮。以白话文书写的通俗作品,其精神却与诗文经史之雅文学越发同流,使不同文体在大思潮下表现出某种同质性。① 就这一角度来看,会通性研究颇为重要,但既有成果的探索还微嫌不足。

当然,雅俗文学除却文体不同外,还存在各自的创作现象与理论命题,放大两者的同质性而忽视其差异性,同样也会导致很多局限。通俗文学——雅文学;叙事文学——抒情文学之间,乃至各种文体之间,实际均存在相当不同的发展历程、理论命题和创作倾向。因此,各自独立的讨论同样具有必要性。如何在会通的基础上保持独立性,并且在"史"的叙事与研究中加以统合?应该说,就现有文学思想史研究来说,还需要再做努力,争取在断代通史中进一步理顺雅俗文学关系。尽管罗宗强的《明代文学思想史》中已经尝试兼摄雅文学与通俗文学两方面,但其行文重点仍

---

① 事实上,"雅文学""俗文学"只是相当粗略的划分,而且在相当多的场合,实际上等同于"文言文学"与"白话文学"。尽管在绝大多数情况下可以认为,文言为"雅"而白话为"俗",但考虑到作者的文学品味、价值取向与文本传播、接受的历程,情况实更复杂些。比如,从审美趣味和艺术水准来看,文言写成的《杜骗新书》就远不及白话小说《儒林外史》《红楼梦》为"雅"。再如,案头化的戏曲似乎可以看作"雅文学",而实际演出的商业性剧作似乎可目为"俗文学",这里也并非文言、白话的差别,而是一种随着传播效果、接受理念不断变化的即时性判分。本书涉及雅俗文学讨论的,也只是沿用旧说的大致轮廓,并非高度严格的定义。

在雅文学方面，而且并没有系统讨论两种文学之间的影响互渗、差别及分野。① 这其中当然有多方面的原因，但涉及清代文学思想史的研究，则已属难以绕过的"元问题"。换句话说，如果撰写清代文学思想史，那么必须是雅俗文学兼摄的文学思想史，而不应是"清代诗文思想史"与"清代小说戏曲思想史"之类的简单相加。故而，尽管本书是遵循罗宗强的基本学术方法和体例框架的"常态研究"，但同样有必须解决的特殊问题，故必须用一种稍区别于罗著的方法和体例展开研究。

陈洪在设计《清代文学思想史》体例时，对罗宗强的写法有所调整，采用一横一纵的章节设置方法。即在大框架上按照划分阶段，按照时间顺序展开论述，与此前的文学思想史著作保持一致。但在每个阶段，则更清晰地标明上、下二编。上编注重会通，侧重于展示这一时期文学思想的普遍现象；下编则加强分体，侧重于不同文体内部所体现的思想风潮。这样，可以将创作实际与理论批评；总体面貌与分体脉络加以多维度的展示。本书作为《清代文学思想史》乾嘉部分的阶段性研究，即大致采取这一思路探讨问题、安排结构，但并不明标上、下二编，以为折中，表示对罗宗强文学思想史编纂范式的延续性。

三 何以"文学思想史"？

文学思想史得以作为一种研究范式而成立，至少要在方法论上关注如下的几个角度，即文学、思想、史。

首先说"文学"。

在罗宗强以前所风行的文学批评史的研究，往往易展现出对文

---

① 说详张昊苏《试论〈明代文学思想史〉小说思想书写的学术意义——兼及其对清代文学思想史书写的启示》，纪念罗宗强先生逝世一周年暨明代文学思想史研究会议，上海大学文学院主办，2021年8月。

学批评"道统"建设的热忱。以精英为核心，寻找传统批评的高峰，并在现有框架中研究批评理论的突破，自然是一种稳定生产成果的良好途径，但作为"史"来讲，甚至只是对若干精英的"录鬼簿"，其研究的可开掘性只会日衰。随着几部厚重的《中国文学史》《中国文学批评史》的刊印与传播，边缘学者与次要命题所占据的比重日益增大，这足以说明范式的固化与"道统"的内部封闭性。[①] 文学思想史研究无疑是对这一学科局限性的有力反拨，即从研究视角而非研究对象上开发新的空间。

在小说研究中，由于"名著研究"本身的局限，陈大康《明代小说史》[②] 在小说的刊印、传播等方面多有开掘，其"史"的意味愈显深厚，并展示了文学史的另一种写法。作为学科跨度更远的参照物，葛兆光的《中国思想史》[③] 尝试反拨通常意义上中国哲学史的研究方案，不失为看待文学批评史、文学思想史关系的一个对照组。其史著虽颇富争议，其思路却甚能启迪。葛兆光希望通过提升对一般常识、知识、信仰、思想的考察，以更好地认识一般民众的常识世界，并探讨"常识世界"与"高级思想"的关系，从而反思系谱重建的一般性问题。[④] 应该说，这种注重回归历史语境，并看重思潮代表性的研究思路（尽管遭到不少质疑、批判），与文学思想史有可互相发明之处——在文学创作中，尽管有异军突起之高峰，但从更大程度上来说，个人天才也多受到其历史背景的制约，文学思想史应该相对更多地探讨整体性的思潮背景。艺术审美是个人性的，但同时也是社会性的——尤其是在文学之社会功用日增、传播影响

---

① 参见葛兆光《思想史讲录续编》，生活·读书·新知三联书店 2012 年版，第 58—59 页。
② 陈大康：《明代小说史》，人民文学出版社 2007 年版。
③ 葛兆光：《中国思想史》，复旦大学出版社 2001 年版。
④ 这实际上是在区隔"哲学史"与"思想史"（包括"知识史""观念史"等）的畛域。类似的问题也出现在文学史—文学思想史的研究中。

日广的大背景下。① 特别是，在清代文学思想史上，一个重要的新命题即雅俗文学的关系问题。很大程度上，其间类似于葛兆光所说"常识世界"与"高级思想"的关系。此前的文学思想史书写中，这种情况并不明显，原因是"常识世界"代表的俗文学尚相对来说不具气候，其"文学"性质或审美价值明显薄弱，故侧重于诗文研究乃是价值判断的应有之义——区别于可能更中性的"书写""文本"研究，目前之"文学"概念及学科建制无疑具备一定的价值预设。不过，明代通俗文学纵然仍可稍加鄙薄（实际上"四大奇书"已经相当有分量了）②，但到了清代（尤其是考虑到清代 1644—1911 年作为"长时段"的历史连续性），就不得不正视这一问题的重要性。按照传统文学观念来说，诗文雅言乃是正道，小说戏曲则难以入流；但今天的文学史则并无这种厚此薄彼之偏见。且具体到本书所讨论的乾嘉时期，小说通俗文学成就臻抵高峰，但诗词创作却殊乏堪与并论的巨匠，主流诗坛、文坛更未免有萎苶不振之倾向。③ 因此，这一时期的文学思想史研究，将通俗文学置于大致等同于雅文学的层面（至少在篇幅上这样处理），似乎并不会有什么争议。

---

① 作为注脚，格林布拉特（Stephen Greenblatt）认为"艺术作品，不管个人的创作才能和私欲如何给它们打上明显的印记，都是集体协商和交流的产物"（见戴联斌《从书籍史到阅读史：阅读史研究力量与方法》，新星出版社 2017 年版，第 46 页），而古代文学领域中，陈洪师运用"互文"视角研究作品的文化血脉，亦是极有启发性的论述。参见陈洪《从"林下"进入文本深处——〈红楼梦〉的互文解读》，《文学与文化》2013 年第 3 期。

② 陈文新认为，"晚明精英文人的白话小说经典意识最终凝结为'四大奇书'这一划时代的常用术语，其诗文趣味与白话小说趣味的重合之处越来越多，白话小说已毋庸置疑地取代了诗文的主导地位。对于明代文学主导文体的重新确认，有助于深化文学史和相关学术史的研究。"此类对"主导地位"的讨论，还有很多可深思玩索之处。陈文新：《明代文学主导文体的重新确认》，《上海师范大学学报》（哲学社会科学版）2018 年第 1 期。

③ 这里的"相对较低"，乃指学术界（或一般文学史著作）往往认为清代诗文成就明显低于唐宋，而乾嘉时期诗文创作在清代也很难算是高峰。

然而，另一多少有些吊诡的现象是，需要有大量篇幅处理乾嘉时期的通俗文学，根本原因是《红楼梦》等长篇小说名著的出现。高扬通俗文学地位的背后，仍然不免于对"名著"的重视。这里所考虑的，并非当时文学观念的一般常识（在整个古代社会，无疑诗文一直是创作的主流），而是一种后设的、合乎当下文学史认识的"经典"观念。① 也就是说，仅依照葛兆光的"思想"定义来进行文学思想史的探讨（这里且不论其在思想史研究中是否一路畅通），则同样会遇到不少难以解决之处。其核心问题在于文学思想史乃至文学史研究的价值取向上。通过反思何为文学，则何为文学思想史也就从而得到解决。或者说，明确标举"文学"本身的后设性。此类问题是笔者研究时所悬之鹄的，但未必均能在此论文中给出良好的答案。

再来略说"思想"。

前文已屡次提及"文学"作为学科本身的后设性，换句话说也就是先天具有价值取向。目前的文学史侧重关注精英的书写艺术，并未将一般意义的书写全部纳入文学范畴，因此对低水平重复的文本已有拒斥（因为并非"文学"），而以名家名著和重点流派为核心展开研究更是其应有之义。然而，过去对文学史、文学批评史，乃至对名著的一般性研究，多集中于孤立的探讨，而对其背后的文化背景和文学环境有所忽视。因此文学思想史的第一任务则是拨正这一倾向，将"点"的研究扩充为"面"的研究。而且，"面"的研究并不是若干"点"的简单相加，而是需要在认识论上有所突破，甚至应一定程度上参考观念史的研究方法，即"无论是普遍观念转

---

① 这里的"经典"乃指一种文学史意义上的典范。笔者认为："对作家作品的文学接受必然会随时代风气、文学观念的变化而异，但文学史评价应该有相对客观的标准。其题材、技法的创新，对于读者来言可能是具时效性的，但对文学史家来说则应该有更长久的价值，古典小说可能在技法上已被现代小说所全盘超越，但其在文学发展史上所起到的作用却无可取代，这是其成为文学史'典范'的核心理由。"张昊苏：《"金庸学"卮言：一种与红学的对视》，《文学与文化》2019 年第 2 期。

化为社会行动，还是社会行动反过来改变普遍观念，都可以通过表达有关观念的关键词的意义分析和使用次数统计来证实"①。这就需要将"遥读"和"细读"相结合。但在笔者处理的乾嘉时期，目前这一领域几乎尚属空白，文献资料丰富但研究相对匮乏，方法论上也有若干问题，故实际上存在不少困难。而本书作为笔者的博士学位论文，受制于修业年限和个人学力等问题，所能处理的内容也有限度，即使是成为修订后的《清代文学思想史》的一部分，限于各种原因可能也很难真正解决这一问题。因此，笔者目前的研究一定程度上需要依托现有的范式资源，并同时接受其中的不足之处，这是应当坦率承认的客观现实。

高翔在《近代的初曙：18世纪中国观念变迁与社会发展》②一书的"导论"中自言所从事者乃"观念文化史"的研究，并将观念与思想二词作了一定的区分。不过，高翔所谓的"观念"更切近于文学思想史研究中的"思想"；而其所谓"思想"更近乎"理论"方面。尽管不同学科、不同学者的遣词容有差异，但提倡将系统理论研究与时代群体精神的考察融合为一，则具有内在的一致性。具体到本课题的研究中，便是区别于以往的文学批评史研究。前文已经引及罗宗强等文学思想史研究者对相关方法、理论的说明，这里要顺带指出的是，文学思想史在目前学科架构中是处于古代文学史下位的专门史研究，因此新时代的文学思想史研究，无疑也不能忽略对何为文学史的相关讨论。事实上，鉴于"文学批评史"一度为独立于古代文学研究的独立学科，且今通行的各种文学史著作对于文学批评、文学思想相关内容都所言较略，故文学思想史研究的意义则更显得重要。

---

① 金观涛、刘青峰：《观念史研究：中国现代重要政治术语的形成》，法律出版社2009年版，第453页。
② 高翔：《近代的初曙：18世纪中国观念变迁与社会发展》，故宫出版社2013年版。

同时，文学思想史也许还可以理解为是思想史的一部分。在此之前，包弼德的《斯文：唐宋思想的转型》①尝试用文学史的脉络来解读思想史，是颇有新意的尝试。尽管文学思想史处理的主要是文学方面的思想问题，但鉴于这些思想并不独立于时代精神与社会观念，故客观上也很可能成为思想史的重要文本。如袁枚的"性灵"说就不仅仅是一种文学趣味，作为思想亦有其独到之处。② 思想史的脉络对文学思想研究也会有所启发，对于重要的文学思想家，必须理解其思想、心态及其文化来源，方能真正理解其文学思想的意旨。故思想史与文学思想史的两方互参也当然很重要。

　　区别于人所熟知的"哲学史"，葛兆光在讨论"思想史"时指出，应淡化精英与经典的地位，而在扩大史料范围（纳入目录、蒙学、历书文物、日记、信札、书画、公文等材料）尝试探讨一般生活中的思想。亦即，旨在探讨"知识仓库"及基于此的社会和共识，因之大量低水平重复的内容（共时、历时皆有）成为重要的关注对象，而思想史研究本身就应接纳杂乱无序的描述。葛兆光还提及了"创造性思想"与"妥协性思想"的问题③，如果将此说法借鉴入文学领域的话，似乎可以看出传统诗文领域虽有新变，但总体上言是"妥协性思想"占据主导地位；而通俗小说领域的"创造性思想"较多，但明确以理论形式总结者也不多。

　　由此可见，作为有限度的反拨，"史"的反思则尤为重要。即通过历史脉络来重新把握这一时期的文学思想。本书虽名为"研究"，然背后实亦蕴含有"史"的意识。

---

　① 包弼德：《斯文：唐宋思想的转型》，江苏人民出版社2001年版。
　② 意识及此的学者已甚多，但多数研究还不足以很好地在思想史框架中解释袁枚思想的特殊价值与影响力。类似的现象也发生在《红楼梦》思想观念的研究和评价中。
　③ 葛兆光：《思想史研究课堂讲录》，生活·读书·新知三联书店2012年版，第292—310页。

在传统学术的研究中提及"史",无疑首先:应以"实录"为第一原则。其次,则追求对来龙去脉的解读、解释,用更时髦的话说即"建立系谱"。但是,今天的历史学理论早已说明,"实录"或"还原历史"本身是无法企及的,而建立的系谱亦往往是依据当下资源所做的追认。所谓"道统"之类的理论性建构,则更只是一种书写,并将随时代的迁移而在相当程度上失去其意义,对此劳思光有相当重要的论述。① 本书以"史"为论旨,在行文上亦规摹文学思想史的既有范式,简单说即以叙述为主,在此基础上适当参以议论。但并不以具体作家、作品、流派为专题论述对象,而是注重于专题性的文学现象与思想观念,并试图绅绎不同文体、不同流派之间的共性。故此处的"史",更多地乃是注意相关言说所处的历史语境,避免范式先行。②

以上即是初步的方法论反思。以此冗长篇幅描绘所思,非谓在本博士论文中能够较完满的解决上述问题,但既怀此疑惑而从事写作,在具体切入角度上或能与前贤稍有不同。钱大昕(1728—1804)在《弈喻》中说:"今之学者,读古人书,多訾古人之失;与今人居,亦乐称人失。人固不能无失,然试易地以处,平心而度之,吾果无一失乎?……吾求吾失且不暇,何暇论人哉!"③ 其言甚得学者忠厚之旨。然既以"弈"为喻,似不妨引而申之,以为自解——既须"易地以处",那么通过"复盘"的方式以判明已有研究的得失,尝试对其有所破解或加以适当的改良,当然是有必要的。而且,这一"家庭实验室"中的所思是否有价值,"弈者"本身当局者迷,当然也甚有待于"观弈者"的批判。

---

① 劳思光:《中国哲学史》,广西师范大学出版社 2015 年。
② 更具体的方法论反思,可以参考斯金纳的《观念史中的意涵与理解》,载丁耘编《什么是思想史》,上海人民出版社 2006 年版,第 3—23 页。
③ 钱大昕:《潜研堂集》,上海古籍出版社 1989 年标点本,第 288 页。

第二节 乾嘉文学思想研究综述

本书的研究对象是乾隆（1736—1795）、嘉庆（1796—1820）两朝的文学思想，其时间断代有明确分界。当然，如果遇到需要略微跨界或承前启后之处，也会适当予以说明。

一 乾嘉文学与文学思想史料略述

本研究缘起于《清代文学思想史》的撰述计划，故业师陈洪先生（负责《清代文学思想史》的顺康雍部分）、李瑞山先生（负责《清代文学思想史》的道咸同光宣部分）的相关研究和前期成果，是本书在研究方法上所注重学习的对象。尽管并无可供直接参考的其他专著，但陈洪师对《清代文学思想史》顺康雍部分设置的基本思路，乃是本书在章节设置所宗法的直接对象。此外，陈洪师的《折射士林心态的一面偏光镜——清初小说的文化心理分析》[1]《论清初文学思想的异趋与同归（上）》[2]《"闲情"背后的隐情——兼论鼎革后李渔的复杂心态》[3]《存史记事，铺陈为尚——清初诗学思想的一个重要方面》[4]《论清代顺康之际文坛的娱世闲情风尚》[5] 等论文，在研究方法及论述思路等方面均对本书的具体写作直接起到

---

[1] 陈洪：《折射士林心态的一面偏光镜——清初小说的文化心理分析》，《明清小说研究》1998 年第 4 期。

[2] 陈洪：《论清初文学思想的异趋与同归（上）》，《南开学报》（哲学社会科学版）2004 年第 2 期。

[3] 陈洪：《"闲情"背后的隐情——兼论鼎革后李渔的复杂心态》，《文学与文化》2017 年第 4 期。

[4] 陈洪：《存史记事，铺陈为尚——清初诗学思想的一个重要方面》，《南开学报》（哲学社会科学版）2019 年第 2 期。

[5] 陈洪：《论清代顺康之际文坛的娱世闲情风尚》，《文学与文化》2018 年第 4 期。

指导作用。李瑞山的论文《道光时期的文学思想》①，是较早的研究清代文学思想的专题论文，就其所描述的时间段来说，恰好接续本书之后，同样也是必须参考的相关研究。

除此之外，清代文学史、思想史的相关文献与研究成果，特别是涉及乾嘉时期文学史、思想史的部分，即是本书研究中所需参考的资料。

乾嘉时期文学作品数量丰富，难以枚举。蒋寅编《中国古代文学通论·清代卷》②按照分体方式，介绍了清代文学的基本文献情况，无须重复笔墨。故此处仅就其大端而言，约略介绍笔者在研究过程中，所参考的较重要且易得的丛书与著述目录。方式则是先按文体大致分类，每类先介绍原始文献，再介绍重要的史料与工具书。挂一漏万，在所难免。

诗、词、文方面，较重要的影印丛书包括《清代诗文集汇编》③《续修四库全书》④《四库全书存目丛书》⑤《清名家词》⑥ 等。此外，各大图书馆往往编辑丛书，影印馆藏之清人别集⑦，及各省所编之"文献集成"类丛书⑧，均有颇多原始文献可供采择。

整理本中，中华书局的《中国古典文学基本丛书》；上海古籍出

---

① 李瑞山：《道光时期的文学思想》，载南开大学中国语言文学系编《文学语言学论集》，南开大学出版社 1999 年版。
② 蒋寅编：《中国古代文学通论 清代卷》，辽宁教育出版社 2005 年版。
③ 《清代诗文集汇编》，上海古籍出版社 2010 年版。
④ 《续修四库全书》，上海古籍出版社 2002 年版。
⑤ 《四库全书存目丛书》，齐鲁书社 1997 年版。
⑥ 陈乃乾编：《清名家词》，上海书店出版社 1982、2016 年版。
⑦ 如陈红彦、谢冬荣、萨仁高娃主编：《清代诗文集珍本丛刊》，国家图书馆出版社 2017 年版。北京师范大学图书馆编：《北京师范大学图书馆藏稀见清人别集丛刊》，广西师范大学出版社 2007 年版。天津图书馆编：《天津图书馆珍藏清人别集善本丛刊》，天津古籍出版社 2009 年版。南开大学图书馆编：《南开大学图书馆藏稀见清人别集丛刊》，南开大学出版社 2010 年版。
⑧ 体量较大且较重要的代表性丛书有《浙江文丛》（浙江古籍出版社）、《湖湘文库》（岳麓社）、《安徽古籍丛书》（黄山书社）等。

版社的《中国古典文学丛书》;人民文学出版社的《明清别集丛书》等均甚为重要。

　　清代文学数量丰富,难以穷尽,故选本有提纲挈领之意义。且部分选本又正乃乾嘉时人所编,同时也为原始资料。乾嘉时期比较典型的选本有沈德潜《国朝诗别裁集》及王昶《湖海诗传》《湖海文传》等。此外,重要的有徐世昌编《晚晴簃诗汇》[①]、叶恭绰编《全清词钞》[②]、沈轶刘、富寿荪编《清词菁华》[③]、南开大学古籍所编《清文海》[④] 等。

　　《四库全书》虽基本只收乾隆以前的作品,但亦间有成于乾隆时期之书,且《四库全书总目提要》本身是乾隆时期重要的文学思想史文献,对此"四库学"已成专门学问,相关研究汗牛充栋。[⑤]

　　文学批评方面,重要的大部头文献有《清诗话》[⑥]《清诗话续编》[⑦]《清诗话三编》[⑧]《清诗话全编》[⑨]《词话丛编》[⑩]《词话丛编续编》[⑪]《词话丛编补编》[⑫]《清人词话》[⑬]、《清词序跋汇编》[⑭] 等。

[①] 徐世昌编:《晚晴簃诗汇》,中华书局1990年版。又今人将其中小传辑出单行,为《晚晴簃诗话》,华东师范大学出版社2009年版。

[②] 叶恭绰编:《全清词钞》,中华书局1982年版。

[③] 沈轶刘、富寿荪编:《清词菁华》,安徽文艺出版社1986年版。

[④] 南开大学古籍所编:《清文海》,国家图书馆出版社2010年版。

[⑤] 相关研究参见甘肃省图书馆、天津图书馆主编:《四库全书研究论文篇目索引(1908—2010)》,国家图书馆出版社2013年版。

[⑥] 丁福保编:《清诗话》,上海古籍出版社2015年版。

[⑦] 郭绍虞、富寿荪编:《清诗话续编》,上海古籍出版社2016年版。

[⑧] 张寅彭编:《清诗话三编》,上海古籍出版社2014年版。

[⑨] 张寅彭编:《清诗话全编·顺治康熙雍正朝》,上海古籍出版社2018年版;张寅彭编:《清诗话全编·乾隆朝》,上海古籍出版社2020年版;张寅彭编:《清诗话全编·嘉庆朝》,上海古籍出版社2021年版。

[⑩] 唐圭璋编:《词话丛编》,中华书局2012年版。

[⑪] 朱崇才编:《词话丛编续编》,人民文学出版社2010年版。

[⑫] 葛渭君编:《词话丛编补编》,中华书局2013年版。

[⑬] 孙克强、杨传庆、裴喆编:《清人词话》,南开大学出版社2012年版。

[⑭] 冯乾编:《清词序跋汇编》,凤凰出版社2013年版。

相关的文学史料文献也为数不少。冯尔康在《清史史料学》[①]已经对各类史料介绍得颇为详尽，其中不少与本书涉及内容有相关联之处。陈文新主编，鲁小俊、苗磊编著的《中国文学编年史》之《清前中期卷》[②] 是乾嘉时期提纲挈领的编年史。但此书采撷尚嫌未尽细密，标准亦可斟酌，部分记载稍存疏漏。张慧剑《明清江苏文人年表》[③] 等也为重要的工具书。其他史料编年也有不少涉及文学之内容。此外直接关系诗文创作者，最重要之著作乃钱仲联主编的《清诗纪事》。[④] 此外中华书局《历代史料笔记丛刊·清代史料笔记》等丛书中也有相当多的资料。

清人诗文集主要的目录有：袁行云《清人诗集叙录》[⑤]、柯愈春《清代诗文集总目提要》[⑥]、李灵年等主编《清人别集总目》[⑦]、吴熊和等《清词别集知见目录汇编》[⑧] 等。其中袁行云、柯愈春二书对作家生平、创作有所提要钩玄，《清人别集总目》侧重于版本资料。张舜徽《清人文集别录》[⑨] 主要提要学者文集，重在考据学术方面。蒋寅《清诗话考》[⑩]、吴宏一《清代诗话考述》[⑪] 等是对清代诗话的详细考述，蒋寅的提要尤其具有学术价值。此外王重民《清代文集篇目分类索引》[⑫] 等也为重要的工具书。各书特色不一，可互相

[①] 冯尔康：《清史史料学》，沈阳出版社2004年版。
[②] 陈文新主编：《中国文学编年史·清前中期卷》，湖南人民出版社2006年版。
[③] 张慧剑编：《明清江苏文人年表》，上海古籍出版社2008年版。
[④] 钱仲联主编：《清诗纪事》，江苏古籍出版社1989年版；凤凰出版社2003年版。
[⑤] 袁行云：《清人诗集叙录》，文化艺术出版社1994年版；人民文学出版社2016年版。
[⑥] 柯愈春：《清代诗文集总目提要》，北京古籍出版社2002年版。
[⑦] 李灵年、杨忠：《清人别集总目》，安徽教育出版社2000年版。
[⑧] 吴熊和、严迪昌、林玫仪：《清词别集知见目录汇编》，台北"中央研究院"文哲研究所筹备处，1997年版。
[⑨] 张舜徽：《清人文集别录》，华中师范大学出版社2004年版。
[⑩] 蒋寅：《清诗话考》，中华书局2005年版。
[⑪] 吴宏一：《清代诗话考述》，台北"中央研究院"中国文哲研究所2006年版。
[⑫] 王重民编：《清代文集篇目分类索引》，北京图书馆出版社2003年版。

补充。

小说方面，重要丛书有《古本小说丛刊》①《古本小说集成》②《中国小说史料丛书》③《明清善本小说丛刊》④ 等。相关史料主要有朱一玄《中国古典小说名著资料丛刊》⑤、丁锡根《中国历代小说序跋集》⑥ 等。本时期重要的小说多专门成学，研究成果极多。以《红楼梦》为例，一粟《红楼梦书录》⑦、胡文彬《红楼梦叙录》⑧、朱一玄《红楼梦资料汇编》⑨ 等均收录颇多资料。人民文学出版社《红楼梦古抄本丛刊》影印了众多旧本，可见小说版本之复杂性。小说方面的代表性目录有：江苏省社科院明清小说研究中心编《中国通俗小说总目提要》⑩、朱一玄《中国古代小说总目提要》⑪、袁行霈、侯忠义编《中国文言小说书目》⑫、宁稼雨《中国文言小说总目提要》⑬ 等。

戏曲方面。代表性丛书有《清人杂剧》。相关目录有傅惜华《清代杂剧全目》⑭、郭英德《明清传奇综录》⑮ 等。

散曲方面，总集有谢伯阳《全清散曲》⑯。坊间小曲，有《明清

---

① 《古本小说丛刊》，中华书局1987年版。
② 《古本小说集成》，上海古籍出版社1994年版。
③ 《中国小说史料丛书》，人民文学出版社1983—1996年版。
④ 《明清善本小说丛刊》，台北天一出版社1985年版。
⑤ 朱一玄编：《中国古典小说名著资料丛刊》，南开大学出版社2012年版。
⑥ 丁锡根编：《中国历代小说序跋集》，人民文学出版社1996年版。
⑦ 一粟：《红楼梦书录》，中华书局1981年版。
⑧ 胡文彬：《红楼梦叙录》，吉林人民出版社1980年版。
⑨ 朱一玄：《红楼梦资料汇编》，南开大学出版社2012年版。
⑩ 江苏省社科院明清小说研究中心编：《中国通俗小说总目提要》，中国文联出版公司1990年版。
⑪ 朱一玄主编：《中国古代小说总目提要》，人民文学出版社2005年版。
⑫ 袁行霈、侯忠义编：《中国文言小说书目》，北京大学出版社1981年版。
⑬ 宁稼雨：《中国文言小说总目提要》，齐鲁书社1996年版。
⑭ 傅惜华：《清代杂剧全目》，人民文学出版社1981年版。
⑮ 郭英德：《明清传奇综录》，河北教育出版社2005年版。
⑯ 谢伯阳编：《全清散曲》，齐鲁书社1985年版。

民歌时调集》（收录《白雪遗音》等）①、周玉波《清代民歌时调文献集》② 等。

弹词、子弟书等说唱文学方面，重要丛书有关德栋、周中明《子弟书丛钞》③、黄仕忠等《子弟书全集》④。代表性目录有谭正璧《弹词叙录》⑤、盛志梅《弹词总目》（载氏著《清代弹词研究》后）⑥、黄仕忠等《新编子弟书总目》⑦、车锡伦《中国宝卷总目》⑧ 等。

思想史、学术史方面的资料同样值得关注。其中一部分为文集的形式，已经见于前列之丛书中。一部分则见于《清经解》《清经解续编》⑨《清经解三编》⑩《清经解四编》⑪ 等丛书中。上海古籍出版社《清代学术名著丛刊》等丛书也收录甚多乾嘉学术重要文献。

在有限的篇幅内概括乾嘉文学思想史料，与在有限的撰写时间内全面阅读相关文献，都是同样困难之事。此处只是简单罗列，阙略在所难免。作为阶段性的研究成果，本书在写作过程中，侧重考察思潮的代表性、辐射性，并借重代表性人物的核心论断。对细节问题的考辨、分析，或不能在注释中详细展示，则只得在后续研究中继续完善。

---

① 冯梦龙等：《明清民歌时调集》，上海古籍出版社1987年版。
② 周玉波：《清代民歌时调文献集》，社会科学文献出版社2014年版。
③ 关德栋、周中明编：《子弟书丛钞》，上海古籍出版社1984年版。
④ 黄仕忠等编：《子弟书全集》，社会科学文献出版社2012年版。
⑤ 谭正璧：《弹词叙录》，上海古籍出版社2012年版。
⑥ 盛志梅：《清代弹词研究》，齐鲁书社2008年版。
⑦ 黄仕忠等编：《新编子弟书总目》，广西师范大学出版社2012年版。
⑧ 车锡伦编：《中国宝卷总目》，北京燕山出版社2000年版。
⑨ 阮元编：《清经解·清经解续编》，凤凰出版社2005年版。
⑩ 刘晓东、杜泽逊编：《清经解三编》，齐鲁书社2011年版。
⑪ 刘晓东、杜泽逊编：《清经解四编》，齐鲁书社2016年版。

二　乾嘉时期文学史、思想史、学术史研究综述

乾嘉时期文学史研究目前似无断代专书，但涉及这一时间段的文学史或分体文学史则汗牛充栋。限于篇幅，这里仅只能略举具有代表性的研究稍加评述。

"中国文学史"著本甚多，且多为大学基本教材，乃初学者之必读书籍，本毋庸赘述。但有数种在指导思想上与本书有一定契合之处。罗宗强、陈洪主编《中国古代文学发展史》①的清代部分，由南开大学宁稼雨、李瑞山撰写，其对清代文学发展概况的总体把握，与对若干具体问题的评述，尽管并未明说，但却与文学思想史研究范式多有切近，虽为教材，亦具个性。龚鹏程的《中国文学史》（下）②虽乏连贯的文学史统系，但其杂观念、创作、士人心态、批评等为一炉，特别是以观念而非作家作品为核心讨论对象，在某种程度上似亦隐具"文学思想史"精神，其具体观点亦多有可资借鉴之处。宇文所安、孙康宜主编的《剑桥中国文学史》③，分期不以朝代为断限，并力图合多种文体而言之，形成一种"文学文化史"，在研究角度上也颇有意义，不乏可取之处。

专门的清代文学史似不多见，张宗祥《清代文学概述》④（初名《清代文学》）是较早的清代文学简史，对清代文学作了简单勾勒，有独特而略嫌偏颇之见解。但篇幅既简，又仅限于诗文，很难认为是现代意义的文学史著作。唯目前打通各个文体的清代文学断代史似无水平较高者，亦不易取代前贤之概论文字。

清代分体文学研究相对来说较为深入，已有不少专史。清诗方

---

① 罗宗强、陈洪主编：《中国古代文学发展史》，南开大学出版社2003年版。
② 龚鹏程：《中国文学史（下）》，世界图书出版公司2011年版。
③ 宇文所安、孙康宜主编：《剑桥中国文学史》，生活・读书・新知三联书店2013年版。
④ 张宗祥：《清代文学概述》，上海古籍出版社2015年版。

面，朱则杰《清诗史》①、严迪昌《清诗史》②、刘世南《清诗流派史》③ 等均系研究力作。清词方面，严迪昌的《清词史》④、孙克强《清代词学批评史论》⑤，一为词之创作史，一为词学的批评史，恰好相得益彰。文则有杨旭辉《清代骈文史》⑥，但清代散文尚无专史，可谓遗憾。小说则最具代表性的研究为《中国小说通史·清代卷》⑦，本书系南开大学李剑国、陈洪主编，清代卷多由陈门弟子撰写，故在相当多的观点、倾向上与本书有契合之处。戏曲有郭英德《明清传奇史》。⑧ 散曲有兰拉成《清代散曲研究》。⑨ 弹词有盛志梅《清代弹词研究》⑩ 及鲍震培《清代女作家弹词小说论稿》⑪。文学批评的代表性研究为邬国平、王镇远所撰《中国文学批评通史》的《清代卷》⑫。女性文学有邓红梅《女性词史》⑬ 等。

此外，对于乾嘉时期的重要流派、理论命题、作家作品，也有相当充分的个案研究，其中不少直接涉及文学思想重要命题，并成为本书的参考对象。王宏林《乾嘉诗学研究》⑭、刘奕《乾嘉经学家

---

① 朱则杰：《清诗史》，江苏古籍出版社2000年版。
② 严迪昌：《清诗史》，人民文学出版社2011年版。
③ 刘世南：《清诗流派史》，人民文学出版社2012年版。
④ 严迪昌：《清词史》，人民文学出版社2011年版。
⑤ 孙克强：《清代词学批评史论》，上海古籍出版社2008年版。
⑥ 杨旭辉：《清代骈文史》，人民出版社2013年版。
⑦ 李剑国、陈洪主编：《中国小说通史·清代卷》，高等教育出版社2007年版。
⑧ 郭英德：《明清传奇史》，人民文学出版社2012年版。
⑨ 兰拉成：《清代散曲研究》，中国社会科学出版社2011年版。
⑩ 盛志梅：《清代弹词研究》，齐鲁书社2008年版。
⑪ 鲍震培：《清代女作家弹词小说论稿》，中国社会科学出版社天津社会科学院出版社2004年版。
⑫ 王运熙、顾易生编：《中国文学批评通史·清代卷》，上海古籍出版社1996年版。
⑬ 邓红梅：《女性词史》，山东教育出版社1999年版。
⑭ 王宏林：《乾嘉诗学研究》，百花洲文艺出版社2017年版。

文学思想研究》①、颜建华《清代乾嘉骈文研究》②、詹颂《乾嘉文言小说研究》③ 等均为近年较重要之研究成果。在笔者看来，各书特色不一，而以刘奕《乾嘉经学家文学思想研究》创见最丰，对笔者启发亦最多。

　　文学思想史研究对象虽系文学的思想，但当然亦在思想史、学术史的影响下进行。高翔《近代的初曙：18世纪中国观念变迁与社会发展》④ 大量引用文学文本以分析18世纪的思想观念，其中卓见甚多，且有不少与文学思想问题相关。学界对乾嘉时期学术特别是考据学的研究相对深入。学术界最经典的著作当然为梁启超《中国近三百年学术史》⑤ 及钱穆的同名论著。⑥ 此外当代学者编写的如陆宝千《清代思想史》⑦ 任宜敏《中国佛教史·清代卷》⑧ 史革新《清代理学史》⑨ 等著作的相关论述，也对笔者有所启发。漆永祥的《乾嘉考据学研究》⑩ 乃是对乾嘉考据学研究的经典论著，类似的专治乾嘉学术之代表性研究还有很多，个案研究方面，对戴震、章学诚等人学术思想的探讨更是学术界的热点。这些讨论实有裨于本书的展开，在具体行文中也会适当参考及引用这些研究成果。

---

① 刘奕：《乾嘉经学家文学思想研究》，上海古籍出版社2012年版。
② 颜建华：《清代乾嘉骈文研究》，光明日报出版社2011年版。
③ 詹颂：《乾嘉文言小说研究》，北京图书馆出版社2009年版。
④ 高翔：《近代的初曙：18世纪中国观念变迁与社会发展》，故宫出版社2013年版。
⑤ 梁启超：《中国近三百年学术史》，人民出版社2008年版。
⑥ 钱穆：《中国近三百年学术史》，九州出版社2011年版。
⑦ 陆宝千：《清代思想史》，华东师范大学出版社2009年版。
⑧ 任宜敏：《中国佛教史·清代卷》，人民出版社2015年版。
⑨ 史革新：《清代理学史》，广东教育出版社2007年版。
⑩ 漆永祥：《乾嘉考据学研究》，中国社会科学出版社1998年版。

第三节　范围、框架、思路

一　关于"乾嘉"

本书以"乾嘉"为一个整体时间段加以思考，这既与"乾嘉"的通行叫法相应，也与《清代文学思想史》的总体架构密切相关。不过，也有必要对这一分期的学理略作说明：分期虽系后人建构，但也应具有相应的问题意识、观念基础和事实依据。

首先，区别于一般的以人为纲的纪传体文学史，文学思想史展示的乃是文学活动的总体脉络。因此，以一二大家、个别流派为中心的历史分期和历史书写方式，虽有借鉴意义，但颇需扬弃。

对本书所探讨的乾隆、嘉庆两朝八十五年，就政治、社会层面的历史发展来说，学界一般认为前部分属"康乾盛世"，后部分属"嘉道中衰"。本书以"乾嘉"作为一个总体时间段加以考察，更多的是出于文化学术方面的考量。事实上，一般而言政治史的分期与文化——文学分期本有不同，帝王生卒与文人代序本来没有直接关系。在思想史、学术史、文学史方面，乾嘉两朝均表示出相当多的延续性，特别是学术考据的"乾嘉学派"已经成为标志性的称谓，且其对文学的影响也颇直接，这是讨论文学思想相关问题的大背景之一。

在文学创作的分期来看亦然。尽管一般的分类有值得商兑之处，但其中真知灼见也为数不少。先来看与"乾嘉考据学"关系较远的通俗文学的分期情况。

《中国小说通史·清代卷》将清代小说史划分为明清之际、清代前期、清代中期、清代后期、晚清，与《清代文学思想史》的分期较为接近。其中"清代后期"为乾隆元年至道光二十年前后（1735—1840），上限与本书相近，而以历史上"近代"为标准划定了下限。但在具体的节目设置与行文中则不尽如此。其第十六编

《清中叶的白话长篇小说》，所立章、立节乃至具体讨论的小说，基本集中于乾隆、嘉庆两朝，似乎基本未延伸及道光时期。这似乎可以从侧面说明，就小说史，特别是白话长篇小说的创作风气与成就来看，乾嘉两朝为高峰期，而道光时期（1821—1850）则较为萎茶。《中国小说通史·清代卷》将首刊于嘉庆二十五年（1820）、今存道光四年（1824）刻本的《施公案》置入第十七编《清后期的白话长篇小说》加以讨论，尽管只是一个值得再讨论的分期个案，但可以看出在实际的写作中，其蕴含的倾向是将乾嘉时期与道光朝的前二十年分开的，而认为道光已可以看作清后期的开始。

戏曲史的主要问题在于，文学史下属"戏曲"的范围对象，特别是是否包括昆曲、京剧等之表演层面。本书所关注的主要为案头部分。廖奔、刘彦君著《中国戏曲发展史·第4卷》①，创作部分以乾隆时期独为一章，理论部分则以乾隆嘉庆两朝共为一节。此书基本完全以人为纲，雍正朝及嘉庆时期的作者基本欠奉，显然不是严格意义的时代分期。秦华生、刘文峰主编的《清代戏曲发展史》②，第二章为"清中、后期的衰落"，以雍正、乾隆为中期，嘉庆、道光为后期，下限直到1898年，则是较宽泛的分类。但"后期"仅立一节，篇幅也较少，可以说本书的主要讨论内容仍在以乾隆朝为中心的一百年内。即使加入声腔的相关研究，从《中国古代文学通论 清代卷》对戏曲发展的描述，也可以看出乾嘉为整体时段可以成立。故尽管清代戏曲研究专门史还较少，但大致的分界似乎也较清晰。

弹词方面，盛志梅《清代弹词研究》将清初至乾隆时期定为"清初复苏期"，嘉庆、道光朝定为"高峰期"。但细绎其考述可见，"清初"部分主要为论述乾隆朝，顺、康、雍三朝"只有四五种弹词"③。而"嘉道"部分又以道光朝为主，其中一些描述也暗示出这

---

① 廖奔、刘彦君：《中国戏曲发展史·第4卷》，山西教育出版社2000年版。
② 秦华生、刘文峰主编：《清代戏曲发展史》，旅游教育出版社2006年版。
③ 盛志梅：《清代弹词研究》，第28页。

一分类似乎并非出于严密的学理标准。如其中言："经过清初一百多年的恢复，到嘉庆、道光年间，清代社会基本上呈现出了一个承平盛世的局面。在文化领域，乾嘉学派的考据习气占去了大批知识分子的精力和兴趣，小说、唱本等通俗文艺，尚未引起他们的注意和参与的兴趣。"① 可见，这里的分期描述，就似乎不像"嘉庆、道光"，而更像"乾隆、嘉庆"。

雅文学的情况则相对比较复杂，尤其是诗学分期的争议特别明显，故蒋寅《清代文学的特征、分期及历史地位》一文中对清代文学的划分，实际上主要讨论的即是清代诗学的划分。诗学方面的争议之处可举出很多。如沈德潜虽得名于乾隆时，但其创作、批评、选本则多成于康、雍时期，故乾隆元年（1736）显然并不是一个有文学史意义的分界点②，相当一部分学者似乎更倾向于以乾隆中期作为核心阶段。如杨希闵《诗榷》（1862 序）将断限定于乾隆四十年（1775），该见解得到了陆草《清诗分期概说》③ 等文章的支持，即以神韵——性灵的代消作为诗学之转折，如此则上一个断限点可上溯至康熙中叶，而下一个断限点则可能在嘉庆末或是道光末，这显然会在对龚自珍等人的讨论中继续引发争议。严迪昌的《清诗史》则以黄景仁（卒于1783）为清代中期的收束，而以王昙（1760—1817）、孙原湘（1760—1829）、舒位（1765—1816）"乾隆后三家"对龚自珍（1792—1841）有所影响，为"晚近诗潮"的开端。但考虑到年龄相近的张问陶（1764—1814）等诗家在本书被归为"中期"，则可知严氏的划分乃更侧重于理念判别，故有时甚至可以超出时代的严格限制。蒋寅在《清代文学的特征、分期及历史地位》《清代诗

---

① 盛志梅：《清代弹词研究》，第 74 页。

② 就《中国文学思想史·清代卷》的分期理由来看，乾隆元年（1736）的博学鸿词科虽有意义，但还远不足以成为堪与康熙十八年（1679）那次博学鸿词并列的象征性事件。

③ 陆草：《清诗分期概说》，《中州学刊》1986 年第 5 期。

学史的分期》》① 等文章中尝试了新的划分，其观点乃以赵执信去世的乾隆九年（1744）和袁枚去世的嘉庆三年（1798）作为一阶段，而嘉庆四年至道光三十年（1799—1850）为下一阶段之衰落期，并称为"纪实派诗学"。这一划分有一定的道理，但显然也有自己的问题。当然，任何分类方法都只不过是一种利便，服务于相应的问题意识，绝无瑕疵、包揽一切的分类并不存在。

上述之诗学分类思路由于脱离了政治史的局限，无疑看上去具有更多的合理性。特别是蒋寅的分类方式似乎特别值得关注。作为旁证，学术史上的"乾嘉考据"同样也并非严格的八十五年间事——以蒋寅所设定的时间点来看，乾隆九年（1744）初成的惠栋《易汉学》可以理解为乾嘉考据学的正式开始，而嘉庆三年（1798）阮元编《经籍籑诂》成，亦未尝不可视为一种集大成的表现。其间虽为巧合，但却为分类定点和权宜立说，提供了若干便利。但不得不特别说明的是，这种合理性本身亦有相当的限度，而受制于帝王嬗代的分期也非无理据可循。如蒋寅以赵执信、袁枚的去世作为象征标志，从本质上说乃是以文学家生卒取代帝王生卒，这也并不能算是严格具有学理的划分，个中仍然具有相当的弹性空间，在以"文学"为整体的视野下，再考虑到乾隆帝在位期间那格外浓厚的吟咏兴趣和文化影响，此数年之差别自不足以推翻"乾嘉"的整体性。

再来看清词的分期。1930 年，叶恭绰《清代词学之摄影》提出"三变说"，以浙派到张惠言为中间阶段，大致即以雍、乾、嘉三朝为清代中叶。② 严迪昌《清词史》第三编为"清代中叶词风的流变"的时间范畴大略亦在此，只是将常州词派与"晚近词坛"同列一编，但独列一章，与次章"道咸词坛"相区

---

① 蒋寅：《清代文学论稿》，凤凰出版社 2009 年版，第 3—21、85—103 页。
② 叶恭绰：《清代词学之摄影》，载氏著《遐庵汇稿》，上海书店出版社 1990 年版，第 81—83 页。又参见陈水云《明清词研究史》，武汉大学出版社 2006 年版，第 202—203 页。

别，核心理由盖是道光十年（1830）后影响才扩大，此种分类方式仍隐然将常州派归为中叶、晚近的转捩点，而与"道咸"相别，可见重点还在"嘉庆"。

骈文方面，杨旭辉《清代骈文史》第二编为《乾嘉之鼎兴期》，注重探讨学者——文人双重身份对骈文创作的影响，显然是将乾嘉考据学与骈文发展置于同样脉络下加以反思、研究。

散文方面①，郭预衡《中国散文史长编》将清代散文分三期，第二期"盛世之文"，实际上即以乾、嘉二朝为一期。《中国散文通史 清代卷》则将清代散文发展分四期，其中乾嘉为第三期"桐城派兴起，义理考据之文成为主流"②。这种分类方法无疑有不确切之处③，学界也有不同分期的声音，但足以证明散文以乾嘉为总体观照也足以成一家之说。

综上所述，尽管不同文体的分期方式有相当的差别，但将乾嘉两朝之八十五年作为整体时段展开研究，似乎均有相应的分体文学史著作为支持。

在笔者看来，如果将雍正一朝的十三年与道光朝的前二十年理解为"过渡阶段"，那么乾嘉时期文学与此前之康熙朝，和此后之咸、同两朝还是有相当程度的差异性。在文学史本身并无特别标志性事件之现状下，以政治时间作为标的，在边界适当延展，似乎是较为简单而有效的选择。而考虑到小说等文体的发展面貌，那么以乾嘉为一个总的时间段，似乎是较为稳妥的"公约数"。而且，这一时期的文学活动与文学思想深受乾嘉学术的影响，在其中有所割裂也未必妥当。文学思想史研究的一个重要侧面乃是考察士人心态，

---

① 这里的"散文"乃与骈文相对的概念，其范围大于古文。
② 陈惠琴、莎日娜、李小龙：《中国散文通史 清代卷》，安徽教育出版社2013年版，序第2页。
③ 比如，将桐城派当作乾嘉时期散文的主流，显然是古代文学研究后设，特别是文学批评史的观念。当时桐城派古文实非文坛主流，且具有理论自觉和师承法统的"桐城文论"的形成，也是相对较晚之事。

而士人心态很大程度上又受制于帝王心术和政治环境，清代诸帝又由于身为异族，故对士林所施加的影响乃远过于前代。从这一角度出发，乾隆帝的即位与去世等当然可以理解为具有标志性的事件。嘉庆的前四年，政坛实际仍属乾隆掌控（宫中时宪书一直持续到"乾隆六十四年"），而嘉庆帝亲政后亦对乾隆时期政策有颇多因循，这些都可以看出乾、嘉两朝的连续性。

当然，与前揭的一切分类方式同样的是，这一分类本身也只是一种描述的利便和惯例，不可能涵盖一切情况。至少，乾隆初期的"承上"与嘉庆后期的"启下"也同样值得注意。如沈德潜等跨越康雍乾三朝的创作与理论批评、龚自珍等跨越嘉道两朝的诗文写作；嘉道年间的《红楼梦》续书迭兴及书场文艺、弹词的兴起，均证明在各种文体具体的事实描述和思想分析中，有必要适当越过时段划分，讨论"过渡时代"，以作为补充。

最后补充一提的是，陈洪师将《清代文学思想史》的前九十年分为两段，即顺康之际（顺治元年至康熙十八年，1644—1679）、康雍之际（康熙十九年至雍正十三年，1680—1735）[①]。本书不拟继续细分时段。这是考虑到乾嘉时期的政治、社会、文化均相对稳定，不似顺康之际仍有明、清两朝对立之特别波澜的缘故，提纲挈领似乎不必过分烦琐，具体涉及的历时性问题将在专论中具体述及。未来如有机缘，也不排除更为细论。

二　基本框架与主要思路

前文已述，本书按照《清代文学思想史》的总体体例，从一纵一横的视角展开研究。其中第三至五章是会通雅俗文学的综合性研究，第六章为小说文体所涉特殊文学思想问题的分体研究。相关的方法论反思与背景知识，则在第一章和第二章中予以

[①] 分段的关键事件为康熙十八年（1679）诏征博学鸿词。

说明。①

绪论已描述了清代雅俗文学同中有异、异中有同的现象，既存在共同的文学思潮和创作倾向，也存在不同的发展阶段和具体见解。本书的重点立足于第三至五章，希望面对乾嘉时期的不同作家、流派、文体，旨在提取其中的共同点，以一种较宏观的论述思路，会通把握这八十五年的时代特征。通过以命题为导向的写作方式，打破雅俗文学久相隔阂的史论传统，跳出以作家作品或文学流派的个案研究，可以更有益于凸显时代问题，在写法上，也有助于尽快进入核心论题的讨论——若过多地陷入某一流派的具体论题，视野反而会转狭，会落入个案研究而不易把握"思潮"，而与本书的阶段性目标相违背。且，这一时期代表性的流派、议题，往往已有较为丰富的研究，难以在较短篇幅内产生颠覆性的新见。其次，则讨论某一类文体所出现的重要现象，即本书第六章对叙事文学的考察。限于篇幅，对诗、词、文等文体的一些理论辨析或有从略处，这些尚有待来日细论。

限于篇幅和笔者的学力，本书所能讨论的命题数量非常有限，远不足以展示乾嘉文学思想的全貌。唯希望能够通过这一阶段性的研究，展示可能的对乾嘉文学思想的研究方向。但若读者方家能从中发现更多的延展性，或可证明这一思路实系一条可行的研究进路，而稍恕笔者之粗略空疏。

章学诚（1738—1801）《文史通义·释通》言："通者，所以通天下之不通者也"②，此乃本研究所向往的目标；唯笔者学识空疏，

---

① 除行文所需外，正文一般不作人物、著作的具体介绍，均以注释出之。因正文所涉作家、流派、文体繁多，论述为免烦冗，故预设读者对乾嘉文学大概面貌与研究现状有相当的知识，以便直接切入讨论。而且，由于各章节间各自独立性较强又往往有互涉，如在正文论述中加以补叙，势难巨细靡遗。这种写作方式是否妥当，或有待于进一步的批评。注释中的作者小传主要参考《中国文学家大辞典 清代卷》，并间及其他资料、著作。

② 章学诚撰、叶瑛校注：《文史通义校注》，第 438 页。

陋于知意，兹稿又颇欠沉潜，横通之弊，在所难免，甚望方家不吝教诲。

第 二 章

乾嘉文学思想展开的背景

本书系文学思想史之专题研究，与文学史论说有所差异。且以专题而非专人为切入点，故侧重的乃是文学思想总体面貌及其切面。为便于开展下文的论述，及考虑到目前并无合适的描述乾嘉时期的文学史，不得不在此对本时期主要文学现象作一简单的勾勒。而文学面貌又与时代背景、士人心态等方面有密切的联系，因此相应问题也需略作铺垫。经过这些介绍，下文的专题讨论或可不显太过突兀。相关介绍主要依靠学界较有权威性的成说，但部分问题也略附己见。

第一节 乾嘉历史与文化政策

清代乾隆（1736—1795）、嘉庆（1796—1820）两朝统治的八十五年间，大致在二百六十七年（1644—1911）的清代历史中处于中间阶段，在诸多历史现象上也确实展现出承上启下的面貌。按照一般的历史认识，清代的帝王专制臻于顶峰，迈过前代，斯时"盛世""衰世"之兴替，实与帝王乾纲独断密切相关。

乾隆帝弘历（1711—1799）实际掌握权力的时间，完全覆盖了18世纪的后六十四年（1736—1799）。须知，18世纪正是中国经济发展、人口增长的重要时代，也成为学界关注的重要研究主题①。在此前的康熙（1661—1722）、雍正（1723—1735）二朝统治期间，经济不断发展，社会较为稳定，但毕竟面临更多的社会矛盾，"盛世"图景显然不及乾隆时代。乾隆前期大致延续了康雍时期的良好发展势头。但乾隆中叶以后，人口激增带来的社会矛盾逐渐凸显，既为有清一代的盛世顶点，同时也表现出明显的转衰趋势。兼之乾隆帝好大喜功，除多次发动战争外，在国内亦大兴土木，朝廷财政日益窘迫。乾隆晚年，以和珅（1750—1799）为代表的官员大肆贪腐，吏治败坏，衰退之相更加明显。但是，尽管具有这样的两面性，否定乾隆时期为"盛世"的观点也还是过于简单了。

然至嘉庆时期，清帝国显然已进入衰败期。顾诚在《南明史·序论》中，为了批评康乾盛世的说法，提出"如果按照某些学者吹捧康、雍、乾三帝的思路来看，乾隆之后在位二十五年的嘉庆也应该算是个励精图治的好皇帝"②。顾诚立论的理由是，康雍乾三朝的百余年间，中国已被西方拉开差距，故这种"盛世"不应高估。然而，对帝王的个人评价似乎不能简单等同于对其治下时世的评价。嘉庆帝虽一度打出所谓"新政"的旗号，但大致上是因循苟且，未能挽回清代的衰败面貌。称嘉庆的政治才能、治国成就远不及此前康、雍、乾三帝，似乎不会有特别争议。按照流行的时代划分方式，这距离"近代"（始于道光二十年，1840）已经不远，此后的清王朝则在泰西坚船利炮和国内起义的冲击下彻底衰落。

这里参酌历史学界的相关研究，尝试对乾嘉时期做更加细化的分期描述。③ 当然，分期本身具有相当的任意性和跛足性，只是

---

① 关于"十八世纪"的价值，可参考韩书瑞、罗友枝《十八世纪中国社会》，江苏人民出版社 2009 年版。戴逸：《18 世纪的中国与世界·导言卷》，辽海出版社 1999 年版。
② 顾诚：《南明史》，光明日报出版社 2001 年版，第 3 页。
③ 这里主要参考的是唐文基、罗庆泗《乾隆传》，人民出版社 2015 年版。

"公约数",以便于初步的讨论与参考。

第一阶段,从乾隆元年至乾隆十五年(1736—1750)。

雍正帝(1723—1735年在位)统治期间,施政较为严苛。一方面,康熙末年争储激烈,雍正帝即位后,集中力量打击康熙诸子及朝臣政敌,清理皇家内部的不安定因素,这令社会上充满政治流言。雍正帝在处理曾静案(雍正六年案发,次年扩大为吕留良案)时,用刊刻《大义觉迷录》的方法自我辩护,却起到反面效果,使舆论对自己更加不利。吕留良、曾静案的爆发,实际上暗示着前朝遗民的不合作潜流与对现实高压的不满,这一案件到乾隆时期才得到相对较妥善的解决,但潜在的思想因素却从未消歇。① 此外如雍正三年(1725)的年羹尧案、雍正四年(1726)的查嗣庭案、雍正五年(1727)的隆科多案等,雍正帝处理时均实行铁腕打击,令当时的政治氛围相当紧张。另一方面,雍正帝在位期间施行的摊丁入亩、六部奏销等政策,虽然澄清吏治、增加财政收入,对国家发展有利,但同时也有不少政策造成弊端,引起官绅与民间的不满。②

乾隆初期的施政即转向宽柔,致力于改变雍正时期的严苛政策。总体而言,这一阶段的统治政策较为宽松,但随着社会矛盾的集中爆发,乾隆帝的统治策略也开始逐渐转而从严。高王凌指出粮政的失败对于乾隆帝的打击③,此外同发生于乾隆十三年(1748)的还

---

① 实际上这一影响直到清末,如蔡元培(1868—1940)、章太炎(1869—1936)少年时都曾听老师亲长讲述曾静案等反映民族矛盾的历史,并因而产生反清革命思想。这似乎可以看出江南文化界隐秘传承的历史知识与民族立场,贯穿于整个清代二百余年的历史。

② 此处对雍正帝的评价参考了冯尔康《雍正传》(人民出版社1985年版)的相关论述。

③ 高王凌:《乾隆十三年》,经济科学出版社2012年版,第144页。此书认为应该将这一阶段划分在乾隆十三年(1748),但也承认了现有分段的合理性。本节对这些问题只是泛说,故似乎无须特别详细地辨析。

有孝贤皇后之死、第一次金川战役的失败等事件，诸多矛盾的集中爆发使乾隆初年的宽松环境一去不返。

　　文化方面，乾隆九年（1744）初成的惠栋《易汉学》，或许标志着所谓"乾嘉考据学"的真正成立（当然，考据研究不始于乾嘉，然"乾嘉考据学"所指的治学理念和学术范式则与前代有别）。戴震也初有《六书论》（成于乾隆十年，1745）、《转语》（成于乾隆十二年，1747）等著述，开始在学界崭露头角。但这一阶段内真能以古学、考据为事业者仍是极少数，影响力亦不似后来之大。这在诗文创作领域表现明显，乾隆帝身边文学侍从如沈德潜、张鹏翀等，也多是以诗学而非经史之学见长。从小说中折射的社会生活来看，吴敬梓[①]的长篇小说《儒林外史》约成于乾隆十四年（1749）以前，其内容取材多系作者身边友朋及闻见时事，具有相当的自传性与时效性，对当时士林风气有较详细的刻画。但其内容、旨趣主要在讽刺八股取士制度，及探讨"礼"的重建，而未及考据学相关话题，这足以侧面见出一般知识人对士林文化的认知观感。此时已开始创作的《红楼梦》[②]，也并未太多体现考据学的影响，这与乾隆后期成书的《野叟曝言》有明显差别。

　　第二阶段，从乾隆十六年至乾隆三十八年（1751—1773）。

　　乾隆十六年的首次南巡，及本年开始爆发的孙嘉淦伪稿案等文字狱事件，标志着清朝统治者有意识以武力和强权震慑南方汉人的政治态度[③]，这可能比乾隆十三至十五年发生的若干事件更具代表

[①] 吴敬梓（1701—1754），字敏轩，号文木，安徽全椒人。诸生，乾隆元年举博学鸿词，不赴。《文木山房集》四卷，赋、诗、词俱佳。还著有《儒林外史》《诗说》等。

[②] 《红楼梦》乾隆甲戌（1754）抄本已有"披阅十载，增删五次"之言，也许可借此推断其创作肇始于1744年前后。

[③] 高王凌：《马上朝廷》，经济科学出版社2013年版。乾隆帝首次南巡显然带有考察江浙士人忠诚度的目的，这可以从全祖望、厉鹗、杭世骏等的表现看出端倪。本书第三章第三节有详论。

性。① 乾隆二十二、二十七、三十年（1757、1762、1765）的南巡，以及这一期间内发生的若干文字狱，都是相当严厉的铁腕统治。仅以乾隆二十年（1755）为例，就有胡中藻《坚磨生诗抄》案、鄂昌《塞上吟》案、彭家屏私藏野史案、刘裕后《大江滂》书案、程崟《秋水诗钞》案数件文字狱发，标明"朕御极以来，从未尝以语言文字罪人"②已经成为过去时③，"如有与汉人互相唱和，较论同年行辈往来者，一经发觉，决不宽贷"④。成为乾隆帝时期的文化政策。

而乾隆帝之南巡扰民，耗费众多，远甚于康熙时期⑤，但这同时也是国库长期富足的表现，代表着这一时期允为帝国的"盛世"。这一时期乾隆帝用兵频繁，平定准噶尔（1754—1756）、统一回疆（1758）、清缅战争（1762—1769）、土尔扈特回归（1770）、平定大小金川（1747—1749；1771—1776）等军事活动在这二十余年内发生。而在此极盛之世中的不和谐音符，还可以从"叫魂"（乾隆三十三年，1768）一案中窥得端倪，有学者估算约有两亿人受到这一

---

① 高王凌将这一时间下限划分至乾隆第六次南巡的乾隆四十九年（1784），并指出这是从事件史角度解读乾隆时期政治史的一种分类方式。而将乾隆五十年（1785）以后认为是暴露贪腐问题的高发期，连乾隆帝本人都有所感触，类似的见解还见于郭成康的《18世纪后期中国贪污问题研究》，《清史研究》1995年第1期。但总体来看，这一分期似乎不及旧说更为稳正，详情参见下文。

② 《清实录 第十五册 高宗纯皇帝七》，中华书局1986年影印本，第91页。

③ 事实上，据《清代文字狱档（增订本）》（上海书店出版社2011年标点本）即可见，乾隆二十年以前的文字狱案件也还有谢济世著书案（乾隆六年，1750）、王肇基献诗案（乾隆十六年，1751）、丁文彬逆词案（乾隆十八年，1753）、刘震宇《治平新策》案（乾隆十八年，1753）等，足见乾隆帝的"从不以语言文字罪人"实为自我文饰的谎言。倪德卫、王汎森等学者也指出乾隆帝是集自尊与自欺于一身的帝王。（见王汎森《权力的毛细管作用》，北京大学出版社2015年版，第360页）但从案件性质、爆发密度等来看，乾隆二十年以后不仅文字狱案数量多、惩治严，且大开挟怨告密之风气，政治、文化环境似日趋恶劣。

④ 《清实录 第十五册 高宗纯皇帝七》，第131页。

⑤ 南巡的消耗，可参考王振忠《明清徽商与淮扬社会变迁（增订本）》（生活·读书·新知三联书店2014年版）等著作。

妖术恐慌的影响。① 学术方面，乾隆十六年（1751）选举经学人员，得保举者四十九人，通过选举得授职衔者为陈祖范②、吴鼎③、梁锡玙④、顾栋高⑤四人，其余被保举者包括刘大櫆⑥、程廷祚⑦、惠栋⑧、

---

① 事实上，也有一种划分法是认为这一段落应结局于此事件。参见孔飞力《叫魂：1768年中国妖术大恐慌》，生活·读书·新知三联书店2012年版。孔飞力并判断"皇帝与官僚专制在实施威权时还是受到了某种限制的"，序第2页。

② 陈祖范（1676—1754），江苏常熟人，雍正元年举人，乾隆十六年（1751）以经学得荐（张廷玉、王安国、归宣光举），授国子监司业，以年老不任职。著有《经咫》《掌录》《见复诗草》等。《清史稿》本传摘录钱大昕《陈先生祖范传》，称其"祖范于学，务求心得。论《易》不取先天之学；论《书》不取梅颐；论《诗》不废《小序》；论《春秋》，不取《义例》；论《礼》不以古制违人情，皆通达之论。"传见钱大昕《潜研堂集》卷三十八、《清史稿》卷四百八十等。

③ 吴鼎，常州人，吴鼐（约1706—1775）之弟。乾隆九年（1742）举人。乾隆十六年（1751）以经学得荐（汪由敦举），授国子监司业，后迁翰林院侍讲。著《十家易象集说》九十卷等。传见《清史稿》卷四百八十。

④ 梁锡玙（1697—1774），介休人。雍正二年举人，乾隆十六年（1751）以经学得荐（钱陈群举），授国子监司业，著有《易经揆一》《易经伏义》《春秋直解》等书，均进呈御览。传见《介休县志》卷十二、《清史稿》卷四百八十等。

⑤ 这个像 顾栋高（1679—1759），无锡人，早年与吴鼎共研经学。康熙六十年（1721）进士，官至内阁中书，雍正时以奏对越次罢归。乾隆十六年（1751）以经学得荐（邹一桂举），授国子监司业，以年老不任职，后加祭酒衔。著有《春秋大事表》五十卷、《毛诗类释》二十一卷、《大儒粹语》二十八卷等。传见《清史稿》卷四百八十等。

⑥ 刘大櫆（1698—1779），安徽桐城人。雍正七年、十年（1729、1732）两举副贡，乾隆间举博学鸿词、经学，均报罢。晚年任黟县教谕。桐城派古文家，亦工诗。早年从方苞游，弟子中姚鼐、程晋芳等有文名。刘大櫆论文讲求"神气"，文贵雄、逸、奇、变。著有《海峰先生文集》十卷、《诗集》六卷，编《古文约选》《历朝诗约选》等。

⑦ 程廷祚（1691—1767），江苏上元人。乾隆间举博学鸿词、经学，均报罢。早年从李塨问学，为颜李之学。著《易通》《大易择言》《尚书通议》《青溪诗说》《春秋识小录》等。

⑧ 惠栋（1697—1758），字定宇，一字松崖，江苏吴县人。终身不仕，乾隆九年（1742）乡试因引用《汉书》被黜落，十六年受荐经学，因著述未及呈上落选。后在扬州卢见曾幕府，助刻《雅雨堂丛书》。其曾祖惠有声、祖父惠周惕（？—1694？）、父惠士奇（1671—1741）均治《周易》，有家学渊源。惠栋为吴派经学集大成者，亦为"本朝汉学者"之始（江藩语）。著有《易汉学》《周易述》《九经古义》《后汉书补注》《渔洋精华录训纂》《松崖文钞》等。著名弟子有江声、余萧客等。

胡天游①、钱载②、边连宝③等，他们多成为乾隆一朝文化学术的中坚力量。这一事件标志着乾隆帝对经术实学的重视，直接影响到儒林对考据学的态度，如惠栋虽未得授衔，但对乾隆帝表彰经学的举措极为感激，《松崖文钞》卷一的《上制军尹元长先生书》称颂此为"汉魏六朝唐宋以来所未行之旷典"④。乾隆十七年、十九年（1752、1754）两次会试人才辈出，及第者多博学宏通之士，如乾隆十七年及第的卢文弨⑤、翁方纲⑥、钱载等；乾隆十九年及第的王鸣盛⑦、

---

① 胡天游（1696—1758），字稚威，浙江山阴人。雍正七年（1729）副贡，乾隆元年（1736）举博学鸿词，未就。次年补试，因鼻血大作未能终场。乾隆十六年（1751）荐举经学，为忌者中伤，以"太刚太自爱"不就。性耿介，恃才谩骂，人多忌之。于书无所不窥，诗、骈文均有成就。著有《石笥山房诗集》。经学著作有《春秋夏正》二卷，附《三统论》三篇等。

② 钱载（1708—1793），浙江秀水人。乾隆十七年（1743）二甲第一名进士，后授内阁学士兼礼部侍郎、山东学政等。为秀水派代表诗人。工书，绘画兰竹亦有名。著有《箨石斋诗集》五十卷等。

③ 边连宝（1700—1772），号随园，直隶任丘人。不仕，乾隆间举博学鸿词、经学，均报罢。与袁枚有"南北两随园"之称，著有《随园诗草》《随园文钞》等。

④ 惠栋：《松崖文钞》，《清代诗文集汇编》第284册，第55页。

⑤ 卢文弨（1717—1795），浙江仁和人。乾隆十七年（1743）一甲三名进士，授翰林院编修、上书房行走，历官左春坊左中允、翰林院侍读学士、广东乡试正考官、提督湖南学政等职。乾隆三十四年乞养，晚年主讲崇文、钟山、龙城等书院。校勘勤奋精审，刻有《抱经堂丛书》，无力尽刻者，将校语别编为《群书拾补》。著有《抱经堂文集》等。

⑥ 翁方纲（1733—1818），字正三，号覃溪、苏斋，顺天大兴人。乾隆十七年（1743）进士，历任广东、江西、山东学政等。充《四库全书》纂修官，为群书撰写提要。以学问为诗，提倡"肌理"。经学、金石、书法亦均有成就。著《复初斋诗集》六十六卷、《复初斋文集》三十五卷、《两汉金石记》二十二卷、《石洲诗话》八卷等。

⑦ 王鸣盛（1722—1797），字凤喈、礼堂，号西庄，江苏嘉定人。乾隆十九年（1754）一甲二名进士，历官翰林院编修、侍讲学士、礼部侍郎等。乾隆二十八年（1763）丁忧，不复出。早年从惠栋治经学，为吴派经学代表人物。又擅吟咏，为"吴中七子"之一。长于史学考据。著有《尚书后案》三十卷、《十七史商榷》一百卷、《蛾术编》九十五卷、《西庄始存稿》三十卷、《西沚居士集》二十四卷等。

王昶①、钱大昕②、朱筠③、纪昀④等，此后均仕途通畅而兼为学界领袖。屡试不第的戴震⑤也于乾隆十九年春⑥避仇入都，与纪

---

① 王昶（1725—1806），字德甫，号述庵、兰泉，松江青浦人。乾隆十九年（1754）进士。乾隆三十二年（1767）卢见曾案坐漏言夺职，发云南军营效力九年，参与平定大小金川。后任江西按察使、云南布政使、刑部右侍郎等。王昶早年从惠栋问学，潜心经术。又与王鸣盛、赵文哲、钱大昕等从沈德潜游，为"吴中七子"之一。交游广泛，为文坛领袖。著有《春融堂集》，编有《湖海文传》《湖海诗传》《琴画楼词钞》《国朝词综》《明词综》《金石萃编》等。

② 钱大昕（1728—1804）字晓征，号辛楣、竹汀，江苏嘉定人。乾隆十九年（1754）进士。历任翰林院庶吉士、编修、侍读、侍讲学士、詹事府少詹、广东学政等。乾隆四十年（1775）丁忧不出，历主钟山、娄东、紫阳书院。为罕见的通人学者，与纪昀并称"南钱北纪"。早年亦诗名，为"吴中七子"之一。又于音韵、经学、史学、金石等均甚精通。著有《潜研堂集》《廿二史考异》《十驾斋养新录》等。

③ 朱筠（1729—1781），字美叔，号竹君、笥河，顺天大兴人。乾隆十九年（1754）进士，历任翰林院编修、安徽学政、福建学政等。乾隆三十七年（1772）上书建议辑佚《永乐大典》，顷开《四库全书》馆。工书法，精金石，好奖掖后进。著有《笥河集》等。

④ 纪昀（1724—1805），字晓岚，号石云，直隶献县人，乾隆十九年（1754）进士，历官左都御史，兵部、礼部尚书，协办大学士等。曾任《四库全书》总纂修官，为集成定稿重要人物。著有《纪文达公遗集》《阅微草堂笔记》《唐人试律说》等。

⑤ 戴震（1724—1777），字慎修，号东原，安徽休宁人。早年问学江永。乾隆十九年春避仇入都，以朴学明重京师。乾隆三十八年（1773）特召为四库纂修官，后赐同进士出身。为皖派汉学之首，精通音韵、训诂、筹算之学，于义理学亦有深会。著名弟子有段玉裁、王念孙等。著有《尔雅文字考》《毛郑诗考正》《屈原赋注》《孟子字义疏证》等。

⑥ 戴震入都究系乾隆十九年（1754）抑二十年（1755），相关著录有不同说法。段玉裁《戴东原先生年谱》乾隆二十年乙亥条下注"盖是年入都"，乃取纪昀的回忆。然王昶《戴东原先生墓志铭》回忆"余之获交东原，盖在乾隆甲戌之春，维时秦文恭公蕙田方纂《五礼通考》，延致于味经轩，偕余同辑'时享'一类，凡五阅月而别。"考严荣《述庵先生年谱》，王昶乾隆十九年二月抵京师，在秦蕙田邸纂《五礼通考》之《吉礼》部分，中进士后未授职，即离京，直到乾隆二十三年（1758）才再次入都。而戴震此时已在扬州。如此则显应以王昶的回忆为准。（戴震：《戴震集》，上海古籍出版社 2009 年标点本，第 220、260 页。王昶：《春融堂集》，上海文化出版社 2013 年标点本，第 1141—1142 页）

昀、王鸣盛、钱大昕等新一代年轻学人相交。这些事件标志着考据学者逐渐聚集于京师,至此而后渐成学界之主流,其影响力不仅在于士林,对乾隆帝的文化好尚似乎也有影响。

第三阶段,乾隆三十九年至嘉庆四年元旦(1774—1799)。

这一阶段乃是乾隆帝统治的转衰时期。唐文基将发生于乾隆三十九年(1774)的山东王伦起义作为最重要的标志,这段时间内还发生了林爽文起义(1787)、白莲教起义(1796—1804)等。同样发生于乾隆三十九年前后的,还有再度升级的文化控制。乾隆三十八年(1773)开始的《四库全书》纂修工作,既为清朝文治的顶峰①,也引发了新一期的文字狱,乾隆三十九年(1774)的屈大均案乃当夫先路②,涉及沈德潜③的徐述夔《一柱楼诗》案(始于乾隆四十三年,1778)盖为其高潮。此类事件,显然是对士林风气与文化生态的重大打击,乾隆帝对"正统性"的问题似乎也改变了认识,社会上普遍流行一种"倒错"的夷夏观。④

乾隆四十年(1775)开始腾达,嘉庆四年(1800)被处死的和珅,也可以理解为这一时期吏治败坏和国势转衰的标志,而李侍尧(1780)、王亶望(1781)、陈辉祖(1782)、富勒浑(1786)、伍拉纳(1795)等大案也均发生于乾隆四十、五十年间,且系动辄数十

---

① 按照钱大昕的说法,"四库馆开而士大夫始重经史之学",这大概指考据学从精英士人扩散至全国,并渐渐成为一般士人标榜的学问。钱大昕:《潜研堂集》,第787页。

② 值得注意的是,雍正八年(1730)吕留良、曾静案期间,广东巡抚傅泰虽上奏要求严究屈大均诗文,但雍正帝却朱批为"糊涂繁渎不明人事之至"。

③ 沈德潜(1673—1769),字确士,号归愚,江苏长洲人。乾隆元年(1736)举博学鸿词报罢,乾隆四年(1739)进士,历任翰林院编修、侍读、侍讲学士、礼部侍郎、礼部尚书等,早年从叶燮学诗,论诗提倡格调,晚年得乾隆帝恩宠,但因《国朝诗别裁集》、《一柱楼诗集》等事件终遭死后清算。著有《归愚诗钞》《归愚文钞》《说诗晬语》等,选有《古诗源》《唐诗别裁集》《明诗别裁集》《清诗别裁集》《吴中七子诗选》等。

④ 说详刘浦江:《"倒错"的夷夏观——乾嘉时代思想史的另一种面相》,载氏著:《正统与华夷:中国传统政治文化研究》,中华书局2017年版,第172—203页。

万两以上的集团性贪腐,至少在相当程度上是议罪银制度推行(1780)造成的恶果,也反映出整个官场的溃烂。另外值得注意的是,乾隆三十七年(1772)十一月,乾隆帝已公开宣称将于八十六岁归政,并于次年秘密建储,以十五子永琰为皇太子。也就是说,乾隆帝正在有意识地为禅让做出政治上的打算,将具体事务交由嘉庆帝处理。但直到嘉庆四年(1799)乾隆皇帝去世,军国大政仍然由乾隆帝执掌,宫中的时宪书仍是"乾隆六十一年"至"乾隆六十四年",嘉庆元年(1797)时内府所刻之《钦定千叟宴诗》亦题"乾隆六十一年"[①]。故这四年严格说来依然属于乾隆帝统治的时代。当然,如果以年号判分乾、嘉,那么将嘉庆元年的禅位和同年爆发的白莲教起义目为标志性事件,似乎也并无不可。

最后一阶段,则为嘉庆四年至嘉庆二十五年(1799—1825)。

乾隆帝病逝于嘉庆四年正月初三日,当天嘉庆帝即软禁和珅,于正月十八日赐死和珅,查抄其家产,被视为嘉庆"新政"的开端。但本年内嘉庆帝对法式善[②]和洪亮吉[③]的处置,可以看出嘉庆帝本人只有意于守成,而无意于彻底更革乾隆末期之衰敝,其"新政"其实效果有限。面对19世纪士人逐渐兴起的经世思想、清议欲望,及

[①] 参见朱则杰《清代"千叟宴"与"千叟宴诗"考论》,《明清文学与文献(第一辑)》,黑龙江大学出版社2012年版,第277—308页。部分论述还参考了卜键《天有二日?禅让时期的大清朝政》,人民文学出版社2017年版。

[②] 嘉庆四年(1799),乾隆帝病逝不久,嘉庆帝即颁布求言诏。法式善上书"亲政维新",被嘉庆帝逐一驳斥并贬职。法式善(1753—1813),字开文,号时帆,又号梧门,蒙古正黄旗人,乾隆四十五年(1780)恩科进士,历任《四库全书》提调、国子监祭酒等。《存素堂诗初集》《续集》《梧门诗话》《槐厅载笔》《陶庐杂录》《清秘述闻》等。

[③] 嘉庆三年(1798年),嘉庆帝以征邪教疏为题考试翰林,洪亮吉力陈内外弊政为时所忌辞职回乡。次年为朱珪启用,又上书言"人才至今日消磨殆尽矣。数十年来,以模棱为晓事,以软弱为良,以钻营为进取之阶,以苟且为服官之计",被嘉庆帝下狱论斩,改流放伊犁,百日后释归。洪亮吉(1746—1809),字稚存,号北江,晚号更生,江苏阳湖人,乾隆五十五年(1790)榜眼,授翰林院编修、贵州学政等。考据、诗、骈文皆长,著有《卷施阁集》《更生斋集》《北江诗话》《春秋左传诂》等。

所暴露出的社会矛盾，帝王仍延续此前的策略加以压抑。这当然是"万马齐喑究可哀"的。嘉庆八年（1803）平民陈德手持小刀入宫行刺一事隐喻了王朝纲纪之解纽，而嘉庆年间风起云涌的白莲教起义（嘉庆九年平定，1804）、一度攻入北京的天理教起义（嘉庆十八年，1813），可以看作更显豁的衰退例证。此时西方势力尚未入侵，而大清帝国已步入夕阳。

第二节 乾嘉时期的思想史、学术史概况

借助现有的研究，我们可以对乾嘉时期的思想史、学术史加以简单概括。

学术史的情况似乎较为清晰，即所谓的"乾嘉考据学"。对乾嘉考据学的特色、派别，前贤学者的研究已经相当丰富。民国学者即有不少名著，如章太炎的《訄书·清儒》、刘师培的《清儒得失论》、罗振玉的《清代学术源流考》等均见功力，特别是梁启超的《中国近三百年学术史》与钱穆的同名著作，对乾嘉考据学的研究起到开风气的作用，学界在相当长的阶段内不能超出其核心观点之外。近年较有代表性的著作中，如漆永祥《乾嘉考据学研究》认为，乾嘉考据学与此前考据学的主要不同点在于："在考据学诸学科中，以小学为先导与枢纽，小学之中又绝重音韵学；四部书中经史子集兼治但又以经史为主；考据与义理兼治但又偏重考据；词章之学与释道之学被排斥在学术以外"①，又定义其研究范围为"主要指梁启超所论'正统派'，即以惠栋、戴震、钱大昕为代表的考据学家，浙东学派如章学诚，辨伪学派如崔述，桐城派如方苞、姚鼐，今文学家如庄存与、刘逢禄、龚自珍、魏源等，因其学术宗主与考据学派迥

---

① 漆永祥：《乾嘉考据学研究》，中国社会科学出版社1998年版，第2页。

异，故不在讨论之列"①。可见漆著对考据学的判断比较严格，且尤重视考察"乾嘉考据学"与历代考据学的差异性。②漆永祥分乾嘉考据学为惠、戴、钱三派，认为三派在治学门类、博专问题、汉宋问题存在差异。陈祖武《乾嘉学派研究》的界限则较宽泛，其书中所收人物不少就并非最具代表性的考据学家，盖将与考据牵涉的学者全部纳入研究视域③，其长处则是注意到儒林领袖和官方文化政策对考据学的倡导作用，及考据学与社会的关联，故与漆永祥专注于学理内部的思路形成互补。陈祖武并且延续了侯外庐的观点，认为汉学始于惠栋，发展于戴震，结束于阮元。两种观点均突破了传统吴、皖、扬州等的分派。

对于乾嘉考据学兴起的原因，漆永祥从学术观念变化、社会文化政策两方面给出了相当详尽的分析，大致上综合了已有的多种溯源思路，其指出的内部条件主要包括：乾嘉学者对考据学源头的追寻；古籍错讹日盛与刻书、卖书、藏书文化热潮的矛盾；反宋代经学与宗汉代经学的风气；主张积极入仕，排斥讲学、释道、享乐，而以学问为终身事业；疑古辨伪之风趋于消歇而转向求真等。外部条件则主要包括社会经济繁荣与盐商促进；官方文化政策提倡经学、实学，汉宋兼重；禁书与文字狱的压抑；等等。

对这一时期考据学与义理学的关系，也有相当多的研究。陈祖武通过对帝王经筵的考察后认为，乾隆三年至十八年（1738—1753），乾隆帝的态度是尊崇朱子。乾隆二十一年（1756），高宗皇帝开始质疑朱子，至乾隆六十年（1795），凡三十二次经筵讲学，质

---

① 漆永祥：《乾嘉考据学研究》，第5—6页。
② 从崔述被当时考据学界排斥来看，"乾嘉考据学"的门户是比较严密的。崔述：《崔东壁遗书》，上海古籍出版社1983年标点本，第1041页。
③ 陈祖武甚至为吴敬梓设立了专节，这一视角相当有趣。在笔者看来，吴敬梓尽管在乾隆初期仍活跃，但当时"乾嘉考据学"实未成气候，考据学家与吴敬梓也几乎无交集，很难认定吴敬梓及其《儒林外史》与乾嘉学派的关系。这种讨论固有价值，但似乎又令"乾嘉考据学"显得过于泛滥了——重学之士、学人和考据学家并非完全重合的概念。

疑朱子共有十七次之多。① 王达敏《姚鼐与乾嘉学派》则认为，乾隆帝在亲政前十年短暂尊宋，随后即转向淡漠宋学、崇奉汉学②，特别是乾隆三十六年（1771）以后，乾隆帝自己也接受考据学风的影响，日益倾向于以考据为文、以考据入诗。这些均足以说明考据学的兴盛与帝王提倡（及帝王对宋学的不满）关系密切，所谓"官学"不仅开四库馆一事而已。③ 不过其描述有一点易引发歧义，即所谓的"汉宋之争"虽有提倡考据、反对理学的一面，但在不少考据学家的实践中，同时也有以征实之义理学，取代空虚之义理学的层面，即葛兆光所说的"儒学重建"④。其代表则为戴震的《孟子字义疏证》和阮元的《性命古训》等。⑤ 还可以看到的是，单纯的考据也可能产生间接经世的作用。乾隆四十五年（1780）钱载上奏，言尧陵应在山西平阳而非山东濮州。对此，乾隆四十五年十二月二十五日上谕云："钱载本系晚达，且其事衹系考古，是以不加深咎。若遇朝廷政治，亦似此哓哓不已，朕必重治其罪。即如明季诸臣，每因遇事纷呶，盈廷聚讼，假公济私，始则各成门户，继且分树党援，以至无益于国政，而国事日非，不可不引为炯戒！"⑥ 乃从此考古之事，联想到明季党争及文人议政。此外，金石之学也可能有裨

---

① 陈祖武：《乾嘉学派研究》，人民出版社 2011 年版，第 6—7 页。

② 从乾隆帝的诗作来看，这一转向的过程相当漫长。如其尽管已在经筵开始质疑朱子，但"非欲与训诂家争坚白异同也"（乾隆二十五年庚辰，1760）。清高宗：《御制诗三集（一）》，吉林出版集团有限责任公司 2005 年影印本，第 320 页。在笔者看来，乾隆帝批评宋学，实际是欲帝、师合一而他对宋学的提倡，往往在于那些有利于帝王统治者的内容，如甘于贫贱。因此他对颜回的评价尤高。这些，均只是帝王统治术而非学。清高宗：《御制诗三集（三）》，第 524 页。

③ 乾隆帝对宋学的不满，可参夏长朴的《乾隆皇帝与汉宋之学》，夏氏认为主要原因是宋学有"君臣共治天下""天下治乱系宰相"等观点，与乾隆帝的"君师合一"想法不符。

④ 葛兆光：《中国思想史 第二卷》，第 406 页。

⑤ 参见林庆彰、张寿安编《乾嘉学者的义理学》，台北"中央研究院"中国文哲研究所 2003 年版。

⑥ 《清实录 第 22 册 高宗皇帝一四》，中华书局 1986 年影印本，第 969 页。这一事件也可以启发我们对所谓"馆阁文人"地位的看法，参见本书第二章第一节。

经世。如洪亮吉《关中金石记书后》中评价毕沅："皆公经世之务之获于稽古者也"①。

蔡长林指出乾嘉时期所谓"宋学"立场者，并非于理学著作与形上之学独有见解，其性理知识主要来自八股文，故其同道为热心于科举的一般士子；而"汉学"者则是对八股文、科举制度表示不满者。② 张循则指出："我们大体可以说，程朱系统之内能够完全坚守尊德性传统理念的人，正是那些无意对汉学'操戈入室'的人，换言之，对'汉宋之争'不屑参合的态度，使他们避免了被汉学化的命运。"③ 如此则可见"汉宋之争"同时又是社会价值观念的泛论了。而乾嘉考据学中所蕴含的"新义理学"因素，能够开出新的隐具"现代性"的道咸之学，在学理上也就可以说通。

在上述研究的基础上，本书尝试结合前面的历史分期，对相关话题加以叙说，希望借此一窥考据学在整个乾嘉士林中的位置，及其与其他学问的关系。

以乾隆元年至乾隆十五年（1736—1750）为第一期，可目之为考据学之萌芽期，代表性事件为惠栋《易汉学》的初成。乾隆十六年至乾隆三十八年（1751—1773）为第二期，可目之为考据学之树立期，主要表现为提倡汉学而与宋学相抗。考据学家除在江南扩张影响力外，还逐渐集中于京师，并随着官职升迁，影响力日益扩大。汉学与宋学、考据学与文学之间也开始引发论争，其尤者如惠栋与袁枚的论争。乾隆三十八年至嘉庆四年（1773—1799）为第三期，可目之为考据学之官学期。《四库全书》开馆则为这一影响力得到官方认证的重要表现。乾隆帝开四库馆，实际上即网罗天下考据学之

---

① 洪亮吉：《关中金石记书后》，毕沅：《关中金石记》，《丛书集成初编》第1525册，第174页。

② 详见蔡长林《从文士到经生：考据学风潮下的常州学派》，台北"中央研究院"中国文哲研究所2010年版。

③ 张循：《道术将为天下裂——清中叶"汉宋之争"的一个思想史探究》，广西师范大学出版社2017年版，第143页。

士为己用。除乾隆帝自己也接受考据学风的影响，日益倾向于以考据为文、以考据入诗之外，短于考据学的文士也逐渐受到挤压。如常州派洪亮吉、孙星衍等由"文士"转入"经生"，为此令袁枚大为不满；钱载虽贵为礼部侍郎，但因不满于考据学，而与戴震、卢文弨、翁方纲等先后失和；姚鼐则解官四库馆，由考据再度折回古文，以桐城文脉与考据学相抗。但当时维系风雅、领袖学林者多以考据为主，其间兴替可见。嘉庆四年至嘉庆二十五年（1800—1820）为第四期，可目之为考据学之演化期。这一阶段，乾隆朝考据名家多已谢世或步入衰年，虽不乏继武者如王念孙等，但考据学所受到的冲击也较此前为大。如常州刘逢禄（1776—1829）所倡之今文学已初成规模（并折服了段玉裁的外孙龚自珍），桐城方东树（1772—1851）著《汉学商兑》针对江藩《国朝汉学师承记》，与考据学相抗，都已开启新时代的学术动向。在道咸以后，这些思想在社会上盛行一时。

在此基础上仍应略论这一时期的士人心态问题，以见当时社会的一般思想观念，并作为下文讨论文学问题的开端。此处所论的士人心态，如罗宗强所说，指"士人群体的普遍的人生取向、道德操守、生活情趣，他们的人性的张扬与泯灭。……我所看重的是环境的影响，而非他们的生理的基础"[①]，其中之大者则在于政局、思潮与生活出路。清代的民族特殊问题，使得这些问题均展现出特殊的面貌。

近些年流行的"新清史"尝试将清代剔除出中国王朝之外，除用全球史眼光观察中国外[②]，其"内亚性"视角即谓清帝除了皇帝身份（中原地区的统治者）之外，同时还以可汗、文殊菩萨等身份

---

① 罗宗强：《玄学与魏晋士人心态》，南开大学出版社2003年版，第337页。
② 即"漫长的18世纪"（Long eighteenth century），指欧洲的17世纪末到19世纪初为具有相当特殊性、值得独立研究的启蒙时代（或称革命时代），而18世纪的中国与之甚为相似。参欧立德《乾隆帝》，社会科学文献出版社2014年版，英文版序第iv页。

为蒙、藏乃至中亚地区的共主。因此，汉文化与非汉文化的离心力同时贯穿于清代，并以近代的海防塞防之争、外蒙独立、达赖喇嘛流亡等政治事件为终结点。杨念群指出"内亚性"应该理解为一种服务于"正统"统治的技术手段①，且周振鹤的研究已证明清朝的"核心价值观"是儒家思想。② 钟焓则尝试论证元明清三代在"内亚性"的延续性③，均是对新清史研究的反思。汪荣祖的批评则更为严厉，认为此系西方霸权的谬见。④ 马子木的研究虽系个案，但却说明了"同文"与"满汉"之并行，颇有参考价值。⑤ 约言之，尽管"新清史"既有立说多有疏漏，各方立说的分寸、史料的判析还有待于进一步的探讨，但不可否认的是，清代所面临的异质文化碰撞与文化离心问题较诸前代远为明显，在官方提倡的"同文"之治与八旗子弟的汉化之外，还暗中别有貌合神离的内核。这一话题还有深化讨论的空间。

如果仍按照具有较大共识的成说，以传统的满—汉关系角度来看，满族贵族统治者面对满汉文化的冲突，对士人向来是采取笼络和打压的两手策略，既招揽汉族士人，又同时严厉打击文人结社和自由议论，并重点监控涉及夷夏问题的内容。清朝的前中期，文字狱的阴影始终笼罩在知识人的头上。此为人所共知而又影响巨大的文化背景。

据统计，乾隆年间文字狱一百三十余起，所禁书籍三千一百余种，禁毁书板约八万块以上，这种对士人的严厉控制是此前朝代所

---

① 杨念群：《如何诠释"正统性"是理解清朝历史的关键》，2017年9月22日，爱思想网：http://www.aisixiang.com/data/106097.html。

② 周振鹤：《圣谕广训：集解与研究》，上海书店出版社2006年版。

③ 钟焓：《重释内亚史——以研究方法论的检视为中心》，社会科学文献出版社2017年版。

④ 汪荣祖：《"中国"概念何以成为问题——就"新清史"及相关问题与欧立德教授商榷》，《探索与争鸣》2018年第6期。

⑤ 马子木：《清朝西进与17—18世纪士人的地理知识世界》，《中华文史论丛》2018年第3期。以上的表述也得到余一泓兄的提示。

无，就数量来看，在有清一朝中似也以乾隆时期最为酷烈。① 而且顺治、康熙、雍正历朝的文字狱案件，更主要出于政治上的考量，而且存在有"法外之地"；乾隆时期的文字狱案件，深文罗织的性质更加强烈，且在罪人之外，还严格禁毁相关著作②，甚至对提及钱谦益等忌讳人物的一般文章，连名字都要特意铲去，其范围包括文集、方志、碑文、匾额、摩崖等。就其大要观之，乾隆帝主要禁毁者，乃在明清之际的相关史事、议论，与涉及民族问题的相关研究。

从身份看，袁枚、戴震等当时著名士人，虽存有异端观念，反对理学，但并未真正受到文网的压制；纪昀痛贬理学却仍为乾隆帝之词臣、宠臣；反倒是理学家若谢济世等，以及一些地位相对低下的知识人往往深受文字狱的打击。这与康熙时期文字狱多波及名臣名士有一定的差别。王汎森发现，"在乾隆朝，最常见的受害者是下层的识字人……人们对本地社会之外的游离人物有较高的警戒或敌意"③。不过，这些人虽触忌讳，但真正有独立政治思想态度者其实甚少；相对而言，真正有能力发出异见议论，或收藏违碍书籍者，往往同时是地方上有地位的士绅，故除非遭到攻讦告密，反而相对安全。这就使文化案件变成政治案件的延伸了。这些现象，除展示出乾隆帝文化策略的变化外，也可以揭示出文字狱的两面性，即其虽令时代氛围趋于压抑、知识人倾向于自我审查，但中间仍有缝隙，并未彻底关闭士人议论的空间。能够公然说出"避席畏闻文字狱"的时代，士人心中的压抑甚深，但畏惧或许也是有限度的。

乾隆时代文字狱的压迫虽然仍较酷烈，但并非学者远离思想的根本原因——在此之前，康熙帝对"伪理学"名臣的批判就已经在

---

① 高翔在《近代的初曙》中认为其中一部分涉及反对现存政权、语言文字违法的案件不应划入文字狱的范围，故认为 18 世纪文字狱为 58 件，其中属乾隆时期的为 46 件。这一划分当然有其道理，但清廷处理此类事件的严酷程度实远远超过前朝，而且对于当时士林也产生实际影响，故此处仅引述而不予采用。
② 包括忌讳人物本人之著述，及其作序之书，乃至与其关系密切之著述。
③ 王汎森：《权力的毛细管作用》，第 374 页。

摧毁理学的基础,而雍正帝对"僧诤"的参与也使佛教世界衰微,故这时候的思想界实际已经缺乏活力,文字狱所针对的对象也罕有拥具深刻思想者。[1] 乾嘉考据学固然是在思想界呈现颓势之后兴起,并表达出对"新义理学"的部分反思,但这些反思只集中于少量学者中间,多数参与者恐怕仍然是受风潮的影响而进入考据,即将其视为一种处于鄙视链顶端的学问,地位高于诗文创作或理学讲章。而这影响则同样来自官方力量。更具体地说,从事考据学能够成为士人在世俗生活的"向上一路"。

袁枚曾经尖锐地指出考据学所需的财力并非一般士人所能达到,其理甚是。漆永祥则在《乾嘉考据学研究》中论及盐商对于乾嘉考据学的提倡与影响,并以扬州马氏兄弟[2]为例证。但马氏兄弟小玲珑山馆的主要活动仍是文人诗酒雅集,收藏、校勘、刻书之业可能也是重于风雅,所建立的似乎还并不能算是考据学共同体[3],此类对考据学的提倡,乃至对扬州学派的启发作用,恐怕还只是一部分,甚至是侧面的。[4] 不妨再参看尚小明的《学人游幕与清代学术》对幕府的考索——尚氏认为,马氏兄弟亦属两淮盐运使卢见曾幕府中人,而卢氏幕宾中最重要的人才、负责校书的学者则为惠栋。此外较能网罗人才,于修撰著作、校刊典籍、培养人才有重大贡献者若朱筠幕府、毕沅幕府、阮元幕府等,多能以个人政治影响力,吸引学者

---

[1] 杨耀翔兄指出,佛学教理衰微后出现的思想—信仰空白,相当程度上被民间神怪和斋教香堂填补了。唯笔者尚未见到从这一角度探讨清代普通士人精神世界的专门论著。

[2] 马氏兄弟:马曰琯(1687—1755),字秋玉,号嶰谷。马曰璐(1711—1799),字佩兮,号南斋。安徽祁门人,迁居扬州,为著名盐商,乾隆元年(1736)兄弟均举博学鸿词,不就。藏书甚富,且好吟咏。马曰琯著有《沙河逸老集》《嶰谷词》等,马曰璐著有《南斋集》。

[3] 严迪昌:《往事惊心叫断鸿——扬州马氏小玲珑山馆与雍、乾之际广陵文学集群》,《文学遗产》2002年第4期。严氏此文还认为小玲珑山馆同时还是不合群士人的庇护所,此观点也值得注意。

[4] 尚小明指出,扬州文风之兴,是地方官提倡、商业兴盛两个因素的产物。尚小明:《学人游幕与清代学术(增订本)》,东方出版社2018年版,第216—217页。

文人追随，其对学术的促进作用显在地方藏书家之上。幕府学术的兴起，这一时间与乾隆帝开四库馆大致同步。事实上，四库馆即相当于是帝王之学术幕府，其收纳士人的范围之广和影响力之大，似远超于此前清代帝王的官方修书。

也就是说，在帝王、大吏的提倡之下，考据学可以为士人的生存提供一种新的出路，且这出路或许要好于单纯的文士。[①] 考据学或许最初与士人的自我压抑和避祸心理关系密切，存在与主流意识形态离心的层面，但及至乾隆中后期的朴学大盛，似已隐然转化为主流意识形态的重要一翼。

随着南明的衰亡及康熙以降几朝统治所展现出的升平盛世，新一代的知识人（特别是文人）对易代之痛、夷夏之感逐渐淡漠，思想观念上多更倾向于朝廷体制，并多有歌功颂德的盛世雅音。然而文化本身的震荡和清初的压迫痛楚实际并未彻底消除，对亡明的怀念寄托也时而在民间乃至思想潜流中出现，特别是江南地区所盛行的宋明史研究；祭祀岳飞、张苍水等社会活动及怀古吟咏中均有或隐或显的展示。而清帝之心术亦常常集中于斯类问题，姚念慈对于康熙帝的分析已经相当好地展示出了玄烨的政治心理与个人心态。[②] 同样的视角应该也可以用于对乾隆帝的分析。弘历对杭世骏、沈德潜等的态度，及对"正统"问题的反复言说，均是相当好的帝王心态研究个案——遗憾的是，目前较深入的研究似乎还不多。嘉庆时期虽然明显在文化政策方面放宽，但洪亮吉的因言获罪也同样是值得注意的政治文化事件。大致而言，这一时期的文化禁令，重点依

[①] 参见艾尔曼《从理学到朴学：中华帝国晚期思想与社会变化面面观》，江苏人民出版社 2012 年版。不过，这里的判断似乎还缺乏更具体的定量研究。文人润笔、入幕修书，哪个才是一般士人的治生良策？也许还值得再判断。但在这一时期，考据学比辞章学更利于举业和接触上层大员，似乎是可信的。而且，考据学者也同样有能力代写碑版、寿序等应酬文字以获得润笔。从其学养、地位来看，考据学者的机会似比一般辞章之士为优。

[②] 参见姚念慈《康熙盛世与帝王心术——评"自古得天下之正莫如我朝"》，生活·读书·新知三联书店 2015 年版。

然在于明清易代的历史遗留问题，与当时政治权力、利益分割等。对小说的禁毁基本上是延续旧贯。而思想界的"洪水猛兽"也不是皇权的首要敌人，争议仅限于学术界内部，甚至不少遭到"默杀"。这也可以从侧面说明，不论是理学传统的延续，抑或考据学所致力的"新义理学"，其实际影响都不及于国家大政，甚至只是少量知识精英所持有的特殊观点。但这八十五年间所打下的思想基础，如对宋学的反拨、对征实求信的重视、对今文学的提出、对诸子学的研究等，对道光以后的思想起到了导夫先路的作用。

此外，相当值得注意的是，提倡个性的思想，在乾嘉时期也颇流行。这似乎代表着盛世之下仍存离心力量，一定程度上应该归结于晚明王学的影响[1]，此外魏晋、南宋等文化形态的影响也不容忽视。戴震的《孟子字义疏证》尽管在理论深度上较之前代学者为"倒退"（劳思光语），但提倡"情欲"以反对"理欲"，在思想史上确有重要意义。与其有类似哲学观点的还有焦循[2]、阮元[3]、凌廷堪[4]等，并在贬低宋学和称述王学上产生了相当的共鸣。这一类的哲学观点与思想表述成为性灵观念的土壤，而与文学创作的某些面貌恰相契合，袁枚[5]的"性灵派"与吴敬梓《儒林外史》、曹雪芹《红

---

[1] 这种影响也投注在文学、艺术领域。

[2] 焦循（1763—1820），字理堂，江苏扬州人。于天文历算、易学、三礼、训诂均有造诣，为扬州学派代表人物，戏曲理论家。著有《雕菰楼易学三书》《论语通释》《雕菰集》《剧说》等。

[3] 阮元（1764—1849），字伯元，号芸台，江苏仪征人。乾隆五十四年（1789）进士，任翰林院编修、山东学政、浙江学政、浙江巡抚、江西巡抚、湖广总督等，主持编纂了《经籍籑诂》《皇清经解》《十三经注疏校勘记》《两浙𬨎轩录》《畴人传》《儒林传稿》等著作，建立了诂经精舍、学海堂等。著有《揅经室集》等。

[4] 凌廷堪（1755—1809），字次仲，安徽歙县人，乾隆五十五年（1790）进士，选宁国府学教授。于礼学、词学、骈文等均有造诣。著有《礼经释例》《校礼堂文集》《诗集》《梅边吹笛谱》等。

[5] 袁枚（1716—1798），字子才，号简斋、随园，浙江钱塘人。乾隆元年（1736）与博学鸿词未中，乾隆四年（1739）进士，七年散馆考试成绩不佳，历任江苏溧水、沭阳、江宁知县，乾隆十七年（1742）解官寓居随园，专力文学。论诗主性灵，为当时诗坛领袖，古、骈文亦有名于世。著有《小仓山房诗集》《小仓山房文集》《随园诗话》等。

楼梦》等,均系发扬主体个性的文学代表。龚自珍可以看作是代表了朴学时代的收结和今文时代的开端,他在嘉庆二十四、二十五年间(1819—1820)治学途辙与思想心态的改变无疑意味深长。

此外,中国与欧洲国家也依然有相当程度的交流,如马戛尔尼来华(1793)事件的重要影响,科技、建筑等文化的交流则更有不少值得关注之处。而18世纪的传教士与启蒙运动思想家也对中国进行了介绍与研究。限于个人能力和写作体例,本书仅讨论汉文史料与以汉文书写的文学,但这一观念某种程度上的介入也许在未来是必要的,也是文学思想研究的方向之一。

鉴于清帝的乾纲独断凌驾此前,乾隆帝①本人的个性也起到相当重要的影响。他未继位时有《乐善堂集》,已表现出与乃父不同的政治性格。其亲政初期"冀为成康",在文化政策方面趋于平缓,同时表现为对理学的提倡,此亦为在思想领域对雍正帝之拨正。②但此时朴学在民间已有相当的影响力,惠栋、戴震等学人已有考据著作,并逐渐产生学术交集。不少学者认为乾隆十六年(1751)特诏经学之士,得顾栋高等人乃是帝王转向朴学的标志性事件。在笔者看来,乾隆帝真正转向朴学应在更晚(应在开四库馆前后),但此事确实起到相当的移易风气作用。由"通经致用"转入"通经考古",乃是一种具有延续性的思想潮流。尽管乾隆帝在一般表述中倾向于汉宋兼采,但其个人趣味既已转移,手下文臣若纪昀等对宋学的批评乃更趋流行。反过来看,纪昀等在《四库全书总目》中对宋学的批评,对于清帝的学术观念也产生了影响。也许可以说,在这样的文化政策、学术转向之共同作用下,以理学为代表的精神世界已经崩塌(佛教世界则在雍正参与僧诤时衰歇),以考据为中心的汉学成为社

---

① 爱新觉罗·弘历(1711—1799),庙号高宗,雍正皇帝第四子。在位期间为"康乾盛世"顶峰时期。其文治与文化控制并重,大兴文字狱,编纂《四库全书》。

② 对此也有不同观点,如欧立德认为"从其最初几年的统治基调来看,却更像是雍正时期的延续……他更像是一个带有嘲讽性的雍正",但此观点似乎并未得到普遍认同,且与时人的感受相左。欧立德:《乾隆帝》,第29页。

会的主流，并在义理的发展中代替了宋学的地位。只有在对政治有特别需要的场合，才会认真地提及理学与汉宋关系问题。嘉庆帝①执政中期以后，似乎转向尊宋，这与朴学的衰落、桐城派的兴起在时间上大致同步。

乾隆帝统治期间御修书籍甚多，既为其稽古右文的文化政策，同时也有维护治理的政治考量。其中最具代表性的乃是乾隆三十七年（1772）开始的《四库全书》纂修，收录典籍 3488 种，存目 6783 种，并撰成了在中国学术史上极有意义的《四库全书总目》。因其同时也禁毁书籍 2629 种，挖改 2027 部，故历来评价褒贬不一。但不论怎么说，《四库全书总目》都是学术史上集大成之作，并对此后的学术格局产生了相当重大的影响。此时，出生于雍正末至乾隆初的一批学者多在壮年，或在政治上具有相当的地位，或处于学术研究的高峰期，故迭有考据名著，亦为《总目》的成功奠定了基础。此时学术风气一以考据为宗，欲与考据学相抗者多处在相对边缘的位置，故乾隆帝的揄扬朴学，既是个人兴趣和文化政策使然，同时也可能是为世变学风所移。但同样随着这一代学者的凋零，乾嘉朴学也逐渐走向衰微，随着桐城派的兴起，汉消宋长已经在乾隆末期初露端倪。尽管此后还出现了"高邮王氏四种"这样的集大成之作，但总体学风趋于萎苶似是不争的事实。嘉庆末期开始兴起的今文经学乃是朴学之变调，嘉庆二十四年（1819）龚自珍转向公羊学似乎可以理解为一个标志性的文化事件，代表时代学风正由考据求是而逐渐转向经世致用，此即为 19 世纪之新声。②

总体而论，在乾嘉学风之下，思想、哲学相对不振，纯讲理学

---

① 爱新觉罗·颙琰（1760—1820），庙号仁宗，乾隆皇帝第十五子。在位期间为清朝由盛转衰的转折点。

② 对"顾祠"的相关研究也证明了这一点。可以参考段志强《顾祠——顾炎武与晚清士人政治人格的重塑》，复旦大学出版社 2015 年版。王汎森：《清代儒者的全神堂——〈国史儒林传〉与道光年间顾祠祭的成立》，载氏著《权力的毛细管作用》，第 567—604 页。

殊乏名家，且深受官方意识形态的支配，正所谓"去古日以远，道学世所鄙"①。考据学者也已由清初之致用而转向专心考古。其长处则是实事求是，注重实证，并拨正宋儒说经臆断之失。由于朴学本身的义理学资源较为有限，因此实际上往往还需在践履维度上尊崇宋儒。因此钱穆在《中国近三百年学术史》中就尝试从这一角度进行挖掘，以拨正梁启超论学术史仅侧重于"为学术而学术"之失。然而考据学作为一种风气，所追求的乃是学问博雅一面，经世方面本自有限。而且，当时的汉宋之争在今天理应得到更深入的解读。

第三节　乾嘉文学概述（上）：流派概述（附理论批评）

接下来应该简单介绍的是乾嘉文学的主要情况。尽管就基本层面的资料和认识来说，诸多文学史和前贤论著已经有相当丰富的论述，这里限于篇幅也不能完全展开个人的意见，但这毕竟是本书得以展开的基础，且集中性的梳理也为数不多，故这里的概述对于下文的开展仍然是有意义的。本书旨在搭建一个理解乾嘉文学思想的新框架，故希望在此处相对全面地提炼出乾嘉文学的一些基本情况。

论述方法与本书的总体思路相因应，取一纵一横的方式，即先简单分体、分流派介绍的基本情况，再尝试对乾嘉文学进行历时性的探讨。此节内容也是对绪论文献综述部分的扩充介绍和基本研判。在不同学者的研究视野中，流派、文人群体，既有差异，又易混淆：流派应侧重于理论、观念的一脉相承性；诗群则侧重于学缘、交游的关系。本书对各家不同的分派、定义的折中，基本以从宽为主，泛称为

---

① 《读王予中先生白田存稿敬书于后吾师汪文端公尝出先生门古人以亲受业者为弟子，弟子所转授者为门人余于先生渊源故有自也》，赵翼：《赵翼全集 四》，凤凰出版社2009年标点本，第59页。

"派别"。限于篇幅，仅作综合性鸟瞰与折中，不作过分烦琐的辨析。

第一，诗。这方面比较有代表性的研究有严迪昌《清诗史》、朱则杰《清诗史》、刘世南《清诗流派史》与王宏林《乾嘉诗学研究》等。此处论述兼酌各家观点，认为这一时期较主要的派别为：浙派①。其盟主为厉鹗②，代表人物有杭世骏③、吴锡麒④等⑤，主要特征为宗宋代诗人，用宋代典故。

秀水派。创始者为金德瑛⑥，盟主为钱载，多为宗法黄庭坚的馆阁诗人⑦。

格调派⑧。前期盟主为沈德潜，后期盟主为王昶⑨，主要宗旨为讲求诗教、格调等儒家传统，不废神韵但倾向复古。沈氏的《说诗晬语》上继叶燮（1627—1703）的《原诗》，可以看作格调派诗学

---

① "浙派"的概念有明显争议，特别是张仲谋提出的"一祖三宗"说，认为黄宗羲为初祖，查慎行、厉鹗、钱载为三宗，为较特异之观点。本文认为浙派应该是以厉鹗为中心的诗人群体，其观点与刘世南、王宏林等接近。

② 厉鹗（1692—1752），字太鸿，号樊榭，浙江钱塘人。康熙五十九年（1720）举人，乾隆元年荐举博学鸿词报罢。有《宋诗纪事》《樊榭山房集》《秋林琴雅》等《绝妙好辞笺》（与查为仁合作）。

③ 杭世骏（1696—1772），字大宗，号堇浦，浙江仁和人。早岁有志史学，与全祖望、厉鹗等砥砺、吟咏。乾隆元年（1736）举博学鸿词，与修《礼记义疏》，八年（1743）因"内满外汉"获谴归里。主讲粤秀书院、安定书院。著有《续礼记集说》《史记考证》《道古堂文集》《道古堂诗集》《榕城诗话》等。

④ 吴锡麒（1746—1818），字谷人，浙江钱塘人。乾隆四十年（1775）进士，历任翰林院庶吉士、编修、国子监祭酒。归里后主扬州安定书院。诗、骈文、时文、词均工，著有《有正山房集》等。

⑤ 此外的重要人物有全祖望、金农、胡天游、汪师韩、汪沆、齐召南等。

⑥ 金德瑛（1701—1762），字汝白，号桧门。浙江仁和人。乾隆元年（1736）状元，授翰林院修撰，江西、山东学政等。秀水诗派代表人物，又长于金石、书画等。著有《桧门诗存》。

⑦ 此外的重要人物有祝维诰、王又曾、万光泰、汪孟鋗、汪仲鈖等。

⑧ 王宏林指出了"格调派"是近人后起之称，清代只有"吴派"叫法。但"格调派"的叫法能够把握沈德潜诗群的本质，故亦不妨沿用。王宏林：《乾嘉诗学研究》，百花洲文艺出版社2017年版，第44页。

⑨ 此外的重要人物有"吴中七子"（王鸣盛、王昶、钱大昕、曹仁虎、黄文莲、赵文哲、吴泰来）、盛锦、顾诒禄等。

理论的代表。

　　肌理派[1]。代表人物为翁方纲，与之风格近似的有李文藻[2]、桂馥[3]、孔继涵[4]等[5]，主要特点是以学问为诗，乃至用诗体叙写学术观点。翁方纲的《石洲诗话》及其文集中《神韵论》诸篇，对肌理诗学的阐释颇为清晰。

　　性灵派。领袖为袁枚，前期代表人物有赵翼[6]、蒋士铨等[7]，后期代表人物有孙原湘[8]、张问陶[9]、舒位[10]等[11]，主要特点是主张抒发

---

[1] 王宏林指出，"肌理派"是现代学者的产物，且就翁方纲门下弟子的风格来说，也有明显差别，故"肌理派似乎很难称为一个文学流派"。笔者认为此言成理，但鉴于肌理诗学的影响力与特殊性，姑仍成说，列为一派。参见王宏林《乾嘉诗学研究》，第49—51页。

[2] 李文藻（1730—1778），字素伯，号南涧，山东益都人。乾隆二十六年（1761）进士，历任广东恩平知县、广西桂林同知，卒于任。藏书数万卷，与周永年校刊《贷园丛书》。著有《南涧文集》《岭南诗集》《诸城金石略》等。

[3] 桂馥（1736—1805），号未谷，山东曲阜人，乾隆五十五年（1790）进士，选云南永平知县。著有《晚学集》《说文解字义证》《札朴》等。

[4] 孔继涵（1739—1784），字体生，号荭谷，山东曲阜人，乾隆三十六年（1771）进士，历任户部河南司主事、《日下旧闻》纂修官等。辑《微波榭丛书》《算经十书》等，著有《红榈书屋诗集》《斫冰词》等。

[5] 此处依照了严迪昌《清诗史》的观点，刘世南《清诗流派史》则认为肌理派成员应该包括谢启昆、翁树培、阮元、梁章钜等。

[6] 赵翼（1729—1814），字云崧，号瓯北，江苏阳湖人，乾隆二十六年（1761）进士，历任翰林院编修、顺天乡试主考官、广东广州府知府等。乾隆三十八年（1773）乞归，晚年主讲扬州安定书院。于史学与钱大昕、王鸣盛齐名，诗与袁枚、蒋士铨齐名。著有《廿二史札记》《陔余丛考》《瓯北诗话》等。

[7] 钱锺书《谈艺录》认为，从诗风来看，应以张问陶代蒋士铨。此处姑从通行说法。

[8] 孙原湘（1760—1829），字子潇，号心青，江苏昭文人，嘉庆四年（1799）进士，选庶吉士、武英殿协修官。著有《天真阁集》五十四卷。

[9] 张问陶（1764—1814），字仲冶，号船山，四川遂宁人，张鹏翮玄孙。乾隆五十五年（1790）进士，历任翰林院庶吉士、检讨、山东莱州府知府。著有《船山诗草》等。

[10] 舒位（1765—1815），字立人，号铁云，直隶大兴人。乾隆五十三年（1788）举人。著有《瓶水斋诗集》《诗话》等。

[11] 此外的重要人物有何士颙、王昙、王文治、杨芳灿等。

性灵，讲求才情，对考据入诗、摹拟古人等创作倾向有所不满。袁枚的诗学代表著作为《续诗品》《随园诗话》，此外赵翼的《瓯北诗话》等也颇重要。不同作家间的理论差异颇大，亦可看出性灵诗学之兼容性。

桐城诗派。创始者为姚范①，盟主为姚鼐②，主张熔铸唐宋，推重李商隐、黄庭坚之诗。

高密诗派。代表人物为"高密三李"李宪暠、李宪噩、李宪乔③，推重中晚唐诗风。《重订中晚唐诗人主客图》可代表三李之诗学。

此外，流行的"诗派"还有岭南诗派④、毗陵诗派⑤等，但这些只能算地域性的诗人群体，并非流派⑥，影响力也较有限。

在这些派别中，浙派、格调派在雍正朝至乾隆初期较为兴盛，乾隆中期则似逐渐被秀水派所替代。性灵派的影响最大，持续时间也最长，至嘉庆间仍有余波。其他各派的影响时长和影响范围似乎较之稍逊。值得注意的是，这些流派的畛域都不严格，多数大抵是介于诗人群体与风格流派之间。如肌理派也多有"诗人之诗"，而性灵派如赵翼等以诗说理、论史，甚至有"是知兴会超，亦贵肌理

---

① 姚范（1702—1771），字南青，号姜坞，安徽桐城人，姚鼐之叔。乾隆七年（1742）进士，官翰林院编修等。著有《援鹑堂诗集》《援鹑堂文集》《援鹑堂笔记》等。

② 此外的重要人物有方东树、梅曾亮、鲍桂星、姚莹等。

③ 李宪暠（？—？），字怀民，以字行，诸生，山东高密人。与弟李宪噩、李宪乔并称"三李"，与李宪乔有《重订中晚唐诗人主客图》二卷。李宪噩（？—？），字叔白，诸生。李宪乔（1746—1799），字子乔，乾隆四十一年（1776）举人。有《李氏三先生诗钞》。

④ 代表人物有黎简、冯敏昌、张维屏、宋湘等岭南诗人。

⑤ 代表人物为"毗陵七子"洪亮吉、黄仲则、孙星衍、赵怀玉、杨伦、吕星垣、徐书受等。

⑥ 王宏林业已指出这些称法视为流派较显牵强，但因系重要的诗人群体，亦酌录于此。

亲"① 一类观点，严格说来与袁枚的风格已大不同。总的说来，各派固有不同主张，但也有融通集成之趋势。

第二，词。最有代表性的研究当首推严迪昌《清词史》。严迪昌的大致分派为：

浙派。中期代表人物厉鹗，此期浙派词人群体主要分布在杭嘉湖②、扬州③、吴中④地区。风格以幽隽为主。后期代表人物为吴锡麒、郭麐⑤，有所改良⑥。

阳羡派后劲。乾嘉时期可分为"派外流响"⑦与"界内新变"⑧两类。

常州词派。主要代表人物为张惠言⑨、周济⑩等⑪。"寄托出入"之说，尤具理论创新，且其尊体的努力，有与官方词学观念抗武之意味。⑫

此外还有"学者词群"⑬及一些难以定为流派的词人群体，词坛的面貌大致可概括为"多元"。大致言之，雍正至乾隆初期主要流

---

① 赵翼：《赵翼全集 四》，第68页。
② 代表人物有徐逢吉、吴焯、陈章、陈撰、张云锦、朱芳蔼等。
③ 代表人物有江昱、江昉、江炳炎、张四科、马曰琯、马曰璐、郑沄、吴烺、朱昂、汪棣等。
④ 代表人物有王昶、王鸣盛、钱大昕、赵文哲、吴泰来、过春山等。
⑤ 郭麐（1767—1831），字群伯，号频伽，江苏吴江人。讲学蕺山书院，诗、书、画均工，著有《灵芬馆诗集》三十八卷、《灵芬馆诗话》十二卷等。
⑥ 代表人物有吴锡麒、郭麐、吴翌凤、改琦和"后吴中七子"等。
⑦ 代表人物有郑燮、蒋士铨、黄景仁、洪亮吉、赵怀玉、姚椿等。
⑧ 代表人物有史承谦、史承豫、储秘书、任曾贻、储国钧、任安上、潘允喆等。
⑨ 张惠言（1761—1802），字皋文，江苏武进人。嘉庆四年（1799）进士，官翰林院编修。著有《周易虞氏义》《茗柯文》《茗柯词》等。
⑩ 周济（1781—1839），字保绪，号未斋、止庵，江苏荆溪人，嘉庆十年（1805）进士。著有《止庵词》《词辨》，编有《宋四家词选》等。
⑪ 代表人物有左辅、恽敬、张琦、李兆洛、钱季重、丁履恒、陆继、金式玉、金应珪、金应珹、郑抡元、董士锡、宋翔凤、刘逢禄等。
⑫ 此观点承刘崇德先生于2019年5月24日提示。
⑬ 代表人物有凌廷堪、江藩、焦循等。

派为浙派，嘉庆至道光时期则为常州派。乾嘉主要时期的词家，创作数量稍衰歇，理论表述亦不够充分，其成就相对来说较其前、其后似也为稍低，也不足以成为流派。①

第三，散文。郭预衡《中国散文史长编》② 将本时期文家分为桐城之文③、阳湖之文④、才人之文⑤三类。谭家健《中国散文史纲要》⑥ 则以桐城、桐城以外为判分，桐城派以外者有文人之文⑦、学者之文⑧、阳湖派三门。另一力作《中国散文通史 清代卷》则以文体作为划分论述的依据。⑨ 大致来看，今人乃以桐城派为乾嘉时期散文的核心，而对乾嘉学者的散文创作较为轻视，这与今之"文学"观念显然密切相关，与当时的文学主潮则未必全同。然而，即使是采取较狭义的散文观念，章学诚《文史通义》中的理论观念及其古文实践显然也是不应忽视的，其见解多有极透辟之处。至于考据学家的文学思想研究，则不得不推刘奕的《乾嘉经学家文学思想研究》，其所讨论的内容多为前人所轻视，但又几乎可说是这一时期的散文创作主潮。不过，就文学批评之体系性、影响力看，这一时期仍以桐城文派为最。

---

① 徐珂认为，王渔洋对词学的轻视导致了人们目填词为小技，直到道咸间常州派兴起以后，词道才大昌。徐珂：《清代词学概论》，大东书局1926年版，第1—2、12页。
② 郭预衡：《中国散文史长编》，山西教育出版社2008年版。
③ 代表人物为方苞、刘大櫆、姚鼐。
④ 代表人物为恽敬、张惠言。
⑤ 代表人物为郑燮、袁枚。
⑥ 谭家健：《中国散文史纲要》，山西教育出版社2011年版。
⑦ 代表人物为袁枚、蒋士铨、彭端淑、沈复。
⑧ 代表人物为全祖望、纪昀、钱大昕。
⑨ 该书分为论辩文、书信文、序跋文、杂论文、传状文、碑志文、杂记文、札记文、辞赋文、哀祭文、赠序文。

对于"桐城派",过去一般认为创始于方苞①,然王达敏则认为桐城文派实际是姚鼐②的有意建构。③ 笔者认为,方苞、刘大櫆、姚鼐的影响承传关系昭然,而且桐城作家间的关联性也颇密切,不宜骤然割裂。这里姑按照通行说法,则桐城派的主要代表人物为方苞、刘大櫆、姚鼐等,其后劲还有方东树、梅曾亮、鲍桂星、姚莹等人,这也是"文学史"所关注的主要文章流派。除桐城派外,阳湖派属桐城旁支,且出现时间稍晚,影响力也不及;袁枚等"文人之文"虽有特色,不成流派。不过,这一时期的主流文章,或者说最有特点的文章,应该是学者之文(可参考刘奕的相关论述),这种判断有可能逸出通常文学史家的认知观念,可成为有益的补充。

第四,骈文。代表性研究为杨旭辉《清代骈文史》④ 及杨建华《清代乾嘉骈文研究》⑤。杨旭辉的划分较有代表性主要以地域区分骈文作家,即苏州⑥、浙派⑦、常州⑧、扬州⑨作家群。就现有研究意见来看,骈文家的"派别"不甚彰显,主要仍以地域为划分标准。

---

① 方苞(1668—1749),字凤九,号灵皋、望溪,安徽桐城人。康熙四十五年(1706)进士,历任翰林院侍讲学士、内阁学士、礼部侍郎等。著有《周官析疑》《礼记析疑》《仪礼析疑》等。

② 姚鼐(1732—1815),字姬传,号惜抱,安徽桐城人。乾隆二十八年(1763)进士,任刑部郎中、四库全书馆纂修官,因论学不合告归,主讲梅花、敬敷、紫阳、钟山等书院。著有《惜抱轩文集》十六卷、《后集》十卷、《诗集》十卷、《笔记》八卷、《尺牍》八卷、《书录》四卷等。

③ 王达敏:《姚鼐与乾嘉学派》,学苑出版社2007年版,第1页。

④ 杨旭辉:《清代骈文史》,人民出版社2013年版。

⑤ 杨建华:《清代乾嘉骈文研究》,光明日报出版社2011年版。

⑥ 代表人物有学人作家陈黄中、顾广圻等;文人作家邵齐焘、王芑孙、郭麐、孙原湘、宋翔凤等。

⑦ 代表人物有胡天游、杭世骏、吴锡麒、冯浩、沈初、胡敬、查揆、端木国瑚、姚燮、厉鹗、袁枚、卢文弨、邵晋涵、王昙、陈均等。

⑧ 代表人物有洪亮吉、钱维、管世铭、刘星、孙星衍、赵怀、刘嗣、杨方灿、杨揆、顾敏恒、王苏、孙尔准、张惠言、张琦、恽敬、董士锡、方履籛、陆继辂、李兆洛等。

⑨ 代表人物有曾燠、吴鼒、汪中、凌廷堪、江藩、阮葵生、王钦霖等。

理论批评方面，阮元的"文笔之辨"与李兆洛的"骈散合一"论是比较重要的。

第五，戏曲。廖奔、刘彦君著《中国戏曲发展史 第4卷》，秦华生、刘文峰主编《清代戏曲发展史》，主要介绍了唐英《古柏堂传奇》①、杨潮观《吟风阁杂剧》② 及蒋士铨③的剧作，总体观点是此时的戏曲创作已彻底地案头化了，还谈及乾嘉时期的戏曲理论著作④、宫廷大戏和节戏等，所涉及的主要内容大体一致。王春晓的《乾隆时期戏曲研究——以清代中叶戏曲发展的嬗变为核心》⑤ 分上下两编讨论了内廷承应大戏的繁荣与文人戏曲创作的由盛转衰，较此前的论述更为细致，更特别地提出了乾隆时期演剧成为礼仪制度，并服从于政统建设。总体来看，这一时期戏曲创作的数量有限，成就亦不高。另外，这一时期的戏曲虽然较少传统文学史意义上的杰出作品，但乾隆五十五年（1790）以来四大徽班的进京实际上开启了戏剧艺术的新局面，同样值得加以重视。

第六，白话小说。乾嘉时期长篇世情小说的叙事艺术和思想深度业已走上巅峰，其他体裁也多有新的发展变化。代表研究为李剑国、陈洪主编的《中国小说通史·清代卷》。该书对清代小说进行了全面研究，而于白话小说着力尤多。这一时期成就最高的为世情小说，代表著为吴敬梓《儒林外史》、曹雪芹《红楼梦》这两部小说

---

① 唐英（1682—1755?），字隽公，号蜗寄居士，汉军正黄旗人，服役内廷，曾监管景德镇玉器窑务。《古柏堂传奇》为其所作戏曲作品十七种。
② 杨潮观（1712—1791），字宏度，号笠湖，江苏无锡人，乾隆元年（1736）举人，出任县令，与袁枚交情深厚。《吟风阁杂剧》为其杂剧三十二种，取材历史故事而有所针砭。
③ 蒋士铨（1725—1785），字心余，江西铅山人。乾隆二十二年（1757）进士，任翰林院编修，二十九年（1764）归里。主蕺山书院、安定书院。著有《忠雅堂诗集》二十七卷、《文集》十二卷、《桐弦词》二卷等。
④ 主要有黄图珌、徐大椿、李调元、黄文旸、吴长元、李斗、黄幡绰、焦循的著作。
⑤ 王春晓：《乾隆时期戏曲研究——以清代中叶戏曲发展的嬗变为核心》，中国书籍出版社2015年版。

史上的巅峰之作。① 才子佳人、神怪②、历史演义③、英雄传奇④小说也均有发展。题材混融综合的现象进一步加强，而引才学入小说⑤的现象也在乾嘉学风的影响出现。以卧闲草堂评《儒林外史》、脂砚斋批评《石头记》为代表的小说批评也提出了"是非自见""囫囵语"等新的理论命题。⑥

第七，文言小说。代表研究为詹颂《乾嘉文言小说研究》。詹颂指出，乾嘉时期的文言小说创作，初中期（1736—1775）只有《西青散记》影响深远，乾隆后期至嘉庆时期（1776—1820）成书者多，以乾隆末至嘉庆前期为盛。流派方面，詹颂批判了苗壮等人的传奇、笔记二分法⑦及张俊的《聊斋》《阅微》二分法⑧，而沿用了鲁迅《中国小说史略》中的拟晋、拟唐二分法，乃从小说家所取法的文体传统出发考察，认为拟晋小说如《阅微草堂笔记》等局限于古小说观念，拘泥实录；而拟唐小说如和邦额《夜谭随录》、沈起凤《谐铎》⑨等能突破此局限，重在写情。这些分类观点虽有小异，但大致思路却基本一致，有助于把握这一时期文言小说创作的宏观情

---

① 此外重要的小说还有《歧路灯》《蜃楼志》等。
② 重要的小说有《绿野仙踪》《瑶华传》《何典》《常言道》《希夷梦》《雷峰塔传奇》《桃花女阴阳斗传》等。
③ 重要的小说有《海公大红袍传》《海公小红袍传》《北史演义》《南史演义》《东周列国志》等。
④ 重要的小说有《双凤奇缘》《木兰奇女传》《飞龙全传》《平闽全传》《说呼全传》《万花楼杨包狄演义》《说唐三传》等。
⑤ 重要的小说有《野叟曝言》《镜花缘》等。
⑥ 对脂批的真伪正讹，学界尚有争议，笔者亦有多篇文章讨论及其"本事"之可疑。不过，似乎也难以文献之讹否定文物之真，故本文认定脂批为乾隆时期之文本。
⑦ 詹颂：《乾嘉文言小说研究》，第160页。苗说见苗壮《笔记小说史》，浙江古籍出版社1998年版。
⑧ 詹颂：《乾嘉文言小说研究》，第161—163页。张说见张俊《清代小说史》，浙江古籍出版社1997年版。
⑨ 沈起凤（1741—1794后），字桐威，号蘋渔，江苏吴县人，乾隆三十三年举人，历官祁门、全椒训导。诗、词、戏曲均工。

况。詹颂还指出乾嘉学风影响之下的文言小说创作，可分为学术小说①、炫学小说②，较前贤的讨论似更全面。这固然不是严格意义上的分类，但对于了解这一时期文言小说的创作情况甚有裨益。此外，更值得注意的是各种新体裁也纷纷出现，如屠绅的文言章回体小说《蟫史》③、陈球的骈体中篇《燕山外史》④等均颇为特异。又若顾修⑤《读画斋题画诗》、张宝⑥《泛槎图》等为"自传体的木刻画集"⑦，以图叙事，虽然并非以文学创作为目的，但实际上可以理解为前代罕有的文艺新现象。这一时期对蒲松龄《聊斋志异》的批评，颇具有理论价值。

第八，弹词。除《中国小说通史·清代卷》从叙事文学的角度，将弹词纳入小说史视野之外，专体的代表研究为盛志梅《清代弹词研究》，其中认为乾隆年间的文人改编、弹词出版等均较兴旺，已从讲唱文学进军雅化的案头文学。嘉庆年间文人改编、创作更多，具有了明显的文体意识。女性撰作弹词也有较大发展，鲍震培《清代

---

① 指借助小说故事谈学术观点，包括纪昀《阅微草堂笔记》、方元鹍《凉棚夜话》、袁枚《续新齐谐》中的一些篇目。

② 指作家在小说中彰显学问，包括陈球《燕山外史》（辞章之学），及宋永岳《志异续编》（考据训诂之学），许桂林《七嬉》（杂家之学）等。

③ 屠绅（1744—1801），字贤书，号磊砢山人，江苏江阴人。乾隆二十八年（1763）进士，任广州通判。与洪亮吉、黄景仁等关系密切。著有笔记小说《六合内外琐言》及文言长篇小说《蟫史》。《蟫史》以乾隆六十年（1795）傅萧镇压苗民起义为原型。

④ 陈球（？—1808—？），字蕴斋，浙江秀水人，诸生。著有骈文长篇小说《燕山外史》，乃据冯梦桢《窦生传》扩写。

⑤ 顾修（？—1799—？），字仲欧，浙江石门人，藏书甚多，并刻有《读画斋丛书》八集六十四册。著有《读画斋学语草》《读画斋题画诗》《百叠苏韵诗》，辑有《汇刻书目》等。

⑥ 张宝（1763—？），字仙槎，江苏上元人，癖山水，工绘画，年二十弃举业，遍访天下。

⑦ 郑振铎：《中国古代木刻画史略》，上海书店出版社2006年版，第194—195页。

女作家弹词小说论稿》①《清代女作家弹词研究》② 展开了深入研究。本时期比较有代表性的作品有陈端生撰③，梁德绳④续的《再生缘》，及侯芝⑤修订改编的《玉钏缘》弹词等。

第四节　乾嘉文学概述（下）：历时性考察

在对乾嘉时期做了更细致的时间划分，并初步梳理各文体、流派的情况之后，有必要尝试对该时期文学创作、思想大貌做一初步的宏观介绍。

本节后附《乾嘉时期文学、文化大事编年》⑥，择要收录本书认为比较重要的事件。为清眉目，行文尽量从简。

第一期，乾隆元年至乾隆十五年（1736—1750）。

从代表人物、主流观念来看，这一时期的文坛基本上沿袭康熙末年至雍正朝的格局。乾隆元年博学鸿词科征士一百七十六人御试保和殿，被举者有诸锦、杭世骏、齐召南、沈廷芳等十九人，被黜落者有程廷祚、刘大櫆、顾栋高、薛雪、沈德潜、厉鹗、袁枚等，未试者有万经、全祖望、马曰璐、金德瑛、吴敬梓、胡天游、屈复

---

① 鲍震培：《清代女作家弹词小说论稿》，天津社会科学院出版社2004年版。
② 鲍震培：《清代女作家弹词研究》，南开大学出版社2008年版。
③ 陈端生（1751—1796?），浙江钱塘人，著有弹词《再生缘》，与《红楼梦》并称"南缘北梦"，仅成十七卷而卒。
④ 梁德绳（1771—1847），浙江钱塘人，续成《再生缘》后三卷。
⑤ 侯芝（1768?—1830），江苏上元人，梅曾亮之母，修订改编《再生缘》《玉钏缘》等。
⑥ 以下编年内容，主要参考了：《中国文学编年史·清前中期卷》《明清江苏文人年表》《增订中国史学史资料编年》《清代经学学术编年》《中国学术思想编年明清卷》《桐城派编年》《乾嘉诗学研究》诸书。亦颇参其他资料。各家异同不少，乃略据己见折中，限于篇幅、体例，不一一注出具体考据过程。

等。其中除袁枚等少数几位年轻作家外，绝大多数成名于康、雍间，或处壮年，或已老迈，其文学风格和思想观念基本定型。再加上乾隆元年重入南书房、主选《钦定四书文》的桐城方苞，和本年考中进士的"扬州八怪"之一郑燮①等人，可见乾隆帝御宇初期，主要还是在聚拢前朝名家，诸公入乾隆朝后的创作风格与此前的差异似乎也不明显。大约到乾隆十年（1745）左右的时候，文坛新秀和考据学风逐渐走上历史舞台，展现出与此前有明显差异的风貌。惠栋、戴震的考据学著作先后问世，而袁枚早年的诗文集也已问世，并引起相当的影响。此时期，曹雪芹《红楼梦》（约1744）、李海观②《歧路灯》（1748）开始创作，吴敬梓《儒林外史》（约1750）也大致成书。从这些小说所描写的社会现实中可以看出，批判性针对的主要仍在八股时文等方面，而与乾嘉考据学风基本无涉；而从这些小说开始创作这一事实，也展现出文坛的不同路向——杰出文士开始有意识地创作白话长篇小说，并以"雅"文学的标准自我要求。这些作品需经过长期的写作方能完成，并且写成后只以抄本形式在友朋中小范围内流传，并不以刊印谋利作为目标，当然具备了一种"藏之名山"的意志。可以说，无论从考据学的兴起，还是从文坛的新气象来说，这一阶段为作为概念的"乾嘉"确定了基础，年轻文士的登场和前辈耆宿的落幕（如卒于1744年的赵执信和卒于1749年的方苞等），使得斯时的新旧交替颇有意味。

第二期，乾隆十六年至乾隆三十八年（1751—1772）。

前文已述及乾隆帝本人的政治与学术转向。南巡、文字狱为代表的政治压力，和学术转向考据训诂，实际上是相因应的。体现在文学方面，那就是在全国范围内有影响力的，多数为考据学者，或

---

① 郑燮（1693—1765），字克柔，号板桥，江苏兴化人。乾隆元年（1736）进士，任山东范县、潍县知县。诗、书、画俱绝，与金农、黄慎、李鱓、李方膺、汪士慎、罗聘、高翔齐名，为"扬州八怪"。

② 李海观（1707—1790），字孔堂，号绿园，河南新安人。乾隆元年（1736）举人，参修《宝丰县志》。著有《歧路灯》，成于乾隆四十二年（1777）。

学者型的文人。从乾隆十七年（1752）开始，戴震、钱载、翁方纲等云集京师，登上历史舞台，或为训诂名家、朴学宗师，或为会试考官、文坛领袖，但主潮均系推重学养，而且在政治上具有一定话语权，与帝王崇汉转向有所呼应，并且日益倾向于将考据凌驾于文艺创作之上。而社会上更接近于今天意义上的抒情文学或"纯文学"的流派实际上正在衰落。以诗学常见的"格调""肌理""性灵"三派而言，"格调"派代表沈德潜逝世，且在去世前，因《国朝诗别裁集》等事件深为乾隆帝所不满，乃至忌惮，已渐渐"失宠"。其后劲"吴中七子"则多数在学术方面有着更高的成就。而"肌理"派的代表翁方纲，深于诗学而短于诗作，这与他看重学养，甚至欲用考据学改造诗学的根本立场密切相关。与考据学主脉保持距离的秀水诗人（如钱载等）和性灵诗人（如袁枚等）一方面对学养方面颇为重视，并随时关注考据学问题；另一方面则已有"孤掌难鸣"之感，诗家的创作已开始衰落乃至堕落，学术文字的影响力则不断提升，这正是乾嘉时代文学思潮的典型表现。

第三期，乾隆三十八年至嘉庆四年（1773—1799）。

本时期最有代表性的文化—文学事件首推开四库馆。《四库全书总目》当然是古典时代"集大成"的目录著作，其"集部"对于文学问题的归纳总结主导了斯时的文坛。《四库全书总目》集部总叙在批判讲学党争之余，特别指出文人门户争衡有着同样的坏处。诗文本为余事，诗文评多有门户之见，词曲倚声更为闺余末技，其合法性甚至已颇为可疑。文章需讲求实学，诗词应附庸醇雅，评点应有裨考证，这些见解当然不免偏颇。以词学为例，虽然对词籍的校勘董理一直有所推进，但从代表性的词派、词家来说，浙西词派业已彻底衰落，而常州词派尚未兴起，这一文学"真空"与文化环境密切相关。

如果苛刻地说，本时期文学创作的发展空间益发局促，不论是帝王还是地方大员，虽然不废吟咏并关注文士，但其主持的文化活动更加倾向考据之学，且对不少缺乏考据学建树的文人持轻视态度。

袁枚、钱载、姚鼐等人的遭际正证明了这一点，而夏敬渠《野叟曝言》对考据内容和学术文章的过度重视，也足以看出时代风气之变已影响通俗文学。从一般读书人的角度看，袁枚"性灵"声气当然颇广，但若欲上升到更高一层面的"精英"，则需要有所取舍——不少才人或遭逢不偶，或弃文从学。

而嘉庆二年（1797）袁枚的病逝可以作为代表事件，标志着乾隆初期成名的文士业已凋零殆尽。在此之后，已经相当缺乏同等量级的文人作家了，允为袁枚"性灵"后劲的一批怪魁文士，其特殊个性似乎也隐喻了时代的衰落和文学发展所面临的问题。

第四期，嘉庆五年至嘉庆二十五年（1800—1825）。

如果苛刻一点来说，这一时期的文坛趋于萎苶，缺乏有影响力的大家名家，即学林名宿也多凋零——这当然是自然现象，但从"生""卒"人物的对比来看，"轻""重"差异昭然。此时期文学界活跃的作家尚有王昙、舒位、孙原湘"三君"，他们虽一般被归为"性灵"后劲，但个性、风格、气象已与乾隆诸老迥异，展现出衰飒之变音。嘉庆二十年（1815）段玉裁去世后，王念孙哭谓陈奂"天下遂无读书人矣"[①]，虽然未免夸张，但可以作为象征性的事件，以理解嘉庆末年的学界状貌。此时期内，可以算作"大事"者也较以前几期为少。考据学衰，经世学起，新的学风、文风为之大变。

作为乾嘉时代嗣音的，当然应推深受"三君"影响的龚自珍。对乾隆诸老有所向往的定庵，在嘉庆朝属于极为年轻的文坛新秀（嘉庆帝卒时，龚自珍尚不满三十岁），但其文学、思想之早熟与转向，都令人惊异。《乙丙之际箸议》明确地抨击了这个充满了平庸的时代已经挫杀了士人的思想锐气和创造才能，而他在嘉庆末年向今文经学的进发，当然也隐喻了整个乾嘉时代的终结。

约言之，乾嘉时期的文学发展面貌颇依附于思想史、学术史的发展，而且在帝王统治术和考据学转向的双重钳制下，随之转变、

---

① 郑晓霞、吴平标点：《扬州学派年谱合刊》，广陵书社2008年版，第120页。

因应、发展、对抗即文学主潮。故研治这一时期文学史（特别是乾隆中段），必须同时参考学术史、思想史的框架加以考察、整合。

附：乾嘉时期文学、文化大事编年

乾隆元年丙辰（1736）：博学鸿词科征士一百七十六人御试保和殿①。命方苞评选八股文，为举业指南，乾隆四年成，名《钦定四书文》。

乾隆二年丁巳（1737）：史震林自序《西青散记》。补试博学鸿词，选万松龄等十九人，胡天游鼻血污卷，扶病出。卢见曾被控植党营私，免职，居扬州，与马曰琯等论诗。

乾隆三年戊午（1738）：《御选唐宋文醇》五十八卷成书。沈德潜撰、厉鹗评《归愚文序》十二卷附《说诗晬语》二卷刊行。禁淫词小说。

乾隆四年己未（1739）：诏重刊十三经、廿二史，此为清朝首次颁布的十三经定本。厉鹗编定《樊榭山房集》十卷（诗 8 卷词 2 卷），序而刊之。沈德潜、袁枚、裘曰修等中进士第。

乾隆五年庚申（1740）：卢见曾以前控案受惩，自扬州遣戍伊犁。查为仁编《沽上题襟集》八卷刊行。吴敬梓偕同志祭祀泰伯。

乾隆六年辛酉（1741）：命销毁推崇吕留良之《四书宗注录》。谢济世著书案发。吴敬梓《文木山房集》刊行。

乾隆七年壬戌（1742）：沈德潜与乾隆唱和，渐蒙恩赏。袁枚翻译不工，定为末等，外放溧水知县。

乾隆八年癸亥（1743）：杭世骏对策"内满外汉"忤旨，革职。郑燮《道情》十首、《板桥诗钞》刻行。

---

① 被举者有诸锦、杭世骏、齐召南、沈廷芳等十九人，被黜落者有程廷祚、刘大櫆、顾栋高、薛雪、沈德潜、厉鹗、袁枚等，未试者有万经、全祖望、马曰璐、金德瑛、吴敬梓、胡天游、屈复等。

乾隆九年甲子（1744）：惠栋《易汉学》初成。赵执信卒。

乾隆十年乙丑（1745）：戴震《六书论》三卷成。袁枚调江宁县知县，《袁太史稿》刻成。张鹏翀卒。

乾隆十一年丙寅（1746）：袁枚《双柳轩诗集》《文集》刊行。① 厉鹗辑《宋诗纪事》。

乾隆十二年丁卯（1747）：《皇清文颖》一百二十四卷成。沈德潜、薛雪等集苏州二弃草堂拜祭叶燮。严遂成以《明史杂咏》寄齐召南。马曰琯等编《韩江雅集》十二卷成。②

乾隆十三年戊辰（1748）：厉鹗撰《绝妙好辞笺》。袁枚归随园。纪昀、秦大士、钱大昕、卢文弨等在京师结为文社。李海观始作《歧路灯》。

乾隆十四年己巳（1749）：沈德潜致仕。郑燮作《板桥自叙》。方苞卒。

乾隆十五年庚午（1750）：《儒林外史》大致成书。沈德潜告归，王鸣盛、钱大昕、曹仁虎、王昶等从沈德潜游。《御选唐宋诗醇》四十七卷成书。

乾隆十六年辛未（1751）：高宗第一次南巡江浙、序沈德潜《归愚诗钞》。选举经学人员。③ 钱载与翁方纲相交。

乾隆十七年壬申（1752）：卢文弨、翁方纲、钱载等登进士第。戴震注《屈原赋注》成。厉鹗卒。

乾隆十八年癸酉（1753）：沈德潜编《七子诗选》成。李百川

---

① 该集的价值，可参考陈正宏《从单刻到全集：被粉饰的才子文本——〈双柳轩诗文集〉、〈袁枚全集〉校读札记》，《中山大学学报》（社会科学版）2008年第1期。郑幸：《袁枚年谱新编》等。

② 《韩江雅集》为扬州邗江吟社历次雅集之诗集，参与者有马曰琯、马曰璐、杭世骏、全祖望、赵昱等。

③ 得陈祖范、吴鼎、梁锡玙、顾栋高四人，其余被推荐者有刘大櫆、程廷祚、惠栋、胡天游、钱载等。

始作《绿野仙踪》。本年开始，文字狱、禁毁趋于严厉。①②

乾隆十九年甲戌（1754）：王昶、钱大昕、朱筠、纪昀、翟灏等成进士。戴震避祸入都，与钱大昕等交，遂知名。曹雪芹《红楼梦》"甲戌本"成。吴敬梓卒。

乾隆二十年乙亥（1755）：胡中藻《坚磨生诗抄》等文字案发。③ 禁止满汉人文字往来。全祖望手定文稿五十卷，旋卒。

乾隆二十一年丙子（1756）：李海观《歧路灯》前八十回已成。王念孙师从戴震。④

乾隆二十二年丁丑（1757）：高宗第二次南巡。会试第二场表文易以五言八韵唐律一首。蒋士铨、彭元瑞等成进士。戴震、惠栋结识于扬州卢见曾署中。卢见曾第二次修禊红桥。⑤ 沈德潜选《国朝诗别裁集》成。

乾隆二十三年戊寅（1758）：卢见曾编《国朝山左诗钞》六十卷成。胡天游、惠栋卒。杨际昌《国朝诗话》成。⑥

乾隆二十四年己卯（1759）：沈大章造刻逆词案发。钱载、钱大昕、翁方纲等开始在各地担任科举考官。⑦ 纪昀《唐人试律说》成。

乾隆二十五年庚辰（1760）：张宗楠为王士禛纂集《带经堂诗话》。曹雪芹《红楼梦》庚辰本成。⑧ 王昙、孙原湘等生。

---

① 王鸣盛、吴泰来、王昶、黄文莲、赵文哲、钱大昕、曹仁虎。
② 本年发生的有：丁文彬逆词案、刘震宇治平新策案。并禁译《水浒传》《西厢记》为清文，禁止翻写清字古词。
③ 此外本年发生的有：鄂昌《塞上吟》案、彭家屏私藏野史案、刘裕后《大江滂》书案、程蓥《秋水诗钞》案、杨淮震投献霹雳神策案，及禁止满汉人文字往来等。
④ 此前一年，姚鼐欲拜师戴震，戴震不可。
⑤ 作七言律诗四首，和者七千余人，编次三百余卷。
⑥ 此书将未死节的遗民均列为"国朝"范围。
⑦ 钱载为广西乡试正考官、钱大昕为山东乡试正考官、翁方纲为江西乡试副考官。
⑧ 此为脂砚斋"四阅评过"者，亦被认为是最接近于"旧时真本"者。

乾隆二十六年辛巳（1761）：大兴文字狱。① 高宗痛斥沈德潜编《国朝诗别裁集》，命翰林院重加删订。秦蕙田《五礼通考》成。

乾隆二十七年壬午（1762）：高宗第三次南巡，召试江南士子。李百川《绿野仙踪》成。金德瑛、王又曾、江永卒。

乾隆二十八年癸未（1763）：姚鼐、李调元等成进士。段玉裁从戴震游。沈德潜增订《唐诗别裁集》刻成，《国朝诗别裁集》旧版已于上年销毁，重新进呈。金农、曹雪芹卒。②

乾隆二十九年甲申（1764）：杨潮观《吟风阁杂剧》刊行。薛雪陆续刊行所著《一瓢斋诗存》等。翁方纲任广东学政。

乾隆三十年乙酉（1765）：高宗第四次南巡，召试江南士子。袁枚《子不语》大致成书。余集序《聊斋志异》。③ 郑燮卒。

乾隆三十一年丙戌（1766）：戴震《孟子字义疏证》三卷成。黄景仁与洪亮吉订交，专攻诗。王鸣盛编《江浙十二家诗选》二十四卷成。

乾隆三十二年丁亥（1767）：开续三通馆。蔡显《闲渔闲闲录》案、齐召南跋齐周华《天台山游记》案发。蒋士铨为袁枚校订诗集。袁枚作《续诗品》三十二首。程廷祚卒。

乾隆三十三年戊子（1768）：翁方纲《石洲诗话》成书，本年购得苏轼《天际乌云帖》，遂号苏斋。卢见曾贪污事发，纪昀、王昶、赵文哲等牵连得罪。④ 陈端生始作《再生缘》。卢见曾、齐召南卒。

乾隆三十四年己丑（1769）：毁钱谦益所著书。⑤ 沈德潜卒。

---

① 主要有林志功捏造诸葛碑文案、蔡显案、阎大镛《俣俣集》案、余腾蛟诗词案、李雍和潜递呈词案、王寂元投词案等。

② 曹雪芹去世有"壬午除夕""癸未除夕""甲申"三说，此持"癸未说"。

③ 次年，青柯亭本刊成，为《聊斋志异》最早刻本。

④ 本年文字狱尚有柴世进投递词帖案、李绂诗文案、王道定《汗漫游草》案、李浩《结盟》《安良》二图及《孔明碑记》图案等。

⑤ 本年文字狱有李超海《武生立品集》案、安能敬试卷诗案等，并禁止官员蓄养歌童。本年尚风传江宁知府刘墉欲逐袁枚归杭。

乾隆三十五年庚寅（1770）：薛雪卒。何文焕《历代诗话》二十八种刊行。

乾隆三十六年辛卯（1771）：朱筠赴安徽学政任，与章学诚、邵晋涵等离京。朱筠上奏开馆修书。黄景仁、洪亮吉、汪中入朱筠幕。邵晋涵、周永年、孔继涵、孔广森、钱沣等登进士第。尹继善、姚范卒。

乾隆三十七年壬辰（1772）：上谕纂修《四库全书》。蒋士铨主扬州安定书院，开始作杂剧传奇。陕西巡抚毕沅为苏轼作生辰会。杭世骏、钱维城卒。

乾隆三十八年癸巳（1773）：依朱筠奏，开《四库全书》馆，搜集遗书，纪昀为总裁，戴震等充纂修官。章学诚与戴震相遇宁波，论史事多不合。汪启淑辑历代妇女作品为《撷芳集》八十卷刊行。赵文哲卒。

乾隆三十九年甲午（1774）：蒋士铨自序《临川梦》传奇，又作《香祖楼》传奇。乾隆帝为史可法建祠，查缴明季野史等禁书，销毁屈大均诗文等。姚鼐乞病解官。钱陈群、边连宝、汪师韩卒。

乾隆四十年乙未（1775）：钱载与戴震龃龉。钱大昕丁忧归，自是不复出。王念孙、吴锡麒等成进士，戴震赐同进士出身。澹归和尚《遍行堂集》案发。袁枚编《随园全集》成，诗文各三十卷。黄景仁入都。

乾隆四十一年丙申（1776）：立《贰臣传》。禁沈德潜《国朝诗别裁集》。

乾隆四十二年丁酉（1777）：四库进呈书夷狄等词改动失检，部议纪昀等罪，以特旨免。[①] 李海观《歧路灯》成书。蒋士铨辞官还铅山。戴震、余萧客卒。

乾隆四十三年戊戌（1778）：徐述夔《一柱楼诗集》等案发。

[①] 本年文字狱尚有王锡侯《字贯》案等。

刊印禁书目录。① 文渊阁第一分《四库全书》成。乾隆帝御撰咏史《全韵诗》106 首。

乾隆四十四年己亥（1779）：谕令查毁方志中之应禁内容。② 姚鼐《古文辞类纂》七十五卷成书。夏敬渠《野叟曝言》约成于本年。刘大櫆卒。

乾隆四十五年庚子（1780）：高宗七旬大寿，并第五次南巡，群臣纷纷献赋。③ 令删改抽彻剧本。④ 姚鼐主讲敬敷书院，选四书文教授。

乾隆四十六年辛丑（1781）：上谕四库书撤出香奁类诗。⑤ 凌廷堪应伊龄阿聘，至扬州参与修改曲剧，期间与阮元订交。袁枚作《仿元遗山论诗》三十八首。朱筠卒。

乾隆四十七年壬寅（1782）：《四库全书总目》成。⑥ 袁枚作《仿元遗山论诗》三十八首。李调元辑《函海》成。

乾隆四十八年癸卯（1783）：戴如煌《秋鹤近草》等案发。⑦ 黄景仁卒，翁方纲为黄景仁选《悔存诗钞》八卷。

乾隆四十九年甲辰（1784）：高宗第六次南巡，召试江南士子。陈端生成《再生缘》第十七卷。程晋芳卒。

---

① 《禁书总目》一卷（浙江书局）、《违碍书籍目录》一卷（江宁布政使）、《各省咨查禁毁书籍目录》不分卷。

② 本年文字狱尚有李驎《虬峰集》案发、陈希圣诬告邓諲收藏禁书案、黄检私刻其祖父黄廷桂奏疏案、智天豹编造本朝万年书案、王大蕃撰寄奏疏书信案等。

③ 洪亮吉日校四库，夜代人作颂文，二月以来成五六十篇，得酬金四百两。

④ 本年文字狱尚有魏塾妄批江统《徙戎论》案、戴移孝《碧落后人诗集》案、艾家鉴试卷内书写条陈案等。

⑤ 本年文字狱尚有梁三川《奇冤录》案、嘉铨为父请谥并从祀文庙案、焦禄谤帖案、吴碧峰刊刻《孝经对问》及《体孝录》案、叶廷推《海澄县志》案、程明諲代作寿文案等。

⑥ 顷以毛奇龄《词话》有悖谬处，命改录《四库全书》中类似之处。本年文字狱尚有高治清《沧浪乡志》案、方国泰收藏《涛浣亭诗集》案、回民海福润携带《回字经》及汉字书五种案、卓长龄诗文集案等。

⑦ 本年文字狱尚有乔廷英李一互讦悖逆案、冯起炎注解易诗经欲投呈案等。

乾隆五十年乙巳（1785）：禁秦腔戏班。蒋士铨卒。

乾隆五十一年丙午（1786）：阮元入都，问业于邵晋涵、王念孙等。段玉裁《说文解字读》五百四十卷成。孔广森卒。

乾隆五十二年丁未（1787）：以四库书内有悖妄语，责陆费墀并命出资罚赔。① 孙星衍等中进士。袁枚《随园诗话》成。张惠言与恽敬订交。夏敬渠、曹仁虎卒。

乾隆五十三年戊申（1788）：袁枚《子不语》二十四卷刊行。毕沅授湖广总督兼湖北巡抚，本年洪亮吉、汪中、章学诚等先后来武昌毕沅幕府。

乾隆五十四年己酉（1789）：钱大昕主苏州紫阳书院。章学诚作《文史通义》，成二十三篇。袁枚《随园诗话》刊刻。

乾隆五十五年庚戌（1790）：洪亮吉、凌廷堪等成进士。汪中入扬州文宗阁校书。周春等讨论《红楼梦》。四大徽班进京。

乾隆五十六年辛亥（1791）：沈起凤《谐铎》十二卷刊行。程甲本《红楼梦》以活字摆印。

乾隆五十七年壬子（1792）：《御制十全记》成书。程乙本《红楼梦》摆印，仲振奎作传奇《葬花》一折。② 段玉裁刊行《东原文集》十二卷。翁方纲《小石帆亭著录》六卷刊行。龚自珍生。

乾隆五十八年癸丑（1793）：王昶休致。曾燠在扬州招名流秋禊。钱载卒。

乾隆五十九年甲寅（1794）：张问陶等修禊于钓鱼台。吴骞等修禊于海盐涉园。汪中卒。

乾隆六十年乙卯（1795）：袁枚作八十自寿诗，和者一千三百余首。赵翼《廿二史札记》成。徐斐然辑《国朝二十四家文钞》刊行。颜自德选《霓裳续谱》刊刻，收京津小调六百余首。卢文弨卒。

嘉庆元年丙辰（1796）：乾隆帝禅位于嘉庆帝。《随园女弟子诗

---

① 并严令四库馆臣撤毁李清《诸史同异录》。
② 嘉庆二年（1797）成《红楼梦传奇》。

选》付梓。章学诚作《古文十弊》,并初刻《文史通义》。张惠言《水调歌头》五首成。陶元藻《全浙诗话》五十四卷刊行。刘大櫆《论文偶记》、姚鼐《九经说》刊行。邵晋涵、彭绍升、陈端生卒。

嘉庆二年丁巳(1797):王引之《经义述闻》初成。张惠言编定《词选》。袁枚、毕沅、王鸣盛卒。

嘉庆三年戊午(1798):阮元修《经籍籑诂》《两浙輶轩录》成书。谢启昆《小学考》成。王昶《湖海诗传》成。吴鼒《国朝八家四六文钞》①八卷刊行。管世铭卒。

嘉庆四年己未(1799):乾隆帝卒,嘉庆帝杀和珅。洪亮吉言事得罪,发伊犁,次年赦免。王引之、张惠言、鲍桂星等成进士。陈球《燕山外史》初稿已成。罗聘、黎简卒。

嘉庆五年庚申(1800):《阅微草堂笔记》五种二十四卷刊行。王钟健以奏请厘正文体得咎。姚鼐《惜抱轩文集》十六卷、《诗集》十卷刻成。②

嘉庆六年辛酉(1801):阮元正式建立诂经精舍,延王昶、孙星衍等讲学。乡会试禁止书写卦画及篆体文字。陈用光、邓廷桢等成进士。赵翼《瓯北诗话》成。章学诚卒。

嘉庆七年壬戌(1802):梁章钜、陶澍等登进士第,焦循、王昙、舒位、孙原湘、陈文述等俱下第。崔述始撰《考信录》。张惠言、李调元、王文治卒。

嘉庆八年癸亥(1803):王昶《湖海诗传》《国朝词综》刻成。吴锡麒《有正味斋试帖诗详注》刊。法式善作《三君咏》,舒位、孙原湘有谢诗。卧闲草堂本《儒林外史》刊刻。

嘉庆九年甲子(1804):翁方纲休致。铁保《熙朝雅颂集》进呈。钱大昕、刘墉卒。

嘉庆十年乙丑(1805):焦循序《剧说》。姚鼐主讲钟山书院,

---

① 八家为袁枚、吴锡麒、洪亮吉、孔广森、邵齐焘、曾燠、孙星衍、刘星炜。

② 或云嘉庆六年(1801)刊。

梅曾亮、管同、姚椿等从姚鼐受业。李怀民《重订中晚唐诗主客图》刻行。王昶《湖海文传》成。纪昀卒。

嘉庆十一年丙寅（1806）：翁方纲重订《渔洋先生五七言诗钞》刊行。钱大昕诗文集刊行。曾燠《国朝骈体正宗》十二卷刊行。王昶、钱维乔卒。

嘉庆十二年丁卯（1807）：郭麐《灵芬馆诗初集》四卷，二集十卷，三集词四卷，杂著二卷刻成。吴骞序《扶风传信录》。段玉裁《说文解字注》三十卷成。

嘉庆十三年戊辰（1808）：顾广圻、段玉裁笔讼。秦瀛集同人补作王渔洋生日。沈复《浮生六记》前四卷成。阮元进《四库未收书提要》。

嘉庆十四年己巳（1809）：《词林典故》书成。嘉庆帝命纂《全唐文》。① 王昙、龚自珍订交。凌廷堪、洪亮吉卒。

嘉庆十五年庚午（1810）：《皇清文颖续编》成。阮元辑《儒林传》，写定《畴人传》②。江藩始著《国朝汉学师承记》。

嘉庆十六年辛未（1811）：陈球《燕山外史》刊行。臧庸卒。曾国藩生。

嘉庆十七年壬申（1812）：阮元《儒林传》成。刘逢禄作《论语述何》《左氏春秋考证》《箴膏肓评》。石韫玉《袁文笺正》成。

嘉庆十八年癸酉（1813）：天理教起义。法式善卒。鲍廷博进呈《知不足斋丛书》，得赐举人。

嘉庆十九年甲戌（1814）：吴翌凤《梅村诗集笺注》十八卷刊行。龚自珍作《明良论》。赵翼、张问陶、鲍廷博、程瑶田卒。

嘉庆二十年乙亥（1815）：翁方纲《石洲诗话》八卷刻成。王芑孙《渊雅堂编年诗稿》二十卷、《惕甫未定稿》二十六卷陆续刊行。鲍桂星《唐诗品》八十五卷成，以司空图《二十四诗品》排

---

① 嘉庆十九年（1814）成。
② 此前一年，阮元因失察刘凤诰科考案，革浙江巡抚。

序。《镜花缘》约于本年成书。段玉裁、姚鼐、杨方灿、舒位卒。

嘉庆二十一年丙子（1816）：阮元刻《十三经注疏》成。孙星衍、严可均等辑《全上古三代秦汉三国六朝文》。龚自珍作《乙丙之际箸议》。陈文述《颐道堂诗文钞》刻行。郭麐《灵芬馆诗话》刻成。崔述卒。

嘉庆二十二年丁丑（1817）：龚自珍致书江藩，论《汉学师承记》"十不安"。陈鳣、恽敬、王芑孙、王昙卒。

嘉庆二十三年戊寅（1818）：《国朝汉学师承记》刊刻。孙星衍、翁方纲、吴锡麒卒。

嘉庆二十四年己卯（1819）：张维屏《国朝诗人征略初编》竟。龚自珍从刘逢禄受《公羊传》，诗编年始于本年。

嘉庆二十五年庚辰（1820）：阮元开学海堂。李兆洛选《骈体文钞》略定。焦循卒。

第 三 章

政治压抑下的文学思潮

　　清代帝王对文化、文学的控制是多方面的。理解乾嘉时期的文学思想，首先要关注政治力量尤其是帝王意志对文坛的主导影响。乾隆帝对文学与文化的热切关注，允为清朝诸帝之冠，嘉庆帝则相对趋于温和，以沿袭为主，但也时有变通。以乾隆帝为例，其对文学掌控的方式主要有三：

　　其一，是通过调控文化政策、拉拢御用词臣、个人文艺创作的诸多方式，建立合乎统治需要的台阁文学风气。乾隆帝个人的文艺创作数量极多，且在当时流传已极为广泛，其风格不仅影响及于应制文体，也影响到社会上的创作思潮。经由科举的改革与对代表性词臣的拉拢、使用，这一风气得到强化。

　　其二，以修书的方式把控文学史和文学批评的重要话题。最为明显的则是《四库全书总目》对整个文学史的描绘与把握，其他如乾隆帝之《御选唐宋诗醇》《御选唐宋文醇》等选本，和一些具体的评论性文字，也同样对当时文坛产生引导乃至规训。

　　其三，是以文字狱为代表的文化高压手段。严格来说，乾隆时期的文字狱主要系政治打击，且涉及的对象多为中下层士人，直接冲击当世知名文人的情况不多，这与康熙朝文字狱有较明显的区别。嘉庆朝更是以宽为治，基本未兴文字之狱。不过，文字狱、禁书对于时代氛围当然有明显的宏观压抑的作用，士林转向朴学考据与文学界"盛世变音"的兴起,可谓压抑时代下的产物,而沈德潜等的遭遇也说明了乾隆朝文学创作与文学批评的高压线。对小说戏曲创作、传播的限制在乾嘉两朝并未放松,而且日益加严。

本章即拟以此三个角度为切入点,探讨政治与文化思潮、文学思想的相互作用。第一节主要讨论帝王文学好尚与文化政策对文学活动,特别是台阁文艺的直接影响。第二节主要讨论在官方修书过程中,不断贯彻的文学史观念、作家批评与文体正变等问题。第三节主要讨论乾嘉时代那些与"盛世元音"相背离的"变音"文学,其中不少乃在文字狱和帝王专制的阴影下而发。

第一节 御制文学、科举制度、台阁文艺

众所周知,通过科举考试厘定主流文体、影响士林心态,乃是中国古代官方文化政策的一大特色。以功名为悬的,以理学思想和宗经观念为思想范围,以温柔敦厚、醇雅清真为风格标准,从而引导文学与文化发展,亦是清代文化政策的重要环节。

除此之外,清代帝王对文艺的高度重视和强力把持,并将其目为意识形态建设的组成部分,对清代文学发展亦起到了相当重要的影响,这在清代以前属于相对少见的现象。尽管以文学成就论,清代诸帝的创作未臻上乘,但其创作数量甚夥,又多有文学批评言论和御纂选本,其文学思想已值得深入研究。且帝王崇高的政治地位和影响力,使其对文化政策的把控,以及个人的文学好尚,都会直接影响主流文坛。这在康熙、乾隆二朝最为明显,而乾隆朝尤甚。嘉庆一朝之控制力虽稍弱,但帝王创作数量亦颇丰富,不可轻视。

清代帝王既亲近风雅,翰林院多储文士词臣,又升转较便,使帝王身边可以聚集起相当数量具有文才的近臣,从而构筑新的台

阁文艺风气。此处所说的"台阁文艺",与明代"台阁体"并无艺术风格上的承袭关系,而是指官方朝堂所有意推崇的文艺①。即,作者身份在其中起到的作用要大于文学批评观念,持权柄者而兼掌握文坛之柄。这一观念取自宋人之说。如吴处厚《青箱杂记》卷五言:"余尝究之,文章虽皆出于心术,而实有两等。有山林草野之文,有朝廷台阁之文。山林草野之文,则其气枯槁憔悴,乃道不得行,著书立言者之所尚也。朝廷台阁之文,则其气温润丰缛,乃得位于时,演纶视草者之所尚也。……而其为人,亦各类其文章。王安国常语余曰:'文章格调,须是官样。'岂安国言'官样',亦谓有馆阁气耶? 又今世乐艺,亦有两般格调:若朝庙供应,则忌粗野嘲哳;至于村歌社舞,则又喜焉。兹亦与文章相类。"②"官样"即馆阁体。按吴处厚之言,他主要关心的在于艺术风格与文体所适用的场合,指出台阁文艺的主要特点乃"其气温润丰缛,乃得位于时,演纶视草者之所尚",实际上即呈现出官样格调。罗宗强评价明代台阁体说,"所谓台阁体文学思潮,是指由皇帝提倡,由一批台阁重臣推动,并以他们为主要代表的文学思想潮流。这一文学思潮以程、朱理学为其思想基础,以服务于政教,宣传程、朱理学思想观念为目的,主要特点是传圣贤之道,鸣国家之盛,颂美功德,发为治世之音。风格追求平和温厚,要求表现性情之正"③。叶晔认为:"以馆阁文学为代表的士大夫文学,同样不是一个故步自封的存在。或许儒家的文学传统要求它坚持文道合一的主张,或许显达的政治身份需要它保持高高在上的姿态,但作为国家权力在文学领域的体现,它有优越的推广能力和自省能力。一方面,非馆阁文学对馆阁文学、地域文学对中央文学的诸多元素的吸纳,绝不仅是上层文学形态粗暴、强制的

---

① 在本书的语境中,"台阁"乃与"山林"相对的一组概念。本书未及细论"山林"文艺,但"盛世变音"等几节也略涉及于此类,可参看。
② 吴处厚:《青箱杂记》卷五,《文渊阁四库全书》本,第 1 页上—2 页上。
③ 罗宗强:《明代文学思想史》,第 129 页。

制度化推广，也有下层文学形态主动借鉴、效仿的一面；另一方面，馆阁文学对非馆阁文学、中央文学对地域文学的去粗取精，同样不是某种即将被时代所淘汰的文学形态的垂死挣扎，里面也有很多积极、自觉的成分。从空间结构来讲，明代文学（传统诗文）展现出一个由馆阁及郎署、由中央及地方的立体格局，这使得各种文学元素的流动和演化超乎寻常的频繁和剧烈。"①

这些见解大抵类似于陈衍所说的"当夫康熙、乾隆之际，虽提倡文学之声极高，而文字之狱滋起，故诗之学无可言，所可言者，亦惟端庄之辞而已"②，其在一定程度上恰好也合乎我们对乾嘉文坛主流的认知。不过，整个清代的台阁文艺，特别是乾隆帝主导的台阁文艺还有不同之处。首先，永乐帝的文化政策主要集中在思想领域，如编纂《圣学心法》《性理大全》等，其本人在文学创作似无表现，这与清代帝王热心文学创作、文艺批评有所不同。而另一方面，即清代帝王（尤其是乾隆帝）亲自把控文坛走向，故此时之台阁文艺同时也即是符合帝王意志的御用文学，这与明代馆阁重臣的提倡文学，显然性质迥异。再者，清代皇权的控制力强于明代，翰林院的政治地位、社会影响力远不及明时，又因清代系满族入关而更有相当的特殊性。③ 故翰林院中虽然仍储蓄大量人才，但相当程度上只能服务于帝王的文化政策④和文学活动，对权力的依附性甚强，而不真正具有引领文坛风气的能力。

---

① 叶晔：《明代中央文官制度与文学》，浙江大学出版社 2011 年版，第 2 页。
② 陈衍：《陈衍诗论合集》，福建人民出版社 1999 年版，第 1086 页。
③ 如满、蒙翰林就得到一定的优待，且因文化水准较低被讽刺为"斗字翰林"。继昌：《行素斋杂记》，上海书店出版社 1984 年影印本，第 132 页。
④ 最明显者，如雍正帝革钱名世职（雍正四年，1726），赐"名教罪人"匾额，并"令在京现任官员，由举人进士出身者"作诗文刺其劣迹，编为《名教罪人诗》颁行全国学校。

清代帝王影响文坛，主要以康熙①、乾隆二帝较著。而乾隆帝对文学活动的热衷似乎古今无两。康熙帝的文学活动主要为通过编书形式影响文坛，特别是对唐宋诗之争问题发表了个人的意见。相比之下，康熙帝文学吟咏的数量和影响力似乎都不及其皇孙，这大概与他提倡文教而贬抑文学的态度有关。

乾隆帝的著作主要有：

《乐善堂全集》四十卷②；

《御制诗初集》四十四卷、《二集》九十卷、《三集》一百卷、《四集》一百卷、《五集》一百卷、《余集》二十卷③；

《御制文初集》三十卷、《二集》四十四卷、《三集》十六卷、《余集》二卷。④

其主持修撰之文学类书籍，则主要有：

《御选唐宋文醇》五十卷（乾隆三年成，允禄等编）、《皇清文颖》一百二十四卷（乾隆十二年成，张廷玉、梁诗正等编）、《御选唐宋诗醇》四十七卷（乾隆十五年成，梁诗正等编）、《钦

---

① 康熙帝主要著作有《御制文集》四十卷、《二集》五十卷、《三集》五十卷、《四集》三十六卷、《御制诗初集》十卷、《二集》十卷、《三集》二十八卷等。主要敕编文学类书籍有：《古文渊鉴》六十四卷（徐乾学等主编，康熙二十四年）、《佩文韵府》四百四十三卷（张玉书、陈廷敬等，康熙四十三年）、《历代赋汇》一百四十卷（陈元龙，康熙四十五年）、《咏物诗选》四百八十二卷（康熙四十五年）、《全唐诗》九百卷（曹寅，康熙四十六年）、《历代诗余》一百二十卷（沈辰垣，康熙四十六年）、《渊鉴类函》四百五十卷（张英等，康熙四十九年）、《全金诗》七十四卷（康熙五十年）、《古今图书集成》一万卷（陈梦雷等，康熙五十五年）等。

② 初刻于雍正八年，后有增补。又有乾隆二年内府刻本，收乾隆帝即位以前诗文。《清代诗文集汇编》第319—331册。

③ 《初集》收乾隆元年至十二年诗；《二集》收乾隆十三年至二十四年诗；《三集》收乾隆二十五至三十六年诗；《四集》收乾隆三十七至四十八年诗；《五集》收乾隆四十九至六十年诗。《余集》收乾隆禅位以后诗。

④ 《初集》收乾隆元年至二十八年文，《二集》收乾隆二十九年至五十年文，《三集》收乾隆五十一年至六十年文，《余集》收乾隆帝禅位以后文。

定叶韵汇辑》五十八卷（乾隆十五年成，梁诗正、蒋溥等编）等。①

嘉庆帝的文艺活动相对来说较易被人所忽视，但其数量亦颇丰，计有：

《味余书室全集定本》四十卷、《味余书室随笔》二卷②；

《御制诗初集》四十八卷③、《二集》六十四卷④、《三集》六十四卷⑤、《余集》六卷⑥；

《御制文初集》十卷⑦、《二集》十四卷⑧、《余集》二卷。⑨

其主持修撰之文学类书籍，则主要有《全唐文》（嘉庆十九年成，董诰等编）、《皇清文颖续编》（嘉庆十五年成，董诰等编）等。

仅就这些著述、编纂的丰富程度来看，就值得加以更深入的研究。比如，御修书籍的学术价值及其反映的文化、文学观念。即使是被批评为文学水准比较平庸的御制诗文，在当时除一般士人多高声颂赞外，亦有人为之作注解⑩、集句⑪，此类文字且往往进献御

---

① 如果持广义的"文艺"观念，记载内廷所藏书画名迹的《秘殿珠林》二十四卷（乾隆九年成，张照等编）、《石渠宝笈》四十四卷（乾隆十年成，张照等编）似也可纳入视野。
② 今有嘉庆五年武英殿刻本，收嘉庆帝即位以前诗文。
③ 今有嘉庆八年武英殿刻本。收嘉庆元年至八年诗。
④ 今有嘉庆十六年武英殿刻本。收嘉庆九年至十六年诗。
⑤ 今有嘉庆二十四年武英殿刻本。收嘉庆十七年至二十四年诗。
⑥ 今有道光间武英殿刻本。收嘉庆二十五年诗。
⑦ 今有嘉庆十年武英殿刻本。收嘉庆元年至十年文。
⑧ 今有嘉庆二十年武英殿刻本。收嘉庆十一年至二十年文。
⑨ 今有道光间武英殿刻本。收嘉庆二十一年至二十五年文。
⑩ 如江藩曾为乾隆帝诗作《集注》。阮元曾进呈所注之嘉庆帝《味余书屋随笔》，并于嘉庆十二年（1807）刊刻颁行。郑晓霞、吴平标点：《扬州学派年谱合刊》，第305、409—410页。
⑪ 如彭元瑞曾集乾隆帝诗句，成《万寿衢歌》六卷。

览。这些均可看出御制文艺的社会影响。① 鉴于嘉庆帝"一遵高宗遗轨，诸诗十有八九皆高宗集中旧题"②，萧规曹随之意昭然，故本节以乾隆帝为主要阐述对象，而稍兼顾嘉庆时期。

前文已述，帝王主动影响文化活动、文艺创作，主要为两种方式：一则是对文学创作的直接参与；二则是在文化政策方面的宏观把控。

帝王亲自从事诗文创作、主持文学活动乃至扶植"文坛代理人"，这对于文坛风气的影响甚为直接。

乾隆帝对文学活动的热衷，在整个中国历史上都是罕见的。其在位六十年期间，所作的《高宗御制诗》数量约为四万一千八百首，创作数量为历史之冠，几乎与《全唐诗》所收诗作数量不相上下。尽管其中当然难免文学侍从之代笔、润色③，但至少乾隆帝将入集诗文与"或出词臣之手，真赝各半"④者相区别，则应该目为乾隆帝所认可之作，合乎其文学观念与文学思想。嘉庆帝的创作虽较被学者所忽视，但除即位以前四十卷全集外，其即位后的《仁宗御制诗》初、二、三、余集也共有182卷之多，在历代帝王中似乎也仅次于乾隆帝，这似乎可说明乾隆帝的好尚影响已及于嘉庆帝，作诗亦可

---

① 时人论述中常有"御制诗文颁行天下"（钱大昕：《潜研堂集》，第370页）之语，且今存列藏本《红楼梦》（1832年流入俄国）乃用乾隆帝《御制诗五集》作为衬页，似可推测当时发行量较大（不过，也有学者认为衬页系民国时所补）。此外，御制诗文往往还作为给臣子的特殊恩赐下发，这种可能具有象征性意义。比如，钱载就于乾隆三十二年（1767）受赐世宗朱批谕旨一百十二册。潘中华：《钱载年谱》，第112页。

② 徐世昌：《晚晴簃诗话》，华东师范大学出版社2009年版，第5页。

③ 另外值得注意的是，有说法认为沈德潜因将代笔之作收入己集，而遭到乾隆帝嫉恨，此说并无依据，盖系讹传。至于沈德潜为乾隆帝润色之事，则见于乾隆帝自己的诗中，可见并非需要讳言之事。清高宗：《御制诗二集（一）》，吉林出版集团有限责任公司2005年影印本，第316页。

④ 清高宗：《御制诗初集》，吉林出版集团有限责任公司2005年影印本，第1页。同样的表述还见于《乐善堂全集·序》中。清高宗：《乐善堂全集》，《清代诗文集汇编》第331册，第47页。

成为一种"敬天法祖"的政治表态。此外帝王敕修之文学总集,具体操作虽出自文臣之手,但其甄选宗旨(尤其是有御制序文的那些)毫无疑问反映了帝王的文学思想。

若泛泛而谈的话,评判帝王之文学,尤其是清代帝王之文学,绝非纯粹的文学艺术问题。帝王对文学的爱好只是一方面,更多的乃是认识到皇权力量的巨大影响,并有意识地将文学作为其文治策略重要一环发挥作用。因此,传统儒家文学思想中那些有利于统治的内容,如"文以载道""根柢经术""温柔敦厚""醇厚雅正"一类观念必然会为其所用,适合歌咏盛世之音的风格为帝王所欣赏,而寒瘦苦吟或激愤讽谏之文学则会受到贬斥。这在康熙朝文化政策中已体现得相当明显,乾隆帝在这一根本立场上正是沿袭乃祖而来。不过,乾隆帝对文学创作之热衷,似乎已超过引导文化政策所须,其数量浩繁的诗作,与个人爱好盖密切相关。如其《读朱子全书》诗云:"少时慕才华,研精味辞藻。微言探月窟,逸兴横云表。措思每废餐,兀兀忘昏晓。虽云俗虑无,却被诗魔扰。至理在目前,弃而求深窈。旷荡无所归,怅怅盈怀抱。近读文公书,习气从兹扫。因知九仞山,一篑功不少。作此聊自讼,讵足云见道。"① 此诗除"习气从兹扫"之发愿盖成虚语之外(此类发愿在乾隆帝诗中屡屡出现),其他的应系乾隆帝真实生活状态与兴趣爱好。② 这可以见出其"吟诗兴欲狂"③"未能忘者诗"④ 乃源于个人性情之所近。

在文艺爱好与文化政策之交融中,乾隆帝既以帝王身份影响文坛,同时亦作为文学创作者而深受时代风气之影响,双方之互动实有深入挖掘的空间。

较之同时期的大家、名家,乾隆帝的文学创作成就不高;但文

---

① 清高宗:《御制诗初集》,第149页。
② 这其实也可成为乾隆帝文化认同的注脚,而与近年来兴起的"新清史"争鸣有所对话。要之,乾隆帝的文化立场是颇为复杂乃至有所"分裂"的。
③ 清高宗:《御制诗初集》,第191页。
④ 清高宗:《御制诗二集(一)》,第565页。

学思想研究并非文学水准评价，就影响而言其中有甚多值得注意之处。其中之一则是，乾隆帝的诗风宗尚实存变化。若大致泛论的话，那么就可将乾隆帝统治的六十年分为前后两期，前期则更近于沈德潜"格调"一派，后期则相对多地受到考据学的影响。乾隆帝作为文学创作个体，受到时代流行文学思潮的影响，但鉴于其特殊的政治地位，对于该思潮的广播盛行也起到不可忽略的推波助澜作用。

先说前半段，即乾隆帝与格调诗学的联系。乾隆帝的诗学倾向与沈德潜的格调诗学相合，而又在与沈德潜的唱和往还中加强了这一联系。

乾隆帝前期的诗学观念，实与康熙、雍正帝的文学观念相符合，即首先考虑诗学的功用，这实际上也属帝王文艺、儒家诗教所优先注重的方面。这不仅早在《乐善堂全集》中就已有相关表述，到乾隆十六年（1751）的《析字》，借助诗体说理，仍然是隐然不满于考据，其中有言："寻章摘句流，硁硁期致辨。聚讼笑徒然，胡不奋实践。"①

而沈德潜的《说诗晬语》首则即云："诗之为道，可以理性情，善伦物，感鬼神，设教邦国，应对诸侯，用如此其重也。"②《重订唐诗别裁集》序亦云："至于诗教之尊，可以和性情，厚人伦，匡政治，感神明，以及作诗之先审宗旨，继论神韵，而一归于中正和平。"③特别是，他曾批评王渔洋"处太平之盛者，强作无病呻吟"④，批判思路是相当合乎"官学"口味的。沈德潜的此类观点在传统诗学中殊为多见，恐怕无甚特别的理论创新，但可以看出两人步调一致，这是乾隆有意于格调诗学的内在基础。

---

① 清高宗：《御制诗二集（一）》，第588页。
② 沈德潜：《沈德潜诗文集》，人民文学出版社2011年标点本，第1908页。
③ 沈德潜：《沈德潜诗文集》，第1997页。下文为"前序与凡例中论之已详，不复更述"，即《唐诗别裁集序》所言"人之作诗，将求诗教之本原也……而诗教之衰，未必不自编诗者遗之也"云云。沈德潜：《沈德潜诗文集》，第1301—1302页。
④ 沈德潜：《清诗别裁集》，中华书局1975年影印本，第61页。

再就具体的文艺批评来说，乾隆帝《乐善堂全集》卷七《杜子美诗序》云："是以言诗者，必以杜氏子美为准的。子美之诗，所谓道性情而有劝惩之实者也。抒忠悃之心，抱刚正之气，虽拘于音韵格律，而言之愈畅，择之益精，语之弥详。其余忠君爱国，如饥之食、渴之饮，须臾离而不能，故虽短什偶吟莫不睹。"① 其《读杜子美集》亦云："之子诚忠爱，遗编足探寻。"② 乾隆帝在《沈德潜选国朝诗别裁集序》中则说得更加露骨："且诗者何？忠孝而已耳。离忠孝而言诗，吾不知其为诗也。"③ 可见，乾隆帝推崇少陵，实有"政治正确"一面。《御选唐宋诗醇》选杜甫诗十一卷722首，略与李白（375首）、白居易（363首）两人之和相等，而远远超过韩愈（103首）。沈德潜编《唐诗别裁集》，所选1928首作品中，杜甫之作255首，占总数的13%以上，超过李白、白居易、韩愈三人入选之和（244首）。君臣之间的契合度显而易见。

此外，乾隆帝颇欣赏白居易的《新乐府》，给予相当高的评价，这在帝王中可谓异数。其《读白居易诗》小序云："人咸谓香山之诗伤于易，不知其易处正难及也。"其诗中则云："儒雅曾闻白乐天，漫将率意议前贤。但从性地中流出，月露风云总道诠。"④ 又如其《用白居易新乐府成五十章并效其体》之序言：

> 白居易《新乐府》五十章，少即成诵，喜其不尚辞藻而能纪事实、具美刺，一代政要，略见梗概，有《三百篇》之遗意。所为为君臣民物而作，不为文而作，非虚言也。久欲效其体而为之，以万几少暇，日迁月延，且体大物博，未可率略命笔也。然终弗忘于怀者，诚以如此为诗，方可谓之诗，有关于世道人心者，匪浅鲜耳。且以古喻今，以今方古。我国家受命开基，

---

① 清高宗：《乐善堂全集》，《清代诗文集汇编》第331册，第140—141页。
② 清高宗：《御制诗初集》，第159页。
③ 清高宗：《御制文初集》卷十二，《清代诗文集汇编》第330册，第116页。
④ 清高宗：《御制诗初集》，第393页。

祖功宗德，俾子孙知创业之艰，谨神器之守，则又有不可以不文畏难而罢者。名各从其朔，是者是之，非者非之，长短有所弗构，要以达意传实为止。咨政之余，积以月余而成。读者亦不必以重台议之矣。①

乾隆帝的诗，其内容主要为纪日常事实、见闻等，风格则平易甚至浅白，以文为诗倾向明显。此显然与白居易的创作取径甚为接近。而在沈德潜的诗论中，恰好也有类似的表达。如《说诗晬语》卷上第九十四则云："白乐天诗，能道尽古今道理，人以率易少之。然讽谕一卷，使言者无罪，闻者足戒，亦风之遗意也。"②《重订唐诗别裁集》序亦云："白傅讽喻，有补世道人心，本传所云'箴时之病，补政之缺'也。"③ 凡此可见，乾隆帝的文学观念，实与格调诗学颇多同调——而在同时期的词臣中，有此明确理论批评见解者实不多见。故其对待晚达的格调诗家沈德潜特别优渥，是可以理解的。

然归愚与乾隆帝在诗学观念上的异同、互动，还有细加分说的必要。

沈德潜于乾隆四年（1739）方中进士，时已六十七岁，可谓晚达。然其诗名已广播在外，诗文稿久已刊刻，重要选本、诗论亦均已在此前完成，并得乾隆帝之耳闻。④ 而沈德潜晚年所获之乾隆帝恩遇，实为封建时代少有，远胜一般意义的"右文"之举。仅就《沈归愚自订年谱》即可看出：

---

① 清高宗：《御制诗四集》，《清代诗文集汇编》第 325 册，第 525 页。
② 沈德潜：《沈德潜诗文集》，第 1939 页。
③ 沈德潜：《沈德潜诗文集》，第 1997 页。
④ 传统说法一般认为沈德潜乃受到鄂尔泰、张廷玉的推荐而获知，但按照颜子楠《沈德潜生平三事献疑》的观点，旧说多出自耳食而不可信据，乾隆帝可能是从尹继善处得知沈德潜之诗名，但具体如何得知、读过哪些作品则恐难以确证。

一岁之中,君恩稠叠。(乾隆八年癸亥,年七十二)①

皇上赐《觉生寺大钟歌》,即用臣德潜元韵,君和臣韵,古未有也。(十一年丙寅,年七十四)②

赐以诗,起句云:"朋友重然诺,况在君臣间。"(十二年丁卯,年七十五)③

令其校阅诗稿……上召见云:"汝所改几处,俱依汝"……皇上冲然若谷之怀,古帝王所未有也……上后召见云:"我一见汝便知好人。"(十四年己巳,年七十七)④

上召入内廷,命观《归愚诗序》。文中称"归愚叟",并云"他日见访山居,即以为愚公谷也"等语。从古无君序臣诗者。传入史册,后人犹称羡云。(十六年辛未,年七十九)⑤

对此,后世学者多认为,主要原因是沈德潜诗学主格调说,提倡温柔敦厚,恰与皇朝文治政策符合,实际上是乾隆帝培植的"诗坛代理人"。粗看上去这与本文前面的论述很近似。刘世南《清诗流派史》更是刻薄地批评说:"以这样的驯良性格、忠诚品质,加上这种诗歌理论、'别裁'选本,自然最适宜担任吹鼓手的工作了。"⑥应该承认,刘氏这种观点虽然过于偏激,但某种程度上也不无道理——沈德潜室名"教忠堂",与乾隆帝的"乐善堂"恰好形成呼应,说他忠于乾隆帝,并谨小慎微乃至性格"驯良";诗学观念上恪守温柔敦厚,过于崇"正"⑦乃至未

---

① 沈德潜:《沈德潜诗文集》,第2119页。沈德潜于乾隆七年(1742)散馆名第四,留馆,并得乾隆帝关注。乾隆八年(1743)五月至十二月间,历升翰林院侍读、左庶子、侍讲学士、日讲起居注官。
② 沈德潜:《沈德潜诗文集》,第2121页。
③ 沈德潜:《沈德潜诗文集》,第2122页。
④ 沈德潜:《沈德潜诗文集》,第2124页。
⑤ 沈德潜:《沈德潜诗文集》,第2129页。
⑥ 刘世南:《清诗流派史》,第284页。
⑦ 严迪昌《清诗史》辨析了叶燮、沈德潜诗学观念的貌合神离。

免陈腐平庸①，确在相当程度上符合事实。而他所培养的弟子如王昶等，后来又身居高位，成为格调派的后劲力量，并与其他流派特别是袁枚性灵说相抗。②

然而若稍一细思，便可发现此类说法的粗率之处。王昶编《湖海诗传》纵然是与袁枚性灵争夺诗学话语权，但他一来虽在馆阁，却似乎与乾隆帝无甚唱和，难与沈德潜、钱载等并论；二来王昶编诗选已是嘉庆八年（1803）休致后的作为，中间距离沈德潜之病逝、受清算已有数十年之久，更与帝王御制文艺毫无牵涉。③ 这不仅与官方力量无直接关系，连"格调派"能否成立都是需要再商榷的。至于此后之毕沅④、阮元等，在文学建树上实等而下之，且其时学风已变为尚朴学，故王昶虽能以封疆大员身份提倡诗文吟咏，但这只是文人雅趣而缺少理论建设，远不足以继武沈德潜格调诗学。就其主要关注、招揽入幕之才士，则亦以朴学考据家为多，这就显然地展示出流风余韵究竟何属。

而且，仅就乾隆朝的前二十年来看，乾隆帝身旁的重要词臣，实不仅沈德潜一人。这些词臣多为诗、画兼擅者，且诗风、画风多以保守崇正为主。这当然是合乎乾隆帝口味的。

---

① 如稍晚的管世铭就认为"沈谨而庸"。沈德潜：《沈德潜诗文集》，第2230页。

② 严迪昌：《清诗史》，第596页。

③ 王昶的《湖海诗传》四十六卷，选614名诗人的4472篇诗作。又其《湖海文传》七十五卷选181人823篇文章。可见平生交游广阔，命官之"文学沙龙"影响力可见。然王昶生平未曾主学政，虽齿爵尊、交游阔，但才能和影响力均远不及翁方纲。纵然王昶在袁枚死后努力争夺诗统门户，但一来此时文坛早已萎苶，不似乾隆朝名家林立；二来王昶本人此时已年迈归田，其力量与性质与在朝者不能同日而语。

④ 毕沅（1730—1797），字湘衡，号秋帆，灵岩山人，江苏太仓人。乾隆二十五年状元，任陕西巡抚、河南巡抚、湖广总督等。幕府网罗文士、学者甚多，编有《续资治通鉴》，著有《灵岩山人诗集》《灵岩山人文集》等。

第三章　政治压抑下的文学思潮　97

　　如与沈德潜齐名的张鹏翀①，乾隆九年（1744），高宗皇帝曾有《题张鹏翀翠巘高秋图用其韵作七古示之》诗云："问我绘事应师谁，横岭近在帝城西。从来师心非所贵，师古道远劳攀跻。鹏翀汝诗脱筌蹄，欲侔元白志不低。我于诗画涉藩篱，安能示汝匪手携。得其环中游方外，畴为半偈非全提。佳节展汝山水寄，兴酣走笔一漫题。黄花笑我拈吟髭，萧萧写影临清溪。"②张鹏翀的《赐诗赓和集》中也可看出乾隆帝的恩宠③，其卷首即录乾隆帝御赐诗多首，对张鹏翀揄扬殊甚，正文则是乾隆六年至十年（1741—1745）间和诗，共为六卷，可见数量丰富。乾隆帝闻张鹏翀去世后，辄言"张鹏翀可惜"④，又曾比较沈德潜、张鹏翀，言"张鹏翀才捷于汝，而风格不及于汝"⑤，足见张鹏翀虽画名高于诗名⑥，其诗艺在文学史上评价不高，但在乾隆帝心中，两人实可以相提并论。

　　又如钱陈群⑦，诗名、文学侍从的地位均与沈德潜相类，乾隆帝有诗言"老伴诗人沈与钱"⑧。钱氏登上仕途较沈德潜为早而顺利，晚节能终，较沈德潜结局为佳，生平与乾隆赓和之诗有一千

---

①　张鹏翀（1688—1745），字天扉，号南华山人，江苏嘉定人，雍正五年进士，授翰林院检讨、河南乡试正考官、日讲起居注官、詹事府詹事。乾隆帝词臣，有捷才，和作多称旨，又工绘画。著有《南华山房集》三十卷等。
②　清高宗：《御制诗初集》，第385页。
③　袁枚言其"受今上知最深"。袁枚：《随园诗话》，浙江古籍出版社2011年标点本，第166页。
④　王昶：《张鹏翀传》，载氏著《春融堂集》，第1080页。
⑤　沈德潜：《沈德潜诗文集》，第2120页。
⑥　此外应该注意的是，乾隆帝身边的文学侍从，如张鹏翀、钱陈群、钱载等，往往是诗、书、画兼通的。而沈德潜的才能似乎仅限于诗。且这些文臣多数在古文辞章方面缺乏成就，也可看出其为学、为文之路向。
⑦　钱陈群（1684—1774），字主敬，浙江嘉兴人，康熙六十年（1721）进士，授翰林院编修、顺天学政、刑部侍郎等。著有《香树斋集》。
⑧　清高宗：《御制诗三集（二）》，第361页。

多首。① 钱陈群为秀水人，乃秀水派代表诗家，对同里后辈钱载、钱泰吉、钱仪吉等均有诗学影响。仅以钱载为例，其诗风乃浙派诗的变异，益近江西，诗风"学韩而能力求变化"②，以奇崛为长。但钱载与乾隆帝唱和的诗则不如是，钱锺书《谈艺录》就严厉地批评说："及与翁覃溪交好日深，习而渐化，题识诸什，类复初斋体之如《本草汤头歌诀》，不复乃吟讽矣。清高宗亦以文为诗，语助拖沓，令人作呕。萚石既入翰林，应制赓歌，颇仿御制，长君恶以结主知，诗遂大坏。"③钱锺书这里说得已经相当清楚，实际是乾隆帝影响了文学侍从的诗风（从广义的文艺说，还包括书风、画风），包括提倡格调的沈德潜，也包括秀水诗派的钱载等人，而不存在什么为文学侍从群体的格调派。取沈德潜、钱陈群、钱载等人的别集，将赓和诗作与日常吟咏相对比，均可看出相当明显的风格、水准差别。故实际上是乾隆帝创立的"御制诗派"一统台阁，不同文艺倾向者必须在庙堂上遮蔽自己的诗学好尚，"长君恶以结主知"，沈德潜为代表的"格调诗人"只是其附属的一部分而已。还可顺带一提，除钱载、翁方纲外，刘墉④也是御制诗风的效仿者，其书法亦以馆阁体著名。《批本随园诗话》评价刘墉"心地不纯，遂成为假道学。和珅秉政，刘亦委身门下。和珅事败，又从而排挤之，真小人之尤也"⑤。固然属于苛评，但刘墉之从政

---

① 《续修四库提要稿·香树斋集》言"陈群引疾里居后，历二十余年，时蒙存问，诏颁篇什命和，无异侍从殿陛之日。集中应制诸作，至千有余篇，赓达之盛，为自古之未有。高宗诗才天纵，不主故常。陈群和作庄稚浑成，辞无不达，而合颂不忘君之义，斯由根柢深厚，非可强为也。"转引自于广杰、魏春梅《钱陈群及其诗歌创作探析》，《天津职业院校联合学报》2013年第4期。

② 陈衍：《石遗室诗话》，人民文学出版社2004年标点本，第56页。

③ 钱锺书：《谈艺录》，商务印书馆2011年版，第457页。

④ 刘墉（1719—1804），字崇如，号石庵，山东诸城人，刘统勋之子。乾隆十六年（1751）进士，官至吏部尚书、体仁阁大学士。有政声，嘉庆间有弹词《刘公案》。曾劾举徐述夔《一柱楼诗》案。工书法，富收藏。著有《刘文清公集》等。

⑤ 郑幸：《袁枚年谱新编》，上海古籍出版社2011年版，第378页。

方策，于斯亦略可见。

由这一理路进发，就很容易理解为何格调派并非简单的乾隆御用文学流派（沈氏弟子也几乎无人可算典型意义的"词臣"），及沈德潜为何后来罹遭大祸。沈德潜于康熙三十七年（1698）师从叶燮，为二弃草堂弟子，其《说诗晬语》实深受叶燮《原诗》之影响[①]；又因曾得王士禛推许，故"门户依傍渔洋"[②]。其诗学重唐音，讲格调，倾向温柔敦厚，但具体论诗和创作中则较为灵活，能够融合神韵、性灵各说，不拘泥于一偏。就立论之周延中正来说，《说诗晬语》对诗史的概括、对格调诗学的表述均多卓见，在清代诗话中显系佼佼者。其诗既早得王士禛"得骨髓，各自名家……烹炼尤至"[③]之赞许，未受知乾隆帝以前已为当时之著名诗人。袁枚《随园诗话》卷九言：

  沈归愚尚书，晚年受上知遇之隆，从古诗人所未有。作秀才时，《七夕悼亡》云："但有生离无死别，果然天上胜人间。"《落第咏昭君》云："无金赠延寿，妄自误平生。"深婉有味，皆集中最出色诗。[④]

又《随园诗话补遗》卷十言：

  余尝有句云："水常易涸终缘浅，山到成名毕竟高。"偶阅《词科掌录》载沈归愚《咏北固山》云："铁瓮日沉残角起，海门月暗夜潮收。"《渡江》云："帆转犹龙冲岸出，水声疑雨挟舟飞。"严遂成《曲谷》云："雕盘大漠寒无影，冰裂长河夜有声。"《太行山》云："孕生碧兽形何怪，压住黄河气不骄。"二

[①] 说详严迪昌《清诗史》等。
[②] 朱庭珍：《筱园诗话》卷二，载《清诗话续编》，第2237页。
[③] 沈德潜：《沈德潜诗文集》，第2228页。
[④] 袁枚：《随园诗话》，第154页。

人四诗,皆气体沉雄,毕竟名下无虚。①

袁枚所称赞的沈德潜四诗,皆系其未进士第时所作,对沈德潜之诗艺评价亦较公允。张维屏评价沈德潜诗"中岁以前多精心结撰之作"②,以此类作品衡之,自可当之无愧。如前引沈氏《落第咏昭君》诗,本名《王明君》,初见《竹啸亭诗钞》卷二,后收入《归愚诗钞》卷一,为康熙四十二年(1703)所作,时沈德潜三十一岁。③沈氏集中尚有同题一首云"天赋殊尤质,翻为异域人。君王不好色,遣妾去和亲"④,虽主旨不同,但风格气质颇为相似,盖打入身世之感,尤为动人,个中似亦兼有诗人劝讽之旨。复查《说诗晬语》论乐府诗云"宁朴毋巧,宁疏毋炼……李太白所拟篇幅之短长,音节之高下,无一与古人合者,然自是乐府神理,非古诗也"⑤,沈氏之创作亦庶几近之。法式善《梧门诗话》言"作诗翻案,恐伤忠厚。沈文悫公《昭君图》两首,结句……弥觉温柔耐诵"⑥,拈出"忠厚""温柔"以为评价,正是合乎《说诗晬语》一贯诗学观念之确论。而同样是对王昭君出塞故事,乾隆帝的态度就完全相反,其观点乃昭君"自逞容颜轻画工……汉家此计称上著"⑦。又乾隆帝之《班婕妤》诗,对班婕妤《怨歌行》翻案,认为"资用既有时,弃置应所安……秋风不敢怨,君过非小弁"⑧,其中固然与乾隆帝好翻案的个性相关,但也足以说明,帝王之"温柔敦厚",显与诗人之温柔敦厚迥异。

---

① 袁枚:《随园诗话》,第438页。
② 沈德潜:《沈德潜诗文集》,第2232页。
③ 沈德潜:《沈德潜诗文集》,第12、757页。
④ 沈德潜:《沈德潜诗文集》,第12、699页。
⑤ 沈德潜:《沈德潜诗文集》,第1923页。
⑥ 法式善撰,张寅彭、强迪艺编校:《梧门诗话合校》,凤凰出版社2005年标点本,第280页。
⑦ 清高宗:《御制诗三集(三)》,第572页。
⑧ 清高宗:《御制诗初集》,第512页。

第三章 政治压抑下的文学思潮 101

又若《咏北固山》诗，本名《北固山怀古》，在沈德潜诗集中有三个版本，分别见于《一一斋诗》卷三①、《竹啸轩诗钞》卷一②与《归愚诗钞》卷十五③，三稿间可看出修改较大，盖其生平用心打磨之作。袁枚所引为本诗颈联，"海门月暗夜潮收"，可能系"海门月暗暮潮收"之误植。归愚《说诗晬语》论律诗云："起手贵突兀"④"五六必耸然挺拔"⑤，举例虽以五律为主，但其理则一。惟沈德潜以为七律"比五言为尤难"⑥，但其七律创作能得盛气大力，似反胜于其五律名篇，亦与其认为王维等人之七律"复饶远韵，故为正声"⑦之诗学或有关联。

这足以说明，沈德潜之诗学已定型于受知乾隆帝之前，且其当时科举途蹇，生活并不顺遂，更不可能有充当"诗坛代理人"之投机倾向，可见其诗学与个性关系更为密切。如此，方可更好理解此后乾隆帝与沈德潜诗学离合之问题。

乾隆七年（1742）翰林院散馆，沈德潜得见乾隆帝，并奉命和御制《消夏十咏》，"午刻走笔，未刻和就"⑧。进呈后"深惬宸衷"⑨，乾隆帝"颁赏德潜纱二、葛纱二，余二匹、一匹有差"⑩。就诗艺而论，不论乾隆帝的原诗抑或沈德潜的和诗⑪，艺术上均无甚可观，为典型的"御制文艺"，然乾隆帝大为满意，从此屡命沈德潜和作，或因其年迈而才捷（同时亦参与和诗的张廷玉仅和作四首），亦

---

① 沈德潜：《沈德潜诗文集》，第 674 页。本诗系年康熙辛巳（1701）。
② 沈德潜：《沈德潜诗文集》，第 753 页。本诗系年康熙壬午（1702）。
③ 沈德潜：《沈德潜诗文集》，第 292 页。本诗不系年。
④ 沈德潜：《沈德潜诗文集》，第 1941 页。
⑤ 沈德潜：《沈德潜诗文集》，第 1942 页。
⑥ 沈德潜：《沈德潜诗文集》，第 1944 页。
⑦ 沈德潜：《沈德潜诗文集》，第 1945 页。
⑧ 沈德潜：《自订年谱》，《沈德潜诗文集》，第 2118 页。
⑨ 傅王露：《矢音集序》，《沈德潜诗文集》，第 975 页。
⑩ 沈德潜：《自订年谱》，《沈德潜诗文集》，第 2118 页。
⑪ 清高宗：《御制诗初集》，第 204—205 页。

可能因此类作品恰合乾隆帝之口味。专收沈德潜奉敕和诗的《矢音集》即有四卷之多，而颂圣篇目尚不在此列，足见其富。乾隆帝作诗，往往由文士捉刀、修订，而沈德潜为其中著者。沈德潜《自订年谱》乾隆十四年（1749）条即明确提及为乾隆帝改诗之事，乾隆帝亦毫无讳言，而"恶其捉刀"之说显然无稽。[1]

乾隆八年（1743）为沈德潜"一岁之中，君恩稠叠"之年。是年恰为杭世骏上书批评"内满外汉"而获罪之年（此问题在本章第三节中别有讨论）；同时亦为翰林院大考之年，沈德潜排二等第五名，"五月，沈德潜晋翰林院侍读；六月晋升左庶子掌坊；九月晋侍讲学士；十二月授日讲起居注官"，至乾隆十一年（1746）授内阁学士，十二年（1747）入上书房教授皇子、并授礼部侍郎，不仅可谓迁升迅速，更可谓古所未有之"君臣遇合"。作于乾隆十一年（1746）的《觉生寺大钟歌》，"君和臣韵，古未有也"[2]。固然，乾隆帝不仅只和沈德潜一人之诗，但亦可见其对沈德潜之特别施恩。[3]乾隆十八年（1753）御制的《沈德潜纂西湖志成呈览因题以句》更是称之为"老沈"[4]，可见亲热。

在此特殊恩遇之下，沈德潜对乾隆帝感激涕零，歌功颂德，乃至因孝贤皇后之死"普天俱洒泪，老耄似童儿"[5]，又在《国朝诗别裁集》受责后有"体恤教诲，父师不过如此矣"[6]之言。这些虽以当代眼光来看未免谄媚，但在当时实不必过于苛责。如稍后的赵翼就在《散馆恭纪》中有"寒士从来感知己，况蒙帝鉴又何求"[7]诗，这种态度有助于对沈德潜的"同情之理解"。

---

[1] 此观点袁行云已先言之，参见袁行云《清人诗集叙录》，第687页。
[2] 沈德潜：《自订年谱》，载《沈德潜诗文集》，第2121页。
[3] 是年，袁枚因满文不合格，离翰林院任溧水知县，恰与沈德潜形成对比，可以作为诗学"朝野离立"的象征性事件。
[4] 清高宗：《御制诗二集（一）》，第687页。
[5] 沈德潜：《沈德潜诗文集》，第2124页。
[6] 沈德潜：《沈德潜诗文集》，第2138页。
[7] 赵翼：《赵翼全集 四》，第291页。

乾隆帝对沈德潜的特别恩遇，无疑有树立文治形象的政治目的。潘务正认为"沈德潜不但有诗名，且又老又穷。提拔他，无疑会激发士子的向学之心"①，此系相当流行的观点。但此类举措仅为拉拢人心而已，与培植"诗坛代理人"还有不少距离。而且，若纯粹为先封雍齿之法，似乎不免施恩过甚——乾隆帝对其他"代理人"固然有赐诗、赐恩等举，但均未施以如此隆重的恩遇。在笔者看来，乾隆帝对沈德潜的恩遇确实在政治上起到拉拢人心的作用，但若单纯目之为帝王心术，似乎还欠深入。乾隆帝序《归愚诗钞》称："夫非常之人，然后有非常之遇。德潜受非常之知，而其诗亦今世之非常者，故以非常之例序之""视青邱、渔洋殆有过之而无不及者"②，则其多次为沈德潜破例施恩，似乎并不仅仅为门面之事，而别有欣赏意味在焉。如前所述，诗风、诗学方面，沈德潜本就都有与乾隆帝近似之处，又因"其为人诚实谨厚，且怜其晚遇"③。此类表述，似乎是可以信据的。

然沈德潜作为乾隆时期诗坛大家，虽对高宗之特别荣遇，有感恩戴德的心理，但其诗其学实有与政权游离之处——沈德潜公然在进呈御览的《国朝诗别裁集》中列钱谦益为卷首、选其诗三十二首，又选"名教罪人"钱名世之诗，至少是缺乏政治敏锐性的表现。④尽管乾隆帝当时只说"德潜一生读书之名坏"，还有回旋余地。⑤但随着文网日密，沈德潜终于晚节未全，而遭到高宗之严惩。"余不负德潜，而德潜实负余"⑥或许正是不满于沈德潜未能真正成为乾隆帝的"诗坛代理人"，相较之下，同

---

① 沈德潜：《沈德潜诗文集》，前言第 6 页。
② 清高宗：《归愚诗钞序》，载《沈德潜诗文集》，第 3 页。
③ 《清实录 第一二册 高宗实录四》，中华书局 1985 年影印本，第 622 页。
④ 沈德潜在《明诗别裁集序》《国朝诗别裁集序》中均明确表达了自己与钱谦益、朱彝尊的对比，"影响的焦虑"显然，亦可侧面看出钱谦益在当时文坛的地位。沈德潜：《沈德潜诗文集》，第 1304—1305 页。
⑤ 钱陈群在孙家淦伪稿案中亦遭乾隆帝痛斥，但此后并未影响君臣关系。
⑥ 清高宗：《御制诗四集》，《清代诗文集汇编》第 326 册，第 51 页。

为文学侍从的张鹏翀、钱陈群、钱载等人就远比沈德潜更加"驯良"①。乾隆帝在沈德潜之后未再如此礼遇文学侍从，除其兴趣逐渐转入考据学以外，是否可能与沈德潜所带来的反差刺激相关?② 帝王心术，还有值得深入玩索之处。

如果细绎沈德潜诗文，可发现问题还不止此。从诗风来说，除却前文袁枚所拈出之名篇外，沈德潜还有相当部分吟咏穷愁、体恤民瘼、抨击政治之诗，如《制府来》《汉将行》等更是归愚集中名篇，前者讥讽噶礼，后者讥讽年羹尧。及至乾隆八年（1743）之《送杭堇浦太史》，涉及敏感问题，尚有"变音"之感。③

颜子楠指出，沈德潜在乾隆四年至乾隆十三年（1739—1748）间没有写作任何反映民瘼之作品，直至通过乾隆十六年（1751）高宗"当前民瘼听频陈"④ "功称德颂曾何益，吏习民艰要并陈"⑤（乾隆十六年）等诗鼓励后，才写下少量此类题材作品，以为"赞扬皇帝的铺垫"⑥。此观点固然有理，但未免言之过当。如乾隆四年沈德潜有《秋雨浃旬恐伤农事又闻河决兖豫间慨焉有作》⑦、乾隆七年（1742）之《杂诗》⑧、《救饥行为家茶园侍御作》⑨、乾隆十二年

---

① 张鹏翀、钱陈群的文学水准也远低于沈德潜。陈衍即谓"今谁问其集者"。陈衍：《石遗室诗话》，第 17 页。
② 比如，乾隆四十年（1775）召见钱载时，就惜其晚达而感叹诗文无益。至乾隆四十五年（1780）更是因尧陵事痛斥之。潘中华：《钱载年谱》，第 214 页。
③ 参见本章第三节，及张昊苏《论乾隆时期台阁文人的疏离心态：以沈德潜为中心的考察》，《文艺理论研究》2021 年第 3 期。
④ 清高宗：《御制诗二集（一）》，第 502 页。
⑤ 清高宗：《御制诗二集（一）》，第 588 页。
⑥ 颜子楠：《沈德潜生平三事献疑》，《励耘学刊》2017 年第 2 期。
⑦ 沈德潜：《沈德潜诗文集》，第 269、906 页。
⑧ 沈德潜：《沈德潜诗文集》，第 924—925 页。
⑨ 沈德潜：《沈德潜诗文集》，第 200、926 页。

(1747)之《海灾行》① 等都亦可算反映民瘼之作，称之为"无"似乎稍嫌简单。颜氏还认为，沈德潜于乾隆二十年（1755）所作《霜灾》，有"我慰愚民尔无苦，圣人仁覆天同溥，即看赈邮周我土"②之句，"终究是一副歌颂皇帝的姿态，而这种姿态在他入仕以前的作品中是看不到的"。然此诗既然可能得到乾隆帝之御览，某些姿态实不必过分苛责；且此诗中尚有"告荒向官吏，扑抶臀无肤"之言，与《过粥厂口号》《祈雨谣》③之观点一脉相承，对地方官吏有明确指斥，并非全无批判精神。由此来看，沈德潜将送交乾隆帝作序的二十卷本《归愚诗钞》分体而非编年排列，并处理了一些可能引发麻烦的作品。除编集体例使然之外，也许原因之一还在于，淡化时间线可淡化诗与时事的关系，成为自我保护色。当然，我们可以推想的是，这类题材的创作当然会受到影响④，且未必均会上呈御览。

换句话说，尽管沈德潜所持之诗教观念可以为乾隆帝的文治政策所用，他本人也因乾隆帝的恩遇而成为"既得利益者"，但沈德潜对主流意识形态的态度却有多面性。他当然真心忠于乾隆帝（在当时的历史背景下，此似乎毋庸苛责），但并没有因此而完全丧失个人意志，故未以"诗坛代理人"的身份贯彻官方文化政策，更往往在诗作、选诗中明显地展示出不少离心倾向，这也许是激怒乾隆帝、令沈德潜终遭大祸的深层原因。

通过上述的讨论，似可以更清楚地展示出沈德潜格调诗学与乾

---

① 沈德潜：《沈德潜诗文集》，第 207、959 页。
② 沈德潜：《沈德潜诗文集》，第 437 页。
③ 沈德潜：《沈德潜诗文集》，第 438、441 页。
④ 王宝刚在研究钱陈群时指出，这可能受制于两个方面：一方面为词臣生活优渥，未必熟悉民间疾苦；另一方面为与帝王唱和，会有意避免这一题材。王宝刚：《钱陈群诗歌研究》，硕士学位论文，河北大学，2012 年，第 13 页。乾隆帝对钱陈群也有"不忘规我厪民生"的和诗。清高宗：《御制诗三集（二）》，第 360 页。

隆帝御制诗学的离合之处。① 事实上，随着乾隆帝对学养的重视程度日益增高，其诗学风貌也在渐变，身边文学侍从的风格也随之而变化。可以说，乾隆帝身边的文学侍从由沈德潜变为钱载，这也同时是乾隆帝诗风变化的趋向，即由格调之诗而逐渐趋于学人之诗。②

颜子楠通过对乾隆帝元旦诗的研究，认为"虚字的使用是在乾隆二十年（1755）之后开始逐渐增加的，而且不仅仅局限于律诗的首、尾联，在中间两联出现的次数越来越多；最终，虚字的运用在乾隆生命最后的二十多年中到达了顶峰，几乎在其律诗的每一句中都能够见到"。"乾隆'御制体'的基本特征在乾隆九年（1744）之前并没有显现；伴随着时间的推移，'御制体'的写作特点逐渐显现，但'御制体'的真正成型则是在乾隆四十年（1775）前后。"③ 而王达敏则认为，乾隆三十六年（1771）以后考订诗大量增多是乾隆诗变化的重要标志，夏长朴在讨论了乾隆帝的诗、文创作后，将这一时间定于开四库馆后的乾隆三十八年

---

① 颜子楠对"御制体"的内涵进行了探讨，认为其有三个主要特征（对虚字过于频繁的运用、对七律当句对体的频繁使用、频繁地使用数词）和两个次要特征（偏好字如钦、勤、乾、惕等的频繁使用、文字游戏的出现），并且指出"通过分析乾隆皇帝的元旦七律，我们也触及了一个在文学批评中经常出现的问题：究竟什么是'体'。在乾隆的例子中，'御制体'的定义是乾隆在创作中所偏好使用的某些特定的写作技法。以此推论，'体'是否就是某些特定的写作技法的集合？至于相对宽泛的'唐体''宋体'的定义，或是一些相对限定性的'体'的定义，如'西昆体''山谷体''诚斋体''铁崖体''钟伯敬体'等，是否也都可以用这一定义去重新审视？当然，这些问题的答案还需要通过更多的系统性的文本分析来取得；而一旦将'体'的概念在诗歌创作的层面上厘清，则我们或许能够看到一个完全不同的文学史——一个以多种多样的诗歌写作技法的演变为主线的文学创作史——而不是一个被诗歌的题材、内容或抒情的分类所主导的文学鉴赏史。"见颜子楠《乾隆诗体之变化——试析乾隆皇帝元旦七言律诗的写作技法》，《兰州学刊》2016 年第 2 期。本书的表述乃指乾隆帝诗作、诗论的集合，并非严格意义的论述，与颜氏的定义亦略有差别。

② 当然，此仅就其廷臣模仿之近似风格而论。

③ 颜子楠：《乾隆诗体之变化——试析乾隆皇帝元旦七言律诗的写作技法》，《兰州学刊》2016 年第 2 期。

(1773)①。鉴于上述几位学者均只是选取一个侧面展开研究,这里的少量误差是可以理解的。即泛说似可认为,乾隆诗风的转变大致定型于开四库馆前后(当然,此前由宋入汉的转变,是一个相当长的过程,但也基本上是乾隆三十年代之事),其特点之一乃是风格更近于朴学之文,而与"诗"的距离趋于疏远。在这种情况下,不仅格调诗已非乾隆帝创作之主潮,文学侍从与御制文学的模仿者,也渐渐处在较为尴尬的地位。除前文提及的钱载外,翁方纲之肌理诗学亦是一个值得关注的例子。

钱锺书认为"及与翁覃溪交好日深"②影响了钱载的诗风,这一论断似乎违背了历史事实。③ 钱载长翁方纲二十五岁,潘中华《钱载年谱》认为"翁诗的确深受钱载影响,'诗弟子'一说也有几分道理"④。可见,翁方纲肌理诗学乃间接地继承了"御制诗派",而在理论上又对其加以深化。翁方纲的诗学主要成于其广东学政(1764—1772)任内,其文学批评著作《石洲诗话》亦成于此期间(1768),然这一阶段翁方纲仍屡屡寄诗钱载请求批阅,足见肌理诗学的独立是较晚之事。不过需要注意的是,即使是肌理诗学成立,并在创作和批评上有意识地借鉴乾隆帝御制诗,也很难认为其属于接下来的"官方诗学"。这一观点与以往的清代诗学史书写亦有所抵牾,主要原因可能是诗学研究者过度高估了诗作、诗论的价值意义,而未全面考虑当时社会的文化风气、诗家的影响力。

---

① 夏长朴:《乾隆皇帝与汉宋之学》,载彭林编:《清代经学与文化》,北京大学出版社2005年版,第164页。
② 钱锺书:《谈艺录》,商务印书馆2011年版,第457页。
③ 此见解很可能是受到了翁方纲的误导。程日同业已指出:"钱载卒后,翁方纲把二人关于诗歌创作的关系,有意作了大异昔日的调整。无论翁方纲手稿本,还是他人过录本,都有翁氏这样的话:'丙戌、丁亥、戊子、己丑,此数年间,正是余在粤东时,而其诗少可选者,何也?'言外之意,翁方纲在粤期间,钱载因没有他的影响或者指导,所写诗歌可选者很少。"程日同:《钱载与翁方纲后期关系考论》,《文学遗产》2016年第6期。下文的论述也部分参考了程文的观点。
④ 潘中华:《钱载年谱》,博士学位论文,南京师范大学,2008年。

乾隆十七年（1752），翁方纲登进士第，时年仅二十岁，可谓少年得志。严迪昌认为："正当袁枚与退老吴中的沈德潜辩论诗学之际，翁方纲成为以京苑为中心的馆阁诗群领袖。"① 这俨然暗示了诗坛代兴之意味。严氏并进而指出翁方纲在外放学政期间对当地诗学的提振，而肌理诗学之成，更可以理解为官方在朝之诗学理论。② 按照这一思路，将翁方纲目为官方理念之"卫道士"，有颇多论据可为支持。就诗而言，钱锺书《谈艺录》便指出：

> 兼酸与腐，极以文为诗之丑态者，为清高宗之六集。蒋石斋、复初斋二家集中恶诗，差足佐辅，亦虞廷赓歌之变相也。③

乾隆帝的劣诗实不胜枚举，如"怪石苍龙似，飞泉玉练如"④"只有香风阵阵吹"⑤"蕈茁如酥韭叶肥"⑥"稍遣秋之日，闲吟白也诗"⑦"求忠臣在孝之门"⑧"知其一未知其二"⑨"为元后则时田若，知小人依所逸无"⑩"鹿之大也十倍兔，十亦不过五种焉"⑪"夫乾易矣夫坤简，成物知焉成已仁"⑫"矩不以方圆弗规，圆方合撰椭形为"⑬"自然纯粹而精趣"⑭，等等，这些诗或滥用虚字，或鄙俗不

---

① 严迪昌：《清诗史》，第641页。当然，"领袖"一词或可斟酌。
② 刘世南《清诗流派史》亦持此说，第298页。
③ 钱锺书：《谈艺录》，第180页。
④ 清高宗：《御制诗初集》，第109页。
⑤ 清高宗：《御制诗初集》，第126页。
⑥ 清高宗：《御制诗初集》，第126页。
⑦ 清高宗：《御制诗初集》，第217页。
⑧ 清高宗：《御制诗初集》，第504页。
⑨ 清高宗：《御制诗二集（一）》，第469页。
⑩ 清高宗：《御制诗二集（一）》，第596页。
⑪ 清高宗：《御制诗二集（二）》，第520页。
⑫ 清高宗：《御制诗二集（二）》，第610页。
⑬ 清高宗：《御制诗三集（一）》，第639页。
⑭ 清高宗：《御制诗三集（三）》，第47页。

堪，均系典型的劣作。①

刘世南在《清诗流派史》中更引及若干例证②，认为翁方纲确实有意识地按照乾隆帝之诗风进行自我规训。案，王昶《湖海诗传》中称翁方纲"出入山谷、诚斋间""虽尝仿赵秋谷《声调谱》……然自作亦不能尽合也"③，似乎是颇为微妙的评论——据《石洲诗话》，翁方纲对杨万里诗的评价不甚高，颇有责其俚俗之言，如："诚斋之诗，巧处即其俚处"④"叫嚣怆俚之声，令人掩耳不欲闻。"⑤"石湖、诚斋皆非高格，独以同时笔墨皆极酣恣，故遂得抗颜与放翁并称。而诚斋较之石湖，更有敢作敢为之色，颐指气使，似乎无不如意，所以其名尤重。其实石湖虽只平浅，尚有近雅之处，不过体不高、神不远耳。若诚斋以轻儇佻巧之音，作剑拔弩张之态，阅至十首以外，辄令人厌不欲观，此真诗家之魔障。"⑥此类看法皆颇具贬义。而王昶曾说"杨监诗多终浅俗"⑦，对杨万里也是类似的评价。那么此处的表述，甚至有可能是暗指那些体近高宗之劣诗⑧。《湖海诗传》仅选翁方纲诗十五首，亦只是稍高于平均数而已，与现当代文学史家对翁氏诗学地位的判断似乎不成正比，亦可见王昶对翁方纲的诗艺亦持保留态度。

---

① 不过，也应说明的是，乾隆帝诗作数量过多而又缺乏剪裁、润色，发现大量劣诗正不奇怪。持平而论，其集中亦有不少清新可诵之什，足见其文化素养有足多之处，也不必贬之入地。这里着力批评其劣诗，一来是认为集中劣诗至少在相当程度上代表其创作水准与态度，二来是希望指出这种诗风对当时诗坛产生的恶劣影响。
② 刘世南：《清诗流派史》，第 303—304 页。
③ 王昶：《湖海诗传》，上海古籍出版社 2013 年影印本，第 155 页。
④ 翁方纲：《石洲诗话》，载《清诗话续编》，第 1370 页。
⑤ 翁方纲：《石洲诗话》，载《清诗话续编》，第 1371 页。
⑥ 翁方纲：《石洲诗话》，载《清诗话续编》，第 1371 页。
⑦ 王昶：《春融堂集》，第 434 页。
⑧ 值得注意的是，袁枚《随园诗话》卷八云："蒋苕生与余互相推许，惟论诗不合者，余不喜黄山谷而喜杨诚斋，蒋不喜杨而喜黄。可谓和而不同。"似可为此处批评之注脚。袁枚所认为的杨万里诗高处，显然是格调、肌理诗人所轻的。袁枚：《随园诗话》，第 149 页。

但同为乾隆帝恶诗的"佐辅",钱载、翁方纲的趣味却有明显差别,核心乃在于对考据学的态度。钱载诗风虽有重学养、奇崛、以文为诗等生僻瘦硬一面,但对朴学特别是朴学入诗颇不以为然①,这种立场与此前的"宋诗"相差不多。如其评翁方纲诗就有"须再加润泽,使之浓郁,否则越做越入训诂体"② 之言。这种态度在乾隆四十年(1775)前后的京城,当然是不合时宜之言,是以钱载与朱筠③、戴震④、卢文弨⑤等先后产生冲突。而翁方纲虽在表面上作持平之论,但显然左袒朴学一方,由此亦与钱载关系恶化。⑥ 可见,这既是翁方纲个人的选择,同时也可见出当时京师主流的风气乃是崇考据而忽吟咏,故钱载虽然政治地位较高,且仍在诗坛发挥影响,但在四库馆中却甚感孤立。类似的情况也发生在当时地位更低的姚鼐身上。而翁方纲在四库馆中,虽不及纪昀、戴震能引领一时考据风潮,但今存《四库提要分纂稿》中,可见到的翁氏所撰提要就有九百九十六篇,其道路选择是显而易见的。或可推测,此时的翁方

---

① 钱锺书"掉文而不掉书袋"评价最精。钱锺书:《谈艺录》,第 453 页。

② 翁方纲著,钱载批《翁覃溪诗》,国家图书馆藏稿本。转引自程日同《钱载与翁方纲后期关系考论》,《文学遗产》2016 年第 6 期。

③ "萚石……性豪饮,常偕朱竹君学士、金辅之殿撰、陈伯恭、王念孙两编修过余,冬夜消寒,卷波浮白,必至街鼓三四下。时竹君推戴东原经术,而萚石独有违言,论至学问可否得失处,萚石颧发赤,聚讼纷拏。及罢酒出门,斷斷不已,上车复下者数四。月苦霜浓,风沙蓬勃,余客伫立以俟,无不掩口而笑者。"王昶:《湖海诗传》,第 150 页。按,王昶对钱载诗风的评价乃"信手便成,不复深加研炼,殆其乡李日华、姚绶一辈人也",选其诗十二篇,足见评价一般,且似过于刻薄。

④ 昨萚石与东原议论相诋,皆未免于过激。戴东原新入词馆,斥詈前辈,亦萚石有以激成之,皆空言无实据耳。萚石谓东原破碎大道,萚石盖不知考订之学,此不能折服东原也。……今日钱、戴二君之争辨,虽词皆过激,究必以东原说为正也。……必若钱君及蒋心畬斥考订之学之敝,则妒才忌能者之所为矣。(翁方纲:《与程鱼门平钱戴二君议论旧草》,载氏著《复初斋文集》卷七,《清代诗文集汇编》第 382 册,第 81—82 页)

⑤ 事在乾隆四十五年(1780)。"钱、卢近多议论龃龉,覃溪以抱经为是。"(吉梦熊:《前后六客诗》序,转引自潘中华《钱载年谱》,第 264—265 页)

⑥ 程日同推论,乾隆四十三年(1778)前后,钱载、翁方纲间有一场诗律之争,导致关系彻底恶化。在此之前,两人已因戴震等事有小不愉快。

纲，虽仍可以称作是乾隆时期的诗坛领袖，有宏奖风流之举，但已无力以其诗参与到官方文艺中去，而不得不以考据作为新的途辙。

这种现象，盖主要因翁方纲"不得其时"：乾隆帝在其执政的中期，已经找到了主导文化政策的有效方案：以考试的方法规训举子，引导文风；以修书的方式总结正变，钦定揄扬。修书问题容待下节细论，接下来仅略述在应试、应制中考察诗文的情况，这也是乾隆帝个人吟咏兴趣与文化政策转变的契机。

明清科举考试，八股文这一并非现代意义上的文学，但却对文学素养有着颇高要求的文体，乃居其中核心地位。八股文作为官方规训文风、士风的载体，产生了相当直接的影响。《儒林外史》对八股文的痛下批判，正是这一大的文化背景下之产物。不过，《儒林外史》虽大量影写当代时事，但其观念的时效性却相对有限[①]，也就是说，在吴敬梓所经历的雍正及乾隆前期的八股弊端，在此前的时代中也早已出现，并不是新出现的文化现象。[②] 仅就清初来说，如吕留良（1629—1683）《真进士歌》骂进士、八股甚多。徐灵胎（1693—1771）的《洄溪道情》中也有一首《刺时文》："读书人，最不齐。烂时文，烂如泥。国家本为求才计，谁知道变作了欺人计。三句承题，两句破题，摆尾摇头，便道是圣门高弟。可知道三通四史是何等文章，汉祖唐宗是哪一朝皇帝？案头放高头讲章，店里买新科利器。读得来肩背高低，口角嘘唏。甘蔗渣儿嚼了又嚼，有何滋味？孤负光阴，白白昏迷一世。就教他骗得高官，也是百姓朝廷的晦气。"[③] 这些态度与《儒林外史》虽不尽同，但呈现的文化现象

[①] 就小说而言，更早的蒲松龄《聊斋志异》、约同时的曹雪芹《红楼梦》、稍晚的纪昀《阅微草堂笔记》等均有批评时文的内容。

[②] 事实上，在吴敬梓写作期间新兴起的考据学思潮，就基本没有进入他的视线范围，可能是因为考据学的影响尚不及于他的社交网络之故。

[③]《随园诗话》卷十二引，第 217 页。徐灵胎（1693—1771），名大椿，晚号洄溪老人，吴江布衣，先攻儒，后业医，曾二次应召入京治病。《随园诗话》言"余弱冠在都，即闻吴江布衣徐灵胎有权奇倜傥之名……庚寅七月，患臂痛，乃买舟访之，一见欢然。年将八十矣，犹谈论生风……"

却是相似的。

而值得注意者，则是乾隆中期以后的几部白话小说中，却鼓吹教化，对时文、礼教、功名等有称颂，其代表为《野叟曝言》《歧路灯》《儿女英雄传》等。就这几部小说中表现的内容来看，基本系遵照主流意识形态而撰写的教化小说，与《儒林外史》《红楼梦》的疏离感形成了鲜明的对比。《野叟曝言》虽大讲理学，但夏敬渠的思想实有"异端"之处，又加入不少个人恶趣，对教化有所冲淡。《歧路灯》① 的理学教训亦多，且颇合"主旋律"，为最典型的"教育小说"。此时期的话本小说集，如杜纲（草亭老人）编、许宝善（自怡轩主人）评的《娱目醒心编》（乾隆五十七年刻，1792）等，杂糅忠孝节义与因果报应，故事性相对平庸，而"醒心"的教化意味尤明显，与此前的"醒世恒言"名近而实异。郑振铎评论说："这个时代使作者不得不取这样严肃的劝诫的态度。他不这样，他的著作，便不能自存。"② 这似乎也可见乾隆朝对一般士人规训的成效了。

乾隆早期的词臣如钱陈群、沈德潜等，均系久浸淫于举业者，举业对其文章写作风格产生重要影响。乾隆二十二年（1757）在乡试中增加试帖诗一项，并成为定制。康熙朝童试已有五言六韵之试，至此改为五言八韵，必"以八股之法行之"③，已与唐代试帖颇有不同。在应试、应制中考察诗作，必然要求中试者具有文学创作能力，这与此前举业、诗学截然为两途不同。而且其风格当然须合乎圣意，这为帝王培植文学侍从提供了相当大的方便，帝王无须亲自鼓吹，

---

① 或认为《歧路灯》"纯从《红楼梦》脱胎"，由此可将《红楼梦》的时代继续提前。笔者认为这种"脱胎"只能理解为结构章法上的暗合，绝非可靠的史料。当代学者且取《歧路灯》与《野叟曝言》《绿野仙踪》等小说对比类似性，足见此系当时共通之风气，"脱胎"盖当如此理解。参见栾星《歧路灯研究资料》，中州书画社1982年版。欧阳健、曲沐、吴国柱：《红学百年风云录》，浙江古籍出版社1999年版，第600页。李延年：《〈歧路灯〉研究》，中州古籍出版社2002年版，第317—384页。

② 郑振铎：《西谛书话》，生活·读书·新知三联书店2005年版，第150页。

③ 梁章钜：《制艺丛话 试律丛话》，上海书店2001年标点本，第533页。

应试者会自然而然揣摩上意、研究应试策略。

据蒋寅《清诗话考》的研究，试帖诗考试恢复不久，即已有人致力于编纂有关应试之诗话著作。如徐文弼《汇纂诗法度针》三十三卷，为"作者于府学教授诗学之课本"①，成书于乾隆二十三年（1758）之前，其《丝集》"为全唐试帖，按题材分类编唐试帖诗，殆取自坊间注本"②，已开始针对试帖诗考试。且依其"取自坊间注本"看，则当时坊间所编试帖诗选、诗评可能已经为数甚多。又若李其彭在乾隆二十三至二十八年（1758—1763）间先后纂有《论诗尺牍》《唐试帖分韵选》《四声韵贯》《廿一种诗诀》等书③；朱琰于乾隆二十五年（1760）编《诗触十六种》④等，均系服务科考之作。试帖命题，不局限于五经四书，故对应试者的知识结构要求更高。⑤

翰林院的考试同样相当重要。对此，潘务正《清代翰林院与文学研究》已经有了较为全面的叙述。下文即尝试在此基础上，进一步探讨考试与文学的关系。

清代翰林院的考试尤其是大考，直接影响到翰林臣子的仕途命

---

① 蒋寅：《清诗话考》，中华书局2005年版，第356页。"徐文弼（1710?—?），字勷右，号芝山，江西丰城人。乾隆六年（1741）举人，历官饶州府学教授、永川、伊阳知县。"

② 蒋寅：《清诗话考》，第356页。

③ 蒋寅：《清诗话考》，第355页。"李其彭，字年可，号果轩、麟川迂叟。山东巨野人。岁贡生。……乾隆二十二年诏令科举试诗，坊间纷纷编印诗法诗选之书，此书（《廿一种诗诀》——引者）盖即其时应运而生者也。共汇集古今诗话二十一种，厘为十卷。"

④ 蒋寅：《清诗话考》，第364页。"朱琰字桐川，号笠亭、樊桐山人。浙江海盐人。……平生著述颇富……是编之纂乃配合乾隆二十二年（1757）科举加试诗之诏，供初学之需也。"

⑤ 有学者指出乾隆时某科会试，试帖诗以颜延之诗"天临海镜"为题，只有十六人知道题目出处，全部中式。[倪鸿《试律新话》卷一，转引自王道成《科举史话（连载10）八股文和试帖诗》，《文史知识》1984年第8期。]笔者唯检得嘉庆六年辛酉（1801）恩科会试有此题，亦未见十六人知道出处之事，姑存疑备考。王家相：《清秘述闻续》，载法式善等《清秘述闻三种》，中华书局1982年标点本，第531页。

运,如袁枚于乾隆七年(1742)因满文成绩不合格外放,可谓对其仕途的重大打击,袁枚后来辞官归随园,显然有外放之后仕途多蹇不愿折腰的原因。至于此后,袁枚持性灵说以与主流台阁风格抗衡,自然更包含有颇多在野的卓荦杰出之士对当途显要者的不满。而多数欲在宦海有所升迁者,则势必要不断按照考试要求提升相应的"文学"修养。且身居翰林清位,如考试成绩不孚人望,对个人文誉自然也有损伤。清代翰林院考试中,律赋占据较重要的地位,重要原因之一在于,赋体适合颂圣,恰合帝王需要。如林联桂(1774—1835)①《见星庐赋话》即言:

> 木兰秋狝,为圣朝一大典礼……近时馆阁赋之者甚夥,谨录其尤者,备我朝掌故焉。②

故而,赋体之创作、编选、批评乃大盛于清,而乾隆朝为尤甚,实与整个时代的盛世文化自信有密切关联。这一时期重要的赋体选集若法式善《同馆赋钞》、吴锡麒《律赋清华》、潘世恩《律赋正宗》、宋湘《同馆赋钞》、王家相《同馆赋钞》等;赋话若李调元《雨村赋话》、浦铣《历代赋话》、林联桂《见星庐赋话》等,多具有服务考试之目的。潘务正业已详细讨论了法式善《同馆赋钞》、林联桂《见星庐赋话》③ 两书,并以此为中心探讨乾嘉、嘉道之赋风流变。其主要观点是,法式善《同馆赋钞》展示出乾嘉时期律赋创作深受朴学影响,主题以颂圣为主(并得到帝王鼓励),风格则以"清秀"为主,多白描工笔而少雕刻辞藻。而林联桂《见星庐赋话》

---

① 林联桂,字道子,广东吴川人,与张维屏等齐名,称"粤东七子"。嘉庆九年举人,道光八年进士,任湖南绥宁知县。著有《见星庐赋话》《见星庐文话》《见星庐诗集》等。

② 林联桂撰,何新文、余斯大、踪凡校证:《见星庐赋话校证》,上海古籍出版社2013年标点本,第117页。

③ 潘务正:《清代翰林院与文学研究》,人民出版社2014年版,第218—258页。

关注嘉庆后期的律赋创作，代表了当时普遍认为唐赋不如时赋（即清朝赋）的观点，对技法的琢磨与创新取得了诸多成就。①

考试无疑会对主流创作风气起到较具决定性的影响。从正面来说，考试涉及的文体，创作、批评数量会显然增加，并按照考试要求而趋于规范化，其中当然也会涌现出一些优秀作品和新的理论命题，从而令人有彬彬称盛之感。但从消极一面来看，考试的弊端如过重形式、歌功颂德、限制个性等，无疑对文学创作也会起到反作用——尽管严羽《沧浪诗话》中称赞"唐以诗取士，故多专门之学，我朝之诗所以不及也"②，但唐人试帖诗中的优秀作品实在是相当少，清朝之试帖，则更等而下之了。③ 如何很好地衡量考试对文学创作的影响，还是个颇复杂的问题。若以"文体"或"应用文"而言，试帖诗在相当程度上对诗作结构有所发展；但现代意义上的"文学"视野下，则未必系正面意义的发展，即这种文体的规范化同时亦是"八股化"的表现。而且，至少在古人眼中，试帖诗也已经并非严格意义的诗。就文体而言，试帖诗与日常吟咏不同，不应入别集中。如翁方纲《苏斋笔记》卷十二言：

> 若试帖之诗，应制庄敬，若在雅颂之列，而究属试席之作，则编集者，偶因事境，录一二或不伤也，竟以试帖编入诗集成卷，则非也。唐试律末句多用祈请语，尤为伤雅，今则末句用颂扬，较为得之。④

---

① 潘务正：《清代翰林院与文学研究》，第241—242页。
② 严羽撰，郭绍虞校释：《沧浪诗话校释》，人民文学出版社1961年标点本，第147页。
③ 清人对时文之害于诗、文，有相当详尽的描述。论据可参见蒋寅《中国古代文学通论 清代卷》，第337—341页。
④ 翁方纲：《苏斋笔记》，《清代稿本百种汇刊》，台北文海出版社1974年影印本。转引自唐芸芸《试帖诗与翁方纲诗学观》，《井冈山大学学报》2015年第4期。

纪昀《唐人试律说》自序亦云："诗至试律而体卑。虽极工，论者弗尚也。然同源别派，其法实与诗通"①，足见试律而非日常吟咏之诗，故需"辨体"。吴锡麒则言"选赋得诗，有广备题目，近乎类书；有专讲作法，近乎时文"②，虽批评此类倾向，但可看出当时一般科场试律诗参考书的编纂思路。

这与时文一般不应入个人别集属同样的道理。《四库全书总目》"御制乐善堂全集定本"提要云："并省去制义一卷，定为此本。伏考今之制义，即宋之经义也，刘安节等皆载入《别集》。吕祖谦选《宋文鉴》，亦载入《总集》。初刻兼录制义，盖沿古例，而我皇上区分体裁，昭垂矩矱，俾共知古文、时文之分。睿鉴精深，逾安节、祖谦等之所见不啻万倍。"③

律赋既同属考试文体，与时文之关系亦颇为紧密。《见星庐赋话》就往往专门用八股之法讲解试赋写法：

> 文章三字诀，曰"新、警、醒"。而醒之一字，施之试赋尤宜。题中实字固要醒，即题中虚字亦要醒。（卷三）

> 赋有两扇题法，须以两平还之，如八股之两扇格。（卷四）

> 赋有三扇题，亦须三平还题，如八股三扇题之法。（卷四）

> 赋有颂圣直起者，矞皇典重，尤属应制所宜。（卷七）④

---

① 纪昀：《纪晓岚全集（第三册）》，河北教育出版社1995年标点本，第11页。
② 徐世昌：《晚晴簃诗话》，第695页。
③ 永瑢等：《四库全书总目》，中华书局1965年版，第1519页。
④ 林联桂撰，何新文、余斯大、踪凡校证：《见星庐赋话校证》，第30、48、49、97页。

试帖、试赋、时文等本质近似。这些不仅仅服务于规范文体、打磨技巧,实际上均是专门针对应试、应制的"八股文章"。故就"文学"之艺术成就来说,其正面意义尚可斟酌①。赋体一定程度上即为炫技逞才之文体,姑置不论;试帖诗体之不易出佳构,即试帖大家亦深知之。

乾隆朝,既为文宗,又长于试律者,有翁方纲、纪昀等。

翁方纲有《复初斋试诗》《翁覃溪先生芸窗改笔》等存世②,其中可见对试律章法要求颇为严格。纪昀除编有《唐人试律说》《庚辰集》等外,晚年特别著有《我法集》,乃其所作试帖诗集,为孙辈讲解试帖应试用,其自序言:"试律之法同于八比……余作试律速于他文,不过以八比之法行之。"③ 顺带一提,较晚的梁章钜(1775—1849)④ 受翁方纲、纪昀二家影响,其《试律丛话》等著,相关考论更加详尽。而提倡性灵的袁枚则对试帖诗更表不满。《随园诗话》有"至唐人有五言八韵之试帖,限以格律,而性情愈远。且有'赋得'等名目,以诗为诗,犹之以水洗水,更无意味"⑤,"时文之学,不宜过深,深则兼有害于诗"⑥ 等观点。钱大昕则指出科第之学令人"相习而为剿袭稗贩之作"⑦,欲以博古通经救其弊,亦

---

① "文章"与"文学"的差异,似乎还有值得进一步讨论的空间。
② 均存中国社会科学院文学所藏稿本。参见唐芸芸《试帖诗与翁方纲诗学观》,《井冈山大学学报》2015年第4期。又按,今人或据商衍鎏《清代科举考试述录及有关著作》记述的内容,以为翁方纲别有一部《复初斋试律说》但今已亡佚。然商衍鎏称《复初斋试律说》"体例略同《我法集》",《我法集》实际为纪昀试帖诗集而非"说",则或许实即《复初斋试诗》?姑存疑待考。商衍鎏:《清代科举考试述录及有关著作》,故宫出版社2014年版,第280页。
③ 《纪晓岚文集》失载此文,引文据梁章钜《试律丛话》卷二,载《制艺丛话 试律丛话》,第533页。
④ 梁章钜(1775—1849),字闳中,又字茝林,号退庵,福建长乐人。嘉庆七年进士,历任翰林院庶吉士、军机处章京、江苏布政使、广西巡抚、两江总督等。著有《制艺丛话》《试律丛话》《归田琐记》《浪迹丛谈》《楹联丛话》《退庵随笔》等。
⑤ 袁枚:《随园诗话》,第121页。
⑥ 袁枚:《随园诗话》,第141页。
⑦ 钱大昕:《潜研堂集》,第374页。

是一途。

但不可否认的是，参加考试者为了在这类应试文体中脱颖而出，必然会在技法上有所表现。故客观上也可总结出不少正面因素。而且，不少作手既以科举起家，又在文艺上有所表现，故创作风格、理论批评尝试会通兼容，也是可以理解的。管世铭①即当时出名的时文家，"四方请益之士，著录者数百人以上"②。管氏又能兼通诗、古文，其《周宿航制艺序》持平等态度看待古文、时文，言"是以才高者轶于法，法密者窘于才，二者交讥，实则楚失而齐亦未为得也"③。乾隆四十八年（1783），翁方纲在教导凌廷堪时，诧异凌氏不应试，以为"古今文一而已"，认为古文时文不同乃"村夫子之言所误"④。长于考据的严可均⑤于时文也有造诣，今存其时文一卷，行文多用字书，如其嘉庆庚申（1800）顺天乡试朱卷《子曰大哉尧之为君也至民无能名也》，有"故夫天者，显也，坦也，颠也，至高无上也"⑥之句，乃用《说文解字》⑦《尔雅·释名》⑧行文。这代表了乾嘉考据学大兴以来，以考据学改造时文文体的另一途辙。⑨

---

① 管世铭（1738—1798），字韫山，江苏阳湖人。乾隆四十三年（1778）进士，历任户部主事、员外郎、军机章京、监察御史等。著有《韫山堂诗集》十六卷、《韫山堂文集》八卷、《韫山堂时文》八卷、《读雪山房唐诗选》三十四卷等。

② 钱维乔：《韫山堂诗集序》，载管世铭：《管世铭集》，凤凰出版社 2017 年标点本，第 219 页。

③ 管世铭：《管世铭集》，第 247 页。

④ 江藩撰，漆永祥笺释：《汉学师承记笺释》，上海古籍出版社 2013 年标点本，第 766—767 页。

⑤ 严可均（1762—1843），字景文，号铁桥，浙江乌程人。嘉庆五年举人，次年会试不第，无意科场。早年为诗，壮岁专力治经，曾受孙星衍邀校书、辑佚。著有《铁桥漫稿》八卷、《铁桥诗悔》一卷、《铁桥金石跋》四卷、《说文解字考异》十五卷，编有《全上古三代秦汉三国六朝文》七百四十六卷等。

⑥ 严可均：《严可均集》，浙江古籍出版社 2013 年标点本，第 386 页。

⑦ "天，颠也。"

⑧ "天，显也。""天，坦也。"

⑨ 这种现象或与钱大昕"士知通经之难而取科第之易"形成呼应。钱大昕：《潜研堂集》，第 374 页。

又如桐城派即为"以古文为时文,以时文为古文"的代表流派。钱大昕曾讽刺方苞,认为其古文格卑,不过林云铭、金圣叹之流。此观点可与方苞"我若不能时文,古文当更进一格"[①] 的夫子自道相对读。张舜徽则认为,方苞文章尚属典雅,桐城派作家中真正"以时文为古文"的乃刘大櫆。[②] 姚鼐在《陶山四书义序》中指出:"论文之高卑,以才也,而不以其体……故余生平不敢轻视经义之文,尝欲率天下为之。夫为之者多,而后真能以经义古文之才出其间而名后世。"[③] 尽管姚鼐的想法是以古文改造时文,但客观来看,一定程度上也可理解为对时文的"尊体"——传统观念认为,不能以时文之法写作古文,这与不能以词法作诗(此为"破体为文")也并无本质上的差异。姚鼐对时文、宋学的讲求,乃与其建立桐城文派抗衡朴学的要求密切相关。而此后桐城派之兴起,亦颇受益于其后劲在科举考试中的优秀成绩。[④] 显而易见的是,这种对考试文体的磨炼与推崇,与考试所能提供的现实利益密切相关,成为作者获取名利与宣传理念的工具,个人与制度显有互相利用的一面。

合乎应试要求的文体,自有其规范化的一面,其技巧不必全部抹杀;只是在官方文化意志的阴影之下,性灵极易因此受到戕贼,真正涌现出的优秀作品比例也不高,所能选取出的主要还是符合体制要求的所谓"人才"。钱大昕在《山东乡试录序》中言:"夫摹拟沿袭之文,古之能文者羞称之,而今或以为弋取科名之捷径,宿儒之不遇,浅学之登科,其未必不以此也。"[⑤]

在稽古右文、讲求实学的旗帜下影响创作风气,正是乾隆帝文

[①] 乔亿:《剑溪说诗》卷上引,载郭绍虞、富寿荪编《清诗话续编》,第1039页。
[②] 张舜徽:《清人文集别录》,华中师范大学出版社2004年版,第139页。
[③] 姚鼐:《惜抱轩诗文集》,上海古籍出版社1992年标点本,第270页。
[④] 如陈用光、姚莹、邓廷桢、梅曾亮组成的桐城派"四大传播中心",即甚依赖于科举。可参见王达敏《姚鼐与乾嘉学派》、柳春蕊《晚清古文研究——以陈用光、梅曾亮、曾国藩、吴汝纶四大古文圈子为中心》(百花洲文艺出版社2007年版)等。
[⑤] 钱大昕:《潜研堂集》,第366页。

化规训的成功之处。以此为颂圣之工具、限制体制内士人的文学个性,借助考试已绰绰有余,而在帝王与文坛领袖的共谋之下,乾隆朝的文化控制日趋严密。在这些规训之下,嘉庆朝的诗文创作日趋萎苶,正有以也:就诗文领域来说,一为考据学所限制,文学创作对精英文人的吸引程度降低;二为科举考试所影响,风格近于八股。部分遭逢坎壈的"性灵"后劲勉强相抗,但其影响力、才力均不及乾隆时期,性格又多走向险怪一路,致使士林评价多有讥讽。[①] 常州学者虽与乾嘉学者大致同辈,却往往被认为是晚一代的嘉道学风[②]——常州词派代表人物张惠言,于嘉庆七年(1802)已经去世,但其影响到道光间才被周济等后劲所发掘。似乎也从侧面说明了,当嘉庆后期考据学风渐趋衰落松弛之时,文士意见才有较大发挥余地,而能有外于考证,并逐渐成为下一时期的"文化主流"[③]。

试帖诗既为乡试所必考,主考官拥有取士之权力,对于诗风的把握和取向自然成为影响文艺风气的重要因素,故乾嘉时期的文学群体,以科举为纽带者正为数不少。考官(由该省学政担任)既为当地文坛领袖,又为中试者之座主,其在当地之影响力显而易见。随着此类学政官员迁转各地,升任大员,"官位之力左右诗界"[④] 当然无足怪。但,科举只是交游纽带之一,名公广通声气、大开幕府,都与其政治、社会地位密切相关。故一般学政诗人所左右者也还是地方性的,不足以掀起全国性的风潮。

仍以翁方纲为例,严迪昌早已在《清诗史》中指出试帖诗在翁方纲肌理诗学中产生重要作用,但唐芸芸[⑤]则认为,翁方纲很注重普

---

① 如王昙、舒位等人的生活均不甚顺遂。
② 相关论述可参蔡长林《从文士到经生:考据学风潮下的常州学派》。
③ 如李兆洛(1769—1841)即为有意识自外于考据学的常州文人。蔡长林:《从文士到经生:考据学风潮下的常州学派》,第 240 页。
④ 严迪昌:《清诗史》,第 642 页。
⑤ 唐芸芸:《试帖诗与翁方纲诗学观》,《井冈山大学学报》2015 年第 4 期。

通诗与试帖诗的分野，严说容有先入为主之处。翁氏历任各省学政、后又在《四库》修书中起到重要地位，有意识地提携后进、建设诗派，实际上有意识地与官方文化政策共谋。特别是，他既欲成为官方台阁文艺的代理人，提倡肌理诗学而讲宋学，又借助考据、金石、书画之学拉拢硕学之士，建构通经博古的形象。与乾隆帝之作为何其相似。但就诗坛影响力来说，翁方纲实际上还远不及钱载。这大概是年齿、诗艺、官位均逊色之故。如翁方纲在广东学政期间，提携的后辈诗人有冯敏昌。① 冯氏对钱载、翁方纲均极敬畏，但言辞间似仍以钱载为高②，且其生平底色，也为诗人而非学人。③ 舒位《乾嘉诗坛点将录》中，点有"诗坛都头领"三员，分别为托塔天王沈归愚、及时雨袁简斋、玉麒麟毕秋帆；"掌管诗坛头领"二员，为智多星钱箨石、入云龙王兰泉。此盖为舒位心目中，真能主持诗坛风气者。翁方纲被舒位定为"相士头领"，取比以紫髯伯皇甫端④，地位实不甚高。⑤

这除与诗艺成就密切相关外，乾隆帝文化政策及好尚之变显然也是其中原因之一。翁方纲缺乏政声，亦未能以幕府网罗人才；其生丁所遇又无机会成为文学近臣，故徒有相士之能，而难以真正主掌诗坛。钱锺书指出"而覃溪当时强附学人，后世蒙讥'学

---

① 冯敏昌（1747—1806），字伯求，号鱼山，钦州人。乾隆三十年得翁方纲盛赞为"一等天才"。乾隆四十三年进士，历任武英殿四库馆校书官、刑部河南司主事等。乾隆五十五年后主端溪、粤秀、越华书院，著有《小罗浮草堂诗集》四十卷等。
② 如冯士镳《先君子太史公年谱》（载政协钦州市委会编《冯敏昌纪念文集》，1988年版）记述："时钱宫詹箨石先生以学问诗鸣，一时仰之者有龙门之想。"（"乾隆三十六年辛卯"条，第102页）"睹壁间钱箨石先生墨竹水仙长帧，画笔题字俱佳，归来坐忆，羡叹不尽。"（"乾隆四十五年庚子"条，第104页）
③ 冯敏昌"自记：多读书，不宜用，若多用书，便可谓中书毒也"（冯士镳《先君子太史公年谱》，"嘉庆十年五十九岁"条，第120页）。
④ 舒位、汪国垣、钱仲联、郑方坤、张维屏原著，程千帆、杨扬整理，杨扬辑校：《三百年来诗坛人物评点小传汇录》，中州古籍出版社1986年版，第7—8、16页。
⑤ 《乾嘉诗坛点将录》中头领命名实有深意，此或谓翁方纲能够辨别人才，然地位盖不及"掌管诗坛钱粮头领"（阮元）等人欤？

究'。……窃恐就诗而论，若人固不得为诗人，据诗以求，亦未可遽信为学人。"① 盖对翁氏的考据学成就也有所批评。确实，就其立场来看，将翁方纲所谓提倡的宋学，归为"卫道"，似无大错——翁方纲不仅有别于纯粹的朴学家，较之同时期汉宋兼采的学者，也有一定差异。如，汪中治《墨子》，以比较公正、平等的态度观察儒墨纷争，言"墨子之诬孔子，犹孟子之诬墨子也"②，翁方纲即有《书墨子》③，将汪中斥为"名教之罪人"，甚至欲"褫其生员衣领"。翁方纲并提及孙星衍曾刻《墨子》，"予旧尝见其书而不欲有其刻本也"。然翁方纲亦研读《墨子》，即"旧尝见其书"，今存其手钞《墨子》节本，底本乃借孙星衍校注本。④ 实际上当时治《墨》已渐成风气，翁方纲所痛责之刻本《墨子》实系毕沅所刻，而毕氏所撰《墨子叙》亦大力称赞本书价值，翁氏影射之意是颇为明显的。孙星衍并在此书《后叙》中特别说明："时则有仁和卢学士抱经、大兴翁洗马覃溪，及星衍三人者，不谋同时，共为其学，皆折衷于先生。"⑤其中的言外之意，特别是隐约地针锋相对，似亦可深入寻绎玩味。这对于理解翁方纲的心态，特别是他介于诗界和学界之间的微妙位置，是有帮助的。

要言之，翁方纲历任各省学政、后又在《四库》修书中起到重要地位，有意识地提携后进、建设诗派，实际上有意识地与官方文化政策共谋。但就影响力而言，实不及能主持一方之政，以幕府养士的"掌管诗坛钱粮头领"毕沅、阮元等人，甚至不及交游广阔而建立"文学沙龙"的王昶、法式善等。这也足以看出沈德潜的成功

---

① 钱锺书：《谈艺录》，第455页。
② 汪中撰，李金松校注：《述学校笺》，中华书局2014年标点本，第230页。
③ 翁方纲：《复初堂文集》，第155页。
④ 参见朱宏达《跋翁方纲手抄〈墨子〉节本》，《文献》1982年第3期；朱宏达：《墨子书目版本考评》，《文史》第四十一辑，中华书局1996年版。
⑤ 孙星衍：《墨子注后叙》，载孙诒让《墨子间诂》附录，中华书局2017年标点本，第667—668页。

经验无法复制，这一途径在乾隆中后期就已无法走通了。朴学既兴，新的文坛领袖必须是能够提供研究条件的"钱粮头领"，而最大的领袖仍然是诏开四库馆的乾隆皇帝。孙星衍《汪中传》言"四库馆开，海内异人异书并出……卓然以撰述自见"①，而稍晚的郭麐就反复陈说"利禄自有路，驳杂许郑词"②，正说明了此时之利禄，或当于考据学中求取。乾隆后期，受宠程度略可与沈德潜相比之词臣，似乎当推纪昀。纪昀本人亦基本无甚政绩，乾隆帝的评价为"纪昀本系无用腐儒，原不足具数。况伊于刑名事件，素非谙悉，且目系短视……"③ 坊间更有乾隆帝"不过以倡优蓄之，尔何敢妄谈国事"④ 的传闻。纪昀能历任兵部侍郎、礼部尚书、协办大学士，固与人品相关，更是与其文学侍从身份分不开的。不过，这里的"文学"，当然兼有"文"与"学"两方面⑤，而"学"的一面似乎更加重要。

第二节　官方修书与文体正变

　　帝王御敕修书、编书，既系官方稽古右文之举，同时也多与当时文化政策密切相关，标志着帝王对士人的招纳、掌控与规训。至

---

① 汪中撰，李金松校注：《述学校笺》，第 900 页。
② 郭麐：《郭麐诗集》，人民文学出版社 2016 年标点本，第 366 页。
③ 《清实录 第二四册 高宗实录十六》，中华书局 1986 年影印本，第 472 页。
④ 这一传闻在民国时颇流行，笑暇《清代外史》（《清代野史》第一辑，巴蜀书社 1987 年版，第 130 页）、黄鸿寿《清史纪事本末》（上海书店出版社 1986 年版，第 246 页）等均有大同小异的描述，当代学者亦往往征引（相关引述参周积明《纪昀评传》，南京大学出版社 1994 年版，第 96 页）。但此事无可靠资料佐证，而世传纪昀轶事又多有不可靠者（参见刘衍文《寄庐茶座》，汉语大词典出版社 2004 年版，第 371 页），似难信服。但这种传言确部分地展示出纪昀当时稍显尴尬的政治地位。
⑤ 其"学"即纂修《四库全书》并撰写《总目》，而"文"的一面亦非归愚那样的吟咏了。相关论述可参见《楹联丛话》卷二、《郎潜纪闻》卷八等。

于清朝，因同时还涉及民族问题，故表现尤为明显。

一般认为，清朝正式进入中国正统的王朝谱系，在乾隆朝才彻底完成。顺、康间，征服南明政权与三藩之乱占据了清廷的主要精力，此后才逐渐开始拉拢/征服/融合并用的文化政策。雍正帝在《大义觉迷录》中的申辩，及乾隆帝对正统的讨论文字，尽管深处仍有"异族"之忧，但已经将清朝建构为中国的正统。在最近的研究中，马子木指出："乾隆朝底定新疆后，朝廷对'同文'理念的构筑、文臣纪功诗文的创作都构筑起西域与中土、汉唐与本朝的连续性，成为盛清时期大一统论述的基础逻辑之一。"[1] 新的知识世界的构筑，亦影响及时人的思想观念，而有利于官方对意识形态的形塑。

从朝堂——士林文化关系的角度看，乾隆时期也确可作为一重要的分界点。在此之前，遗老私人撰述对士林影响还甚大，且其影响及于那些入仕的汉族官员。康熙十八年（1679）的博学鸿词科拉拢了不少士林名流，开《明史》馆时又特别聘请浙东万斯同（1638—1702）等遗民子弟参与，这大抵标志着双方在某种层面的共识——清廷的统治地位得到承认，但遗民的政治不合作立场也获得一定程度的允许。

在康熙一朝，"理学名臣"之屡遭羞辱斥责，可看出清帝对汉族臣僚的鄙弃与不信任。[2] 而随着清朝国势之日升，及文字狱迫害之愈烈，朝堂士林关系之消长自然可知。乾隆时期宋学已颓败，亦几乎未出现"理学名臣"，主流学风已日益脱去此前经世致用之风，一变为沉溺故纸，思想议论遂成真空地带，遗民心态亦几乎绝迹。上一节已讨论到沈德潜。归愚虽得乾隆帝礼遇而地位尊崇，但其所获得的言论空间仍是相当有限的，甚至可以理解为"以倡优蓄之"。沈编

---

[1] 马子木：《清朝西进与17—18世纪士人的地理知识世界》，《中华文史论丛》2018年第3期，第203页。

[2] 参见姚念慈《康熙盛世与帝王心术》。

《国朝诗别裁集》因选钱谦益诗遭受乾隆帝忌恨①,说明了乾隆帝逐渐收紧的文化政策,这在乾隆二十年(1755)文字狱大兴以后尤为明显。

为应对禁书导致的思想萎缩与文化真空,官方修书日趋兴旺。至乾隆帝开四库馆之后,几乎可说完成了对学术观念的垄断,《四库全书总目》成为一般士人论学的准绳。以史学为例,有关明清史(这也是最易涉及经世的时段)的私人研究在乾嘉时期陷入沉寂,其主要原因在于文字狱和禁毁书籍的高压文化政策,其次则是官方垄断了相关修史工作,并大量推出系列著作,基本填补了这一段历史空白,并确定了官方口径。涉及明清之际野史逸闻者间有稗说传抄,但无疑只能"半地下"进行,而不足以成为影响大局的思想主潮。②

至文学领域亦然。高压的社会环境下本不宜公开发表具有独创性乃至异端的观念,抒情性的文学创作则更易使那些思想不足以"成一家之言"的知识人发出不和谐的变调。前节已述及,在帝王的鼓吹下,此时期官方主流的诗文体法,狭义地说为御制体,较广义的则可称之为台阁文艺,代表人物则是乾隆帝、沈德潜、翁方纲等。而考据学家也因其合乎稽古右文的政策,得到乾隆帝的奖掖发皇,特别是在一些学界、文坛、政界三栖领袖的引导下同归于官方风雅。将抒情文学引导为呈现知识学养的工具,显然有助于压抑个人感情

---

① 尽管沈德潜存在一些"变音"倾向,但他编《国朝诗别裁集》时清廷并未明令禁止钱谦益作品流传,且此书既上呈乾隆帝请赐序,他显然也并非有意逆鳞以试探帝王容忍度。更可能的是,沈德潜本人对此事的后果估计不足,认为乾隆帝不会对文学选本的政治性过多苛求。成于十年前的《御选唐宋诗醇》仍大量选用钱谦益的论述,可为注脚。

② 如无锡人钱穆(1895—1990)《师友杂忆》中记载十岁时(1904)方从其父及族兄处知"今天我们的皇帝不是中国人……你看街上店铺有满汉云云字样,即指此。"这与余杭章太炎(1869—1936)回忆外祖父朱有虔的"种族革命思想原在汉人心中"可形成呼应,可见这大概是江南地下流传,并贯穿整个清代之观念。钱穆:《八十忆双亲·师友杂忆》,生活·读书·新知三联书店2005年版,第46页。朱希祖:《本师章太炎先生口授少年事迹笔记》,载姚奠中、董国炎《章太炎学术年谱》光绪五年己卯(1879)条下,山西古籍出版社1996年版,第15页。

和社会批评,而思想纵存一线生机,也只得以一种更隐蔽的方式呈现于文本中。在这样的大环境下,"性灵"一脉能够别开生面,实在大为不易,似乎不应再过度苛责其思想某些方面的不完熟。

袁枚曾一针见血地指出,从事考据学非博观大量书籍不可,而这需要相当雄厚的财力以为支撑。① 如若略加查询乾嘉时期考据学家的生存状态,可以发现身为高官或家业殷实者实为少数,能够以一己才力广搜善本秘籍加以考据校勘,并刊刻著述传之天下者为数更少。多数考据学者实际上在生活和学术上具有相当的依附性,或依附于财力雄厚的风雅之士协理校刻(如顾广圻之于黄丕烈),或游于高官名宦之幕参赞修书尤其是地方志(如加入毕沅、阮元幕府等),或依赖于主持一方书院带来的学术便利(如卢文弨等)。此盖即艾尔曼所谓之学者的"职业化"(此外还可参尚小明的研究)②,即通过将考据学转化成一种工作,以获取研究便利及解决生活经济问题。这些工作多系纯粹的学术研究工作,虽然间而表现出一些经世的心态,但总体来言主要是文献性的,一方大员或当地名流多不具备将形而下之考据转化为形而上之思潮的野心与能力。作为"职业"或"工作"的文献研究,服务于雇主个人兴趣与刻书需求,在机制上亦很难孕育新的义理思想。

而四库馆的开设则不同,具有文化史上的"集大成"意义(恰好,这也是在所谓的"封建社会顶峰")。一定程度上,四库馆可以理解为乾隆帝为修书和推行其文化政策所设立的"国家幕府",布衣学者与地方士人均在招揽的范围内,与此前主要集中在朝文臣力量有本质的差别。一方面,四库馆网罗大量人才,以从事内容考订与文本校核。根据张升《四库全书馆研究》③ 的统计数字,合计两个版本的《办理四库全书在事诸臣职名》,再加上一些未列名的馆臣,

---

① 袁枚:《小仓山房尺牍》,浙江人民美术出版社2017年标点本,第216页。
② 详见艾尔曼《从理学到朴学》、尚小明《学人游幕与清代学术》(增订本)等著作。
③ 张升:《四库全书馆研究》,北京师范大学出版社2012年版。

前后可考的馆臣共为476人。其中较知名的即有纪昀、翁方纲、戴震、余集、周永年、邵晋涵、杨昌霖、姚鼐、丁杰等，几乎可以说是天下英才多在彀中。除了少量的分纂稿得以留存外，多数成果已难考究竟出自谁手。作为失去著作权的补偿，在重大集体项目中扬名天下和获得清帝赏赐乃是主要动力。这无疑是一种特殊的"体制内""职业化"形式。另一方面，《四库全书总目》尤其是其中的大小序（其著作权归于纪昀），既立足于朴学立场而为中国学术史一大总结，又深入贯彻了乾隆帝的官方意志，具有浓厚的正统性。网罗天下考据学家之才力而成此书，其影响垂之久远，至今而不歇，兼具正反两面的影响。然在当时，"乾嘉诸儒于《四库总目》不敢置一词，间有不满，微文讥刺而已"①，正可侧面证明其官学属性能令人钳口结舌。

当下"四库学"已成显学，研究已臻极深入之境。如众多为《四库全书总目》辨证的著作与论文所示，具体到单篇提要时，馆臣的评价考证多存在错讹乃至有意曲解②，各本提要之间也往往存在不少出入。这与修书时间紧迫，馆臣无暇细读细考、提要不出一手等客观情况有关，深入反思这一问题这对于认识乾嘉学术水准盖能提供新的视角；而从主观层面说，《四库全书总目》还兼具浓厚的官学因素，"仰体圣衷"为其撰述标准之一，则其中评价的某些失衡之处，仍有甚多可供发微之处。③

本节限于篇幅，仅就其中涉及文学史正变的几个重要问题加以

---

① 余嘉锡：《四库提要辨证》，云南人民出版社2004年版，第44页。
② 可参见魏小虎《四库全书总目汇订》，采录内容为2011年以前的"共计期刊论文、学位论文六百余篇，著作、论文集四百余部"，可见相关研究成果之富。魏小虎：《四库全书总目汇订》，上海古籍出版社2012年版，第6981页。
③ 比如，夏长朴《乾隆皇帝与汉宋之学》就举出不少例证，说明乾隆帝的诗文、题跋"成为《四库全书》馆臣撰写或修订提要的重要依据"。载彭林编《清代经学与文化》，第188—191页。

阐述。①

　　首先，则是对本朝诗文典范的塑造，即"尊清"。这也是"官学"首先、优先服务的对象。刘敬指出，"清代学者在对明代文学进行总结时，相对于此前的汉魏唐宋文学来说，并无多少成论可以借鉴。这样，明代文学的批评更直接地体现清代官方学术的文学史眼光、文学批评高度以及学术价值"②。按照这一思路继续推演，《四库全书总目》对清代文学的总结，应该是比明代文学更少成论，故更容易接近帝王意志或"官学"的。当然，"尊清"并非对清代文学创作的一般鼓吹，而是旨在强化清帝御制诗文的典范性。探讨《四库全书总目》对清代诗文标准的评价，是其官学属性的集中体现。

　　《四库全书总目》对康、雍、乾三帝别集的提要，将其政治成就与文学成就均推至顶点，其吹捧歌颂实臻于无以复加的地步，至谓其凌驾千古，不下于尧、舜、孔子，堪与六经相提并论。如（加粗字体是引者所标，下同）：

　　　　非惟仰钻所莫罄，抑亦歌颂所难名。惟有循环雒诵，尊若六经而已，莫能更赞一词也。——《圣祖仁皇帝御制文集》提要③

　　　　故旁涉词章，尚足以陶铸百氏，如元化运转，时行物生，而二曜、五纬、三垣列宿，自然成在天之文也，岂非摄提、合

---

　　① 主要依据的版本为通行本也即中华书局本，对于四库各阁本之间；或者《四库》与《四库荟要》之间提要、文字的差异，一般来说不特别详论。原因是：版本关系复杂，又系专门之学，为"四库学"重点议题之一，较短篇幅内不易说清；通行本流传最广，代表性也最强。

　　② 何宗美、刘敬：《明代文学还原研究——以〈四库总目〉明人别集提要为中心》，人民出版社 2014 年版，第 370 页。

　　③ 永瑢：《四库全书总目》，第 1518 页。

雒以来，超轶三五之至圣哉。——《世宗宪皇帝御制文集》提要①

惟我皇上心契道源，学蒐文海，题咏繁富，亘古所无。而古体散文，亦迥超艺苑。凡阐明义理之作，多濂、洛、关、闽所未窥；考证辨订之篇，多马、郑、孔、贾所未及。明政体之得失，则义深乎训诰；示世教之劝惩，则理准乎《春秋》。至于体裁尽善，华实酌中，则贾、董、崔、蔡以还，韩、柳、欧、曾以上，号为作者，无不包罗，岂特列朝帝王之所无。臣等上下千年，编摩四库，所谓词坛巨擘者，屈指而计，亦孰能希圣制之万一哉。——《御制文初集》《二集》提要②

若夫有举必书，可以注起居；随事寓教，可以观政事。圣人之德、圣人之功与圣人之心，无不可伏读而见之，尤独探尼山删定之旨，非雕章绘句者所知矣。……岂如御制诸集，开雕摹印，昭布寰瀛，文采焕于星汉，苞涵富于山海，为有目所共睹也哉。——《御制诗初集》四十八卷、《二集》一百卷、《三集》一百十二卷、《四集》一百十二卷提要③

按照《四库全书总目》的表述，康、雍、乾三帝，既系君王政统，又秉道统，同时还把持天下文统。只有在帝王的指导下，才能"折衷群言"，避免"众论异同"。一百二十四卷的《皇清文颖》更进一步说明，帝王实系当代文坛之领袖。《四库全书总目》指出：

康熙中，圣祖仁皇帝诏大学士陈廷敬编录，未竟。世宗宪

---

① 永瑢：《四库全书总目》，第1519页。
② 永瑢：《四库全书总目》，第1519页。
③ 永瑢：《四库全书总目》，第1520页。

皇帝复诏续辑，以卷帙浩博，亦未即蒇功。我皇上申命廷臣，乃断自乾隆甲子以前，排纂成帙，冠以列圣宸章，皇上御制二十四卷，次为诸臣之作一百卷。伏考总集之兴，远从西晋，其以当代帝王诏辑当代之文者不少概见。今世所传，惟唐令狐楚《御览诗》奉宪宗之命，宋吕祖谦《文鉴》奉孝宗之命尔。然楚所录者，佳篇多所漏略；祖谦所录者，众论颇有异同。固由时代太近，别择为难，亦由其时为之君者不足以折衷群言，故或独任一人之偏见，或莫决众口之交哗也。我国家定鼎之初，人心返朴，已尽变前朝纤仄之体。故顺治以来，浑浑噩噩，皆开国元音。康熙六十一年中，太和翔洽，经术昌明，士大夫文采风流，交相照映。作者大都沉博绝丽，驰骤古今。雍正十三年中，累洽重熙，和声鸣盛。作者率春容大雅，沨沨乎治世之音。我皇上御极之初，肇举词科，人文蔚起，治经者多以考证之功，研求古义；摛文者亦多以根柢之学，抒发鸿裁。佩实衔华，迄今尚蒸蒸日上，一代之著作，本足凌铄古人。又恭逢我世祖章皇帝、圣祖仁皇帝、世宗宪皇帝，聪明天亶，制作日新。我皇上复游心藻府，焕著尧文，足以陶铸群才，权衡众艺。譬诸伏羲端策而演卦，则谶纬小术不敢侈其谈；虞舜拊石而鸣韶，则弦管繁声不敢奏于侧。故司事之臣，其难其慎，几三十载而后能排纂奏御，上请睿裁。迄今披检鸿篇，仰见国家文治之盛，与皇上圣鉴之明，均轶千古。俯视令狐楚、吕祖谦书，不犹日月之于爝火哉。①

可以看出，在《四库全书总目》的尊清逻辑中，清朝文统、道统、帝统是合一的，均由帝王所操持。由《皇清文颖》的修撰过程中可以清楚地看到这一点。周勇军《文颖馆与清代文治休戚相关》考述："（康熙）四十八年，康熙帝在武英殿设文颖馆，命陈廷敬、

---

① 永瑢：《四库全书总目》，第1728—1729页。

王鸿绪等人纂辑《皇清文颖》。五十一年，《皇清文颖》告成，共140卷，其中御制诗文60卷，臣僚诗文80卷。……（雍正十二年）复设文颖馆，以重修《皇清文颖》……大多为雍正朝重臣，足见雍正帝对文颖馆的重视。……不久，雍正帝驾崩，重修《皇清文颖》一事未能完成。……（乾隆）九年，乾隆帝命文颖馆编纂《皇清文颖》，以张廷玉、梁诗正、汪由敦为总裁。十二年，《皇清文颖》告成，共124卷，其中御制诗文24卷，臣工赋颂及诸体诗文100卷。"①《皇清文颖》之《凡例》云："馆阁之体，原以宣扬德意，黼藻文明，必风雅无乖，方可津梁后学""是集原奏，惟取进呈应制之作……未经乙览，概不入选，是以诸体未能悉备"②，可见《皇清文颖》乃是确定盛世雅音的馆阁文学，而且代表了帝王的认知态度。嘉庆时期编纂的《皇清文颖续编》也延续了这一编纂体例与思路。本书编成于嘉庆十五年（1810），凡一百六十四卷，其中乾隆帝御制诗文三十八卷，嘉庆帝御制诗文十八卷，约占全书的三分之一强。

其次，清帝执掌文坛权柄，创作只是一方面，选本、评论也占据相当重要的位置。即不徒清帝之诗文创作可为天下法，即文学史之发展脉络，及作家作品的具体评价，也皆需以清帝之观点为依据，此正所谓"圣人之心无不通，圣人之道无不备"（《御选古文渊鉴》提要）。③ 本节限于篇幅，只简单叙述两个问题：一是官方修书对唐宋诗问题的评价；二是对明代台阁文艺的评价。

乾隆帝敕编《御选唐宋诗醇》一事，可以看出帝王观念对《四库全书总目》文学史观的指导规训，而且这一规训对当时诗文创作

---

① 周勇军：《文颖馆与清代文治休戚相关》，《中国社会科学报》2018年1月22日第5版。
② 《皇清文颖（第1册）》，《故宫珍本丛刊》第646册，海南出版社2000年影印本，第7页。
③ 永瑢：《四库全书总目》，第1725页。

和批评的影响实在是太显而易见了。① 《御选唐宋诗醇》虽系多人奉敕合编，但核心宗旨、人选名单出自乾隆帝御意，又署乾隆帝御定，实可代表其文学思想。② 约言之，以"醇"为名，显代表乾隆帝"醇正典雅"的文学宗旨。虽系选本，但均有借选以总括文学史要旨的深层蕴意，这一蕴意也被馆臣为代表的时人所接受、发扬。

《御选唐宋诗醇》全书四十七卷，《四库全书总目》云：

> 乾隆十五年御定。凡唐诗四家：曰李白、曰杜甫、曰白居易、曰韩愈。宋诗二家：曰苏轼、曰陆游。诗至唐而极其盛，至宋而极其变。盛极或伏其衰，变极或失其正。亦惟两代之诗最为总杂。于其中通评甲乙，要当以此六家为大宗。盖李白源出《离骚》，而才华超妙，为唐人第一；杜甫源出于《国风》、二雅，而性情真挚，亦为唐人第一。自是而外，平易而最近乎情者，无过白居易；奇创而不诡于理者，无过韩愈。录此四集，已足包括众长。至于北宋之诗，苏、黄并骛；南宋之诗，范、陆齐名。然江西宗派，实变化于韩、杜之间。既录杜、韩，可无庸复见。《石湖集》篇什无多，才力识解亦均不能出《剑南集》上，既举白以概元，自当存陆而删范。权衡至当，洵千古之定评矣。考国朝诸家选本，惟王士禛书最为学者所传。其

---

① 同类者尚有成于乾隆三年的《御选唐宋文醇》，限于篇幅，将另为文单独论之。

② 莫砺锋《论〈唐宋诗醇〉的编选宗旨与诗学思想》[《南京大学学报》（哲学人文社科版）2002年第3期] 指出本书有前后欠照应和评点水平不一的缺陷，且杜诗部分大量引及了钱谦益的观点。卞孝萱《两本〈唐宋诗醇〉之比较研究》（《中国典籍与文化》1999年第4期）指出四库本将涉及钱谦益的部分都删去，王苗苗《〈唐宋诗醇〉诗学思想研究》（硕士学位论文，湖南师范大学，2012年）进而发现四库本乃用其他评论家的评语代替钱谦益，而荟要本则是将钱谦益之名改为朱鹤龄。这可以理解为文臣出于学术考量，对乾隆帝的观念贯彻并不彻底。杨洪升师的《略谈乾隆敕编鉴藏目录对〈四库〉禁毁限制的"违背"——以对钱谦益的禁毁为例》（《文津学志》第七辑，国家图书馆出版社2014年版，第121—127页）也说明了这一问题。

《古诗选》，五言不录杜甫、白居易、韩愈、苏轼、陆游，七言不录白居易，已自为一家之言。至《唐贤三昧集》，非惟白居易、韩愈皆所不载，即李白、杜甫亦一字不登。盖明诗摹拟之弊，极于太仓、历城；纤佻之弊，极于公安、竟陵。物穷则变，故国初多以宋诗为宗。宋诗又弊，士祯乃持严羽余论，倡神韵之说以救之。故其推为极轨者，惟王、孟、韦、柳诸家。然《诗》三百篇，尼山所定，其论诗一则谓归于温柔敦厚，一则谓可以兴观群怨。原非以品题泉石，摹绘烟霞，洎乎畸士逸人，各标幽赏，乃别为山水清音。实诗之一体，不足以尽诗之全也。宋人惟不解温柔敦厚之义，故意言并尽，流而为钝根。士祯又不究兴观群怨之原，故光景流连，变而为虚响。各明一义，遂各倚一偏。论甘忌辛，是丹非素，其斯之谓欤？兹逢我皇上圣学高深，精研六义，以孔门删定之旨，品评作者，定此六家，乃共识风雅之正轨。臣等循环雒诵，实深为诗教幸，不但为六家幸也。①

此则提要中涉及了一些重要的诗学史观。

其一，认为诗学的典范为"六家"即李白、杜甫、白居易、韩愈、苏轼、陆游，此为《御选唐宋诗醇》所推崇之风雅正宗。并且，以白居易概元稹、苏轼概黄庭坚、陆游概范成大，故不录。书成十年后（1760），逢乾隆帝五十寿诞，王鸣盛撰《皇上五十万寿集御制句七言律二十首》，序中称"彼唐宋以来，李白、杜甫、白居易、韩愈、苏轼、陆游之作，我皇上皆兼有其妙"②，此种恭集御制诗的行为，及"兼有其妙"的相关评价，显然乃以揣摩上意为准绳，可证明乾隆帝这一诗学观念经由《御选唐宋诗醇》而为士林所深知。

---

① 永瑢：《四库全书总目》，第1728页。
② 王鸣盛：《西庄始存稿》卷二，《续修四库全书》第1434册，第40页。

其二，认为学诗当熔铸唐、宋，拟议变化，不宜偏废。明诗有摹拟、纤佻之弊，于是清初一变为宗法宋诗；宋诗又弊，乃有王士禛神韵说救之。王士禛选本又有过尊王、孟、韦、柳之弊，于是有《御选唐宋诗醇》折中之，乃为风雅正轨而无弊。贯穿整个清代，乃至可上溯至南宋以来诗学史的所谓"唐宋诗之争"，在相当程度上是一个定义不明的伪命题，必须置于相应的语境下，方可看出其真正的取向为何。但比起明代的"诗必盛唐"，清人对唐、宋不同诗学典范的态度相对平正，而且重视多种风格的互补兼容。如王士禛的神韵诗学，虽遭馆臣批评为"偏至"，有过重唐音的嫌疑；但最近的研究也越来越多地揭示出其诗学受宋调影响的一面。[①] 王英志主编的《清代唐宋诗之争流变史》认为，乾隆前期，融通唐宋的思想正在升温，相较于康熙帝的《御选唐诗》等作，乾隆帝《御选唐宋诗醇》虽然仍然以唐为宗，但推重宋诗的倾向更值得重视。应该置于这一诗学背景理解《御选唐宋诗醇》的文学观念。这也与本章第一节讨论的内容可以有相互呼应之处。

另外还可以略提对明代文学的评价。贯穿于整个清代，"尊清"往往与"贬明"形成对比。体现在《四库全书总目》中，则是对明代文学尤其是晚明"性灵"一脉的特殊评价。对此，何宗美、刘敬《明代文学还原研究——以〈四库总目〉明人别集提要为中心》及何宗美等的《〈四库全书总目〉的官学约束与学术缺失》可谓这一领域的代表性论著，其深入的文本细读对前人见解有诸多发覆之处。

何宗美指出："《四库总目》对明人及明代文学的偏执看法，其不良影响并不限于明代文学本身，还涉及到四库馆臣对中国文化和

---

① 参见刘畅、郑祥琥《王士禛中晚期诗风"亦唐亦宋"特征新论》（《贵州社会科学》2017年第7期）、《王士禛诗歌学宋历程详考》（《文学与文化》2017年第4期）等文。刘、郑认为王渔洋实际是清代"宋诗运动"的发起人。另外，"渔洋于古人好句，巧偷豪夺，必须掠为己有而后已"似可理解为"宋"之创作方法。陈衍：《石遗室诗话》，第412页。

文学传统及其整体文学思想的根本看法。"① 刘敬指出:"清代学者在对明代文学进行总结时,相对于此前的汉魏唐宋文学来说,并无多少成论可以借鉴。这样,明代文学的批评更直接地体现清代官方学术的文学史眼光、文学批评高度以及学术价值"②。张晓芝③则是对馆臣在撰写明人别集提要时所征引、参考的文献进行了研究,其研究颇为细密可据。约言之,这些研究已经指出四库馆臣对明代文学持退化论的观念,认为明代文学每况愈下;而且这一观念是结论先行的,对明代文学实际情况颇多有意识地歪曲。

但这一问题也许有其他角度可为解释。

对明代文学持退化论观点,有政治考量即尊清(特别是为清朝代明提供合法依据)的一面,同时也有对明代前中期文学风格的称许,未必均系"官学"之影响。以诗为例,明诗因能效法唐人格调,文学史评价实往往在宋、元之上。如沈德潜之选本,为《唐诗别裁集》《明诗别裁集》。其《明诗别裁集序》言"宋诗近腐,元诗近纤,明诗其复古也"④,具体观点则是推重明初与前后七子,对明末文学风气尤表不满,并认为"盖诗教衰,而国祚亦为之移矣"⑤,此思维结构与《四库全书总目》的批评颇有类似之处。事实上,将王朝末年的政治与文艺勾连起来加以批评,在古代文学批评中也是相当传统的经典套路。翁方纲《石洲诗话》卷四评元、明诗优劣云:"宋人精诣,全在刻抉入里,而皆从各自读书学古中来,所以不蹈袭唐人也。然此外亦更无留与后人再刻抉者,以故元人剩得一段丰致而已,明人则直从格调为之。然而元人之丰致,非复唐人之丰致也;

---

① 何宗美、刘敬:《明代文学还原研究——以〈四库总目〉明人别集提要为中心》,前言,第4页。
② 何宗美、刘敬:《明代文学还原研究——以〈四库总目〉明人别集提要为中心》,第370页。
③ 张晓芝:《〈四库全书总目〉明人别集提要研究》,博士学位论文,西南大学,2015年。
④ 沈德潜:《沈德潜诗文集》,第1303页。
⑤ 沈德潜:《沈德潜诗文集》,第1304页。

明人之格调，依然唐人之格调也。孰是孰非，自有能辨之者，又不消痛贬何、李始见真际矣。"① "渔洋先生则超明人而入唐者也，竹垞先生则由元人而入宋而入唐者也。然则二先生之路，今当奚从？曰吾敢议其甲乙耶？然而由竹垞之路为稳实耳。"② 对明诗的评价亦属平心静气。

再以今存翁方纲《分纂稿》为例，可看出翁氏对著录标准的衡定总体较为严苛，不少书被翁氏定为"毋庸存目"，但最终多得以著录或存目。③ 但是，在晚明人别集的部分，翁方纲认为"应存目"者往往未得著录，相当一部分可直接确定为违碍遭到禁毁。这或许可以说明两个问题：其一，四库收录范围存在动态变化，而且涉及明人著作时的政治压力趋于增大。其二，馆臣对明人别集质量及政治敏感性的鉴定有粗率之处。与其将责任推给馆臣在修书时的先入为主，不如进一步考察帝王在此阶段中发挥的作用，及四库馆臣工作相对松散的根本原因。

还可就断代与遗民的问题加以补充论述。何宗美、刘敬《明代文学还原研究——以〈四库总目〉明人别集提要为中心》指出："（馆臣）对明初元遗民作家是不遗余力的搜罗，在时代归属上将其归入元代，在思想倾向上大张旗鼓地宣扬其入明不仕、不忘故国的气节；对清初的明遗民作家则几乎排斥在《四库全书》及《总目》之外，极个别像朱鹤龄被收入者也将其归入'国朝'，对其行迹品格也刻意淡化，《尚书埤传》提要中只提及'前明诸生'而已，余则一概忽略不提。对比中不难发现，无论是对元遗民的宣扬，还是对明遗民的回避，都体现了作为清代官方思想文化工作的《四库全书》

---

① 翁方纲：《石洲诗话》，载郭绍虞、富寿荪编《清诗话续编》，第1360页。
② 翁方纲：《石洲诗话》，载郭绍虞、富寿荪编《清诗话续编》，第1361页。
③ 如子部释家类三篇，翁方纲认为"毋庸存目"，而实际《总目》著录两种。道家类翁方纲撰提要七篇，三篇"毋庸存目"，《总目》均著录。

及《总目》一个共同的目的——反明。"① 在笔者看来，大端盖无疑义，但细节方面似稍有剩义可供补充。

一者，表彰遗民在《四库全书总目》中例子甚多，倒不仅限于表彰元遗民。对宋遗民作家，《四库全书总目》也多持褒奖态度。② 比如《须溪集》提要言：

> ……宋亡遂不复出。辰翁当贾似道当国，对策极言济邸无后可恸，忠良残害可伤，风节不竞可憾。几为似道所中，以是得鲠直名。文章亦见重于世。其门生王梦应作祭文，至称韩、欧后惟先生卓然秦、汉巨笔。然辰翁论诗评文，往往意取尖新，太伤佻巧，其所批点，如《杜甫集》《世说新语》及《班马异同》诸书，今尚有传本。大率破碎纤仄，无补来学。即其所作诗文，亦专以奇怪磊落为宗。务在艰涩其词，甚或至于不可句读，尤不免轶于绳墨之外。特其蹊径本自蒙庄，故惝恍迷离，亦间有意趣，不尽堕牛鬼蛇神。且其于宗邦沦覆之后，睠怀麦秀，寄托遥深，忠爱之忱，往往形诸笔墨。其志亦多有可取者，固不必概以体格绳之矣。③

"纤仄"一类术语，前文引《皇清文颖》提要时也已出现，此乃《四库全书总目》批判诗文风格时相当常用之言，尤其是在斥责晚明公安、竟陵风格时尤为频繁——何宗美已经有详细之考辨。④ 而在本则提要中，馆臣指出刘辰翁忠爱寄托之情志可取，甚至可掩盖

---

① 何宗美、刘敬：《明代文学还原研究——以〈四库总目〉明人别集提要为中心》，第8—9页。
② 参见吴亚娜《〈四库全书总目〉宋元易代文学的断限与批评》，《浙江学刊》2016年第6期。
③ 永瑢：《四库全书总目》，第1409页。
④ 何宗美、刘敬：《明代文学还原研究——以〈四库总目〉明人别集提要为中心》，第456—464页。

其体格纤仄佻巧之不足,显见此处的文学批评实际上附庸于政治批评,也即"因人存文"。

对于仕宋而降元的"贰臣",《四库全书总目》也往往持批评态度,如:

> 禾《序》又称紫阳方侯亦以文名,尝序公集,载其遗事如作传然,且以能保晚节而心服之云云。紫阳方侯即歙人方回,宋末为睦州守,以州降元,元擢为总管者也。此本佚去此序,殆后人以德邻高节,不减陶潜,不欲以回《序》污之,故黜而刊削欤?(《佩韦斋文集》提要)①

> 元王义山撰。义山字元高,丰城人。宋景定中进士,知新喻县,历永州户曹。入元,官提举江西学事。原刻题曰宋人,非其实也。(《稼村类稿》提要)②

> 以长历推之,当生于理宗绍定元年,宋亡时年四十九。入元未仕,当从周密之例,称南渡遗民。然集中《春雪诗》题下注"己卯正月初三作"。是时正张世杰、陆秀夫等蹈海捐生之岁,而其诗有"向晓披衣更拥衾,更无一事恼胸襟",则是以宋之存亡付诸度外,与前朝故老惓惓旧国者迥殊。且入元以后,干谒当路,颂扬德政之诗,不一而足。其未出仕,当由梯进无媒,固不能与密之终身隐遁者同日语矣。今系之元人,从其志也。(《野趣有声画》提要)③

> 旧本题南宋王奕撰。考集中《奠大成至圣文宣王文》,称

---

① 永瑢:《四库全书总目》,第 1415 页。
② 永瑢:《四库全书总目》,第 1423 页。
③ 永瑢:《四库全书总目》,第 1424 页。

"至元二十六年岁在己丑,江南儒生王奕等"。其《玉窗如卅记》则称"岁癸巳前,奉旨特补玉山教谕"。癸巳为至元三十年,然则奕食元禄久矣。迹其出处,与仇远、白珽相类,题南宋者,误也。……素与谢枋得相善,枋得北行以后,尚有《唱和诗十首》。又有《和元好问曲阜纪行诗十首》,《赠倪布山诗一首》,称为金遗。其《寄周月湖》绝句,亦有"起观疆宇皆周土,只有西山尚属商"句,皆尚以宋之遗民自居,则其出为学官,当在己丑之后。然其《祭文宣王文》,称"天混图书,气通南北,九域甫一,可舆可舟"。《祖庭观丁歌》称"幸际天地还清宁",于新朝无所怨尤。《祭曾子文》称"某等律以忠孝,实为罪人。愿保发肤,以遂终慕",亦未敢高自位置。视首鼠两端,业已偷生餂节,而犹思倔强自异者,固尚有间矣。集中诗文杂编,颇乖体例,然无关于宏旨,今亦姑仍原本录之焉。(《玉斗山人集》提要)①

孟𫖯以宋朝皇族,改节事元,故不谐于物论。观其《和姚子敬韵诗》,有"同学故人今已稀,重嗟出处寸心违"句,是晚年亦不免于自悔。(《松雪斋集》提要)②

如此可见,推崇遗民而贬斥贰臣,乃《四库全书总目》批评易代之际作家时所贯彻的总体思路。③ 看上去,《四库全书总目》的上述批评,似乎即认真贯彻乾隆帝评价"忠臣""贰臣"言论的结果。

---

① 永瑢:《四库全书总目》,第 1426—1427 页。
② 永瑢:《四库全书总目》,第 1428 页。
③ 王汎森注意到了乾隆帝的历史评论,乃以"当朝化"为第一原则,"本种族化"次之。故只有尊当朝者为正统的做法才是正确的,殉节者和遗民胜于贰臣。而同为"贰臣",元末明初的贰臣杨维桢比钱谦益更卑劣,是因为后者不满的毕竟是异族,钱谦益同时背叛了本朝和本民族。其见解与表述都是非常微妙的。参见王汎森《权力的毛细管作用》,第 358—359 页。清遗民似乎应该理解为类似的政治选择。

不过，如细绎其言，则或许可发现值得进一步发微者。

乾隆四十年（1775）十一月十日，乾隆帝命议予明季殉节诸臣谥典。上谕曰：

> 圣度如天，轸恤遗忠，实为亘古旷典。第当时仅征据传闻，未暇遍为搜访。故得邀表章者，止有此数。迨久而遗事渐彰，复经论定。今《明史》所载，可按而知也。至若史可法之支撑残局，力矢孤忠，终蹈一死以殉；又如刘宗周、黄道周等之立朝謇谔，抵触佥壬，及遭际时艰，临危授命，均足称一代完人，为褒扬所当及。其他或死守城池，或身殒行阵，与夫俘擒骈僇，视死如归者。尔时王旅徂征，自不得不申法令以明顺逆，而事后平情而论，若而人者，皆无愧于疾风劲草，即自尽以全名节，其心亦并可矜怜。虽福王，不过仓猝偏安，唐、桂二王，并且流离窜迹，已不复成其为国，而诸人茹苦相从，舍生取义，各能忠于所事，亦岂可令其湮没不彰，自宜稽考史书，一体旌谥。其或诸生韦布，及不知姓名之流，并能慷慨轻生者，议谥固难于概及，亦当令俎豆其乡，以昭轸慰……朕惟以大公至正为衡，凡明季尽节诸臣，既能为国抒忠，优奖实同一视。至钱谦益之自诩清流，腼颜降附；及金堡、屈大均辈之幸生畏死，诡托缁流，均属丧心无耻。若辈果能死节，则今日亦当在予旌之列。乃既不能舍命，而犹假语言文字，以图自饰其偷生，是必当明斥其进退无据之非。①

乾隆四十一年（1776）十二月三日，乾隆帝又下诏编纂《贰臣传》，收录洪承畴、祖大寿、钱谦益、龚鼎孳等一百多名降清的明朝官员，上谕云：

---

① 《清实录 第二一册 高宗实录十三》，中华书局1986年影印本，第316—317页。

昨阅江苏所进应毁书籍内，有朱东观选辑《明末诸臣奏疏》一卷。及蔡士顺所辑同时《尚论录》数卷。其中如刘宗周、黄道周，指言明季秕政，语多可采。因命军机大臣，将疏中有犯本朝字句，酌改数字，存其原书。而当时具疏诸臣内，如王永吉、龚鼎孳、吴伟业、张缙彦、房可壮、叶初春等，在明已登仕版，又复身仕本朝，其人既不足齿，则其言不当复存，自应概从删削。盖崇奖忠贞，即所以风励臣节也。在思我朝开创之初，明末诸臣，望风归附。如洪承畴以经略丧师，俘擒投顺；祖大寿以镇将惧祸。带城来投。及定鼎时、若冯铨、王铎、宋权、谢陛、金之俊、党崇雅等，在明俱曾跻显秩，入本朝仍侈为阁臣。至若天戈所指，解甲乞降，如左梦庚、田雄等，不可胜数。盖开创大一统之规模，自不得不加之录用，以靖人心而明顺逆。今事后平情而论，若而人者，皆以胜国臣僚，乃遭际时艰，不能为其主临危授命，辄复畏死幸生，腼颜降附，岂得复谓之完人。即或稍有片长足录，其瑕疵自不能掩。若既降复叛之李建泰、金声桓，及降附后，潜肆诋毁之钱谦益辈，尤反侧奸邪，更不足比于人类矣。此辈在《明史》既不容阑入，若于我朝国史，因其略有事迹，列名叙传，竟与开国时范文程、承平时李光地等之纯一无疵者，毫无辨别，亦非所以昭褒贬之公。若以其身事两朝，概为削而不书，则其过迹，转得借以揜盖，又岂所以示传信乎。朕思此等大节有亏之人，不能念其建有勋绩，谅于生前；亦不因其尚有后人，原于既死。今为准情酌理，自应于国史内另立贰臣传一门，将诸臣仕明、及仕本朝各事迹，据实直书，使不能纤微隐饰，即所谓虽孝子慈孙，百世不能改者。而其子若孙之生长本朝者，原在世臣之列，受恩无替也。此实朕大中至正之心，为万世臣子植纲常。即以是示彰瘅。昨岁已加谥胜国死事诸臣。其幽光既为阐发，而斧钺之诛，不宜偏废。此贰臣传之不可不核定于此时，以补前世史传所未及也。着国史馆总裁查考姓名事实，逐一类推，编列成传，陆续进呈，候朕裁定，并通谕中外知之。①

凡此，与《四库全书总目》的修撰时间是大致同步的，在安定之世表彰忠义教化，并对前朝殉国忠臣予以适当表彰，实系典型的帝王统治术。对于明清易代之际作品的著录与评价，《四库全书总目》确有众多回避之处，但如前文所述，主要原因恐怕应归于"违碍"。乾隆帝开四库馆，最初是否有意识地"寓禁于征"或有可商；但在执行过程中确有此意，似乎是毋庸曲为之说的。

又前引乾隆帝上谕云：

> 至钱谦益之自诩清流，腼颜降附；及金堡、屈大均辈之幸生畏死，诡托缁流，均属丧心无耻。若辈果能死节，则今日亦当在予旌之列。乃既不能舍命，而犹假语言文字，以图自饰其偷生，是必当明斥其进退无据之非。②

此处之批评，表面上看乃在牧斋与遗民们"乃既不能舍命，而犹假语言文字，以图自饰其偷生"，更现实的因素，则应该在于遗民著作多涉违碍，故欲禁其语言文字，就必须首先唾弃其人格。苛求遗民以死节，即系帝王加强思想控制，表彰忠臣的惯技。不过，这恰好与《四库全书总目》对遗民的态度相违——前文已指出馆臣对宋元、元明之际的遗民实多表彰。

《四库全书总目》卷一百七十三《愚庵小集》提要署"国朝朱鹤龄撰"，而后引用朱鹤龄的《元裕之集后》语曰："裕之举金进士，历官左司员外郎。及金亡不仕，隐居秀容，诗文无一语

---

① 《清实录 第二一册 高宗实录十三》，第693—694页。
② 《清实录 第二一册 高宗实录十三》，第317页。

指斥者。裕之于元,既足践其土,口茹其毛,即无反噬之理。非独免咎,亦谊当然。乃今之讪辞诋语,曾不少避,若欲掩其失身之事,以诳国人者,非徒孬也,其愚亦甚"①,馆臣的评价是"其言盖隐指谦益辈而发,尤可谓能知大义者矣"②。而朱鹤龄（1606—1683）的事迹,见于《尚书埤传》提要:"鹤龄字长孺,别号愚庵,吴江人。前明诸生。"③馆臣并且将其列于生年远晚于朱氏的毛奇龄（1623—1716）之后,疑似掩盖其明末人的身份,更对其遗民身份绝口不提。

按钱谦益常以元好问自比自文,朱鹤龄此文乃借元好问而借题发挥,进行人身攻击。朱鹤龄这里实指斥钱谦益之不能全节,而对元好问之"诗文无一语指斥者"似认为妥当。④ 但不论怎么说,馆臣将其遗民身份淡化,并包装为反对钱谦益的"知大义"之臣,显有两方面心理因素——一是迎合乾隆帝的心理（包括"政治正确"和尽快完成审查工作等多方面）;二则是借此机会保存了朱鹤龄的著作（前文所论及《御选唐宋诗醇》可为旁证）。

按,乾隆帝对钱谦益的指斥屡见不鲜,毋庸重述;在乾隆三十三年（1768）成书的《御批历代通鉴辑览》卷九十二,也已经有"元好问于金亡之后,以史事为己任,托文词以自盖其不死之羞,实堪鄙弃"⑤之言,这里也很可能影射钱谦益一类人。乾隆三十五年（1770）,其《读皮日休集》又有"骂贼奚如死节宜"⑥之言。且可

---

① 永瑢:《四库全书总目》,第1523—1524页。
② 永瑢:《四库全书总目》,第1524页。
③ 永瑢:《四库全书总目》,第103页。
④ 详细的考述,参见邱怡瑄《朱鹤龄〈书元裕之集后〉及其〈愚菴小集〉在〈四库全书〉文渊阁及文津阁本文献的存佚问题与其意义》,《静宜中文学报》2014年第5期。
⑤ 清高宗:《御批历代通鉴辑览》,《文渊阁四库全书》本,卷九十二,第3页下。
⑥ 清高宗:《御制诗三集（三）》,第398页。

见，在乾隆帝意中，凡属未死节而托身遗民者，人格便不足道，在此基础上禁毁涉嫌违碍的遗民著述自然并无窒碍。而朱鹤龄以及朱鹤龄所同情的元好问，按这一道理，似也当在鄙弃之列。而《四库全书总目》对元好问的评价却与乾隆帝不同，《遗山诗集》提要云："案好问虽入元而未仕元，晋以为元人，殊误。顾嗣立《元百家诗选初集》，以好问诗为冠，又沿晋之失。今仍题曰金人，从其实焉。"① 通过曲解朱鹤龄文章的方式以收录其人其文入《四库全书》，并在作者小传中有意淡化其遗民成分，并在元好问的评价表现出不同意见，《四库全书总目》中还有不少类似之例。此系"反明"乎？系"离心"乎？也许还可再斟酌。至于四库本对古籍原文的删改窜乱，则是当时政治环境下之必然，更毋庸特别苛责馆臣。且，四库本终究是数量有限的抄本，其"目标读者"盖即帝王，一般士子接触的机会似也不必过分高估。②

综上所述，对于宋元、元明之际的忠臣、遗民，《四库全书总目》的评价实际上颇有微妙之处，不可简单归于"官学"。换言之，《四库全书总目》无疑具有帝王加强思想控制的"官学"一面，但馆臣在实际操作中还保留了相当的"自选动作"，故其中仍有若干不和谐音符可供探讨。比如，在《钦定天禄琳琅书目》《秘殿珠林》《石渠宝笈》三部目录中，就仍保存了钱谦益的题跋文字与藏书印记。③ 究其原因，《四库全书总目》工期紧张，又众手成书，难免粗率；但也极有可能，有的馆臣在具体操作过程中，借

---

① 永瑢：《四库全书总目》，第 1544 页。

② 如方濬师（1830—?）《蕉轩随录》卷七："君子不以人废言，明钱谦益降志辱身，进退无据，实为小人之尤。然纯皇帝《御选唐宋诗醇》，于工部诗中亦尚采其评语。圣度恢阔，非凡庸所可仰企也。"则方氏所见的《御选唐宋诗醇》显然是乾隆十五年本而非四库本。方濬师：《蕉轩随录 续录》，中华书局 1995 年标点本，第 277 页。

③ 杨洪升：《略谈乾隆敕编鉴藏目录对〈四库〉禁毁限制的"违背"——以对钱谦益的禁毁为例》，《文津学志》第七辑，第 121—127 页。

助这一机会对某些文本"网开一面"①。

　　以此笔者认为,将《四库全书总目》表彰元末明初作家的举动,一概目为"反明",或有过于深求之嫌疑。比如,何宗美所举出的王冕之"被入明",主要问题很可能在于四库馆臣沿袭《明史》著录,未遑深考。如《稗传》提要云:"是编纪元末王艮、柯九思、陈谦、葛乾孙、潘纯、陆友、王冕、王渐、杨椿、王德元、徐文中事。"②《逸民史》提要云:"其末二卷以《元史》隐逸不详,搜取志铭之类辑为《元史隐逸补》……若吾邱衍、王冕之类,皆淹蹇不遇,并非高逸者,亦滥入之,未免择之不精焉。"③ 则又是以王冕为元人。足见馆臣在具体提要的撰写中,也是就所涉之书立论,容有前后矛盾之处。这似乎可以说明《四库全书总目》在提要之统稿中实存甚多不精确处,究竟有无借作家断代而发微言大义之举,就目前所提出的论据来说,似乎还存摇动可能,不宜特别高估。若及危素之"仅存在元之文"等断代之例,则系以人断代,恐怕亦无特别可议之处。

　　至于《四库全书总目》中的小说观念,"集大成"之倾向尤明显,详见本书第六章第三节,这里不再赘言了。

　　通过《四库全书总目》修撰这一个案,可见馆臣对清帝著作虽极力褒扬,也在许多地方贯彻乾隆帝的政教、文艺观念,在修书过程中营造"集大成"的盛世文学史观念。但,具体操作中馆臣实有不少游移于钦定意识形态之外的举动,其原因部分地在于考据学带来的征实精神,部分或也与个人观点、心态相关联。比如,汉宋之

---

　　① 邱怡瑄《朱鹤龄〈书元裕之集后〉及其〈愚菴小集〉在〈四库全书〉文渊阁及文津阁本文献的存佚问题与其意义》指出,"我们毋须排除或否定这些文献遭到剔除、修改的表象背后,可能含有的'随意性'。但我们也无法忽视这整个庞大的修书事业背后,最后要形塑的是一个标准化、普世化的'公论'和'标准本'。但恰恰是在标准中的'意外',这些凌乱不知所云的、自相矛盾的文献差异之中,我们反而能创造出独特的'空间破口',让我们得以一窥在《四库全书》这个庞大的修书运作体系之下,微妙而幽微的变项,以及文献背后带出来的时空意义"。
　　② 永瑢:《四库全书总目》,第 548 页。
　　③ 永瑢:《四库全书总目》,第 562 页。

争的很多问题，实际上还与馆臣的人际关系、个人倾向相关；包括文字狱所波及的对象，也往往首先出于私人恩怨的攻讦。正如欧立德指出的那样："即使是在乾隆这样一位如此强势的帝王的统治下，皇权也并不是无限的。"① 影响帝王文化政策的原因是多方面的。参之《四库全书总目》卷首及《纂修四库全书档案》中所见乾隆帝的上谕、拟定的修书凡例等，可见这一意识形态工作尽管已远迈前古，但依然并不能完全成为乾隆帝的传声筒。以《御选唐宋诗醇》等书为例，可以看出馆臣对帝王意志的贯彻是相对有限的，而且显然存在有应付公事的现象。这与《四库全书总目》中提要大量的疏漏，大概可以归为同一性质之事，而抄写文字之误似乎也不单纯是为了让乾隆帝能够显示文才，更多恐怕还是工作粗率所致。而乾隆帝限于个人的精力和学力，显然是不可能对具体问题一一细查的。《四库全书》尚且如此，其他修撰工作则自然可知。随着乾隆晚期至嘉庆朝的政治松弛，这种通过修书进行的意识形态工作自然更加难以开展。②

到龚自珍提出"避席畏闻文字狱"的时候，更形成一种历史的吊诡——说出"避席畏闻文字狱"者，实际已并不真正置身在文字狱的阴影下。综合两节的论述可见，在盛世照耀的乾隆朝之下，在朝、在野的士人在公开场合虽无异词，但心情却多有不为人所深知的一面，而其私下表达的某些隐语、碍语也在疑似之间。这一时期，权力的毛细管深入何处、知识人所受的规训和逆反各占多少比重，都值得进一步地挖掘。故而，贯穿整个乾嘉时期，也蕴含了一些造成"变音"的潜流。而这则是下一节将要讨论的主要话题。

---

① 欧立德：《乾隆帝》，第178页。
② 清廷禁书之令虽严，但彻底禁绝却有难度。民间往往通过剜改题名、别署他人，和谨慎秘藏等方式保存违碍文献。

第三节　盛世中的变音

如前所述，以乾隆帝为代表的御制文艺自是代表官方水准和官学观念的主流文艺，而可为辅佐者则是沈德潜、钱载、翁方纲等诗家的盛世雅音。乾隆一朝，盛世的经济成就与文字狱的政治压迫，是一种"胡萝卜加大棒"式的统治术，也确实起到相当的作用。然而在此盛世之中，也往往有士人发出具有离心力量的变音。[①] 一方面，即使是盛世也难免会有不遇之士，其坎壈不平之气自然形诸文字，且布衣诗人的比例在明清两代大大提高[②]，这些诗人困于场屋、生活贫苦而又寄情吟咏，当然会形成新的创作潮流。这在乾隆朝已见端倪，而嘉庆朝国势既衰，情况更为明显。另一方面，满、汉民族之间的政治矛盾，及其造成的隐痛，虽然在文化主潮中衰减，但很难完全消弭，其潜流亦引发一些不和谐的音符，此亦为清朝所特有之现象。乾隆初期，仍多有康、雍耆老的感慨隐痛，并潜在传播于士林，此后随着历史渐久[③]、清廷文网日密与国势趋盛，士人对清朝基本持认同态度，但却依然或自觉或不自觉地受到这些言说的影响。[④] 乾、嘉两朝八十五年间，这两种变音虽然非文坛主调，但却始终不绝于耳，并与时代的盛衰和文网的疏密保持某种关联。

[①] 这里的变音，乃泛指区别于前文之"盛世雅音"者，略近于"反调"。

[②] 参见罗时进《"文在布衣"：明清创作主体嬗变》，载氏著《文学社会学：明清诗文研究的问题与视角》，中华书局2018年版，第88—93页。

[③] 遗老的逐渐去世、与官方对相关记载的钳制，导致了对历史的遗忘。在这个氛围中，即使是统治者对历史禁忌也并不熟悉。参见戴逸《乾隆帝的青少年时代》，《戴逸自选集》，中国人民大学出版社2007年版，第115页；王汎森：《权力的毛细管作用》，第376页。

[④] 王汎森认为这是"国论"与"乡评"产生的分裂。王汎森：《权力的毛细管作用》，第547页。

一定程度上，文学、思想、学术相较于文化政策有相应的滞后性，即一时的政治氛围不仅影响及于同代士人，还会对尚未正式登上历史舞台的下一代士人产生更深刻、更潜在的影响。故尽管乾隆初期实际上以文治、宽政为主，但上一代历经康熙末年和雍正朝的士人仍然活跃于文坛，遗民思想尚往往流传，且当时文字狱的阴影犹未消歇。此后民族问题虽然逐渐淡化，乾隆帝又以稽古右文政策笼络人心，但却恩威并施，同时辅之以新一轮的文字狱与禁毁，这无疑对于具有自由意志和才性的诗人来说又是新的打击。且清王朝既已从鼎盛而逐渐转衰，这也就更易令生于乾隆中叶的一代人感同身受。政治的衰颓、个人的不遇，加上思想上"性灵说"的鼓荡，使得乾隆后期乃至嘉、道的文坛上，多有善于展示自我个性的作家，其作品往往充斥感伤郁怒的心态情绪，在艺术风格上则体现出诸多新变。对其艺术特征尤其是"性灵"的发展，留待本书第五章第二节再作细论，这里仅注重探讨心态、思想对其文学创作的影响。

乾嘉时期的"盛世变音"实可再细析为诸多层面。

其一，则是前代遗民情绪之余波。

这种情况主要集中于乾隆初期，且相对来说已远不及此前顺、康、雍三朝为明显。而且，许多活跃于乾隆前期的作者（如全祖望[①]等），实际上是康熙年间生人并已有文名，故相当一部分人的文学思想、文化态度，仍然是康雍时期的，其中不乏带有遗民隐痛者在焉。随着这一批作者退出历史舞台，遗民观念日渐淡薄。但是，也有不少隐蔽，甚至"日用而不觉"的遗民趣味可供发覆。

乾隆元年（1736），距离清军入关（1644）已近一百年，亲历异代之痛者已皆辞世，而"遗民不世袭"又令许多第二、第三代遗

[①] 全祖望（1705—1755），字绍衣，号谢山，浙江鄞县人。乾隆元年（1736）进士，选庶吉士。著有《鲒埼亭文集》三十八卷、《诗集》四卷等。

民（包括血缘上和学缘上的）逐渐接受、认可清政府的统治，因此实际上故国的影响已经趋于微小了。不过，清廷历代具有政治针对性的文字狱对于不少文人仍然是相当痛切的打击，士人与政权的不合作心态却仍未消弭，一定程度上，这也令遗民的情绪仍需要以某种形式加以表达。

雍正一朝（1723—1735）虽仅短短十三年，但其施政强势，且多直接打击知识界，对于士人心态的影响实不可小觑。世宗皇帝先后清剿允禩（雍正元年，1723）、年羹尧（雍正三年，1725）、允禵（雍正四年，1726）等之后，于雍正四年（1726）发起文字案件，为政治打击的延伸。三月，雍正帝革钱名世职并赐"名教罪人"匾额，九月发起查嗣庭案，十一月即停止浙江八乡会试。是年，雍正帝同时还贬斥了攻讦田文镜的李绂、谢济世等人，足见霹雳手段。

这些围绕士人施加打击的目的，就庙堂一面来说或为杜绝朋党、请托之风，而在中下层士人一面，则在特别防范对满汉民族问题、雍正执政合法性等问题的议论。雍正帝发起查嗣庭案，一面是与查嗣庭趋附隆科多有关①，一面则因其议论多有违碍之处②。查嗣庭案发后，雍正帝将其视为与雍正三年（1725）发生的汪景祺案（在著作中推许年羹尧）同一性质者，可见重点攻击者乃在

---

① 李圣华：《查嗣庭案新论》（《浙江社会科学》2013年第7期）认为"查案虽发生于清理朋党、科甲人集团的语境下，但属于纯粹的文字狱，不具备其他'政治斗争'的性质"。但就雍正帝上谕，及对隆科多、查嗣庭等案的处理来看，冯尔康称其为"政治斗争的牺牲品"，似较平正。详见冯尔康《雍正传》（人民出版社1985年版）第三章第三节。

② 关于查嗣庭案，具体细节可参见《清代文字狱档（增订本）》。传闻"维民所止"之类均系失实，但至今仍在学界有较大影响（如陈文新编《中国文学编年史·清前中期卷》就选择征引了缺乏依据的《清稗类钞》）。

浙江士林。① 显然，浙江一省"谤讪君上"的文化风气，及其与当时政争的密切联系，均令雍正帝深感不满，故浙江士风必须加以整饬。雍正朝的文字狱案件，较主要的汪景祺、查嗣庭、吕留良案均在浙江，其他的亦多发于南方一带。② 雍正六年（1728）吕留良、曾静案的爆发，及雍正帝为此特别颁发的《大义觉迷录》，乃在同样的政治背景下而发。雍正帝亲自登场，与罪人曾静往复论

---

① 雍正四年十月六日上谕："朕闻浙省风俗浇漓，甚于他省。若不力为整顿挽回，及其陷于重罪，加之以刑，实有不忍。朕意专遣一官，前往浙江省问风俗，稽察奸伪，应劝导者劝导之，应惩治者惩治之，务使绅衿士庶，有所儆戒，尽除浮薄嚣凌之习，归于谨厚，以昭一道同风之治。"十月十六日，又谕大学士九卿翰詹科道等："自唐宋以来，去古已远，习俗浇漓，人心诈伪，狂妄无忌惮之徒，往往腹诽朝政，甚至笔之于书，肆其诬谤。如汪景祺、查嗣庭，岂能逃于天谴乎。我国家恩养休息，海宇晏清，八十余年，万民乐业。即尔等父母妻子，孰不沐浴膏泽，安享其福耶。且士人立身行己，以礼义廉耻为重。乃至昏夜乞怜，上书投札，满纸称功颂德之语，何廉耻荡然，至于此极也。又有将子弟姻戚、门生故旧，私书请托者，不知以素所亲爱之人，为之请托照拂，实属无益而有损。盖彼无倚恃，尚知警惕自守，勉励供职。若先有请托，彼必以为势力可恃，肆其狂妄，无所不为。及实在赃款发觉，则受请托者不能为之庇护，是非所以爱之，而实以害之也。又尔等皆系各省州县之百姓，受治于有司者。如请托之风尽除，凡地方有司，皆有所畏惧而廉洁爱民，则尔等之子孙宗族咸受其庆，不亦善乎。如请托之风不绝，则地方官员各有倚赖，将肆其贪婪。则尔等之家产，不足饱贪官污吏之豁壑。尔等自为身家桑梓计，亦断应速改历代之陋习也。查嗣庭请托贿嘱之书札，不一而足。其日记所载狂妄悖逆之语……"十一月二十七日，诏停浙江乡会试："浙江文词甲于天下，而风俗浇漓，敝坏已极。如查嗣庭、汪景祺，自矜其私智小慧，傲睨一世，轻薄天下之人。遂至丧心悖义，谤讪君上。……浙江风气如此。倪听其颓敝，不加整饬，何以成一道同风之治。朕思开科取士，原欲得人任用，岂徒以其文章词藻之工，有益于民生吏治乎。且巡抚李卫等，从查嗣庭家中搜出科场怀挟细字，密写文章数百篇。似此无耻不法之事，不但藐视国法，亦且玷辱科名。浙江士子未必不因此效尤。应将浙江人乡会试停止，俟风俗渐趋淳朴，再降谕旨。"《清实录 第七册 世宗宪皇帝实录一》，中华书局1985年影印本，第737、743—744、758—759页。

② 其中较重要的文字狱案有陆生楠《通鉴论》案（雍正七年，1729，广西举人）、徐骏（雍正八年，1730，江苏昆山人，徐乾学幼子）诗案、范世杰（雍正八年，福建上杭县童生）呈词案、唐孙镐（雍正八年，湖北通山县幕客，浙江人）揭帖案、沈伦（雍正十二年，1734，江苏崇明县人）《大樵山人诗集》案、吴茂育（雍正十二年，浙江淳安人）《求志编》案等。

辩，涉及的内容包括华夷之辨及对雍正帝"谋父、逼母、弑兄、屠弟、贪财、好杀、酗酒、淫色、诛忠、好谀、任佞"的攻击。曾静为湖南永兴县秀才，见识谫陋，学养亦浅。他的所知所闻，很可能亦是社会普通士人的所见所闻，这足以见出相关传闻、观念流播之广泛。《大义觉迷录》刊刻于雍正七年（1729），随后即颁行天下学校，命令士子阅读，其家喻户晓程度更是可想而知。[①]雍正帝虽欲"觉迷"，而实堕"塔西佗陷阱"，恐怕"辟谣"起到的是反作用。但至乾隆帝即位禁缴此书后，民间传闻也均已转入地下且人人自危。这不仅对于某些敏感政治事件有影响，对全社会的士风也起到压抑作用——何为"忌讳""违碍"既无明文规定，在实际文化政策中又有"严打"倾向，那么一般人的自我压抑必较官方表面的口径为甚。约百年之后，龚自珍《病梅馆记》（作于1839年）的感叹，既是对"病梅"，亦未尝不可理解为对时风祸烈、士习萎苶的不满：

> 江宁之龙蟠，苏州之邓尉，杭州之西溪，皆产梅。或曰："梅以曲为美，直则无姿；以欹为美，正则无景；以疏为美，密则无态。"……斫其正，养其旁条，删其密，夭其稚枝，锄其直，遏其生气，以求重价，而江浙之梅皆病。文人画士之祸之烈至此哉！[②]

梅花，向为高士逸民之象征，乾嘉时期的绘画作品中，金农以画"野梅"为长，自有寄托在焉。李方膺、汪士慎等亦长于此道，众人之题诗、题记，亦凸显出或萧散或奇崛的襟抱。

雍正十三年（1735）八月，雍正帝驾崩，本年十月，刚刚即位

[①] 但这种做法的宣传效果显然不佳，具体论述可参见王汎森《从曾静案看18世纪前期的社会心态》，载氏著《权力的毛细管作用》，第345—442页。

[②] 龚自珍：《龚自珍全集》，第186页。

的乾隆帝就迅捷地谕令擒拿曾静、张熙，并停止《大义觉迷录》的讲解，收缴原书，列为禁书，实欲彻底清除乃父在政治宣传和舆论控制中的不智举措。但在雍正朝所酝酿之风浪，毫无疑问会成为当时知识人的思想资源，并成为一股长期的潜流。下文将仍以浙江为主要例证加以讨论。

乾隆朝的文字狱及禁书活动仍相当酷烈，前贤学者已有相当多的统计、研究。尽管龚自珍所谓"避席畏闻文字狱"固然不免稍有夸大之处（"变音"始终存在，且甚至时常见于诗文名家笔下，便是反例），但这毫无疑问是对士人的重大威慑力量，以促使其"著书都为稻粱谋"①。此种高压对士林的负面影响，已基本成为常识而毋庸细谈，下文主要讨论的是，部分士人是如何在此种环境下继续发出有可能被"文字狱"所迫害的声音的。这当然表现出"权力的毛细管作用"还存在法外之地；同时也更多元地展现出这一时期士人的复杂心态和创作意蕴。

发生于乾隆四十三年（1778）的徐述夔②《一柱楼诗》案是一个相当重要的文字狱个案，《清代文字狱档》的记载已经相当详悉。乾隆二十八年（1763），徐述夔病逝后，其子将述夔作品编为《一柱楼集》，请与其同年中举（乾隆三年，1738）的沈德潜代为作传。乾隆四十三年四月，徐述夔之子与同县蔡嘉树争产，蔡乃上书呈告，但江宁布政使陶易等处理宽松，未产生波澜。八月，如皋民人童志璘又举报《一柱楼集》中有悖谬之语，此案由刘墉处置，并上奏乾隆皇帝。经查，《一柱楼诗》中有"明朝期振翮，一举去清都"等词，"不用'明当'而用'明朝'，不用'到清都'而用'去清都'，借'朝夕'之'朝'读作'朝代'之'朝'，其悖逆尤显而

---

① 值得注意的是，这句诗似乎暗示我们，考据、辞章，既是为学取向，也是经济选择。

② 徐述夔（？—1763？），名赓雅，字孝文，江苏东台人。乾隆三年（1738）举人，拣选知县。其学问推崇吕留良，编诗集、讲义多引吕氏"业经销毁邪说"。

易见"①，校其书者中有徐首发（又名守发）、沈成濯二人，被认为命名"诋毁本朝薙发之制，其为逆党显然"②。最终的处理结果是，徐述夔开棺戮尸，其子孙门人等涉案人员多被株连处死，相关著作禁毁。江宁布政使陶易定处斩（但提前死于狱中）。沈德潜因为徐述夔作传，内有"品行文章皆可法""伊弟妄罹大辟"之语③，又因沈氏此前选《国朝诗别裁集》将钱谦益置于卷首并多推崇，早已被乾隆帝所不满，"所有官爵及官衔谥号典尽行革去，共乡贤祠牌位亦一并撤出，及赐祭葬碑文，查明扑毁"④。

又按，据沈德潜所作《徐述夔传》，及《禁毁书目》的相关著录⑤，徐述夔曾著有《五色石传奇》，有学者认为即今存之拟话本小说《五色石》（署笔炼阁）。高翔在《近代的初曙》中将《五色石》等"笔炼阁"小说简单看作徐述夔所作，并认其为"反映了知识界少数人厌清怀明的情绪"⑥。其说还有待进一步论证⑦，但《五色石》中对社会现象表示不满，希望用小说以维护政教，则是较为显而易见的——其序明言："《五色石》何为而作也？学女娲氏之补天而作也。……然而女娲所补之天，有形之天也；吾今日所补之天，无形之天也。有形之天曰天象，无形之天曰天道。天象之缺不必补，天

---

① 《清代文字狱档（增订本）》，第631页。
② 《清代文字狱档（增订本）》，第612页。"首发"，即"身体发肤受之父母"之意。"成濯"，即"明朝有头发，如今剃了头，就是濯濯的意思"。王汎森更指出"在清代的日常语言使用中，也有一些字在特别场合中须小心使用的，如'发'字便是。……如'一发千钧'是平常的，可是在薙发令后，这个成语就有敏感意味……"王汎森：《权力的毛细管作用》，第385页。
③ 《清代文字狱档（增订本）》，第597页。
④ 《清代文字狱档（增订本）》，第651页。
⑤ 姚觐元：《清代禁毁书目四种》，《续修四库全书》第921册，第440页。
⑥ 高翔：《近代的初曙》，第528—529页。
⑦ 首先，《五色石》是否即徐述夔所作，即在疑似之间，目前并无明确证据支撑，倒是有不少反例否定其"著作权"（参见单衍超《〈五色石〉研究》，硕士学位论文，山东师范大学，2009年，第2—4页）。其次，《五色石》"学女娲氏之补天而作"，也以理解为象征寓意较妥，就小说情节来看，本书似与厌清怀明无甚关联。如《红楼梦》第一回开篇亦写"女娲氏炼石补天"，难道也认为曹雪芹是反清复明的支持者吗？

道之缺则深有待于补"①。《五色石传奇》即使与《五色石》不是一书，但也很可能是将其故事演为传奇，或受其影响而作，则在思想观念上或有相近之处，不排除徐述夔将现实不满与历史问题结合起来发泄的可能。

文字狱当然是清政府强化皇权、控制思想、迫害文人的政治工具，不过既已经顺、康、雍三朝近百年，恐怕不能简单说乾隆时期文人对文字狱仍缺乏敏感度（至少出首告发者是相当具敏感性的），纯粹为"冤假错案"。文字狱"严打"的背后，自然也存有民族情绪的潜流。徐述夔的上述各诗未必均是有意讥刺清朝，但他为学宗奉吕留良，家藏禁书并公然引用，显然违反了清廷文化政策。徐述夔将此类涉嫌犯忌的文字刻版流传，又为其门生改名，故审问中"闻徐述夔言本朝剃头不如明朝不剃头好看"②之类话大概是确有其事。至少，认为其中有民族"情绪""潜流"应无疑义，并非"冤案"③。

诚然，沈德潜为徐述夔作传，很可能对此类信息并无了解，他为徐述夔之弟徐赓武鸣不平也可能是"贪图润笔"，未预料到此事居然产生政治风险。但若综合数事同观，至少沈德潜绝非通常文学史家印象中那样谨慎小心地逢迎圣意，其对乾隆朝文网的严重程度显然是低估了。而通常认为的"诗坛代理人"之说，很可能更多包含有乾隆帝的一厢情愿与任意为之。

再从其诗学渊源与交游看，沈德潜儿时从祖父沈钦圻学诗，所受影响极深。明清易代之际，沈钦圻"守戴良、周党之志，隐居教

---

① 丁锡根编：《中国历代小说序跋集》，人民文学出版社1996年版，第837—838页。
② 《清代文字狱档（增订本）》，第649页。
③ 此处"冤案"，对比的是康熙朝戴名世《南山集》案。《南山集》案令戴名世人死书禁，但其著作中实无反满内容，乃不幸被参奏而遭"严打"者。说详见王树民《〈南山集〉案与〈滇黔纪闻〉》，《文史》第三十五辑，中华书局1992年版，第289—291页。

授"①。归愚所编《明诗别裁集》卷十一选沈钦圻诗五首②，其中《书事》及《咏史二首》皆写崇祯、南明时事，中有"天地兵戈满，江湖逋窜频。布衣难许国，泪眼不逢春"等句，其为遗民可知。③《国朝诗别裁集》收录沈钦圻诗十四首，虽删去了遗民倾向浓厚的《书事》，然留下的《咏史》《后咏史》《闻钱蒙叟尚书辞世》，亦相当敏感。潘务正在《〈沈归愚诗文稿〉收沈钦圻诗》一文中指出，在乾隆三十二年（1767）进呈御览的"近作"诗文稿中，沈德潜刻意收录了沈钦圻的诗，而这些诗别见于乾隆二十六年进呈御览并引发麻烦的《国朝诗别裁集》。这毫无疑问代表了沈德潜对祖父诗作的重视，然若归结于"沈德潜之所以胆敢将祖父诗列入进呈御览的诗集中，就有这种不怕乾隆怪罪的恃宠而骄的心理"，则也许还有进一步阐释之空间。这一类的举措也许还与沈德潜一贯的"变音"思想有关。沈编《明诗别裁集》虽主要依据《列朝诗集》与《明诗综》，但其中选录颇多遗民诗作，足见立场。故此书虽旨在批判钱谦益的明诗论，亦可能触及忌讳。又查沈德潜《明诗别裁集》中，选录颇多遗民诗作，足见对此涉猎甚广，其可能触禁之书实不仅《国朝诗别裁集》一选。从沈德潜的交游、诗作、选诗各方面综合来看，他并不仅仅是恃宠而骄，而是确有一种不自觉的遗民文化心理寄于其思想深处，故往往形诸文字，并对此未表现出应有的政治敏锐性。

沈德潜早年亦与遗民有所交往，如其康熙三十九年（1700）与李崧（1656—1736）订交，二人友谊保持终生，达三十余年，且关系亲密，屡相过往，多有唱和。邓之诚《清诗纪事初编》录其诗一

---

① 沈德潜：《沈德潜诗文集》，第 2094 页。
② 沈德潜：《明诗别裁集》，上海古籍出版社 1975 年影印本，第 126 页。
③ 潘务正在《〈沈归愚诗文稿〉收沈钦圻诗》一文中指出，在乾隆三十二年进呈御览的"近作"诗文稿中，沈德潜刻意收录了沈钦圻的诗，而这些诗别见于乾隆二十六年进呈御览并引发麻烦的《国朝诗别裁集》。这毫无疑问代表了对祖父诗作的重视，潘氏并归结于"沈德潜之所以胆敢将祖父诗列入进呈御览的诗集中，就有这种不怕乾隆怪罪的恃宠而骄的心理。"潘务正：《〈沈归愚诗文稿〉收沈钦圻诗》，《中国典籍与文化》2011 年第 4 期。

首，有"画里无人元隐士，井中有史宋遗民"等句，颇见沉痛，盖"其生虽晚，不忘先朝"。其子李天根则撰写甲申以迄壬寅之史，成《爝火录》三十二卷。① 如果更扩大来说，同为叶燮（1627—1703）"二弃草堂"（值得注意的是，叶燮虽曾入仕，但其父叶绍袁却是僧服守志的遗民）的门人多属布衣征君，而与沈德潜始终保持亲密关系，不因沈德潜获知遇而有所区别，更可见出归愚交游之特色。在沈德潜诗歌创作尤其是受恩宠之前的创作中，也多有讥刺政治、感慨兴亡之诗，其中佳作不少，亦与归愚早年坎坷之生平相表里。如其《咏史》云：

> 行路有时渴，不饮盗泉水。立身有时贫，不为乱贼仕。堂堂七尺躯，道义足自砥。失身取高位，爵禄反为耻。出门慎其随，大易著名理。何为荀文若，屈身昧知止。末路终见疑，身死名亦毁。缅怀管幼安，征辟终不起。②

此诗之创作语境还有待于进一步的研究，但仅从字面来看，沈德潜用荀彧之典，又有"行路有时渴，不饮盗泉水。立身有时贫，不为乱贼仕"一类话，纵无直接影射时弊之意，也至少足以反映沈德潜早年与主流权力的疏离心理。

可以说，尽管沈德潜以受知乾隆得享大名，并因其"格调"诗学客观服务于盛世文治，但就其创作来讲，其佳作却往往来自讽喻感喟。而且，沈德潜侍奉乾隆帝虽恭谨，但却并未因此而刻意删削掩盖早年作品，这在同时词臣中似乎也是不多见的。甚至，在其晚年进呈乾隆帝的别集、选本中，尚欲在自我审查之后保留个性，实属在帝王面前"走钢丝"的危险行动。从此角度来看，沈德潜因文

---

① 邓之诚：《清诗纪事初编》，上海古籍出版社1984年版，第49—50页。
② 沈德潜：《沈德潜诗文集》，第66—67页。值得注意的是，乾隆帝有一首《盗泉》，意味完全相反，恰可与此诗对看。清高宗：《御制诗初集》，第431页。

字得罪自有更深层次的原因。

野史中认为沈德潜因《汉将行》《咏黑牡丹》诗得罪等说法，对沈德潜获罪原因虽多出臆测乃至伪造①，但在总体倾向上，却并非简单的空穴来风，而与沈德潜深层的"变音"心绪有所牵连——这正与署名龚自珍（1792—1841）的《杭大宗逸事状》等文属于同一类型："逸事"未必是历史上实有之事，但其反映的内容却符合时人对传主的认知，并与传主本人心态有相当的近似性。

另一相当值得重视、但前贤讨论不多的，正是沈德潜赠杭世骏诗这一事件。

沈德潜与杭世骏（1696—1772）于雍正九年（1731）即同修《浙江府志》，乾隆元年（1736）又同举博学鸿词，集中可见二人互赠、唱和诗作不少，足见关系熟谙。乾隆八年（1743）二月九日，杭世骏因上书批评"内满外汉"而得罪，初拟死，经徐本（1683—1747）营救得免，后改为革职归里。时"天子慨然有意于马周、阳城"②，欲挑选直言敢谏之臣，然民族政策实际上乃是当时最为敏感的话题，杭世骏恰不知检束，触碰乾隆帝的逆鳞，故而得罪。但此举却得到当时士人特别是官僚的普遍认可，好友赠诗甚多。若全祖望即有《杭堇浦编修以言获谴，诗以讯之》诗送杭世骏，时全祖望在里中家居，诗中以"必欲摈南人"等为词，影射、讥刺朝政之意显而易见。全氏诗中又云：

> 吾友杭编修，古今罗心胸。经术经世务，绰有贾董风。发言一不中，愆尤集厥躬。惜哉朝阳凤，而不叶丝桐。③

---

① 刘世南：《清诗流派史》，第285—286页。
② 马荣祖：《送杭堇浦南归序》，载杭世骏《杭世骏集》，浙江古籍出版社2015年标点本，第1443页。
③ 全祖望撰，朱铸禹注：《全祖望集汇校集注》，上海古籍出版社2000年标点本，第2062页。

沈德潜作为杭世骏的好友，其《送杭堇浦太史》诗中，亦对此事表示相当正面的评价，此诗亦被收录于王昶《湖海诗传》中，足见时人态度是表示支持的：

> 殿头磊落吐鸿辞，文采何尝惮作牺。王吉上书明圣主，刘蕡对策治平时。邻翁既雨谈墙筑，新妇初婚议竈炊。归去西湖理场圃，青青还艺向阳葵。①

在十四卷本《归愚诗钞》中，沈德潜此诗与另一首诗均名为《偶述》，然另一诗盖因不见于乾隆帝作序的二十卷本《归愚诗钞》，故前贤似未及讨论。呈交乾隆帝作序的二十卷本《归愚诗钞》为一般人阅读沈诗的通行本。这一版《归愚诗钞》采用分体而非编年方式排列，并处理了一些可能引发麻烦的作品，至少可以部分地理解为沈德潜进呈御览时的自我保护色。然而在这一通行本中，沈德潜将《偶述》二首删去其一，改名为《送杭堇浦太史》，无疑是更显豁地展示出本诗的宗旨，以避免失去时间背景的"偶述"无法被读者理解。

被删去的《偶述》其一云：

> 铁冠岳岳立朝端，毛羽俄看铩凤鸾。不密失身占易象，议能减辟问周官。桁杨不扰臣心定，手足全归国法宽。犹有门生守遗榇，西风古寺泪汍澜。②

"手足全归国法宽"，显然是指杭世骏得赦归里之事。此诗首句"铁冠岳岳"仍是褒奖杭世骏，与前引诗中"殿头磊落"意味仿佛，

---

① 沈德潜：《沈德潜诗文集》，第337页。王昶：《湖海诗传》，第84页。王昶收录此诗，可能是因为嘉庆朝之文字忌讳较少。
② 沈德潜：《沈德潜诗文集》，第929页。

次句"毛羽俄看铩凤鸾"盖用《世说新语》"支公好鹤"典,除指"朝阳凤"受挫之外,俨然有"既有凌霄之姿,何肯为人作耳目近玩"之意。此处似谓杭世骏在朝中必须受到帝王意志的规训,不宜贸然进谏;而一旦获谴返乡,则能回归自由本性。而这一用"凤"之典,实际上正出于杭世骏本人。马荣祖(石莲,1686—1761)的《送杭堇浦南归序》中相当详细地记录了杭世骏南归时(约在本年二月底)的议论。杭世骏在《马石莲传》一文中云:"余以狂言被放,君为序送余行,能委曲道余之心事。"① 这里的"委曲道余之心事"实乃马氏对杭世骏当时言论的记录,并且得到杭世骏的认可。

"不密失身"似指其不应公开上疏,是为"臣不密则失身"(《易·系辞上》),则只是从言语策略出发,而暗中支持其所说之内容。值得注意的是,在乾隆六年(1741)三月,高宗恰好痛斥李绂品行不端,发上谕:

> 又李绂曾经召对,朕以"君不密则失臣,臣不密则失身之义"训谕之。伊称,臣断不敢不密,但恐左右或有泄露耳。朕谕云,朕从来召见臣工,左右近地,曾无内侍一人,并无听闻,亦何从泄露。如此二人者,则皆此类也。②

这恰好与乾隆斥责杭世骏的"此中裁成进退,权衡皆出自朕心,即左右大臣。亦不得参预,况微末无知之小臣乎"③ 可以呼应。全祖望集中有《即事》三首,就内容看显然仍是咏杭世骏事。三诗很可能是写全祖望得知杭世骏受难后的思想感情变迁,分咏听闻杭世骏受难、不知其是否遇赦、知其归里的三个时间段。三诗系事后追记抑或陆续写成则不易考知,但时间最晚也应在乾隆八年四五月之间

---

① 杭世骏:《杭世骏集》,第494页。
② 《清实录 第一〇册 高宗实录二》,中华书局1985年影印本,第999页。
③ 《清实录 第一一册 高宗实录三》,中华书局1985年影印本,第374页。

即已完成。

其第一首云：

> 手翦共兜报至尊，柏台风概更谁伦。多言毕竟能招咎，不密由来便失身。圜土刚肠非所耐，重泉碧血有余辛。故人一恸君知否，天末荒江野祭辰。①

此处亦用"不密失身"典，乃与"多言招咎"对仗。

对那首更通行的《送杭堇浦太史》，刘世南在《"新妇初婚议灶炊"及其他》② 一文中较清楚地通解全诗典故，但谓此诗内容"完全是批评杭世骏不对，而皇帝则绝对不错"，则显然是立场先行对沈德潜的苛责。③ 不过，这倒或许正洞穿了沈德潜保留"新妇初婚议灶炊"一诗的深层心理，即本诗因可理解为批评杭世骏，故在进呈御览时仍得以保存。细玩此诗，可谓意味深长。结句中虽以"青青还艺向阳葵"为结，看上去是从乾隆帝立场上批评，但诗中"邻翁""新妇"既可理解为批评杭世骏之僭越妄议，但亦未尝没有对"内满外汉"的同慨。——而且，与前所引之全祖望诗，以及同时赠诗之查为仁"致身直是忘新进，得罪终蒙宥小臣。"④ 张鹏翀"新妇三言原太蚤，饮醇那不学阳城。"⑤ 等对读，这些诗作的共同指向是相当明显的。

杭世骏归里后，行为收敛却诗转愤懑，随后不久德潜乃"一岁之中，君恩稠叠"，此虽似可折射两人升陟命运不同，但经由沈德潜

---

① 全祖望撰，朱铸禹注：《全祖望集汇校集注》，第2064页。
② 刘世南：《"新妇初婚议灶炊"及其他》，《文学遗产》1985年第3期。
③ 说详张昊苏：《论乾隆时期台阁文人的疏离心态：以沈德潜为中心的考察》，《文艺理论研究》2021年第3期，第179—180页。
④ 杭世骏：《杭世骏集》，第894页。
⑤ 此诗似佚。赵昱有《堇浦以小隐园集见示，内有南华赠诗云："新妇三言固宜迟，饮醇那不学阳城。"讽谕耶？抑正言耶？六叠前韵》。赵昱：《爱日堂吟稿》，《清代诗文集汇编》第265册，第535页。

诗，也可看出这"盛世变音"，实不仅在于下层文人之中。尽管沈德潜已渐受乾隆帝之特殊恩宠，但他却并未在根本上改变内心中"变音"的一面。

这一故事的结局可以延伸至龚自珍。龚自珍在那篇有名的《杭大宗逸事状》中写道：

> 大宗原疏留禁中，当月不发抄，又不自存集中，今世无见者。越七十年，大宗外孙之孙丁大，抱大宗手墨三十余纸，鬻于京师市，有茧纸淡墨一纸半，乃此疏也。大略引孟轲、齐宣王问答语，用己意反复说之。此稿流落琉璃厂肆间。
>
> 乙酉岁，纯皇帝南巡，大宗迎驾。召见，问："汝何以为活？"对曰："臣世骏开旧货摊。"上曰："何谓开旧货摊？"对曰："买破铜烂铁，陈于地卖之。"上大笑，手书"买卖破铜烂铁"六大字赐之。
>
> 癸巳岁，纯皇帝南巡，大宗迎驾。名上，上顾左右曰："杭世骏尚未死么？"大宗返舍，是夕卒。①

前人早已提及，龚自珍的记载与史实违背，但既为"逸事"而又被龚自珍所采信，可略推想坊间流传已如此②。此外，杭世骏轶事较重要者，尚有汪涤源《杂记》：

---

① 龚自珍：《龚自珍全集》，上海人民出版社1975年标点本，第161页。
② 袁行云引用平步青说，认为本文非龚自珍所作，可备一说。袁行云：《清人诗集叙录》，第890页。梁绍杰：《〈仁和龚氏家谱〉的史料价值——兼论龚自珍的先世学缘》考察发现杭世骏与龚自珍家族"情植两世，情系四代""大约七十年之后，龚自珍撰〈杭大宗逸事状〉为杭氏抱不平。乍看起来，文章用意与他撰写的〈王中堂奏疏书后〉和〈汉朝儒生行〉前后一致致，都流露了他对清室抑制汉人的不满，可以作为理解他那篇意旨彷彿，不大容易弄明白的〈宾宾〉的线索"。载林庆彰、张寿安编《乾嘉学者的义理学》，台北"中央研究院"中国文哲研究所2003年版，第699—700页。

上顾杭世骏而问曰:"汝性情改么?"世骏对曰:"臣老矣,不能改也。"上曰:"何以老而不死?"对曰:"臣尚要歌咏太平。"上哂之。①

此事与龚自珍所记录的颇有类似之处,而与杭世骏的个人性格亦相吻合。

如果更深入地挖掘,龚自珍对类似轶事还颇有采撷之兴趣。若其《跋傅征君书册》中记录傅山(1607—1684)逸事,谓"傅青主至今不曾死也"②,显然荒渺难征,不足为凭,但似可从中看出龚自珍的个人寄托。③ 此外若定庵对明清之际遗民的提倡,咏屈大均(1630—1696)——"灵均出高阳,万古两苗裔""奇士不可杀,杀之成天神。奇文不可读,读之伤天民"④,则更为其集中名篇。值得注意的是,早在乾隆朝,屈大均就已成被禁毁的对象。

就目前所见史料来看,似乎很难具体确证杭世骏、龚自珍等人仍具有反满怀明的遗民情怀,但现实中对"万马齐喑究可哀"与"避席畏闻文字狱"的体认,将"内满外汉"视为重要原因之一,对民族问题有所感触当是存在的。⑤ 特别是身为江浙文人,虽未丁易代之痛,但耳濡目染及乡里传闻仍未消歇,对明清易代之史事亦有研治了解的兴趣。固然因长时间的盛世而转为潜流,却并未真正退散,一旦政治有衰飒气象,即会以某种形式再作表现。及至清末,

---

① 龚自珍:《龚自珍全集》,第162页。王佩铮认为龚自珍"杭世骏尚未死么"一则轶事乃据此而误记,但似乎没有直接证据支持。这一见解盖沿用钱穆《中国近三百年学术史》的说法。姑并存备考。

② 龚自珍:《龚自珍全集》,第303页。

③ 由此可见,《杭大宗逸事状》,固非史事,但未必伪托,可能只是记录民间流传之逸事。

④ 龚自珍:《夜读番禺集,书其尾》,载龚自珍《龚自珍全集》,第455页。

⑤ 刘师培《全祖望传》认为杭世骏、全祖望、龚自珍、戴望等人有攘满情绪,代表了"浙人之志"。其立说固然稍武断,但浙人却有此文化、心态之传承。全祖望撰,朱铸禹注:《全祖望集汇校集注》,第2730页。

蔡元培（1868—1940）、章太炎（1869—1936）等浙江士人所受的家庭启蒙教育，首当其冲者即满汉民族矛盾问题，正可看出江浙士人心态之特殊性。

对同为浙派诗人又与杭世骏相交好的厉鹗、金农等人，似乎亦当作如是观。厉鹗虽然以"不谐于俗"出名，但政治言论甚少，似乎对拥清亦无意见。如厉鹗在乾隆帝首次南巡时（1751）与吴城①合作的《迎銮新曲》，乃歌颂圣德，而杭世骏、全祖望为之作序，浙江文人多有题辞，其政治表态可见。② 全祖望本人也写有奉承御览的作品，并曾娶满洲学士春台之女，似与官方点名有关，盖为一种自我保护色。③

此外还值得注意的是，金农《吴中春雨泊舟入夜寒甚被酒作歌》诗有"滋味浊清辨渭泾"之句，表示自己不合于世俗之旨趣，王昶《湖海诗传》选录此诗。④ 按，"浊清"乃胡中藻诗案中一条重要悖逆文字。⑤ 王昶《湖海诗传》成书相对较晚，或其时文网较疏，故未顾虑及此。但《湖海诗传》实系王昶个人文学观念与日常交游贯注之产物，并非客观诗选，而犹选入此诗及若干倾向、口吻类似之诗作，则其心态及"政治敏感度"似乎亦甚可玩味。

类似而稍隐微之例，则是这一时期对"贰臣"的鄙弃与对忠臣的褒扬，这不仅集中于对明清易代之际的描述，亦往往见于对两宋之交、南宋末季等重要历史时段的借古讽今。在传统的"忠"观念下，对"贰臣"的鄙弃亦不仅仅在于民族问题，各为其主本来值得敬重，且清朝统治既渐渐稳定，也就势必更倾向于褒扬忠义、贬斥

---

① 吴城（？—1780），字敦复，号鸥亭，吴焯之子，浙江钱塘人。藏书家，著有《配松斋诗集》《鸥亭小稿》等。
② 当然，这种"政治表态"也有微妙的一面，它可能是部分真实的，也可能别有现实中政治、经济压力的考量。
③ 全祖望撰，朱铸禹注：《全祖望集汇校集注》，第 23、2760 页。
④ 王昶：《湖海诗传》，第 115 页。金农：《金农集》，浙江人民美术出版社 2016 年标点本，第 72 页。
⑤ 《清代文字狱档》（增订本），第 36 页。

贰臣。发生于乾隆二十六年（1761）的《国朝诗别裁集》事件中，乾隆帝严厉批评了沈德潜选诗以钱谦益为首的做法，并以帝王力量重加改削①，当年即重颁《钦定国朝诗别裁集》。乾隆三十四年（1769）禁钱谦益书，并反复以"不属人类"严加斥责。乾隆四十一年（1776），乾隆帝下诏编纂《贰臣传》，收录洪承畴、祖大寿、钱谦益、龚鼎孳等一百多名贰臣，并谓"此等大节有亏之人，不能念其建有勋绩，谅于生前；亦不能因其尚有后人，原于既死"②，后又决定不为钱谦益、龚鼎孳等立传，只附表，乃是担心立传反而扩大其影响，故以"默杀"之法对之。乾隆四十四年（1779）十一月上谕，又令各省郡邑志书，对涉及钱谦益、屈大均、金榜等生平、书目、诗文之内容者，均须删削或禁毁。不过，无论政治评价和禁毁政策如何，在江浙知识界，这些作者的文学影响始终不息，书籍也依然流传。

比如，吴翌凤（1742—1819）在嘉庆元年（1796）编成的《国朝诗》，选录了钱谦益（化名为彭挐）的46首诗和屈大均（化名为翁绍隆）的49首诗。③ 此时钱、屈等人作品久被禁毁，这种做法的政治风险可想而知。吴氏还著有《吴梅村诗笺注》十八卷，似亦足见其政治态度。这种想法应该也非孤立——乾隆十九年（1754），程崟④作杂剧《拂水剧》，程晋芳⑤有诗记之。《拂水剧》杂剧今已不

---

① 翟惠统计，重订本《国朝诗别裁集》收录诗人999人，钦定本删去173人。保留诗人中涉及历史问题与政治的诗作也被删去。翟惠：《〈清诗别裁集〉研究》，硕士学位论文，苏州大学，2011年。

② 《谕内阁著国史馆总裁于国史内另立〈贰臣传〉一门》，载《纂修四库全书档案》，上海古籍出版社1997年版，第559页。

③ 参见蒋寅《中国古代文学通论·清代卷》，第229页。

④ 程崟，字夔州，号南坡，江南歙县人，从方苞受古文，编有《明文偶钞》《国朝文偶钞》《望溪删订评阅八家文读本》等。

⑤ 程晋芳（1718—1784），字鱼门，号蕺园，江南歙县人。乾隆二十八年（1763）南巡，献赋行在，召试第一，赐中书舍人。乾隆三十六年（1771）进士，历任翰林院编修、武英殿分校官等。著《勉行堂诗集》二十四卷等。

存，但程晋芳《家南陂兄招观所谱拂水剧漫赋三首》诗有"荒枰败劫图谋少，逸老元勋位置难"（其一）、"红豆离离发故枝，尚书头白有余悲"（其三）①之言，则不仅欣赏柳如是，对钱谦益的态度似乎也含有不少同情。戏曲中，涉及明清易代、成书时间又大致相近的作品还有唐英（1682—1755）《佣中人》、董榕（1711—1760）《芝龛记》等，但其主要情节乃明亡与农民起义，未涉及清军入关——原则上说，清朝一直自称明亡于流寇，入关乃是为明复仇，这恰好证明了清朝继明的正统性。但实际上不论立场如何，此类话题显然有敏感度，至乾隆中期以后文网渐密，即这类作品也少见了。②

又若嘉庆间陈文述③（1771—1843）的《柳如是初访半野堂小像》，则有"园池不贮清流水，尚书强为苍生起。可怜白发似红颜，千古伤心艰一死"④之句，立场态度亦甚微妙。足见，认同清朝统治这一事实，乃至真心认同清朝统治的合法性，也无碍于对明季耆宿遗民（甚至某些"贰臣"）的追思怀念：历史评价与现实立场本来就不是能简单平移的。

明季忠臣、遗民，虽为清朝之敌，但因其合乎儒家"忠"的价值观，则又应提倡，只是在此基础上又加入了民族矛盾问题，故特别复杂。许多对易代兴亡的吟咏虽不背于官方价值标准，但却存在另一种解读可能，即隐寓有民族之慨。

如陈梓（1683—1759）《定泉诗话》卷五中讥讽贰臣云：

---

① 程晋芳：《勉行堂诗文集》，黄山书社2012年标点本，第237页。
② 乾隆四十五年江西巡抚郝硕的奏折中，提及禁毁"用本朝服色"的《红门寺》、"宋金故事，应行禁止"的《乾坤鞘》、"语涉荒诞"的《全家福》三种戏本。转引自郭伯恭《四库全书纂修考》，岳麓书社2010年版，第31—32页。
③ 陈文述，字退庵，号云伯，浙江钱塘人。嘉庆五年（1800）举人，有《颐道堂诗选》《碧城仙馆诗钞》等。
④ 陈文述：《碧城仙馆诗钞》卷二，嘉庆十年（1805）刻本，第7页下。

>一友述云间袁氏女五律云："帘卷倚高楼，青山相对愁。夕阳摇酒旌，野渡系渔舟。树密烟光乱，江空水气浮。敛眉无限恨，身世两悠悠。"此等声调，杂之唐人何辨？然却是失节女子，何也？余笑曰："牧斋、梅村、秋岳诸公何尝不是唐调？"座客为之浩叹。①

单从此语，固然难以判定陈梓的政治取向如何。然若结合其家世、交游、思想、著述参观之②，则可知陈梓实系态度鲜明的遗民，并在当时有相当多的追随者，其著作触禁甚多，但既能流传而又始终未罹文字狱，则可见当地之士风，及斯时"禁书"之有限性。③

又若全祖望，其诗、文、学术中的重要一节即在于记录明末清初史事，特别是表彰其时的忠烈之士。《鲒埼亭集》乃是其尤得力之著作，遗民情怀颇浓郁。其诗集中亦多针砭之作，若其《花间偶成》云：

>每于极盛须防厄，看到将残倍有情。惭愧斯人长寂寞，不华不实度虚生。④

又如其《秋赋》云：

>新传挟书律，辱过溺巾时。不道诸才彦，终无萧望之。⑤

---

① 转引自蒋寅《清诗话考》，第329页。
② 说详见王重民辑录、袁同礼重校《美国国会图书馆藏中国善本书目》，台北文海出版社1972年版，第1034—1035页。
③ 参见陈名扬《陈梓生平及其华夷观研究》，硕士学位论文，宁波大学，2017年。
④ 全祖望撰，朱铸禹注：《全祖望集汇校集注》，第2192页。
⑤ 全祖望撰，朱铸禹注：《全祖望集汇校集注》，第2192页。

此类诗作，盖融合个人不遇之感，与民族兴亡之感于一手，故特见沉痛。唯前人系此数诗于乾隆十二年（1747），"新传挟书律"有无实指、究竟为何而发尚未能深知，犹须进一步的考索。全祖望之《题哀江南赋后》①乃其集中名篇，该文鄙弃庾信而稍同情颜之推，并指出钱谦益与庾信类似，吴梅村与颜之推类似，乃是论文、论人和合之产物。而张苍水之女为全祖望之祖母，"当苍水生辰忌日，或因事兴感，几乎每年都有追怀张苍水的诗篇，而且写来激情不衰"②。

贬斥钱谦益、称颂张苍水，在全祖望而言显然是某种形式上的遗民寄托——而全祖望之非"纯粹"的遗民，可见于他早年的科考生涯，为厉鹗《迎銮新曲》所作的序（说详前）及《皇雅》《三后圣德诗》等作中。③高宗皇帝于乾隆二十六年（1760）贬斥钱谦益，乾隆四十一年（1775）追谥张苍水，则为官方意识形态对"忠义"的表彰主导。双方立场虽异，但表现却恰好合流。换句话说，在帝王吸取明季忠义史事为清廷所用的同时，不少离心行为也借以得到正当化。

更进一步论之，这一类型的"盛世变音"不仅见于对清朝持离心态度者，更往往成为一种社会性的行为，即支持清朝统治之士人，亦往往在实际生活中参与此类"盛世变音"活动。兹举一例。

海宁人吴骞（1733—1813）④为乾嘉时期著名藏书家、考据家，其家境较富裕，政治态度乃支持清朝，学术立场宗经重礼，日常行为宗法程朱，无出格之处。吴骞《日谱》中多次有颂圣语，最显者

---

① 全祖望撰，朱铸禹注：《全祖望集汇校集注》，第 1410 页。
② 张仲谋：《清代文化与浙派诗》，东方出版社 1997 年版，第 256 页。全祖望撰，朱铸禹注：《全祖望集汇校集注》，第 2070 页。
③ 这里的"纯粹"，是与明清之际那些绝不出仕者相较而言。
④ 吴骞（1733—1813），字槎客、葵里，号兔床，浙江海宁人，家筑拜经楼，富藏书，其"千元十驾"与黄丕烈"百宋一廛"并称。著有《拜经楼诗集》十二卷、《续编》四卷、《再续编》一卷、《愚谷文存》十四卷、《续编》二卷、《再续编》一卷、《拜经楼诗话》四卷、《续编》二卷、《尖阳丛笔》十卷等。

如乾隆五十五年（1790）八月十三日记："皇上八旬万寿，阖城欢庆。大街自白马庙至武林门，连旬灯火，百戏俱集，真千古盛世也。"① 嘉庆十四年（1809）十月初六日记："天色晴和。皇上万寿万万寿。"② 在私密记事中专门记述，当可认定为真实政治立场。吴骞多次拜谒杭州西湖南屏山荔子峰下之张煌言（苍水）墓，并与张柯、万福、张凯、朱文藻、卢文弨、关洲、邵志锟、邵志纯、王丞、陈鳣、钱馥等十余人集资立碑，每年九月七日设祭，风雨无阻，吴骞多有诗文记事③，有《修明苍水墓记及题咏》一卷单行。④ 其嘉庆十七年（1812）九月初七日记言："予自乾隆乙巳冬，与万近蓬茂才、张东谷、仇荔亭两学博、朱朗斋、邵右庵、陈河庄诸君同立碑于墓道，集公费存贮。司马以九月初七正命之辰，同人相约，每岁齐集墓堂为公祭。积久，以其赢余建祠。此事迄今已及三十年，予久不至墓，屈指诸同人，惟河庄与予在尔。不竟慨然，归途得诗一首。"⑤ 由此上溯，似众人拜谒张苍水墓始于乾隆五十年（1785），时间在官方表彰之后，无须忌讳。

然若细考吴氏著述，其中则有与官方意志相违背处。吴骞编纂有《东江遗事》二卷。书之主旨乃为毛文龙伸冤，在当时颇具学术影响力。其序曰："夫毛文龙之死，天下尽知其冤。"⑥ 吴骞又在《毛西河毛总戎墓志铭跋》中表达同样观点，认为袁崇焕被磔死"可见阴谋倾险之辈，害人害己"⑦。吴骞因慨于毛文龙仍抱不白之

---

① 吴骞：《吴兔床日记》，凤凰出版社 2015 年标点本，第 77 页。
② 吴骞：《吴兔床日记》，第 214 页。
③ 如《拜经楼诗集再续编》收《秋山谒墓》诗，为吴骞晚年追忆前事之作，《日记》中亦屡见吴氏之追述。吴骞：《拜经楼诗集再续编》，载《吴骞集（第二册）》，浙江古籍出版社 2016 年标点本，第 7—8 页。
④ 今存山东省博物馆藏《拜经楼丛抄》本。
⑤ 吴骞：《吴兔床日记》，第 251 页。
⑥ 毛承斗、吴国华、吴骞：《东江疏揭塘报节抄（外二种）》，浙江古籍出版社 1986 年标点本，第 149 页。
⑦ 吴骞：《愚谷文存》卷四，载《吴骞集（第三册）》，第 62—63 页。

冤，因辑录纪传中相关材料，以表明毛文龙之功绩，成为此书。其中所用无名氏《纪事本末备遗》①等书，属不易得之珍秘抄本。所载毛奇龄撰墓志铭，不见于《西河集》，而是从杭世骏道古堂抄得，亦属珍贵佚文。此书编成后，在当时吴骞的交友圈中产生了较大影响。书中卷下抄录《明史稿·朝鲜传》，后有任安上附志，称许吴氏为毛文龙洗冤为独具只眼，并进而论及万斯同撰史之旨曰："按崇祯时列传涉东江事凡数十处，不曰跋扈，即曰冒饷。《明史稿》乃鄞人万斯同所撰，何以无一笔为之洗濯？""崇焕受我朝密旨杀之，体例自宜如此。……书平辽将军，纪其功也；书左都督，能其官也；书杀，不应杀也。《春秋》之意隐然矣。"②考虑到乾隆帝业已对袁崇焕平反，与清官方士人对于毛文龙"文龙在明，则固万死不足惜者也"③的观点对照，可看出明显的冲突。吴氏此书未曾刊刻，也只自署"沧江漫叟"，不署编者真名，足见该问题之政治敏感性。④ 在江浙地区，这种"半地下"的对明清易代史事的传说、整理、研究，并非罕例。

　　海宁人吴骞对钱塘人毛文龙的左袒，很大程度上与当时杭人的普遍观念相一致。⑤ 在吴骞本人也许只是一个独立的学术问题，但这种心态似可理解为遗民反调的流衍。更具体地说，地域文化活动的影响力，在某种程度上或高于皇权意识形态的宣传，而且一定程度上有自己的"法外"空间。吴骞及其好友祭祀张苍水之行为，似亦可作如是观。而对于浙派诗人等"离心"群体的观察，当特别注意这一民族问题潜流的可能影响。

---

① 吴寿旸：《拜经楼藏书题跋记》，上海古籍出版社2007年标点本，第67页。
② 毛承斗、吴国华、吴骞：《东江疏揭塘报节抄（外二种）》，第187页。
③ 陈其元《庸闲斋笔记》引纪昀语，中华书局1989年标点本，第112页。
④ 吴骞在嘉庆十一年冬至的日记中提及了自己是《东江遗事》的编者。吴骞：《吴兔床日记》，第194页。
⑤ 如全祖望《题东江事迹》早就批评："凡杭人无不诉毛文龙之冤者，其昧于乡里之私，而所见如伧父，可一哂也。"全祖望撰，朱铸禹注：《全祖望集汇校集注》，第1318页。

其二，则是出于主观的不谐于俗心态，有意识地与盛世、政治保持距离。乾嘉时期，这类文人的数量甚多。有感于易代问题者当然不会与盛世关系过近，仅就那些认同清朝统治的文人来看，表达不满、疏离态度者也为数不少。

"浙派"诗人在其中的表现较为明显，而以厉鹗为最著。全祖望《厉樊榭墓碣铭》如是记录：

> 其人孤瘦枯寒，于世事绝不谙，又卞急，不能随人曲折，率意而行，毕生以觅句为自得。其为诸生也，李穆堂阁学主试事，闱中见其谢表而异之，曰是必诗人也因录之。计车北上，汤侍郎西崖大赏其诗。会报罢，侍郎遣人致意，欲授馆焉。樊榭襆被潜出京。翌日，侍郎迎之，已去矣。自是，不复入长安。及以词科荐，同人强之，始出。穆堂阁学欲为道地，又报罢，而樊榭亦且老矣，乃忽有宦情，会选部之期近，遂赴之。同人皆谓："君非有簿书之才，何孟浪思一掷。"樊榭曰："吾思以薄禄养母也。"然樊榭竟至津门，兴尽而返。予谐之曰："是不上竿之鱼也。"①

以此对其生平的描述，再参以其诗文创作来看，厉鹗本人虽然于南宋有深入研讨，但更多的应出于文化精神上之趋向，而遗民倾向（或民族立场）似乎颇为淡薄，这与明确同情遗民、表彰忠义的全祖望和不满意"内满外汉"的杭世骏具有一定差别。但这种差别也许又较为微妙。雍正六年（1728），厉鹗在给杭世骏写的《松吹书屋记》中写及："方今开延阁，拓石渠，以来文学士，董浦起而献《圣主贤臣》之颂，歌《中和乐职》之诗，锵洋铿鎗，声满宇宙。若夫磵壑之材，凄疏之响，此特山泽臞者借以自娱，

---

① 全祖望撰，朱铸禹注：《全祖望集汇校集注》，第364页。

而何足以留堇浦?"① 雍正十二年（1734），对不愿应辟的厉鹗，全祖望来书相劝，言"科名之得当与否，自是吾身外之事，唯是东西南北，不能不奔走于路，以谋高堂旦夕之养，可谓长喟者也……乃闻樊榭有不欲应辟之意，愚窃以为不然"② 云云。其间心态、立场值得深入推敲之处还很多。遗民本来即不必世袭，而"盗泉不暇择，渴来饮一斗"③ 之观点在当时亦颇流行，古人纵有如此人生态度，亦不足怪。

张仲谋对厉鹗的心态与诗风已经有相当精辟的论断，其主要观点谓：

> 此种举动，与王子猷夜雪访戴颇为相似，然而魏晋风流至清代已难得再现……他所景仰的人物，大都是隐逸之士……厌弃人世与向往自然，这两者是相反相成的。④

张仲谋在论述金农的诗风与心态时，特别标举出浙派诗与扬州八怪的呼应联系也是极有见地之论。其大略谓浙派诗与扬州八怪画派在时间上大致同步，均为康熙末年至乾隆前期，而活动的文化空间（扬州、杭州一带）、社会层次（布衣或卑官）也大致相近，而表现的文化精神则是与主流朝堂异端的审美情趣。⑤

较浙派稍晚的"性灵"一派文人亦往往如此，多张扬个人才性，而与世俗相违。袁枚的人品行迹向来颇多争议，当时即有人认为袁枚依托权门而为"走狗"⑥。《随园诗话》中"权门之草木"一则似

---

① 厉鹗：《樊榭山房集》，上海古籍出版社2012年标点本，第776页。
② 全祖望撰，朱铸禹注：《全祖望集汇校集注》，第1749页。
③ 赵翼：《赴天津》，载赵翼：《赵翼全集 四》，第14页。
④ 张仲谋：《清代文化与浙派诗》，第225—228页。
⑤ 张仲谋：《清代文化与浙派诗》，第302—306页。
⑥ 伍拉纳之子《批本随园诗话》卷十一曾说"郑板桥、赵松雪斥子才为'斯文走狗'，作记骂之，不谬也。"此语显不可信，如"赵松雪"应是"赵云松（翼）"之讹，板桥集中亦不见有此"记"。且就郑板桥、赵翼对袁枚的评价来看，似亦不至于此。参见王英志《袁枚评传》，南京大学出版社2002年版，第190页。

乎可作为袁枚晚年的自道①,事实上袁枚本身的依托权门也有不得已处,如郑幸在《袁枚年谱新编》中就对此有着"同情之理解"——"没有经济的独立,就会削弱思想与精神的独立;没有当权者的庇护与声援,袁枚亦无力独自抵挡各方压力。乾隆三十四年(1769)刘墉事、乾隆五十二年(1787)闵鹗元事,均可略见一斑"②。

若就袁枚早年生涯来看,其与权力的疏离就更为明显,仕途蹭蹬某种程度上可谓"自取"。袁枚七八岁时就"学作振奇人"③,"少时气盛跳荡,为吾乡名宿所排"④。及乾隆元年举鸿博进京,仍得意气盛,而以"奇"为当时人所称。此"奇",至少有"奇人"⑤"奇才"⑥ 两层面,可见其性情与才情实为一贯。袁枚少年时已对举业时文不以为然⑦,在京时考试态度不严肃⑧,中进士后亦习清书翻译不工,导致外放。其地方官虽有政声,但本人却"以为不足道,后

---

① 此处之"草木"乃供权门赏玩之清客,与"依草附木"之辈(实际上是"权门之鹰犬")并非同类。
② 郑幸:《袁枚年谱新编》,前言第14页。
③ 袁枚:《小仓山房尺牍》,第31页。
④ 袁枚:《随园诗话》,第216页。郑幸认为可能与"其时杭州名士,多出府学教授苏滋恢门下,惟子才未附之"有关。郑幸:《袁枚年谱新编》,第37页。但就袁枚此后举动来看,"气盛跳荡"也并非虚言。
⑤ 周大枢赠袁枚诗有"袁郎二十胆如斗"之句。《袁枚年谱新编》,第77页。
⑥ 胡天游初见袁枚时,曾称"美才多,奇才少,子奇才也"。(袁枚:《胡稚威哀词》,《小仓山房诗文集》,上海古籍出版社1988年标点本,第1441页)《随园诗话》卷七言"吾于稚威,则师事之"(袁枚:《随园诗话》,第114页),或亦服膺胡天游为"奇才"欤?
⑦ 袁枚:《与俌之秀才第二书》,载氏著《小仓山房诗文集》,第1860页。
⑧ 乾隆元年(1736)九月试博学鸿词时,袁枚"得意疾书,吟声彻大内,卫士呵之不止。"(郑幸:《袁枚年谱新编》,第62页)乾隆四年朝考又"语涉不庄,几遭驳放"。《小仓山房诗集》卷五题:"《前诗书纸犹未终忆己未廷试诗题因风想玉珂枚赋得云声疑来禁苑人似隔天河大司马甘公嫌语涉不庄几遭驳放公力争良久始得入选追念微名所自余感迭增续书一首》"袁枚:《小仓山房诗文集》,第100页。此事又见袁枚:《随园诗话》,第3页。

绝不欲人述其吏治云"①。严迪昌已特别指出其性格中"不耐"② 的一面,而就袁枚对诗文创作的严肃来看,"不耐"与"疏离"实为同一事。尽管袁枚亦因外放与仕途不顺而深感沮丧消沉,但就总体来看,"在其后一些重要的人生节点上,袁枚均表现出对自己人生道路非凡的把握能力,以及与之相应的执行能力"③,这似乎可以证明其人生选择与外在境遇的关系。除袁枚外,前文所述及的厉鹗、金农等虽也曾有应试、入京、游幕之举,但大致应该说是介于用世与避世之间,而且用世一面主要与个人生计关系紧密,其思想则显然更偏向于有意识地避世山林一路。

即这一批知识人所表现的离心主要是文化和精神气质上的,而非政治上的。④ 不过,由于这种气质往往与奇、怪、傲相联系,与世俗迥异,而多为"老成人"所不满,他们的政治仕途与经济生活亦多不顺遂,也就是理所当然之事了。与袁枚的"绝不欲人述其吏治"不同,乾嘉时期尚有不少士人,实欲成就一番事业,却深陷生活困境,故往往有悲凉感喟之调。

其中尤明显者即诗、文、书、画兼擅的郑燮,虽然以狂、怪出名,但究其思想底色仍是传统政教,充盈一种用世的社稷责任感。如其在《后刻诗序》中言:"古人以文章经世,吾辈所为,风月花酒而已。逐光景,慕颜色,嗟困穷,伤老大,虽刳形去皮,搜精抉髓,不过一骚坛词客尔,何与于社稷生民之计,《三百篇》之旨哉!"⑤《板桥后序》言:"叹老嗟卑,是一身一家之事;忧国忧民,

---

① 郑幸:《传略》引姚鼐《袁随园君墓志铭并序》,《袁枚年谱新编》,第3页。姚鼐:《惜抱轩诗文集》,第201—203页。按照袁枚的夫子自道,这是一种"君子素其位而行"的方式。袁枚:《随园诗话》,第111页。

② 严迪昌:《清诗史》,第662页。

③ 郑幸:《前言》,《袁枚年谱新编》,第8页。郑幸还特别注意到了袁枚在乾隆三年(1738)为中举而暂时放弃诗古文而专力时文的选择。

④ 尽管其中当然与外在生活的不顺遂有若干牵涉之处,但这主要是因为其个性本身如此,故导致了生活的不顺,而非生活不顺后转而发出变音。

⑤ 郑燮:《郑板桥全集》,凤凰出版社2012年标点本,第269页。

是天地万物之事。虽圣帝明王在上，无所可忧，而往古来今，何一不在胸次？叹老嗟卑，迷花顾曲，偶一寓意可耳，何谆谆也！"① 而郑燮诗中之名篇若《私刑恶》、名句若"衙斋卧听萧萧竹，疑是民间疾苦声"② 等，均可见其对民瘼之关怀，更为人所熟知，不必详说了。

值得复提一句的是，板桥《题屈翁山诗札石涛石溪八大山人山水小幅并白丁墨兰共一卷》③ 诗虽然同情屈大均，然官方禁屈大均诗文乃在乾隆三十九年（1774），其时并非严格意义的文网忌讳——雍正八年（1730）的文字狱，广东巡抚傅泰上奏要求禁毁，雍正帝却朱批为"糊涂繁渎不明人事之至"④。

又如郑燮《咏史》其二云：

天位由来自有真，不须铲削旧松筠。汉家子弟幽囚在，王莽犹非极恶人。⑤

此诗似可与大致同时之《历览三首》⑥ 合观，可能是不满于文字狱所作。郑板桥思想的复杂性在于，他纵然同情于遗民，却更认为"天位由来自有真"，则本质上仍是认同清朝统治。如其《板桥自叙》："吾文若传，便是清诗清文；若不传，将并不能为清诗清文也。何必侈言前古哉！"⑦ 明确自称是清人了。因此，这种意见显然应理解为对政治压抑个性的批评，而非民族潜流。乾嘉时期多数文

---

① 郑燮：《郑板桥全集》，第 301 页。
② 郑燮：《郑板桥全集》，第 338 页。
③ 郑燮：《郑板桥全集》，第 101 页。
④ 《清代文字狱档（增订本）》，第 130 页。按，前文已经提及，康、雍两朝多罪人而未必均禁书，至乾隆朝才以禁书为惯技。袁枚还提到一个例证，康熙帝批评了噶礼对陈鹏年的罗织。袁枚：《随园诗话》，第 62 页。
⑤ 郑燮：《郑板桥全集》，第 80 页。
⑥ 郑燮：《郑板桥全集》，第 79 页。
⑦ 郑燮：《郑板桥全集》，第 293 页。

人，乃至受文字狱所迫害者的吟咏、议论，均应作如是观，严格意义的反清怀明思想实际颇为有限。只是这种借题发挥的文字不被清廷所容许，故往往加以特别之罪。

郑板桥"好谩骂"的个性，已为世所周知。但其思想观念之底色实归于政教，故内行醇谨，温柔敦厚。又因其能卖画为生，生活也尚能维系。唯值得另外一提的是，郑燮之诗文，观点上固然较"政教"，但其精神则是一种民间豪杰的激愤，故其词虽可被认为属"阳羡变调"，但集中《沁园春·恨》等篇目极叫嚣粗放之能事①，实际上与《湖海楼词》之差距颇大。

更明显的例证则是那些科举不利，长年困于场屋，又家庭经济困窘，不得不以四处游幕为生的士人。如汪中与郑燮就颇相似——孙星衍《汪中传》评价他"人愈嫉之，以为中善骂人……中深自敛抑……凡所为文，皆有益经术，维持世道……非狂士也。方中困厄时，俗人揶揄之，因愈激烈骂坐"②。其家庭较困窘，但"能鉴别彝器书画，得之售数十百倍，家渐丰裕"③。汪中的这种"狂"，与明代唐寅（1470—1524）、徐渭（1521—1593）也有相异处，而是一种"其狂乃其伪"④，甚至"苟遇出己上，俯首每至地"⑤。这种"狂"，并非目空无物，乃类似于杭世骏——"先生性简傲通脱，不事修饰；虽同辈时或遭其睥睨。然自谓：'吾经学不如吴东壁，史学

---

① 杨耀翔兄指出，郑燮的文学创作不仅好以传奇入世，且有一种"朴刀杆棒"史观，很可能受到《水浒传》《三国演义》等通俗小说气质的影响，代表了雅俗文学的互渗。笔者认为这一思路甚有价值，黄景仁《金缕曲·观剧时演林冲夜奔》的"雪夜窜身荆棘里，谁问头颅豹子"（黄景仁：《两当轩集》，上海古籍出版社2015年标点本，第431页）等语，也有类似特点但气势稍逊，或因黄景仁作品更为雅驯之故。

② 汪中撰，李金松校注：《述学校笺》，第900—902页。

③ 汪中撰，李金松校注：《述学校笺》，第901页。江藩《国朝汉学师承记》则言"君一生坎坷不遇。至晚年，有龃使全德耳其名，延君鉴别书画，为君谋生计，藉此稍能自给"。江藩撰，漆永祥笺释：《汉学师承记笺释》，第725页。

④ "伪"，或可理解为《荀子》中"化性起伪"之意。此乃郭麐形容奚冈（铁生）之言。

⑤ 郭麐：《郭麐诗集》，第467页。

不如全榭山，诗学不如厉樊榭。'则又谦退如此。"① 就其学养来看，有此"狂"态，实际上是一种比较客观的自我认知。

尚小明在系统考察清代学人游幕后指出："康熙中期至嘉庆末期的一百余年间，超过三分之一具有一定地位和影响的学人有过游幕经历"②，而且认为相当一部分游幕心态乃是"清朝统治巩固之后失意士人追求个人成就却又难酬意愿的痛苦心情"③。游幕群体中有一部分是欲遨游公卿，致身宦显或唱酬风雅，本身生存不成问题，有些甚至只参与文酒之会和学术讨论，精神层面的意义乃占据主要位置。但也有部分文人乃是生计所迫，不得不四处游幕、受聘，而且其中不乏学有独诣的名家。这一类的不遇虽同为"变音"，但却难以全部归咎于"盛世"。只是，在"盛世"中大量出现此类才子型作家，是一个值得注意的问题。④ 而同为"东南天才而客死山西"者，黄景仁⑤（1749—1783）之潦倒则更甚于胡天游。黄景仁四岁而孤，家境贫寒，应试屡屡不第，二十六岁入京谋职时"气喘喘然，有若不能举起躯"⑥ 者，身体状况已极差，在京期间又为债家所逼，不得已离京西行，死于途中，可谓典型的因贫寒致死的名诗人。又如蒋士铨的早年作品，亦往往感慨身世，其《贺新郎·廿八岁初度日感怀时客青州》第二首有"十载中钩吞不下，趁波涛、忍住喉间哽"⑦ 的辛辣之言，和"黑甜中、痴人恋梦，达人求醒"的萧瑟之

---

① 支伟成：《清代朴学大师列传》，上海人民出版社2014年版，第406页。
② 尚小明：《学人游幕与清代学术（增订本）》，第39页。
③ 尚小明：《学人游幕与清代学术（增订本）》，第36页。
④ 今人张宏杰有通俗著作，题名为《饥饿的盛世：乾隆时代的得与失》（重庆出版集团2016年版），从另一侧面揭示出"盛世"的另面。
⑤ 黄景仁（1749—1783），字汉镛，一字仲则，江苏武进人，乾隆四十年授武英殿书签官。早岁与洪亮吉齐名，后入京师都门诗社，诗名大震。著有《两当轩集》二十卷等。
⑥ 黄景仁：《自叙》，《两当轩集》，上海古籍出版社2015年标点本，第1页。
⑦ 蒋士铨撰，邵海清校，李梦生笺：《忠雅堂集校笺》，上海古籍出版社2012年标点本，第1831页。

咏，可见其对"溺腥膻"者的洞悉、鄙弃，与夫身处时代浪潮中的无可奈何之感。

　　黄景仁与朱筠、毕沅、王昶、翁方纲等名宦大僚均有交往，诗风、诗趣虽不同，但其才情深得这些名宦赏识，亦间受经济上的资助。黄景仁困于场屋终生不遇，非如胡天游之遭忌，而更多在于个人仅重吟咏，而不务治生。且其于考据之学无心得，也就不能如胡天游一样以修书为生。邵齐焘《劝学一首赠黄生汉镛》（时黄景仁"行年十九"）已有"家贫士之常，学贫古所虑"①之建言，并建议其保重身体，优游自得，勿刻意立异。而其除苦于吟咏外，且从诗中题材来看，亦流连游冶，且耽于酒。王昶《哭黄仲则六十六韵》言其"颇为狭斜游"②、毕沅称其"卒以不自检束，憔悴支离，沦于丞倅"③，似乎黄景仁逞才放荡以发泄幽愤，"盖非其本怀也"④。这在当时自属常见事（参本书第五章"晚明的潜流"），但客观上也必加重其生活负担。而且，乾隆中后期游幕虽多有文酒之会以为风雅娱乐，但修书校雠实为更重要的幕中文事，乃可以赢得官方资助的"实学"。黄景仁于学术方面造诣似有限，且于此道多有微词，这也是其人生不遇原因之一。如《题翁覃溪所藏宋椠施注苏诗原本》云"诗外有史史可增，何必虫鱼斗笺诂"⑤，即可见其对考据的态度。⑥

　　严迪昌对黄景仁有相当独到的评价，略云："他面对的乃是一个是非不分、人情险恶、行尸走肉、逆施倒行的世道"⑦ "不能不说是一种对世网严密、文网惨酷的'盛世'的游离之性、叛逆之性、抗

---

① 黄景仁：《两当轩集》，第640页。
② 黄景仁：《两当轩集》，第647页。
③ 黄景仁：《两当轩集》，第593页。
④ 黄景仁：《两当轩集》，第592页。
⑤ 黄景仁：《两当轩集》，第355页。
⑥ 而且，即使是以文人身份治生，古文辞章（可作序、写碑版文等）也比诗咏更加重要，黄景仁的诗才或无所措其手足。
⑦ 严迪昌：《清诗史》，第862页。

争之性"①。如从本节"盛世变音"的角度来看，严氏的论述确对黄景仁有独到体认，然描述程度未免过于夸张——黄景仁的不遇，似乎主要是缺乏摆脱贫困生涯的能力，而与政治或名宦关系较浅。且，黄景仁对世道的见解也未见得有多深刻。仅因翁方纲、王昶等人未能在诗学上与《两当轩诗》同趣，而忽视他们对黄景仁的赏识与帮助，也是颇不公平的。

其三，则是切实在个人生活中感受到政治的冲击，故而在文学创作中发出变音。如果说上一种变音是更"形而上"的，那么这一种变音则较为"形而下"，而且证明"盛世"环境同样对文士不那么友好。

如前文所提到的杭世骏，坊间所传逸事中虽谓其并未屈服，其诗亦往往有隐微不满之感。龚自珍称为"语汗漫而瑰丽，画萧寥而粗辣，诗平淡而屈强"②，严迪昌也指出其在"内满外汉"受挫之后，诗风剧转为"气猛才豪"③。考其生平，杭世骏罢官后、特别是其主讲广东粤秀书院（1752—1754）间，所作之《岭南》诸集，自评"乃杜甫夔州以后诗也"④。其时杭世骏有《题陈元孝遗像》五律四首，但未收入集而入《集外诗》，疑有避祸之意。袁枚《随园诗话》卷十四云：

> 堇浦先生诗，以《岭南集》为生平极盛之作。《题陈元孝遗像》云："南村晋处士，汐社宋遗民。湖海归来客，乾坤定后身。竹堂吟莫雨，山鬼哭萧晨。莫向厓门去，霜风正扑人。""秋井苔花渍，荒庐蜃气蒸。飞潜两难问，忧患况相仍。挂策非关老，裁衣祇学僧。凄凉怀古意，岂是屈梁能。""巢覆仍完卵，

---

① 严迪昌：《清诗史》，第864页。
② 龚自珍：《龚自珍全集》，第161—162页。
③ 严迪昌：《清诗史》，第797页。
④ 钱林《文献征存录》卷五，转引自陈琬婷《杭世骏年谱》，硕士学位论文，台北中山大学，2007年，第193—194页。

皇天本至公。《蓼莪》篇久废，薇蕨采应空。劫已归龙汉，家犹祭鬼雄。等身遗著在，泉下告而翁。""袁粲能无传，嵇康亦有儿。古人谁汝匹，信史岂吾欺。寂寞徒看画，苍凉祗益诗。怀贤兼论世，凄绝卷还时。"此种诗悲凉雄壮，恐又非樊榭、宝意所能矣。①

陈元孝即岭南遗民诗人陈恭尹（1631—1700），曾与郑成功、张煌言等共谋起兵反清。杭世骏之歌咏，其意味深长，自不待多言矣。

又如前提及游幕士人中的胡天游。朱仕琇（1715—1780）为胡天游（1696—1758）所撰的《传》云：

> 方天游者，本姓胡，一名骙，字稚威，浙江山阴人也。少好奇任气，有异才，于书无所不窥。今上即位，诏天下举博学鸿词，天游以乡副首来应诏，主举主任尚书兰枝家。时四方文士云集，每稠人广座，天游辄出数千言，落纸如飞，文成奥博，见者嗟服。一日，赫然名振京师。同举者皆得显官，而天游以病不能试罢。天游于文，工四六偶俪，得唐燕、许二公之遗。诗亦雄健有气。其古文自言学韩愈，涩险处时似唐刘蜕，元元明善，非其至也。然自喜特甚。时桐城方苞为古文，有重名，天游力诋之。前人如王士禛、朱彝尊诗文，遍摘其疵疵，无完者。士大夫皆重其才，而忌其口。
>
> 《一统志》成，当进御，鄂、张二相国属表于齐检讨召南，检讨因推天游。鄂相国惊叹其文，为具饮欲招之。检讨曰："天游奇士，岂可招耶？"卒不至。其任气不肯轻下如是。湖北万御史年茂，目为江浙一人。
>
> 天游居京师十余年，名日以盛，忌日以深。岁辛未，举经明行修，卒为忌者中伤而罢。盖天游负才名三十余年，两举乡

---

① 袁枚：《随园诗话》，第 256 页。

贡，皆抑为副。再膺特荐而不遇，而天游亦已老矣。尝与田侍郎懋有旧，田家居山西，因往依之。以乾隆二十三年正月十二日病卒于蒲州，年六十三。子元琢，举乾隆庚午顺天乡试。兄骥，亦奇士，遇余京师，以余知天游，丐为传，因书此归之。

赞曰：天游气刚好奇，似唐员半千；自高其才，似萧颖士。尝自比管、乐，诋诃诗文。摘人所行阙失，不避卿相。其沦落不遇，非尽由数之奇也。然使天游穷而易所守，岂足以见天游耶？①

又如袁枚《胡稚威哀词》言：

赁长安半椽自居，四方求文者辇金币踵门。而稚威性豪，歌呼宴客，所获立尽。诸公卿争欲致门下，每试，为梯媒者麇至，稚威无言，入场则尽弃之。策文至二千言，论或数十字，与常式格格不合。登甲科，屡改乙科，稚威凡三中乙科。乾隆十六年，再荐经学，有一品官忌之，为蜚语闻。上御正殿，问："今年经学中胡天游何如？"众未对。大学士史公贻直奏："胡天游宿学有名。"上曰："得毋奔竞否？"史免冠摇首曰："以臣所闻，太刚，太自爱。"上默然。自后荐举，无敢复言稚威者。②

由此观之，胡天游之不遇，主要由于蔑视当代名公，故为士大夫所忌，郁勃愤怒乃是其创作与批评的共同倾向。更具体地说，即"然使天游穷而易所守，岂足以见天游耶？"胡天游的不遇一定程度上正是刻意自取的结果，他本人亦自评"至所为文章，颇自喜怪异

---

① 胡天游：《石笥山房集》卷首，《清代诗文集汇编》第279册，第8页。
② 袁枚：《小仓山房诗文集》，第1441页。

横崛,殊不能与时同趋,以是度当为世所憎笑,益不愿炫竞于时。"① 胡天游依故人田懋（?—1769）而居②,"临死修志太原",晚年以修志为主要生活来源,但几篇传状对其生活情境无明确描述,则似虽不遇,但因有承接学术工作之能,不至特别潦倒,较黄景仁等的境遇似乎还稍好。

如果将时代再下溯至嘉道之际,则龚自珍是更为明显而特殊的例子。就其生平而论,龚自珍少年即有逸才不驯乃至有"怪魁"之目,生活又甚放荡,故为士林所不容。道光十九年（1839）的"丁香花公案",相传龚自珍与顾太清有私情,兼之定庵当时因禁鸦片事开罪,乃不得不辞官离京,次年暴死于丹阳,死因似亦扑朔迷离。另外可顺带提及的是,嘉庆十四年（1809）龚自珍与王昙（1760—1817）订忘年交,而王昙也是一位典型的失意士人。龚自珍《王仲瞿墓表铭》言：

> 乾隆末,左都御史某公,与大学士和珅有连,然非闇于机者,窥和珅且败,不能决然舍去,不得已,乃托于骏慎。川、楚匪起;疏军事,则荐其门生王昙能作掌中雷,落万夫胆。自珅之诛也,新政肃然,比珅者皆诏狱缘坐。某公既先以言事骏避官,保躬林泉,而王君从此不齿于士列。……君既以此获不白名,中朝士大夫,颇致毒君。礼部试,同考官揣某卷似浙王某,必不荐;考官揣某卷似浙王某,必不中式;大挑虽二等不获上。君亦自问已矣,乃益放纵。每会谈,大声叫呼,如百千鬼神,奇禽怪兽,挟风雨、水火、雷电而下上,座客逡巡引去,其一二留者,伪隐几,君犹手足舞不止。……其为人也,幽如闭如,寒夜屏人语,絮絮如老妪,匪但平易近人而已。其一切

---

① 胡天游：《石笥山房集》,第 140 页。
② 值得注意的是,田懋以敢言闻名,又以性情浮躁,旧习不改被解职,与胡天游的性格盖有近似处。

奇怪不可迩之状，皆贫病怨恨，不得已诈而遁焉者也。①

则王昙为其座主所误，乃以佯狂而终，其好奇游侠之兴趣，及《落花》三首之气象，盖对龚自珍有所影响。王芑孙在《复龚璱人书》中特别说道，"海内高谈之士，如仲瞿、子居，皆颠沛以死。仆素卑近，未至如仲瞿、子居之惊世骇俗，已不为一世所取，坐老荒江老屋中"，或就龚氏日常亲近敬服之士为反面教材劝诫龚自珍，至有"乡愿犹足以自存，怪魁将何以自处"②语。可见，举凡有才情、个性而又卓荦杰出之士，必遭致天下之嫉恨，以至于命运多舛。在嘉道时期，龚自珍所感慨的乃是"乾隆朝士不相识，无故飞扬入梦多"③，这大概是"少时所交多老苍"④的"误导"：肯与青年龚自珍结为忘年之交的，必是与他同类之人。如果龚自珍生丁乾隆之世，或许并不会有更好的感受，比如他《百字令》里亦有"无奈苍狗看云，红羊数劫，惘惘休提起"⑤之言。红羊劫数，当然是孑杰之士所不能承受之重。可见，褒奖乾隆朝，应该只是定庵一种借古讽今，以追忆那些怪魁老辈的表述方式，并非历史事实，也不能简单等同于龚自珍的历史观念。

而龚自珍对世道的看法，以《乙丙之际箸议第九》的说法最有代表性，也最具深度，其言云：

衰世者，文类治世，名类治世，声音笑貌类治世。黑白杂而五色可废也，似治世之太素；宫羽淆而五声可铄也，似治世之希声；道路荒而畔岸臲也，似治世之荡荡便便；人心混混而

---

① 龚自珍：《龚自珍全集》，第145—146页。
② 王芑孙：《复龚璱人书》，载孙文光、王世芸编《龚自珍研究资料集》，黄山书社1984年版，第7页。
③ 龚自珍：《龚自珍全集》，第453页。
④ 龚自珍：《龚自珍全集》，第520页。
⑤ 龚自珍：《龚自珍全集》，第564页。

无口过也,似治世之不议。左无才相,右无才史,阃无才将,庠序无才士,陇无才民,廛无才工,衢无才商,抑巷无才偷,市无才驵,薮泽无才盗,则非但鲜君子也,抑小人甚鲜。当彼其世也,而才士与才民出,则百不才督之缚之,以至于戮之。戮之非刀、非锯、非水火;文亦戮之,名亦戮之,声音笑貌亦戮之。戮之权不告于君,不告于大夫,不宣于司市,君大夫亦不任受。其法亦不及要领,徒戮其心,戮其能忧心、能愤心、能思虑心、能作为心、能有廉耻心、能无渣滓心。又非一日而戮之,乃以渐,或三岁而戮之,十年而戮之,百年而戮之。才者自度将见戮,则蚤夜号以求治,求治而不得,悖悍者则蚤夜号以求乱。夫悖且悍,且睊然睊然以思世之一便己,才不可问矣,乡之伦鬠有辞矣。然而起视其世,乱亦竟不远矣。①

这段话对衰世"平庸之恶"的讨论,盖从亲身体验中来,是很值得细致玩味的。值得注意的是,乙丙之际(1815—1816)的龚定庵也不过只有二十五岁。

感受到政治压抑者并非只有汉人。这种心态在旗人作家中也相当常见,最明显者则是《红楼梦》中的"碍语"②。弘昉批永忠《因墨香得观〈红楼梦〉小说,吊雪芹三绝句(姓曹)》一诗云:"第《红楼梦》非传世小说……恐其中有碍语也。"③ 此言"恐其中有碍语",盖已预知其中有"碍语",今人亦基本认同《红楼梦》因影射政治、现实,故多违碍之处。唯一的争议点在于"碍语"的范围、比例和批判力度究竟多大。周汝昌《红楼梦新证》认为,雍正帝以汉文帝自比,斥责贾谊及李商隐"可怜夜半虚前席"诗为悖谬,而

---

① 龚自珍:《龚自珍全集》,第6—7页。
② 尽管《红楼梦》的作者至今仍有争议,但就现有证据来看,《红楼梦》的作者曹雪芹为曹寅的后代,并且因曹家败落而终生困顿,故撰小说时常常有意发泄不平之鸣,这是较为可信的。
③ 永忠:《延芬室集》,上海古籍出版社1990年影印本,第778页。

《红楼梦》中却表现出对李商隐诗的喜爱，及《芙蓉诔》中恰有"闺帷恨比长沙"等语。如此则当然系具有讽刺性的"碍语"①。陈洪师在《〈红楼梦〉"木石"考论》②中进一步认为"木石"即为小说中的"碍语"。理由是："木石"一词是《世宗宪皇帝朱批谕旨》的热门词汇，而这部《朱批谕旨》不仅在当时影响甚大，而且与曹家有直接关系。故曹雪芹在小说中"偏说木石"，既具有描绘爱情、追求天真的象征义，同时也可能含有直接与雍正帝表示反调的意味。黄一农则用索隐方式，认为"蒙头甕"（暗示除去"雍"正皇帝）、贾敬"宾天"（暗示雍正帝服丹药而死）等词暗示对雍正帝的攻击，且有意在雍正帝的忌日写大观园举行集会。③尽管这些推论尚缺乏直接证据，但就《红楼梦》文本暗示与脂批来看，小说中"亦非伤时骂世之旨""毫不干涉时世"（第一回语）显然是反话，故批者反复称为"要紧句"（甲戌本侧批）④，可见对"碍语"的"索隐"确在相当程度上具有合理性。

复就《红楼梦》小说来看，其中显然充盈着浓郁的悲剧意识，而这种悲剧意识既有形而上的心灵幻灭感，也有形而下的对个人、家族命运的感伤，且后者至少在相当程度上是前者的催化剂。——另外，不得不说的是，用白话小说这一文体进行创作，无疑是自外于诗文传统的疏离行为，除《红楼梦》外，乾嘉时期至少还有《儒

---

① 周汝昌：《红楼梦新证（增订本）》，中华书局2016年版，第543—544页。
② 陈洪：《〈红楼梦〉"木石"考论》，《文学与文化》2016年第3期。
③ 黄一农：《索隐文学与〈红楼梦〉中之碍语》，《中国文化》第四十八期。但黄一农的部分索隐如"十二支寓""四字误人"有明显疏漏，笔者有文批驳。对具体观点的讨论，参张昊苏《"十二支寓"说驳论》《说"四字误人"》，载孙勇进、张昊苏《文学·文献·方法——红学路径及其他》，知识产权出版社2020年版，第370—385页。黄一农对"宾天"之误读，可参见欧丽娟《大观红楼1：欧丽娟讲红楼梦》，北京大学出版社2017年版，第123—124页。对各家方法的辨析，参见张昊苏《经学·红学·学术范式：百年红学的经学化倾向及其学术史意义》，《文学与文化》2018年第2期。
④ 曹雪芹著，脂砚斋评，吴铭恩汇校：《红楼梦脂评汇校本》，清华大学出版社2020年版，第7页。

林外史》《绿野仙踪》《野叟曝言》这几部小说均含此意。尽管使用的是较"俗"的白话语体,但就其审美旨趣、思想观念等来看,则均有极"雅"的趣味。"雅"意之一,便是传统士人对社会的关怀,及以此生发的悲剧意识。

《红楼梦》在相当长的时间内系以抄本形式,在曹雪芹交际的旗人小圈子中流传,社会难以获观。程高本梓行以前,社会上对曹雪芹生平的了解甚浅,流传抄本的内容是否准确也甚可怀疑①。不过,脂砚斋批语及裕瑞《枣窗闲笔》等书,反复暗示了《红楼梦》与曹家"本事"、清初政治的相关性,这些"今典"很可能系小圈子内部流传者。这在《红楼梦》早期旗人读者的相关称引中可以得到证实。弘旿(1743—1811)、永忠(1735—1793)及与曹雪芹有交情的敦敏(1729—1796)、敦诚(1734—1792)兄弟等,可能均感受得到曹雪芹小说中的"碍语"及其深层心态,而这些人则归属于严迪昌特别重视的"篱外寒花"②宗室诗群。严迪昌评价这类诗人"屡经风波,心头已创伤累累,愤懑情与苦涩味只能深深咽进肚里,他们的心态较之前一系列尤为郁郁寡欢,逃禅问玄也每难以消解积郁"③。对这些旗人作家的诗酒生涯,周汝昌也有类似的深入观察:"乾隆最恶满人沾染汉习……敢以此自鸣自高者,必遭罪谴……敦诚独谓雪芹'诗胆如铁',其情可以想见矣。"④

其四,则是亲闻亲见盛世中的民瘼,或对当时制度有明确的批评意见,于是发出悲叹感喟之声。古典"盛世"本身是不能杜绝天灾人祸的,作家加以记录、感慨、讽谏、抨击亦自是题中应有之义。

---

① 比如,曹雪芹究竟系曹寅之子或曹寅之孙、《红楼梦》是否纳兰家事、大观园与随园有无关系,皆是读者所关心的对象,但观点确多粗率。当时流行的八十回、一百二十回抄本只是"微有异同",今存后四十回究竟是来自曹雪芹遗著残稿,还是另一位"无名氏续",凡此问题均有甚多争议。
② 严迪昌:《清诗史》,第774页。
③ 严迪昌:《清诗史》,第774页。
④ 周汝昌:《红楼梦新证(增订本)》,第600页。

乾嘉时期创作数量、存世作品皆极丰富，大量产生此类声音也不奇怪。本质上说，这种一般性的表述，并非特别新异的文化现象。

其实，前文所提及诸"变音"作家，均或多或少有相关创作、议论。生平不遇，而于民瘼特别关注，并批评政治、社会，实乃常态。然其中多为一般性质的同情、共情，对实际问题能够提出深刻见解者不多。郑燮可以看作是乾隆早期的代表人物，其诗前已提及不少，兹不重复。

与之大致同时的吴敬梓及其《儒林外史》亦是与之相呼应的重要环节。吴敬梓中年移家南京，晚年卒于扬州，其小说《儒林外史》的主要创作时间也在乾隆朝的前二十年。相对来说，影响吴敬梓心态的人生遭遇同样形而下的，但其思想成熟之后的盛世变音则是形而上的。

吴敬梓于雍正十一年（1733）移家南京而作《移家赋》。吴氏移家的主要原因是挥霍货财与家族失和，遭乡里父老鄙弃。移家之初穷愁潦倒，故颇有意于自荐，《移家赋》等或即由此而作[①]。而吴敬梓参加乾隆元年（1736）之博学鸿词科亦为此意，他称颂当时为"升平运""明圣代"，态度与前述浙派诗人之离心又有异。但从另一方面看，吴敬梓素以"侯门未曳裾"[②]自喜，博学鸿词因病未能参加后虽不免自伤，但随后即着力营造装病"却聘人"[③]的形象，证明其中年后思想之转变，且这一倾向贯彻于《儒林外史》中对杜少卿的描写中，将杜少卿亦写成装病辞征辟者。

《儒林外史》生动描绘儒林的丑态，"刻画何工妍"，其底色则是"贯索犯文昌，一代文人有厄"[④]。而吴敬梓对士林现状的沉痛否

[①] 吴敬梓撰，李汉秋、项东升校注：《吴敬梓集系年校注》，中华书局 2011 年标点本，第 11 页。

[②] 吴敬梓撰，李汉秋、项东升校注：《吴敬梓集系年校注》，第 136 页。

[③] 吴敬梓撰，李汉秋、项东升校注：《吴敬梓集系年校注》，第 214 页。

[④] 吴敬梓撰，李汉秋辑校：《儒林外史汇校汇评》，上海古籍出版社 2012 年标点本，第 13 页。

定，显然同时也可理解为对所谓"盛世"的不满。小说第一回写王冕母亲临终吩咐王冕"不要出去做官，我死了口眼也闭"①，后文又写到"降下这一伙星君去维持文运"②，而三十四回末即言"朝廷有道，修大礼以尊贤；儒者爱身，与高官而不受"③，可为呼应，足见"维持文运"者，需与政治保持距离，而热衷于功名利禄者，则多为作者批判的对象。小说中痛贬者，则多为贪官酷吏及乡里劣绅，如写高要知县汤奉，严贡生口头奉承他"汤父母为人廉静慈祥，真乃一县之福"④，实际上则是"像汤父母这个作法，不过八千金；前任潘父母做的时候，实有万金。他还有些枝叶，还用著我们几个要紧的人"⑤。所谓廉洁者尚且如此，而严贡生实际为地方恶霸，其手段之卑劣则就更加可想而知了。

而对同流合污、趋附名利、受缚礼教者，吴敬梓虽仍以辛辣之笔法讽刺之，但仍多有宽恕、悲悯之意。如小说第四十八回"徽州府烈妇殉夫"，写秀才王玉辉鼓励女儿殉节，笔法极有张力，略引几段如下（加粗字是笔者所标）：

> 三姑娘道："爹妈也老了，我做媳妇的不能孝顺爹妈，反累爹妈，我心里不安，只是由着我到这条路上去罢。只是我死还有几天工夫，要求父亲到家替母亲说了，请母亲到这里来，我当面别一别，这是要紧的。"王玉辉道，"亲家，我仔细想来，我这小女要殉节的真切，倒也由着他行罢。自古'心去意难留'。"因向女儿道："我儿，你既如此，这是青史上留名的事，我难道反拦阻你？你竟是这样做罢。我今日就回家去，叫你母

---

① 吴敬梓撰，李汉秋辑校：《儒林外史汇校汇评》，第 11 页。
② 吴敬梓撰，李汉秋辑校：《儒林外史汇校汇评》，第 14 页。
③ 吴敬梓撰，李汉秋辑校：《儒林外史汇校汇评》，第 430 页。
④ 吴敬梓撰，李汉秋辑校：《儒林外史汇校汇评》，第 55 页。
⑤ 吴敬梓撰，李汉秋辑校：《儒林外史汇校汇评》，第 56 页。

亲来和你作别。"①

......

又过了三日，二更天气，几把火把，几个人来打门，报道："三姑娘饿了八日，在今日午时去世了！"老孺人听见，哭死了过去，灌醒回来，大哭不止。王玉辉走到床面前说道："你这老人家真正是个呆子！三女儿他而今已是成了仙了，你哭他怎的？他这死的好，只怕我将来不能像他这一个好题目死哩！"因仰天大笑道："死的好！死的好！"大笑着，走出房门去了。②

......

到了入祠那日，余大先生邀请知县，摆齐了执事，送烈女入祠。阖县绅衿，都穿着公服，步行了送。当日入祠安了位，知县祭，本学祭，余大先生祭，阖县乡绅祭，通学朋友祭，两家亲戚祭，两家本族祭，祭了一天，在明伦堂摆席。通学人要请了王先生来上坐，说他生这样好女儿，为伦纪生色。王玉辉到了此时，转觉心伤，辞了不肯来。众人在明伦堂吃了酒，散了。③

......

王玉辉老人家不能走旱路，上船从严州、西湖这一路走。一路看着水色山光，悲悼女儿，凄凄惶惶。④

细绎文理，作者的悲悯之意实大于批判之意。吴敬梓固然并不认同如此做法，但描述中已颇为王玉辉预留地步，同情之意溢于言表。此外如对周进、范进等人物的描写，也大抵可作如是观。而此书最值得注意者，则是五十五、五十六回收结之法。第五十五回以琴棋书画四客收结全书，似寓意儒门理想的终告失败，"维持文运"

---

① 吴敬梓撰，李汉秋辑校：《儒林外史汇校汇评》，第587页。
② 吴敬梓撰，李汉秋辑校：《儒林外史汇校汇评》，第588页。
③ 吴敬梓撰，李汉秋辑校：《儒林外史汇校汇评》，第588—589页。
④ 吴敬梓撰，李汉秋辑校：《儒林外史汇校汇评》，第589页。

之不可得。第五十六回"幽榜"所列人物,妍媸并录,及评价"其人虽庞杂不伦,其品亦瑕瑜不掩,然皆卓然有以自立"①,亦历来令读者感到费解,故学者亦多疑其为后人妄增。然这一判断并无文献依据,且就全书结构来看,"幽榜"盖效《水浒传》,又与"降下这一伙星君去维持文运"相前后呼应。而应该特别说明的是,"幽榜"乃是小说中帝王的表彰,而不尽同于作者个人的思想倾向,"幽榜"的设立同样具有张力:既表现出作者对官方制度戕害文运的反讽,同时亦表现出一种对现实无可奈何的承认——幽榜众人,固然多系小说讽刺的对象,然而这些人物仍然是天下文运之所系,正可看出"文运"的本质。②

《儒林外史》金和跋称"匡超人姓汪"③,后居然乃有误以为匡超人为汪中者。④ 按,汪中才高而好骂⑤,在当时树敌甚多,且因著文为《墨子》《荀子》翻案,特别是《墨子序》言墨学"所以救衰世之弊……而谓之无父,斯已枉矣"⑥"自墨者言之,则孔子,鲁之大夫也,而墨子,宋之大夫也,其位相垺,其年又相近,其操术不同,而立言务以求胜,此在诸子百家,莫不如是"⑦。这些见解深为卫道者(如翁方纲)所嫉。此外汪中《哀盐船赋》《狐父之盗颂》等,亦关心民瘼而笔法辛辣,允为集中名篇。其《吊黄祖文》的序则为黄祖杀祢衡鸣不平,盖有慨于斯时乃难遇黄祖之世,变音之意

---

① 吴敬梓撰,李汉秋辑校:《儒林外史汇校汇评》,第680页。
② 此处论述参考了李鹏飞《〈儒林外史〉第五十六回为吴敬梓所作新证》,《中国文化研究》2017年春之卷。
③ 吴敬梓撰,李汉秋辑校:《儒林外史汇校汇评》,第694页。叶楚炎指出匡超人的原型为汪思迥。叶楚炎:《匡超人本事考论》,《明清小说研究》2016年第3期。
④ 说详见蒋瑞藻《小说考证》所引《缺名笔记》,胡适《跋〈红楼梦考证〉》已言其非。胡适:《胡适红楼梦论述全编》,上海古籍出版社2013年版,第125页。
⑤ 张循对汪中骂人逸事进行了考证,发现骂人言行虽非全属虚构,但显然经过了传播者的私自加工。张循:《汪中善骂考》,《绵阳师范学院学报》2016年第1期。
⑥ 汪中撰,李金松校注:《述学校笺》,第230页。
⑦ 汪中撰,李金松校注:《述学校笺》,第230页。

显然。以"白刃相雠"为"人情所恒有",此亦"士为知己者死"之意欤?①

汪氏之文曰:

> 往寻祢生遗事,辄羡其荣遇。故北海忘年而下交,章陵跣足而请命。懿彼两贤,是云死友,固无得而称矣!若夫孟德威振天下,屈意于狂夫之言;刘表坐谈西伯,忍耻于细人之谮。旷世高举,异人同情,盖若有天相焉。即其遭命江夏,终陨国宝。后之君子,撼怀旧之想,悼生才之难,莫不扼腕斗筲,伤心五百。然观衡为黄祖作书,轻重疏密,各得体宜。祖持其手曰:"处士,此正得祖意,如祖腹中之欲言。"则犹有赏音之遇也。夫杯酒失意,白刃相雠,人情所恒有。至于临文激发,动色相容,解带写诚,欢苦亲戚,其冲怀远识,岂可望之今世士大夫哉?虽枉天年,竟获知己。嗟乎!祢生可以不恨。余束发依人,蹉跎自効。逮于长大,几更十主。何尝不赋鹦鹉于广筵,识丰碑于道左?而醉饱过差,同其狷狭;飞辨骋辞,未闻心赏。其于黄祖,盖犹得其恶而遗其善焉。古有三疾,今也则亡。论者不察,猥使祖于千载之下,独受恶名,斯事之不平者也。用述斯篇,诏来雪往。②

能够将国祚、民瘼、个人身世融为一体而又有深刻见解者,龚自珍亦不可忽略。龚自珍的主要著作多写作于道光年间,但嘉庆时期业已有诸多重要作品。本书"绪论"已指出在具体论述中当然不妨略微溢出时间断限,但考虑到已足说明问题,故仅列其嘉庆年间著作,以概其余。嘉庆二十一年(1816)写成的《乙丙之际箸议》

---

① 不过,江藩认为作意为"叹世人之不知,悼赋命之不偶……以写怀自伤,而俗子以为讥刺当世矣。"江藩撰,漆永祥笺释:《汉学师承记笺释》,第713页。本文采较宽泛的概念,认为"叹世人之不知"似乎亦可理解为"讥刺当世",故不取江说。

② 汪中撰,李金松校注:《述学校笺》,第442—443页。

乃是龚自珍重要的系列政论文章，其中已多透辟见解，特别是讨论人才、士气的重要性，尤有惊心动魄之言。从其诗来看，尽管嘉庆年间诗作不多，但其中有极重要者。如其嘉庆二十四年（1819）所作《行路易》，名声相对不彰，但笔挟风雷，冲决网罗，似可推为集中压卷之作。亦不妨作为本节之收束。全诗云：

> 东山猛虎不吃人，西山猛虎吃人，南山猛虎吃人，北山猛虎不食人。漫漫趋避何所已？玉帝不遣牖下死，一双瞳神射秋水。袖中芳草岂不香，手中玉麈岂不长。中妇岂不姝，座客岂不都。江大水深多江鱼，江边何哓哓。人不足，盱有余，夏父以来目矍矍。我欲食江鱼，江水涩咙喉，鱼骨亦不可以餐。冤屈复冤屈，果然龙蛇蟠我喉舌间，使我说天九难、说地九难，踉跄入中门。中门一步一荆棘，大药不疗膏肓顽。鼻涕一尺何其孱，臣请逝矣逝勿还。嘈嘈舟师，三五詈汝：汝以白昼放歌为可惜，而乃脂汝辖。汝以黄金散尽为复来，而乃鞭其腜。红玫瑰，青镜台，美人别汝光徘徊。腽腽膊膊，鸡鸣狗鸣。淅淅索索，风声雨声。浩浩荡荡，仙都玉京。蟠桃之花万丈明，淮南之犬彳亍行。臣岂不如武皇阶下东方生。
>
> 乱曰：三寸舌，一枝笔。万言书，万人敌。九天九渊少颜色。朝衣东市甘如饴，玉体须为美人惜。①

龚自珍的心境，还可见于这一年的"东海潮来月怒明"②"也无学术误苍生"③诸诗。等到他在京城遇见刘逢禄，就自然地"从君

---

① 龚自珍撰，刘逸生、周锡䪖校注：《龚自珍诗集编年校注》，上海古籍出版社2013年标点本，第25—26页。
② 龚自珍：《梦得东海潮来月怒明之句醒足成一诗》，载《龚自珍诗集编年校注》，第31页。
③ 龚自珍：《杂诗己卯自春徂夏在京师作得十有四首》其一，载《龚自珍诗集编年校注》，第35页。

烧尽虫鱼学"① 了。这似乎也可以目为嘉、道之际的一个重要转折事件。

最后还值得顺带一提的是,这些内容不仅见于"离心"作家集中,而亦往往是"主流"诗人所着力表现的内容。从客观来说,可以见出台阁文艺并非一直粉饰太平,"盛世"背面的阴影始终没有远离诗坛,且这也可以作为一手资料,成为理解"乾隆盛世"的一个重要侧面。本章第一节已提及沈德潜的民瘼吟咏,足以说明馆阁诗坛领袖的创作倾向,这里就不再细论。了解到这一侧面,就更易全面理解"盛世变音"何以大量出现了。

---

① 龚自珍:《杂诗己卯自春徂夏在京师作得十有四首》其一六,载《龚自珍诗集编年校注》,第 39 页。

第 四 章

朴学背景下的创作转向

本书的"绪论"已经提到,乾嘉考据学研究成果已相当丰富,即仅就本时期考据学与文学的互动关系来看,也有不少重要著作。① 这些研究已对考据学、文学的理论互动有详细的勾勒,欲在其基础上再出新见,难度甚大。但在笔者看来,或仍有若干角度值得发覆。

其一,学人与文人、考据与辞章的微妙关系,或许值得更深入地研判。两类人、两类观念,在哪些程度上直接碰撞,而又有哪些只是影响有限的"隔空喊话"?对于这些问题,除借助重要人物的著作研读之外,似乎还应该考虑到其著作的辐射范围和接受情况。

其二,对于这一时期文学创作中受到考据学影响的具体表现,还值得加以更详尽地描述。特别是,在学人、文人早已合流的文化大背景下,乾嘉考据学对文学创作产生的独特影响何在。

本章即尝试对这些问题作简要的勾勒,冀能更全面具体地认识,在乾嘉考据学背景下,文学创作、文学理论的特点。

---

① 代表研究有陈居渊:《清代朴学与中国文学》,百花洲文艺出版社2000年版。马积高:《清代学术思想的变迁与文学》,湖南出版社2002年版。刘奕:《乾嘉经学家文学思想研究》,上海古籍出版社2012年版。

第一节 "学人"与"文人"、"考据"与"辞章"之争

文学创作中，才情与学养的关系孰轻孰重，向来是永恒的争论话题。在相当长的时期中，学养似乎主要指作家的阅读量、词汇量等，其"学"仍然需辅助于"文"。但到乾嘉时期考据学逐渐兴起，并出现了专门的，甚至"职业化"的学者群体，这一情况乃与此前大有不同，即学人（或云经师）与文人已经有相当明显的分野。此时期的多数学者算不上严格意义的"文学家"，但学人的文学观念，及其对文人创作的影响，均是这一时期文学思想的重要组成部分。对此，艾尔曼《从理学到朴学：中华帝国晚期思想与社会变化面面观》[1]、蔡长林《从文士到经生：考据学风潮下的常州学派》、刘奕《乾嘉经学家文学思想研究》等著作均有论述。为行文方便，这里仅约略综合诸家观点，并据己见对上述概念加以定义。

"文人"一词起源甚早，而且用来泛指则更为常见，但如果作为一种具有区别性意义的典型描述，此前一般与"士人"相对文，这在宋人文集中体现得颇为明显，且影响甚大。比如，刘挚（1030—1098）认为"士当以器识为先，一号为文人，无足观矣"[2]，张耒（1054—1114）《韩愈论》也说："韩退之以为文人则有余，以为知道则不足"[3]。在这一大背景下，乃形成了"道学""儒林"与"文苑"之对文，这可以看作是"文人"与"学人"的早期离立。而以"文人"与"学人"（本节的"学人"，基本指考据学者）对文，乾

---

[1] 艾尔曼：《从理学到朴学：中华帝国晚期思想与社会变化面面观》，江苏人民出版社2012年版。

[2] 脱脱等：《宋史》，中华书局1977年标点本，第10858页。此语后经顾炎武《日知录》卷十九引用，在当时影响甚大。

[3] 张耒：《张耒集》，中华书局1990年标点本，第677页。

嘉以前似乎相对较少，然就明清的大趋势来说，文人、学人是逐渐兼为一体的，难以用一个身份概括其全部的文化活动。比如，就乾嘉两朝活跃的重要人物来说，浙派的厉鹗、全祖望、杭世骏；常州派的洪亮吉、孙星衍、张惠言等，显然均兼有文人、学人的双重身份。又比如沈德潜，虽然不以学问名世，但从其《国朝诗别裁集》的凡例中有"诗中有相沿误用者"[①] 一条，特意校正原诗习焉不察的误字，并附有原因，可见亦不可简单谓其无学。[②] 袁枚虽然以"性灵"诗学与朴学相抗，且其"空疏无学"经常被考据学家所讥讽，但其读书亦博览，诗文中亦经常有意表现个人之学养。观其与惠栋、孙星衍等讨论经学之书札，可见袁枚对自己经学水准的自信。凡此均可证明，文人、学人，两种身份，是为知识人所兼能的。[③] 这一时期足以载入文学史册的重要人物，也多致力于此——即使是黄景仁这样的例外人物，亦一度从事于考据学相关的工作。

不过，乾嘉时期的相对特异之处在于，考据学代表人物如惠栋、戴震，及浙东章学诚等，对文人往往多厌离、鄙弃，其文学吟咏甚少，这方面的造诣亦相对较浅。足见这一时期，文人、学人又有一定的区隔，并引发了学、文关系的辩论。[④] 由此，可以粗略分辨乾嘉时期两类知识人的立身根本：一类即以考据学为终身事业者；一类则是传统的以诗文为终身事业者。鉴于此时期理学的相对失语，由此我们甚至可以说，朴学家已取代理学家，而成为一种新时代之义

---

① 沈德潜：《清诗别裁集》，第 5 页。

② 时人也有称述沈德潜"经术早同刘向著"的，这种溢美之词或能体现当时应酬文字背后的心态，而绝非其真实学养的体现。王廷魁撰、王鸣盛评：《小停云诗集》卷四，乾隆三十一年（1766）刻本，第 6 页上。

③ 有两点需要注意：一是不能用要求顶级考据学家的标准来苛责一般士人，二是有学术造诣之士未必均以学人自居。

④ 龚鹏程已指出"专业经学家反而只是这整个明清文人治经风气中的一个小支脉"，其观点颇新颖，思路、材料亦与本书有暗合之处，但一些具体论断是本文所不尽认同的。参见龚鹏程《乾隆年间的文人经说》，载彭林编《清代经学与文化》，第 213—243 页。

理学。只有在此基础上，才出现"朴学陋辞章，才士鄙训诂"① 的根本性冲突。就本节所讨论的内容来说，姑且作如下的界定。

"文人"往往指那些并非职业学人，或无甚考据建树的一批人。除袁枚这样有意为文士，不满于考据学风的以外，包括赵翼、孙星衍这些虽有重要学术著作，但却被主流学界所批评者，也不妨姑且算在文人一类。较特殊者如张惠言，经学虽有所成，但其词学比兴寄托之论，却也稍显空疏，似文人而不似学人。而"学人"，则主要指考据学家，特别是那些典型的"乾嘉考据学者"如惠栋、戴震、钱大昕等。

学人群体虽然与"文人"群体表现出明显的分野，但也有相当部分"学人"兼具"文人"属性，并以"学人"身份指导其文学创作（钱大昕盖为其中之代表）。也就是说，学人群体认为，学高于文、包括了文；而文人群体则认为学、文各为一途，两套评价标准应该互不妨碍。表面上的相持，实际上已有地位高下的判别。

参看双方的不同立场，可以发现——随着考据学的兴起，在乾嘉时期主流文学思想中，"学"已经成为评"文"的重要标准，且其地位是逐渐凌驾于"文"之上的。考据思想对文学的入主、文士对考据的不同态度，引发了针锋相对的讨论和具有理论意义的新命题。另外值得注意的是，程晋芳《正学论五》中提出的"有儒者，有学人"② 的观点，可能在乾嘉时期没有引起过足够的重视，这或与斯时道学的溃败关系密切。

乾嘉考据学家常常被称为"汉学家"，意为其学术根柢汉儒（其路数实际上是东汉许、郑之学），长于文字、音韵、训诂之学，以此为治经途辙。尽管考据学家所治领域颇为广泛，对史学、诸子、历算、金石等均有涉猎，但其主流则在乎考证经典。乾隆六十年（1795），焦循在《与孙渊如观察论考据著作书》中指出"是直当以

---

① 郭麐：《郭麐诗集》，第 247 页。
② 程晋芳：《勉行堂诗文集》，第 695 页。

经学名之，乌得以不典之称所谓考据者，混目于其间者乎"①，一定程度上即认为，考据学家或汉学家应该称之为"经学家"，这也是乾嘉考据学与前代考据最明显的差别。此后张之洞《书目答问》之《国朝著述诸家姓名略》亦持此见解。尽管史学、校勘之学、金石学等均可列入朴学之内，但未入"经学家"一类者，显然并非严格意义上的"汉学家"②。而且，同为考据经学典籍者，如方法、立场不以小学为入门阶梯，也被认为属于异端——如尝试"考信"的崔述。不仅清人如此看待，后世对乾嘉考据学之研究也概莫能外，历史考据、诗文注疏的"考据学"意义，似乎均有待发覆。

乾嘉汉学家以反对宋学为旗帜，其经学以考订为主。在此之前，真正有儒者气象的理学不受帝王重视，故斯时已衰颓而出现义理真空。③ 在思想上有所建树，且著述形式与宋学贴近者有戴震，其主要思想见于《孟子字义疏证》。此书虽以训诂入手探讨"理"字本意，批驳理学家的见解，但其所涉及的话题和基本的立足点，仍然是义理之学，与那些徒务考据的朴学家颇有本质差异，故此书在相当长的时间内亦未得到考据学界的普遍承认。④ 而戴震虽鼓吹践履，但本人似只在书斋治学，而为纯粹之哲学思辨，亦使得其义理论述颇显缺乏说服力——戴震的学术品格与个人德行也屡遭攻击。

而戴震这一思想体现于文学批评领域，则是著名的"道本艺末"说，见于其成于乾隆二十年（1755）的《与方希原书》：

> 古今学问之途，其大致有三：或事于理义，或事于制数，

---

① 焦循：《雕菰集》，《续修四库全书》第 1489 册，第 247 页。
② 似乎也可以用这种眼光看待江藩的《国朝汉学师承记》与唐鉴的《国朝学案小识》等著作。
③ 所谓"帝王心术"，乃重在帝师合一而非得君行道；倾向于践履而非思辨。
④ 更详细的论述，可参李畅然《戴震〈原善〉表微》，北京大学出版社 2014 年版。

或事于文章。事于文章者，等而末者也。然自子长、孟坚、退之、子厚诸君子之为之曰：是道也，非艺也。以云道，道固有存焉者矣。如诸君子之文，亦恶睹其非艺欤？夫以艺为末，以道本。诸君子不愿据其末，毕力以求据其本，本既得矣，然后曰：是道也，非艺也……故文章有至有未至。至者，得于圣人之道则荣；未至者，不得于圣人之道则瘁。以圣人之道被乎文，犹造化之终始万物也。非曲尽物情，游心物之先，不易解此。然则如诸君子之文，恶睹其非艺欤？诸君子之为道也，譬犹仰观泰山，知群山之卑；临视北海，知众流之小。今有人履泰山之巅，跨北海之涯，所见不又县殊乎哉？足下好道，而肆力古文，必将求其本。求其本，更有所谓大本。大本既得矣，然后曰：是道也，非艺也。则彼诸君子之为道，固待斯道而荣瘁也。①

就戴震的思想倾向言，他虽认为宋儒臆断空疏，但对其义理之学的价值仍有承认，文学批评观念也颇近于宋儒之"文以载道"观，不仅认为文章系儒者末事，并且批评考据学家囿于考订而忽视"圣人之道"的局限。复若戴震之《答郑丈用牧书》云：

今之博雅能文章善考核者，皆未志乎闻道，徒株守先儒而信之笃，如南北朝人所讥"宁言周孔误，莫道郑服非"，亦未志乎闻道者也。②

这一类的观点，远源似乎同样与理学家的文学观念甚为类似，近源则似乎与明清之际顾炎武"经学即理学"的观念相近，或可以代表乾隆前中期学人的思想倾向，而与乾嘉中期以后专事考据的朴

---

① 戴震：《戴震集》，第189页。
② 戴震：《戴震集》，第186页。

学者有相当的分野,盖即"通经致用"与"通经考古"之别。

大较而言,戴震的"道本"观念与主流考据学家有相当明显的分野,这与《孟子字义疏证》所遭到的非议大约是同一性质之现象,多数朴学家对义理的兴趣和承认度均相当有限,或认为义理不出音韵训诂之外,或认为训诂、义理不可得兼。① 如戴震及门弟子段玉裁,虽尊奉师学,但实际上却已变化师说,将考据提升到学术最重要的地位,于义理却不甚关注。在成于乾隆五十七年(1792)的《戴东原集序》中,段玉裁阐发说:

> 玉裁闻先生之绪论矣,其言曰:"有义理之学,有文章之学,有考核之学。义理者,文章、考核之源也,熟乎义理,而后能考核、能文章。"玉裁窃以为,义理、文章未有不由考核而得者。自古圣人制作之大,皆精审乎天地民物之理,得其情实,综其始终,举其纲以俟其目,与以利而防其弊,故能奠安万世,虽有奸暴,不敢自外。《中庸》曰:"君子之道,本诸身,征诸庶民,考诸三王而不缪,建诸天地而不悖,质诸鬼神而无疑,百世以俟圣人而不惑。"此非考核之极致乎!圣人心通义理,而必劳劳如是者,不如是不足以尽天地民物之理也。后之儒者,画分义理、考核、文章为三,区别不相通,其所为细已甚焉。夫圣人之道在六经,不于六经求之,则无以得圣人所求之义理以行于家国天下,而文词之不工又其末也。先生之治经,凡故训、音声、算数、天文、地理、制度、名物、人事之善恶是非,以及阴阳气化、道德性命,莫不究乎其实。盖由考核以通乎性与天道,既通乎性与天道矣,而考核益精,文章益盛,用则施政利民,舍则垂世立教而无弊,浅者乃求先生于一名一物一字

---

① 值得一提的是,这两种观点均见于钱大昕的文章。钱大昕:《潜研堂集》,第392、430页。

一句之间，惑矣……①

就其立说之大宗旨言，似乎戴、段相近处不少。但此处段玉裁所持论，实际上只是戴震的早期观点，而戴震变化之晚年定论却被段玉裁有意绕过。直到成于嘉庆十九年（1814）的《戴东原先生年谱》中，段玉裁才如是追记：

先生初谓："天下有义理之源，有考核之源，有文章之源，吾于三者皆庶得其源。"后数年，又曰："义理即考核、文章二者之源也。义理又何源哉？吾前言过矣。"②

此戴震"后数年"之说，在段玉裁此前所作的《戴东原集序》中实际上被有意忽视，至晚年方重新揭示，正可见段玉裁确实至晚年才真正归服东原思想定论，斯时方有"先生于性与天道，了然贯彻，故吐辞为经……浩气同盛于孟子，精义上驾乎康成、程、朱，修辞俯视乎韩、欧焉"③之说。但是，段玉裁病逝于嘉庆二十年（1815），只在其思想转向的一年以后，其学术影响殊为有限，似乎亦未得到同时学者的特别重视。乾嘉时期朴学者对义理、考据、辞章的普遍态度，《戴东原集序》实具有相当的代表性、普遍性。

戴震本人不以文章见长，他缘何自负能得"文章之源"？就其《屈原赋注》序等文章（成于1752年）④，及段玉裁所整理其语录"先生少时学为古文，摘取王板《史记》中十篇，首《项羽本纪》，有《信陵君列传》、《货殖传》，其他题记忆不清，皆密密细字，评

---

① 戴震：《戴震集》，第451—452页。
② 戴震：《戴震集》，第486页。
③ 戴震：《戴震集》，第486—487页。
④ 卢文弨对戴震此书的评价甚高，言其"指博而辞约，义创而理确""其识不亦远过于班孟坚、颜介、刘季和诸人"。卢文弨：《抱经堂文集》，中华书局2015年标点本，第74页。

其结构、用意、用笔之妙。郑炳也先生虎文曾借读，今闻孔户部以此授长子伯诚为读本，伯诚虽亡，书犹在也"①之言来看，戴震早年对文章一道亦自有见解，只是后来专心考据训诂之学，而又往往有轻视辞章的言论，故为所掩也。

在前引段玉裁的意见中，问题主要集中于考据、义理的关系，而对文学的讨论相对有限，大致为态度轻视。如段玉裁在为钱大昕《潜研堂文集》所作之序中，则言：

> 自辞章之学盛，士乃有志于文章，顾不知文所以明道，而徒求工于文，工之甚，适所以为拙也。②

段玉裁晚年为龚自珍《怀人馆词》作序（1812），亦言："予少时慕为词，词不逮自珍之工。先君子诲之曰：是有害于治经史之性情，为之愈工，去道且愈远。……此事谢勿谈者五十年。"③ 段氏并援引当年所闻规劝龚自珍，盖仍以经史之学相砥砺也。

这些见解似乎均可以概括为"学本艺末"，仍是戴震"道本艺末"的变种，且因戴震、段玉裁对文学创作（特别是诗词）均无太多兴趣，故虽间有论述，亦并未涉及太多重要的理论问题。就我们现在能看到的资料来说，章学诚《书朱陆篇后》所引戴震之语，未免有大言欺人之嫌疑：

> 古文可以无学而能。余生平不解为古文辞，后忽欲为之而不知其道，乃取古人之文，反覆思之，忘寝食者数日。一夕忽有所悟，翼日取所欲为文者，振笔而书，不假思索而成，其文

---

① 戴震：《戴震集》，第490—491页。
② 段玉裁：《潜研堂文集序》，载钱大昕《潜研堂文集》卷首，《潜研堂集》，第1页。
③ 段玉裁：《经韵楼集》，上海古籍出版社2008年标点本，第223页。

即远出《左》《国》《史》《汉》之上。①

且不必论戴震之文是否"无学而能",其文章境界能"远出《左》《国》《史》《汉》之上"否?此为笔者所不敢信。

不过,值得一提的是,尽管考据学家罕有明言指斥义理之学的,但实际上已经用"默杀"的方式,将习见的道—文关系转移为学—文关系。而"宁道周孔误,讳闻郑服非"岂非一种考据凌驾于义理的潜意识?在笔者看来,相关的"文以载道""文以害道""文道合一"诸说,正在以"文以载学""文以害学""文学合一"等类似的方式展现新的争鸣。姚鼐提出的义理、考证、文章(盖脱胎于刘大櫆的义理、书卷、经济)观念,实际上是乾嘉论文者所共同讨论的问题,而姚氏将"道"转为"古文"这一理论方式,似乎还不及考据家说的严密。但义理实际上因无共同标准而悬置,争论的核心问题在于考证与文章的关系,在此基础上方能触及何为义理——汉学之义理、宋学之义理显然并非一事,而清儒之讲求程朱,与宋明理学之本来面目,又有颇多差异。蔡长林、王达敏等业已指出乾嘉时期"宋学"与时文制艺的紧密关系。此外,"六经尊服郑,百行法程朱",足以说明考据学者看重的是宋儒的道德修养与日常践履,而认为其思辨之学不及汉儒笃实纯粹。如果稍微越出乾嘉界限,就清代中叶来看,若张伯行(1651—1725)、陈澧(1810—1882)这样的宋学人物,在义理上的特别建树也不多,而更长于整理既有之宋学文献,或折中汉宋的论述。至于践履之儒,则当推陈宏谋(1696—1771)这种具有崇高政治地位的名臣——曾国藩(1811—1872)大概可以理解为其嗣音。

乾嘉考据学家长于诗者不多,甚至往往无甚诗作流传。但既业考据,则自然多有文集传世。王昶编辑《湖海诗传》《湖海文传》,皆系选录其交游者的作品,但两书所选的倾向有明显差异。《湖海文

---

① 章学诚撰,叶瑛校注:《文史通义校注》,第321—322页。

传》中收录甚多考订文字，而《湖海诗传》中选录则以沈德潜、赵文哲等"格调"诗家为多，学者型诗人的比重相对较轻。这既与王昶个人的交游亲疏、诗学立场颇有关系，也足以说明乾嘉考据学者多志不在于诗学，诗作可观者亦相对较少。而王昶这种兼有学人、文人双重身份的知识人，对诗、文的评判标准也有明显的差别——其诗学推崇格调，并不以考据为高，论文则看重学术文体。更具体地说，这一时期学人所重视、认同的"文学"，与今天文学史家的关注点差别甚远。这也就可以理解，为何当时的文坛中，桐城派实处在相当边缘的位置。尽管桐城派在乾嘉时期已有相当的理论建树，但就其文坛地位论，实因道、咸间桐城后进腾升，方苞、刘大櫆、姚鼐才被追认了更高地位，并深刻地影响到此后的文学史书写。在今天尝试回归历史语境，重审这一问题，或许能够得出不同的观点。

应该说，在散文创作中，乾嘉考据学者并未建立起相应的"文派"。主要原因盖在于，就散文的写作来说，乾嘉学者的散文多系考据、论学文字，而以说经者尤多。这类文字，首先是学术的，其次才及于文章技法[1]，有的甚至对文学性毫无兴趣。[2] 而一般那些师法唐宋的古文家所擅长、看重的应用型文体、叙事文体与抒情文学[3]，多数与考据学关系相对淡薄，故亦不为乾嘉学者所重视。刘奕在《乾嘉经学家文学思想研究》中给出了相当有见解的研究，其大略谓：以钱大昕"说经之文"、王鸣盛"学者之文"为代表的考据学家文论，正是旨在抗衡一般古文家的文学观念，并且具有高低贵贱之分，即以与经学的关系论定辞章的地位与成就，其中以考证文章

---

[1] 而且，这类文字是否具有、是否应有今天意义的"文学性"也很可争议。

[2] 如王引之言"吾著书不喜放其辞。每一事，就本事说之，栗然止，不溢一辞"。"文章之源，出于经训。故六经者，文章之祖也。其次则先秦诸子、两汉遗书，皆无意为文，而极天下之文之盛。"郑晓霞、吴平标点：《扬州学派年谱合刊》，第132、134页。

[3] 比如吕祖谦《古文关键》所收文体为：解、说、论、原、书、辨、序、议、传、碑。谢枋得《文章轨范》所收文体为：书、序、论、辨、议、碑、解、说、读、表、墓志、记、跋、书后、祭文、铭、赋、辞。

为最高。王昶所编《湖海文传》即是与古文家对峙的经学家文选，追求辨章学术、精详明晰。① 比起程廷祚（1691—1767）的"道充而文见"，孙星衍的"考据词章为文学之上乘"②，实际上反映了经学家"学充而文见"的观念。

不过，经学家的散文理论批评亦不少见，故相关论述有的是经学家具有学理性的通识，有的则是一般性的自我表彰。刘奕也专门讨论了钱大昕等人对方苞"义法"的反动，指出经学家认为古文家不读书、未通真正的"义法"，而真正的"义法"是内容真实可信，源于史学。③ 张舜徽则认为"自钱大昕跋苞文，颇有轻蔑之辞（见《潜研堂文集》卷三十一）。世之为朴学者，渐不复重视是集"④。但今人已指出，钱大昕的这些见解存在不少个人意气，其间不少已非学术争鸣⑤，这种升降本质上可理解为朴学的得势与辞章学的失势。

而且，王达敏指出姚鼐才是真正意义上的桐城派创始人。姚鼐对方苞贬多于褒（且此有家学渊源），他将桐城派上溯至方苞，以应对"海内之大，而学古文最少"⑥的时风，这与章学诚构建浙东史统并无二致。⑦ 如此，姚鼐等桐城文人对"义法"的淡漠，乃至对刘大櫆的不满等，就并不仅仅是桐城古文家对经学家的让步，而是乾嘉时代的通论了（当然，如果按照这种观点，桐城派将变成相当狭义的姚鼐派，这种定义的严格性也远甚于文学史家对浙派、格调

---

① 参见刘奕《乾嘉经学家文学思想研究》，第88—103页。
② 原文为批评朱珪"考据词章非为文学之上乘"，此据其意衍之。文见孙星衍《岱南阁集》卷二《呈覆座主朱石君尚书》，载氏著《问字堂集·岱南阁集》，中华书局1996年标点本，第197—198页。
③ 刘奕：《乾嘉经学家文学思想研究》，第56—66页。
④ 张舜徽：《清人文集别录》，第100页。
⑤ 参见任雪山《钱大昕与方苞的一桩学术公案》（《兰台世界》2017年第8期）、胡贤林《汉学视野中的桐城义法——以钱大昕批评方苞为例》（《安徽农业大学学报》（社会科学版）2011年第1期）等文。至少，钱大昕将方苞与林云铭、金圣叹等人并列，无论如何算不上公允之论。
⑥ 姚鼐：《惜抱轩诗文集》，第104页。
⑦ 说详见王达敏《姚鼐与乾嘉学派》。

派、性灵派等诗文流派的认识)。类似的现象还可举一例:方苞贬低归有光,但前面提及的钱大昕、王昶和姚鼐都较推崇归氏之文。这种差异也许可以理解为康雍、乾嘉两代文章家之间的碰撞,而与流派之别的关系稍小。

汉学家与桐城派的观点扞格处甚多,但若仅以方苞"义法"为切入点,则恐不能得其语境之实。就其根本来说,姚鼐标举桐城旗帜,以辞章对抗考据,固然是在争论文章的写法,但其深处则是汉宋义理之争——能够通向六经义理的,究竟是考据还是辞章?姚鼐的观点实际上可以上溯至唐宋古文家,故这个时代的核心问题也许在于,乾嘉汉学家能否以新树立的考据学传统颠覆古文传统?就双方对峙的若干见解来说,在考据学家尝试用考证取代辞章的时候(此时"义理"已不成气候),姚鼐正在建构更庞大的系统,尝试把义理、考据、辞章均纳入古文传统[1],实际上乃用"古文"取代"道",以此形成对汉学家的"降维打击"[2]。就学理来说这种论述颇可存疑,但从嘉、道以还的文学思想倾向来说,桐城派无疑是胜利的一方。

实际上,以史学笔法规范文章写作,更具有代表性的人物是章学诚,其《文史通义》充分体现了这一特征,章学诚的立场当在经学家和古文家之间。

章学诚为乾嘉时期名学者,但治学趋向与主流考据学家却多有差异,特别是章学诚对戴震的攻驳,已成为学界著名的公案;认为其观点逸于朴学之外,当无争议。其"六经皆史"等说,更显然是以史学家身份与汉学家分庭抗礼,若其《又与正甫论文》中评价戴震"实有见于古人大体,非徒矜考订而求博雅也"[3],实际上乃对一

---

[1] 姚鼐:《复林仲騫书》,安徽省博物馆藏稿本,文据王达敏《姚鼐与乾嘉学派》第 173、188—189 页。

[2] 龚鹏程还特别指出姚鼐治经能够格外注意审酌辞气,代表文士治经的特长,为一般经生所不及。龚鹏程:《乾隆年间的文人经说》,第 218 页。

[3] 章学诚:《章学诚遗书》,文物出版社 1985 年影印本,第 337 页。

般考据学家治学琐碎不见大体的批评，能推重戴震义理著作，在当时颇难能——尽管其在《文史通义·朱陆》对戴震进行了不点名的批评。①

若与同时名家相比，章学诚的不少观念更接近于经史兼长的钱大昕，且是在史学角度上有所共鸣；但就学术交游来说，钱大昕似乎没有表示过对章学诚的认可，主流汉学家虽亦认可章学诚的学问，但大致是目其为另类人物，对其具体思想无甚特别理解。如翁方纲就曾询问刘台拱，章学诚的"学业是何门路"②。而章学诚本人的心态，也是"苟欲有所救挽，则必逆于时趋"③，即对时兴学术风气有所不满的。

相较而言，章学诚对于"一时风尚，必有所偏"④ 的认识，实较一般考据学家为优胜。他在《文史通义》中言：

> 义理不可空言也，博学以实之，文章以达之，三者合于一，庶几哉周、孔之道虽远，不啻累译而通矣。顾经师互诋，文人相轻，而性理诸儒，又有朱、陆之同异，从朱从陆者之交攻，而言学问与文章者，又逐风气而不悟，庄生所谓"百家往而不反，必不合矣"，悲夫！⑤

> 风气之开也，必有所以取；学问、文辞与义理，所以不无偏重畸轻之故也。风气之成也，必有所以敝；人情趋时而好名，徇末而不知本也。是故开者虽不免于偏，必取其精者，为新气之迎；敝者纵名为正，必袭其伪者，为末流之托；此亦自然之

---

① 章学诚撰，叶瑛校注：《文史通义校注》，第 306—310 页。但章学诚的《书朱陆篇后》却是指名痛责戴震的。
② 章学诚：《章学诚遗书》，第 92 页。
③ 章学诚：《章学诚遗书》，第 332 页。
④ 章学诚：《章学诚遗书》，第 695 页。
⑤ 章学诚撰，叶瑛校注：《文史通义校注》，第 163—164 页。

势也。而世之言学者，不知持风气，而惟知徇风气，且谓非是不足邀誉焉，则亦弗思而已矣。①

后儒途径所由寄，则或于义理，或于制数，或于文辞，三者其大较矣。三者致其一，不能不缓其二，理势然也。知其所致为道之一端，而不以所缓之二为可忽，则于斯道不远矣。徇于一偏而谓天下莫能尚，则出奴入主，交相胜负，所谓物而不化者也。是以学必求其心得，业必贵于专精，类必要于扩充，道必抵于全量，性情喻于忧喜愤乐，理势达于穷变通久，博而不杂，约而不漏，庶几学术醇固，而于守先待后之道，如或将见之矣！②

乾嘉时代的"风气"当然是考据之学，章学诚此处议论，实际上正主要讥讽那种判分考据、文章，并互相攻击的思想倾向。看上去是各打五十大板，但其表述实与姚鼐相近③，主要论敌当为汉学家。故其好友邵晋涵说《原道》"传稿京师，同人素爱章氏文者，皆不满意"④。所谓"同人"，当为主流汉学之拥趸，见章学诚批评时风，自然会不满意，而谓其"蹈宋人语录习气，不免陈腐取憎……至有移书规诫者"⑤。

对刘知几所提出的"史家三长"为识、才、学三方面，章学诚在《文史通义·说林》中给出了进一步的阐述：

人之有能有不能者，无论凡庶圣贤，有所不免者也。以其所能而易其不能，则所求者，可以无弗得也。主义理者拙于辞

---

① 章学诚撰，叶瑛校注：《文史通义校注》，第180—181页。
② 章学诚撰，叶瑛校注：《文史通义校注》，第195页。
③ 参见王达敏《姚鼐与乾嘉学派》，第167—168页。
④ 章学诚撰，叶瑛校注：《文史通义校注》，第164页。
⑤ 章学诚撰，叶瑛校注：《文史通义校注》，第164页。

章，能文辞者疏于征实，三者交讥而未有已也。义理存乎识，辞章存乎才，征实存乎学，刘子玄所以三长难兼之论也。一人不能兼，而咨访以为功，未见古人绝业不可复绍也。私心据之，惟恐名之不自我擅焉，则三者不相为功，而且以相病矣。①

此正是章学诚会通文史（"文史通义"）的卓见，他的学问底色在于史学，乃用史学理论引导文学思想。章学诚《上朱大司马论文》中说："古文必推叙事，叙事实出史学"②，以史学义法规范叙事古文的写作。然史学叙事"因事命篇，本无成法，不得如后史之方圆求备，拘于一定之名义者也"③。文学之理自然也"音节变化，殊非一成之诗所能限也"，"文章变化，非一成之文所能限也"。④ 这些意见在章学诚的《古文十弊》中有着集中的表现，此处不赘引了。而他著名的《周书昌别传》⑤《邵与桐别传》⑥ 等文章，若与同时考据家文章对看，显然是高下立见的。

复若，章学诚《史德》中注重"情"的重要性，又讨论"千古之至文"《离骚》《史记》的优劣，且不论其观点若何，但这思路显然更近于古文家的一般观点，乃至与其所鄙视、嫉妒的袁枚有近似处了。《文史通义·博约下》又说："功力必兼性情，为学之方，不立规矩，但令学者自认资之所近，与力能勉者，而施其功力"，而被目为"王氏良知之遗意也"。⑦

也正是从这些角度看，章学诚对当时文学家的攻击，仍属"同室操戈"，其思想资源与古文传统相对较近（古文家对史法也颇有研

---

① 章学诚撰，叶瑛校注：《文史通义校注》，第407—408页。
② 章学诚：《章学诚遗书》，第612页。
③ 章学诚撰，叶瑛校注：《文史通义校注》，第36页。
④ 章学诚撰，叶瑛校注：《文史通义校注》，第337页。
⑤ 章学诚：《章学诚遗书》，第181—182页。
⑥ 章学诚：《章学诚遗书》，第176—178页。
⑦ 章学诚撰，叶瑛校注：《文史通义校注》，第194页。

讨），距离汉学家文论为更远。

当然，章学诚本人短于小学、骈文等，其为掩盖个人缺点而刻意另辟蹊径有之；有个人意气而发激愤之论者有之；过分卫道而颇显迂腐武断也有之。但大致来说，章学诚的思想是连贯且有深度的，为一般朴学家所难以企及。

章学诚本人短于记诵，这大概影响了他对骈文的态度。就其"选事仿于六朝，而史体亦坏于是，选之无裨于史明矣"①"史体坏于六朝，自是风气日下，非关《文选》。昭明所收过略，乃可恨耳。所云不循循株守章句，不必列文于史中，顾斤斤画文于史外，其见尚可谓之卓荦否？"②"苟使才人饰以黼藻，文士加以琢雕，则施之有政，达于其事，必有窒碍而不可行者矣。"等议论看，章学诚盖认为骈文"斤斤画文于史外"，对其评价不高自是常理。相较而言，阮元的倾向骈文，自更值得玩味。

乾嘉时期的骈文复兴有诸多渊源。阮元所代表的一派，实际上正是通过重建"文"的概念，以回应桐城派所塑造强化的古文传统。就实用角度言，以骈文作应用文字特别是应酬文字，比起古文来反倒更为适合。其中李兆洛的"骈散合一"论、阮元的"文笔之辨"论，则均系其中之较明显者。这一潜流可以一直推至晚近，章太炎及其弟子与林纾等的争论，似乎亦未越出这一传统。从更宏观的角度说，这也是乾嘉时期文论，以魏晋八代传统凌驾唐宋古文传统的表现，参与者除前引之学者型骈文作家外，袁枚及其后劲的作用亦不容忽视。

还应说明的是，在乾嘉文坛之中，真正能够与学人之文论相抗衡者，仍当首推袁枚。袁枚对考据学自身局限，特别是考据学对抒情文学创作的负面影响，均有相当切中肯綮之批评。

乾嘉考据学初兴之际，袁枚即已有二书与惠栋辩论，言"闻足

---

① 章学诚：《章学诚遗书》，第139页。
② 章学诚：《章学诚遗书》，第140页。

下与吴门诸士，厌宋儒空虚，故倡汉学以矫之"①，可见其时宋学仍为社会思想主流。郑幸《袁枚年谱新编》未能为该文断明年份，姑系于乾隆二十三年（1758），可见此时崭露头角的考据学者，影响力还嫌有限。在给惠栋的信中，袁枚说道："足下乃强仆以说经，倘仆不能知己知彼，而亦为有易无之请，吾子其能舍所学而相从否？"②

可见，此时的袁枚已自认对考据学有相当的了解，故屡在考据学家面前纵论考据学之非。在袁枚的自我认知来看，其批评考据学既系两军对垒，但他也有能力入室操戈，因此能够对考据学的局限性有透辟认识。如袁枚就讲过自己因考订而导致了文采的滞涩。③ 袁枚又言："不知宋儒凿空，汉儒犹凿空也"④，或亦是知甘苦之言。用现在流行的话讲，袁枚所讲持的也是"预流"之学，只是其观点与考据学者不合而已。从更深层次的观念看，一般的知识人既然兼具有学人、文人两重身份，那么对学术问题当然也是有发言权的。

乾隆三十八年（1773），高宗皇帝开四库馆征书，正为考据学极受官方重视之际，袁枚却写有相当不合时宜的《散书记》《散书后记》，其中言："余所藏书，传抄稍希者，皆献大府，或假宾朋，散去十之六七"⑤，又言"凡书有资著作者，有备参考者。备参考者，数万卷而未足；资著作者，数千卷而有余"⑥。随园藏书的具体数量，郑伟章《文献家通考》以为达四十万卷⑦，恐系夸张——"我亦苦搜三万卷"⑧（《诗集》卷三十三，《辛未壬申间余与鱼门太史广购书籍有无通共今鱼门亡仅十年其家欲卖以自赡属余检校已亡失十

---

① 袁枚：《小仓山房诗文集》，第 1529 页。
② 袁枚：《小仓山房诗文集》，第 1530 页。
③ 袁枚：《随园诗话》，第 99 页。
④ 袁枚：《随园诗话》，第 27 页。
⑤ 袁枚：《小仓山房诗文集》，第 1776 页。
⑥ 袁枚：《小仓山房诗文集》，第 1777 页。
⑦ 郑伟章：《文献家通考》，中华书局 1999 年版，第 273 页。
⑧ 袁枚：《小仓山房诗文集》，第 936 页。

之七八矣感赋一律》)、"甲乙丹黄万卷余"①(《诗集》卷三十六,《八十自寿》)似是比较确实之数,三万卷散去十之六七,剩下的数量亦大概合乎"数千卷而有余"。此虽不及同时之藏书家,亦可谓藏书丰富。且袁枚在《散书记》中又言:"予每散一帙,不忍决舍,必穷日夜之力,取其宏纲巨旨与其新奇可喜者,腹存而手集之。"②可见袁枚在考据学家眼中虽系空疏无学之徒,但其本人读书甚多,且对学养极为重视——如其《随园随笔序》就自述"入山三十年,无一日去书不观"③,孙星衍《随园随笔序》亦据此称许袁枚"未尝不时时考据"④。这在历代诗人中恐怕也是少见的,乾隆四十八年(1783),袁枚《与梁山舟侍讲》⑤信中提到,梁同书⑥指摘《小仓山房诗集》音韵、来历、偏旁之误九十一条,袁枚基本尽改,唯有两则观点不同未改。这亦可以证明袁枚虽鼓吹性灵,但同样不废学问。⑦只是袁枚之学养服务于性灵宗旨,又不预于考据之流,故极易为人所忽略耳。⑧

《随园诗话》中另有一段相当著名的议论:

人有满腔书卷,无处张皇,当为考据之学,自成一家。其

---

① 袁枚:《小仓山房诗文集》,第 1008 页。
② 袁枚:《小仓山房诗文集》,第 1776 页。
③ 袁枚:《小仓山房诗文集》,第 1767 页。
④ 孙星衍:《平津馆文稿》,《丛书集成初编》本,中华书局 1985 年版,第 48 页。
⑤ 袁枚:《小仓山房尺牍》,第 153—154 页。
⑥ 梁同书(1723—1815),号山舟先生,浙江钱塘人。
⑦ 当然,若欲证明其考据学并非当行本色,故诗集中时有疏误,此材料同样是有益的。但本文只讨论其"文学思想"所趋,而非具体造诣高低。孙志祖《答随园老人》二书也批评了袁枚著述中的错误。参见张舜徽《清人文集别录》,第 215 页。袁枚曾致书钱大昕求教,钱氏详细作答,知无不言,正可看出二人学问水平之差异,但也可看出随园对考据之关注。钱大昕:《潜研堂集》,第 611—615 页。
⑧ 在笔者的阅读范围内,只有杨鸿烈《大思想家袁枚评传》(《民国丛书》第一编第 84 册,上海书店 1989 年版)、龚鹏程《乾隆年间的文人经说》等少数研究对此注意较多,但这一话题也依然可继续深入探讨。

次，则骈体文，尽可铺排，何必借诗为卖弄？自《三百篇》至今日，凡诗之传者，都是性灵，不关堆垛。惟李义山诗，稍多典故；然皆用才情驱使，不专砌填也。余续司空表圣《诗品》，第三首便曰《博习》，言诗之必根于学，所谓不从糟粕，安得精英是也。近见作诗者，全仗糟粕，琐碎零星，如剃僧发，如拆鞯线，句句加注，是将诗当考据作矣。虑吾说之害之也，故《续元遗山论诗》末一首云："天涯有客号詅痴，误把抄书当作诗。抄到钟嵘诗品日，该他知道性灵时。"①

《续元遗山论诗》作于乾隆四十六年（1781）。此末一首"詅痴"典出《颜氏家训》，谓文字拙劣而好刊刻者，盖嘲讽"卖弄"之徒。集中署"夫己氏"，典出《左传》文公十四年，有厌恶之意，一般认为即指翁方纲。袁枚所批评之"句句加注"，还可与《随园诗话》对汪师韩（韩门，1707—?）的批评参看。② 这在当时其实都是惯常现象。③ 以"推袁"名集的张问陶，其《论文八首》（1793年作）等，对考据入诗的讥刺更加尖刻：

> 甘心腐臭不神奇，字字寻源苦系縻。只有圣人能杜撰，凭空一画爱庖牺。
> 一代舆图妙斩新，薄今爱古转陈陈。寻名枉受繙书苦，乱写齐秦误后人。
> 职官志表辨兴亡，忍署头衔属汉唐。此事好奇奇不得，特书人爵要遵王。

---

① 袁枚：《随园诗话》，第78—79页。
② "所谓学人之诗，读之令人不欢""诗有待于注，便非佳诗。韩门先生《蚊烟诗》十二韵，注至八行，便是蚊类书，非蚊诗也。"袁枚：《随园诗话》，第64页。"一字一句，自注来历者，谓之骨董开店。"袁枚：《随园诗话》，第80页。
③ 早在考据学大兴之前，乾隆帝的诗中就有极长篇幅的自注，内容是诗中本事。如清高宗：《御制诗二集（二）》，第541—544页。

识字何须问子云，强依篆隶转纷纷。写书累煞诸名士，搁管迟疑画说文。

笺注争奇那得奇，古人只是性情诗。可怜工部文章外，幻出千家杜十姨。

志传安能事事新，须知载笔为传真。平生颇笑抄书手，牵率今人合古人。

诗中无我不如删，万卷堆床亦等闲。莫学近来糊壁画，图成刚道仿荆关。

文场酸涩可怜伤，训诂艰难考订忙。别有诗人闲肺腑，空灵不属转轮王。①

张问陶的门生崔旭著《念堂诗话》，特别拈出船山《论诗十二绝句》（1794 年作）"何苦颟顸书数语，不加笺注不分明"② 等语，认为乃指斥翁方纲③，这至少足以说明翁氏在当时已为"箭垛子"式的人物，持性灵论者常欲攻之。

袁枚本人于诗、古文、骈文创作均有心得，此乃欲驱"满腔书卷"而欲"卖弄"者入考据、骈文之林，使之与适于抒情的诗划清界限。其言颇有道理，然略观乾嘉时期创作面貌，可发现乾隆朝之骈文家多不以经学鸣，至嘉庆朝阮元倡"排散崇骈"与常州派兴起，经学家从事骈文创作乃渐具规模，而其旨趣也往往并不在于"卖弄"或应酬。④ 更进一步看，在袁枚所针对的乾隆朝文坛，翁方纲的"肌理"诗学无疑是考据诗派的主流。但应该注意的是，尽管翁方纲交游广泛，声气通海内外，但真正能归入"肌理"诗群者多非当时

---

① 张问陶：《船山诗草》，中华书局 1986 年标点本，第 230 页。
② 张问陶：《船山诗草》，第 262 页。
③ 张问陶：《船山诗草》，第 717 页。
④ 一般认为以骈文为卖弄的名家是吴锡麒，但他又并非考据学者。

第一流的考据名家。① 考据学家如戴震等，或不甚为诗，或不以诗鸣，此姑置勿论；而多数考据家兼诗家者，其诗作固然不脱考据习气，但亦不局限于考据。就那些兼具学界领袖和诗坛领袖双重身份的巨公来说，王昶等的创作风格和诗学观念，均更近于乃师沈德潜和"吴中七子"格调一脉，钱大昕与之较近似，严迪昌更将毕沅也归为格调后劲；阮元虽应归于翁方纲肌理一脉，但作诗亦兼容格调、性灵、神韵各派。从舒位《乾嘉诗坛点将录》对此时期诗家的鸟瞰来看，入选者具有考据背景者实不甚多（且多数有文坛领袖身份加成），而以考据入诗的名家就更为罕见。

因此，似乎可以认为，袁枚所批评的堆砌卖弄诗风，在当时亦并非文学主流，而是学人诗的（末流）变种之一，所针对者乃在于风格而非哪一部分人群。其主要原因应该是考据学家对诗作的态度并不如袁枚之严肃，因此没有真正与他在诗坛展开理论话语权的交锋。

袁枚在《答李少鹤书》中说：

> 近今诗教之坏，莫甚于以注疏夸高，以填砌矜博，掯撠琐碎，死气满纸。一句七字，必小注十余行，令人舌举口怯，而不敢下手。性情二字，几乎丧尽天良。……②

此种创作倾向，乃当时风行之浙派、秀水派、格调派所均不能免者，即性灵诗群亦往往如是。但若寻一最合适的"靶子"，则当首推翁方纲。

翁方纲最"以学为诗"的主要观点是："为学必以考证为准，为诗必以肌理为准""士生此日，宜博精经史考订，而后其诗大

---

① 如严迪昌认为肌理派包括李文藻、桂馥、孔继涵等；刘世南认为包括谢启昆、阮元、梁章钜等。其中尽管有宏奖学术，主持修书的重要人物（阮元、谢启昆等），但持平而论，多数似不能算第一流的考据学者。

② 袁枚：《小仓山房尺牍》，第233页。

醇"。但对于前引袁枚的酷评,翁方纲未曾直接回复,刘世南认为"这正反映了翁的卫道本质:他认为袁是放辟邪侈的小人"①,而卫宏伟则指出,"翁方纲欣赏性灵派其他重要诗人,对袁枚未有一字提及并非不屑为之,应是与袁枚没有交往;袁枚则在后期为推广其诗论,对翁方纲进行批评"②。两造各有理据,然合而观之,认为翁方纲因不屑与袁枚有交往,故而"默杀",或更近情理。作为旁证,师从翁方纲的黎简对袁枚极为蔑视,并据说对来访的袁枚"正以不相见为幸"③,可以此推测翁方纲的态度或许类似。

翁方纲颇欲将诗改造成一种具备考据学价值的文体,在此过程中借用了一些既有的文学批评术语。即翁方纲的根本立场是考据学而非诗学的,其肌理诗学实欲开考据学的别脉,故对于袁枚的性灵诗学没有回应。而对于曾批评考据学,提出"注疏流弊事考订,鼹鼠入角求谿径"④的蒋士铨,翁方纲在《考订论中》就给出了针锋相对的指名回应,称之"考订《瘗鹤铭》,特金石中一事耳,与注疏何涉?而以考订之为弊,归咎于注疏,是特俗塾三家村中授蒙童者,第知有范翔《四书体注》,语以《十三经注疏》,则茫然未尝开卷者。蒋或即其人耶?若非其人,曷由有此语耶?"⑤蒋士铨之学问固不及袁枚,但"忠雅"则过之。就翁方纲行文中之火气来看,很难想象他会对袁枚的性灵诗学真有欣赏之意。

相对同时期的顶级诗家而言,翁方纲诗作总体水平不高,在当时真正称颂、效法其诗者似乎也为数不多。按文学批评史上格调、肌理、性灵三派诗学分立的成说,翁方纲属于诗学较深而诗作较弱者。在钱锺书看来,翁方纲的劣诗与其歌颂盛世和卫道心理密切相

---

① 刘世南:《清诗流派史》,第296页。
② 卫宏伟:《翁方纲与袁枚论诗之争考辨》,《河北工业大学学报》(社会科学版)2017年第3期。
③ 袁枚:《袁枚年谱新编》,第502—503页。
④ 蒋士铨撰,邵海清校,李梦生笺:《忠雅堂集校笺》,第1343页。
⑤ 翁方纲:《复初斋文集》,第78页。

关，并将其与钱载并提批判。这一点本书第三章第一节"御制文学、科举制度、台阁文艺"已有所探讨，并业已指出，钱载显然并非考据学家，而翁方纲在《与曹中堂论儒林传目书》中，有调停义理、考据，而实际上倾向义理之言：

> 墨守宋儒，一步不敢他驰，而竟致有束汉唐注疏于高阁，叩以名物器数而不能究者，其弊也陋。若其知考证矣，而骋异闻，侈异说，渐致自外于程朱而恬然不觉者，其弊又将不可究极矣。①

"陋"与"不可究极"，程度显然有别。就其思想底色言，翁方纲乃"政教""卫道"一流，特以朴学以为文饰耳。故翁方纲这种诗风乃是服务高宗的特殊应制产品，固然与考据风气关系密切，但本质上仍是一种政教文艺，考据学家不应全任其咎。——前揭袁枚等人对翁方纲的批判，移至乾隆帝身上，似也多显恰当。

不过，翁方纲的诗论，及其所代表的考据家之诗，在当时的影响实不仅于少部分肌理诗人，而且还是一种相当流行的文学思潮。②从文学史和文学本质的角度来看，以考据为诗无疑是"学人之诗"过度发展的产物，可谓国诗抒情传统中的"异端"；然在乾嘉时期尤其是乾隆时期，反倒是诗论更切于抒情的袁枚性灵诗学为相对弱势的一方——作为台阁文艺的异端产品，在社会上声势虽大，但实际地位却远在庙堂之下。更具体地说，由于考据学家得到了台阁身份的加持，其社会地位高于一般的诗人（当然也可以包括姚鼐为代表的桐城派辞章之士）。在官方修书、台阁鼓吹、幕宾招募均以考据学

---

① 翁方纲：《复初斋文集》，第107页。
② 不过也应该注意的是，吴嵩梁言翁氏"全集多至五六千首，命余校定，卒业，余请分编为内外集：性情、风格、气味、音节得诗人之正者，为内集；考据、博雅、以文为诗者，曰外集。吾师亦以为然"，这里的态度则相当平正。徐世昌：《晚晴簃诗话》，第583页。

为优先标准的情况下，这当然直接影响到士人的志业——同为有名气而获得名宦青睐者，贫病而死之文学家多、考据家少，主要原因盖即考据学有助修书，此为"硬通货"；而诗文吟咏至多只能锦上添花。故此，乾嘉时代从事于诗者虽仍多于考据学（盖因考据学对财力要求较高之故），但诗人也很容易被攻击为不能为考据之学，甚至不具备附庸考据的能力。①

这一点，袁枚在致黄景仁的《再答》中已经说得相当清楚了：

> 近日海内考据之学如云而起，足下弃平日之诗文，而从事于此。其果中心好之耶？抑亦为习气所移，震于博雅之名，而急急焉欲冒居之也？足下之意，以为己之诗文，业已是矣，词章之学，不过尔尔，无可用力，故舍而之他。不知"天下无难事，只怕有心人；天下无易事，只怕粗心人。"诗文非易事也，一字之未协，一句之未工，往往才子文人，穷老尽气，而不能释然于怀，亦惟深造者方能知其症结。子之诗文，未造古人境界，而半途弃之，岂不可惜？且考据之功，非书不可。子贫士也，势不能购尽天下之书，倘有所得，必为辽东之豕，纵有一瓶之借，所谓贩鼠卖蛙，难以成家者也。昔林公语王中郎："着腻颜帢，绨布单衣，挟《左传》逐郑康成车后，问是何物尘垢囊。"近日考据家光景，人人皆然，危乎子之用心也，虑其似此不远也。②

对于"海内奇才"孙星衍主动由辞章转向考据，袁枚也深致不

---

① 今天我们所注意的主要人物、别集，实际上均系当时的"精英人物"。在最一般的普通士人那里，显然是首重科举，其次稍骛诗文（盖有润笔为吸引），真能有志从事考据者仍是少数。这里是想说明，在"精英"这一层级，考据学者的势力是压过诗文之士的。因考据学愈精审，愈能得到高官、名儒的赏识；而诗文（尤其是诗）之工，往往伴随着"怪魁"之"变音"，故生活反易困顿。

② 袁枚：《小仓山房尺牍》，第111—112页。

满，曾致书说："近日见足下之诗之文，才竟不奇矣，不得不归咎于考据。盖昼长则夜短，天且不能兼也，而况于人乎！"① 孙星衍的复书虽感动于袁枚"惜侍以惊才绝艳之才为考据之学"②，但论及考据，则仍然坚持"惧世之聪明自用之士误信阁下之言，不求根柢之学，他日诒儒者之耻"③，可见其态度也颇为决绝。

按，袁枚规劝黄景仁、孙星衍等专心以诗文创作成家，其深意实有以下几方面。

其一，袁枚论性灵，是对考据饾饤有所不满。但这种不满并非强人从己，而是鼓吹自出机杼，不受风气、权威之困。而且，考据、辞章在袁枚看来较难兼得，正所谓"著作之文形而上，考据之学形而下，各有资性，两者断不能兼"④"人才力各有所宜，要在一纵一横而已。郑、马主纵，崔、蔡主横，断难兼得。"⑤相较之下，则袁枚之态度显然更倾向著作而非考据。以黄景仁之境遇、才性，自宜于文学。而就时人对孙星衍、洪亮吉的批评来看，孙星衍的文才也是的确高于考据，如此看来袁枚的评价实有理据。⑥

其二，考据首先需有大量藏书，这对贫寒文士是颇为不利的。洪亮吉《吕广文星垣斋文钞序》中提到，乾隆四十二年（1777），他与孙星衍、杨芳灿、吕星垣交往密切，当时"贫甚，无几榻。三人者相与，就余苦次，鳞比而寝。夜半月出，谈亦益纵，顾饥甚，无所得食。君独敲石火，搜旁室中，得败鏖及麦屑升许，就三隅竈作餐，竟以手掬食至饱。天破曙，生徒以次进，三人者始散去"⑦。这一年，洪亮吉三十二岁，孙星衍二十五岁、杨芳灿二十四岁，而

---

① 孙星衍：《问字斋集·岱南阁集》，第93页。
② 孙星衍：《问字斋集·岱南阁集》，第90页。
③ 孙星衍：《问字斋集·岱南阁集》，第92页。
④ 袁枚：《小仓山房诗文集》，第1766页。
⑤ 袁枚：《随园诗话》，第99页。
⑥ 值得注意的是，章学诚在《又答朱少白书》中评论孙、洪为奇才，但与古文辞是"冰炭不相入"的，盖谓其有诗才而无文才。这一论断还有可发覆的空间。
⑦ 洪亮吉：《洪亮吉集》，中华书局2001年标点本，第977页。

犹处贫困生活状态，饮食为艰，购书亦难，自然不适合从事考据学。① 孙星衍于乾隆五十年（1785）至江宁乡试，赠袁枚诗言"避公才笔去研经"②，然此时的生活状态仍贫困，似乎亦不适合于专研考据。孙星衍至乾隆五十二年（1787）中进士，此后才真正进入京师学术圈中，愈沉浸于朴学，而与袁枚越去越远。

其三，袁枚官阶不高，辞官后仅为"山中小草"。且此时诗人身份又不及考据学家为隆，为与考据风气相抗衡，自需广求盟友，提倡性灵诗学。黄景仁、孙星衍的最终选择虽不同，但确可证明考据时风对于个人才性志趣的影响。——姚鼐之"力挽三君"，可证明他与袁枚确面对着同样的问题。

就考据入诗这一问题，当然是"性灵"所着力反对者。但诗文本来具有颇强的应用性，不仅"文学"，能包含的内容非常广阔，故如只备一格，也不应尽废。袁枚本人对此也有调和之见解。《随园诗话补遗》卷二言：

> 诗贵近人情。考据之学，离诗最远。然诗中恰有考据题目，如《石鼓歌》、《铁券行》之类，不得不征文考典，以侈侈隆富为贵。但须一气呵成，有议论、波澜方妙，不可铢积寸累，徒作算博士也。其诗大概用七古方称，亦必置之于各卷中诸诗之后，以备一格。若放在卷首，以撑门面，则是张屏风、床榻于仪门之外，有贫儿骤富光景，转觉陋矣。③

"以备一格"，虽蕴贬义，但大致平正。观袁枚平生创作，也不乏此类考据题目之诗，如其集中就有《浯溪碑》《宋徽宗玉玺歌》

---

① 袁枚本人对此应有同感，《随园诗话》卷五言："余少贫不能买书，然好之颇切。每过书肆，垂涎翻阅。苦价贵不能得，夜辄形诸梦寐。"乾隆朝虽系考据学盛世，但这种情况却并不罕见。
② 袁枚：《随园诗话》，第291页。
③ 袁枚：《随园诗话》，第325页。

《董贤玉印歌》《简斋印》《洪武大石碑歌》等作。可以确定的是，袁枚性灵诗学的核心观念是提倡写情，并以七绝为卷首门面；但吉光片羽间，也可看出其对考据、学问入诗的态度相对平正，本身学养也有足道之处。① 相较而言，作为前辈的沈德潜，盖因浸淫时文过久，对学问缺乏沉潜之功，这也影响了他在文章上的成就。②

从道理上说，这似乎是一位优秀诗论家应具备的品格，但袁枚既已为当时考据诗群的众矢之的，似乎可以从侧面证明乾嘉文学正是一个以学养功力为核心的时代，稍见轻灵，便易受责。真正不以读书见长，纯以（广义上的）"性灵"驰骋诗才而又颇具成就者似乎应首推黄景仁，然不论是其生平的困顿（参前"盛世变音"一节），还是时人对其诗才的偏颇欣赏（如王昶《湖海诗传》所选，多非其代表作），都足以证明这并非才华横溢者所适合的时代。但袁枚性灵大纛之下，余风终究不息，王昙、舒位等诗人均开后世风气，随着时局转衰，文网松弛，考据学亦渐停滞，而终于以龚自珍为嘉道之结穴，近代之开端。如此，诗坛才渐渐找到学问入诗与性灵入诗的平衡点。这一定程度上即为"学人之诗"与"文人之诗"的对峙。

顾广圻③在《江郑堂诗序》中说道：

> 世之论诗者，以为有学人之诗，有诗人之诗，此大不然。诗也者，学中之一事，如其不学，无所谓诗矣。是故吾友江君郑堂，人咸知其为学人也，而其诗神思隽永，体骨高秀，镕裁

---

① 值得注意的是，一般认为同属性灵派的赵翼、李调元等，除长于吟咏外，还兼长于朴学。

② 参见张舜徽《清人文集别录》，第116页。当然，时人也有称述其"经术早同刘向著"的，这种溢美之词或能体现当时应酬文字背后的心态，而绝非其真实学养的体现。王廷魁撰，王鸣盛评：《小停云诗集》卷四，乾隆三十一年（1766）刻本，第6页上。

③ 顾广圻（1766—1835），字千里，号涧薲，江苏元和人，以字行，诸生。被誉为"清代校勘第一人"，小学、校雠、辞章俱精。有《思适斋集》十八卷。

精当，声律谐美，虽穷老尽气，期为诗人者，未见其能臻此也。……学之所至，诗亦至焉，则诗道其兴矣。①

宋诗实际上已属"学人之诗"一派，《沧浪诗话》中已有对两派得失的讨论。而顾千里这里的观念，实际上雷同于前文姚鼐的"降维打击"。所不同者，姚鼐是以古文统考据、辞章，而顾广圻这里乃欲以考据学包罗诗学，立场恰好相反。刘奕认为这体现了"一种普遍的思想倾向"②。就学人高于文人的泛论而言，此则是矣，以学入诗不仅屡见于考据诗群，在所谓性灵一脉中也是相当流行的创作倾向；但若认真解读顾千里的"思想倾向"，顾千里所说的学人特指考据学家，而一般的学人之诗，乃至肌理诗论，则都主要兼指学养和诗学传统两方面，似乎还可进一步细析。就经学家普遍的创作成就来看，袁枚评价江藩时说的"凡攻经学者，诗多晦滞"③ 倒是确论。

至于在文学创作中尤重学养的创作倾向，尤其是音韵学与诗学的合流等话题，则是下一节将要讨论的议题了。

第二节　从推重学养到逞才炫博

钱锺书在《宋诗选注》的序中指出，唐以后各派诗歌不论理论观点如何，均未能脱离摹拟、挦撦、獭祭风气，系"把巧妙的裁改拆补来代替艰苦的创造"④。按照上一节的话语来说，似乎可认为即"文人的学人化"。

在考据学思潮的笼罩下，乾嘉时期文学创作自是深受影响。尽

---

① 顾广圻：《顾千里集》，中华书局 2008 年标点本，第 205—206 页。
② 刘奕：《乾嘉文学家经学思想研究》，第 194 页。
③ 袁枚：《随园诗话》，第 304 页。
④ 钱锺书：《宋诗选注》，生活·读书·新知三联书店 2002 年版，第 16 页。

管如钱锺书所说,宋以来各文学流派都有或多或少的知识化倾向,但对学养功力的重视,均不及乾嘉时期特别标举"知识"的重要性,甚至不惜牺牲文学的"抒情"特质。要言之,正如上一节所说,尽管当时文人对考据学的态度有所不同,但在创作实践和理论批评中均或多或少地表现出重学的倾向,至于兼具学人身份的部分作家,则更进一步以之为使才炫博之工具,使文学创作与文字游戏的界限趋于模糊。考据学家的文学创作如"学人之诗"当然不用说了,而文学观念上注重性灵,风格上长于抒情的作家群体,也同样表现出重学或至少是不废学的创作观念,部分作品也可归为此类。

前节就已经提到,袁枚以"性灵"闻名,素来提倡"考据家"依附于"著作家",也因短于考据屡遭讥讽,但如果置诸文学史长河中观察的话,袁枚在文学批评的表述和文学创作的实践中,对于学的重视和功力实超过一般的文学家。袁枚批评考据入诗,主要是针对此类作品往往汩没性灵而言,必须结合语境以观其论述。就其实际的创作、批评来看,对学养的重视体现甚多。

一来文学史意义上的"重学",在绝大多数时候并不指考据学,而是主要指多读四部之书,并将其熔铸于诗文中,若"夺胎换骨""点铁成金""无一字无来处"见长之江西派,代表人物也多非考据学者。乾嘉时代最典型的,厥为学习江西派之秀水钱载,其与考据学者之不相合,前文已有讨论。从这种广泛意义的重学来说,袁枚在创作和批评中实有重学的一面。再比如,袁枚早年与沈德潜论辩,主要系"唐宋诗之争"的旧话题,而袁枚独能超越唐、宋分界的局限,足见视野,能有此结论,亦显然需要相应的学养功力以为支持。

再如袁枚的《续诗品》(成于1767年),对自己的创作经验也有详尽说明。如《博习》一则云:

> 万卷山积,一篇吟成。诗之与书,有情无情。钟鼓非乐,舍之何鸣?易牙善烹,先羞百牲。不从糟粕,安得精英。日不

关学，终非正声。①

"曰不关学，终非正声"的宗旨相当明确。袁枚并在《随园诗话》卷五中引申之：

> 余续司空表圣《诗品》，第三首便曰《博习》，言诗之必根于学，所谓"不从糟粕，安得精英"是也。近见作诗者，全仗糟粕，琐碎零星，如剃僧发，如拆袜线，句句加注，是将诗当考据作矣。虑吾说之害之也……②

可见，袁枚虽为"性灵"主将，但其诗学也同样相当重视学养，只是为救当时过度以考据入诗之偏，而逐渐转向对考据诗、学人诗的批判。《续诗品》中"如何选材，而可不择。古香时艳，各有攸宜"③等论述，均可看出袁枚的态度。性灵与根柢于学并无矛盾，但以考据学遮蔽性灵则是不可取的。

可再以桐城姚鼐为一显例。姚鼐于乾隆十六、十七年（1751、1752）见刘大櫆，闻古文法。乾隆二十年（1755）入都，拜师戴震遭拒，但得戴震开示治学门径，乃由古文转入经学。在四库馆时，姚鼐与汉学主潮不相合，再加之其他原因，乃再度回归古文，以桐城文派与考据学家相抗。④值得注意的是，姚鼐与袁枚关系亦好，其《随园雅集图后记》⑤对二人交往记述甚细，两人曾有书信往来辩论

---

① 司空图撰，郭绍虞集解；袁枚撰，郭绍虞注：《诗品集解 续诗品注》，人民文学出版社 2005 年标点本，第 147 页。
② 袁枚：《随园诗话》，第 78 页。
③ 司空图撰，郭绍虞集解；袁枚撰，郭绍虞注：《诗品集解 续诗品注》，第 150 页。
④ 详见王达敏《姚鼐与乾嘉学派》。
⑤ 姚鼐：《惜抱轩诗文集》，第 225—226 页。

礼制，袁枚的古文观念亦与桐城文派颇有相合。① 袁枚去世后，姚鼐为其撰写墓志，人有劝姚鼐勿为作墓志者，姚鼐则将袁枚比为康熙间的朱彝尊（1629—1709）、毛奇龄（1623—1716），盖对其人品持保留态度而认同其文采风流。② 若再深挖其间关系，则除程晋芳为袁、姚之间纽带外，二人均与考据学家异见，其时恰逢姚鼐不得志离京，或也是双方关系友好的原因之一。

桐城派无疑是与考据学相抗的一支劲旅，然观姚鼐一生在辞章、考据间的摇摆，在一定程度上可以确认，他的文学观念具有相当的现实指向性，即因与考据学主潮不能相容，而选择以古文相对抗。但是，正如王达敏业已指出的，姚鼐对考据、辞章的调停，不仅被考据学名流（如翁方纲、王昶等）所不满，辞章之士（如王芑孙等）也批评其考据过多，诚为"遭遇尴尬"③。

仅就上述叙述，似已可见乾嘉时期考据学之独大——袁枚、姚鼐以与考据学不相合闻名，但他们除与考据学家论辩争锋之外，也不能脱离重学征实这一文化主潮的影响，甚至在这方面也有自己的独到之见解。如姚鼐早年倾慕戴震，欲拜门下，并研治经学，尽管遭到考据学家的批评，但其努力可见。④ 袁枚本人对考据学的态度也颇微妙，他虽对考据学多有微词，但屡屡有意识自我彰显学养，固系"包装"，也见个人兴趣与读书苦功。⑤

---

① 参见刘衍文、刘永翔《袁枚续诗品详注》，上海书店出版社1993年版，前言第35—38页。
② 陈康祺：《郎潜纪闻初笔、二笔、三笔》，中华书局1997年标点本，第424页。此外，袁枚对朱彝尊的评价也颇值得注意，不知其是否影响到姚鼐。
③ 王达敏：《姚鼐与乾嘉学派》，第176—177页。
④ 再上溯的话，方苞也同样有考据研究，只是相较而言更显"空疏"。
⑤ 其实，袁枚一贯鄙弃的，乃是"应声虫"，故对汉学、宋学之"应声虫"，均表示不屑。这种态度可参见《续子不语》卷五"麒麟喊冤"故事，这可能是本书中最长的故事，反映的观点也与袁枚平生议论颇切合。袁枚：《子不语》，上海古籍出版社2012年标点本，第397—401页。

作为流派领袖尚且如此，则其同盟者可知——一般归入"性灵"的诗人，赵翼以史学见长，《廿二史札记》等书实为当时名著。李调元亦于经学、金石有甚多著述。① 孙星衍由治辞章转而治经，并为此引发袁枚的大不满意（说详前节）。姚鼐弟子中，有所谓孔广森（1753—1787）、张聪咸（1783—1814）、马宗琏（？—1802）"三俊"，皆深受姚鼐器重却终于转向汉学。孔广森精于《公羊传》，为今文经学导夫先路；张、马更与姚鼐有或明或暗的针锋相对。② 阳湖恽敬之文受桐城派影响，又能卓然自立，张舜徽评其"说经非其所长，好逞己见而无义据。盖有见于当时以说经为尚，故亦数数为之，因置之集中以自重耳。……殆亦囿于风气，犹未能免俗也"③。

这实际均是诗文流派势弱难留人才的体现。直到嘉庆后期，考据学趋于衰落，创作主潮亦为之一变，到道、咸两朝才体现出不同的新局。

推重学养是乾嘉时期文学创作的一大趋势，但在雅俗文学之间，在抒情、叙事文学之间；在不同文体之间，还有着不尽相同的具体表现形式。本节仅选取诗、白话小说两种文体略加讨论。④ 除此之外，若骈文当然与学的关系至为密切，且留待别文再论。⑤

---

① 李调元（1734—1802），字雨村，号童山，四川绵州人。乾隆二十八年进士，历任翰林院庶吉士、广东学政等。编刻有《函海》，著有《童山诗集》四十二卷、《雨村诗话》十六卷、《词话》四卷、《曲话》二卷等。
② 说详见王达敏《姚鼐与乾嘉学派》，第211—214页。
③ 张舜徽：《清人文集别录》，第274页。
④ 如学人词的问题，可参见沙先一《推尊词体与开拓词境——论清代的学人之词》，《江海学刊》2004年第3期。
⑤ 其实，骈文的情况也颇为复杂，如张宗祥对此即持批评态度（这与杨旭辉的看法相左），认为"乾隆则专尚华辞，独喜赋颂，且去清初渐远，文习以华丽，使非鸿博之科犹存影响、《四库》之辑可振学风，恐清代之文学至此已摇落无存矣"（张宗祥：《清代文学概述 书学源流论（外五种）》，第15页）。再如，胡天游为代表的浙派骈文家；阮元为代表的考据学家骈文家；李兆洛为代表的常州派骈文家，各自表现出不同的文化特质。泛为比较的话，恰与本书论诗派时所涉及的浙派、肌理派、桐城派有相当的近似性、可类比性。限于篇幅，留待以后再谈。

先就诗的创作来说。

如依照传统的"唐宋诗之争"命题来大致归纳,康熙前期宗唐与宗宋有明显对立,康熙后期至乾隆中期兼容唐宋,此后则宗宋风气与考据学风合流,逐渐占据主流地位。如果以乾嘉为断限来看,那么这两朝之八十五年的诗学主潮,也就是从唐宋兼容而趋于宗宋的历程。张丽华指出,乾嘉时期的唐宋诗之争可分为三个阶段、四股力量:

> 第一阶段为乾隆初年,唐宋诗之争主要表现为以吴地诗人为主体的宗唐派与以浙地诗人为主体的法宋派的对立……
> 第二阶段为乾隆中期,性灵派……主张无分唐宋……融通唐宋成为唐宋诗之争发展的新趋势……
> 第三阶段为乾隆后期至嘉庆末……主要表现为以袁枚为首的性灵派等调和论者与翁方纲为代表的宗宋者的对峙……①

不过,这种划分只能是一种粗略的论述,乃就口号而非学理本身而发。正如袁枚业已指出的那样,"夫诗,无所谓唐、宋也。唐、宋者,一代之国号,与诗无与也。诗者,各人之性情耳,与唐、宋无与也"②。——所谓诗之唐、诗之宋,并非严格地以时代为分野,只是一种抽象的概念,实际乃指"盛唐气象""一祖三宗"两种不同的审美类型。③ 而清人所争论的宗唐、宗宋,又不简单是盛唐、江西两派的投射,绝大多数在本质上可以归纳为重格调、主学养之争,然两者本来并非互斥,所以在表现形式上也显

---

① 王英志编:《清代唐宋诗之争流变史》,人民文学出版社 2012 年版,第 469—470 页。
② 袁枚:《小仓山房诗文集》,第 1506 页。
③ 清人诗话中有不少例证说明时人并不能真正通过辨诗朝代的"盲测"。袁枚:《随园诗话》,第 155 页。

得较多调和唐宋之感。① 如王士禛"神韵"虽以唐为宗，但其宋调倾向也甚为明显。这在提倡读书、溯源诗史方面，两派见解各有偏执，也均有建树，但多数诗家提倡兼收并蓄，只是畸轻畸重有所区别。关键的差异在于，前者以盛唐为格调之标准，推重中正和平之音；而后者则不仅以前辈诗人为师，既博采群籍以与诗学相济，自然体现出不同于盛唐格调的多元风格。性灵诗学则是将格调、学养等均目为诗学一品，并无轩轾，依照个人性灵以发扬之，故亦颇似"调和论者"。这其实是从"与古为徒"变为"自我作古"。

除袁枚以外，张问陶也态度鲜明地表达了这一观点。特别是其《颇有谓予诗学随园者笑而赋此》二首有言：

> 诗成何必问渊源，放笔刚如所欲言。汉魏晋唐犹不学，谁能有意学随园。
> 诸君刻意祖三唐，谱系分明墨数行。愧我性灵终是我，不成李杜不张王。②

乾嘉时期的主要诗派中，浙派、肌理派、桐城派、常州派等，多可大致目为近似的"宋派"。性灵派在所谓的"唐宋诗之争"中诗论主张融通，袁枚主张性灵而近于唐，其诗能出入唐宋间，虽与考据学家立场迥异，但也颇为看重学养，与格调派往往流于片面重唐轻宋俨然有异。张问陶与袁枚诗风最近，其论诗亦有共通之处。崔旭《念堂诗话》载张问陶、洪亮吉的讨论，可见张问陶之学养亦

---

① 但值得注意的是，由于唐诗的地位崇高，不少调和唐宋的诗学观点，实际上是倾向宋调的。许多所谓"宗唐"者乃宗奉杜、韩一路，堪称"宋"；而"宗宋"者或推范、杨、江湖之诗，实近为"唐"。本书称引所谓宗唐、宗宋，亦皆为泛指，不过多纠缠于概念辨析。

② 张问陶：《船山诗草》，第 278 页。

颇深厚，只是避免"玩物丧志之累也"①。至于同归入性灵诗派的赵翼、蒋士铨、舒位等，风格则似乎去唐益远。所以，如果认为乾嘉诗学主流是所谓"宋派"，即以学养读书入诗，似乎不会引起争议。②

而若更加细致地分析，则需要注意的是，诗人究竟运用何种学养入诗？其间的差异又是如何的？

提出这一问题的理由是：本章第一节已经讨论及杭世骏、顾广圻、袁枚等对于江藩"学人之诗"的不同观点。这里想要补充讨论的是，在同为注重学养、欣赏"学人之诗"的大背景下，各家的创作倾向特别是用典选择实际上有相当明显的差异，而这些差异是很容易被"学人"这一泛指所遮蔽的。清初文人激于晚明空疏不学之祸，已开始注重熔铸学问入诗，其时钱谦益、朱彝尊、查慎行等家亦为学人而兼诗人。更远一步说，江西诗派已经相当重视夺胎换骨、点铁成金，其创作岂非同样是借重学养入诗？如果只是简单泛指，而未能进一步拆解诗坛重视学养的不同面向，就无以认识考据学风与诗风的深层互动。略依年次、流派之不同，至少还可粗略划分成如下几类：

第一类，浙派诗人群。主要活动于雍正、乾隆前期，其风格多接近昌黎、山谷，长于雕琢锤炼，能点铁成金，但也未免有生僻饾饤之病。

浙派厉鹗、全祖望、杭世骏一批主要活动于雍正、乾隆前期的诗人，延续了前辈浙派作家长于史学、熟悉稗乘的学术特长，并有不少涉及考据的著作。但是，此之所谓考据与乾嘉考据学实有相当差异——乾嘉考据学家亦被称为"汉学家"，意为其学术根柢汉儒，长于文字音韵训诂之学，以此为治经途辙。尽管考据学家所治领域

---

① 张问陶：《船山诗草》，第718页。
② 张宗祥即认为"（沈德潜）所为诗亦（与浙派）相似也。……此袁、蒋、赵三家所以又起而救之以才气魄力也。然三家之诗，究其实亦皆盘旋于宋诗之中"。张宗祥：《清代文学概述 书学源流论（外五种）》，第42页。

颇为广泛，史学、诸子、历算、金石等有涉猎，但其主流则在乎通过小学以考证经典。焦循在《与孙渊如观察论考据著作书》中指出"是直当以经学名之，乌得以不典之称之所谓考据者混目于其间者乎"①，一定程度上即认为，考据学家或汉学家可以称之为"经学家"，这也是乾嘉考据学与前代考据最明显的差别。此后《书目答问》之《国朝著述诸家姓名略》亦持此见解，尽管史学、校勘之学、金石学等均可列入朴学之内，但未入"经学家"一类者，显然并非严格意义上的"汉学家"。不仅清人如此，后世之研究也概莫能外。

　　杭世骏在《书目答问》中被列为经学家，但其严格来说难算典型的乾嘉学人②，且杭世骏学问之主要成就其实在史学，其学术途辙、思想心态、文学风格都显近于同属浙派而年龄相近之厉鹗、全祖望、金农等人。

　　尽管学界对于"浙派"的定义不乏争论，但雍、乾时期厉鹗为代表的浙派诗人，显然与其前、其后的浙江诗人均有明显差异。这差异主要来自对政权的不同态度。就其要者言之，则是思想中的"南宋"潜流（表现为《南宋杂事诗》等）与"变音"倾向（参本书第三章第三节），而形而下之表现则是用典隶事多用"说部丛书中琐屑生僻典故，尤好使宋以后事……"③ 以厉鹗为例，其诗风清峭冷炼，较近乎南宋四灵。这基本上可以代表浙派的主要面目，即将异端心态隐藏于山水和史稗之间。故浙派之学问入诗，固是其个人才性志趣的体现，也未尝不能理解为一种特殊的保护色。④

　　厉鹗诗的短处是，难免饾饤生僻，故其炼句、短章为长，而长

---

① 焦循：《雕菰集》卷十三，《续修四库全书》第1489册，第246页。
② 杭世骏于乾隆三十七年（1773）去世，乾隆九年（1745）汉学初兴之时，杭世骏已经年过五旬。
③ 郭绍虞、富寿荪编：《清诗话续编》，第2240页。
④ 杨旭辉还指出，骈文兴盛的原因之一，亦在文辞难解，可隐藏自我心灵。可参见杨旭辉《清代骈文史》，第182—189页。

篇多气力不济。好用代词、僻句，往往有"剜肉生疮""了无余味"之讥。至其后学往往更甚。如沈德潜批评"今浙西谈艺家，专以饤饾挦撦为樊榭流派，失樊榭之真矣"①。郑板桥《偶然作》所批评的"小儒之文何所长，抄经摘史饾饤强"② 或亦指同类风格。袁枚《随园诗话》对宋人诗之末流，及浙派诗人均有批评，而相当辛辣地将其归咎于郑玄，盖一并刺讥及考据学之末流。③ 浙派之词作，亦往往不免此病，这与其生存状态、生活经验均是互为表里的。稍异者如杭世骏，其诗以沉雄悲壮，气猛才豪为特色，风格不同。杭世骏还专门有文字讨论学人之诗、诗人之学，其诗风其实更接近于本书列出的第三类创作倾向。

张仲谋《清代文化与浙派诗》采取较广义的浙派观，将秀水派钱载等人定为浙派的终结，谓这一诗群在心态人格上失去原有的浙派在野色彩和抗争意识，气度渐趋雍容和雅。严迪昌《清诗史》则将狭义的浙派结穴于吴锡麒，其心态归结于中正和平的盛世元音，而秀水派则为浙派的变异，多出文学侍从，在宗法黄庭坚的基础上与馆阁翰苑之气相融合。但不论采取哪种分派方式，都可得出共同的结论——乾隆中期的浙江诗人群体，在创作观念上虽有联系，但心态已经大变，与乾隆中期极盛之世风貌，及该地区诗人多有科举表现的生存状态相符合。

与追求奥博，"至所为文章，颇自喜怪鼻横崛，殊不能与时同趋，以是度当为世所憎笑，益不愿炫竞于时"④ 的山阴文人胡天游不同，钱塘人吴锡麒之创作虽然颇重学养，但文学观念已随文化心态而变，乃为"近代能者，或夸才力之大，或极撷拾之富，险语僻典，欲以踔跞百代，睥睨一世，不知其虚骄易尽之气，为有学之士

---

① 沈德潜：《清诗别裁集》，第 424 页。
② 郑燮：《郑板桥全集》，第 5 页。
③ 袁枚：《随园诗话》，第 12—13 页。
④ 胡天游：《石笥山房集》，第 140 页。

所大噱也。先生不矜奇，不恃博，词必择于经史，体必准乎古初……"①吴锡麒为人虽以耿介称，但仕途亦较顺遂。如此不同之心态，自然亦体现为不同之文学风貌。

再若，属于秀水派的钱载，在表现形式上仍有与前辈浙派相近之处。如其撰有《读五代史记赋十国词》一百首，并自为笺略，这似乎可目为《南宋杂事诗》的遗响——此类大型咏史组诗在当时颇为常见。②然钱载官至礼部侍郎，又享高寿，其诗虽取法韩、苏，追求奇崛深刻，但已不受浙派僻字僻典之讥，其风格与诗学中著名的"以诗为文"一派渐趋合流了。秀水派在当时的影响似当大于浙派，但就学养一面论则反为不如：全祖望、杭世骏等的经史之学均卓然有成。最著名的显例乃钱载与戴震之反复龃龉。钱载立场在诗家的义理之学，因此不满于戴震的考据训诂，也因此被考据学家所轻。相较之下，与双方均保持良好关系的翁方纲肌理诗说，恰好可算作两派之折中。

第二类，考据诗群。

这里所称的考据诗群，并不是严格意义上的流派概念，而是指一批热衷于以考据材料入诗者，其主体当然是考据、诗学兼擅者，而也包括一些在诗学无甚建树，徒以捃摭为诗者，其中还有乾隆帝这样附庸考据以炫学的作者。尽管正如梁启超、钱穆等业已指出的那样，考据学家实多与政权有疏离之处，或犹存民族意识潜流，或不满于宋学与八股应制，投身考据正是脱离现实的表现；但至乾隆十六年（1751）以后，帝王开始对考据学投以更多的重视，实际上

---

① 张维屏：《国朝诗人征略》，中山大学出版社2004年版，第651页。
② 比较重要的有严遂成《明史杂咏》四卷一百八十二首、洪亮吉《拟两晋南北史乐府》二卷一百二十首、舒位《春秋咏史乐府》一百四十首、《五代十国读史绝句》三十首、谢启昆《树经堂咏史诗》八卷五百二十六首、曹振镛《话云轩咏史诗》二卷二百首、汤运泰《金源纪事诗》八卷八百余首、鲍桂星《觉生咏史诗钞》三卷三百首、王廷绍《淡香斋咏史诗》二百二十三首等。见李鹏《论乾嘉时期的咏史组诗热——兼论清诗中的组诗现象》，《山西师大学报》（社会科学版）2011年第5期。

已引发考据学与御制文艺的合流。

多数考据学家的诗、古文造诣均有限。在前节"学人"与"文人"相关话题的讨论中，笔者已经述及以戴震为代表的考据学家对文学创作的态度，即认为文学创作低于考据，且有碍考据。不同者如钱大昕，虽亦在其批评观念中标举考据，但其能博综兼摄，在文学创作有相当造诣，对于文艺的价值亦有独到论断。钱大昕少年工诗，肄业紫阳书院时得沈德潜赏识，居"吴中七子"之一，故其诗论虽以学为重，但亦颇注重才情一面，态度比较平正。如他在《春星草堂诗集序》中就曾经指出诗有才、学、识、情四长，"含经咀史，无一字无来历，诗之学也"①。钱大昕在《瓯北集序》中还指出：

> 昔严沧浪之论诗，谓："诗有别材，非关乎学；诗有别趣，匪关乎理。"而秀水朱氏讥之云："诗篇虽小技，其原本经史。必也万卷储，始足供驱使。"二家之论，几乎枘凿不相入。予谓皆知其一而未知其二者也。②

这种折中式的见解应该是受到了沈德潜的影响。钱大昕的创作风格亦然，其诗虽以质实渊雅为世所称，但也不乏抒情之什，仍是介于"学人之诗""诗人之诗"之间。这是一种较为合乎学理的文学观念，可以看作考据诗人的典范形态。钱大昕的咏史诗数量不少，也多见特色，其《咏史杂诗》三十首为其中较突出者。与钱大昕为"异姓轼、辙"③的王鸣盛，其文学思想、创作风格与钱大昕亦颇相近④，但文学成就有所不及。

---

① 钱大昕：《潜研堂集》，第 441 页。
② 钱大昕：《潜研堂集》，第 438 页。
③ 钱大昕：《潜研堂集》，第 839 页。
④ 参见王鸣盛《嘉定王鸣盛全集》第十一册，中华书局 2010 年标点本，第 443—445、490 页等。

不过，此类作品尽管蕴含考据学家的独特见解或用语习惯，但就本质上看仍是抒情文学，并无以异于一般意义的"学人之诗"传统。如鲍廷博"夕阳诗"二十首，就遍用夕阳故典，于时大得声誉，被称为"鲍夕阳"①，考据家、诗人对这类组诗均较认可，应属学、文的良好结合。还有些诗作走得更远，炫才逞博之意昭然，"文学性"日益淡薄，往往味同嚼蜡，更无可观。再比如"全韵诗"，当时颇好作分韵的咏物、咏史组诗，或三十首，或一百零六首。② 其中较著名的杭世骏作有《梅花全韵诗》一百零六首③，乾隆帝也有《咏史全韵诗》各体皆备，并且单行。④ 嘉庆帝效仿之而为《全史诗》，纯为五言古体。⑤ 还有借此机会谄媚主上者，如王鸣盛撰《皇上五十万寿集御制句七言律二十首》，乃集乾隆帝诗句为七律。彭元瑞亦曾集乾隆帝诗句，成《万寿衢歌》六卷，凡三百首，并颁颂天下，以为弦歌之用。大略来说，这类作品不仅并非抒情性的文学作品，就在章法意境上也往往生硬，或可称为"类书诗"⑥。《红楼梦》第五十二回，薛宝钗言欲作《咏太极图》五律，"要把一先的韵都用尽了，一个不许剩"，薛宝琴则讽刺为"《易经》上的话生填，究

---

① 需要注意的是，袁枚对这组诗的文学价值评价颇高。袁枚：《随园诗话》，第319页。

② 朱庭珍《筱园诗话》称之为"雅道魔趣"，甚是。载郭绍虞、富寿荪编《清诗话续编》，第2227页。

③ 此组诗初稿撰于雍正十年（1732），后时常删改字句，晚年主讲扬州安定书院时，咏得百四十首。参陈琬婷《杭世骏年谱》，第51—52页。

④ 乾隆帝还写有《途次杂咏用上平声韵》七绝组诗等。清高宗：《御制诗初集》，第232—233页。

⑤ 徐世昌：《晚晴簃诗话》，第5页。

⑥ 《随园诗话》亦提及《三都赋》等之所以洛阳纸贵，是因为可当类书、郡志读，而"今人作诗赋，而好用杂事僻韵，以多为贵者，误矣"。袁枚：《随园诗话》，第4页。吴锡麒亦曾言："选赋得诗，有广备题目，近乎类书；有专讲作法，近乎时文。"徐世昌：《晚晴簃诗话》，第695页。

竟有何趣味"①，系对当时创作倾向的批评。

性质比较特殊、也颇有争议的"考据学入诗"是指以下类型的作品：诗中的抒情性和文学性远低于通常意义上的学人之诗，其主要内容为考据学的相关问题，甚至是直接用韵语记录考据过程、写作考据文字。按照考据学家的文论，这类作品当然是诗，且为学、诗相济的表现；而按照现代意义上的文学观念，严格来说只能认定为韵文而不具备文学性。这是一种将学养入诗推到极端化的表现。这一类的考据诗，除却在考据学家诗集中多有出现，数量颇丰之外，还有社交性的一面。如面对所收藏之古物、金石、旧籍等，往往多人唱和记事，其中文学性、抒情性强的作品则不多。陈衍评论说："次韵、叠韵之诗……四盛于乾嘉间王兰泉、吴白华、王凤喈、曹来殷、吴企晋诸人。大抵承平无事，居台省清班，日以文酒过从；相聚不过此数人，出游不过此数处，或即景，或咏物，或展观书画，考订金石版本，摩挲古器物，于是争奇斗巧，竟委穷源，而次韵、叠韵之作夥矣。"② 比较典型的，乾嘉之际谢启昆、阮元、秦瀛、钱泳、周春等二十余人即有《晋砖酬唱诗》六卷（1797年序）。阮元在任浙江巡抚期间主持的《八砖吟馆刻烛集》（收1802—1804年间诗）亦颇有代表性。

这种情况在诗话中亦常见，若杭世骏的《榕城诗话》三卷（1732年成），多数内容乃记当地逸事，卷下更是专门考察闽江地理，与"诗话"无涉。劳孝舆《春秋诗话》五卷（1751年刻）则是辑录春秋、左传中诗事，亦属于诗话之变体。

在乾隆帝笔下，往往为了炫耀自己的博闻多识，滥用僻字、僻典，导致诗作枯涩无味，甚至文理不通。更有欲炫学而反令人失笑

---

① 曹雪芹著、脂砚斋评，吴铭恩汇校：《红楼梦脂评汇校本》，第669页。周汝昌认为这段情节或调侃康熙十二年（1673）命熊赐履等进"太极图论"事。周汝昌：《红楼梦新证（增订本）》，中华书局2016年版，第232页。

② 陈衍：《石遗室诗话》，第251页。

者，如其《盗泉》诗①有意翻案，认为孔子不饮盗泉"殊荒唐"，而且以为此事出自《法苑珠林》，则于义理、于事实均有悖谬，徒可见帝王之心术也。唯当时臣子伏读感想如何，还有待于更深入之考索。

第三类，也是较有分寸，而在乾嘉时期又与考据学术较显疏离的一类诗人群体。即其本身对考据学造诣有限，但不废读书，又能较合理地运用学养入诗，使之服务于抒情的需要。在此前，其风格或可归为"学人诗"，然在这一时代，则应认为属学人诗、诗人诗的综合，而且多数更倾向于诗人。这里重点叙述那些创作倾向"性灵"，又能以学济诗的诗人，以见其余。如严蕊珠对袁枚的评论很值得重视（加粗字是笔者所标，下同）：

> 吴江严蕊珠女子，年才十八，而聪明绝世，典环簪为束修，受业门下。余问："曾读仓山诗否？"曰："不读不来受业也。他人诗，或有句无篇，或有篇无句。惟先生能兼之。尤爱先生骈体文字。"因朗背《于忠肃庙碑》千余言。余问："此中典故颇多，汝能知所出处乎？"曰："能知十之四五。"随即引据某书某史，历历如指掌。且曰："人但知先生之四六用典，而不知先生之诗用典乎？先生之诗，专主性灵，故运化成语，驱使百家，人习而不察。譬如盐在水中，食者但知盐味，不见有盐也。然非读破万卷、且细心者，不能指其出处。"因又历指数联为证。余为骇然。因思虞仲翔云："得一知己，死可无恨。"②

性灵后劲诗人的创作倾向、批评理念亦多如此。

如舒位。陈文述《舒铁云传》言："君性情笃挚，好学不倦。于经史古文无不读，尤喜观仙佛怪诞九流稗官之书，一发之于

---

① 清高宗：《御制诗初集》，第431页。
② 袁枚：《随园诗话》，第442页。

诗。"① 舒位之诗风，怪奇而博大。其组诗如《五代十国读史绝句三十首》《读论语诗六十首》《春秋咏史乐府一百四十首》等，就篇题、用典等方面来看，显与乾嘉风气近似。然其中仍带锋雷，绝非徒知饾饤者可比。如《五代十国读史绝句三十首》中，有"全家作贼偷天下，忽有投杯捉贼人"②等句，足见辛辣之态。"《论语》曾藏半部无？年来考据太疏芜"③似亦批评考据。又如其《与守斋论诗三首》论读书与作诗的关系云：

  诗三百五篇，圣人所手订。自然古韵通，不至相径庭。乃独宗沈约，而不依孔圣。约居吴兴地，乡音本未正。创声既多涓，分韵尤寡证。束缚汉魏才，拘牵唐宋病。腐儒捻其髭，一守苦争竞。岂知今韵书，并非沈所定。
  读书多多许，用书少少许。多则才质宏，少则义理举。不向如来行，不与将军侣。公论岂无人，霸才自有主。闲中窥陈编，人弃我亦取。梦中读祕笈，鬼夺天所与。万里助山川，一灯扫风雨。考据与应酬，皆非我辈语。
  性情各有真，片语不能强。非心所欲言，虽奇亦不赏。强作解事人，知一不知两。善作和事人，言直不言枉。几席有战争，门户或标榜。得失寸心知，此语信非罔。甘为老雕虫，名山何莽莽。未必有其期，不可无此想。④

这与袁枚的观念颇有延续相通之处，盖于学问一道，能"入乎其内出乎其外"。

再来看小说创作中对学养的推重和运用。清初白话小说，尤其是才子佳人类小说已经逐渐雅化，作者具有一定文化修养与情怀，

---

① 舒位：《瓶水斋诗集》，上海古籍出版社2009年标点本，第798页。
② 舒位：《瓶水斋诗集》，第87页。
③ 舒位：《瓶水斋诗集》，第344页。
④ 舒位：《瓶水斋诗集》，第305—306页。

目标读者也由市民转为中下层知识人，故其作品中自然会愈发凸显个人的才情、学力。

在乾嘉时期叙事文学创作中，曹雪芹《红楼梦》已经表现出相当的才学性，其中对诗文、戏曲、书画、禅理的运用与讨论、对世家生活方式尤其是古董、园林、服饰等清玩名物的描摹和趣味，已经具有"集大成"或"百科全书"的一面，表现出作者除与贵族生活关系密切外，还具有相当高的文化修养和较广博的知识面，其知识结构与曹寅、《楝亭书目》可互证处甚多。① 这即使不能证明曹雪芹继承了曹寅旧藏典籍，也足以说明其具有相当的阅读量，并在相当程度上受到曹氏家学的影响。而且，《红楼梦》中尤难能可贵处在于，书中虽处处体现作者之学养，但基本均系服务于小说创作，并无堆砌炫博之病。一般认为非曹雪芹原稿的《红楼梦》后四十回也大致维持了前八十回的风格状态，尽管不及前八十回丰富精彩，但水准远高于《红楼梦》其他续书，也时常展现出一般才子佳人或世情小说所不具备的学养。前引严蕊珠"盐在水中"之语，用来形容《红楼梦》亦允为妥帖。

此类在小说中展现学养的情况，在文言小说中出现的自是更加频繁。如沈起凤《谐铎》有《隔牖谈诗》一篇，云：

> 生负奇气，为沈晋斋、王西园诸前辈相器重，益自喜。尝作述怀诗，有"我岂妄哉聊复尔，臣之壮也不如人"之句。予适见之，曰："此宋元派也。"生气不肯下，转以诗学源流相诘问。予唯唯，生艴然曰："先生殆不屑教诲耶？"拂袖竟出。予独坐灯下，半炊许，暗中闻嗤笑声。叱问为谁，应曰："予此间地主冒巢民也，与王桐花、崔黄叶、陈伽陵辈魂游于此。汝吴

---

① 如曹寅的诗学对《红楼梦》产生影响，近年的研究可参见胡晴《由〈楝亭集〉中诗作看曹家文化传承及其对〈红楼梦〉创作的影响》，《红楼梦学刊》2018年第4期。又如《楝亭书目》中医书、茶书甚多，而《红楼梦》中这两方面也展现出作者对此具有相当的知识。

下阿蒙,辄敢高持布鼓,过我雷门。倘一言不智,定当麾之门外。"予曰:"冒先生馁魂无恙乎?如不见弃,乞垂明问。"因大声曰:"古诗以何为宗?"应之曰:"四言以三百篇为法,而太似则剽,太离则诡,故束晢《补笙》诗,未脱晋人俊语。五言自西京迄当涂典午诸家,各有一副真面目。梁陈之际,体卑质丧;至唐陈伯玉辈,扫除显庆、龙朔之弊,独标风格。七言权舆《大风》《柏梁》;泊乎魏宋,名作寥寥。初唐颇尚气韵,李、杜出而始极其变。后有作者,等诸自郐,无讥可也。"曰:"近体以何为宗?"应之曰:"阴、何、徐、庾,五律之先声也,延请云卿,揣声赴节,后来居上。王、孟以淡远并辔,李、杜以壮丽分镳。崔、李、高、岑,七律之正轨也。宾客仪曹,态浓意远,宗风克绍。浣花如鲸鱼掣海,青莲如健鹤摩天。至绝句,羌无故实,须求味于酸咸之外。虽工部高才,未传佳作。不得谓'黄河远上'、'葡萄美酒',獭祭者可学步也。"言未竟,忽厉声高喝曰:"我渔洋老人,论诗六十余年,以少陵诗史为宗。何物狂生,拈出司空三昧,教人废学?"因笑曰:"公一代诗坛,千秋史学,何敢妄议。但落凤坡吊庞士元,此题尚宜斟酌。"[1]

这则故事虽有炫才游戏意味,但可看出作者对诗学的观点态度,特别是其中对王渔洋"论诗六十余年,以少陵诗史为宗。何物狂生,拈出司空三昧,教人废学"的评价,与一般对神韵诗学的看法似有误差。又如纪昀《阅微草堂笔记》,对汉宋之争、三教之争等问题均有讨论,时贤论之较稔,此处限于篇幅,亦不详引了。[2]

---

[1] 沈起凤:《谐铎》,重庆出版社 2005 年标点本,第 22—23 页。
[2] 可参见詹颂《乾嘉文言小说研究》。

曹雪芹的交游与考据学者似乎甚少交集。从今存的脂批本来看，《红楼梦》在乾隆初期已基本成书，当时作为社会风气的考据学也未成气候。曹雪芹本人虽博学多才，但在小说中未以考据自炫。而创作于考据学大盛之后的《野叟曝言》和《镜花缘》，则产生了不同的创作倾向，经常将作者的炫博和文字游戏置于头等重要的位置，小说情节反而退居其次了。就小说叙事而言这恐怕应算倒退，但却体现了新的创作倾向、阅读趣味，且与乾嘉考据学时风构成了更为紧密的联系。

《野叟曝言》的作者夏敬渠（1705—1780）继承家学，一生著作丰富，对经史、诸子、诗文、医学、算学、兵学等均有成就，又好游历，广结交，在当时有一定名声。但他性格迂执，又终生失意科场，郁郁不得志间，只得以为名宦游幕为生，未曾有机会施展抱负。就小说故事情节来看，显系"白日梦"一流；然书中所写主人公文素臣的见识、经历、才能，几乎无一不是影写夏敬渠自己的抱负学问和生命历程。在虚构"素臣"梦想达成的过程中，盖除却大量理学说教之语外，夏敬渠也尽力展示自己的学养和才情。如小说第八十七回大段讲解《中庸》，乃是抄录自夏敬渠的《经史余论》。此外小说中多有论经学、史学、文学的长篇大论，其中不乏精核灼见，尽管因夏氏著作多佚，难得铁证，但应该也很可能多直接来自夏敬渠的其他著作。全书中尚有诗作五百余篇，除却抄录自己满意的旧作外，还因应小说情节，摇笔即来。如小说第一百三十九、一百四十回，就以进诗为情节，连续写出一百九十首诗，众体皆备。尽管其内容以歌功颂德为主，情节无聊、思想庸俗，但却可看出作者的创作才能。其他夏敬渠所擅长的医学、算学、天文、兵学等，均以各种形式被纳入小说中，成为文素臣才能的主要部分。由于作者本人对这些学问确有心得，就使得《野叟曝言》的情节结构虽与通常才子佳人小说有类似之处，但却实际上成为新的"才学小说"了。特别是夏敬渠本人理学气息浓郁，也并不以考据见长，在其小说中却特意展现考据方面的才能，正说明了一时风气所趋，士人多莫能自外。

《镜花缘》的作者李汝珍（约 1763—1830）师从于凌廷堪（1757—1809），深于音韵之学，此外对壬遁、星卜、象纬、篆隶等杂学均有涉猎。《镜花缘》以周游海外列国为主要故事情节，国名多取自《山海经》及先唐志怪小说。① 对《镜花缘》的文体特征，《中国小说通史·清代卷》尝试作了扼要的归纳总结，认为许乔林（1775—1852）在《镜花缘序》中的评价最为惬当。许乔林之《序》云：

> 是书无一字拾他人牙慧，无一处落前人窠臼，枕经葄史，子秀集华，兼贯九流，旁涉百戏，聪明绝世，异境天开，即饮程乡千里之酒，而手此一编，定能驱遣睡魔，虽包孝肃笑比河清，读之必当喷饭。综其体要，语近滑稽，而意主劝善，而津逮渊富，足裨见闻。昔人称其："正不入腐，奇不入幻，另具一付手眼，另出一种笔墨，为虞初九百中独开生面，雅俗共赏之作。"②

又《镜花缘》第二十三回言：

> 上面载着诸子百家，人物花鸟，书画琴棋，医卜星相，音韵算法，无一不备。还有各样灯谜，诸般酒令，以及双陆、马吊、射鹄、蹴球、斗草、投壶，各种百戏之类……③

除却这些此前小说所经常出现之内容题材外，还有一些为稍冷僻的"杂学"，如，第四十一回用整回篇幅描述了苏氏织锦回文璇玑

---

① 相关论述详见赵建斌《镜花缘丛考》，山西人民出版社 2010 年版。
② 朱一玄：《明清小说资料选编》，南开大学出版社 2012 年版，第 518 页。
③ 李汝珍：《镜花缘》，华夏出版社 2008 年标点本，第 110—111 页。

图诗的读法，盖即沿用康万民的《璇玑图诗读法》。① 这些内容，虽对作者的学养有较高要求，但这主要是日常社会生活的知识面宽度，文人雅趣，解此盖不甚难。如裕瑞《镜花缘书后》言："酒令各种，难为他半生留心，竟凑得许多，非一时之力可成。若其笑话，都是现成俗套，犹恐酒令亦是烦人代杂凑者，或抄袭他人成作……书中杂学都讲讲，也算他尚博，然自诸书查来凑上，未见都是他的学问。设若当面有人出令，他立时不假思索，能如书中答对，则余服其敏捷。即能遍记诸杂书，记性好亦是难事。若家坐找些人帮着，堆五车书，费成年力，杂凑成此书，何难之有？稍通文之人，皆足办也。……此公生平，总似费工夫慢慢寻来者。一时出之为惊人之具，此是第一作用。"② 虽未免刻薄，但也言之在理。

《镜花缘》之与《野叟曝言》并称，共同构成了此前未有的"才学小说"③ 一类，乃是因在此类知识之外，又别有对群经、正史、小学等的深入探讨。如《镜花缘》第十六回在黑齿国④，讨论及"敦"字的十二种读法⑤；第十七回，讨论上古音韵学及郑康成对经典的注解⑥；第十八回，提及目录学著录《易经》九十三种，

---

① "《镜花缘》所谓史幽探'将《璇玑图》用五彩颜色标出，分而为六，合而为一'之读法，实即康万民《璇玑图诗读法》。……不过，《镜花缘》之读法与康万民《璇玑图诗读法》相比，存在有遗漏、错误和重复。究竟是出于作者的故意，还是另有它因？尚待进一步研究。"赵建斌：《镜花缘丛考》，第151页。

② 富察·明义、爱新觉罗·裕瑞：《绿烟琐窗集 枣窗闲笔》，上海古籍出版社1984年影印本，第270—272页。有学者认为《枣窗闲笔》可能系后出伪书，但目前证据不足。而且本文的引用也不涉及这一文物问题。

③ 其实，甚至可称为"学术小说"，因炫才虽是小说中占据相当篇幅，而作者的态度也颇严肃，乃欲通过小说反映自己的学术观点。

④ 李汝珍：《镜花缘》，第75页。

⑤ 此事盖出于徐应秋《玉芝堂谈荟》，而同时引及此事之著作，尚有《随园诗话》。袁枚：《随园诗话》，第91—92页。

⑥ 李汝珍：《镜花缘》，第79—80页。

且批评了王弼的《注》。① 这些，都是只有深于朴学者才能够写出的内容，并且讥刺持理学观点的多九公，表现出不同寻常的学术趣味。作者在小说中用大量篇幅书写这类内容，间有讽世之意，而主要目的为自娱及小范围流传，正可看出其受朴学思潮影响之深厚。

《镜花缘》的情节中，表彰才女的倾向甚为明显。书中女性角色在文才、学识等方面都胜过男性儒者，这比《野叟曝言》更进一步（《野叟曝言》中除水夫人在理学方面胜过文素臣外，其他女性虽有学养，但均远不及文素臣）。值得注意的是，乾嘉时期，也确实常有女性从事学术的情况。最有名的即郝懿行之妻王照圆，此外如李晚芳②、汪嫈③、刘文如④、陈尔士⑤、杨琏之⑥等，或有学术著作、文集⑦，或其创作体现相当的学养（如前引之严蕊珠，虽年未二十而卒，却在当时以博雅称）。这是此前其他时期所相对少见的，足以看

---

① 李汝珍：《镜花缘》，第84页。值得注意的是，《隋书·经籍志》经部易类著录"通计亡书，合九十四部，八百二十九卷"，除去并非周易的《归藏》外，恰为九十三部《周易》注本。

② 李晚芳（1691—1767），号菉猗，广东顺德人，著有《女德言行纂》《读史管见》等。《读史管见》是其批评《史记》之作。

③ 汪嫈（1781—1842），字雅安，安徽歙县人，程调鼎之妻。著有《雅安书屋诗集》四卷、《文集》二卷。沈善宝《名媛诗话》卷十一言其："学力宏深，词旨简单远。且能阐发经史微奥。集中多知人论世经济之言，洵为一代女宗。"

④ 刘文如（1777—1847），字书之，号静香居士，江苏仪征人，阮元侧室。著有《四史疑年录》七卷。

⑤ 陈尔士（1785—1821），字炜卿，浙江余杭人，钱仪吉之妻，著有《听松楼遗稿》《历代后妃表》等。

⑥ 杨琏之（1816—?），字椿林，贵州镇远人，有《集圣教序述祖德诗》百首，为寿其叔祖杨芳（1771—1846）之诗，具有文字游戏意味。其生年据黄前进《果勇侯杨芳研究 贵州近现代史研究文集 之五》，贵州省科学技术情报研究所1998年版，第171、194页。相关资料推算。按此种做法在当时盖甚流行，如马慧裕（？—1816）有《集圣教序诗》四卷、《续集圣教序诗》四卷等。柯愈春：《清人诗文集总目提要》，北京古籍出版社2002年版，第812页。

⑦ 《近代妇女著作考》引《神释堂脞语》言："近世闺秀多工近体小诗耳，能为古诗者什不二三，能为古文词者百不二三也。"胡文楷：《历代妇女著作考》，上海古籍出版社1985年版，第81页。

出考据学风气之播迁，亦及于女性知识人。如徐祖鎏序蒋机秀《国朝名媛诗绣鍼》（嘉庆二年刻，1797）时就说："盛世鼓钟，半垂型于妇女……况又根诸学殖，运以心灵，扫除粉黛之丛，驰骤风云之表。"①

顺带一提，这种炫学倾向还见于戏曲、花谱的相关著作中。如张衢《玉节记》中"卖弄自己在佛学、医学、占卜等方面的学问，甚至凭空添置'诧腐'一出，揶揄考据之儒"②，可看出其炫学的倾向性。

郭安瑞发现：

> 花谱作者都接受过经典文学的熏陶，有些甚至极富文化修养。他们所写的序言和题词表明他们乐于炫耀自己深奥难懂的博学。几乎所有的序言都采用骈文的形式。这一文体强调形式上和主题上严格的对称，需要长期不懈的文学训练。这些文字还表露着一种类似文人笔墨游戏的印迹。譬如，在《片羽集》的首叙和序言里，每一句的头两个字都对应着元稹或元好问诗歌的开头二字。③

可见，炫才逞学的倾向，在乾嘉时期的俗文学创作、批评中，也已经相当明显了。

最后，还应该补充一点剩义。本书是以"乾嘉"作为整体的论

---

① 胡文楷：《历代妇女著作考》，第914页。
② 王春晓：《乾隆时期戏曲研究——以清代中叶戏曲发展的嬗变为核心》，第165页。
③ 郭安瑞：《文化中的政治：戏曲表演与清都社会》，社会科学文献出版社2018年版，第56—57页。原书尚有脚注云："来青阁主人：《片羽集》（1805），《清代燕都梨园史料》，第119—123页。《片羽集》的作者很可能姓元。他称自己为当代的元好问（第122页）。他的诗和序都引用了元稹或元好问诗歌中的大量词汇。这种引用唐宋诗歌拼凑创作文本的风格，也见于播花居士《燕台集艳》（1823），《清代燕都梨园史料》，第1037—1055页。"

述对象，而经过上述的分析也可见，推重学养确实是乾嘉时期一大创作潮流。但若具体仔细剖析的话，还有进一步细化的空间。如所谓的"乾嘉学派"，依本书"绪论"的概括，当以乾隆九年（1744）为一重要分界点，至乾隆十六年（1751）以后，乃渐渐成为一种社会上的主流风气，而在四库开馆时臻于极盛。从登上舞台到成为主流，其间还有一段距离，故以吴敬梓为代表的一批文人，主要活动在乾隆前期，与考据学的关系就相对较疏远。这从《儒林外史》主要针对八股时文而几乎未涉及考据学，就可见一斑。同理，到嘉庆朝的晚期，考据学固然仍见余波，但社会政治与文化思潮均已发生变异，其时的学风、文风又开始与考据学疏离。

而且，正如袁枚已指出的那样，士人从事考据，必有一重要前提，即"考据之功，非书不可"[①]，需要相当的财力和较为良好的文化环境以为支持。这就导致纵是在考据学鼎盛之际，其覆盖面也是相对有限的，不少贫困文士如黄景仁等，实无力于从事考据，而体现出不同的文学创作风格。考据学作为当时时代的基本底色，对各个流派均产生浸染之力[②]，这合乎文学思想史对于"思潮"之判断；但其影响力大小究竟如何，未来还值得加以更细致的深入讨论。

比如，袁枚《小仓山房尺牍》卷八《答李少鹤书》中说：

> 来札忧近今诗教，有以温柔敦厚四字训人者，遂致流为卑靡庸琐，属老人起而共挽之，此言误矣。……近今诗教之坏，莫甚于以注疏夸高，以填砌矜博，据撦琐碎，死气满纸。一句七字，必小注十余行，令人缂口怯舌，而不敢下手。性情二字，几乎丧尽天良。[③]

[①] 袁枚：《小仓山房尺牍》，第112页。
[②] 如文章方面，就有"文章殆同书抄"的现象。张问陶：《船山诗草》，第1页。
[③] 袁枚：《小仓山房尺牍》，第233页。

这封书信作于乾隆五十七年（1792），乃在开四库馆的二十年之后。本年袁枚已七十七岁①，考据诗家亦已多在高龄。足以看出，尽管袁枚的论敌已经由格调诗学而转向考据诗群，但年岁远轻于他的高密诗人李宪乔（1746—1799），依然没有真正意识到考据学风对诗学的影响力。

---

① 郑幸：《袁枚年谱新编》，第581页。

第 五 章

个性解放与艺术的精致

　　此前两章，主要探讨了官方力量、主流学风对士人心态和创作、批评风貌的影响，这些议题在此前的文学批评史中，所占的比重似不甚大。这大概既可看作本书的千虑一得，也可证明在文学研究中自有另外一番对"乾嘉文学主流"的价值判断——其核心即以袁枚为中心的性灵文学，而曹雪芹的《红楼梦》等可与之遥相呼应，其共同特点是发扬性灵，鼓吹个性解放，且不满于官方提倡的理学和主流考据学。"文学主流"何以与"文化主潮"产生明显抵牾的倾向？

　　一来主流意识形态造成的社会压力有若干可诟病之处，官方专制足以令士人钳口结舌，但不足以彻底封闭一切意见，乃引发"盛世变音"以为反弹。二来这种发扬性灵的精神实际上一直有所传承、生长：从文化传统来说，盖远绍魏晋，直接晚明，阳明学与晚明文学的核心观念虽遭批判，其话语却早已深入人心，通过小说、语录等多种方式传播；从生存状态看，江浙地区富庶，又逢盛世，教育之普及、生活之奢侈也使得士人有能力在生活中追求自由、崇尚个性乃至沉迷娱乐。此时大盛的才女文化和女性文艺，当然也是在这一背景下兴旺起来的。

　　文学，特别是抒情文学，有着基本的规律。除却那些特别极端的"文以载道"论述，各艺术流派、批评主张，都会认同文学之

"美"的重要性，所不同者仅在于"美"的标准及达到的途径。此时期的各文体、各艺术流派、代表性作家，对此话题均有讨论，富有理论建树者甚多。而不同流派间的争鸣、对话、融合，也值得重视。

第一节　晚明的潜流

　　王阳明（1472—1529）的"心学"兴起以来，对于整个晚明乃至清初的哲学思潮、士人心态、文学思想均有重大影响。及入清，在理学名臣与胜朝遗民的双重冲击下，王学特别是其末流之空疏狂禅遭到严厉批评并转入沉寂，晚明之风气也深遭主流排摒，凡此皆人所共知之常识。然而值得注意的是，在整个清代压抑的学风之下，晚明的思潮、精神却仍存潜流，对相当一部分士人的创作心态与文学写作起到了重要的影响。而即使是排摒晚明精神与反对王学的主流意识形态，也在一定程度上受到晚明潜流的影响。换言之，晚明到清的思想史、文学史仍体现出延续性，只是由于过度高估所谓"资本主义萌芽"在物质上的影响，往往易被研究者所忽略，而认为明清之际的断裂远高于延续。[①] 不过，尚钺在《明清社会和经济形态的研究》[②]的序中早就指出了从明中叶以后的"资本主义萌芽"延续性，似乎可以理解为本研究的依据：所谓晚明具有的"资本主义萌芽"，在清朝依然是延续并发展着的。王汎森则更具体地指出："清初以降逐渐形成四股力量的齐旋，一股是晚明以来已发展到相当成熟的生活逻辑、城市化、商业化、逸乐、流动，以及日渐复杂化的生活形态。"[③]

　　[①]　以上观点感谢杨耀翔兄对笔者的提示。
　　[②]　中国人民大学中国历史教研室编：《明清社会和经济形态的研究》，上海人民出版社1957年版。
　　[③]　王汎森：《权力的毛细管作用》，序论第3页。

文学领域，陈居渊的《清代诗歌与王学》① 是较早系统研究这一课题的尝试，该书以心学特别是李卓吾之"童心说"为王学的立足点，凡重个体、崇自我者皆有所关注；然而文体既局限于诗，部分章节亦未免有过度阐释之处，似乎未足以彻底解决这一重要问题，还有可发覆之处。不过，书中对王学的界定（实际上即对晚明风气的界定）还是相当重要，且其认为，"清代诗歌的发展，始终是与'王学'以及晚明文学新精神密切联系在一起的"②，这一观点颇重要。高翔则是在《近代的初曙：18世纪中国观念变迁与社会发展》一书中专立有"理欲之争与生活方式的变迁"一章，约120页的篇幅与本节涉及的话题直接相关。③

陈洪师在《清代文学思想史·清前期》的论述中，对于顺康之际的晚明余波有相当精彩的梳理，特别是注重闲情、娱世等角度，较之前人所论更为全面而深入。④ 本节所论"晚明"，即合上述定义而成：作家追求主体意志特别是性灵、现实生活中倾向个性解放而疏远权威、审美重才情和生活趣味。——再补充一点的话，那么就需要与这一时期其他的离心力量（本书第三章第三节"盛世中的变音"）有所区分。即与一般性的借鉴不同，这里侧重于介绍能够在整体上与晚明形成对应者。至于其他或隐或显的接受，此内容已详于"盛世中的变音"一节，兹不赘述。

本节想要探讨的是，在看上去儒教、诗教均最为稳固的乾嘉时期，晚明的潜流是如何发挥作用的，而文学家又如何展示相应的生活状态与创作特色。选择以"晚明"为切入点，一来是有利于本章

---

① 陈居渊：《清代诗歌与王学》，上海人民出版社2015年版。
② 陈居渊：《绪论》，《清代诗歌与王学》，第1页。
③ 该书没有直接标举晚明的影响，但在部分材料和思路上与本书的初稿有若干暗合之处。
④ 部分观点参见陈洪《"闲情"背后的隐情——兼论鼎革后李渔的复杂心态》，《文学与文化》2017年第4期；《论清代顺康之际文坛的娱世闲情风尚》，《文学与文化》2018年第4期。

"个性解放与艺术的精致"的论述主旨;二来则是有助于阐明晚明思潮对乾嘉时期文学的影响(这一点往往甚易被忽视)。至于在哲学上王学与程朱学的歧义,其与魏晋、禅学等的联系;以及阳明本身的事功等方面,则并限于篇幅,不在本节主要视野之内。作为一个严密的学术论述,这里未免"跛足"——袁枚《小仓山房尺牍》卷三《答家惠缵孝廉书》言:"至于心余推仆为六朝人,则又不敢当。何也?六朝人有狂者、狷者、中行者、乡愿者,人颇不同。心余不知置仆为六朝中何等人?而但浑而言之曰'六朝',则是心余于六朝之人尚有所未知,又何能知仆哉?"①——其言甚当。是以,此处的"晚明",亦仅作为一个切入点而存在,希望借此拈出乾嘉时期的一些具有延续性的特点,并部分地摆脱之前对本时期文化精神的惯性认知。

首先应该说明的是,乾嘉时期,不论是晚明生活状态,还是王学思想,都处在较为边缘的位置,但其一些思维方式却相当潜移默化地被保存下来。

比如,在创作中追求个性的纾解发扬,对晚明人物或相关命题展开直接的讨论。这些作品的风格与观念往往介于雅俗之际。如郑燮的《贺新郎·徐青藤草书一卷》:

墨渖余香剩。扫长笺、狂花扑水,破云堆岭。云尽花空无一物,荡荡银河泻影,又略点、箕张鬼井。未敢披图容易玩,拨烟霞、直上嵩华顶,与帝座,呼相近。

半生未挂朝衫领。狠秋风、青衿剥去,秃头光颈。只有文章书画笔,无古无今独逞。并无复、自家门径。拔取金刀眉目割,破头颅、血迸苔花冷。亦不是,人间病。②

---

① 袁枚:《小仓山房尺牍》,第89页。
② 郑燮:《郑板桥全集》,第144页。

此词咏徐渭（1521—1593）之生平，对其"拔取金刀眉目割，破头颅、血迸苔花冷"的自残行为予以深刻的同情，其中兀傲倔强之气显然。究其气质，实际上同时也是这位"青藤门下走狗郑燮"的个人情绪。①郑燮尚有另一首更为知名的《沁园春·恨》，文辞、意境较此阕更"俗"②，但"把夭桃斫断，煞他风景；鹦哥煮熟，佐我杯羹。焚砚烧书，椎琴裂画，毁尽文章抹尽名"③，岂非一种别样的、与徐渭近似的精神自残心理？若继续泛指一种愤世嫉俗的心理，则同趣者尚且甚多。比如，吴敬梓所受的影响虽然似以魏晋为更多（这在《儒林外史》中的表现极多），但其游冶金陵，挥金如土（这似乎并非魏晋文人的任情自适），又有"召阮籍嵇康，披襟箕踞，把酒共沉醉"④之心境，去晚明士风似乎也并不甚远。吴人钱大昕粹然儒宗，然集中也有《唐六如像赞》"土木其形骸，冰雪其性情……狂士标格，才子声名"⑤一类文字称颂唐寅（1470—1524），并与唐仲冕（1753—1827）共同修复唐伯虎墓。⑥盖晚明精神，亦颇随乡谊而传播欤？

再比如，清代帝王运用的一些术语，亦相当贴近于心学。如"良心"一词，远源虽可上溯《孟子》，历代解释，均以为善良仁义之心，如朱熹《四书章句集注》言"良心者，本然之善心，即所谓仁义之心也"，似无特别深蕴。而王阳明之"致良知"为所谓"阳

---

① 童钰（1721—1782）有《题青藤小像》诗云："抵死目中无七子，岂知身后得中郎？"此对徐渭、袁宏道的感慨，恰好可以移来类比郑燮、袁枚。袁枚：《随园诗话》，第95页。

② 按照传统词学批评标准来看，此词实非佳作，但却能够很真切地反映板桥的思想心态，特别是在雅、俗之间的审美取舍，具有很重要的文学思想史价值。

③ 郑燮：《郑板桥全集》，第154页。

④ 吴敬梓撰，李汉秋、项东升校注：《吴敬梓集系年校注》，第344页。李汉秋业已指出这一心态见于《儒林外史》第三十三回，吴敬梓撰，李汉秋、项东升校注：《吴敬梓集系年校注》，第345页。

⑤ 钱大昕：《潜研堂集》，第276页。

⑥ 钱大昕：《潜研堂集》，第1314页。

儒阴释之学",认为心即是理,遵循内在本性即为良知,扩充之便为"致良知"也就表现为"理",此对"良心"的研究续有扩展,并使社会上的称引趋于热门。检明清两朝实录①,明代唯《神宗实录》出现八次②、《熹宗实录》出现二十四次、《崇祯实录》出现十五次为较多,其余历朝均在五次以下。③ 王阳明于万历十二年从祀文庙,这似乎可以看出帝王运用"良心"一词与阳明学的潜在"互文"关联。而在清代实录中,《高宗实录》"良心"一词使用居然达五十二处之多,其次则《仁宗实录》有二十一处。乾隆、嘉庆二帝运用"良心"一类词语,固然应归于广义的理学,然这种话语却是受到王学的暗中影响,用而不觉。更进一步说,程朱之学重在"致君行道",王阳明因感于难以"致君",则一变而为"觉民行道"。对于"君师合一"的帝王来说,无须"致君",自然唯有"觉民"。在大臣、百姓面前,"十全老人"既是统治者,又是教化者④,而以"良心"衡量其忠心程度。这虽然已绝非王学本意,但却实际上在暗中化用王学的话语体系以为己用。限于篇幅,这一话头难以深论,但也足以看出晚明到清中叶间思想文化的延续性。

《四库全书总目·王文成全书提要》云:"盖当时以学术宗守仁,故其推尊之如此。守仁勋业气节,卓然见诸施行。而为文博大昌达,诗亦秀逸有致。不独事功可称,其文章自足传世也。"⑤ 由《四库全书总目》等的相关表述可以看到,考据学者对于王学的事功、文章不无褒奖,但对其义理则往往批评其违背训诂,有空疏之处(事实上清儒对理学家,多有此类责难),于晚明王学末流更是深加挞伐。

---

① 数据来自"明实录 清实录"检索版,韩国国史编纂委员会编,网址:http://sillok.history.go.kr/mc/searchResultList.do,2018年12月17日检索。下同。
② 检索笔数为34处,但多数为人名"夏良心""王良心",排除这些后得八处。
③ 其余:《太祖实录》《太宗实录》为四次,《英宗实录》为三次,《宪宗实录》为两次,《仁宗实录》《世宗实录》为一次。
④ 即"外王本内圣"。清高宗:《御制诗二集(二)》,第82页。
⑤ 永瑢:《四库全书总目》,第1498页。

但我们也可以找到例外，如钱大昕"信有文章兼道学，漫因门户快恩仇。蚍蜉撼树嗟何益，试看姚江万古流"① 之诗，即旗帜鲜明地支持王阳明，反对理学家的门户之争。此外，正如陈居渊业已指出的那样，晚明思潮在清代不绝如缕，体现为对人的个性、欲望的肯定，及生活中的放荡与享乐。在乾嘉时期，考据学者似多与此类生活有明显界限，而这些享乐生活在文人（如黄景仁等）身上体现得尤为明显。

以上述的概念为核心，这样的晚明潜流，在诗文等雅文学方面则集中于以袁枚为代表的"性灵派"，在通俗文学方面则主要体现于曹雪芹的《红楼梦》。从社会环境来看，尽管论者已指出清中叶所谓的"资本主义萌芽"重新引发江南社会的重商风气与道德观念之变，但乾嘉时代的风气实际与晚明已相差甚远，思想若稍有出格，实际上很容易被目为异端。袁枚在当时虽俨然为诗坛盟主，"性灵派"蔚为大宗，但其思想心态实际仍属个案，或者说其受晚明影响之浓，乃其他人所难以企及者。且即使是在袁枚具有众多关系网络的"大本营"随园，也同样会遭受可能的冲击。而不论其生前、身后，都常常遭受一些"卫道者"及考据家的严厉批判。曹雪芹的生活状态固然与袁枚大有不同，但其心态、精神等也有颇为类似之处。尽管《红楼梦》在乾嘉间已有相当多的读者及续书，但真能从这一角度体悟小说中蕴含之心态者亦寥寥无几。

对袁枚、曹雪芹等的相关研究实已汗牛充栋，故这里只侧重于介绍其与晚明潜流的因缘关系，以及在当时语境下的对话对象。为更直观地展示这一晚明潜流的表现形式，也为了展示文学思想与士人心态研究密不可分的联系，这里不妨首先描述"晚明的人格形象"。更具体地说，这种晚明潜流不只是生活趣味或文学因缘上的，同时也是一种意识形态。

晚明影响最大之"洪水猛兽"应即李贽（1527—1602）及其

---

① 钱大昕：《潜研堂集》，第1233页。

"童心说"。罗宗强《明代文学思想史》等书已经提到李贽思想中的道德观念。左东岭在《李贽与晚明文学思想》一书中对李贽的心态亦有相当深入的个案剖析,特别指出李贽在"情性"之外的成圣心态及其与"童心说"的关系。即李贽志在作超越"众人"的"圣人",故作异端以矫正时弊,其《答焦漪园》所谓"今世俗子与一切假道学,共以异端目我,我谓不如遂为异端,免彼等以虚名加我"①,正表明其异端性相当程度上只是一种有意为之的过激姿态,其本人仍有"真道学"的深层寄托②(这一点,对于我们理解郑燮也是有帮助的)。

不过,在认清这一点的同时也无须彻底否定旧说。将李贽看作提倡情欲的典型个案,同样具有相当多的文献支持,且与后世的接受更相贴合。将李贽及其所代表的晚明生活状态看作乾嘉时期"性灵"力量的主要影响来源,其理由将在下文详述。

李贽在《焚书》中,还有一段相当经典的自述:

> 缘我平生不爱属人管。夫人生出世,此身便属人管了。幼时不必言;从训蒙师时又不必言;既长而入学,即属师父与提学宗师管矣;入官,即为官管矣。弃官回家,即属本府本县公祖父母管矣。来而迎,去而送;出分金,摆酒席;出轴金,贺寿旦。一毫不谨,失其欢心,则祸患立至,其为管束至入木埋下土未已也,管束得更苦矣。我是以宁漂流四外,不归家也。其访友朋求知己之心虽切,然已亮天下无有知我者;只以不愿属人管一节,既弃官,又不肯回家,乃其本心实意。特以世人难信,故一向不肯言之。③

---

① 李贽:《焚书》,中华书局1961年标点本,第8页。
② 左东岭:《李贽与晚明文学思想》,天津人民出版社1997年版,第62—70页。
③ 李贽:《焚书》,第187页。

因李贽有不爱受人管束的性格，乃在思想领域反对假道学而欲做圣人，在生活领域支持私欲、率性、真情并有一些礼法所不容之行为。此大致为一般常识中所理解之李卓吾及晚明风气。乾嘉两朝，特别是乾隆时期的晚明潜流，也往往是在这一侧面发挥作用的。比如，袁枚之"不耐"所导致的人生境遇、人生选择，与此亦有几分近似。《红楼梦》里对贾宝玉的描写显然也深得其中三昧，兹略举数则如下：

无故寻愁觅恨，有时似傻如狂。纵然生得好皮囊，腹内原来草莽。

潦倒不通世务，愚顽怕读文章。行为偏僻性乖张，那管世人诽谤！

富贵不知乐业，贫穷难耐凄凉。可怜辜负好韶光，于国于家无望。

天下无能第一，古今不肖无双。寄言纨绔与膏粱，莫效此儿形状！（第三回）[1]

虽闻得元春晋封之事，亦未解得愁闷。贾母等如何谢恩，如何回家，亲朋如何来庆贺，宁荣两处近日如何热闹，众人如何得意，独他一个皆视有如无，毫不曾介意：因此众人嘲他越发呆了。（第十六回）[2]

袭人道："第二件，你真喜读书也罢，假喜也罢，只是在老爷跟前或在别人跟前，你别只管批驳诮谤，只作出个喜读书的样子来，也教老爷少生些气，在人前也好说嘴。他心里想着，

---

[1] 曹雪芹著，脂砚斋评，吴铭恩汇校：《红楼梦脂评汇校本》，第47—48页。
[2] 曹雪芹著，脂砚斋评，吴铭恩汇校：《红楼梦脂评汇校本》，第202—203页。

我家代代读书，只从有了你，不承望你不喜读书，已经他心里又气又愧了。而且背前背后乱说那些混话，凡读书上进的人，你就起个名字叫作'禄蠹'；又说只除'明明德'外无书，都是前人自己不能解圣人之书，便另出己意，混编纂出来的。这些话，怎么怨得老爷不气、不时时打你？叫别人怎么想你？"宝玉笑道："再不说了。那原是那小时不知天高地厚，信口胡说，如今再不敢说了。"（第十九回）①

仅就上述引文来看，贾宝玉人生态度之异端性已颇为显豁，更具体地表现于其"情极"乃至于"痴"的性格。此外，就根本内核来看，《红楼梦》中的"水泥论"也是深受"童心说"影响的产物。

《红楼梦》第二回引贾宝玉的话说：

> 女儿是水作的骨肉，男人是泥作的骨肉。我见了女儿，我便清爽；见了男人，便觉浊臭逼人。②

不必言，这里当然有对女性才情和主体性的褒扬与歌颂（参本章第三节）；而更重要的是此处之"女儿"乃别有寄托。

小说第五十九回又借春燕的口，引贾宝玉的话说：

> 女孩儿未出嫁，是颗无价之宝珠；出了嫁，不知怎么，就变出许多的不好的毛病来，虽是颗珠子，却没有光彩宝色，是颗死珠了；再老了，更变的不是珠子，竟是鱼眼睛了。分明一个人，怎么变出三样来？③

---

① 曹雪芹著，脂砚斋评，吴铭恩汇校：《红楼梦脂评汇校本》，第262页。
② 曹雪芹著，脂砚斋评，吴铭恩汇校：《红楼梦脂评汇校本》，第29页。
③ 曹雪芹著，脂砚斋评，吴铭恩汇校：《红楼梦脂评汇校本》，第761页。

《红楼梦》第七十七回又有宝玉之言：

> 奇怪，奇怪，怎么这些人只一嫁了汉子，染了男人的气味，就这样混帐起来，比男人更可杀了！①

第七十八回贾宝玉撰《芙蓉女儿诔》悼念晴雯，自称"怡红院浊玉"，称晴雯为"女儿自临浊世"②，此处庚辰本有夹批云："世不浊，因物所混而浊也，前后便有照应。'女儿'称妙！盖思普天下之称断不能有如此二字之清洁者。亦是宝玉之真心。"③"世不浊，因物所混而浊也""清洁"等语，阐述作者本旨甚为明白。

又若《红楼梦》第三十六回，对这一问题说得更为明显：

> 或如宝钗辈有时见机导劝，反生起气来，只说："好好的一个清净洁白女儿，也学的钓名沽誉，入了国贼禄鬼之流。这总是前人无故生事，立言竖辞，原为导后世的须眉浊物。不想我生不幸，亦且琼闺绣阁中亦染此风，真真有负天地钟灵毓秀之德！"④

可见，《红楼梦》中，浊—清/水—泥的对文，最核心的问题在于，女儿生在琼闺秀阁中，未受人间国贼禄鬼的污染，故是"水做的骨肉"。蒙府本第一回侧批云"受气清浊，本无男女之别"⑤，在一定程度上似可与本书所论参证。

陈洪师在《〈红楼梦〉"水、泥论"探源》一文中指出：

---

① 曹雪芹著，脂砚斋评，吴铭恩汇校：《红楼梦脂评汇校本》，第1011页。
② 曹雪芹著，脂砚斋评，吴铭恩汇校：《红楼梦脂评汇校本》，第1037页。
③ 曹雪芹著，脂砚斋评，吴铭恩汇校：《红楼梦脂评汇校本》，第1037页。
④ 曹雪芹著，脂砚斋评，吴铭恩汇校：《红楼梦脂评汇校本》，第472—473页。值得注意的是，可能是"碍语"的"木石姻缘"一词亦在本回出现。
⑤ 曹雪芹著，脂砚斋评，吴铭恩汇校：《红楼梦脂评汇校本》，第3页。

在那个时代，男人比起女人，社会化的程度要高得多，也就是说对名利的追求、对礼教的奉行，承担的更多更直接。相比之下，女孩子在深闺之中，保持"自然人"的成分会更多更长久些。所谓"清净"、"清纯"，指的就是自然本性、自我个性保持较多，社会化程度较低。而一旦结婚组建家庭，新的角色必然要求更多适应各种"俗务"，于是也就逐渐远离了少女的"清净"、"清纯"。贾宝玉所抨击的"染了男人的气味"，指的正是这一过程。所以，表面上他恨的是"女儿"变"女人"这一过程，实质上发泄的是对名利与礼教的不满。

在这个意义上，贾宝玉的"水、泥论"与李卓吾的"童心说"正是一脉相承。不同的是，李卓吾是直接议论，曹雪芹是文学的表达。直接议论，显豁而明确；文学表达，模糊而多义。所以，贾宝玉"水、泥论"的反社会化倾向是在性别话题的外衣下表达的，是在"堂堂须眉，诚不若彼裙钗"的故事中呈现，是在"可使闺阁昭传"的目的下讲述的。因而，其表层是为女性张目的"女清男浊""男下女吉"的性别观念，而深层则是"越名教而任自然"的异端价值取向。[①]

这里是将"水泥论"溯源至魏晋，乃一种深层次的文化探索。而本文认为，仅上溯至晚明就已经可看清其文化旨趣，其理由是：就《红楼梦》整体思路的对应来看，其异端气质乃更接近于晚明时代，特别是李贽的"童心说"，而魏晋只是其文化源头之一。

《红楼梦》第二十五回中"通灵玉蒙蔽遇双真"一段，实际亦是李卓吾"童心说"的别样表达。

> 贾政道："倒有两个人中邪，不知二位有何符水？"那道人

[①] 陈洪：《〈红楼梦〉"水、泥论"探源》，《文学与文化》2018年第2期。

笑道："你家现有希世奇珍，如何倒还问我们有符水？"贾政听这话有意思，心中便动了，因说道："小儿落草时虽带了一块宝玉下来，上面说能除邪祟，谁知竟不灵验。"那僧道："长官，你那里知道那物的妙用。只因他如今被声色货利所迷，故此不灵验了。你今且取他出来，待我们持诵持诵，只怕就好了。"

贾政听说，便向宝玉项上取下那玉来递与他二人。那和尚接了过来，擎在掌上，长叹一声道：青埂峰一别，展眼已过十三载矣！人世光阴，如此迅速，尘缘满日，若似弹指！可羡你当时的那段好处：

天不拘兮地不羁，心头无喜亦无悲。
却因锻炼通灵后，便向人间觅是非。
可叹你今朝这番经历：
粉渍脂痕污宝光，绮栊昼夜困鸳鸯。
沉酣一梦终须醒，冤孽偿清好散场！……①

此段论及本心的迷失与朗现，其象征意义是非常清晰、典型的。

对此，甲戌本回后批（庚辰批略同）云："通灵玉除邪，全部只此一见，却又不灵，遇癞和尚、跛道人一点方灵应矣。写利欲之害如此。"② 本回，甲戌本还有眉批云："通灵玉听癞和尚二偈即刻灵应，抵却前回若干《庄子》及语录机锋偈子。正所谓物各有所主也。""叹不得见玉兄'悬崖撒手'文字为恨。"③ 这与小说首回开列的"情僧录"书名似相呼应。

再按，"悬崖撒手"当然仍是禅宗语，最早见于《五灯会元》等书，并屡见于禅僧语录。但明清以来则几乎成为一般士人惯用之词，在小说中出现，最大的可能乃是晚明流风所衍。若李中黄评李

---

① 曹雪芹著，脂砚斋评，吴铭恩汇校：《红楼梦脂评汇校本》，第 348—349 页。
② 曹雪芹著，脂砚斋评，吴铭恩汇校：《红楼梦脂评汇校本》，第 350 页。
③ 曹雪芹著，脂砚斋评，吴铭恩汇校：《红楼梦脂评汇校本》，第 350 页。

赞云：

> 吾邑无念大师，参黄瓜、茄子得悟……按，公参黄瓜、茄子未悟，又见有一善知识问那个是无念，公无对。因自咎曰：无念尚不识，枉费做人。及悟后，乃曰：尽大地是个无念，何疑之有？看来似将黄瓜茄子之疑移在无念二字上，如所云拿物非手，说话非口，亦不过念佛是谁之意。因他参时参得苦，悟时悟得快，被李卓吾一拳，放得下悬崖撒手，自肯承当。从来参禅，少有如公者也。虽然，公幸说道理话，故一时名贤罔不推服。若单提黄瓜、茄子，恐黄蘗山至今无人问路矣。昔桓温过王敦墓道，呼可儿、可儿，公为予乡先达，诚不胜向往之殷矣。谨论。①

更具代表性的则是《明儒学案》中的相关评价。黄宗羲（1610—1695）评价王畿（1498—1583）的良知学说：

> 故先生之彻悟不如龙溪，龙溪之修持不如先生。乃龙溪竟入于禅，而先生不失儒者之矩矱，何也？龙溪悬崖撒手，非师门宗旨所可系缚，先生则把缆放船，虽无大得，亦无大失耳。（卷十一《浙中王门学案一》，钱德洪）②

> 夫良知既为知觉之流行，不落方所，不可典要，一着功夫，则未免有碍虚无之体，是不得不近于禅。流行即是主宰，悬崖撒手，茫无把柄，以心息相依为权法，是不得不近于老。虽云真性流行，自见天则，而于儒者之矩矱，未免有出入矣。（卷十

---

① 张建业编：《李贽研究资料汇编》，社会科学文献出版社 2013 年版，第 200 页。
② 黄宗羲：《明儒学案（修订本）》，中华书局 2008 年标点本，第 225 页。

二《浙中王门学案二》，王畿）①

而在文学作品中，嘉庆间成书的李汝珍《镜花缘》第六十八回，亦对"悬崖撒手"境界有具体的描绘：

> ……那知婉如妹妹不明此义，只图目前快聚。你要晓得，再聚几十年，也不过如此，与若花姊姊有何益处？若说愚姊毫无依恋，我们相聚既久，情投意合，岂不知远别为悲？况闺臣妹妹情深义重，尤令人片刻难忘，何忍一旦舍之而去？然天下未有不散的筵席，且喜尚有十日之限，仍可畅聚痛谈。若今日先已如此，以后十日，岂不都成苦境？据我愚见，我们此后既相聚无几，更宜趁时分外欢聚为是。此时只算无此一事，暂把"离别"二字置之度外，每日轮流作东，大家尽欢；俟到别时，再痛痛快快哭他一场，做个悬崖撒手，庶悲欢不致混杂。而且欢有九日之多，悲不过一时。若照婉如妹妹只管悲泣，纵哭到临期，也不过一哭而别，试问此十日内有何益处？古人云："人生行乐耳。"此时离行期尚远，正当及时行乐，反要伤悲，岂不将好好时光都变成苦海么？②

这种执着与幻灭相俱的文学情调，实与《红楼梦》有相近之处。上述内容，就远源而论，当然应上溯于《庄子》"畸于人而侔于天"、魏晋风度"越名教而任自然"与禅宗"发明本心"等思想之相关影响，然而晚明之所以值得特别提出，是因为在整个场域上与《红楼梦》有相当的对应性，故其重要性也许更加值得重视。或者说，从"互文"理论的角度出发，认为《红楼梦》主要立足于晚明框架，并在此基础上吸纳了上揭各种思想因子，似乎是相对合理

---

① 黄宗羲：《明儒学案（修订本）》，第239页。
② 李汝珍：《镜花缘》，第334—335页。

的一种推测。

再如，周策纵曾指出，《红楼梦》对梦、情、香等的描写，特别是运用谐音、隐喻等创作手法，乃受到董说（1620—1686）《西游补》的影响。[1] 董说对阳明心学、临济宗禅学等均有造诣，并寄托于小说中。此亦可为一旁证。

更"形而下"地说，"大观园"这一理想幻境的建构，同样是直接晚明而非其他时代的。《红楼梦》中的才女描写，与"午梦堂"叶氏家族等晚明文学具有"互文"关系，亦业已见于陈洪师《由"林下"进入文本深处——〈红楼梦〉的"互文"解读》[2] 一文，此处不再赘述。唯须特别补充说明的是，如果《红楼梦》通部作为一种整体来看的话，最直接的影响仍应该汇集于晚明。

在小说创作之语境中，则主要针对的是清初盛行的才子佳人小说。《中国小说通史·清代卷》有一段相当精彩的评价：

> 才子佳人小说对"情"的重视，既是明末狂放启蒙思潮的余续，又是对那个思潮的理性规范。它们在爱情观上的贡献在于把"欲"升华为"情"，并承认"情"的合理性，肯定了一定条件下个体选择的自由，这有一定的进步意义。但遗憾的是，作者们又多走了一步，他们从"情"中排除了"欲"，但又强硬地加入了"理"，即严格地用封建伦理道德来约束"情"，因而使所写的"情"扭曲、变形，从而削弱了作品的艺术感染力。[3]

对于"理"与"情"之内在矛盾，才子佳人小说多想方设法加

---

[1] 周策纵：《〈红楼梦〉与〈西游补〉》，《红楼梦案——周策纵论红楼梦》，文化艺术出版社2005年版，第135—143页。

[2] 陈洪：《由"林下"进入文本深处——〈红楼梦〉的"互文"解读》，《文学与文化》2013年第3期。

[3] 李剑国、陈洪主编：《中国小说通史·清代卷》，第1283页。

以弥合①，而《红楼梦》则拒斥"理"对"情"的侵蚀，而以通部之悲剧结之——这其中与晚明文学的因缘，已是人所熟谙的常识，毋庸具论。在文学世界中的贾宝玉基本上可以保全"性灵"的理想，宝黛爱情中所蕴含的"情"层面，似乎更是现实文人所难以企及者。今人已关注及《红楼梦》的思想价值，但若论及思想的深度和根本性的意识形态讨论，则曹雪芹之表述似乎不及于同时代的袁枚。

袁枚的个人生活作风曾遭到相当多的抨击，其中以章学诚的批评最为刻薄也最具代表性：

> 而彼之所以诱人，又不过纤佻轻隽之辞章，才子佳人之小说。男必张生、李十，女必宏度、幼微，将率天下之士女，翩翩然化为蛱蝶杨花，而后大快于心焉。则斯人之所谓名，乃名教之罪人也。斯人之所谓名，亦有识者所深耻也。②

> 倾邪之人，必有所恃。挟纤仄便娟之笔，为称功颂德之辞。以摩符抵掌之谈，运宛转逢迎之术。权贵显要，无不逢也；声望巨公，无不媚也。笔舌不足，导以景物娱游；追随未足，媚以烹庖口味。【自记为某贵人品尝属下进馔。又某贵人屡索其姬妾手调饮馔，有谢赏姬人启事。】至乃陪公子于青楼，【贵人公子，时同句曲】颂娇姿于金屋，【贵人爱宠，无不详于笔记】尤称绝技，备极精能。贵人公退之余，亦思娱乐。优伶是其习见，狗马亦所常调，数见不鲜，神思倦矣。忽见通文墨之优伶，解声歌之犬马，屈曲如意，宛约解人，能不爱怜，几于得宝。加之便佞间如谐隐，饰情或托山林，【自托山林隐遁之流，足迹不离戟辕铃阁】使人误认清流，因而揖之上坐，赐以颜色，假以羽毛。遂能登高而呼，有挟以令，舟车所向，到处逢迎，荧

---

① 王春晓认为钱维乔对"情"的肯定承袭晚明主情观念，但或有过度解读之嫌。参见王春晓《乾隆时期戏曲研究——以清代中叶戏曲发展的嬗变为核心》，第181—186页。

② 章学诚撰，叶瑛校注：《文史通义校注》，第658页。

惑听闻，干谒州县。或关说阴讼，恣其不肖之图【乘机渔色】，或聚集少年，肆为冶荡之说。斯乃人伦之蟊贼，名教所必诛。昧者不知，夸其传食列城，风声炫耀，是犹羡仪、衍之大丈夫，而不知其为妾妇所羞也。①

章学诚这里的侧重点在两方面。其一，即袁枚个人男女作风问题，这在当时论者也往往以"风流"讥之。然而袁枚虽自称"好色不必讳"②"无子为名又买春"③，并酷好男风，但在当时并非特别出格之举④。其《辞妓席札》便是一好例，来书者道袁枚"不赴妓席，疑仆晚年染道学习气"⑤，"道学习气"，盖对袁枚有讥讽之意。而且仅就显宦名士来说，如纪昀就以好色娶妾闻名，其程度恐未必低于袁枚；而好及男风也是士林普遍现象，如毕沅在陕西巡抚任上时，"幕中宾客大半有断袖之癖"⑥。大抵只是袁枚对这类事情的正面描述较多，形于诗文，又其诗坛地位远高于政治地位，故成为"箭垛子式"人物，遭到严厉的批判。若地方大员有此举，则批评者或将噤声。如袁枚曾刻"钱塘苏小是乡亲"⑦印、提出"假儒不如真名妓"⑧，这些观点均属于公开或半公开地讥刺理学，当然与一般意义

---

① 章学诚撰，叶瑛校注：《文史通义校注》，第659页。
② 袁枚：《小仓山房尺牍》，第196页。
③ 袁枚：《小仓山房诗文集》，第377页。
④ 明清之际名士若钱谦益—柳如是、侯方域—李香君，均为名士与名妓的风流恋情。柳如是在清代吟咏中主要为正面形象，此外如袁枚《子不语》卷三《李香君荐卷》，提及杨潮观梦李香君荐卷，而"夸于人前，以为奇事"，在袁枚看来此是风流雅趣（该故事还载入《随园诗话》卷八，行文小异），然杨潮观晚年则转变而隐晦此事，并与袁枚来信争辩。见袁枚《子不语》，第42—43页。袁枚：《随园诗话》，第145页。袁枚：《小仓山房尺牍》，第193—201页。笔者认为袁枚的表述可能更近于事实。
⑤ 袁枚：《小仓山房尺牍》，第162页。
⑥ 钱泳：《履园丛话》，中华书局1979年标点本，第555页。值得注意的是，清代男风之流行也是晚明奢靡行乐、男风潮流的延续。参见吴存存《清代士人狎优蓄童风气述略》，《中国文化》1997年。
⑦ 袁枚：《随园诗话》，第9页。
⑧ 袁枚：《小仓山房尺牍》，第198页。

的纵乐性质不同。以"卫道"角度看，袁枚之离经叛道实有令人发指之处；然持平而论，这恰好证明其作风并非单纯的任情纵欲，而具有一定的思想解放意义。

袁枚日常立论，也常常关注"名教乐地"①，其思想与李渔（1611—1680）《慎鸾交》戏曲颇相似。《慎鸾交》中言："我看世上有才有德之人，判然分作两种：崇尚风流者，力排道学；宗依道学者，酷诋风流。据我看来，名教之中不无乐地，闲情之内也尽有天机，毕竟要使道学、风流合而为一，方才算得个学士文人。"② 以此标准衡量袁枚，当亦有得。

值得顺带一提的是，《红楼梦》在嘉道以降多次登入禁书名单，所谓"淫词小说"当然主要指其写情有害于名教，然陈其元（1812—1882）《庸闲斋笔记》卷八即言："淫书以《红楼梦》为最，盖描摹痴男女情性，其字面绝不露一淫字，令人目想神游，而意为之移，所谓大盗不操干矛也。丰润丁雨生中丞，巡抚江苏时，严行禁止，而卒不能绝，则以文人学士多好之之故。"③《红楼梦》之写"欲"虽不能与《金瓶梅》之类相提并论，但也非"字面绝不露一淫字"，如此评价，盖亦积习而不觉欤？——以今之眼光观《红楼梦》，其中风月文字且不必论，但观宝玉、袭人、秦钟、智能、茗烟诸事，则可知大观园中，"情"与"欲"的关系往往纠缠不清，并出现了若干滥情乃至纵欲之情节。如无宝黛之爱情相救，则似乎并无根本异于风流场中之"欲"多"情"少也。至于攀附名宦一事，似乎更无须苛责，袁枚毕竟并非生活在《红楼梦》中的大观园，为应对生活中可能遇到的压力或阻力，当然不免而为"权门之草

---

① 袁枚：《小仓山房尺牍》，第 188 页。袁枚：《小仓山房诗文集》，第 343 页。
② 李渔撰，王学奇，霍现俊等校注：《笠翁传奇十种校注》，天津古籍出版社 2009 年标点本，第 974 页。
③ 一粟：《红楼梦资料汇编》，中华书局 1964 年版，第 382 页。

木"① 的。

袁枚对个人情欲的表述与宣传，不仅与戴震的《孟子字义疏证》可遥相呼应②，而且因其并未停留于经典文字的概念思辨，而更是一种付诸实践的人生选择。换句话说，袁枚的"性灵"系列论述是一种"知行合一"的思想观念。

袁枚之受益公安三袁，似乎属人尽皆知之事。如在风行天下的时文《袁太史稿》中已有透露。本书刻于乾隆十年（1745），时袁枚三十岁，而弟子秦大士（1715—1777）序云："先生之文章政事，度越千古者，独君家中郎而已乎！"③ 至于袁中道（1570—1626）之"凤凰不与凡鸟同巢，麒麟不共凡马伏枥，大丈夫当独往独来，自舒其逸耳，岂可逐世啼笑，听人穿鼻络首"④，更显然与袁枚的观点可以形成"互文"的关系。袁枚以提倡"性灵"为世所知，此词并成为文学批评史所关注的核心问题，但其本身并未对这一术语下严密的界定。不过，其核心内涵是比较清楚的，即诗首先须讲求个人性情。其思想仍然最直接地来自三袁的相关论述：

> 大都独抒性灵，不拘格套，非从自己胸臆流出，不肯下笔。⑤

这里无须详加辨析或引用前贤的研究成果，只需说明袁枚性灵说在诗学上的针对性是相当明显的，即直接批评当时的主流诗风，包括沈德潜格调说、翁方纲肌理说及朴学家所流行的考据入诗：

---

① 袁枚：《随园诗话》，第307页。入权门如此，入帝王彀中又当如何？观此语，或可对沈德潜等诗人有"同情之理解"。
② 但遗憾的是，思想史（而非哲学史）关注度目前仍远有不及，应有甚多可开掘的空间。
③ 转引自郑幸《袁枚年谱新编》，第158页。
④ 袁中道：《珂雪斋集》，上海古籍出版社1989年标点本，第756页。
⑤ 袁宏道撰，钱伯成笺校：《袁宏道集笺校》，上海古籍出版社2008年标点本，第187页。

人有满腔书卷，无处张皇，当为考据之学，自成一家。其次，则骈体文，尽可铺排，何必借诗为卖弄？自《三百篇》至今日，凡诗之传者，都是性灵，不关堆垛。惟李义山诗，稍多典故；然皆用才情驱使，不专砌填也。余续司空表圣《诗品》，第三首便曰《博习》，言诗之必根于学，所谓不从糟粕，安得精英是也。近见作诗者，全仗糟粕，琐碎零星，如剃僧发，如拆袜线，句句加注，是将诗当考据作矣。虑吾说之害之也，故《续元遗山论诗》，末一首云："天涯有客号詅痴，误把抄书当作诗。抄到钟嵘诗品日，该他知道性灵时。"①

西崖先生云："诗话作而诗亡。"余尝不解其说，后读《渔隐丛话》，而叹宋人之诗可存，宋人之话可废也。皮光业诗云："行人折柳和轻絮，飞燕含泥带落花。"诗佳矣。裴光约訾之曰："柳当有絮，燕或无泥。"唐人"姑苏城外寒山寺，夜半钟声到客船。"诗佳矣。欧公讥其夜半无钟声；作诗话者，又历举其夜半之钟，以证实之。如此论诗，使人夭阏性灵，塞断机括，岂非"诗话作而诗亡"哉？或赞杜诗之妙。一经生曰："'浊醪谁造汝，一醉散千愁。'酒是杜康所造，而杜甫不知，安得谓之诗人哉？"痴人说梦，势必至此。②

不料今之诗流，有三病焉：其一，填书塞典，满纸死气，自矜淹博。其一，全无蕴藉，矢口而道，自夸真率。近又有讲声调而圈平点仄以为谱者，戒蜂腰、鹤膝、叠韵、双声以为严者，栩栩然矜独得之秘。不知少陵所谓"老去渐于诗律细。"其何以谓之律？何以谓之细？少陵不言。元微之云"欲得人人服，

---

① 袁枚：《随园诗话》，第78—79页。
② 袁枚：《随园诗话》，第132页。

须教面面全。"其作何全法，微之亦不言。盖诗境甚宽，诗情甚活，总在乎好学深思，心知其意，以不失孔、孟论诗之旨而已。必欲繁其例，狭其径，苛其条规，桎梏其性灵，使无生人之乐，不已慎乎？唐齐已有《风骚旨格》，宋吴潜溪有《诗眼》，皆非大家真知诗者。①

不过，袁枚"性灵说"的核心却并不在此文学批评。更关键的在于，袁枚所提倡的"性灵"，在根本上与传统伦理观念相悖谬，是"发乎情"而不必"止乎（理学家的）礼义"的，这种对个性的提倡远比一般的性灵诗学激烈，亦是袁枚区别于同时或异代"性灵"作家、批评家的重要一端。如袁枚解《诗经》说：

    当文王化行南国时，犹有"有女怀春，吉士诱之"之事……以南子之宣淫，而孔子犹往见之；以七子之母改嫁，而孟子以为亲之过小。可见孔、孟圣贤于男女情欲之感，不甚诛求。……足下不为佳人之仁君，而为恶棍之傀儡，是何居心哉？须知男女越礼之罪小，棍役刁诈之罪大。②

袁枚更在与沈德潜的书信中鲜明地指出③，即使是《诗经》之首——被孔子明确称赞为"乐而不淫，哀而不伤"、历代注家认为彰显"后妃进贤"的《关雎》，客观来看也不过是"艳诗"即爱情诗而已。——如果真的需要贤才，只要寻觅良臣股肱就足够了，又何必"辗转反侧"地单相思一位女子呢？相思女子，也是古圣人真情的流露，因此是值得称道取法的。这里虽然以圣贤为词，但显然只是一种论述的保护色而已。本质上是在说，世俗礼教对情欲的遏制

---

① 袁枚：《随园诗话》，第 330—331 页。
② 袁枚：《小仓山房尺牍》，第 98 页。
③ 袁枚：《与沈大宗伯论诗书》，载《小仓山房诗文集》，第 1502—1504 页。袁枚：《再与沈大宗伯论诗书》，《小仓山房诗文集》，第 1504—1506 页。

彻底地不足为训。类似者，如《小仓山房诗集》卷九《题竹垞风怀诗后》①的序言俨然是以情性与性理对立，而对理学加以讽刺，郑幸且指出"将此语化为七言二句，至此广为流传。究其始，则在子才此诗"②：

> 元明崇祀之典颇滥，盖有名行无考，附会性理数言，遽与程、朱并列，竹垞耻之，托词自免，意盖有在也。③

又若其《铜驼街》诗云：

> 洛阳铜驼昂首坐，愁容似见晋宫破。晋宫天子美少年，敦诗说礼人称贤。一局残棋难着手，宫寝纷纷胡骑走。柘弓银研旧交情，犹着青衣唤行酒。椒房窈窕刘贵嫔，往来两受君王恩。轵道早知诛孺子，剑门悔不作公孙。人将隐慝尤司马，我道善淫报者寡。吴蜀降王富贵终，此例分明天不假。君不见商臣盗跖终天年，冒顿当时且配天。④

在《子不语》中，袁枚指出：

> 女曰："淫媟虽非礼，然男女相爱，不过天地生物之心。放下屠刀，立地成佛，不比人间他罪难忏悔也。"⑤

袁枚对"淫奔"的判断，与一般之理学观念甚有冲突。这在本章第三节别有讨论。在乾嘉时期诗坛，与主流文学有疏离感者不止

---

① 袁枚：《小仓山房诗文集》，第 206 页。
② 郑幸：《袁枚年谱新编》，第 245 页。
③ 袁枚：《小仓山房诗文集》，第 206 页。
④ 袁枚：《小仓山房诗文集》，第 13 页。
⑤ 袁枚：《子不语》，第 145 页。

袁枚一人，而讲求性情、才情者亦不止袁枚一人，唯弃道德而称许个性，是袁枚一人特别独异之处。若论及同代之真能同声相应者，或只有曹雪芹《红楼梦》足以呼应之。但袁枚作为主流文体的文坛领袖，其观点的震撼力、影响力和所面临的冲击都远大于曹雪芹，当无疑义。

按，"性灵派"或"随园派"内部的风格差异也颇大，本身绝非有组织的诗派。如崔旭《念堂诗话》则谓"袁之情多，蒋之识正，赵之气盛"①，以分别"江右三大家"袁枚、蒋士铨、赵翼的差异。实际上，蒋士铨的"忠雅"立场和江西法脉已经与袁枚有较明显的不同（《绪论》已提及，钱锺书认为应以张问陶代蒋士铨），三人之"性灵"观念与写作风格均有甚多差异。严迪昌《清诗史》中称三人是"同路人并非同盟者"②，可谓的论。即就袁枚《随园诗话》的评论中看，其对风格也是兼容并包，不局限于门户，而一以"性灵"为归。故"性灵派"之共同点在于对性灵、性情的讲求，因此"门户须宽"，"以诗受业随园者，方外缁流，青衣红粉，无所不备"③。这种平民意识很为难能：对各行业人士有教无类，鼓励其从事文化活动，恰系晚明士人惯有之风气；而大量招收女弟子，当然也系晚明以降才女文化的流衍。另外值得注意的是，与乾嘉时期重考据、讲经学的主流学术风气不同，"性灵派"的主要人物多在经学领域无专门著作，甚至是仅仅以诗为自己的终身事业。最具代表性的则是黄景仁，他的潦倒未尝不与此相关。而袁枚对考据学的批评在当时显然也是相当不合时宜，他早年间对习满文的"不耐"，似乎正暗示了性灵与台阁文艺在精神上的内在冲突。

再次，袁枚创作中的"尺牍"一体，同样颇值得关注。尺牍作为一种文体源远流长，就文学成就言，苏、黄尺牍的艺术水平亦已

---

① 转引自严迪昌《清诗史》，第844页。
② 严迪昌：《清诗史》，第837页。
③ 袁枚：《随园诗话》，第428页。

极臻高明，但到晚明"小品"文兴并借以讲求性灵，乃提升到一种新的文体高度，而与此前对古文策论的重视有所歧异。晚明清初，吴地的尺牍出版颇为兴盛，其成就、影响独树一帜，轻灵而富有情趣，与古文风格迥异。著名的尺牍家若徐渭（1521—1593）、王稚登（1535—1612）、陈继儒（1558—1639）、张岱（1597—1680）等均在此列。然在古文家眼中，此类文字实系异端，在当排摒之列。乾嘉时期则又一变，书札往往多系论学文字，实与考据论文相等，"小品"之意荡然。若嘉道间的龚未斋（1738—1811）《雪鸿轩尺牍》（1803结集，1845刊刻）、许葭村（1769？—1856？）《秋水轩尺牍》（1831刻）等，虽亦骈四俪六，但用词多系套语，格调颇显局促，至个人文才之发挥就更是相对有限了。袁枚《小仓山房尺牍》能彰显个性，又有独特见解，可以看作不多见的晚明遗风。

此外，若更形而下地描述，则袁枚治生于随园，并极力讲求生活的情趣与精致，甚至不免于物质的铺张与过度纵乐，也可以看作是晚明的遗风所系。袁枚投资盐商，又鬻文增收，其"随园"的营设以及《随园食单》的风靡，无疑均是与其思想观念相切合的生活方式，而这些似乎均可以目为晚明的延续。[①] 在《答尹相国》中，袁枚说："饮食之道不可以随众，尤不可以务名。尝谓燕窝、海参，虚名之士也，盗他味以为己味；鸡、鸭、鱼、豚，豪杰之材也，卓然有自立之味，各成一家。"[②] 此中的闲情与寄托，恰可与李渔之《闲情偶寄》相对读。[③]

对这种生活方式，时人固有不满者，但似乎认同者亦为数颇多。如王昶《湖海诗传》评价袁枚云：

---

① 值得注意的是，《红楼梦》的描摹中也涉及这些内容，红学界相关的研究也很充分了。

② 袁枚：《小仓山房尺牍》，第8页。

③ 参见陈洪《"闲情"背后的隐情——兼论鼎革后李渔的复杂心态》，《文学与文化》2017年第4期。

得废圃于江宁小仓山下，疏泉架石，厘为二十四景，窗牖皆用五色琉璃，游人填集。时，吴越老成凋谢，子才来往江湖，从者如市。又取英俊少年，著录为弟子，更招士女之能诗画者共十三人，绘为《授诗图》。燕钗蝉鬓，傍花随柳，问业于前。而子才白须红舄，流盼旁观，悠然自得。亦以此索当途题句。于是，人争爱之，所至延为上宾。三十年中，扫门纳履，为向来名人所未有。才华既盛，信手拈来，矜新斗捷，不必尽遵轨范。且清灵隽妙，笔舌互用，能解人意中蕴结。今石庵相公在江宁时，闻其荡佚，将访而按之。子才投以二诗，公阅毕，即请相见，顿释前疑。其诗得力如此。然谢世未久，颇有违言。吴君嵩梁谓其诗人多指摘。今删芜去佻，自无惭于大雅矣。①

姚鼐《袁随园君墓志铭》云：

年甫四十，遂绝意仕宦，尽其才以为文辞歌诗。足迹造东南，山水佳处皆徧。其瑰奇幽邈，一发于文章，以自喜其意。四方士至江南，必造随园，投诗文，几无虚日。君园馆花竹水石，幽深静丽，至棂槛器具皆精好，所以待宾客者甚盛，与人留连不倦。见人善，称之不容口。后进少年，诗文一言之美，君必能举其词为人诵焉。

君古文、四六体，皆能自发其思，通乎古法。于为诗尤纵才力所至，世人心所欲出不能达者，悉为达之。士多效其体。故《随园诗文集》上自朝廷公卿，下至市井负贩，皆知贵重之。海外琉球有来求其书者。君仕虽不显，而世谓百余年来，极山林之乐，获文章之名，盖未有及君也。②

---

① 王昶：《湖海诗传》，第 71 页。
② 姚鼐：《惜抱轩诗文集》，第 202 页。

可见，袁枚除在诗文为一时领袖外，其生活方式亦深为时人所称道艳羡，随园来往宾客不绝。此外满族显贵中若福康安、和琳等亦投书示好。可见乾嘉时期虽以考据学为后人所知，但一般文人，尤其是江南文人的生活理念，至少是不会明确反对袁枚的。攻击袁枚者（特别是江南士人的议论），往往另有言外之意。

如扬州。乾隆间，扬州盐业营利巨大，盐商财力雄厚而鼓吹风雅、娱情声色，可为当时典型。官员如两淮盐运使卢见曾，任职扬州时，仿王士禛而赋《红桥修禊》，和者千余人。盐商，则有扬州马曰琯、马曰璐兄弟之小玲珑山馆，吟咏、刻书，均极一时之盛。而袁枚与盐商之文化交往和经济合作，也已经前人拈出。再如袁枚久寓之南京，《秦淮画舫录》（1826年刻）对南京娱情声色也有相当生动的描绘，风月场上"香草美人"之风流，观其自诩，往往俨然《红楼梦》之会心人、个中人。①

一般观念中往往认为，清前中期的文化政策主要是服务于意识形态的高压统治，戴震"今之儒者，以理杀人"和龚自珍"避席畏闻文字狱"一类的话也均相当痛切激烈。此言诚然。但若简单以这一观念来衡量这一时期特别是乾隆时期的各种现象，就会发现有若干难以解释之处。在笔者涉猎所及，高翔的相关论述注意到官方力量的有限性，似乎相对比较平正。就本节所涉问题来说，"晚明潜流"现象，或以袁枚为代表的具异端性、解放性的思想，在当时并未被官方所特别针对。对"明季"的贬斥主要是政治上违碍字句的考量，其间当然亦有对明季学术文学肤廓浮华的不满，但这其实是台阁文艺观念之必然导向，且就斯时重朴学、尚根柢的学术环境来看，明季文章也确实相对鄙陋浅薄。至于《四库全书总目》中一些对明人别集的具体批评，正是由上述多重理念集合而成，官方起到的作用自然不可小觑，但似乎也未必需要张皇过甚。

---

① 捧花生：《秦淮画舫录》，《清代小说笔记大观》，上海古籍出版社2007年标点本，第5744、5781、5782页。

推其原因，大抵是乾隆中后期官方重朴学、考据而相对远于理学，故对理学的批评已非禁忌。① 相较之言，戴震《孟子字义疏证》似乎比袁枚更为"洪水猛兽"，而得到翁方纲、朱筠等名臣的严厉批评。戴震此书知音不多，"当时学者不能通其义"，但当时仍令"徽歙之间……诽圣排贤，毫无顾忌"②，产生相当的影响力，段玉裁、洪榜、焦循、凌廷堪等亦接受乃至推崇其学，可以看出批评理学、反对程朱并非敏感问题。这大概与帝王对程朱的不满也有关联。

前文业已述及，至于袁枚的生活方式与男女观念，实际上并无特别异于东南江浙一带的文人。即若终生几乎均在北方的河间人纪昀，虽在文学上持官方立场，但亦在生活上多风流韵事，其《阅微草堂笔记》所述的观念与袁枚也多有相合之处。因此似乎可以说，晚明本身虽然是禁忌话题，但乾嘉时期对晚明潜流的表达，特别是晚明式的生活方式，却并非特别异端。

因此最后值得一提的是，此时期的晚明之为"潜流"。

理由之一，当然是在清初以降社会长期贬斥晚明的大背景下，难以明确、公开称许晚明的文学与思想，先验的"政治正确"会压抑客观审视的空间。袁枚对三袁的批评说："吾家中郎治行可观，若论其文章，根柢浅薄，庞杂异端。蒙公举以相似，得毋有'彼哉彼哉'之叹乎？"③ 事实上，在这一背景下，时人对晚明特别是其精神世界也很难有深入的了解。而更多的难以明确指证之处，也不见得均是有意隐藏，还需要考虑到潜在影响的"互文"方面。

理由之二，则是较诸晚明的相对自如来说，这一时期的性灵相对来说更多地注重雕琢锻炼。袁枚《改诗》云：

  改诗难于作，辛苦无定程。万谋箸不下，九转丹难成。游

---

① 王达敏《姚鼐与乾嘉学派》详细讨论了乾隆帝对宋学的淡漠与汉学转向。
② 章学诚撰，叶瑛校注：《文史通义校注》，第322页。
③ 袁枚：《袁枚全集新编》第十五卷，浙江古籍出版社2015年标点本，第203页。

觉后历妙，阵悔前茅轻。抽丝绪益引，汲井泉弥清。妆严绝色显，叶割孤花明。如探海岳胜，人到仙不行。如奏钧天律，鸟哑凤始鸣。脱去旧门户，仍存古典型。役使万书籍，不汩方寸灵。耻据一隅霸，好与全军争。吹角不笑徽，涂红兼杀青。相物付所宜，千灯光晶荧。宁亢不愿坠，宁险毋甘平。动必拔龙角，静可察蝇蠅。选调如选将，非胜不用兵。下字如下石，石破天方惊。岂敢追前辈，亦非畏后生。常念古英雄，慷慨争功名。我噤不得用，借此鸣訇铿。尽才而后止，华夏有正声。凡彼小伎艺，传者皆其精。奚可圣人教，饱食忘经营。止怒莫如诗，歌之可怡情。多文以为富，拥之胜百城。既省丝竹费，兼招风月听。上鸣国家盛，下使群贤赓。纵死见玉皇，犹能献韶英。①

又其《续诗品·勇改》云：

千招不来，仓猝忽至。十年矜宠，一朝捐弃。人贵知足，惟学不然。人功不竭，天巧不传。知一重非，进一重境。亦有生金，一铸而定。②

曹雪芹《红楼梦》"十年辛苦""增删五次"，亦是如此。反复锤炼、下笔谨严当然无妨是一种个性，但这与晚明人文之倾向放纵，则同中有异了。王夫之（1619—1692）在《姜斋诗话》中谓：

自李贽以佞舌惑天下，袁中郎、焦弱侯不揣而推戴之。于是以信笔扫抹为文字，而诮含吐精微、锻炼高卓者为"咬姜呷

---

① 袁枚：《小仓山房诗文集》，第335—336页。
② 司空图撰，郭绍虞集解；袁枚撰，郭绍虞注：《诗品集解 续诗品注》，人民文学出版社2012年标点本，第174页。

醋"。故万历壬辰以后，文之俗陋，亘古未有。如必不经思维者而后为自然之文，则夫子所云"草创""讨论""修饰""润色"，费尔许斟酌，亦"咬姜呷醋"邪？比阅陶石篑文集，其序记书铭，用虚字如蛛丝罥蝶，用实字如屐齿粘泥，合古今雅俗，堆砌成篇，无一字从心坎中过，真庄子所谓"出言如哇"者，不数行，即令人头重。[①]

又若乾隆帝在《御选唐宋文醇》中亦言及"化工"，但旨趣与李卓吾绝异，这正可见晚明与清人对"自然"的不同理解。

理由之三，则是继武者总体来说在理论自觉、思想状态等方面都与晚明相去较远。围绕在"性灵"旁边的诗人群体虽然仍旧讲求性情，但更多只是传统意义上才子的自我抒发，以及对诗学新变的追求。而纪昀等人，甚至包括乾隆帝的纵情生活，则并不这当然可以归为袁枚的同道，并认为一定程度上在抗衡主流上取得了成就，其间的关系，以"潜流"为概括似乎最妥，不必过度与晚明相连接，以免有牵扯比附之嫌疑。

理由之四，则是在嘉道交际间，这一潜流又有复兴的倾向，龚自珍则是其中最好的"隔代遗传"并产生重大影响的例子。在陈居渊看来，如果仅是有隐无显，那么对这一潜流的发微也就缺乏意义了。笔者也认同这一判断。

第二节　两种精致化追求的离合

创作走向精致，可以说是各时代文学活动的必然趋势之一，但何为"精致"却可有不同取径。

[①] 谢榛、王夫之：《四溟诗话　姜斋诗话》，人民文学出版社2012年标点本，第179—180页。

如果按照较粗略的划分方式，以凸显乾嘉时期文学创作、文学思想的大脉络，似乎仍可将创作分类为两型：一型即重摹拟者，讲求规矩，其代表在诗则为格调派、肌理派，在文则为桐城派。其"精致"取向则主要在于法度森严，讲求篇章结构、字句雕琢等。一型即倡新变者，追求用语用意之创新，而风格相对放纵，代表则为性灵派，其"精致"或更多在于逞才纵气，发扬个性，不拘成法成说。尽管这一分类方式有着相当明显的局限性，但借此以窥乾嘉时期文学创作追求精致的两种思路，则或亦有一言可采——摹拟与独创，这一对中国文学史上长期对峙而又具有张力的两种文学理念，在乾嘉时期均有新的、并行不悖的生长——也许对于我们理解这一时期的文学生态有所帮助。限于篇幅，本书仅讨论几个较具代表性的例子，而以诗学为中心展开论述。

这一时期诗学，有学问、性灵两类相对垒的现象，似乎可以看作是最热点的讨论问题。而其渊源还可向前追溯。比如王士禛本人的诗论，就在性情、学养之间多有摇摆。如其在《突星阁诗集序》中就指出：

> 诗之道，有根柢焉，有兴会焉，二者率不可得兼。镜中之像，水中之月，相中之色，羚羊挂角，无迹可求，此兴会也；本之风雅，以导其源；诉之楚骚、汉、魏乐府诗，以达其流，博之九经、三史诸子以穷其变，此根柢也。根柢原于学问，兴会发于性情。戛于斯二者兼之……①

在王士禛的观念中，诗道分为根柢、兴会，也即学问、性情两方面，这一议题成为其后数十年间的讨论热点。沈德潜在《清诗别裁集》中业已指出"渔洋诗以学问胜，运用典实而胸有炉冶，故多

---

① 王士禛：《带经堂集》，《清代诗文集汇编》第 134 册，第 328—329 页。又《带经堂诗话》卷三亦节录了此言。

多益善，而不见痕迹"①，而诸多学者也已经相当详尽地考察了王士禛诗歌创作、理论涉及"学宋"的部分，并探讨了其对宋诗风气的影响。

但是，就王士禛的诗学观念核心，特别是其造成的主要影响来看，根柢、兴会显然还是可以找到先后轻重之别。《渔洋诗话》中有一则相当重要的材料：

> 洪昇昉思问诗法于施愚山，先述余凤昔言诗大指。愚山曰："子师言诗，如华严楼阁，弹指即现；又如仙人五城十二楼，缥缈俱在天际。余即不然。譬作室者，瓴甓木石，一一须就平地筑起。"洪曰："此禅宗顿、渐二义也。"②

以禅喻诗显然在暗示一种不可传达的意外之音，这在王士禛的诗学论述中也有相应内容。如其《香祖笔记》卷八言："舍筏登岸，禅家以为悟境，诗家以为化境。诗禅一致，等无差别。"③ 复若《池北偶谈》卷十二，特别引到了王奉常（世懋，1536—1588）的诗学观念，称之为高论迥识——"今之作者，但须真才实学，本性求情，且莫理论格调"④。《渔洋诗话》则引及王士源序孟浩然诗云"每有制作，伫兴而就"，称为"生平服膺此言"。⑤ 这些言论足以证明渔洋诗学主脉所属。至于那些重学问、讲格调的表述究竟如何理解，严羽的《沧浪诗话》已有名言指示："夫诗有别材，非关书也；诗有别趣，非关理也。然非多读书，多穷理，则不能极其至。所谓不涉理路，不落言筌者，上也。"⑥

---

① 沈德潜：《清诗别裁集》，第 114 页。
② 丁福保：《清诗话》，第 203 页。
③ 王士禛：《香祖笔记》卷八，《文渊阁四库全书》本，第 5 页上。
④ 王士禛：《池北偶谈》，中华书局 1982 年标点本，第 274 页。
⑤ 丁福保：《清诗话》，第 184 页。
⑥ 严羽撰，郭绍虞校释：《沧浪诗话校释》，第 26 页。

不以诗学名家的惠栋在注释《渔洋山人精华录汇纂》的时候，有意识地强化王士禛诗学重根柢、学问的一面，这与其朴学立场显然密切相关，且因此不惜与王士禛、惠周惕的诗学观念产生差异，这似乎可以代表乾隆时期朴学家对神韵诗学的认知改造。

同样以学问发展王士禛神韵说的当推翁方纲的肌理诗学。翁方纲自居为王士禛的再传弟子，其诗学受渔洋影响甚深，而又有所变化。肌理说无疑表现出对神韵说的直接继承，但更为核心的显然是用"学问"以济"神韵"之不足，这实际上已与王士禛的诗学核心理念（以"学问"为筏登"神韵"之岸）有所偏移了。

翁方纲的重要特点表现为将考据学话语引入诗歌创作中，此类作品因"少性情"而遭到袁枚、洪亮吉等性灵派诗人的批评，本书第三章第二节已经有所引述。但如果再区隔翁方纲创作与理论的脱节，其立说实有甚多可观之处。

翁方纲指出："为学必以考证为准，为诗必以肌理为准。"① 其《诗法论》又说："文成而法立。法之立也，有立乎其先、立乎其中者；此法之正本探原也。有立乎其节目、立乎其肌理界缝者：此法之穷形尽变也。杜云：'法自儒家有'，此法之立本者也。又曰'佳句法如何'，此法之尽变者也。夫惟法之立本者，不自我始之，则先河后海，或原或委，必求诸古人也。夫惟法之尽变者，大而始终条理，细而一字之虚实单双，一音之低昂尺黍，其前后接笋，乘承转换，开合正变，必求诸古人也。乃知其悉准诸绳墨规矩，悉效诸六律五声，而我不得丝毫以己意与焉。"② 此类说"法"，乃传统意义上的复古、规范一脉，"必求诸古人也""我不得丝毫以己意与焉"表述的倾向相当明显。而"六律五声"等表述，显然是在为"声调谱"一类著作张目。

清人对声调的讲求，始于康熙时期王渔洋《律诗定体》《王文

---

① 翁方纲：《复初斋文集》，第53页。
② 翁方纲：《复初斋文集》，第82页。

简古诗平仄论》、赵执信《声调谱》一类著作。到乾隆时期日益充实，蒋寅在《清诗话考》中著录的此类著作就约二十种，其《古典诗学的现代诠释》则概括为："吴绍澡《声调谱说》发挥之，翟翚《声调谱拾遗》订补之，董文涣《声调四谱图说》、郑先朴《声调谱阐说》改造之，合翁方纲《五言诗平仄举隅》《七言诗平仄举隅》、李汝襄《广声调谱》、宋弼《声调谱说》等书的承传充实，在清代诗学中形成了一个关于古诗声调的理论谱系"①，蒋寅在另一篇论文中称之为"续声调谱"②。在蒋寅的系列论述中，对于李锳③《诗法易简录》颇为重视，其诗学史评价颇高。但本书既刊于道光二年（1822），且影响相对有限，故本书的讨论仍暂时局限在乾嘉时期的知名诗家。翁方纲编《小石帆亭著录》六卷，收录有王士禛《王文简古诗平仄论》《赵秋谷所传声调谱》及翁方纲自己的《五言诗平仄举隅》《七言诗平仄举隅》《七言诗三昧举隅》系列著作，这些文本是本文最核心关注的对象。

应该说，近体诗的格律问题并非特别复杂，其基本规则有迹可循，可得到规范化的描述。古体诗不受严格的平仄规范，但唐以后的创作中往往表现为有意识地区别于律诗平仄，因此也可认为属于一种广义的格律。这些常识似乎无须古人专门著书讨论，往往见于"诗格"类著作中，即声律、格调、炼字等问题的综合性考察，而罕见独立的音韵分析。如明代李东阳（1447—1516）《怀麓堂诗话》论及"古诗与律不同体，必各用其体，乃为合格。然律犹可间出古意，古不可涉律"④ 为较早、较有代表性的论断，但也只是较宽泛的论

---

① 蒋寅：《古典诗学的现代诠释》，中华书局2003年版，第127页。
② 蒋寅：《乾嘉时期诗歌声律学的精密化》，《复旦学报》（社会科学版）2018年第1期。
③ 李锳（1719？—1768），字青萍，号端麟，山东掖县人。乾隆二十一年举人，授扬州通判、广信知府等。著有《漫游草》《艾堂外编》等，均散佚。
④ 李东阳撰，李庆立注解：《怀麓堂诗话校释》，人民文学出版社2009年标点本，第6页。

述。直到王士禛、赵执信等人的《声调谱》系列著作出，方有对古近体诗声调的具体归纳，或可目为一种简单的定量分析。

《声调谱》系列主要讨论的并非那些典型意义的律句，而在于古体、近体诗声调交涉关联的那部分句子。即古体诗的律句及近体诗的古句（拗变）。王士禛、赵执信的论述很大程度上旨在加强古体、近体间的界限，从而完成古体诗、古体句的规范化，其形式上是非近体化的，但实质上是格律化的，乃是一种对诗律的重新建构。乾隆朝，声律家不乏在此基础上走得更远者，如翟翚（1752—1792）的《声调谱拾遗》就在赵执信《声调谱》的基础上更细而穿凿[1]，周春（1729—1815）的《杜诗双声叠韵谱括略》"阅二十有五年而成书"，立足声韵研究杜诗双声叠韵，在当时影响甚大。[2]

翁方纲对《声调谱》的研究评述，在上述诸家中最有代表性。如《王文简古诗平仄论》《赵秋谷所传声调谱》中，翁方纲按语均以纠偏为主，而且几乎每条规则都有驳论。《赵秋谷所传声调谱》对赵氏《声调谱》还有甚多改窜删节。翁方纲的观点是"古诗平仄是无一定而实有至定者"[3]，此态度较王、赵等已稍平正，但今人也已发现《五言诗平仄举隅》《七言诗平仄举隅》中的观点往往抹杀古句律句之别，强作解释，自相矛盾处颇多。蒋寅评论说："在当时热衷于探讨古诗声调的风气中，虽然也有黄子云、袁枚等诗人对此不以为然，但尚不能形成有力的舆论，只有李锳《诗法易简录》足以对古诗声调规则构成真正意义上的解构力量。它对古诗声调的理解和论述是非常深刻的，其学说的主导思想具有相当的超前意识。"[4]

---

[1] 参蒋寅《清诗话考》，第418页。
[2] 参蒋寅《清诗话考》，第348—349页。蒋寅已指出吴骞、王鸣盛等对本书的称许，其他还有甚多可补充的资料，如赵翼《题周松霭杜诗双声叠韵谱》（赵翼：《赵翼全集 四》，第62—63页）五言古诗，钱大昕的序及其对经典中双声叠韵的研究（钱大昕：《潜研堂集》，第427、242页），《镜花缘》才女以双声叠韵作诗等情节，都应该置于同一大背景下思考，尚有值得发覆之处。
[3] 《清诗话》，第247页。
[4] 蒋寅：《乾嘉时期诗歌声律学的精密化》，第108页。

发掘李锳此书,可谓独具只眼。

而在笔者看来,这种"解构力量""超前意识"的评价,或有稍微高估李锳《诗法易简录》成就的嫌疑。有此疑问的理由是:《声调谱》系列所确定的声调规则,乃欲对诗歌加以彻底的律化,其中就包括,尝试将近体诗中的非近体句论证为合乎近体声律,又将近体化的古体诗论证为合乎古体声律。这不仅是一种相当迂回的论证方式,而且本来就缺乏例证支持,故每部著作均有穿凿论证。以翁方纲为例,我们固然可以看到他在论证中的穿凿论述,然而亦不应该忽略,"至法无法"观念对于《声调谱》系列作者的影响。故这种解构力量绝不仅是李锳《诗法易简录》所独有,而是诗歌声调研究中根本无法避免的一种不得不然之势。如较晚的朱庭珍(1841—1903)《筱园诗话》卷二言:"王阮亭《平仄定体》、赵秋谷《声调谱》,初学宜遵之。始从平仄,讲求音节,及工夫纯熟之候,自能悟诗中天然之音之节,纵笔为之,无不协调矣。"[1]

更广地说,这种观念本来应该是诗学常识,只是翁方纲等人尝试在朴学背景下有所重构,并且展示了以肌理填神韵的途辙。李锳的《诗法易简录》中诚然多有卓见,但"解构力量"的评价则未必尽然。

翁方纲的《格调论上》开篇即指出:"诗之坏于格调也,自明李、何辈误之也。李、何、王、李之徒泥于格调而伪体出焉,非格调之病也,泥格调者病之也。夫诗岂有不具格单者哉?"[2] 此乃对明人格调说的明确否定,但所批评的很可能是明人的创作而非诗论。

"格调"者何?覃溪在《石洲诗话》中言:"愚尝谓空同、沧溟以'格调'论诗,而渔洋变其说,曰'神韵','神韵'者,'格调'之别名耳。渔洋意中,盖纯以脱化超逸为主,而不知古作者各有实际,岂容一概相量乎?至此篇末'生前相遇且衔杯'一句,必

---

[1] 郭绍虞、富寿荪编:《清诗话续编》,第 2224 页。
[2] 翁方纲:《复初斋文集》,第 83 页。

如此乃健，而何以反云'似律不健'耶？且此句并不似律，试合上一句读之，若上句第二字仄起，而此收句'生前''前'字平声，则似乎与律相近也……"① 此乃言格调即神韵。神韵又是什么？翁方纲《神韵论中》说"道是一个大圈，我只立在此大圈之内，看汝能入来与否耳？此即诗家神韵之说也"②。意指神韵诗学空虚，必须以肌理相救。通过前引文字来看，肌理又应与"格调"相异，其关键点在于"古作者各有实际"。如此，翁方纲的声调论就已经具有自我否定的内在张力了。按翁方纲等人的观念，声调之"法"即是对音律的自然总结，所以法、无法乃同一事的两面。这正如《齐物论》揭示的那样——音律本身是"天籁"，但需要"学"也即"人籁"以臻及之。既然"人籁"本身就是合乎"天籁"的，那么讲求法度自然亦无伤于性情。③

因此，这种思维模式，在具体论述中也很容易流为调和宽泛，翁方纲在《五言诗平仄举隅》举魏征《述怀》一首，评论说："读此一首，则上而六朝，下而三唐，正变源流，无法不备矣。岂其必于对句末用三平耶？愚故于唐人五言，特举此篇以见法不可泥，乃真法也。"④ 正是本书观点的注脚。

相对应的，以"性灵"说闻名的袁枚，就在《随园诗话》中提出了对声调问题的反对意见：

> 近有《声调谱》之传，以为得自阮亭，作七古者，奉为秘本。余览之，不觉失笑。夫诗为天地元音，有定而无定，到恰好处，自成音节，此中微妙，口不能言。试观《国风》、《雅》、《颂》、《离骚》、乐府，各有声调，无谱可填。杜甫、王维七古

---

① 郭绍虞、富寿荪编：《清诗话续编》，第1406页。
② 翁方纲：《复初斋文集》，第86页。
③ 这一见解可参见卢文弨《杜诗双声叠韵谱序》等文。卢文弨：《抱经堂文集》，第81—82页。
④ 丁福保：《清诗话》，第273页。

中，平仄均调，竟有如七律者；韩文公七字皆平，七字皆仄，阮亭不能以四仄三平之例缚之也。倘必照曲谱排填，则四始六义之风扫地矣。此阮亭之七古，所以如杞国伯姬，不敢挪移半步。①

这些观点，道理也甚简明，比起明代前七子的论述来说，似乎也无特别之新意——李梦阳就曾说"人人能谣，如今里巷之词曲，不学而能之，疾徐高下皆板眼，所谓知音也；及问其出某吕某律，孰宫孰商，则不知也"②，也已认同声调源于自然，所以方有"真诗在民间"的论断。而《随园诗话》的此前一则正是探讨明七子与王渔洋的优劣③，正可看出这些条目的安排或具有相当的针对性。

此外，袁枚还提出了"须知有性情，便有格律，格律不在性情外"④ 等观点。《随园诗话补遗》有一则指出：

> 同一乐器：瑟曰鼓，琴曰操。同一著述；文曰作，诗曰吟。可知音节之不可不讲。然音节一事，难以言传，少陵"群山万壑赴荆门"，使改"群"字为"千"字，便不入调。王昌龄"不斩楼兰更不还"，使改"更"字为"终"字，又不入调。字义一也；而差之毫厘，失以千里。其他可以类推。⑤

---

① 袁枚：《随园诗话》，第66页。
② 杜文澜辑：《古谣谚》，中华书局1958年标点本，第1061页。
③ 或问："明七子摹仿唐人，王阮亭亦摹仿唐人。何以人爱阮亭者多，爱七子者少？"余告之曰："七子击鼓鸣钲，专唱宫商大调，易生人厌。阮亭善为角征之声，吹竹弹丝，易入人耳。然七子如李崆峒，虽无性情，尚有气魄。阮亭于气魄、性情，俱有所短：此其所以能取悦中人，而不能牢笼上智也。"袁枚：《随园诗话》，第66页。
④ 袁枚：《随园诗话》，第1页。
⑤ 袁枚：《随园诗话》，第298页。

此处对"音调"之论述甚是，然表述仍嫌太抽象、空泛，初学者难觅津梁。故就提炼出来的"文学理论"来看，袁枚此类表述仍不过是一种老生常谈，且对《声调谱》系列著作的理解未必有多深入（玩其行文，袁枚似只是略作粗论，而归于所谓的"至法无法"一路；观其为人、为学，袁枚恐也未必有兴趣深入钻研各家《声调谱》之正误得失①）。如果回归袁枚所处的语境中，则可看出其最直接论战对象，显然不仅在于王士禛，而在于同时代的"续声调谱"群体，纵然并非直指翁方纲，却也相去不远。但即使是这样坚定的"性灵"领袖，其对音调声韵的一些具体分析也是颇值得注意的。

按照前文的分析，神韵、格调、肌理诸说，虽然均以学问、性情并举，但时代愈近，愈有一种以学养规范性情的倾向。而袁枚与惠栋、沈德潜等的书信往还，正是针对此种风潮，而欲标举个性，以诗人个性发抒与技巧新变，求得诗学领域的深造。以此为出发点的话，诚然可以认为袁枚诗学的条理性、理论性是不及沈德潜、翁方纲等人，但这或许是《随园诗话》不及《说诗晬语》《石洲诗话》之处（类似观点前人已言之甚悉），但未必便是其性灵诗学之短处。②

《随园诗话》卷七又有一则大可玩味：

> 用典一也，有宜近体者，有宜古体者，有近古体俱宜者，有近古体俱不宜者。……或称予诗云："专写性情，不得已而适

---

① 此见解《筱园诗话》已先言之（郭绍虞、富寿荪编：《清诗话续编》，第2226页）。不过《随园诗话》中对音韵学的讨论，在历来诗话中也是较多的。

② 其实，即使要比较，也至少应该加入袁枚《续诗品》作为比较对象。《随园诗话》本身就并非一部专论诗艺的著作，兼有保存文献、记载掌故乃至拓宽社交的性质，这与《说诗晬语》《石洲诗话》重点评论诗学史和经典作家是明显不同的。

逢典故；不分门户，乃无心而自合唐音。"虽有不及，不敢不勉。①

袁枚此则诗话对用典的探索，仍然是一种"诗格"的分析，而此类的区隔度和难度又在单纯判定平仄声调之上，隐然是一种今天意义上的文体学分析。但这种文体个性是来自于"不得已"和"无心"的，即个性、感情的发抒放纵是诗的第一义，且认为这无碍于诗作的合辙。

众所周知，袁枚本人对自己的诗作甚为认真，屡有改易，至晚年而不辍。其《续诗品》对这种修改求精的行为给出了相当好的理论描述，这一点前文已经述及，不再重复。然袁枚修改、打磨诗作，主要还是为了更好地凸显性灵、别开新面，而非踵武前人已有之成法，这与摹拟型诗家的目标显然是不同的。因此，在作于乾隆九年（1744）的《篇成》中，袁枚有"篇成每易千回稿，自信从无一字师"之言，但后在编订《诗集》时删去本篇②，盖有突出"性灵"而淡化"易稿"的心态。

《随园诗话》中还有大量类似的论述，如：

> 杨诚斋曰："从来天分低拙之人，好谈格调，而不解风趣。何也？格调是空架子，有腔口易描；风趣专写性灵，非天才不办。"余深爱其言。须知有性情，便有格律；格律不在性情外。《三百篇》半是劳人思妇率意言情之事；谁为之格，谁为之律而今之谈格调者，能出其范围否况皋、禹之歌，不同乎《三百篇》；《国风》之格，不同乎《雅》、《颂》：格岂有一定哉？许浑云："吟诗好似成仙骨，骨里无诗莫浪吟。"诗在骨不在格也。③

---

① 袁枚：《随园诗话》，第125页。
② 郑幸：《袁枚年谱新编》，第145页。不过，袁枚晚年所订的《小仓山房诗文集》中，仍有许多反映自己勤于改诗的内容，故这种心态也许还可再作发微。
③ 袁枚：《随园诗话》，第1页。

> 余尝谓：美人之光，可以养目；诗人之诗，可以养心。自格律严而境界狭矣，议论多而性情漓矣。①

泛言之，翁方纲与袁枚诗学的核心差异盖在于：翁方纲的"至法无法"乃延续了神韵派的论述逻辑，故须以肌理填充神韵，先求一种规范化的"法"，然后渐渐臻于"至法无法"的反思；而袁枚则是通过直指个性、情感的价值，首先论述诗学的"第一义"，并认为在此过程中技法会自然合乎性情，对"法"的看法比较多元。两派诗学从理论上差异甚大，但如果置诸历史语境，从引导学诗途辙的角度来看，未尝不可兼容互渗。

一般诗论和诗人往还，可以为之佐证。比如，翁方纲与一般归于"性灵"一派的蒋士铨、赵翼、黄景仁、张问陶等都保持了较密切的交往关系；而袁枚对考据诗人也时有褒扬语。事实上，古典诗论发展至乾嘉时期，似乎难以再产生卓然原创或明显互斥的观点，诗家之间的争论主要还是在具体问题的不同观点，以及诗派地位的争夺。相较而言，派别之间的理论差异已并不是那么强了（而创作风格的差异，其实恰可归于所谓"性灵"之不同）。对于这种问题的讨论，未来应该更加关注说者所处的具体语境。

延君寿②（1765—?）《老生常谈》认为：

> 古体诗要读得烂熟，如读墨卷法，方能得其音节气味，于不论平仄中却有一自然之平仄。若七古诗必泥定一韵到底，必该三平押脚，工部、昌黎即有不然处。《声调谱》等书可看可不看，不必执死法以绳活诗。③

---

① 袁枚：《随园诗话》，第 293 页。
② 延君寿（1765—?），字荔浦，山西阳城人，曾官莱阳、长兴知县。著有《六砚草堂诗集》四卷、《老生常谈》一卷等。
③ 郭绍虞、富寿荪编：《清诗话续编》，第 1701 页。

按照本文最初的引文，翁方纲、袁枚的差异，似乎不妨仍然用诗法的渐、顿相分别之，其间离合，也许更有微妙处可供玩味。

其他文体也有类似的创作倾向。

如文章方面：桐城派的古文观念，似乎可以成为"规矩"的代表。方苞论文即以"雅洁"为宗，是一种典型的规范化文学，甚至不惜为了形式上的规范，损伤文章内容的完足度。刘大櫆的弟子吴定①"论诗严于格，凡不入乎格，其工者骈文耳，其奥者古赋耳，其妍者词耳，其快者曲耳，其朴直者语录耳，其新颖者小说耳，其纡曲委备者公牍与私书耳，皆不得谓为诗"②。吴氏论诗重"格"，重视其文体的独异性。其弟子鲍桂星③亦笃守师说不苟，可见桐城义法森严如是。

相较来说，而袁枚的文论虽然较传统，甚至某些地方近于桐城，但其文章少年时就得到杨绳武的表扬，谓其"文如项羽用兵，所过无不残灭"，袁枚窃喜自负，乃"肆意述作"④，足见创作实践有明显不同的倾向。

乾嘉时期几部重要的长篇小说，创作时间都比较长，而且作者态度严肃认真，反复修改。最明显、最典型的则为曹雪芹《红楼梦》。就现有材料看，曹雪芹在乾隆甲戌年（十九年，1754）已经

---

① 吴定（1744—1809），字殿麟，号澹泉，安徽歙县人，刘大櫆弟子，与姚鼐友善，嘉庆元年举贤良方正。有《紫石泉山房文集》十二卷、《诗钞》三卷等。

② 徐世昌：《晚晴簃诗话》，第 820 页。

③ 鲍桂星（1764—1826），字双五，号觉生，安徽歙县人。嘉庆四年进士，授翰林院编修，河南、江西、湖北学政。嘉庆十九年弹劾刘荣黼，反遭攻讦有"旗人不足恃"等语，被革职，数年后复官。师从吴定、姚鼐，著有《觉生诗钞》十卷、《觉生古文》四卷等。

④ 袁枚：《杨文叔先生文集序》，《小仓山房诗文集》，第 1933 页。郑幸指出，袁枚晚年整理十四岁所作之《高帝论》（见《文集》卷二十），有"笔情颇肆"的按语，应该是源自杨氏的鼓励。郑幸：《袁枚年谱新编》，第 44—45 页。袁枚：《小仓山房诗文集》，第 1593 页。

接近完成全书①,并且很可能此时就"于悼红轩中,披阅十载,增删五次"②,写作经过相当长的时间。③ 脂批本中比较重要的还有乾隆己卯本(二十四年,1759)、庚辰本(二十五年,1760)两本,均为"脂砚斋凡四阅评过"者,各本对校可以看出作者对小说正文、批者对小说批语均有细致修订。再加上其他可能出自曹雪芹稿本的过录抄本,可见曹雪芹对《红楼梦》的修改是十分勤奋而谨慎的。《红楼梦》版本素属公案,但就今存各抄本的文字异同来看,曹雪芹对《红楼梦》的修改,至少在两方面可以看出突破。一则是使小说本身更加严密、更具章法;一则是令小说的文采、人物的特质更加凸显。

此外,脂批中评论小说,对"章法"的总结已甚详悉,陈洪师在《中国古代小说艺术论发微》④已有研究。类似的注重章法的长篇小说也为数不少,且在当时即得到读者的关注。如陶家鹤在乾隆二十九年(1764)为《绿野仙踪》作的序中说:

> 而于说部中之七八十回,至百十回者,尤必详玩其脉络关纽,章法句法,以定优劣,大有千百部中,失于虎头蛇尾,线断针折者居多。缘其气魄既大,非比数回内外书,易于经营,

---

① 由于甲戌本第一回有"书未成,芹为泪尽而逝"的批语,学者或认为曹雪芹去世时未完成小说创作。然经笔者考索,此则批语为畸笏叟所撰,而畸笏叟批语多次透露出他对曹雪芹的创作缺乏了解,故此批语只能作为孤证。就各本脂批对"旧时真本"的暗示,及创作的一般规律判断,曹雪芹应该基本完成了小说的创作,但部分在传抄过程中迷失了。今存后四十回中很可能有不少曹雪芹原稿,这也证明曹雪芹不太可能在甲戌以后的十余年内,只修改前八十回,而不为小说撰写结局。参见张昊苏《甲戌本抄成时代蠡测:以凡例辨伪为中心的考察》,《南开学报》(哲学社会科学版)2021年第3期。

② 曹雪芹著,脂砚斋评,吴铭恩汇校:《红楼梦脂评汇校本》,第8页。

③ 当然,"披阅十载,增删五次"不必泥看,因后续的版本并未改动此句,显见只是虚写,象征作者修改之精勤。也有学者由此认为,曹雪芹的创作至晚始于乾隆九年(1745),而《红楼梦》写作的时间乃达二十年之久,可姑备一说。

④ 陈洪:《中国古代小说艺术论发微》,南开大学出版社1987年版。

尽美善也。然天下委土细流固多，而五岳四海之外，亦不可谓无崇山巨水。

予于甲申岁二月，得见吾友李百川《绿野仙踪》一百回，皆洋洋洒洒之文也。其前十回多诗赋，并仕途冠冕语，只可供绣谈通阔之士赏识，使明昧相半人读之，嚼蜡而已。十回后虽雅俗并用，然皆因其人其事，斟酌身分口吻下笔，究非仆隶舆台略识几字者所能尽解尽读者也。至言行文之妙，真是百法具备，必须留神省察，始能验其通部旨归。试观其起伏也，如天际神龙；其交制也，如惊弦脱兔；其紧溜也，如鼓声瀑豆；其散大也，如长风骤雨；其艳丽也，如美女簪花；其冷淡也，如孤猿啸月；其收结也，如群玉归筒；其串插也，如千珠贯线。而立局命意，遣字措词，无不曲尽情理，又非破空捣虚辈所能比报万一。使予觉日夜把玩，目荡心怡，不由不叹赏为说部中极大山水也。①

《野叟曝言》每回之末均有批语，也多是用古文章法探讨小说用笔奥妙。

戏曲方面，张衢（1755？—1835？）② 的《芙蓉楼》卷首曰：

是书成，讥我者谓余不习举子业，竟效俳优者之所为，此真井蛙之见。夫文章莫大于传奇，悲欢必尽其情，贤奸各呈其态，非熟于人情世故，不足以语此。且其中或技能，或术语，咄嗟立办；或典故，或方言，触绪纷来。既非枵腹人所能袭取。既南人不能北语，北人不能操南音者，其于声律，终未许其置喙焉。况数十出中，回环照应，打成一片，是真一大八股也。

---

① 李百川：《绿野仙踪》，齐鲁书社 1995 年标点本，第 2 页。
② 张衢，字越西，号晴斋、病瘅道人，浙江萧山人。著有《信芳录》《贤贤堂集》、传奇《芙蓉楼》《玉节记》等。

故善读书者不必定此书，善作文者不必定此文，一以贯之。吾于传奇，盖有得焉，奚必沾沾于举子业哉！①

可见，这种现象实贯穿于乾嘉时期各种文体之中。

值得一提的是，两种精致化的"离合"，在乾隆帝的文学创作中似乎有吊诡的合流：乾隆帝的诗颇有倾向"摹拟""学养"乃至"炫学"的一面，然而又以自写性灵、不假推敲为文饰，使他过于泛滥的诗歌创作不违于理学规训。这一富有张力的现象甚有趣味，此处只能略引数句，以见端倪，并为本节之收束：

稍喜万几暇，敲句寒更永……岂嫌推敲苦，为恐杂心志。②

炼史镕经斗博奇，嗤将绮句媚红儿。若于本分评诗体，一律雕虫壮不为。③

无心得句皆成画，刻意求工岂是诗。陶冶性灵聊复尔，准绳今古寔于斯。④

欲拟元音崇淡泊，相商时调去艰深。【近稿曾命德潜校正】⑤

---

① 俞为民、孙蓉蓉编：《历代曲话汇编》，黄山书社 2008 年版，第 63 页。
② 清高宗：《御制诗初集》，第 111 页。
③ 清高宗：《御制诗初集》，第 358 页。
④ 清高宗：《御制诗初集》，第 535 页。
⑤ 清高宗：《御制诗二集（一）》，第 316 页。值得注意的是，与沈德潜商议的"去艰深"，和乾隆帝同年"德潜力欲追二公，横盘硬语抒文藻"的评价相异。清高宗：《御制诗二集（一）》，第 331 页。

于诗岂不然，奚在藻绩修。似淡味弥永，外朴中乃腴【叶】。①

诗务求多定鲜精。②

艰深岂是才。③

第三节　女性观念与女性文学的变化

　　如提及中国古代女性文学④的蔚成风气、与女性意识的崛起，应该以晚明为一个具有标志性的起点。在此之前历代虽不乏有才名的女性作家、学者，以及不少女性题材的文学作品，但具有现代性意义的、具有女性主体性的文学创作潮流，则时代似乎相对较晚。这种潮流至少包括女性对自己生存状态、生活经历、情感世界的记录；对学术、艺术的深入研习与追求。这标志着家境富裕、天资优秀的女性知识群体，在知识结构和文化追求等方面正在逼近男性士大夫。

　　《午梦堂集》（1636年刻）作为一个典型的个案，展示出叶氏家族女性丰富的创作成果，其文体亦较为丰富，包括诗、词、文、散曲、杂剧等。而且，除深闺唱和与家族吟咏之外，叶氏女性还俨然具有女性文坛领袖的地位，并借助家族中男性文人的力量继续加以

---

　　①　清高宗：《御制诗二集（一）》，第645页。乾隆帝诗中大量"叶韵"，在古之诗人中似乎罕见，也足见其与诗艺的"精致"无缘。
　　②　清高宗：《御制诗二集（二）》，第109页。
　　③　清高宗：《御制诗二集（二）》，第253页。
　　④　学界颇有区分"妇女文学"与"女性文学"者，盖谓"女性文学"应为带有西方现代女性意识，乃至女性主义色彩的文学，而"妇女文学"则为较中性的表达。但多数学者在研究中似乎并不区分其间差异。本文采用"女性"一词，并不包含上述的理论意义，主要理由是：从俗；且提示男、女性别对此时的创作确有一定影响。

扩展。本章第一节"晚明的潜流",已经在一定程度上涉及女性观念和女性文学的相关话题。这里亦出于同样的理由对女性文学略为追溯至晚明时期。将其在本书中特立一节,则是考虑到"明清妇女文学研究已不再是为文学史'补遗',而是开始重构文学史的版图。女性的文学活动已不再是明清文学史边缘的点缀篇章,而是核心的一部分"①,认为女性文学在创作体量和文学思想上均有不可忽视之成就。

从创作者与作品的数量,以及作品中对女性生活的反映来说,清代实胜于明代②,而清代中又以乾嘉时期为最盛,袁枚《随园诗话补遗》卷八就言:"近时闺秀之多,十倍于古。"③

乾嘉诗坛中,骆绮兰(1756—?)④、王照圆(1763—?)⑤、顾春(1799—1877)⑥ 等女性作家卓有声誉,并得到袁枚性灵派为代表之流行派别、文坛领袖的鼓吹发扬。陈文述对袁枚亦步亦趋,其人品虽有可议处,但客观上对女性文学创作也有促进。此外恽珠(1771—1853)的《国朝闺秀正始集》作为一部有影响力的选本,更可以看出女性文人对女性文献保存的特别关注。叙事文学方面,弹词则有陈端生《再生缘》为名著,其影响力与创作水准似较稍早的《天雨花》为胜;小说方面,对《红楼梦》的点评、题咏、续书中,女性的身影往往出现。更重要的,则是女性作家、读者除自有其创作传统和交际网络外,已经进入男性创作者、批评者的视野之中,对女性读者的特别关注、对女性文学的批评赏鉴,在这一时期

---

① 蒋寅:《中国古代文学通论 清代卷》,第 375 页。
② 这从胡文楷的《历代妇女著作考》等著作的统计中就可看出。
③ 袁枚:《随园诗话》,第 416 页。
④ 骆绮兰,字佩香,江苏句容人,早寡家贫,师事袁枚、王文治等,工诗擅画。著有《听秋轩诗集》《闺中同人集》等。
⑤ 王照圆,字瑞玉,山东福山人,郝懿行之妻,通经史,擅吟咏,著有《诗说》《诗问》《列女传补注》《列仙传校正》《闺中文存》等。
⑥ 顾春,字子春,号太清,原姓西林觉罗氏,满洲镶蓝旗人。著有《天游阁集》《红楼梦影》等。

都展现出不少特色。

大略言之，乾嘉两朝有关女性创作的文学思想的相关话题中，继承前代而具有相当普适性的问题乃是：从社会观念来说，是以何种身份看待从事文艺相关活动的女性。① 从文艺批评来说，是以何种标准评判女性文学。如果细化而言，也许可以细分成如下若干议题——传统的女性"德才"关系（尤其是"风流"相关）；闺中作品是否应该流传于社会乃至垂之后世；女性创作者与男性创作者的关系；潜在的女性读者；等等。

就女性作家在社会上的活跃程度来看，乾嘉两朝无疑是有清一代甚至整个古典时代最鼎盛的时期，这与当时文坛领袖的鼓励与奖掖关系密切。骆绮兰《听秋馆闺中同人集》序（嘉庆二年作，1796）中特别回应社会上对其创作的毁誉之声，反复说明自己"师事随园、兰泉、梦楼三先生……颇为三先生所许可"②，乃借助袁枚、王昶、王文治三人的支持以为女性创作正名。这既是用"背面傅粉"的方法揭示出当时女性创作所面临之（长期以来的）社会压力，同时亦揭示出乾嘉时期文坛领袖支持对于女性创作的正面作用。除著名的随园女弟子群外，嘉、道间陈文述的"碧城仙馆女弟子"也具有相当影响力。尽管对陈文述人品的争议更多于袁枚，但大略仍可目为随园之后劲。此外就家族内部而言，毕沅、阮元、孙星衍

---

① 这个话题在近代尤著，如徐志摩《关于女子》就批评道："就中国论，清朝一代将近三百年间的女作家，按新近钱单夫人的清闺秀艺文略看，可查考的有二千三百十二人之多，但这数目，按胡适之先生的统计，只有百分之一的作品是关于学问，例如考据、历史、算学、医术，就那也说不上有什么重要的贡献，此外百分之九十九都是诗词一类的文学，而且妙的地方是这些诗集诗卷的题名，除了风花雪月一类的风雅，都是带着虚心道歉的意味，仿佛她们都不敢自信女子有公然著作成书的特权似的，都得声明这是她们正业以外的闲情，本算不上什么似的，因之不是绣余，就是蠹余，不是红余，就是针余，不是脂余梭余，就是织余绮余，要不然就是焚余烬余未焚未烧未定一类的通套，再不然就是断肠泪稿一流的悲苦字样。"徐志摩：《徐志摩全集》第6卷，中央编译出版社2013年版，第197页。

② 王英志主编：《清代闺秀诗话丛刊》，凤凰出版社2010年版，第2581页。

等显宦名流家族中的女性成员多善于吟咏，并于女性文坛有所贡献，这些现象在女性文学史亦多有基本介绍。

袁枚《随园诗话补遗》卷九言："以诗受业随园者，方外缁流，青衣红粉，无所不备"①，以示其有教无类。"随园女弟子"更是其中相当具备规模的文学群体。王英志《随园女弟子考述》②一文中考得随园女弟子五十余人，并指出"随园女弟子不仅人数大大超过男弟子（有记载的二十余人，而且整体创作成就也非男弟子可比）"，袁枚在嘉庆元年（1796）编成的《随园女弟子诗》六卷，就收录二十八人诗作。其中，席佩兰③（其丈夫孙原湘，亦"性灵"名家）、骆绮兰等更在当时具有相当的诗名。这一时期女性作者在词的写作方面也卓有成就，盖女性心曲本宜于为词，而乾嘉时期（特别是乾隆末段浙派、常州间有一段之真空）主流词坛恰逢青黄不接，故此时女性之创作更显不群。严迪昌《清词史》中就列举了不少有成就的女性作家，其中多生活于乾隆、嘉庆时期，并与乾嘉重要文人形成交游网络。④ 这足见乾嘉女性词人在女性词史中之地位。

上述勾勒虽然颇为简略粗疏，然已可看出这一时期实谱写了古典时代女性文学的最大亮色。唯就本质而言，似乎无法认为其中已进入"现代性"之层面。若骆绮兰所遭遇之批评，及稍后顾春所陷入之"丁香花诗案"⑤，皆可证明就一般的社会态度而言，女性（特别是才女）所处境遇并未有根本性的改善。而不少男性作家对才女的欣赏，也未尝没有物化女性的意味——以袁枚、曹雪芹尚且偶尔不免（前人论之已备），则其余可想而知——若陈文述对顾春之

---

① 袁枚：《随园诗话》，第 428 页。
② 王英志：《随园女弟子考述》，《江南社会学院学报》2000 年第 4 期。
③ 席佩兰（1760—1829 后），名蕊珠，字月襟，自号佩兰。江苏昭文人，著有《长真阁诗集》等。
④ 主要有熊琏、吴藻、顾春、席佩兰、恽珠等，其中以顾春成就尤高。
⑤ "丁香花诗案"之子虚乌有，可参朱德慈《丁香花诗案辨正》，《淮阴师范学院学报》1999 年第 4 期。

构陷。

但从大端言，这一时期的重要作家对女性的态度已较以前为开明，可见此时社会观念之变化。且，实际已经在诸多方面为未来百年之"女性解放"提供了思想资源。

袁枚在《随园诗话》卷四有一则云：

> 杭州赵钧台买妾苏州。有李姓女，貌佳而足欠裹。赵曰："似此风姿，可惜土重。"土重者，杭州谚语：脚大也。媒妪曰："李女能诗，可以面试。"赵欲戏之，即以《弓鞋》命题。女即书云："三寸弓鞋自古无，观音大士赤双趺。不知裹足从何起，起自人间贱丈夫！"赵悚然而退。①

此外，袁枚尚有"女子足小，有何佳处，而举世趋之若狂？吾以为戕贼儿女之手足以取妍媚，犹之火化父母之骸骨以求福利也"②等评论。其《子不语》中还有一则"裹足作俑之报"，其中提到，李后主为裹足之始作俑者，于是：

> 世上争为弓鞋小脚，将父母遗体矫揉穿凿，以致量大校小，婆怒其媳，夫憎其妇，男女相诒，恣为淫亵。不但小女儿受无量苦，且有妇人为此事悬梁服卤者。上帝恶后主作俑，故令其生前受宋太宗牵机药之毒，足欲前，头欲后，比女子缠足更苦，苦尽方毙。③

李汝珍《镜花缘》中，对缠足问题同样有相当辛辣的抨击：

---

① 袁枚：《随园诗话》，第 62 页。
② 袁枚：《牍外余言》，《丛书集成续编》第 214 册，台北新文丰出版公司 1988 年影印本，第 549 页。
③ 袁枚：《子不语》，第 123 页。

吴之和道:"吾闻尊处向有妇女缠足之说。始缠之时,其女百般痛苦,抚足哀号,甚至皮腐肉败,鲜血淋漓。当此之际,夜不成寐,食不下咽,种种疾病,由此而生。小子以为此女或有不肖,其母不忍置之于死,故以此法治之。谁知系为美观而设,若不如此,即不为美!试问鼻大者削之使小,额高者削之使平,人必谓为残废之人,何以两足残缺,步履艰难,却又为美?即如西子、王嫱,皆绝世佳人,彼时又何尝将其两足削去一半?况细推其由,与造淫具何异?此圣人之所必诛,贤者之所不取,恨世之君子,尽绝其习,此风自可渐息……"①(第十二回)

又若《镜花缘》第三十三回写到,林之洋被纳为王妃,饱受穿耳、缠足之苦,其描写详尽,令人感同身受,足见"为吾国倡女权说者之作"②之评价,良有以也:

正在著慌,又有几个中年宫娥走来,都是身高体壮,满嘴胡须。内中一个白须宫娥,手拿针线,走到床前跪下道:"禀娘娘:奉命穿耳。"早有四个宫娥上来,紧紧扶住。那白须宫娥上前,先把右耳用指将那穿针之处碾了几碾,登时一针穿过。林之洋大叫一声:"疼杀俺了!"往后一仰,幸亏宫娥扶住。又把左耳用手碾了几碾,也是一针直过。林之洋只疼的喊叫连声。两耳穿过,用些铅粉涂上,揉了几揉,戴了一副八宝金环。白须宫娥把事办毕退会。接著有个黑须宫人,手拿一匹白绫,也向床前跪下道:"禀娘娘:奉命缠足。"又上来两个宫娥,都跪在地下,扶住"金莲",把绫袜脱去。那黑须宫娥取了一个矮

---
① 李汝珍:《镜花缘》,第52—53页。
② 胡适:《再寄陈独秀答钱玄同》,《胡适古典文学研究论集》,上海古籍出版社1988年版,第720页。

凳，坐在下面，将白绫从中撕开，先把林之洋右足放在自己膝盖上，用些白矾酒在脚缝内，将五个脚指紧紧靠在一处，又将胸面用力曲作弯弓一般，即用白绫缠裹；才缠了两层，就有宫娥象著针线上来密密缝口：一面狠缠，一面密缝。林之洋身旁既有四个宫娥紧紧靠定，又被两个宫娥把脚扶住，丝毫不能转动。及至缠完，只觉脚上如炭火烧的一般，阵阵疼痛。不觉一阵心酸，放声大哭道："坑死俺了！"两足缠过，众宫娥草草做了一双软底大红鞋替他穿上。①

类似主张是否曾在相当程度上付诸实践或有现实原型，笔者限于见闻，暂未找到较有说服力的证据。裕瑞《枣窗闲笔》指出此故事乃"效颦《宜春香质》书中宜男国事，但稍为变态耳"②，但宜男国乃断袖之国，同故事中之圣阴国乃化《西游记》中女儿国而成，故该书显不及《镜花缘》具有现实关怀。③

此外唯袁枚《子不语》卷二有一则记载说：

> 蜀人滇谦六，富而无子，屡得屡亡。有星家教以厌胜之法，云："足下两世命中所照临者，多是雌宿，虽获雄，无益也；惟获雄而以雌畜之。庶可补救。"已而绵谷生，谦六教以穿耳、梳头、裹足，呼为"小七娘"。娶不梳头、不裹足、不穿耳之女以妻之。果长大，入泮，生二孙。偶以郎名孙，即死。于是每孙生，亦以女畜之。绵谷韶秀无须，颇以女自居，有《绣针词》

---

① 李汝珍：《镜花缘》，第158—159页。
② 富察·明义、爱新觉罗·裕瑞：《绿烟琐窗集 枣窗闲笔》，第295页。
③ 从性别观念来看，以《宜春香质》为代表的一些明末艳情、男风小说，对男女关系、地位等问题有着不同以往的描述，且有可能在相当程度上影响到《镜花缘》的书写。但如果仅就"女子将男作妃"文本层面的相似性来说，隋、唐正史中之"女国"书写或许与小说描写更加贴近。

行世。吾友杨刺史潮观，与之交好，为序其颠末。①

故事的星家厌胜背景或不可信，但滇绵谷"颇以女自居，有《绣针词》行世"，可见其性别认同已经发生了变化。杨潮观为之作序，袁枚记录此事，也似乎并不以此为阴阳颠倒、伤风败俗之事。

仅就思想观念而论，这确有颇多积极意义，并对此后的女性观念产生影响。不过，也应该承认的是，《镜花缘》的女性观也不必特意高估——多数才女的境界（尤其是后段炫才科举的相关描写），以及武则天统治下的政治背景，都隐含有作者有意识的批评和贬低。因此虽有不少公允乃至近乎"共情"的言论，但仍然是男性立场对女性社会地位的反思与讨论。这在当时允为常态，且在考据学者对女性问题的论述中更加明显（因其服务于"义理学之重建"），比如：钱大昕在讨论妇女从一而终的问题时，就明言："妇人之性，贪而吝，柔而狠……宁割伉俪之爱，勿伤骨肉之恩"②。然就客观而言，钱氏虽有此过苛之论，其中也有不少有利于对女性地位的观点。如这段的下文即言"固有可去之义，亦何必束缚之，禁锢之，置之必死之地以为快乎！……去而更嫁，不谓之失节……不必强而留之，使夫妇之道苦也"③，这种观点则至今似乎亦有正面意义。

戴震对"以理杀人"的反对，或与其家乡徽州的贞女道德压力有关。④ 汪中采取通过对礼学经典文本的训诂、阐释，以达到重建义理学和女性观念的目标。《述学》中此类篇目就为数不少。但是这种做法显然较有风险，如汪中的《释媒氏文》写道"其有三十不取，二十不嫁，虽有奔者，不禁焉，非教导民淫也，所以著之令，以耻

---

① 袁枚：《子不语》，第 19 页。
② 钱大昕：《潜研堂集》，第 108 页。
③ 钱大昕：《潜研堂集》，第 109 页。
④ 参见艾尔曼《经学、政治和宗族：中华帝国晚期常州今文学派研究》，江苏人民出版社 2005 年版，序第 6 页。

其民，使及时嫁子取妇也"①，这种解释似乎显得迂远，批评者也甚众。②

体现在文艺创作及批评的方面则相对复杂，核心问题在于用何种标准评价女性创作之文学。按照传统的诗文评观念，女性创作诗格卑弱，可观者少。如果按照这一标准判断，那么至少不应在正面意义上称赞女性文学创作。且在"女子无才便是德"的社会主流观念下，闺阁创作似不应流于闺阁以外（这与女子不出闺阁也保持了一致），且其写作的必要性也值得质疑。《红楼梦》中的相关书写即是相当好的注脚：

> 探春走来看看道："竟没有人作《簪菊》，让我作这《簪菊》。"又指着宝玉笑道："才宣过总不许带出闺阁字样来，你可要留神。"③（第三十八回）

> 宝玉道："这也算自暴自弃了。前日我在外头和相公们商议画儿，他们听见咱们起诗社，求我把稿子给他们瞧瞧。我就写了几首给他们看看，谁不真心叹服。他们都抄了刻去了。"探春、黛玉忙问道："这是真话么？"宝玉笑道："说谎的是那架上的鹦哥。"黛玉、探春听说，都道："你真真胡闹！且别说那不成诗，便是成诗，我们的笔墨也不该传到外头去。"宝玉道："这怕什么！古来闺阁中的笔墨不要传出去，如今也没有人知道了。"④（第四十八回）

> 黛玉一面让宝钗坐，一面笑说道："我曾见古史中有才色的

---

① 汪中撰，李金松校注：《述学校笺》，第76页。
② 张穆（1805—1849）、李元度（1821—1887）、李慈铭（1830—1894）对本篇均有批评，参汪中撰，李金松校注《述学校笺》，第79—81页。
③ 曹雪芹著，脂砚斋评，吴铭恩汇校：《红楼梦脂评汇校本》，第504页。
④ 曹雪芹著，脂砚斋评，吴铭恩汇校：《红楼梦脂评汇校本》，第623页。

女子，终身遭际，令人可喜、可羡、可悲、可叹者甚多。今日饭后无事，因择出数人，胡乱凑几首诗，以寄感慨。可巧探丫头来会我瞧凤姐姐去，我因身上懒懒的，没同他去。适才做了五首，一时困倦起来，撂在那里，不想二爷来了，就瞧见了。其实给他看也倒没有什么，但只我嫌他是不是的写了给人看去。"宝玉忙道："我多早晚给人看来呢？昨日那把扇子，原是我爱那几首白海棠的诗，所以我自己用小楷写了，不过为的是拿在手中看着便易。我岂不知闺阁中诗词字迹是轻易往外传诵不得的？自从你说了，我总没拿出园子去。"宝钗道："林妹妹这虑得也是。你既写在扇子上，偶然忘记了，拿在书房里去，被相公们看见了，岂有不问是谁做的呢。倘或传扬开了，反为不美。自古道'女子无才便是德'，总以贞静为主，女工还是第二件。其余诗词之类，不过是闺中游戏，原可以会，可以不会。咱们这样人家的姑娘，倒不要这些才华的名誉。"因又笑向黛玉道："拿出来给我看看无妨，只不叫宝兄弟拿出去就是了。"①（第六十四回）

妙玉道："如今收结，到底还该归到本来面目上去。若只管丢了真情真事且去搜奇捡怪，一则失了咱们的闺阁面目，二则也与题目无涉了。"②（第七十六回）

《红楼梦》系为"闺阁昭传"之书，犹借黛玉、宝钗等主要人物之口讨论及闺阁笔墨流传问题，恐不仅仅简单是"保护色"。而妙玉口中"闺阁面目"亦非现实生活中闺秀文学纤弱感伤的风格，仍近风雅敦厚的淑女一脉。——察《红楼梦》中代拟女性诗词，风格似亦如此，而曹雪芹之女性观念，似乎亦只是一种对女性有限度的

---

① 曹雪芹著，脂砚斋评，吴铭恩汇校：《红楼梦脂评汇校本》，第831页。
② 曹雪芹著，脂砚斋评，吴铭恩汇校：《红楼梦脂评汇校本》，第1004页。

尊重（按现代意义上说）①，而又加入了对个人志趣、才情的隐喻，故其中实颇为复杂。

莫砺锋在《论〈红楼梦〉诗词的女性意识》中提出了相当重要的命题，其中言：

> 又如清初的林以宁、顾启姬等七人组"燕园诗社"，号称"蕉园七子"，而张允滋、张芬等十人则号称"吴中十子"，也都以男性自居，她们的诗词也很少表现出女性色彩。即使在名噪一时的袁枚女弟子中，情形也没有多大的变化。试看《随园女弟子诗选》中的诗作，与男性诗人的作品又有多大的区别！所以说，薛宝钗、史湘云的诗词虽然出于曹雪芹之手，但并没有因此而泯灭其中的女性色彩，因为当时的女性诗人自身就很少意识到自己的性别特征。
>
> 随着故事情节和人物性格的逐步展开，黛玉的诗词也越来越强地表现出她的性别意识来。
>
> 《红楼梦》中林黛玉等人的诗词是当时最富有女性意识的文本，然而它们的真正作者却是男性作家曹雪芹！②

其中谓"与男性诗人的作品又有多大的区别"，则似乎与一般理解相异。女性闺阁作家的题材、气质具有明显的局限性，与男性作家的区别颇为明显。

而词，虽在当代学者眼中是"比较混乱和破碎的一种属于女性的语言"（叶嘉莹语）③，但在乾嘉以降的主流词学观念下，失之纤弱者仍非第一流作品，"花间"仍系男性之词——常州词派的解读尤有代表性，且清词之特点也在于趋向重、拙、大即近男性化的。但

---

① 不过，说《红楼梦》女性气质浓厚，似乎是可以成立的观点。参见梅维恒主编《哥伦比亚中国文学史》，新星出版社 2016 年版，第 233 页。
② 莫砺锋：《论〈红楼梦〉诗词的女性意识》，《明清小说研究》2001 年第 2 期。
③ 叶嘉莹：《词学新诠》，北京大学出版社 2008 年版，第 77 页。

对于宗法唐五代北宋的某些作者，其创作风格确具有含蓄纤弱之处。朱庸斋《分春馆词话》给出了相反的意见："作者出笔，务求声容意态，一一如规格女子，诿之为学五代北宋初期。其实作者已是须发皤然之老翁，饱经丧乱，尽管其诗文亦有颇可观者，然一遁而为词，便变成十七八之女郎，宁不可笑？"① 此即所谓之"男子而作闺音"② 也。

即不然，谓女性诗作"自身就很少意识到自己的性别特征"，似乎毋庸详细分辨——就作品艺术特征而言，女性诗人、词家与男性作者的差别显然是明显的；而且，缺乏女性色彩（在笔者看来，纵然有之，也主要是意识形态而非艺术特征上的）至少一个重要原因在于，主流道学对女性才情的贬斥与诋毁，如章学诚《文史通义·诗话》就对袁枚及其所提倡之闺秀文学提出了相当恶劣的指责，在这种背景下要求女性必须强烈表达性别意识，实为忽略历史语境与作者身份的苛论。

此外，《葬花词》等是否纯然"女性意识"也值得商榷——如"一年三百六十日，风刀霜剑严相逼"等名句就难说是女性特有的感悟，且其诗之动人似乎仍在于文人情怀和悲剧幻灭感，而非那一时期所能生成的"女性意识"（当然也许合乎现代理论）。是否最浓郁的"女性色彩"见于男性作家曹雪芹笔下，则有必要再稍加批评。至少，陈寅恪在《论再生缘》中就提出了一则反例：

> 端生虽是曹雪芹同时期之人，但其在乾隆三十五年春暮写成再生缘第一六卷时，必未得见石头记，自不待言。所可注意者，即端生杏坠春消，光阴水逝之意固原出于玉茗堂之"如花美眷，似水流年"之句，却适与红楼梦中林黛玉之感伤不期冥

---

① 朱庸斋：《分春馆词话》，广东人民出版社1989年版，第2页。
② 田同之：《西圃词说》，载唐圭璋编《词话丛编》，中华书局1986年标点本，第1449页。

会。(戚本石头记第二三回"西厢记妙词通戏语,牡丹亭艳曲警芳心"之末节)不过悼红仅间接想像之文,而端生则直接亲历之语,斯为殊异之点,故再生缘伤春之词尤可玩味也。①

此外,似乎有必要对袁枚及其随园女弟子的女性观念和作品略作研判。

袁枚言:

> 俗称女子不宜为诗,陋哉言乎!圣人以《关雎》、《葛覃》、《卷耳》,冠《三百篇》之首,皆女子之诗。②

> 目论者动谓诗文非闺阁所宜,不知《葛覃》、《卷耳》首冠《三百篇》,谁非女子所作?《兑》为少女,而圣人系之以朋友讲习;《离》为中女,而圣人系之以文,日月丽乎天,二诗之有功于阴教也久矣。然而言者心之声也,天机戾则律吕不调,六情和则音节自协。以余观于佩香,媞媞然淑慎其身,溺苦于学,其高识远见,视大男子裁如婴儿。

> 字字出于性灵,不拾古人牙慧,而能天机清妙,音节琮琤。似此诗才,不独闺阁中罕有其俪也。其佳处总在先有作意,而后有诗,今之号称诗家者愧矣。③

此处乃借助经学为保护色,以性灵观念为理论依据,为女性文学(特别是具有女性色彩的)创作提供合法性论证。袁枚以阴阳关系为喻,实际上是在陈述女性诗文无须尽如男子姿态,但写性灵便

---

① 陈寅恪:《寒柳堂集》,生活·读书·新知三联书店2015年版,第58—59页。
② 袁枚:《随园诗话》,第312页。此观点当然并非袁枚首创,但其影响恐怕是最大的。参见胡文楷《历代妇女著作考》,第757页。
③ 袁枚:《席佩兰长真阁集序》,载王英志编《清代闺秀诗话丛刊》,第157页。

为佳作。这显然令女性文学成为袁枚"性灵"观念的一翼。在笔者看来,其文学思想史意义或大于文学史意义。

而就这一时期女性文学创作面貌来说,也确实多书写现实生活与女性感情之作,《随园诗话》中的相关选诗也大致围绕这一中心展开。邓红梅在《女性词史》①中对女性词更是有相当细腻的文本分析,其中不乏莫砺锋批评的"随园女弟子"群体,读者自可参看,这里无须迻录。

再拓宽一步讲,这一时期女性作家广泛的交游网络和编辑活动才是一种具备积极意义和时代特色的女性活动。《红楼梦》所代拟的感伤悱恻之诗,仅仅是古代女性文学传统中的一个侧面而已,在现实中活跃的女性作家,也许创作之成就相对有限,但却或具更深远的意义。比如,先后师从惠栋、沈大成的女作家徐映玉②,即不能单纯以"才女"目之。徐氏之问学,不仅习李商隐诗,且对反切、笔算、经史均有涉猎。沈氏不仅视徐映玉为"女弟子",还俨然有传道授业之意。③

而《红楼梦》涉女性书写的价值,似乎更主要地在于小说本身对女性生活、情感的描写呈现,这对女性读者提供了对生活方式的想象空间。骆绮兰提及女性从事文艺活动的难处,其中之一即"身在深闺,见闻绝少"④,讲习与见闻都远不及男子。而阅读小说则是女性参涉文艺的重要途径。

可考知的明清时期女性小说读者和批点者甚多,如王昙之妻金氏就曾与丈夫同读《金瓶梅》并加以旁注⑤,而《秦淮画舫录》提

---

① 邓红梅:《女性词史》,山东教育出版社2000年版。
② 徐映玉(1728—1762),字若冰,号南楼,浙江钱塘人。著有《南楼吟稿》二卷。
③ 杨钟羲:《雪桥诗话三集》,北京古籍出版社1991年标点本,第307页。
④ 王英志:《清代闺秀诗话丛刊》,第2580页。另参见胡文楷《历代妇女著作考》,第917—918页。
⑤ 丁锡根:《中国历代小说序跋集》,第1112页。

及青楼女子金袖珠"嗜读《红楼梦》，至废寝食，海棠、柳絮诸诗词，皆一一背诵如流。与吴中高玉英校书同抱此癖，玉英尤著意书中'真''假'二字"①。而特别值得注意者，乃《随园诗话》中一件具有悲剧性的著名实例，这表明当时颇有一部分女性读者未能厘清虚构与现实的界限，而误将小说内容当作事实。

> 汪度龄先生中状元时，年已四十余。面麻身长，腰腹十围。买妾京师，有小家女陆氏，粗通文墨，观弹词曲本，以为状元皆美少年，欣然愿嫁。结婚之夕，于烛下见先生年貌，大失所望。业已郁郁矣。是夕，诸同年觞饮巨杯，先生量宏兴豪，沉醉上床，不顾新人，和衣酣寝；已而呕吐，将新制枕衾尽污腥秽。陆女恚甚，未五更，雉经而亡。或嘲之曰："国色太娇难作婿，状元虽好却非郎。"②（卷三）

按，汪度龄（应铨）系康熙五十七年（1718）状元，时代较乾嘉时期为稍早；但此类事件在乾嘉女性读者、特别是《红楼梦》读者群中也具有相当的代表性，可证此实为有清一代女性读者惯见之"刻板印象"。——清代《红楼梦》女性读者中，"为情而逝"者甚多，这盖成为"淫书"罪证。如陈镛《樗散轩丛谈》卷二言：

> 《牡丹亭》杜丽娘死于梦，《疗妒羹》小青死于妒，二者不外乎情，然皆切己之事也。晤江宁桂愚泉，力劝勿看《红楼梦》。余询其故。因述常州臧镛堂言，邑有士人贪看《红楼梦》，每到人情处，必掩卷瞑想，或发声长叹，或挥泪悲啼，寝食并废，匝月间连看七遍，遂致神思恍惚。心血耗尽而死。又

---

① 《清代笔记小说大观》，第5744页。
② 袁枚：《随园诗话》，第47页。

言，某姓一女子亦看《红楼梦》，呕血而死。①

乐钧《耳食录》卷八云：

> 昔有读汤临川《牡丹亭》死者，近时闻一痴女子以读《红楼梦》而死。初，女子从其兄案头搜得《红楼梦》，废寝食读之。读至佳处，往往辍卷冥思，继之以泪。复自前读之，反复数十百遍，卒未尝终卷，乃病矣。父母觉之，忽取书付火。女子乃呼曰："奈何焚宝玉、黛玉？"自是笑啼失常，言语无伦次，梦寐之间未尝不呼宝玉也。延巫医杂治，百弗效。一夕，瞠视床头灯，连语曰："宝玉，宝玉在此耶？"遂饮泣而瞑。②

当然，《红楼梦》的痴情读者不止女性——如前文已提及"士人贪看"。此外，脂砚斋③、畸笏叟④的批评也有不少条目混淆了虚构与现实的界限，有一些更可能是过度入戏的产物，可云"痴"矣。⑤

但，《红楼梦》书中多写少年男女爱情，叙事中尤多见对女性生活的描述，在这方面盖更切近于当时知识女性之理想生活。詹颂的《论清代女性的〈红楼梦〉评论》⑥、王力坚的《清代才媛红楼题咏

---

① 一粟：《红楼梦资料汇编》，第349页。
② 一粟：《红楼梦资料汇编》，第347页。
③ 周汝昌认为脂砚斋可能是史湘云的原型，这种见解恐怕难以令人信服，脂砚斋仍应看作男性批评者，但有时确代入书中人物口吻，致令读者疑其为女性。
④ 对畸笏叟的研究，参张昊苏《畸笏叟批语丛考》，载孙勇进、张昊苏《文学·文献·方法——红学路径及其他》，知识产权出版社2020年版，第314—357页。
⑤ 脂批中不少批语存在自相矛盾之处，就作伪角度来看似乎过"笨"，很可能是批者"自我代入"使然。说详张昊苏、沈立岩《〈红楼梦〉涉"旧时真本"脂批考证》，《南开学报》（哲学社会科学版）2018年第5期。
⑥ 詹颂：《论清代女性的〈红楼梦〉评论》，《红楼梦学刊》2006年第6期。

的型态分类及其文化意涵》① 对女性作者的《红楼梦》题咏辑录颇丰（王力坚统计为44家232篇），并指出当时女性读者题咏与互动之型态。王力坚并指出：

> 这不仅显示顾太清与沈善宝等闺友在现实生活中的文学交游、诗词唱和等，就是其红楼续书的重要题材，还表明《红楼梦》中人物的生活方式已经渗透进清代才媛的日常生活中，清代才媛的红楼续书，在某种意义上便可说是她们自己的现实生活写照。②

这一观点是可以信据的。此外，黛玉葬花乃是吟咏中出现频率最高的情节，同时亦在戏曲、绘画的改编中反复出现。学界相关研究甚多，兹不详述。

与乾嘉时期文学思想有关的另外一个重要而特殊的问题是，所谓某些作品中"女性色彩"的缺乏非因作者本身意识不到自己的性别特征；相反，正是认识到男女性别差异，方令有志女子从事于更高层次的努力，即女性在（包括但不限于文学的）各方面与男性的角力竞胜，这也是乾嘉时期女性文学最值得关注之部分，且可以一直向下延伸至近代的女性书写。亦即在这一类的女性书写中，男女至少在精神层面是平等的。

至少贯穿于整个清代者，女性以男性诗风为准则当然是其中一方面。③ 如蒋士铨评胡天游之妹胡慎容（冯夫人）诗曰："妇人诗或

---

① 王力坚：《清代才媛红楼题咏的型态分类及其文化意涵》，《江西师范大学学报》（哲学社会科学版）2012年第5期。
② 王力坚：《清代才媛红楼题咏的型态分类及其文化意涵》，《江西师范大学学报》（哲学社会科学版）2012年第5期。
③ 如清初邹斯漪评才女卞玄文诗，言"儿女情多，英雄气少，此从来所以病彤管玼囊也……惟卞家母子……求一闺阁相了不可得"，其原因则是诗人"遭沧桑，播迁吴越。既多霜雪风雨之感，复获舟车江山之助"，胡文楷：《历代妇女著作考》，第217—218页。

有佳者，亦不过雕饰软美，穠丽纤巧而已，而冯夫人排奡纵横，信为一代列女之冠"①。似乎，不似妇女之作的那些作品，方是佳作。②

复如法式善《梧门诗话》卷十六中对骆绮兰的评价：

> 纫兰女士名佩金，老友李沧云京兆槃女孙也。工于填词。蓉裳农部以词名海内，自以为不及。诗善写性情，而风格遒上，居然作家。尝见其《秋雁》四律，云："无端燕市起悲歌，带得商声又渡河。千里归心随月远，一年愁思入秋多。水边就梦云无影，天际惊寒夜有波。屈宋风流零落尽，那堪重向洞庭过。""晚来风雨晓来霜，不为悲秋也断肠。芦苇作花多冷淡，鹭鸥无语亦凄凉。途歧容易迷归路，栖稳何如在故乡。一种白头缘底事，田田只解覆鸳鸯。""谁倚高楼一笛横，凭空吹落苦吟声。能鸣未必真为福，有迹多嫌累此生。入世岂容矰缴避，就人终觉羽毛轻。越凫楚乙从题品，识字何曾为近名。""夜庭飞度恨漫漫，多恐江南到亦难。偶听弓弦惊瘖瘃，久疏笺字报平安。筝无急柱伫辞鼓，琴有哀音未忍弹。可奈西风吹别调，离群还较此间寒。"可谓寄托深远。余若《蜀中》云："云深剑阁春将老，梦到蓉城夜未阑。"《驿柳》云："春闺别恨风前思，故国残阳笛里秋。"《秋夜》云："明月多情来独夜，西风作意送秋声。"皆有骨力。③

以"写性情""骨力"等男性文学惯用的批评话语衡量女性文学，这似乎是斯时相当流行的女性诗文批评方式。

而女性作家与男性之竞胜，亦往往在此方面。如陈寅恪分析陈端生说：

---

① 袁行云：《清人诗集叙录》，第1299页。
② 这种思维方式，就与本书第六章第三节讨论文言小说时使用的那些材料，能够形成思路上的"互文"关系。
③ 王英志：《清代闺秀诗话丛刊》，第2408页。

> 故当日端生心目中，颇疑彼等之才性不如己身及其妹长生。然则陈氏一门之内，句山以下，女之不劣于男，情事昭然，端生处此两两相形之环境中，其不平之感，有非他人所能共喻者。职此之故，端生有意无意之中造成一骄傲自尊之观念。此观念为他人所不能堪，在端生亦未尝不自觉，然固不屑顾及者也。①

这里对端生诗学造诣的估计，虽未见资料，但参以《再生缘》之诗心，及弹词中较精警之对仗，则陈寅恪的推测似乎颇合情理。至端生之"不愿付刊经俗眼，惟怜存稿见闺仪"②（第九回），实际上盖暗指男性的刻板印象为"俗眼"，而以女性闺秀为理想读者，这一态度，甚值得注意——盖认为女性的文学批评素养高于男子。而女性在弹词创作中的主导地位，也使得弹词写作本身具有一种不受男性文学钳制的意味，故其中富有真情实感乃至表达离经叛道之见，实为正常。

《镜花缘》则是出于男性作者的表彰才女之作，前文已略引及书中涉及缠足、纳妾等方面之内容。因其对女性命运具有深切"共情"，故可以认为在性别问题上具有相当领先之处，而不仅是借题发挥或隐喻自身。《镜花缘》以武则天时代为历史背景，设定其为"心月狐"下凡，显寓贬低意味。然实际描写中却无甚特别负面描写，反倒是"考才女"相关情节不乏赞叹之意。小说第四十回开始，述及十二条特别针对女性的"恩诏"，对女性的生活、婚姻、疾病等方面都有具体关注，非泛泛之言。接下来即召开专对女性的科举考试，言：

> 辟门吁俊，桃李已属春官；《内则》遴才，科第尚遗闺秀。

---

① 陈寅恪：《寒柳堂集》，第64页。
② 陈端生：《再生缘》，中州书画社1982年标点本，第106页。

> 郎君既膺鹗荐，女史未遂鹏飞。奚见选举之公，难语人才之盛。昔《帝典》将坠，伏生之女传经；《汉书》未成，世叔之妻续史。讲艺则纱橱、绫帐，博雅称名；吟诗则柳絮、椒花，清新独步。群推翘秀，古今历重名媛；慎选贤能，闺阁宜彰旷典。况今日，灵秀不钟于男子，贞吉久属于坤元；阴教成仰敷文，才藻益徵竞美。是用博咨群议，创立新科，于圣历三年，命礼部诸臣特开女试。①（第四十二回）

这里是说女性在诗文经史等（男性发挥才能的）领域的成就可以不亚于男性。而《红楼梦》则通过"水泥"隐喻，在抽象层面进一步擢升女性的地位。至其对女性生活、情感的描写与代拟，亦远胜过《镜花缘》，这点也是文学史的常识，前贤之讨论已甚详悉，兹不赘述。

相形之下，《野叟曝言》等小说虽亦在客观上承认才女，并予以正面描写，但在观念上是纯然男权的，故以本节之角度来看，其价值相对有限。《歧路灯》虽写出女性正面形象，但拘泥教化，更下一等。反倒是现实生活中对"贞女"话题的争论更具有思想价值。

男性作家的绝大多数贞女书写，都未能避免强调贞节、戕害个性之弊。如程晋芳的《书吴贞女事》，对吴贞女的夫死殉节不满，但认为，"女未嫁而守贞，用情虽过，固贤人君子所亟许也"②，类似的见解还见于钱大昕的《记汤烈女事》③等文章。《儒林外史》对王玉辉之女的描写，似乎也是介于同情、批判之间。这种观点在当时应该颇为常见，其立场是"礼"的。

在本时期文学作品中的幻想来看，以《儿女英雄传》最为典型：十三妹在小说的前半段为英雄女性形象，但后半则不仅许配给安骥，

---

① 李汝珍：《镜花缘》，第204—205页。
② 程晋芳：《勉行堂诗文集》，第774页。
③ 钱大昕：《潜研堂集》，第362页。

还与张金凤两人共事一夫,显示出受到理学的规训。足见,尽管女性的才能得到了相应的称颂,但在文人笔下男尊女卑的权力关系仍不容置疑。《镜花缘》中才女的结局,往往也不脱此陈套。相较于稍早成书的一些小说,不仅《醒世姻缘传》之泼辣几乎绝迹,即《红楼梦》之表彰佳人才女,也是与世情相对隔绝,而主要为象征意义的。① 这种文学创作趋向,似乎也与现实生活中意识形态控制的加强有相为呼应的地方。

而若回归历史语境,无疑"贞女"在很大程度上受制于当时女性社会地位低下,尤其是女性在面对经济问题时的先天困顿,但也许存在少数例外。卢苇菁在《矢志不渝——明清时期的贞女现象》中指出:"年轻女性在塑造更大历史事件中的力量。她们影响了当时思想界的议程"②,并详细分析了当事女性实践节烈行为的现实考量和道德勇气,还提及了王照圆作为女性考据学家对古礼的考辨。这些都足以说明,虽然按现代观念贞女是被戕害的一方,但贞女同时也在以主动牺牲的方式参与到意识形态的建构和重塑,女性主动为"贞女"的现象还有复杂的一面。考据学家对这一问题的态度,相对来说是比较持平的:既没有强女性以必死,也不认同那些訾议殉节为"非礼"的批评观点。

舒位的《张孝女诗》云:

> 阳城女子年十五,母疾未已心独苦。不知有药知有股,不知有股知有母。刲股事亲史弗许,弱息为之乃有取。君不见太真绝裾悄无语,安仁干没泪如雨。吁嗟乎,不重生男重生女。③

---

① 当然,这绝非乾嘉时期的新现象,如《聊斋志异》中的《妾杖击贼》就似乎可看作是与之性质类似的情节。
② 卢苇菁:《矢志不渝——明清时期的贞女现象》,江苏人民出版社 2012 年版,第 220 页。
③ 舒位:《瓶水斋诗集》,第 304—305 页。

舒位此诗"不重生男重生女"乃翻《长恨歌》之意，指女性具有牺牲精神，为比男性更优越的道德楷模，温峤、潘安正是反例。其集中另有一首《题仪征张孝女碑后》诗，亦云"呜呼忠孝无雌雄"，而以"秦女休，庞娥亲，缇萦上书，木兰从军"[①]为女性道德模范。舒位以苦孝名世，母丧后不久即因悲痛过度而亡，此类诗应反映其真实心态。以《瓶水斋诗集》来看，舒位虽有崇朱斥王之倾向[②]，但其诗以"郁怒横逸"鸣，显系"变音"而非"道学"。而胡天游的长篇叙事诗《烈女李三行》，描写了烈女李三为父报仇的全过程，感情浓郁，亦为名篇，在当时被袁枚认为堪与《孔雀东南飞》相提并论——"绝好东南飞孔雀，一篇《烈女李三行》"[③]。

这些，无疑都可以说明，明清时期女性主动的节烈行为，已令男性知识人为之折服。而此种折服已不仅限于理学家言，亦可用来表达对寻常男性欠缺道德践履能力的批判。这似可从侧面证明卢苇菁的判断。

《野叟曝言》第一百三十一回写水夫人生病，众儿媳割臂肉煎汤疗治，恰可与舒位之诗形成呼应。唯夏敬渠的思想倾向更为复杂。《野叟曝言》为本回命名云"八片香肱脾神大醒"，其行文中津津乐道，俨然描写美食，显系一种艳羡的变态心理；又借水夫人翻出一层，言其为愚夫愚妇之孝，烘托水夫人所持理学之高明。而水夫人之人物形象，既系夏敬渠本人抒发理学思想的载体，同时又与夏氏所受母亲教导有密切关系，故其见解每每高于文素臣（以夏敬渠为原型塑造之理想人物），亦可侧面看出当时女性对理学之发扬所起到的作用。就现代眼光观之，固然水夫人见解往往迂腐，然就夏敬渠的角度来看，他显有推重母亲品德学问，乃至有表彰女性群体的创作意图。

---

① 舒位：《瓶水斋诗集》，第710页。
② 舒位：《瓶水斋诗集》，第242—243、281页。
③ 袁枚：《小仓山房诗文集》，第689页。

性灵一派文人则或表现出不同的态度，而且表现得较直接，显然在当时属"非主流"。如陈文述的《鸳鸯冢》诗：

> 何家郎，高家女，朝云日出暮云雨。一朝沟水将分离，郎心宛转妾伤悲。虽然野鸳鸯，肯合南北东西飞。不得生相随，甘心死相逐。一角春山埋晓绿，夜夜鸳鸯坟上宿。①

此诗可见对"野鸳鸯"的同情，与前文所引袁枚的诸多观念有一脉相承之处。然而这些见解似乎显然是"非礼"的，而持论者也很难将这一观点打入主流社会。即就袁枚之妹袁机（1720—1759）来说，她遭逢丈夫毒打，并遭贩卖，然仍坚持守节，虽亲人苦劝，亦不肯改。袁枚《祭妹文》沉痛地说："以一念之贞，遇人仳离，致孤危托落，虽命之所存，天实为之；然而累汝至此者，未尝非予之过也。予幼从先生授经，汝差肩而坐，爱听古人节义事；一旦长成，遽躬蹈之。呜呼！使汝不识《诗》、《书》，或未必艰贞若是。"②

因此，在当时的社会环境下，重释新的礼学，以匡正贞洁观念，其功用似乎也不宜小视。如汪中就指出，袁机"本不知礼，而自谓守礼，以陨其生，良可哀也"③，这里的"知礼"，当然并非世俗道学之礼，而实际上属于汪中所认为的新义理学，而以古礼面目出之。男女权力关系的重新厘清，恰为其中一环。

汪中又说：

> 苟未尝以身事之，而以身殉之，则不仁矣。女事夫，犹臣事君也。仇牧、荀息，君亡与亡，忠之盛也。其君苟正命，而终于寝，虽近臣，犹不必死也。若使岩穴之士，未执贽为臣，

---

① 陈文述：《碧城仙馆诗钞》卷一，嘉庆十年（1805）刻本，第12页下。
② 袁枚：《小仓山房诗文集》，第1435页。
③ 汪中撰，李金松校注：《述学校笺》，第101页。

号呼而自杀，则亦不得谓之忠臣也。何以异于是哉！刘台拱曰："归太仆曰：'女子未有以身许人之道也。女未嫁而为其夫死，且不改适，是六礼不备，壻不亲迎'，比之于奔。其言婉而笃矣。"中以为未尽也。事苟非礼，虽有父母之命，夫家之礼，犹不得遂也。是故女子欲之，父母若壻之父母得而止之；父母若壻之父母欲之，邦之有司、乡之士君子得而止之。①

此外不得不提，也是在文学思想上意义最重大的，当然应推女性的"士人化"倾向，其最显豁者则为《再生缘》等叙事文学作品中的"女扮男装"书写。

就大的文化背景来说，恐怕应该首先关注明清之际士人、名妓在文学书写中的相似性。诗文中对柳如是的欣赏、赞誉，往往直接指向对钱谦益"贰臣"身份的批判，这类观点到乾嘉时期依然大有表现，并且实际上与乾隆帝对钱谦益的鄙弃形成表象的重合。以《金云翘传》为代表的"身辱心不辱"，正反映的是士人在明清易代之际面对天崩地解的痛苦与自我排解。郭安瑞指出，嘉庆二、三年（1797—1798）上演的《翡翠园》折子戏中，翠儿对冤屈的哭诉有可能"引发了戏曲观众的同情共鸣，感受到他们自己也遭权势人物欺压牺牲或被'女性化'，并渴望在现实生活中扮演一下侠客的角色"②，而且"用靓丽、双重女性化的男旦传递这种伤感，效果更佳"③。

在此前的弹词《天雨花》（1651 年前成书）中已经寄托有明显的女性意识和反对父权、夫权的思想观念④，但《再生缘》作为

---

① 汪中撰，李金松校注：《述学校笺》，第 94 页。
② 郭安瑞：《文化中的政治：戏曲表演与清都社会》，第 213—214 页。
③ 郭安瑞：《文化中的政治：戏曲表演与清都社会》，第 214 页。
④ 陈洪：《〈天雨花〉性别意识论析》，《南开学报》（哲学社会科学版）2000 年第 6 期。

"女性的白日梦"①，其中的表现尤为全面而深刻，盖不仅为弹词一体中之孤峰，亦在整个中国文学传统中堪称惊世骇俗。对此，陈寅恪的《论再生缘》与郭沫若的《〈再生缘〉前十七卷和它的作者陈端生》②已属学术名篇，对其思想阐述甚为详细。这里仅撮举其中较重要之关节。

陈寅恪在《论再生缘》中指出：

> 陈氏所言此书之不完成，在端生自身之不愿意，其说亦似有理。因端生于第一七卷首节述其续写此书，由于亲友之嘱劝，必使完成"射柳姻缘"。其结语云："造物不须相忌我，我正是，断肠人恨不团圆。"则其悲恨之情可以想见，殆有婿不归，不忍续，亦不能强续之势也。③

则端生著述之自主性可见一斑。

唯须补充者，带有类似倾向的弹词尚为数不少——《再生缘》乃接续《玉钏缘》（其写作时间不详，或在清初）而作，其中已有女状元、女扮男装等系列情节。此外《轂龙镜》（乾隆三十一年刊，1766）、《锦上花》（嘉庆十八年序，1813）等也均是乾嘉时期女性作家创作的弹词，其描写与《再生缘》有呼应处。

如果忽略弹词、小说的文体之异而求其题材之同，那么《再生缘》及其系列作品，似乎可以理解为一种女性立场的儿女英雄文学，广义来看则为才子佳人小说的变种。此前之《好逑传》已标志着"才子佳人小说由'才美型'向'胆识型'的转变"④，女主角水冰心已隐然有盖过男主角铁中玉之处。

---

① 李剑国、陈洪主编：《中国小说通史·清代卷》，第1653页。
② 郭沫若：《〈再生缘〉前十七卷和它的作者陈端生》，《光明日报》1961年5月4日。
③ 陈寅恪：《寒柳堂集》，第62页。
④ 李剑国、陈洪主编：《中国小说通史·清代卷》，第1281页。

乾嘉时期出现了大量仍属才子佳人类型，但女性角色性格更具光彩、才能更为杰出的白话小说，虽不及《再生缘》之惊世骇俗，但确可与之相为呼应。

此外具有相当代表性的则为吴藻（1799—1862）之杂剧《乔影》（又名《饮酒读骚图》）。其中写道：

> 百炼钢成绕指柔，男儿壮志女儿愁。今朝并入伤心曲，一洗人间粉黛羞。我谢絮才，生长闺门，性耽书史，自惭巾帼，不爱铅华。敢夸紫石镌文，却喜黄衫说剑。若论襟怀可放，何殊绝云表之飞鹏；无奈身世不谐，竟似闭樊笼之病鹤。咳！这也是束缚形骸，只索自悲自叹罢了。但是仔细想来，幻化由天，主持在我，因此日前描成小影一幅，改作男儿衣履，名为《饮酒读骚图》。敢云绝代之佳人，窃诩风流之名士。今日易换闺装，偶到书斋玩阅一番，借消愤懑。①

"谢絮才"之名显用"咏絮"典故，"饮酒读骚"亦出《世说新语》，可见作者既以屈原为比，又深寄魏晋"越名教而任自然"之慨。张景祁《香雪庐词·叙》言吴藻"幼好奇服，崇兰是纫"②，《两般秋雨庵随笔》言其"尝作《饮酒读骚》长曲一套，因绘为图，己作文士装束，盖寓速变男儿之意"③，则《乔影》盖深具自我影写之抒情诗。同为乾嘉时人，而"以身列巾帼为恨者"还有王筠④，其《繁华梦》即写女主人公梦中变男性，功成名就。湖南女子周慧娟亦曾刻印曰："此身恨不为男。"⑤

---

① 吴藻：《乔影》，《续修四库全书》第1768册，第131—132页。
② 冯乾编：《清词序跋汇编》，第905页。
③ 《清代笔记小说大观》，第5378—5379页。
④ 王筠（1749—1819），字松坪，陕西长安人，王元常之女。著有《槐庆堂集》、传奇《全福记》《繁华梦》《游仙梦》等。
⑤ 胡文楷：《历代妇女著作考》，第384页。

吴藻师从陈文述,词曲创作近苏、辛豪宕一路,严迪昌《清词史》、黄嫣梨《清代四大女词人:转型中的清代知识女性》等著作已对其艺术特色与女性意识有详细分析,为免重复,在这里仅稍提一句,本节所提到的诸位女作家中,陈文述是一相当重要的纽带。其族姐即陈端生;而吴藻、沈善宝等均为陈文述之女弟子,顾春则因"丁香花案"与陈文述有所牵连。特别值得关注的乃顾春对陈文述之鄙弃,行文辛辣不留情面,甚可见其个性。陈寅恪在《论再生缘》中曾引用并加按语,兹一并迻录于下:

  钱塘陈叟字云伯者,以仙人自居,(寅恪案,云伯以碧城仙馆自号,其为仙也,固不待论。又其妻龚氏字羽卿,长女字萼仙,次女字苕仙,亦可谓神仙眷属矣。一笑。)著有碧城仙馆诗抄,中多绮语,更有碧城女弟子十余人,代为吹嘘。去秋曾托云林(寅恪案,云林者,钱塘许宗彦及德清梁德绳之女,适休宁孙承勋,与文述子裴之即芹儿之妻汪瑞,为姨表姊妹。可参陈寿祺左海文集十驾部许君墓志铭及闵而昌碑传集补五九阮元撰梁恭人传。但阮元文中"休宁"作"海阳",盖用休宁旧名也。又颐道堂诗选十有"嘉庆十七年壬申"二月初五日为芹儿娶妇及示新妇汪瑞诗,同书二三复有"道光七年"丁亥哭裴之诗,西泠闺咏一五华藏室咏许因姜云姜及同书一六题子妇汪瑞自然好学斋诗后两七律序语等,皆可参证。至于汪瑞,则其事迹及著述,可考见者颇多,以与本文无关,故不备录。)以莲花筏(笺?)一卷墨二锭见赠,余因鄙其为人,避而不受,今见彼寄云林信中有西林太清题其春明新咏一律,并自和原韵一律。(寅恪案,今所见春明新咏刊本,其中无文述伪作太清题诗及文述和诗,殆后来删去之耶?)此事殊属荒唐,尤觉可笑。不知彼太清是一是二?用其韵,以记其事。

  含沙小技太玲珑,野鹜安知澡雪鸿。绮语永沉黑暗狱,庸夫空望上清宫。碧城行列休添我,人海从来鄙此公。任尔乱言成一笑，浮云不碍日光红。①

顾春、吴藻、沈善宝等的交游唱和，及其对《红楼梦》的吟咏，在当时亦颇具影响力。目前似乎还未见对其社交网络更深入的研考。足以证明这些研究还有继续深入的空间。

综上所述，本节所提及之作家、作品，其深度远未达到现代观念，更不能用"女性主义"等理论简单套用。但是，乾嘉时期涉及女性的文学创作与文学思想，在数量和质量上均臻上乘，已成为文学史和文学思想史的重要构成部分。而其背后则与主流意识形态、女性的社会活动均有密切联系，可以看出文学思想研究之延展性。此外，相关言说对晚近女性地位的提升亦起到开辟风气的作用，值得加以更深入的研讨。

---

① 陈寅恪：《寒柳堂集》，第5—7页。

第 六 章

叙事文学中的文学思想新貌

此前三章均系集中于文学"思潮",尝试对各文体的创作、批评进行打通式的讨论。而本章集中讨论乾嘉时期叙事文学出现的新现象,并尝试分析其反映的文学思想。这些现象当然仍受到"横"的乾嘉思潮的影响,但在"纵"的小说史脉络中,能够更加清楚地看出问题之所在。

本章的第二节与第三节,一为讨论白话小说,一为讨论文言小说,然皆指向一个共同的特点:在观念、文体、技法集大成的基础上,又续有创新。所谓"集大成",既有对小说史上现存经验的总结、素材选择的扩张,亦包含了对其他各种文体如史传、子书、骈文、古文、诗词等体裁的接受。这一时期的巨著迭生、名作丛出,前代罕及,足见鼎盛。在此之后,传统意义上的小说创作、小说理论,均入低谷,直至近代转型方重现生机。本章的第一节则讨论了一个较特殊的问题,这一问题不仅指向了白话小说的雅文学化倾向,也是理解此时期《儒林外史》《红楼梦》不可绕过的根本性问题。不过,目前学术界对此问题的解读还未臻透彻,故不得不在此抛砖引玉了。

第一节　自寓、自况向自传性的进发

从自寓、自况向自传性进发，是乾嘉时期白话小说中出现的新的具有文学思想意义的现象。

在"知人论世"与"以意逆志"等观念的大背景下，探讨作者创作中的自我指涉，成为中国文学批评行之有效的流行范式。若浑言之，可称之"自寓"，即其中较明显地展示了作者的寄托、自我表现等各类代入感。此在叙事文学特别是古代小说的书写中，往往表现为一种对实际生活的变形描写，相关人物性格、思想见识、志趣气节、感情心态等方面，与作者本身有若干切合处，形成一种抽象的真实。应该说，只要是"为己之文学"（实际上基本在文人文学的范畴中），都或多或少具有一定的自我表现。且传统诗文，往往多记录个人的游历见闻，至明清时期尤甚，几乎可直接根据诗文集（特别是诗集）以编出确定的年谱，"诗史互证"更成为有效的研究方法。

若追溯渊源，则《离骚》等先秦名篇，已颇着意于自述生平、抒发感喟。小说与作者亲身经历的关系，在唐传奇元稹（779—831）《莺莺传》的接受史中也已可见一斑，宋代以降读者基本均认为张生即元稹之化身，允为典型例证。如果叙事情节与作者亲身经历关合密切，则一定程度上可将其目之为"自传"。明时期自传文学的兴起，也证明了这一文言写作模式对于士人的影响，川合康三《中国的自传文学》对此问题已有相当深入的研究。

而戏曲小说，尤其是白话长篇小说的情况则相对复杂。受制于其商品属性及内容题材，早期白话小说主要面向下层民众，且往往有世代累积的倾向，诉诸听觉、旨在通俗，都使之与士人文学存在明显的界限。不过，《水浒传》中的吴用、《三国演义》中的诸葛亮等人物形象，已经展现出作者某些自寓心理。世情、时事诸题材的兴起令具有写实意味的文本大大增加。而文人独立创作成为白话小说主流，自寓、自遣倾向乃益趋明显。从这个角度来看已与雅文学有合流趋势。明代隆庆末年，张瑀（1535？—？）的传奇《还金记》"是作者张瑀以自己亲身经历的真人真事为基础创作而成的，剧中的人物也是现实生活中实有的人物，包括自己在内的人物所用的都是真名实姓"[1]。此作流播不广，但问世后出现了一批自传体戏曲，这既可看作是时事传奇的特殊表现形式，也可将其看作白话长篇小说创作倾向的先声。而白话长篇小说创作中大量出现的自寓情况，则是清代小说发展史出现的一个重要新现象。

在清初的小说如《金云翘传》《女仙外史》等中，已经出现了较为明显的自寓内容。如顺治时期（1644—1661）成书的《金云翘传》是"为士人写心之作"[2]，王翠翘的"身辱心贞"实际上类比明清易代之际士大夫的节操，无疑作者本人也在其类比范围之内。当然，这主要是内在心态的折射，而与作者的现实经历有一定距离。约成于康熙四十二年（1703）的《女仙外史》，亦为"折射士林心态的一面偏光镜"[3]，小说中的军师吕律显然即作者吕熊的自我想象[4]。不过，区别于《金云翘传》借助虚构故事的"写心"，《女仙外史》中展示的吕律之才情、谋略，当然依赖于作者确实拥有的见识与学养。最明显者，小说第十三回提及吕律著有《诗经六义》，这显然脱胎自吕熊的著作《诗经六义解》。

又如成书于雍正八年（1730）的曹去晶《姑妄言》，其自序及开篇即有相当明显的暗示[5]：

---

[1] 周明初：《〈还金记〉考论——中国戏曲史上第一部自传体戏曲及其独特价值》，《文学遗产》2016年第5期，第123页。

[2] 李剑国、陈洪主编：《中国小说通史·清代卷》，第1276页。

[3] 陈洪：《折射士林心态的一面偏光镜——清初小说的文化心理分析》，《明清小说研究》1998年第4期。

[4] 李剑国、陈洪主编：《中国小说通史·清代卷》，第1321页。

[5] 李剑国、陈洪主编：《中国小说通史·清代卷》，第1428页。

夫余之此书，不名真而名曰妄者，何哉？以余视之，今之衣冠中人妄，富贵中人妄，势力中人妄，豪华中人妄，虽举动之间而未尝不妄，何也？以余之醒视彼之昏故耳。①

内中一少年问道："兄这些事醒着听见的，还是睡着了梦中听见的？"到听道："我是醒着听见的。"那人道："兄此时是醒着说话，还是睡着了说话？"到听道："你这位兄弟说话希奇得很。大青天白日，我站在这里说话，怎说我睡着了？"那人道："兄不要见怪，你既是醒着，为何大睁着眼都说的是些梦话？"②

故事虽为"妄言"，但作者自认为"醒"，所反映的内容即为"真"。通过"索隐"的阅读方式构建起批评阅读的"场域"，所形成的独特接受史，即为将文学作品、现实放在同一世界中评价、考察。当作家生平与小说情节具有部分交集时，方可称为"自寓"。

至乾嘉时期，自寓性现象仍在这一时期的白话叙事文学中出现，而且范围日广。这一时期几部较重要的长篇小说，多表现出对个人思想心态的直接影写。李百川的《绿野仙踪》（成于1753—1762年间）可以与《金云翘传》形成对照。通过求仙历程与世情炎凉的对照书写，以表达"冷于冰"与"温如玉"之优劣高下，折射了作者个人的思想心态。郑振铎认为，小说中的泰安人温如玉与作者身份可能有贴近之处，"难保没有作者自己的小影在其中"③，并且认为作者即泰安人。而作者晚年潦倒"风尘南北"，周晴认为可以与小说中冷于冰的行踪对勘。④

又如，对李汝珍《镜花缘》炫才逞学的思想根源，学者或谓：

---

① 曹去晶：《姑妄言》，中国文联出版公司1999年标点本，第1页。
② 曹去晶：《姑妄言》，第27页。
③ 郑振铎：《郑振铎古典文学论文集》，上海古籍出版社1984年版，第467页。
④ 周晴：《〈绿野仙踪〉考论》，博士学位论文，山东师范大学，2010年，第26—28页。

"全书的情节结构主要是给作者提供自我表现的场地,也就是说叙事结构成为作者才学的载体。"① 是否"主要"固然可商,但李汝珍《镜花缘》创作心态中至少有一个层面,即借小说表现自己的思想学识,当无疑义——李汝珍著作《李氏音鉴》的相关观点写入小说。将学识看作作者个人最重要的生命价值而加以彰显,也是此时期小说创作与前代相异之处,而与乾嘉朴学大兴的背景切合。这与吕熊在《女仙外史》中着力展现经世行军才能的侧重点不同,也没有以作者"白日梦"为原型的主要人物,但共同点则在于,均有自我展示的一面。这足以证明这一时期的小说创作更加接近文人文学也就是雅文学。

仍属于虚构性的小说创作,但于中揉入更多"自传"成分者,乃《野叟曝言》。王琼玲的《夏敬渠与野叟曝言考论》② 一书中,对夏氏先人、夏氏家人、夏敬渠交游等众多方面探讨了作者生平与小说创作的关联,对人物原型、相关情节、创作心态均有相当的探讨,研究已臻深入。王琼玲指出,夏敬渠借助创作《野叟曝言》,以:

1. 阐明崇程、朱,斥陆、王,排佛、道的"崇正辟邪"理念。
2. 庋藏"医、兵、诗、算"四大才学,兼炫耀其他各种才艺。
3. 记录丰富之生活阅历,存录未能刊刻的多种著作内容。
4. 展现其个人内圣外王之理想。
5. 批判科举弊病、政治缺失、伦理失序,建立"理学的理想国"。

---

① 李剑国、占骁勇:《镜花缘丛谈》,南开大学出版社2004年版,第5页。
② 王琼玲:《夏敬渠与野叟曝言考论》,台北学生书局2005年版。

6. 弥补其人生缺憾，满足其身心幻想。①

可以看出，《野叟曝言》之最显豁也是最核心者，乃是小说主人公文素臣的成功经历。尽管实绩几乎全出虚构，但知识结构、思想才学、观念心态等方面均是以夏敬渠本人为原型的影写。较之此前《女仙外史》中军师吕律与作者吕熊的对比关系，《野叟曝言》更加写实且笔墨更多。除小说中的文治武功全为虚构之外，其他知识结构、思想才学、观念心态乃至亲友关系、个人癖好，甚至某些个人经历，几乎均是以夏敬渠本人为原型的影写，其学术文章及文学创作，也往往原样照搬入小说中。

同样很有意味的则是大量具有指涉意义的女性弹词作品的出现，如《再生缘》等已由学者指出具有"女性士人化"的倾向②，并出现了女性自我意识的觉醒，这些才情、理想与"白日梦"都寄托在弹词创作之中。陈寅恪在《论再生缘》中指出："……端生无意中漏出此点，其以孟丽君自比，更可确定证明矣。至端生所以不将孟丽君之家，而将皇甫少华之家置于外廊营者，非仅表示其终身归宿之微旨，亦故作狡狯，为此颠倒阴阳之戏笔。……再生缘中述孟丽君中文状元，任兵部尚书，考取皇甫少华为武状元。岂端生平日习闻其祖门下武三元之美谈，遂不觉取此材料，入所撰书，以相影射欤？"③ 即明确指出了陈端生在写作《再生缘》中的自寓心态，并对弹词内容加以"索隐"。当然，在《再生缘》以前，弹词的文人化固已凸显，而女性文学创作亦有《天雨花》为之先导，已成为"女性的呐喊"；然《再生缘》除抗争夫权父权的"自由及自尊即独立之思想"至为难能外，其自寓、自况的对应性，似也较此前的弹词为强。

---

① 王琼玲：《夏敬渠与野叟曝言考论》，第1页。
② 盛志梅：《清代弹词研究》，第222页。
③ 陈寅恪：《寒柳堂集》，第64—65页。

不论是自娱、自炫或自伤，都是士人化创作的典型表现形式，这些心态可收纳入本节所论的广义"自寓"之中。上述作品比起此前百年的同类型作品，其虽然并未生成新的文学理论议题，但其中所展示的内容却明显地具备了新的时代面貌，也在思想深度上有所突进。而且从展示的频率来说，也比清初的小说更加频繁了。

除仍在白话叙事文学创作中依然大量出现延续前一时期的自寓内容以外，更值得注意的，是这一时期的白话叙事文学由一般意义的"自寓"进入"自传性"的层面。这是《儒林外史》《红楼梦》二书的文学思想新义。

约言之，本书所谓"自传性"者，既区别于将作家生平与小说情节的生搬硬套[1]，亦并非指将自寓自譬寄托于文学书写中的过度泛化[2]，而是指这样一种可论证的文学现象：作家在作品中构建之场域、与作家现实生活中所处之场域存在较明显的对应性和相似度。具体来说，即作家本人的经历、性格、思想，某种程度上即与小说中某一（乃至某些）重要人物形成相当明确的对应；而其亲身经历、其交游见闻，也成为小说某一部分情节、人物的原型所自。强调场域，是为侧重于论述自传性作为文学创作中的主体性和整体性。强调部分的对应，以保留对小说虚实关系的合理认知；强调史事上的

---

[1] 这一倾向始于胡适称《红楼梦》为"平平无奇的自叙传"，而其局限性又被某些学者无意夸大了，更有欲以"无一事无来处"而探佚索隐者。作为虚构文学，小说的自传性并不等同于"自传"，不能简单用"以诗证史"一类手法入手研究。这一话题本无特别学理上的争议，然实际研究中则多有混淆之乃至走向极端者。对此的批评可参见张昊苏《对胡适〈红楼梦〉研究的反思——兼论当代红学的范式转换》，《文学与文化》2014年第2期。

[2] 代表性研究如王进驹《乾隆时期自况性长篇小说研究》（中国社会科学出版社2006年版），该著将自我影写、自我纾解均列在内，故其著作以较大篇幅讨论《绿野仙踪》《野叟曝言》等"白日梦"类型小说。然举凡个人的创作必有"自况"性质，过泛的定义极易导致缺乏具体研究的切入点，故本文定义有所不同。

可论证性，以区别于过度的索隐或过泛的自寓自譬。① 同时，涉"自传性"的内容应在小说人物塑造与情节演进中占有较重要的地位，方能确保这一切入点在文本研究中具有相当的学术价值。凡此几点，就能够与此前的自寓小说形成较清楚的分界。

"自传性小说"并非"自传"，其实应是最基本的文学常识，但有鉴于"红学"研究某些末流的误导，似乎不妨参见《自传契约》一书的相关论述，以帮助理解。② 其中指出：

> 自传是一种建立在信任基础上的体裁，如果可以这样说的话，是一种"信用"体裁。因此，自传作者在文本伊始便努力用辩白、解释、先决条件、意图声明来建立一种"自传契约"，这一套惯例目的就是为了建立一种直接的交流。③

> 一般说来，人们没有任何困难判定文本是自传计划的结果还是虚构的产物。在这种调查中，我们努力判断作者的意图，不断地对叙事的字面和历史的精确程度挑毛病。判断作者的意图有时并非易事。有些作品以自传的面目出现，例如夏尔·诺蒂埃的《追忆青春》或热拉尔·奈瓦尔《火女》，这些叙事只针对作者感情的某一特定方面，精心安排，精雕细琢，作者对于精确程度毫不在意，而是努力重新组织他们的情感生活，达到一种深层的真实。对于这些作品又该怎样看待呢？但是当人们把这些文本与普鲁斯特的小说加以对照时，困难就显得没那

---

① 这里的意思是，小说与史事必须有相当程度的"狭义互文性"。具体论述可参陈洪师《从"林下"进入文本深处——〈红楼梦〉的"互文"解读》(《文学与文化》2013 年第 3 期)、《"互文性"——揭示作品文化血脉的途径》(载"中国古代文学研究：视野与方法"学术研讨会论文集，北京，2013 年 11 月)、《〈红楼梦〉"木石"考论》(《文学与文化》2016 年第 3 期) 等。

② 好友段宇兄与同门李琰对此处论述有所贡献。

③ 勒热讷：《自传契约》，生活·读书·新知三联书店 2001 年版，第 14 页。

么大了：三人都认为这些虚构的故事比一部真正的自传更接近真实。普鲁斯特从未声明《追忆逝水年华》是一部自传（而恰恰相反）。我们没有把这些虚构作品的任何一部列入我们的清单中。①

可见，一般小说固然有"文化血脉"，但既经作者创造性地重塑，是可以独立于其"历史原型"之外的，小说情节与作者的距离，并不比小说与文化传统的距离更近。而"自传性小说"，本质上虽然仍是具有虚构性的小说，但对其真实性的探寻确有益于对小说的阅读理解，实事——小说的互文性阅读并不仅是学者研究之需要，同时也是理解文意的重要部分。

对于"虚构小说"，艾布拉姆斯《文学术语词典》指出，"按照作者与读者一致默认的虚构小说惯例来讲，这种语言并非是用作陈述事实而写出来的，因此不宜用判断非虚构话语的真伪标准来衡量它们"②。然而，作为"自传性小说"，这一探讨标准在相当程度上是有意义的。即从逆向角度上说，凡在这一角度切入理解而得到承认的，则可认定其具有自传性的特质。用《红楼梦》中的表述来说，在自传性小说中，作为整体结构的"假语村言"只是"真事隐去"的表象，如果不能洞察"真事隐去"，就无以明其真正之意指，因此"曹学"至少在相当程度上有助于"红学"；而一般小说固有"文化血脉"，但既经作者创造性地重塑，是可以独立于其"历史原型"之外的，小说情节与作者的距离，并不比小说与文化传统的距离更近。

从这一角度来说，"自传性"还可以分解为两个层面。一是创作层面，即作者有意识地运用"自传性"的手法进行文学创作。二是

---

① 勒热讷：《自传契约》，第16页。
② ［美］艾布拉姆斯：《文学术语词典（第10版）（中英对照）》，北京大学出版社2017年版，第128页。

接受层面，即作者虽难断定是否有此意味，但阅读者确按照"自传性"角度切入批评与索隐，并确实建构出一种有影响力的接受史。在文学活动中，这两者往往并行，但在对《红楼梦》等小说展开研究的过程中，也多有接受史扭转创作意图的情况。本节的讨论更侧重于对创作层面的推考，但对于接受层面的重要事实也加以注意。

更具体地讲，乾嘉时期合乎这一标准的《儒林外史》《红楼梦》两书，展示出白话叙事文学中空前的自传性。这种创作倾向与同时期"索隐"传统相因应，故也得到了斯时读者的特别关注。

对《儒林外史》《红楼梦》涉自传性文本的研究，特别是对其历史原型的考察，已经汗牛充栋，无须赘引。这里首先讨论文本自身的"自传性"何以得到确认。

《儒林外史》小说正文中对自传性没有特别明显的评述，似与相关文学思想议题有所隔阂；但就其中之鳞爪看，也并未远离这一小说史传统。《儒林外史》书名为"外史"，与成书于康熙时期的《女仙外史》恰好形成了互文关系。闲斋老人的《儒林外史序》（署乾隆元年，1736）中说："夫曰外史，原不自居正史之列也；曰儒林，迥异玄虚荒渺之谈也。"① 亦可以看出"外史"的虚实相生——如"外史"而不"儒林"，则很容易流为"玄虚荒渺之谈也"。

此《序》所说"迥异无虚渺荒之谈"②，很可能即是对自传性极早的暗示。③ 而普遍认为相对可靠的金和《跋》（成于1869年）中称，对《儒林外史》"绝无凿空而谈者"性质的认知来自于其母

---

① 吴敬梓撰，李汉秋辑校：《儒林外史汇校汇评》，第687页。
② 吴敬梓撰，李汉秋辑校：《儒林外史汇校汇评》，第687页。
③ 当然，此序争议极多，还需要解决以下问题，比如，"乾隆元年"所署时间是否可靠？如可靠，则代表《儒林外史》在雍正朝已有相当成稿（持此说者如谈凤梁：《〈儒林外史〉创作时间、过程新探》，《江海学刊》1984年第1期），且"闲斋老人"很可能是吴敬梓的别署（黄小田认为闲斋老人是和邦额，似乎还缺乏证据，其识语恐不足为凭。参见吴敬梓撰，李汉秋辑校《儒林外史汇校汇评》，第689页）。然小说前半段的"古典"远多于"今典"，"迥异无虚渺荒之谈"究竟何指？因资料欠缺，还很难给出更深入的分析。

（即吴敬梓之堂孙女，吴檠之孙女），以声明其权威性。《跋》中不仅点明了"书中杜少卿乃先生自况"[①]，还指出全书："绝无凿空而谈者，若以雍乾间诸家文集绅绎而参稽之，往往十得八九"[②]。

　　就现有之研究状况，似可认为：金和《跋》中所明确指出原型的人物事件，多为今人所取信；而其语焉不详的内容，则至少半属可疑乃至附会，其所谓"若以雍乾间诸家文集绅绎而参稽之，往往十得八九"，暂时也并无有力的证据支持。但不管怎么说，金和的说法相当程度上切合《儒林外史》创作实际与吴敬梓的交游范围，应该确有渊源，故其原型分析得到了后世学者的认同，并成为解读《儒林外史》的一把重要钥匙。

　　吴敬梓对今典的使用并非简单将现实生活隐写为小说，而是在此基础上有所改造与加工，并在加工过程中出现不少罅隙。这一问题在齐省堂本就已经得到相当程度的揭露与修订。[③] 而商伟则更具体地指出"他在长达二十余年的写作和修改过程中，愈来愈多地依赖小说的当代人物原型及其生平时间，由此导致了与小说叙述纪年之间发生抵牾或混淆"[④]，并评价其原因是"吴敬梓在一个开放性的写作过程中，将取自当代笔记琐闻和个人阅历的各类素材编织成篇，渐次展现与时推移的多重视角和多声部混杂的叙述形态。更重要的是，他通过小说叙述，切入当代文人的传闻网络（包括口头和书写的轶事传言），并为这个网络提供了一个文学镜像"[⑤]。商伟还指出："需要说明的是，我们不应该过高估计小说中补写和改写的比重。以吴敬梓当时的书写工具和条件而论，对全书做出全面的调整和修改，

[①] 吴敬梓撰，李汉秋辑校：《儒林外史汇校汇评》，第690页。
[②] 吴敬梓撰，李汉秋辑校：《儒林外史汇校汇评》，第690页。
[③] 齐省堂《增订儒林外史》例言指出《儒林外史》"其回名往往有事在后而目在前者"，对于"原书间有罅漏"，"是册代为修饰一二""辄为更正"。吴敬梓撰，李汉秋辑校：《儒林外史汇校汇评》，第692—693页。
[④] 商伟：《〈儒林外史〉叙述形态考论》，《文学遗产》2014年第5期，第134页。
[⑤] 商伟：《〈儒林外史〉叙述形态考论》，第133页。

都远非易事，更何况大的改动难免牵一发而动全身，很可能会弄得难以收拾。事实上，也没有任何证据表明，作者在生命的最后几年，也就是在小说完成之后，又重新做过系统的修改。对此持谨慎的态度，应该说现存的卧闲草堂本仍然大体上保存了小说写作过程中留下的面貌。"① 按照商伟的观点，《儒林外史》是一种历时性的书写，而且在创作的后期越来越多地依赖于"今典"，亦即作者本人所处的"场域"。这正合乎本书判断"自传性"的基本立场。

如果对小说中"古典"与"今典"的出现密度加以统计，可以发现《儒林外史》使用"今典"的总数量与前期数量均占据较大优势，但在小说的中后段则被"古典"的运用所超越。尽管对"今典"的运用贯穿于《儒林外史》的写作始终，但是小说第二十一回以后，"古典"明显减少，且有在部分回中集中出现的倾向；而第三十三回以后"今典"的使用明显增多，且连贯性极强。② 另外值得特别注意的是，《儒林外史》第三十三至三十九回，为"古典""今典"使用的高发期，特别是原型人物大量出现。此后古典运用不断减少，而逐渐按照"今典"的生活脉络展开。如果我们再考虑到，今天能考证确知的"今典"只是《儒林外史》使用素材的一部分，且"今典"的考索难度要高于"古典"，这一数量逆转的情况可能比预想得更高。

可见，"自传性"的场域确实在《儒林外史》中存在，作者最开始即有影写实际生活，并且在创作中加以深化的写作意图。理解吴敬梓的生活场域，对于索解《儒林外史》本身的创作心态与文学笔法都是有帮助的。或可推测，吴敬梓生平的挫折不遇，令他有加入影写现实乃至借以自传的想法；而后，可能随着"古典"腹笥运用殆尽，而逐渐变为纪实性极强的隐喻文本，而逐渐消失小说应有

---

① 商伟：《〈儒林外史〉叙述形态考论》，第 141 页。
② 李汉秋：《〈儒林外史〉研究》（华东师范大学出版社 2001 年版，第 316 页）中指出，第三十一回以后，小说基本按原型生活顺序展开。这与笔者的结论是比较接近的。

的虚构特性。另一方面来说,由于中途才加入了新的自传意图,导致全书缺乏《红楼梦》式的严密体系,而形成《水浒传》式的故事连缀之体。可以代表《儒林外史》小说"自传性"的杜慎卿、杜少卿兄弟(原型即吴檠、吴敬梓兄弟)出场于小说第二十九回,可据此推断:"自传性"是逐渐成熟于《儒林外史》创作过程中的产物,此前尽管具有"自况"和"今典"的层面,但作者当时未必有意系统地自写生平,更没有将生活见闻依样照搬入小说,这种写作想法直到小说中后部才趋于成熟。而且,当"自传性"一旦产生,故事的展开逻辑很大程度上就不依赖于作者本人的文学创意,而需要与现实生活的事件产生较大程度的对应。李汉秋曾经指出吴敬梓生平活动与小说写作的整体性推进和平移,"可见《儒林外史》的创作与吴敬梓、吴蒙泉的交谊同步进行"[1],这正是"自传性"生成前后"今典"运用的差异。按照前引诸论,不论吴敬梓是否出于有意,实际上现实生活已经左右了吴敬梓的创作,因此《儒林外史》实际上为了整体指涉作者的生活场域和时间轨迹,而伤害了小说本身的时间线和叙事逻辑。在这种特殊的写法下,实际上是不可能建构起长篇小说应有结构的,而现实生活中的不确定性,也使得《儒林外史》文体只得近乎"成于众手""层累造成"的《水浒传》式小说。由于吴敬梓并没有整饬全书、完成统稿,故《儒林外史》的连缀可能只是一种半成品的表现。对于这些问题的分析,都应该结合自传性这一话题来加以更细致的考量。

接下来再讨论《红楼梦》的自传性现象。

《儒林外史》似乎没有在正文中自我声明自传性的存在,然成书稍晚的曹雪芹《红楼梦》却有若干文句可供分析解读。按照《自传契约》的观点推演之,《红楼梦》的作者(还包括脂批[2])既在尝试

---

[1] 吴敬梓撰,李汉秋、项东升校注:《吴敬梓集系年校注》,第434页。
[2] 脂批是若干人批语的集合,但批语的著作权实不易厘清。为行文简省,亦考虑到"脂砚斋重评"对著作权的声明,除那些另有署名(如畸笏叟等)的批语外,一律称为"脂砚斋批"。

与读者订立"自传契约",又在相当程度上有意识解构这一"契约",展示出自传与自传性小说的微妙关系。

《红楼梦》第一回开篇即声明这是"亲自经历的一段陈迹故事"①"追踪蹑迹,不敢稍加穿凿"。②这虽然是"稗官野史"中惯用以自我推许的惯技,但是却不必仅作浮泛语观——石头口中所说本书的价值,恰在于与"熟套之旧稿"③不同。这既是小说创作中求新的体现,也未尝不可理解为对"真事"的暗示:现实生活当然是没有熟套,而又较熟套为丰富多彩的。如果再参证以脂批"大有考证"等言,"真事隐"也同时具有"真事存"的意味,这里面的内在张力前人也有所讨论。

此外在《红楼梦》的早期流传中,对自传性的讨论则充斥在脂批之中。在认同其文献之真的情况下,其时代大致与作者创作同步,而且可以成为作者意图的补充论据。④

今存脂本的相关批语,比较有价值者如:

第一回:据余说,却大有考证。(甲戌本侧批,"然朝代年纪,地舆邦国……却反失落无考"句下)⑤

第二十四回:好层次,好礼法,谁家故事?(庚辰本侧批)⑥

第二十五回:

---

① 曹雪芹著,脂砚斋评,吴铭恩汇校:《红楼梦脂评汇校本》,第6页。
② 曹雪芹著,脂砚斋评,吴铭恩汇校:《红楼梦脂评汇校本》,第7页。
③ 曹雪芹著,脂砚斋评,吴铭恩汇校:《红楼梦脂评汇校本》,第7页。
④ 参见张昊苏、沈立岩《〈红楼梦〉涉"旧时真本"脂批考证》,《南开学报》(哲学社会科学版)2018年第5期。
⑤ 曹雪芹著,脂砚斋评,吴铭恩汇校:《红楼梦脂评汇校本》,第6页。
⑥ 曹雪芹著,脂砚斋评,吴铭恩汇校:《红楼梦脂评汇校本》,第322页。

一段无伦无理信口开河的浑话，却句句都是耳闻目睹者，并非杜撰而有。作者与余实实经过。（甲戌本侧批）①

第二十八回：
是话甚对，余幼时所闻之语合符，哀哉伤哉！②（甲戌本侧批）

大海饮酒，西堂产九台灵芝日也，批书至此，宁不悲乎？壬午重阳日。③（庚辰本眉批）

谁曾经过？叹叹！西堂故事。④（甲戌本侧批）

此外，脂批中大量出现的"真有是事""是经过之人"一类批语，既可狭义地理解为亲历亲闻的影写，亦可广义地理解为合乎当时生活逻辑的写实描写。⑤但不论如何理解，都显然存在一种小说与现实的对照阅读，即世情小说的描写当兼具有情理之真与可质证之真。在脂砚斋的若干批评中，似乎颇急切地向读者暗示所谓的"亲历亲闻"。而且，这既然是与曹雪芹关系密切之早期读者所关注的重要问题，更可证明这一文学思想现象的重要意义。⑥

---

① 曹雪芹著，脂砚斋评，吴铭恩汇校：《红楼梦脂评汇校本》，第340页。
② 曹雪芹著，脂砚斋评，吴铭恩汇校：《红楼梦脂评汇校本》，第383页。
③ 曹雪芹著，脂砚斋评，吴铭恩汇校：《红楼梦脂评汇校本》，第388页。
④ 曹雪芹著，脂砚斋评，吴铭恩汇校：《红楼梦脂评汇校本》，第388页。
⑤ 这些批语很可能是从金圣叹批语中化来的。陈熙中已在此前指出了这一现象。陈熙中：《红楼求真录》，北京大学出版社2016年版，第206—209页。当然，有些红学家在尝试过度坐实这些批语的现实指向性，这显然不足为训。
⑥ 即使采取激进的观点完全否认脂批相关文献的有效性，或认为曹雪芹本人难以亲历曹家盛时，也不足以彻底颠覆《红楼梦》的自传性——胡适的《红楼梦考证》发表时，脂本尚未被他发现。不依赖于脂批，"自叙传说"亦是相当重要的学术假设。此外，《红楼梦》作者是曹寅之子，或包含曹寅之子（曹氏家族累积形成，定稿于曹雪芹）的观点仍颇有市场，此仍然是包含"自传性"的。

如果考虑乾嘉时期普通读者的意见（他们并未受到脂批影响），可发现其对"自传性"问题的关注，已部分地为本书性质定调。如周春（1729—1815）的《阅红楼梦随笔》言"林如海者，即曹雪芹之父楝亭也"①"此书曹雪芹所作，而开卷似依托宝玉，盖为点出自己姓名地步也"②，虽为不足取信的索隐，但却也已经意识到曹雪芹本人及其家族、戚友作为小说主要角色而有出场表现。特别是周春曾与吴骞等人通信打听曹家情况，并撰文讨论《红楼梦》的作者、家世及文本隐喻，正代表了他在一般的文学趣味之外，尝试用史学方法解读《红楼梦》的努力，周春致吴骞之书信（作于乾隆五十九年，1794）中写道"但曹楝亭墓铭行状及曹雪芹之名字履历皆无可考，祈查示知。"③ 其知识来源或与袁枚《随园诗话》密切相关，可见这种解读方式在当时具有相当的影响力。周春不曾得读脂批，而能采取这种方式解读小说，并研究曹雪芹家族情况，更可能是晚明以降"凡阅传奇而必考其事从何来"④ 倾向在乾嘉朴学时代的新发展，即已然形成了一种普遍的阅读方法。而在善因楼刻《批评新大奇书红楼梦》中，有批语言曹雪芹"因自述其生平之事，以警世人。宝玉，即其托名也。黛玉为其表妹……金陵十二钗，皆真有其人，实事亦十之六七……""负才而不为世用，又值家庭之变，所以逃禅也"，周汝昌已发现这则批语"实'自传说'之最早者"。⑤

因此，基本上可以确定，在《红楼梦》最初的阅读和研究过程中，自传性就是读者所关注的重要话题之一。关注这一话题的理由是什么？当然首先与前引《红楼梦》正文的表述密切相关。但是，

---

① 一粟：《红楼梦资料汇编》，第66页。
② 一粟：《红楼梦资料汇编》，第68页。
③ 陈烈主编：《小莽苍苍斋藏清代学者书札》，人民文学出版社2013年版，第164页。
④ 李渔：《闲情偶寄》，上海古籍出版社2017年标点本，第31页。
⑤ 周汝昌：《红楼梦新证（增订本）》，第588—589页。该书"虽嘉、道间刊，其朱批实系过录自乾隆旧本"。但按照黄一农的"新新红学"研究，十二钗很可能并非曹家人物。参见黄一农《二重奏：红学与清史的对话》。

选择相信这一表述（而非简单认作虚构文本），并借助外在史料加以考据，或许可以推测"自传性"是读者先验倾向接受的一种文学现象。[①] 然，"贾曹互证"实颇有违于文学理论，而陈洪师业已通过"互文"视角提出诸多有力论述，黄一农等学者也"索隐"出若干并非直接来自于曹家的本事素材，但《红楼梦》严密的结构无疑深刻受益于创作开始就自觉贯彻之"自传性"，这也正是其胜过《儒林外史》的表现之一。通过对"个人之史"乃至家族史的系统保存，作家得以接续史官文化传统，而使得史才裨益于小说创作，并令读者乐于接受这一创作倾向。

从叙事学的角度来看，《红楼梦》相当高明地同时出现了叙述者（石头）与隐含作者（披阅增删者）两种声音。曹雪芹的声音微妙地隐藏在石头反复声明的自传性之下，而颇易被读者所忽略。比如小说第三十四回写金钏之死，石头持同情态度，而作者显寓批判在其中。这类例证足以证明"贾曹互证"实颇有违于文学理论。[②] 不过，当然不能苛求当时之读者即有此阅读的自觉。

综上所述，"自传性"这一现象，确实在《儒林外史》与《红楼梦》中大量出现，而且对于文本内涵有着相当重要的作用。如果尝试为这一自传性现象溯源的话，大致而言，其源头应在于诗文传统，而广泛地出现于具有独立创作和叙事特性的文学作品之中。由于清代白话叙事文学多为文人独立创作而非层累形成，既有明确的"作者"可考，作家的主体色彩的日益明显，其传世的生平资料也渐丰，因此不论是从丰富性抑或可质证性上来说，都远远超过前代，也成为贯穿整个清代文学思想史的重要话题。自传性的生成，不仅标志着白话长篇叙事文学与文人自传传统的接续，也证明白话文学与文言雅文学的合流。以审美气质的雅俗来说，《儒林外史》《红楼

[①] 在后世的《红楼梦》接受与研究中，这一倾向得到了高度重视乃至过度的解读——当然这是后话。

[②] 说详见罗钢《叙事学导论》，云南人民出版社1994年版，第213—215页。

梦》等小说已可入雅文学之林而无愧。自传性的生成，乃其中之一端。

而这些问题在现有框架中可以得到何种方式的解读？而这一解读对于理解乾嘉文学及文学思想史又有何种意义？

《儒林外史》与《红楼梦》两书，除却同成书于乾隆朝以外，在作者背景、创作动机、题材结构乃至读者流传等各方面似乎均不存在太明显的共同点，可以理解为两个独立的文本。如果作为一种具有线性逻辑的历时性书写，那么似乎难以贯穿处甚多。但是从背面来思考，在两部互无牵涉的小说间产生了同样的自传性新面向，不就更证明了很可能其间具有相同的隐性文化背景或"广义互文"的影响吗？因此，如果简单将两书的"自传性"看作偶然性的独立事件，恐怕也过度简化了这一理论问题的历史价值，而忽略了此时叙事文学创作中"自传性"的丰厚土壤。

本节的解释当然并不是也不可能是此话题的唯一答案，但是，希望成为一种有益于现有研究的解读。因此值得讨论的是，两书在"自传性"方面所展示出如下的新面向与新意义。

首先，就白话小说的创作传统来说，尽管此前并无严格意义上的自传性小说，但在小说创作和小说阅读中，这一命题都已有萌芽，而在乾嘉时期得到了新的阐释。即，立足于作者"亲见亲闻"的虚实相生，是一种既成的叙事策略；而读者在阅读时也往往有意索隐现实原型。

毋庸重言的是，自传性小说本身绝不同于自传，因此作家写作必然有对现实生活的虚构与加工——前贤从文学理论、本事考证两方面均有讨论，这也绝不是《儒林外史》和《红楼梦》才出现的新情况，至少《离骚》和《五柳先生传》就均不能看作严格的个人传记，而同样是"自传性文学"。但与这些前代诗文相异的是，尽管吴敬梓和曹雪芹在尝试将现实场域移置到小说之中，具有明显指涉之意，但却同样运用多种方式来加以掩饰，即一种欲（一部分）人知而又不欲（一部分）人知的创作心态和手法。取虚事与实事相综合的写法，乃是小说创作与小说接受中的常见策略，亦是虚构文学的题中应有之义。这一现象在历史演义小说中的体现人所共知，然明清以降在世情小说中亦已颇有萌芽，只是此前论述相对较少，至《儒林外史》《红楼梦》二书方为之发扬光大。

《红楼梦》第一回开卷即言：

> 空空道人遂向石头说道："石兄，你这一段故事，据你自己说有些趣味，故编写在此，意欲问世传奇。据我看来：第一件，无朝代年纪可考。第二件，并无大贤大忠理朝廷、治风俗的善政，其中只不过几个异样的女子，或情或痴，或小才微善，亦无班姑、蔡女之德能。我纵抄去，恐世人不爱看呢。"
>
> 石头笑答道："我师何太痴耶！若云无朝代可考，今我师竟假借汉唐等年纪添缀，又有何难？甲侧：所以答得好。但我想，历来野史，皆蹈一辙，莫如我这不借此套者，反倒新奇别致，不过只取其事体情理罢了，又何必拘拘于朝代年纪哉！……竟不如我半世亲睹亲闻的这几个女子，虽不敢说强似前代书中所有之人，但事迹原委，亦可以消愁破闷，也有几首歪诗熟话，可以喷饭供酒。至若离合悲欢，兴衰际遇，则又追踪蹑迹，不敢稍加穿凿，徒为供人之目而反失其真传者。"①

如果用考据眼光细读这段文字，则可以开掘其中微意。石头自承确有"半世亲睹亲闻的这几个女子"，又对其"离合悲欢，兴衰际遇，则又追踪蹑迹，不敢稍加穿凿"。可见这里是叙事者在暗示读者，小说所写者是实事而非杜撰，则"无朝代可考"只是刻意隐去历史背景之举，而非本来虚构。"假借汉唐等年纪添缀，又有何难"，当然主旨是为说明作者无意于以往小说必有历史背景的"熟套"，但也不排除另一种解读空间：此书本有历史背景，所以添缀不难——

---

① 曹雪芹著，脂砚斋评，吴铭恩汇校：《红楼梦脂评汇校本》，第6—7页。

尽管《红楼梦》中长于运用虚实真假的张力，让读者难以判断深入解读和过度解读的清晰界限，但至少在形式上表现出一种也许是不自觉地暗示，即本书并不是一部纯属虚构之作，而是具有"史"之性质的作品。

这尽管在小说中是"石头"之语，但亦合乎曹雪芹对小说的开宗明义，其所针对的核心对象是"历来野史"即明清才子佳人小说。《红楼梦》后文第三十二回又言："近日宝玉弄来的外传野史，多半才子佳人都因小巧玩物上撮合，或有鸳鸯，或有凤凰，或玉环金珮，或鲛帕鸾绦，皆由小物而遂终身。"① 则更显然地将"野史"指向才子佳人小说。在脂砚斋相关批语中，亦屡次以"野史""史笔"来衡量小说。以世情小说、才子佳人小说为"野史"，盖因这类小说叙写世情，而又有可能找寻原型之故。

在此前白话长篇小说中，虚实相生的创作观念与表述策略已经颇为惯常，由此结合清初小说的自寓现象而发展出"自传性"，本非稀奇事。在乾嘉考据学大兴的时候，这一热衷心态趋于极盛，也是很可理解的。

晚明谢肇淛（1567—1624）的《金瓶梅跋》中言："相传永陵中有金吾戚里，凭怙奢汰，纵欲无度，而其门客病之，采摭日逐行事，汇以成编，而托之西门庆也。"② 此处已有推测原型之意。而在清人的《金瓶梅》接受与作者研究中，则盛传王世贞欲通过《金瓶梅》毒杀严世蕃的逸闻，并认为小说中人物均影写现实历史人物。持平而论，此类文献的史料价值和证据效力都颇为薄弱，但具有文学思想的意义。即清人对于可能成于众手、层累形成的《金瓶梅》③，尝试将其当作文人有所寄托的独立创作来看待，且这一寄托

---

① 曹雪芹著，脂砚斋评，吴铭恩汇校：《红楼梦脂评汇校本》，第433页。
② 丁锡根：《中国历代小说序跋集》，第1080页。
③ 对于《金瓶梅》作者、时代的相关研究，学者往往忽略了根本性的前提——《金瓶梅》究竟是历代累积之作，抑或文人独立创作？由于对这一问题缺乏严格的批评，导致这些作者研究从根本上即有不可信据之处。

与（其所推测的）作者的现实遭际有相当明确的对应性。① 当小说中的寄托可以被看成可质证的、但又有所变形的史事时，那么运用"凹凸镜"② 审视小说文本对史事的折射就至有必要。这种阅读心理与前引石头之言是相当契合的。即世情小说是一种影写日常生活的"野史"，如果读者有足够的"知人论世"能力，就可以洞察其中隐藏的真实信息。

在脂砚斋相关批语中，屡次以"野史""史笔"来衡量小说，可以说在这一方面上与小说文本描述相契合。至少这一部分的脂批深得曹雪芹的创作本意，也未游离于既有之小说批评观念之外。"稗官野史"一类词语，在乾嘉时期乃泛指小说，且似乎更切近于世情说部一方面。如：

《儒林外史》闲斋老人序云："古今稗官野史，不下数百千种，而《三国志》、《西游记》、《水浒传》及《金瓶梅演义》世称四大奇书……稗官为史之支流，善读稗官者可进于史。"③

《儿女英雄传》第十六回："这稗官野史，虽说是个顽意儿，其为法则，则如文章家一也；必先分出个正传附传，主位宾位，伏笔应笔，虚写实写，然后才得有个间架结构。"④

《镜花缘》第七十回："如今我要将这碑记付给文人墨士，做为稗官野史，流传海内。"⑤

---

① 说详张昊苏《论清人的〈金瓶梅〉索隐及其方法意义》，未刊稿。
② 王明珂在《由表相观其本相：以凹凸镜像为隐喻》中指出："若在桌面上放置一物体，用一个凹凸镜来看它，我们所见只是凹凸镜面上所呈现的此物扭曲的形象。这凹凸镜便是人们（包括研究者与被研究者）得之于社会文化（或以及各种学术知识）中的'偏见'，它让我们无法看清社会现实本相。我们所见是被我们的文化认同、社会身份与学术专业知识等等所扭曲的'表相'。虽然如此，我们可以得到'近似真相'的一个方法是：移动此透镜，观察镜面上的表相变化，发现其变化规则，以此我们能知道此镜的性质（凹镜或凸镜及其焦距等），以及因此约略知道镜下之物的状貌。"载杨圣敏编《目光的交汇　中法比人类学论文集》，九州出版社2016年版，第172页。
③ 吴敬梓撰，李汉秋辑校：《儒林外史汇校汇评》，第687页。
④ 文康：《儿女英雄传》，华夏出版社2015年标点本，第208页。
⑤ 李汝珍：《镜花缘》，第342—343页。

嘉庆十一年（1806）刻本《绛蘅秋传奇》许兆桂序："乾隆庚戌秋……近有《红楼梦》，其知之乎？虽野史，殊可观也。"①

按李渔《闲情偶寄》之言，明清之际人已有"凡阅传奇而必考其事从何来，人居何地者"②"每观一剧，必问所指何人"③的倾向。虽然，李渔的态度是认为"不必尽有其事"，并批评其为"说梦之痴人""好事之家"，然而实在可以看出时人对探求本事的热衷。在乾嘉考据学大兴的时候，这一热衷心态趋于极盛，也是很可理解的。作者在撰写小说时会考虑到读者的需求——而且，作者本身也是白话小说的读者。

其次，当然则是明确出现的对"个人之史"性质的展示，这除却深受此前白话小说创作理论问题的影响外，也标志着白话通俗文学对雅文学功能的实践。不同的展示方式亦影响到小说创作方式。

与自寓文本侧重于展示的"心史"不同，《儒林外史》与《红楼梦》的自传性很明显是通过记述亲历亲闻的事件来完成自我保存。而且，由于是对作家所处场域的整体指涉，所以不仅仅是简单的化用材料，而是一种体例近似于"个人史"的自觉影写。不论是吴敬梓的"外史"或是《红楼梦》开篇的"亲历亲闻"，都是此意。

对"个人史"的概念，钱茂伟有界定说：

> "个人史"首先是由文学界广泛使用的，称为"个人史写作"。"个人史写作"是文学概念，重心是"写作"，是"关于个人史主题的文学写作"。所以，当下的"个人史写作"，名称上虽有"史"，却更像是文学传记。个人史写作，比自传灵活，可以自由地放开着来写作。④

---

① 转引自周汝昌《红楼梦新证（增订本）》，第612页。
② 李渔：《闲情偶寄》，第31页。
③ 李渔：《闲情偶寄》，第21页。
④ 钱茂伟：《公众史学视野下的个人史书写》，《南开学报》（哲学社会科学版）2014年第4期。

钱茂伟这里的定义当然与本文的讨论不尽相同，但从其大端而言有一定的相似性，即个人史是具有明确主体性的、对个人生命历程的书写；一种随个人生命体验而不断修订相关情节的灵活写作方式；通过自我书写而关注公共事务，而成为一种"私人的大历史"。只有进入这一步，探寻本事才有直接的文学意义——"自传性"并非任意取材而重加塑造，而是作家对整个现实生活结构的借用。

前文已经提及，确定《儒林外史》与《红楼梦》的自传性，一方面在于现实本事与小说情节的相互指涉；另一方面则在于古典历史哲学中一种对《春秋》"微言大义"的推崇，这些情况促使小说本身与"个人史"展现出极高的相似性。两书行世不久，这一性质就被早期读者所关注。具体来说，对《儒林外史》则是小说中优秀的白描手段；而《红楼梦》在此之外还有详尽的细节描写和整体架构。可以说，两部小说在不同维度上展示了"个人之史"。当然，说自传性代表了"个人之史"的生成，仅是就大端而做出的概括，倘若过度执着于将现实与文学的对应坐实，则未免流入探佚、索隐之末流；但是，尽管文学自身规律会令现实本身各种各样的"折射"，我们仍应承认自传性对于这些书写的重要意义。尤其是，自传性很可能是小说创作过程中最重要的一环。而以"虚实相生"，且以虚构为主的长篇白话小说为存史之度，显然包括了对自传性的隐晦。这表达出小说作者在"存史"背后，还存在与主流文化与意识形态的疏离，并具有一种明哲保身的可能意味。换言之，将"个人之史"藏于虚构文本背后，而非明确选择雅文学之自传，存在不得已的意味。就基本常识来看，白话长篇无疑更适于叙述宏大题材、详尽描写情节。且就内容来看，虚实相生更有利于作者的自我保护。通过白话小说这一文体，作家既可以因文生事，又可以将读者局限在小圈子内，在故事的"虚实相生"之外增加"明晦"维度。

前文已及，研究者早就发现了吴敬梓生平活动与小说写作的整体性推进和平移，不论吴敬梓是否出于有意，实际上现实生活已经左右了吴敬梓的创作，因此《儒林外史》实际上为了整体指涉作者的生活场域和时间轨迹，而伤害了小说本身的时间线和叙事逻辑。在这种特殊的写法下，实际上是不可能建构起长篇小说应有结构的，而现实生活中的不确定性，也使《儒林外史》文体只得近乎"成于众手""层累造成"的《水浒传》式小说。而《红楼梦》的不同之处在于，其展示了具有细密结构的情节，也即比较自觉而相对整饬的"自传性"。尽管小说本身需要作者杰出的虚构力和写作才能，但通过对"个人之史"的保存，作家得以接续史官文化传统，而使得史才裨益于小说创作。从文学技巧来说，《儒林外史》不乏小说中优秀的白描手段；而《红楼梦》在此之外还有详尽的细节描写和整体架构。可以说，两部小说在不同维度上展示了"个人之史"。

当然，说自传性代表了"个人之史"的生成，仅是就大端而做出的概括，倘若过度执着于将现实与文学的对应坐实，则未免流入探佚、索隐之末流；但是，尽管文学自身规律会令现实本身各种各样的"折射"，我们仍应承认自传性对于这些书写的重要意义。尤其是，自传性很可能是小说创作过程中最重要的一环。

再次，对自传性的隐晦，又表达出小说作者在"存史"背后，还存在与主流文化与意识形态的疏离，并具有一种明哲保身的可能意味。换言之，将"个人之史"藏于虚构文本背后，而非明确选择自传，存在不得已的意味。

尽管我们仍可以将"自传"这一文体上溯至《离骚》或《太史公自叙》，但至少在晚明以来，文人的自传文已经成为相当流行的写作形式，并且除却比较传统的自我保存与系统总结意味外，而开始出现借自传文张扬个性的尝试。其中最具备代表性的乃张岱《自为墓志铭》，川合康三称之为"极其罕见的苛刻的自我剖析，全文充满了自虐色彩"[1]，其言虽不免稍过，然感伤忏悔之情

---

[1] 川合康三：《中国的自传文学》，第207页。

确见诸文字。汪中的《自序》(成于乾隆五十一年，1786) 继承了这一文学气质，中有"野性难驯"[1]乃至"天谗司命，赤口烧城，笑齿啼颜，尽成罪状"[2]等言。不过，客观来说，此类文字更多仍是文章家笔法，重在描写情绪态度，叙事成分本身较少。复若可以归为"忆语体"的《影梅庵忆语》《浮生六记》等，亦以哀感悼亡之情动人，而叙事成分更多。嘉、道间，则更是出现《泛槎图》《盛世良图纪》《花甲闲谈》《鸿雪因缘图记》等一系列"自传体的木刻画集"[3]，则均系同样希望通过书写个人之事迹以折射大历史。当然，这些文言叙事之作多属片段，仍难称系统的反映，体裁较简单。且其思想上更乏善可陈，难以涵盖《儒林外史》《红楼梦》所希望臻达的境界。[4]

另一值得注意的渊源则是文人日记、自订年谱的盛行。这两种文体均起源甚早，然其风蔚为大观，似均在 16 世纪以降，且入清后尤盛[5]。撰写有私人日记者且不必谈，仅以《乾嘉名儒年谱》[6]所收之八十二人计算，即有十三人撰写了自订年谱。[7]而胡适所称许的"中国自传写好的只有两部书"[8]，均为 19 世纪初期之作品。其一为

---

[1] 汪中撰，李金松校注：《述学校笺》，第 559 页。

[2] 汪中撰，李金松校注：《述学校笺》，第 560 页。

[3] 郑振铎：《中国古代木刻画史略》，上海书店出版社 2006 年版，第 194—195 页。

[4] 明代文言自传体小说《痴婆子传》可以说是相当杰出的特例，尽管由于文献缺失难以确定其作者身份如何，"自传体"是否即"自传性"等，但在本节讨论的基础上，可以将之判定为一种文言版的《金瓶梅》。只是，其影响力究竟如何似乎还值得进一步的研究。

[5] 研究者指出，"清代前期一百七十多年间，日记作者辈出，无论从数量质量来看，均已超轶前代"(陈左高：《中国日记史略》，上海翻译出版公司 1990 年版，第 51 页)，"(清代) 自撰年谱几乎占全部年谱的四分之一"(滕吉庆：《年谱与家谱》，吉林出版集团有限责任公司 2011 年版，第 17 页)。

[6] 《乾嘉名儒年谱》，北京图书馆出版社 2006 年影印本。

[7] 沈德潜、沈起元、汪师韩、蒋士铨、林芳春、钱大昕、汪辉祖、翁方纲、赵怀玉、祁韵士、李富孙、梁章钜、汪喜孙。

[8] 胡适：《胡适古典文学研究论集》，第 1337 页。

汪辉祖《病榻梦痕录》。此书不仅为详细的自传，且描述及他断案之方法。其二为罗思举（1764—1840）《罗壮勇公年谱》。罗氏文化水平不高，此书基本以白话写成，文理有粗率之处，但对其军事生涯的描写也颇生动。这些作品晚于本文讨论的几部白话长篇，然而时代相去不远，文体间也仿佛有相通之处。

就基本常识来看，白话长篇无疑更适于叙述宏大题材。且就内容来看，虚实相生更有利于作者的自我保护。通过白话小说这一文体，作家既可以因文生事，又可以将读者局限在小圈子内。这与当时的信息流动、书籍传播方式又是密切相关的。

前文提及，《儒林外史》的自传性展示较晚，但第二回荀玫的出场则证明了吴敬梓创始伊始就具有运用"今典"之自觉。——金和认为荀玫的原型是姓荀，此外也有卢见曾[1]、袁枚[2]等说，具体观点虽然不同，但认为是"今典"则一致。也就是说，吴敬梓在创作伊始就旨在作一部具有现实针对性的"外史"，但他却刻意将时代定在明代，并运用今典古典杂糅的写作手法以扰乱读者视线。其原因当然是多方面的（如作者才能和腹笥的有限；如作者的生活阅历与小说创作同步进行；又如小说本身的创作当区别于写实，等等），但借此手法以减弱现实批判的锋芒乃至于避祸当也是重要原因之一。这一点也得到了序跋者的确认。闲斋老人序提到"夫曰外史，原不自居于正史之列也；曰儒林，迥异无虚渺荒之谈也"。这里明显是认为，吴敬梓本书具有"史"的本质。金和跋言"读者太半以其体近小说，玩为谈柄，未必尽得先生警世之苦心"。小说本来便可以具有"警世之苦心"，这里"未必尽得"者，乃是吴敬梓小说中涉及"自传"的那一部分，因此才有索隐人物原型的必要性。

此外，或许值得特别注意的是程晋芳的评论。程晋芳在《怀人

---

[1] 朱一玄：《儒林外史资料汇编》，第 7 页。李汉秋：《〈儒林外史〉研究》，第 138—139 页。

[2] 叶楚炎：《荀玫原型为袁枚考》，《明清小说研究》2019 年第 3 期。

诗（十八首之十六）》特别言出"《外史》纪儒林，刻画何工妍。吾为斯人悲，竟以稗说传"①之言，此诗写作时在乾隆戊辰、庚午（1748—1750）之间。前贤已经注意到此诗证明了《儒林外史》的成书，并见出该书文学成就所获的声誉。然而程晋芳此首《怀人》，对吴氏的成就为何只提及《儒林外史》，且认为是其人传世之所赖？②特别是，除却前贤已经论及的正面意义外，程晋芳对吴敬梓"以稗说传"的态度是"吾为斯人悲"，足见程氏对白话小说创作实有微词（形成鲜明对照的是敦诚对曹雪芹"不如著书黄叶村"③的寄语）。按，此时吴敬梓的《文木山房集》此前已经刊刻，而其"晚年说《诗》"的经学研究著作即使并未成书，也应已有若干成稿④，而程氏《文木先生传》的主要内容亦在讨论吴敬梓的诗文成就，对《儒林外史》也是一带而过。但尽管如此，程晋芳在诗中仍称吴敬梓"以稗说传"，这一现象描述似可据信，而其意味也颇可深思——可传者，或许正因为其具有"史"的特质。吴敬梓盖有激于生平的坎壈，与对八股时文士的痛恨，故发愤作《儒林外史》，这其中正是一种以"外史"抗衡时俗的疏离态度，用架空来表达这种异议观点是很容易理解的，而且在小说史上先例众多。

《红楼梦》则由于更为深度介入了"碍语"，所以其架空则是更易于理解的。前文已经述及"碍语"直接涉及曹家命运，并有不满于清帝的隐意，这自然无法照搬实写。黄一农的研究则证明，《红楼梦》中贾家的故事不仅对应曹家，也与同时之纳兰家族等产生对应，因此小说是"建立在曹家家事与清代史事间近百年的精采互动之上，

---

① 程晋芳：《勉行堂诗文集》，第68页。
② 程氏在《文木先生传》中，对吴敬梓的作品，也是特别称许《儒林外史》"人尽传写之"。
③ 一粟：《红楼梦资料汇编》，第1页。尽管敦诚并未明言，但"著书"的最大可能是指《红楼梦》。
④ 吴敬梓撰，李汉秋、项东升校注：《吴敬梓集系年校注》，第419页。

而不只是胡适先生所主张的'是曹雪芹的自叙传'"①。如果认同这一见解，可确定《红楼梦》是自传性小说，而非用暗码写成的自传，小说中贾家实际上是曹家及相关清代史事的"箭垛"，但曹雪芹通过对细节的精妙描绘，为读者认识自传性及作者自身经历提供了相当重要的帮助。对《红楼梦》这一架空的自传性，不妨引用一段脂批来作解读。《红楼梦》第一回写"然朝代年纪、地舆邦国，却反失落无考"。甲戌本批曰"据余说，却大有考证"，蒙府本批曰"妙在无考"。所谓"大有考证"，乃是谓其有现实原型；"妙在无考"则是小说本为虚构文学，不必也不能一一契合。对于小说中的自传性，作者这种真假虚实相生的文学笔法，欲（一部分）人知而又不欲（一部分）人知的心态，业已表见无遗，似乎不须额外论述了。

最后，在抒写作者本人的哲学思想与生命意识的过程中，自传性起到颇为重要的作用。易于想到的是，由于同是作者本人的自我描写，因此特别容易具备一致性。这当然是一个重要的因素，但如果考虑到其他自况小说如《金云翘传》的"身辱心不辱"，想到《野叟曝言》的"天下无双正士"，就很容易意识到，只有当生命历程与思想意识有所契合（或所谓"知行合一"）的时候，自传性才有发挥的最佳空间。儒生的事功想象，要么如《野叟曝言》以虚构的自况来填满白日梦，要么就如《女仙外史》反复表现道行与道尊的张力。这种情况下，只能允许部分地打入个人身世，但不足以支持作为场域的自传性。即使我们将《儒林外史》和《红楼梦》生成的自传性当作一种偶然发生，但自况性小说远远多于自传性小说，这一历史事实却并非偶然，其必然性就在于发愤作小说的作家，往往是自负高才却受困于现实的下层文人，因此其生命价值必须依赖于黄粱梦与自况的融合。而现实生活中的成功之士，往往又不屑于撰写白话小说，故举凡"大团圆"式的世情文学作品，就往往只是作者的白日梦。

---

① 黄一农：《二重奏：红学与清史的对话》，中华书局2015年版，第638页。

而《儒林外史》和《红楼梦》与上述小说的区别则在于，虽然同为失意文人发愤之作，然吴敬梓、曹雪芹思想中的诸多内在因素却可以与其生平也就是自传性很好地契合。换言之，这两部小说的底色是悲凉幻灭的，故只有当主人公的命运归于失败与虚无，小说中的思想才更能够凸显其价值。只有生活失败的作者才会通过创作小说的方式发愤，当其发愤的落脚点在于对现实生活的绝望时，才会将失败的生活照搬其中。

比如，小说中有一种总体性的悲凉与虚无感。《儒林外史》的"一代文人有厄"，在批判和讽刺中具备强烈的痛感与同情，即文人之堕落是制度性的，而不仅仅是个人的堕落。而即使如杜少卿这样寄托了作者理想的正面角色，泰伯祠的热闹后也因其与现实不相容归于荒凉和没落。以市井奇人作为结局，并以"幽榜"为收束，更进而证明了文人自身的虚无感。《红楼梦》则是宝黛爱情悲剧、女儿群体悲剧、贾府大家族悲剧的三位一体，同样是家族整体性的溃败与没落，其指向则在整个社会。

再比如，作者执着与幻灭相纠缠的人生境界。钱澄之（1612—1693）在《庄屈合诂》中指出庄子眼冷与心热的关系，两者之间的纠缠不仅可用来形容庄学、魏晋风度，也同样适用于深受庄学与魏晋风度影响的《儒林外史》和《红楼梦》。小说中所寄托的人生观念和社会理想是一"执着"，而其不得伸展与归于失败是一"幻灭"；绮丽生动的场面和细节描写是一"执着"，归于悲凉结局乃至于枯燥文字是一"幻灭"；小的方面来说，对虚伪利禄卑劣之徒的鄙弃是一"执着"，而对某些本应是"反面人物"的同情乃至眷恋则是一"幻灭"；在小说中美化自我是一"执着"，而归于自嘲乃至忏悔则又是一"幻灭"。正是在执着与幻灭的反复纠缠中，庄子式的虚无主义方凸显其哲学意味，而如果在小说创作中脱离了自我的生命体悟（自传性），无疑会令其艺术与思想成就大打折扣。

在描述"自传性"这一乾嘉长篇白话小说的叙事现象，并尝试浅析其生成原因之余，还有一二剩义，似乎值得继续思考。

白话小说中"自传性"的生成，与白话小说跟古文、史传等的关系颇为密切。理论观念上长期的纠缠不分，及雅文学"知人论世"的创作传统，是这一现象不断积累并形成的重要原因。《儒林外史》《红楼梦》的"自传性"写作，是其艺术成功的原因之一。不过，平心而论，这也只是创作之一途，而且很可能是不得已之一途：清代文化专制给士人带来的压抑感，使之往往自我压抑，隐藏自己的真实感受。在白话长篇小说中加入自传性，一定程度上正是带有自我保护意味的隐微书写。如果不能把握虚实的分寸，过度使用这一方式，使小说成为化名的自传/时事小说，反而会导致虚构维度和文学性的缺乏，这就部分地丧失了叙事文学应有的品格。《儒林外史》较《红楼梦》的自传性或许更多，但叙事水准则稍逊一筹，即与虚实关系的处理有一定关系，后世效尤者则往往每况愈下。

读者面对《儒林外史》《红楼梦》这种具有自传性的文本，要探讨"隐"和"索隐"的张力，这一过程尤其需要把握阅读、研究"虚实"问题的分寸感。

以《红楼梦》的研究为例，"索隐""考据""探佚"可谓三个互相纠缠夹杂的研究路向。从字面上来看，"索隐"应该考"索"作者"隐"去的内容；"考据"则是为故事情节"考"察现实依"据"；"探佚"则是"探"求作者未写出的亡"佚"情节——三种研究路数似乎有相近之处，都是从客观研究出发的，根据社会历史材料以考察小说中"隐"的内容。然而，实际上三条路径在研究实践中却都往往指向过度阐释，而且出现了不少明显缺乏学术依据的观点。从方法论来说，这可以说是一种"无法走出的困境"：作者主观意图及白话小说文体都要求情节、人物的虚构，而"索隐"则是要在缺乏可靠外证（不仅没有作者的夫子自道，甚至连较早期的证言都不易找到）的情况下，比"狭义互文"走得更远。孙勇进指出："考证是一种方法，而索隐却是一种阐释旨趣。所以，不存在纯粹的'索隐方法',却存在某种特殊的'索隐旨趣'。"① 索隐派将《红楼梦》看作一部纯粹伪装性的文本,这若验诸小说的整个文本语义结构,将会得到必然之证伪。考据派若过度追求"曹贾互证",也会蹈此覆辙。但是,若如此展开颇具分寸感的研究,将"自传性"看作一种若有似无、没有铁证支持的维度,又何以在根本上区别于《野叟曝言》等小说的自况?

在笔者看来,依然是要回到本书开头的"场域"观念。尽管在具体素材的考索上可能会有不同意见,但从大端而论,《儒林外史》与吴敬梓的交游见闻;《红楼梦》与曹雪芹及其家族的盛衰命运,都有着非常明显的相似性,并得到相应证据的支持。这与那些自况性小说的"白日梦"显然是不同性质。目前无法确证的虚实比例与具体原型,并不影响我们认定"自传性"小说系取材于个人的特殊生活经验,并借此保存"个人之史"。此外,小说"自传性"的生成,某种程度上取决于早期读者的接受。吴敬梓、曹雪芹不仅未在小说创作之外明言著作宗旨,即小说文本中的暗示也颇为隐微。而读者及后世研究者关注到小说中的"自传性",除大的文化背景启发外,实际上是直接受小说早期读者(其亲朋)的影响。脂砚斋的批语影响到裕瑞及后世的红学家;而周春等人虽未接触脂批,但其视角受到袁枚的启发,袁枚又声称渊源明义,此亦从一个侧面及于"自传性"。同样,《儒林外史》自传性的广为人知,也与金和的明确指示不无密切关系。如果缺乏这样早期的"知情人"代为说法,读者的关注点也会有变化。比如,《女仙外史》《绿野仙踪》《野叟曝言》等小说亦具有某些"自传"的因素,且亦经友朋鼓吹、评点,但关注点既然主要在于章法结构和思想宗旨,则"自传"因素就较晚才得到研究者的关注。《儒林外史》与《红楼梦》两部小说研究史、接受史的差异,也部分地证明了这一点:金和跋语的流传,与脂砚斋批语的发现,都成为接受史上具有重要意味的转捩点。更

---

① 孙勇进:《索隐派红学研究》,博士学位论文,南开大学,2008年,第51页。

进一步推测，在白话长篇小说以抄本形式，甚至以断章形式流传的过程中，其既是作者个性自足的雅文学书写，同时又是一个未完成的文本，早期读者与作者关系比较贴近，对小说意义也起到影响。此类早期读者不仅起到了传播"自传性"的任务，同时也在相当程度上影响着自传性的生成。如脂砚斋确系介乎《红楼梦》"共同作者"与"第一读者"之间的重要人物，那么他在批语中所反复强调的那些自传性问题，以及他可能提供的相应素材，当然会对曹雪芹的创作与修改产生重要影响。这似乎可以进一步证明笔者的另一观察思路：围绕《红楼梦》的"场"的性质，决定了《红楼梦》的性质。

第二节　集大成与雅文学化

就创作成就而言，乾嘉时期通俗小说出现了《红楼梦》《儒林外史》等巅峰之作，又有《野叟曝言》《镜花缘》《儿女英雄传》等名著相羽翼之，不论是总体风貌抑或具体名著，都允为小说史上一大高峰期。这除却与天才作家的个人才能不无关系外，同时亦是在文学思想和创作演进这一大前提下的产物。这一时期的小说创作体现出明显的集大成倾向，正为文学思想的重要表现形态之一。

所谓"集大成"一类赞美之词，用来形容《红楼梦》颇为恰切。而其中较具代表性的，可推王希廉（护花主人，1805—1877）对《红楼梦》的评价：

> 一部书中，翰墨则诗词歌赋，制艺尺牍，爰书戏曲，以及对联匾额，酒令灯谜，说书笑话，无不精善；技艺则琴棋书画，医卜星相，及匠作构造，栽种花果，畜养禽鱼，针黹烹调，巨细无遗；人物则方正阴邪，贞淫顽善，节烈豪侠，刚强懦弱，及前代女将，外洋诗人，仙佛鬼怪，尼僧女道，倡伎优伶，黠

奴豪仆，盗贼邪魔，醉汉无赖，色色皆有；事迹则繁华筵宴，奢纵宣淫，操守贪廉，宫闱仪制，庆吊盛衰，判狱靖寇，以及讽经设坛，贸易钻营，事事皆全；甚至寿终夭折，暴亡病故，丹戕药误，及自刎被杀，投河跳井，悬梁受逼，并吞金服毒，撞阶脱精等事，亦件件俱有。可谓包罗万象，囊括无遗，岂别部小说所能望见项背！①

类似的评语，在《镜花缘》的相关序跋等也历历可见，此不详举。从乾嘉时期白话长篇叙事文学创作面貌来看"包罗万象"，大概可以解释为以下几点：

首先，则是在小说基本题材上所产生的混融综合现象。

《中国小说通史·清代卷》指出："研究者一般从题材角度将白话长篇小说分为四种类型，即历史演义、英雄传奇、神魔小说和世情小说。"② 在笔者看来，这些分类尽管在一定程度上确实可以照应明清白话长篇小说史的基本面貌，但毕竟属于人为后设的分类，当时的作者、读者，对小说类型的认识是相对模糊的，故在创作与接受中均不无可逾越之界限。如《水浒传》按上述分类应归为英雄传奇类小说，但"潘金莲、潘巧云等故事若放在世情小说的佳作中也毫不逊色"③，且潘金莲故事业已引出《金瓶梅》这部世情名著，可见其中也有一定的世情性。就接受角度论，宋江故事也一直是明清两代读者所热衷于考证的本事，由此角度看则亦可归于历史演义类，如明代书目《百川书志》卷六"野史"类就著录了《三国志通俗演义》和《忠义水浒传》。④ 郎瑛（1487—1566）《七修类稿》卷二十

---

① 曹雪芹、高鹗著，护花主人、大某山民、太平闲人评：《红楼梦（注评本）（全四册）》，上海古籍出版社2016年版，第1605页。
② 李剑国、陈洪主编：《中国小说通史·清代卷》，第1262页。
③ 李剑国、陈洪主编：《中国小说通史·清代卷》，第1263页。
④ 高儒、周弘祖：《百川书志 古今书刻》，上海古籍出版社2005年标点本，第82页。

五《宋江原数》说:"史称宋江三十六人横行齐、魏,官军莫抗。而侯蒙举讨方腊,周公谨载其名,赞于《癸辛杂志》。罗贯中演为小说,有替天行道之言。……是虽足以溺人,而传久失其实也多矣。今特书其当时之名三十六于左……"① 是较早对于宋江三十六人本事的考证。曹学佺(1574—1646)《大明舆地名胜志》记载:"《河纪》云:南旺湖在县西南三十里,济宁接界。其地特高……宋时与梁山泺水汇而为一,围三百余里,即南渡时宋江军所据梁山泊也。"② 则是尝试为《水浒传》本事找到地理原型。这些观点,特别是这种阅读小说的切入角度,在清代依然是相当流行的。因之,也不妨称《水浒传》为英雄传奇与历史演义的综合——后世的《说岳》《杨家将》等小说,就故事情节、历史格局来说,很大程度上更贴近于《水浒传》而非《三国演义》,因其内容主要是发扬个人英雄主义(此尤有利于说书),而对整个历史格局缺乏真正的理解。即,不论是古典目录,抑或当代小说史的分类,一开始就在若干关键问题上有着相当模糊的界限,不能彻底解决题材混融综合的小说性质。

以笔者看,就明清白话长篇小说创作的实际情况来看,题材分类之间确非常明显地有存在的界限、差异;但这似乎只是一种较模糊的文学认知,且很可能只是作家创作手段单薄的客观现象,因之并没有对相关文学活动造成太多实质性的限制。而且,这四种类型也并不能概括古代白话长篇小说涉及的全部题材,其中仍有许多罅隙需要补苴——各种小说史研究的复杂分类便是其中显证。

《中国小说通史·清代卷》业已指出清代白话长篇小说的题材混融综合现象,则足见其创作则很难用前述的类型来简单概括。这在清代前期的《女仙外史》《隋唐演义》《林兰香》等小说中均已经有相当明显的表现。《中国小说通史·清代卷》即按照这一思路框架解

---

① 郎瑛:《七修类稿》,《续修四库全书》第 1123 册,第 179 页。
② 朱一玄:《水浒传资料汇编》,南开大学出版社 2002 年版,第 79—80 页。

读清代白话长篇小说的类型问题。如书中论清前期小说的情况说：

> 清前期小说的题材综合大多是有限度的，也就是以一种题材为主，杂入其他题材……
> 其一，神魔小说融入历史演义、世情小说。……
> 其二，历史演义和神魔、世情的结合。……
> 其三，世情小说与历史演义、英雄传奇以及神魔小说的结合。……①

论清中期的小说则云：

> 题材混融综合的趋势更为明显，且出现了儿女英雄、侠义公案等新类型。有的作家试图在创作上有所突破，就尝试引学问入小说，因此出现了《野叟曝言》、《镜花缘》这样的以小说炫才的作品。
> ……世情小说在故事题材也趋于多样化……
> ……有些作家意图在题材上有所新变，因此就在才子佳人小说故事中加入战争、神怪、侠义……②

两相对照，清中期的白话长篇小说题材混融情况，已经难以像此前一样用简单的一两个词语来概括。且就其内容来看，实际上有许多题材已逸出前揭的四种类型之外，如《中国小说通史·清代卷》中提出之儿女英雄、侠义公案、才学小说等，实质上不能用前面的类型框架解释了。③ 而且，既然小说创作者并未以前文提及的类型框架为其文化出发点，那么这种类型之变也就不能再用同样的框架和

---

① 李剑国、陈洪主编：《中国小说通史·清代卷》，第 1263—1264 页。
② 李剑国、陈洪主编：《中国小说通史·清代卷》，第 1345—1346 页。
③ 儿女英雄、侠义公案两种小说，主要作品也不在本书所涉的乾嘉时代内。

历史逻辑加以解释。即立足于"历史演义、英雄传奇、神魔小说和世情小说"四种类型的题材混融,不适应用来解读乾嘉时期的白话长篇小说。

值得顺带一提的是,今人建立的小说史框架有些类似于《汉书·艺文志》对"九流十家"的后设叙述。① 尽管古之白话小说作家存在一定的题材自觉性,并在客观上表现出某些题材上的共性,但就总体来说却未受其拘束,其"影响的焦虑"所面对的是全部白话小说乃至"大文学"之传统。所谓"奇书""才子书"代表文章方面之追求,但并无文体方面的限制。以笔者观之,认清并扬弃这一基本事实之后,后设性的概括方有意义。

如果用较为简单的框架尝试概括乾嘉时期小说创作的特殊性,前文所引及的混融仍然是一个颇有价值的角度,但这种排列组合似乎没有细论的必要,或许还可以尝试进一步将其解读为写实与寄托的混融。

在《红楼梦》的研究中,如何看待"真""假"关系素为学者所重视②。这一方面是艺术创作中虚构与写实的关系,涉及曹雪芹的创作意图及《红楼梦》的成书过程等问题。另一方面也是小说描写"情"与"欲","清"与"浊"的区别,前者常在大观园内,后者多在大观园外。这可以理解为曹雪芹笔下理想寄托与现实世界的冲突,具有相当鲜明的象征意义。文学思想、意趣的丰富性,与多样的写作方式相因应。

如果我们同时结合此前提及的研究,还可以确证《红楼梦》本身存在的题材混融现象——大观园内部的故事情节与文学笔法更近于才子佳人小说类型,而大观园之外则更近于世情小说类型——某种程度上即《金瓶梅》与《林兰香》相关部分的结合。或者说,诗化与写实的张力始终贯穿于全书。这种写法在此前的长篇小说中

---

① 参见张昊苏、陈洪《〈汉书·艺文志〉诸子略序文的文本结构与学术建构——以小说家为核心的考察》,《文史哲》2019年第2期。

② 汪道伦著,宋健整理:《〈红楼梦〉的真假两个世界》,《红楼梦与史传文学》,知识产权出版社2020年版,第119—136页。

当然已经有之，但《红楼梦》的混融程度实远胜以前。

在文学精神上与《红楼梦》相类似者尚有《绿野仙踪》。就整体而论，过去多认为《绿野仙踪》当归入神魔小说一类；然本书中亦有相当大的篇幅书写世情，如温如玉情节部分描绘就极精彩，俨然近似一部简本、洁本《金瓶梅》。这种写作方式显然与作者的宗旨相关——通过求仙历程与世情炎凉的对照书写，以表达"冷于冰"与"温如玉"之优劣高下，这与《红楼梦》书中所表现出的执着与幻灭正是同一内核。就文章的表现力论，《绿野仙踪》文风亦是老辣与超脱兼备，其成就一定程度上堪与《红楼梦》相提并论。①

更显然具备混融特性的尚有《野叟曝言》。作为"书生白日梦的典范"，《野叟曝言》之总体是架空想象，按传统说法则可以解读为才子佳人、历史演义、英雄传奇、才学、世情多题材的综合。按本节的观点，则其总体而言是寄托幻想之作，混融综合的乃是作者的"白日梦"。但小说中亦间有写实之处。前节已指出《野叟曝言》既属自寓，又兼自传的特质，其中确有不少影写生平之处；除此之外，许多地方对社会现实的描写亦见功力。

凡此种种，想说明的问题其实很简单——过去的"题材混融"说既属客观现象，又为后设观念。在此基础上进而把握小说作家的文体观念，可以发现题材混融并非文体刻意求奇之举，而是与小说本身的情节演进及精神旨趣相贴近的自然选择。

其次，则是小说内部的文体兼容问题。过去一般将其称为"文备众体"。然这一名词实际存在多种解读之可能，唐传奇的"文备众体"实际上更接近于文体特征的杂糅。这里先讨论白话长篇小说对多种文体的吸纳与运用。

早期通俗小说之所谓"有诗为证"，虽自有其文体意义，但多数

---

① 这里应该顺带提及的是，过去的小说史论述多对《绿野仙踪》较为轻视，论述亦不够深入。在笔者看来，不论是精神气质抑或文学成就，《绿野仙踪》都有相当的资格与《红楼梦》对读并峙。《中国小说通史·清代卷》对《绿野仙踪》几乎未加笔墨，恐怕略失全面。

并非与情节直接相关，而只是书场叙事表演的案头化。不过，在创作过程中，特别是倾向于描写世情和士人生活的一类小说中，由于情节需要，往往在小说正文中具备多种文体，如诗词、戏曲、古文、应用文等。更具体地说，书面的白话小说系一种融入了雅文学的通俗文学形式，并随着文人作者涉入愈深而逐渐雅化。

　　《儒林外史》的第五十六回有意识地大量收录了应用文章。本回几乎全由上谕、奏疏、圣旨、榜文、祝文等连缀而成，这一回曾被金和指为伪作，此后学者怀疑者亦为数不少，但是并无有说服力的证据。且嘉庆八年（1803）卧闲草堂评点本刊刻以降，各本均有此回，则其成书时间应颇早，属于乾嘉时期手笔。李鹏飞[①]等也从多角度进一步论证此回出自吴敬梓之手，特别是指出礼部祝文中用词与吴敬梓作品的相似性，更颇具说服力，笔者认为其观点可从。卧闲草堂评本从全书结构的角度评论第五十六回说："一上谕、一奏疏、一祭文，三篇鼎峙，以结全部大书，缀以词句，如《太史公自序》。"[②] 就其文字来看，亦典雅可观，趣味是纯粹文人的，非前代通俗小说可比，实乃此时期白话长篇小说雅化的表现。此外，《红楼梦》《野叟曝言》《歧路灯》《镜花缘》诸书中收入应用文字亦甚多，这里不一一赘引了。

　　对戏曲的描写与运用也是乾嘉时期白话长篇小说的一大特色。其中最具代表性的当是《野叟曝言》中的相关描述。对《野叟曝言》第一百四十六回开始的"戏文一百出将生平事逐件重题　男女五十双把座中人当场现扮"，其内容乃是用戏曲方式重述小说的主要情节，是为全书大旨之总括。商伟指出，夏敬渠对此戏曲的描写乃是借鉴了宫廷大戏的结构，并且还发现其叙事结构有相当独到之处：

---

　　①　李鹏飞：《〈儒林外史〉第五十六回为吴敬梓所作新证》，《中国文化研究》2017年春之卷。
　　②　吴敬梓撰，李汉秋辑校：《儒林外史汇校汇评》，第685页。

随着戏曲临近尾声，叙述推进的步伐也在加快，甚至快得过了头，跑到现实的前面去了：《百寿记》的最后几出，如《百岁开筵》《万方同庆》和《骨肉奇逢》等，都是对未来的前瞻，写的是尚未发生的事件，包括祝寿的场面！所谓戏文不过凭空虚拟、略陈梗概而已，直到演出的过程中，才逐一兑现落实。由此看来，戏台上的角色扮演，并非传统意义上的戏曲演出，而如同是施展法术，具有了召唤的魔力，也直接参与创造了它所指涉的事件。因此，最终戏演成真，汇入了正在展开的祝寿筵席。如上所述，《百寿记》本来就是祝寿庆典的一个节目，但在戏中又预先拟想了祝寿的场景。演戏与庆典变成了你中有我，我中有你。所以，戏演到最后，剧情与真事几乎同步发生：一方面，台上台下早已界限模糊；另一方面，戏内戏外在时间上也完全重合。①

如果仅通过戏曲表演方式重演小说情节，那么《野叟曝言》并非首创：至少明末清初的《西游补》《水浒外传》等小说就已熟练运用此法。而以戏曲表演暗示未来情节也并非首创，与之颇类似、而又有代表性的则是《红楼梦》第五回之贾宝玉梦游太虚幻境，即贾宝玉在梦中就已经得到关于未来结局的暗示，并由《红楼梦十二支曲》的谶语方式表达出来。但，《红楼梦》仍不脱一种宿命论的暗示性表达，可在传统谶纬语境中寻找渊源，盖设置悬念以引导读者之阅读视线；而《野叟曝言》的戏曲书写乃是直接通过戏曲表演尚未发生的事，却俨然暗示整部小说亦不过是一戏，实际上具备了自我解构的叙事特质——尽管作者本身大概并未意识到、恐怕也不会乐见这一点的发生。

《野叟曝言》第七十三回开始的"呈百戏石破天惊"系列情节，

---

① 商伟：《小说戏演：〈野叟曝言〉与万寿庆典和帝国想像》，《文学遗产》2017年第3期。

乃借文素臣之口对二十四出戏剧的思想内容详加批评，用以展示文素臣（亦即夏敬渠本人）的伦理观和历史观，显然有教化百姓（甚至教化夏敬渠眼中那些思想、学力不高的"下层文人"）之意味。朱恒夫指出："这些剧目极有可能是游历四方的夏敬渠在某个地方看到的。"① 这应该说是一个成立概率颇大的猜想，《野叟曝言》中的相关描写及观念也具有一定的史料价值。此外，《红楼梦》等小说对戏曲多有引用、讨论之内容，则应该更多代表的是文人雅趣。这种情况颇有炫学逞才的意味，在乾嘉时期较多见，但前贤研究已臻深入，而且并不算乾嘉时期新出现的文学现象了。

此外还有大量的游戏文字与通俗文学，这在此前的长篇小说创作中亦相当常见。乾嘉时期的小说则用的更加熟练且广泛。

如《红楼梦》第二十二回，即运用灯谜形式。从情节上看上下连贯，切合环境，但同时又暗藏谶语，对小说人物的悲剧命运有所提示。《红楼梦》第六十三回的花名签酒令八首，其功用也类似。这在此前的小说中是较为少见的。这些方式很大程度上是作者才情学养的体现，而一定程度上与情节叙事略有隔阂。其目标读者显然也是具有一定欣赏能力的士人阶层，故虽为通俗文体，却已深深打上雅化的烙印。

当然更多文本乃是注重推进情节和反映人物性格的内容，未必均蕴含深意，如《红楼梦》二十八回的女儿酒令，则是世情小说的绝好题材，脂砚斋并批评说"此段与《金瓶梅》内西门庆、应伯爵在李桂姐家饮酒一回对看，未知孰家生动活泼？"②（甲戌眉）。而《镜花缘》则走得更远。《镜花缘》第七十八回开始的行酒令情节，直到九十四回方才告一段落，这种集中的、大篇幅的，而且未免有些过于冗长的描写，可以说是此前未有之创作现象，只有浸淫于当时士人雅趣的读者才能感受到其中趣味，一般读者恐怕是难以卒

---

① 朱恒夫：《〈野叟曝言〉中的戏曲列目叙考》，《艺术百家》1996 年第 1 期。
② 曹雪芹著，脂砚斋评，吴铭恩汇校：《红楼梦脂评汇校本》，第 390 页。

读的。

与之相关的则是大量的"杂学"内容,这也广泛地出现于才学小说中。如《镜花缘》第四十一回,几乎用一整回的篇幅来介绍织锦回文璇玑图的读法,读法虽非原创,但描写详瞻,足见作者对此有浓厚的兴趣。又如其第六十五回详细讲述"六壬课",第七十九回则详细绘图说明数学题目的解法,第八十二回则描写才女以双声叠韵行酒令,炫耀才学之意昭然。夏敬渠以医、诗、兵、算为生平得意之学,故这些情节在《野叟曝言》中也多有体现。还有不少如学术考据与百家杂学的内容,亦与朴学时代背景有密切关系。如《野叟曝言》中有"陈寿不帝魏"一段情节,雄辩地指出"陈寿不帝魏"的二十四条理由,其内容乃直接抄录夏敬渠《纲目举正》之相关原稿。相较而言,《野叟曝言》的杂学往往与人物塑造、情节推进关系较密切,《镜花缘》中炫博的倾向则更明显。总体来看这类内容的叙事性较差,属于较少"文学性"者,但其趣味应合乎当时文人的口味,亦属斯时文学思想的重要组成部分。

而随着士人越来越深入地介入小说创作其中,则这一类文体的创作日臻圆熟。早期小说的作者文化水平相对较低,又考虑到面向读者层次的问题,因此即使是出于士人手笔的才子佳人小说,也以浅薄粗糙者居多。在乾嘉以前的白话长篇小说中,《女仙外史》可能是不多的反例。但总体而言,乾嘉时期的世情小说更全面系统地描摹文人生活世界,所备之体或许在此前大致皆有出现,但一书之中,覆盖既广,文辞风雅,更远胜以前。

再如诗词文赋之运用。众所周知也是最具代表性的,乃《红楼梦》中的诗词创作。尽管其中不少作品曾被部分诗家诟病,但在古代白话长篇小说中,《红楼梦》中诗词属成就极高者,应无疑义。

陈永正对《红楼梦》中诗词的批评颇有代表性,其言云:

> 《红楼梦》中的诗词,是作家为适应情节发展和人物塑造而制作的,是小说的有机组成部分。这些作品,出自大观园里一

群十多岁的公子小姐的"手笔",从他们的生活经历、文化修养等方面来看,写出这样的东西情有可原,毋用深讥。

《红楼梦》中有着这些劣诗,曹雪芹本来是不能任其咎的,而我们的评论家们爱屋及乌,把小说中平庸幼稚的货色作为古典诗歌之林中的奇葩供奉起来,那倒是值得奇怪。①

陈氏以当代旧体大诗家的身份,批评《红楼梦》中的劣诗,措辞严峻,眼光独到,特别是用以"批评红学家不懂诗词,顺带一枪兼及那些为附庸风雅而写国诗的现代文艺家、科学家"②(徐晋如按语),见解具有相当的穿透力。然而,大致而言,如以"诗人之诗"标准衡量,《红楼梦》中诗则尚有缺陷,而且有明显的低级失误③,但水平大致可观。且,如果与同类型的才子佳人小说乃至长篇小说之诗词相对比,《红楼梦》诗词的质量应该是较为优越的。是以《红楼梦》开篇第一回即言:

> 至若佳人才子等书,则又千部共出一套,且其中终不能不涉于淫滥,以致满纸潘安、子建、西子、文君,不过作者要写出自己的那两首情诗艳赋来,故假拟出男女二人名姓,又必旁出一小人其间拨乱,亦如剧中之小丑然。④

对此前小说所载诗词的平庸低劣与千篇一律提出了严厉地批评,这当然也代表了作者对自己诗才的自信。

---

① 陈永正《〈红楼梦〉中劣诗多》,《文艺与你》创刊号,1985年。
② 学者:《红楼梦》中诗词多是三流以下劣作,http://ru.qq.com/a/20150115/048249.htm。
③ 如《红楼梦》第二十一回有林黛玉诗"无端弄笔是何人?作践南华庄子因。不悔自己无见识,却将丑语怪他人"。除用语浅白无诗味外,两用"人"字押韵显然是不应出现的低级错误。不知曹公为何"增删五次"而不及于此,颇可怪。
④ 曹雪芹著,脂砚斋评,吴铭恩汇校:《红楼梦脂评汇校本》,第6页。

而且,《红楼梦》中诗词对于刻画人物性格、推动情节发展等方面则多有裨益,诗词在这里作为一种功能性的叙事文本,应该说其中的价值主要是正面的。陈永正批评《红楼梦》中诗词时也说,"这些作品,出自大观园里一群十多岁的公子小姐的'手笔',从他们的生活经历、文化修养等方面来看,写出这样的东西情有可原,毋用深讥"。此论则相对较持平。其实,从小说创作的角度来看,如果从贴近人物性格这一面来思考,也可以将这种"情有可原"定性为正面的评价。《红楼梦》中一些应酬之作,水平相对较平庸,但放在当时的语境下应该属于得体或不得不然,以抒情文学的标准加以衡量未免苛刻——况且其中不少作者的人物设定本来就不以诗见长,写作平庸劣诗也在所难免(如贾元春、李纨等)。

因此在笔者看来,陈永正的观点虽然颇有道理,但亦只是一家之言,其中也有不少可争议的空间——特别是,曹雪芹首先是一位创作《红楼梦》的小说家,并非知名诗人[①],以此为标准《红楼梦》中的诗首先也需服务于小说情节的推进,那么是否应该用顶级诗人的名作来作为《红楼梦》中诗词的试金石,这一标准是否妥帖,显然是值得再加讨论的。

相比之下,叶嘉莹的观点就更贴近于小说的语境,并与小说研究者的观点比较吻合。叶嘉莹指出:

> 一般说来曹雪芹的诗词虽然不能够跟古代真正的诗人、词人李杜苏辛等大家相比,但他真的了不起,因为他表现了各方面的才华,他用了各种写作技巧。前边他用了谐音、拆字,概括地掌握了金陵十二钗的一生。现在更进一步,曹雪芹他自己作为一个男性,他要设身处地地替那些小说中的人物,林黛玉是什么样的性格,薛宝钗是什么样的性格,设身处地地设想每

[①] 敦敏、敦诚、张宜泉等均对曹雪芹的诗才有较高评价,但他们的文化素养和批评公信力均甚为可疑。

个人的遭遇,每个人的生平,每个人的性情,而按照她们的个性写出不同风格的作品来,这是很了不起的地方。①

这一见解基本与脂砚斋批语相合。如第三十七回脂批云:

> 最恨近日小说中,一百美人诗词语气,只得一个艳稿。②（己卯夹）

> 看他终结到自己,一人是一人口气。③（己卯夹）

类似批语尚多,不必赘举。至少从大致来说,黛玉、宝钗、宝琴、妙玉等几位人物,按《红楼梦》基本设定是长于诗,故其所作高于侪辈;而几人之间亦各具风格面貌。如《红楼梦》第七十回,写贾宝玉读《桃花行》后:

> 宝玉看了并不称赞,却滚下泪来。便知出自黛玉,因此落下泪来,又怕众人看见,又忙自己擦了。因问:"你们怎么得来?"宝琴笑道:"你猜是谁做的?"宝玉笑道:"自然是潇湘子稿。"宝琴笑道:"现是我作的呢。"宝玉笑道:"我不信。这声调口气,迥乎不像蘅芜之体,所以不信。"宝钗笑道:"所以你不通。难道杜工部首首只作'丛菊两开他日泪'之句不成！一般的也有'红绽雨肥梅'、'水荇牵风翠带长'之媚语。"宝玉笑道:"固然如此说。但我知道姐姐断不许妹妹有此伤悼语句,妹妹虽有此才,是断不肯作的。比不得林妹妹曾经离丧,作此

---

① 叶嘉莹:《漫谈〈红楼梦〉中的诗词》,《陕西师范大学学报》（哲学社会科学版）2004年第3期,第59页。
② 曹雪芹著,脂砚斋评,吴铭恩汇校:《红楼梦脂评汇校本》,第489页。
③ 曹雪芹著,脂砚斋评,吴铭恩汇校:《红楼梦脂评汇校本》,第490页。

哀音。"众人听说，都笑了。①

　　这可以证明曹雪芹创作代拟诗词的文体自觉。叶嘉莹在文章中选择了《红楼梦》第七十回林黛玉、薛宝钗所填的《柳絮词》来加以讨论，均系独具只眼。此外如结诗社《咏白海棠》《咏菊》系列诗作，及"凹晶馆联诗"等情节，诗风与人物身份均亦颇贴切。

　　此外，即使遵照陈永正的严格标准，《红楼梦》中诗词亦非无是处。如陈氏也认为：

　　　　如果把曲和其他的韵文作为广义的诗，则还有不少好作品。贾宝玉在太虚幻境中听到的一组曲子，是曹雪芹本色佳制；又如贾宝玉《芙蓉女儿诔》，情文相生，悲愤动人。书中名篇隽语，多已为广大读者所熟知，就不在这里一一列举了。

　　笔者认为，评价《红楼梦》乃至白话长篇小说中之诗词，还应有一个值得注意的角度，即读者接受的角度。即书中所收诗词水平不高，除却作者本人的创作能力所限外，也与其目标读者的鉴赏能力之（相对）低下密切相关。

　　如脂砚斋的批语：

　　　　这是第一首诗。后文香奁闺情皆不落空。余谓雪芹撰此书，中亦有传诗之意。（第一回，甲戌夹批）②
　　　　——其所评之诗为"未卜三生愿，频添一段愁。闷来时敛额，行去几回头。自顾风前影，谁堪月下俦？蟾光如有意，先上玉人楼"。

---

① 曹雪芹著，脂砚斋评，吴铭恩汇校：《红楼梦脂评汇校本》，第912—913页。
② 曹雪芹著，脂砚斋评，吴铭恩汇校：《红楼梦脂评汇校本》，第14页。

>　　只此一诗便妙极！此等才情，自是雪芹平生所长，余自谓评书非关评诗也。（第二回，甲戌夹批）①
>　　——所评之诗为："一局输赢料不真，香销茶尽尚逡巡。欲知目下兴衰兆，须问旁观冷眼人。"

显然，这两首诗的艺术手段、思想见解比较拙劣，文学手法上不知何来"妙极"。足证脂砚斋本人对诗的理解相当平庸，而从脂砚斋之勇于自信来看，这很可能也是小说读者、评点者的普遍文学水准。如按照《儒林外史》等小说对士林文学修养的描写来看，可能一般文人创作、鉴赏的平均水平也不过如是。

此外也有旁证。如山石老人《快心录自序》言：

>　　无非是才子佳人，捻造成一篇离合悲欢，虽词句精巧，终无趣味。②

《快心录》系模仿《红楼梦》之作，约成于咸、同之际，而伪托于乾隆朝。③作序者目拙劣之才子佳人作品为"词句精巧"，这也可以理解为何此类小说大量出现而颇有市场——优秀诗人眼中之劣诗，在读者眼中未必非"词句精巧"。尽管《红楼梦》等小说的读者中不乏诗文创作水平较高者，但这些问题也并非他们所关心的主要对象。

如黛玉之《葬花吟》，陈永正、叶嘉莹均以之与名家名作对比，认为并非一流作品，此判断似乎无可争议。但明义却咏曰："伤心一首葬花词，似谶似真自不知。安得返魂香一缕，起卿沉病

---

①　曹雪芹著，脂砚斋评，吴铭恩汇校：《红楼梦脂评汇校本》，第22页。
②　丁锡根：《中国历代小说序跋集》，第1285页。
③　石昌渝主编：《中国古代小说总目 白话卷》，山西教育出版社2004年版，第192页。

续红丝?"①这里显然不是就诗咏诗,而是结合小说情节来理解诗作境界,态度亦属欣赏、同情。而且,也可以证明,脱离小说创作与接受的语境而批评《红楼梦》诗词,意义是有其限度的。《红楼梦》的诗词水准显然曾受到小说文体与创作成就的加成,故而方能广泛流传,脍炙人口。同样,也必然会受到小说创作规律的局限,故使之并不能单独别裁成刊与诗词名家抗武的杰作。成书于康熙四年(1665)的顾石城《吴江雪序》自评"其诗词尤小说中所未有者也"②,在笔者看来这一结论衡量《红楼梦》是同样合适的。

《红楼梦》中诗词还有一种类型,以《金陵十二钗图册判词》等为代表,特点是以诗体为谶语,用多种方式暗示故事情节人物性格等内容,与情节叙事融入无间。这类作品虽然不能以抒情文学的标准衡量,但亦可看出其才情思力,显然不应简单抹杀其文学价值。

《野叟曝言》的情况有所不同。《野叟曝言》中的诗词众体皆备,数量惊人。如其中第一百三十九、一百四十回,就以进诗为情节,连续写出一百九十首诗,虽庸俗浅薄,但可见捷才,盖亦是夏敬渠炫才之具。小说中称这些作品为"各省、各外国所采歌谣"③,或存有谦抑之意,但其风格大抵仍是文人颂圣手眼。

小说中更有不少诗作乃直接抄录或改篡旧作,具有相当的水准。且文素臣既为作者夏敬渠的理想自寓,又有若干情节与个人本事切近,故其间亦不觉太过生硬。如第十五回所谓《古风》,诗云:

> 远行出门闾,举足心自量。鄙夫念鸡肋,男子志四方。况值阳九厄,云胡守闺房?闺房讵足道,顾瞻萱草堂!仰头发长啸,低头重彷徨。儿行三千里,母心万里长。万里有时尽,母

---

① 一粟:《红楼梦资料汇编》,第11页。
② 丁锡根:《中国历代小说序跋集》,第1239页。
③ 夏敬渠:《野叟曝言》,人民文学出版社1997年标点本,第1731页。

心无时忘。母心无时忘,儿行途路旁。路旁无深谷,路旁无高冈。高冈与深谷,乃在慈母肠。游子动深省,泪下沾衣裳。儿泪有时干,母心无时忘!母心无时忘,儿行途路旁。儿行途路旁,一步一悲伤!①

此乃抄录其《浣玉轩集》卷四中《远行》等诗②,诗虽过于刻露,技巧不算太佳,但其中真情浓郁,颇可动人。又本回之《滕王阁词》:

狂夜龙吼鼓蠡水,灵鳌朝驾匡庐山。山峰倒入水光紫,水波飞溅山色斑。水光山色天下奇,其中有一仙人栖。仙人朝暮教歌舞,清流汩汩红燕支。燕支粉黛欲倾国,春日秋宵斗颜色。仙人老死歌舞中,腰间佩玉不可识。空余高阁卧长江,粉黛燕支出画堂。霓羽久随弦管歌,秋风北地来王郎。王郎年少负奇才,挥毫落纸生风雷。坐中懊恼阎都督,两行宾客相疑猜。世间万物皆臭腐,惟有文章自千古。清歌妙舞隔重泉,魂魄犹惊撞钟鼓。滕王高阁几千秋,千秋凭吊思悠悠。不在滕王不在阁,当年才子文章留。只今高阁成煨烬,四壁萧然惟鬼磷。其间何物动人怜,能使衣冠聚荒径。荒径衣冠感慨多,吴侬搔首独摩挲。摩挲古碣心无极,落日扁舟水上波。水波万顷月光彻,照入诗肠明似雪。无人得遇马当风,空劳呕尽心头血!忆从总角学哦诗,诗成长望天之涯。今人智岂古人后,茫茫四海谁相知?此中有数不可争,此时郁勃难为情。王郎侥幸有如此,令我凄然百感生!江豚夜半作妖孽,风雨忽来舟欲裂。狂生不解死生悲,如意击壶边尽缺。缺尽壶边不值钱,舟人笑我何其颠。一人知己死不恨,举世欲杀非可怜。难将此意从挥霍,咽向心头

---

① 夏敬渠:《野叟曝言》,第188页。
② 夏敬渠:《浣玉轩集》卷四,光绪庚寅(1890)刻本,第1页上。

时作恶。仰天披发谱长歌,濡毫乱洒滕王阁。①

此首可算作是《浣玉轩集》② 中压卷之作,风格效仿李白,整体神完气足,感情豪阔。夏敬渠本人对此诗也应甚是满意——此时小说情节上刚刚令文素臣改名为"白又李",并接下来叙述言"把手中之笔一掷,恍见霞光万道,如有许多蛟龙,争戏夜明珠一般,张牙舞爪,都望江心拿攫而去。……正是:休言才子是天生,不遇长风空老死"③。尽管未免过于自夸,但此诗水平尚算可观,在白话小说中尤其少见。

总体而言,夏敬渠的小说文采并不甚高明,但因其直接搬入个性化的诗歌创作,基本未受小说本身的局限,故就单诗别裁而论的话,或许反而当在曹雪芹之上,如何评价要取决于观察者的立场。

复若《镜花缘》第八十九回开始之《百韵诗》,以长诗暗示小说中诸女子的故事与结局,且"无一重字",也具备相当的写作难度。这种写法应该与乾嘉时期文学创作的炫学倾向关系密切。有趣的是,在这一时期的白话长篇小说家中,吴敬梓的雅文学功力无疑最深,但其在小说创作中却并未体现相关才能,其中原因也许值得深入探究。

此外文艺批评内容在小说中亦往往皆是。这些内容既具有一定的理论价值,同时更是文学思想的重要资料。

《红楼梦》第四十八、四十九回"香菱学诗"系列情节中,既多有诗论文字,同时也借香菱学诗的过程展现出作诗之甘苦与进境。由于诗论服务于小说情节,故其中的诗论与诗作当然不能简单等同于曹雪芹的个人观点。但,其中确有不少真知灼见。

如其论学诗次第:

---

① 夏敬渠:《野叟曝言》,第188—189页。
② 夏敬渠:《滕王阁放歌》,《浣玉轩集》卷四,第2页。
③ 夏敬渠:《野叟曝言》,第189页。

香菱笑道:"我只爱陆放翁的诗'重帘不卷留香久,古砚微凹聚墨多',说的真有趣!"黛玉道:"断不可学这样的诗。你们因不知诗,所以见了这浅近的就爱,一入了这个格局,再学不出来的。你只听我说,你若真心要学,我这里有《王摩诘全集》,你且把他的五言律读一百首,细心揣摩透熟了,然后再读一二百首老杜的七言律,次再李青莲的七言绝句读一二百首。肚子里先有了这三个人作了底子,然后再把陶渊明、应玚、谢、阮、庾、鲍等人的一看。你又是一个极聪敏伶俐的人,不用一年的工夫,不愁不是诗翁了!"①

又第五十二回:

宝钗因笑道:"下次我邀一社,四个诗题,四个词题。每人四首诗,四阕词。头一个诗题《咏〈太极图〉》,限一先的韵,五言律,要把一先的韵都用尽了,一个不许剩。"宝琴笑道:"这一说,可知是姐姐不是真心起社了,这分明难人。若论起来,也强扭的出来,不过颠来倒去弄些《易经》上的话生填,究竟有何趣味。……"②

蔡义江已指出此处"限一先的韵",是对以"吴八庚"为代表之清人炫学诗的批评。③ 尽管"吴八庚"(还包括后来阮元门下的"朱四支"等)时间在《红楼梦》成书之后,且双方应无交集,但曹雪芹却处在这一文化背景下,料无争议。"弄些《易经》上的话生填"一类事迹,在乾嘉时期固然有"鲍夕阳"一类作家作品,而曹雪芹更有可能接触到的则是尤侗的《论语诗》《学庸孟子诗》等

---

① 曹雪芹著,脂砚斋评,吴铭恩汇校:《红楼梦脂评汇校本》,第621—622页。
② 曹雪芹著,脂砚斋评,吴铭恩汇校:《红楼梦脂评汇校本》,第669页。
③ 蔡义江:《红楼梦诗词曲赋鉴赏》,中华书局2001年版,第476页。

以八股法写作诗歌的作品。其远源则也许是《性理吟》之类理学家说教作品。①

又若《红楼梦》第七十五回：

> 只不许用那些冰玉晶银彩光明素等样堆砌字眼，要另出己见。②

疑似与欧阳修《六一诗话》所载"九僧搁笔"故事互文，实际上凸显出贾宝玉的诗才与个性。

复如《红楼梦》第二十一回，写到贾宝玉续《庄子·胠箧》及林黛玉"作践南华庄子"的相关情节。③贾宝玉续作第一句的句式是仿《胠箧》此前的"擺工倕之指，而天下始人含其巧矣"。然后省去"故曰：大巧若拙"六字，其他句式基本与引文完全相同。《庄子因》恰好对此有明确评述，称"多着'大巧若拙'四字，便觉文字不排"④，下又说"颠倒出之，此化板为活法也"⑤。"化板为活法"乃是评点惯用名词，大意即通过语句的节奏变化以达到错落之美。而"文字不排"，很可能即针对八股笔法而言，认为这是"古文"胜于"时文"之特色。而贾宝玉省去此六字，恰好亦落入时文窠臼之中了。从文献学角度推想，贾宝玉所省之六字很有可能是《庄子》原书的衍文；且续书也并无亦步亦趋的必要。但是，在《庄子因》的评点中，这六字已具有文章学的意义，实颇为重要；而贾宝玉这段明确涉及"庄子因"的续文，却恰巧省掉此六字，那么其间就很可能具有互文关系。换言之，贾宝玉续作省去"故曰：大

---

① 周汝昌认为或调侃康熙十二年（1673）命熊赐履等进"太极图论"事。周汝昌：《红楼梦新证（增订本）》，第232页。
② 曹雪芹著，脂砚斋评，吴铭恩汇校：《红楼梦脂评汇校本》，第990页。
③ 曹雪芹著，脂砚斋评，吴铭恩汇校：《红楼梦脂评汇校本》，第289页。
④ 林云铭：《庄子因》，华东师范大学出版社2011年标点本，第103页。
⑤ 林云铭：《庄子因》，第103页。

巧若拙"六字，很可能正是"作践南华庄子因"的体现形式之一，即《庄子因》的评点已属"作践"（因其虽讲"古文"，但实际却是"时文"），而贾宝玉的续书还不及《庄子因》批评的末流。很可能与这些读者一样，是认为《庄子因》有八股气息，故将其看成是作践《庄子》原书的劣作。①

此外又若，《红楼梦》第十七回至第十八回写到元春归省的盛况，作者有言："本欲作一篇《灯月赋》《省亲颂》，以志今日之事，但又恐入了别书的俗套。按此时之景，即作一赋一赞，也不能形容得尽其妙。即不作赋赞，其豪华富丽，观者诸公亦可想而知矣。所以倒是省了这工夫纸墨，且说正经的为是。"② 固不排除有藏拙之意，但也足见，对于文体兼容在具体运用中容易流于"俗套"的危险，曹雪芹有着深入的认识，是以《红楼梦》中虽容纳多种文体，却无繁冗之弊病。吴敬梓在《儒林外史》创作中也较少掺杂其他文学创作，或许亦是意识即此而预加避免。而《野叟曝言》《镜花缘》之类才学小说，则往往过度炫才逞博，乃至影响叙事。但其中有的用法也有特色，无须全盘抹杀。

比如《野叟曝言》的开篇便论《黄鹤楼》云：

这首律诗，乃唐诗人崔颢所作。李太白是唐朝数一数二的才人，亦为之搁笔。后人遂把这诗来冠冕全唐。论起崔颢的诗才，原未能优于太白；只因这一首诗做得好，便觉司勋身分，比青莲尚高一层。固是太白服善，亦缘这诗实有无穷妙处，故能压倒青莲。无奈历来解诗之人，都不得作诗之意，自唐及今，无人不竭力表扬，却愈表愈蒙；崔颢的诗名日盛一日，其心反日晦一日。直到本朝成化年间，一位道学先生，把这首诗解与

---

① 说详张昊苏《"作践南华庄子"考——兼及〈红楼梦〉涉〈庄〉文本的学术意义》，《明清小说研究》2019年第3期。
② 曹雪芹著，脂砚斋评，吴铭恩汇校：《红楼梦脂评汇校本》，第237页。

人听。然后拨云见天,才知道青莲搁笔之故。作者之心,遂如日临正午,月到中天!正是:

不得骊龙项下珠,空摹神虎皮中骨。

这诗妙处,全在结末二句。从来解诗者,偏将此二句解错,所以意味索然。何尝不众口极力铺张,却如矮子观场,痴人说梦,搔爬不着痒处,徒惹一身栗块而已。道学先生解曰:"此诗之意,是言神仙之事,子虚乌有,全不可信也。'昔人已乘白云去',曰'已乘',是已往事,人妄传说,我未见其乘也。'此地空余黄鹤楼',曰'空余',是没巴鼻之事,我只见楼,不见黄鹤也。黄鹤既'一去不复返',则白云亦'千载空悠悠'而已!曰'不复',曰'空余',皆极言其渺茫,人妄传说,毫没巴鼻之事,为子虚乌有,全不可信也!李商隐诗:'青雀西飞竟未回,君王长在集灵台',疑即偷用此颈联二句之意。'晴川历历',我知为'汉阳树';'芳草青青',我知为'鹦鹉洲'。至昔人之乘白云,或乘黄鹤,则渺渺茫茫,我不得而知也!痴人学仙,抛去乡关,往往老死不返。即如'此地空余黄鹤楼',而昔人竟永去无归,我当急返乡关,一见父母妻子,无使我哀昔人,后人复哀我也!故合二句曰:'日暮乡关何处是?烟波江上使人愁'!'愁'字将通篇一齐收拾,何等见识,何等气力,精神意兴何等融贯阔大!掀翻金灶,踏倒玉楼,将从来题咏一扫而空,真千古绝调!宜太白为之搁笔也!若上句解作昔人真正仙去,则诗中连下'空余','空悠悠'等字,如何解说?且入仙人之境,览仙人之迹,当脱却俗念,屏去尘缘,如何反切念乡关,且乡关不见而至于愁也?愁字,俗极,笨极。愁在乡关,更俗,更笨!无论青莲断无搁笔之理,中晚诸公,亦将握管而群进矣!"[①]

[①] 夏敬渠:《野叟曝言》,第1—2页。

以诗论引出道学，角度新奇。其内容很可能亦是从夏敬渠论诗文字中摘出者，则此段既为讨论诗歌章法的文学批评，又系具有情节意义的文学创作。王琼玲更认为金性尧《唐诗三百首新注》即受到了夏敬渠此论的影响。① 又，夏敬渠与沈德潜等诗家友善，曾著有《唐诗臆解》二卷（今不存）。潘永季《经史余论序》（乾隆十五年作，1750）中称《唐诗臆解》"空前人诸解之解也"，复称其"解《秋兴八首》，知前人笺注皆痴人说梦"②，则友朋推重可见。《野叟曝言》第十回，写文素臣为法雨讲作诗起承转合及古文三昧，料亦是其平生得意之见。故，小说中诗论文字可代表夏敬渠平日之诗论，且在其交游圈中产生一定影响，则亦为这一时期诗学思想的资料。

再略讨论小说本身在创作过程中的雅文学化，即集成了诗、史、古文等文体的写作规律，而重新复归类似于唐传奇"史才、诗笔、议论"的文备众体特质。

不论是从作者知识结构抑或宣传策略出发，在通俗小说中标举其雅化特征都是一件基本的常识。至晚在李渔、金圣叹、毛氏父子的俗文学批评中，就已经创造性地化用文章学批评术语，形成有相当具备理论价值的论述了。乾嘉时期的小说则为后世的接受者提供了更多的文本细读空间。

如脂砚斋批评《红楼梦》就有不少论述乃借用文章学术语，更直接地说，即效法了金圣叹等俗文学批评家的思路与观念。如甲戌本第一回眉批：

> 事则实事，然亦叙得有间架、有曲折、有顺逆、有映带、有隐有见、有正有闰，以致草蛇灰线、空谷传声、一击两鸣、明修栈道、暗渡陈仓、云龙雾雨、两山对峙、烘云托月、背面傅粉、千皴万染诸奇。书中之秘法，亦不复少。余亦于逐回中

---

① 王琼玲：《夏敬渠与野叟曝言考论》，第 335 页。
② 夏敬渠：《浣玉轩集》卷首，第 2 页上。

搜剔刳剖，明白注释，以待高明，再批示误谬。①

此类批评术语固然多非批者原创，但运用甚为频繁，足见批者着力探求《红楼梦》小说的结构，这也是早期《红楼梦》评点本的惯用思路。如张新之（太平闲人）的《石头记读法》、王希廉（护花主人）的《护花主人总评》等，均细致探讨《红楼梦》的章法，《护花主人摘误》更详细辨明细节中不合榫之处，这些评点的精粗固有上下区别，但以章法、结构、纲领等古文术语批评小说，则颇为一致。顺带一提，当代学者对《红楼梦》的章法研判甚细，浦安迪甚至提出了一种"奇书文体"的结构②，这至少部分地说明了《红楼梦》等长篇小说是可以寻出章法或结构模式的，这一模式的近源可能如浦安迪所说，是明代"四大奇书"，而远源则当然是古文、诗文的一些文章学理论。

《野叟曝言》的评点更为明显，每回均有相当长篇幅的总评，也颇长于用文章学笔法探讨小说结构，可见其古文修养。对前后章法结构阐述细致，盖对小说极为熟悉。"此书原本评注俱全"③，评点者很可能与作者颇有因缘，故所论往往有独特之见解。

今之研究者，还认为《红楼梦》有"诗化风格"。较有代表性的如《中国小说通史·清代卷》，其中言：

> 小说的诗化风格，首先引人注目地体现于作品中相当数量的诗词。……都给人留下了难忘的印象，大大增强了作品感荡人心的力量：另一方面，这些诗作又多能有效地服务于作品的叙事——或用来象征人物命运，或用来揭示人物性格，它们并没有如中国古代其他小说中的诗词那样往往游离于小说的叙事，

---

① 曹雪芹著，脂砚斋评，吴铭恩汇校：《红楼梦脂评汇校本》，第7页。
② 参见浦安迪《中国叙事学》，北京大学出版社2018年版，第84—85页。
③ 夏敬渠：《凡例》，《野叟曝言》，第3页。

而是与作品整体的氛围融合无间，成为作品叙事肌理的有机组成部分，充分地发掘了长篇小说这叙事文体可兼备众体之长的表现潜力。

而《红楼梦》小说的情韵——它的抒情色彩，它的诗化特征，并不仅仅体现于表面的诗词的运用，更重要的是作品总体上情怀的诗化。如对青春的热烈咏叹，对爱情的讴歌：西厢记妙词通戏语，秋爽斋偶结海棠社，栊翠庵茶品梅化雪，琉璃世界白雪红梅，脂粉香娃割腥啖膻，芦雪庵争联即景诗，憨湘云醉眠芍药裀，呆香菱情解石榴裙，寿怡红群芳开夜宴，以及宝钗扑蝶，龄官画蔷，晴雯补裘……这些场景无不洋溢着青春的诗情，动人的情怀。……

《红楼梦》情怀的诗化遍及于小说的各个因素之中。如人物的诗化、环境的诗化、事件的诗化等等。人物的诗化既体现在人物容貌、服饰的诗化描写上，也体现在人物品格性情的诗化上，如黛玉的风神飘逸，如湘云的浑朴烂漫，如香菱的纯洁天真，等等。这种对人物的诗化描写，可以理解为对贵族家庭内人物生活及文化素养的怀旧写实，但更是作者寄托理想的结果。除了人物，小说中的环境描写也同样富于诗情。在"大观园试才题对额"一回中，作者引导读者随着贾政、宝玉父子一行的步履，尽情欣赏了春光明娟中丝垂翠缕、葩吐丹霞的古典园林之美。更难得的是，在叙众女儿搬入大观园后，无论是写潇湘馆的凤尾森森、龙吟细细，还是状秋挺斋的疏朗阔大，或者蘅芜院如雪洞般的素净，都在保持诗化格调的同时，承担着隐喻人物品格的叙事功能。……这种以诗意情怀来统驭小说叙述的手法，亦超越了以往中国古代白话小说重质实轻写意的叙述传统，一定程度上具有了现代小说的审美特征。[①]

[①] 李剑国、陈洪主编：《中国小说通史·清代卷》，第1420—1421页。

这些论断当然是现代人对《红楼梦》的再认识，但如果说《红楼梦》本身具有诗意，应该也无问题——从当时人之题咏、评点就已可窥见一斑。

要言之，通过前文的论述可以发现，在乾嘉时期的白话长篇小说中，文体兼容与题材混融现象均颇为明显。考虑到"文备众体"一词本身的歧义性，前文尽量规避了这一用法；但客观来说，"文备众体"所可能指涉的多种角度，在这一时期的作品中均有相应的体现。在古典白话小说发展史上，称为"集大成"当无疑义。而且，正是在此"集大成"之背景下，作家多以小说创作为毕生事业，使之成为一种堪与雅文学对峙的新兴文体。尽管并未明说，但一定程度上确实暗含了文体自觉和雅文学化的倾向。

第三节　文言叙事文学的体制创新

与近代以来"文学"史面临的问题一样，"小说"这一文体的名实错位也是始终未能得到彻底解决的问题。这一方面是近代以来古今中西学术碰撞后产生的新困境；另一方面：在我国传统小说观念中，也颇多含混杂糅之处。随着白话文学兴起，"小说"一词逐渐在文学意义上转向纯文学，即指涉一种虚构性的散体叙事文学。但这种名实相符似仅停留在部分白话小说批评家的具体论述中，并非社会普遍共识，甚至很难说可算小说作家与小说读者的共识。本书所采取的文学思想史研究方法，是一种以合乎今天标准之"文学"为主要研究对象的研究范式，故就理论上来讲无疑应该对"小说"表述有所去取。在白话小说方面，由于相关创作与理论批评均已颇似现代定义，这一选择似乎无甚特别困难。然而何为"文言小说"则似乎尚多争议，故本节题目亦相应使用"文言叙事文学"一词。

究其原因，古典目录学的"小说家"分类，及其所涉的"小说"观念，当为其中重要因素。从形式上说，目录学虽仅是一种图书分类的利便方法，但实际上却已起到建构学术史和知识仓库的功用，成为一般士人理解知识体系的重要工具。《汉书·艺文志》在"诸子略"设立小说家一类，既将小说文本正式安放入官方钦定的知识仓库，同时又引发了后世的诸多混乱。一方面，由于历代目录十九皆将小说家归入子部，故尽管在社会上已将"小说"看作一种文学形式，但按照官方学科体系，则仍没有在文学角度对其有所确认。列入子部，或许部分地出于对其"一家之言"性质的认知，但更重要的并不是目录学将小说家列入子部，而是尽管历代目录学者曾多次声明小说与史学、文学的关系，但却并没有将其列入史部与集部。换句话说，从目录学角度看，小说不论具有何种性质，但有一点是不变的：其自始至终都是被黜落的文本，即"微小的说"，这亦即其立类的核心。而这不仅不具备文体分类的意义，同时也并非严格的、具有边界的分类。当代文言小说研究者多以历代公私书目"小说家"类的著录为基准确定文言小说的大致范围，再在此基础上加以去取。这当然是快速确定基本资料的重要手段，但由于对"小说"的定义不同，故所接受的应该只是资料本身而非具体观念，否则便难以循名责实。故以笔者来看，许多入选于小说史的作品，尽管文学性亦颇强，但因并不甚符合现代的小说定义，似不应列于小说史的主要研究对象。相反，一些并未曾列入小说家类的著作，由于符合基本定义，则应列入小说史的考察。通过对这些"小说家"文本的扬弃，方能更好地开展新的研究，小说史本身应有其方法与限度，削足适履虽然难免，但并非长久之计。因此，本格的小说史研究应该是按照现有确定的小说标准，以择取研究的对象，本书也沿用的是此思路，即将"文言小说"定义为文言写作的虚构性、传闻性叙事文学。① 当然，尽管"小说"本身是后设的概念，但简单粗暴地以今

---

① 这里借鉴了李剑国的定义，参见李剑国《文言小说的理论研究与基础研究——关于文言小说研究的几点看法》，《文学遗产》1998年第2期。

律古是一种有风险的做法，在实际操作中应该留出适当的边界，以追求还原与建构之间的相对平衡。

就学理而言，目录学对小说家的态度并不是一种有价值的文学论述，不仅并非今天文学意义上的文体，同时也多不是一种合理的分类。但是考虑到其在古代社会所产生的重要影响，实际上在相当程度上对小说文体产生影响，故就不得不对其加以检讨，并收入到文学思想研究的范围中来。重新研讨"集大成"时期的乾嘉文言叙事文学面貌，则为解决上述问题的重要角度之一。这一时期的小说创作者、批评家有哪些新的小说思想观念？其对文言小说的认知与其他文体有何关联？都是颇值深思的问题。

对此，学界业已出现若干论述，如对《四库总目》[①]及纪昀[②]等代表性著作、人物之小说观的研讨，或对乾嘉时期文言叙事文学的创作倾向、叙述形式，均有相当丰富的论述[③]，而本文除部分观点与前贤有所差别外，还旨在对创作、批评两方面展开综合性论述，重点拈出乾嘉时期与此前、此后颇有差异的若干新变，以为乾嘉时期文学思想研究之一助。

重新研讨"集大成"时期的乾嘉文言叙事文学面貌，则为解决上述问题的重要角度之一。这一时期的小说创作者、批评家有哪些

[①] 近年来的相关讨论可参考 宋世瑞、刘远鑫：《"说部"与"小说"：〈四库全书总目〉之小说异名状态辨》，《文艺评论》2016年第10期；赵涛：《〈四库全书总目〉的小说思想探源》，《河南大学学报》（社会科学版）2017年第4期；温庆新：《试论政教视域下的〈四库全书总目〉小说观念》，《图书馆工作与研究》2015年第10期；温庆新：《试论〈四库全书总目〉对明代小说的评骘与缘由》，《扬州大学学报》（人文社会科学版）2018年第3期。

[②] 近年代表性研究可参考杨子彦《纪昀文学思想研究》第五章"理：纪昀的小说观念与创作"，中国社会科学出版社2015年版；吴兆路：《纪昀笔记体小说及其写作思想的再认识》，《四库学》2017年第2期；刘晓军：《纪昀"著书者之笔"说考论》，《中山大学学报》（社会科学版）2019年第1期等。

[③] 如詹颂《乾嘉文言小说研究》对这一时期的文言小说创作及类型有相当详细的讨论，并对此前清代小说史的若干观念给予了拨正，但其论述重点主要在小说创作层面。

新的小说思想观念？其对文言小说的认知与其他文体有何关联？都是颇值深思的问题。

乾嘉时期，能代表主流或"官学"小说观念的无疑是《四库全书总目》（初成于乾隆四十六年，1781），本身既系具有相当学术高度的目录学名著，同时又是这一时期官方文化学术观念的集大成代表，其对小说的定义与分类观念、对相关著录与存目的选择，无疑代表了官方意识形态和主流考据学界的普遍认知，同时亦对这一时期的文学思想施加压力。其著录仅及于文言文本，此固然是官修目录的题中之义，然也因此对于文言小说的影响乃格外显豁。且《四库全书总目》的重要统稿者纪昀（1724—1805），本身又有《阅微草堂笔记》这一重要的文言小说著作，则其间的联系是显而易见的。在混沌的官方文言小说观念之下，文言小说的创作自觉是否展现、何以展现？这是笔者所关注的重要问题。

《四库全书总目》子部类总叙云：

> 自六经以外立说者，皆子书也。其初亦相淆，自《七略》区而列之，名品乃定。其初亦相轧，自董仲舒别而白之，醇驳乃分。其中或佚不传，或传而后莫为继，或古无其目而今增，古各为类而今合，大都篇帙繁富。可以自为部分者，儒家以外有兵家，有法家，有农家，有医家，有天文算法，有术数，有艺术，有谱录，有杂家，有类书，有小说家，其别教则有释家，有道家，叙而次之，凡十四类。儒家尚矣。有文事者有武备，故次之以兵家。兵，刑类也。唐虞无皋陶，则寇贼奸宄无所禁，必不能风动时雍，故次以法家。民，国之本也；谷，民之天也；故次以农家。本草经方，技术之事也，而生死系焉。神农黄帝以圣人为天子，尚亲治之，故次以医家。重民事者先授时，授时本测候，测候本积数，故次以天文算法。以上六家，皆治世者所有事也。百家方技，或有益，或无益，而其说久行，理难竟废，故次以术数。游艺亦学问之余事，一技入神，器或寓道，

故次以艺术。以上二家，皆小道之可观者也。诗取多识，易称制器，博闻有取，利用攸资，故次以谱录。群言歧出，不名一类，总为荟萃，皆可采撷菁英，故次以杂家。隶事分类，亦杂言也，旧附于子部，今从其例，故次以类书。稗官所述，其事末矣，用广见闻，愈于博弈，故次以小说家。以上四家，皆旁资参考者也。二氏，外学也，故次以释家、道家终焉。夫学者研理于经，可以正天下之是非；征事于史，可以明古今之成败；馀皆杂学也。然儒家本六艺之支流，虽其间依草附木，不能免门户之私。而数大儒明道立言，炳然具在，要可与经史旁参。其余虽真伪相杂，醇疵互见，然凡能自名一家者，必有一节之足以自立，即其不合于圣人者，存之亦可为鉴戒。虽有丝麻，无弃菅蒯；狂夫之言，圣人择焉。在博收而慎取之尔。①

在《四库全书总目》子部所分之十四类中，小说家仅在释、道外学之前，而排在其他类目之后。因释、道是无意于世的外道之书，又别有藏，故历代目录多将其退于类末。所以事实上相当于小说家在子部中地位最低，馆臣评之云"稗官所述，其事末矣，用广见闻，愈于博弈"，盖认为其仅有广见闻的作用。

在小说家序文中，则更具体地言及《四库全书总目》对小说的基本定义、分类方式与选择标准：

张衡《西京赋》曰：小说九百，本自虞初。《汉书·艺文志》载虞初《周说》，九百四十三篇，注称武帝时方士，则小说兴于武帝时矣。故伊尹说以下九家，班固多注依托也。（《汉书·艺文志注》，凡不著姓名者，皆班固自注。）然屈原《天问》，杂陈神怪，多莫知所出，意即小说家言。而《汉志》所载《青史子》五十七篇，贾谊《新书·保傅篇》中先引之，则

---

① 永瑢：《四库全书总目》，第 769 页。

其来已久，特盛于虞初耳。迹其流别，凡有三派，其一叙述杂事，其一记录异闻，其一缀辑琐语也。唐、宋而后，作者弥繁。中间诬谩失真，妖妄荧听者固为不少，然寓劝戒，广见闻，资考证者亦错出其中。班固称小说家流盖出于稗官，如淳注谓王者欲知闾巷风俗，故立稗官，使称说之。然则博采旁搜，是亦古制，固不必以冗杂废矣。今甄录其近雅驯者，以广见闻，惟猥鄙荒诞，徒乱耳目者则黜不载焉。①

可见，就其根本甄录标准而言，是收录雅驯能广见闻者，相对言即黜落荒诞猥鄙者。故《四库全书总目》的小说观念首先是反对虚构性，认同征实性，仅此一点就足以说明其并非现代意义的"小说"，而是以唐宋时期的"说部"为标准。作为旁证，时人类似观点亦颇多，若王昶（1725—1806）《汪秀峰〈田居杂记〉序》云："古之志经籍艺文者，以经、史、子、集为篇第。而子集中小说一类，杂出于兵、农、名、法之间。六朝以降，子录益少，小说愈繁，而作史者不能遗也。盖以记遗闻，传轶事，既可补史官之缺，其醇者且足以为世法戒。故如语林、世说、杂记、丛谭、启颜、炙毂、琐录、新闻诸书，旁见侧出，好奇嗜异之士往往博求于此。"② 方东树（1772—1851）在《书林扬觯·说部著书第十三》中引欧阳修《归田录序》，并评论说"此说部书之凡例也……盖说部书为子部杂家，或为史氏所采，即是著书立言之义，固不可苟"③，均证明这一小说观念实为乾嘉时人的普遍观念。

《四库全书总目》中所分的杂事、异闻、琐语三类，因编目所需，故较一般泛论稍细。其内容虽在部分方面合乎今天的小说（或云叙事文学）标准，但其中的虚构部分却并非馆臣所关注者。从目

---

① 永瑢：《四库全书总目》，第 1182 页。
② 王昶：《春融堂集》，第 689—690 页。
③ 方东树：《书林扬觯》，第 83 页。

录学类目来说,《四库全书总目》所注意者,亦仅在于杂史、杂家、小说三类的判分,而以小说为其中之最低者。

如《四库全书总目》论杂事之属,言:

> 案纪录杂事之书,小说与杂史最易相淆。诸家著录,亦往往牵混。今以述朝政军国者入杂史,其参以里巷闲谈词章细故者则均隶此门。《世说新语》古俱著录于小说,其明例矣。①

这一见解在《四库全书总目》杂史类叙中有明文,云:"杂史之目,肇于《隋书》。盖载籍既繁,难于条析。义取乎兼包众体,宏括殊名。故王嘉《拾遗记》、《汲冢琐语》得与《魏尚书》、《梁实录》并列,不为嫌也。然既系史名,事殊小说。著书有体,焉可无分。今仍用旧文,立此一类。凡所著录,则务示别裁。大抵取其事系庙堂,语关军国。或但具一事之始末,非一代之全编;或但述一时之见闻,只一家之私记。要期遗文旧事,足以存掌故,资考证,备读史者之参稽云尔。若夫语神怪,供诙啁,里巷琐言,稗官所述,则别有杂家、小说家存焉。"② 这里的辨析应该说是相当清晰,即杂史实际上是能够关系历史重大事件的小说。此外还可旁参《南唐近事》等提要,对有杂史、小说之间有具体的辨析③,可知此是馆臣一以贯之之说。

故《四库》著录的杂事类小说颇近似一种体例较低级的杂抄性史料④,其价值亦在"寓劝戒,广见闻,资考证"之类,实际即很

---

① 永瑢:《四库全书总目》,第1204页。
② 永瑢:《四库全书总目》,第460页。
③ 永瑢:《四库全书总目》,第1188页。
④ 张舜徽指出"子部之有小说,犹史部之有史钞也……顾世人咸知史钞之为钞撮,而不知小说之亦所以荟萃群言也。……后世簿录家率以笔记丛钞之书入于此门……"其说甚为有识,但古人恐不能有此明确的认知。张舜徽:《旧学辑存》,华中师范大学出版社2008年版,第1067页。

类似今之"史料笔记"。又《明皇杂录、别录》提要言:"则处诲是书亦不尽实录。然小说所记,真伪相参,自古已然,不独处诲。在博考而慎取之,固不能以一二事之失实,遂废此一书也。"①《因话录》提要言:"故其书虽体近小说,而往往足与史传相参。"②《渑水燕谈录》提要言:"野史传闻,不能尽确,非独此书为然。取其大致之近实可也。"③ 凡此种种,皆实际上将杂事类小说目为野史,故重在探讨其史料价值。以史料学的角度观察"史料笔记"当然无可厚非,但这实际上遮蔽了"小说家"的特殊性,亦未虑及小说作者不同写作理念的问题。

进而,评价"小说"的标准是看是否能够跳出"小说窠臼",可见"小说"本身是一个负面价值的词语,所以被认为先天具有虚构诬枉等劣处。这一"劣处"实际即虚构性,在文学创作中本是优点,但按照《四库全书总目》所揭示的征实性小说观念,只有尽量驱除这些创作,方有得到认可的可能。这用来衡量杂史笔记一类书自然合理。且《四库全书总目》所著录者,合乎现代意义小说者似本在少数,并又有"小说家言……不能尽绳以史传"之类的言论,故亦不必特别苛责。然而其名既同,这一对"小说"的评说实际上影响及于文言小说的创作。

至其异闻一类,《山海经》提要云:

> 然道里山川,率难考据,案以耳目所及,百不一真,诸家并以为地理书之冠,亦为未允。核实定名,实则小说之最古者尔。④

出于类似理由列入小说家者尚有《穆天子传》《神异经》《海内

---

① 永瑢:《四库全书总目》,第 1184 页。
② 永瑢:《四库全书总目》,第 1184 页。
③ 永瑢:《四库全书总目》,第 1190 页。
④ 永瑢:《四库全书总目》,第 1205 页。

十洲记》等书。

事实上，此类观念在小说理论史上本来常见，文言小说创作中所涉的虚实问题，亦多类此。然而小说创作者、批评者之言此，或更多地出于辩护策略，其文本自身的虚构性确极明显。但当小说与杂史、杂说之类混淆同观后，则其作为叙事文学的特性便易于隐而不彰，而更贴近于今天所认为的笔记。更具体地说，则是征实（相对杂史）、议论（相对杂说）比例的增加。前者可认为是虚构性本身的倒退，后者则是叙事性的削弱。

故这一时期虽亦有名家名篇，但由于束缚甚多，故就传统既有的文言小说而言，殊乏《聊斋志异》之类在创作思想上有所突破者。在这里，小说批评、小说创作思想具有某种形式的同构关联。如纪昀《阅微草堂笔记》，前贤多谓其笔法学习晋宋，作为"尚质派"与"藻绘派"的《聊斋志异》双峰并峙，此已成为文学史的基本命题。就文章笔法来说诚然如此，但若就文言小说这一文体的观念来说，则其文章笔法恐怕并无与于小说性，不论如何从文章角度评价《阅微草堂笔记》，其在文学思想角度都是有所倒退的。更进一步说，这些作品尽管应属叙事文学，但其究竟是否合乎前文所提及的严格意义上的"小说"，仍在疑似之间。这一见解也适用于其他公私书目著录的"杂事""琐语"之书。

纪昀对于之文言小说之思想，及其写作《阅微草堂笔记》之宗旨，实可与《四库全书总目》相关观念相参照。纪昀弟子盛时彦《姑妄听之跋》（嘉庆五年作，1800）所引纪昀对《聊斋志异》的批评，乃是文学批评史上一份重要文献，其言云：

> 先生尝曰："《聊斋志异》盛行一时，然才子之笔，非著书者之笔也。虞初以下，干宝以上，古书多佚矣。其可见完帙者，刘敬叔《艺苑》、陶潜《续搜神记》，小说类也，《飞燕外传》、《会真记》，传记类也。《太平广记》，事以类聚，故可并收。今一书而兼二体，所未解也。小说既述见闻，即属叙事，不比戏

场关目，随意装点。伶玄之传，得诸樊嫕，故猥琐具详，元稹之记，出予自述，故约略梗概。杨升庵伪撰《秘辛》，尚知此意，升庵多见古书故也。今燕昵之词，媒狎之态，细微曲折，描摹如生。使出自言，似无此理，使出作者代言，则何从而闻见之？又所未解也。留仙之才，余诚莫逮其万一，惟此二事，则夏虫不免疑冰。刘舍人云：'滔滔前世，既洗予闻，渺渺来修，谅尘彼观。'心知其意，傥有人乎？"①

这段言论虽不出纪昀亲笔，但乃弟子引述师说，也确合乎其文学思想观念。其中谓"小说既述见闻，即属叙事，不比戏场关目，随意装点"，即谓小说应叙见闻，以见著者征实态度，不可用传奇体写小说。②《四库全书总目》有"词尤鄙俚，皆近于委巷之传奇，同出依托，不足道也"③（《海山记》一卷、《迷楼记》一卷、《开河记》一卷提要）、"至开封尹李伦被摄事，连篇累牍，殆如传奇。又唐人小说之末流，益无取矣"④（《昨梦录》提要）等表述，皆深责小说之近乎"传奇"者为不合著述之体。《四库全书总目》对唐宋传奇多所贬黜，思想是一以贯之的。而其以《山海经》为"小说之最古者"，更可看出其小说观念的杂糅，特别是其中对文学小说的特别抵制。

又如，纪昀在《滦阳消夏录》序（乾隆五十四年作，1789）亦云：

昼长无事，追录见闻，忆及即书，都无体例。小说稗官，

---

① 纪昀：《纪晓岚文集（第二册）》，第492页。
② 笔者还发现，谭帆指出纪昀这里的"叙事"乃谓笔记体小说属于"述见闻"的叙事传统。参见谭帆《"叙事"语义源流考——兼论中国古代小说的叙事传统》，《文学遗产》2018年第3期。
③ 永瑢：《四库全书总目》，第1216页。
④ 永瑢：《四库全书总目》，第1217页。

知无关于著述；街谈巷议，或有益于劝惩。①

谓小说并非著述，类似见解别见《四库全书总目·笔史提要》："杂引故典，抄撮为书，不以著作论也。"② 但纪昀这里本质上仍是先留余地的自谦之辞，盖仍有意于以此为著述。在消遣之余而寄托劝惩乃是纪昀著书的主要宗旨。而"追录旧闻"③ 一类话在《姑妄听之》序（乾隆五十八年作，1793）中也有所出现，足见是其反复陈说的对象。这些虽然是小说家惯用套语，但若结合《四库全书总目》的相关评价，以及纪昀对所著内容的认知来看，则可认为其至少在相当程度上确以所书写之内容为真实，而相对缺乏有意识的创作与虚构。值得注意的是，《阅微草堂笔记》所写虽系具有传奇性的内容，但纪昀却在尽力使这些神怪之事可以被读者（也同时即纪昀自己）得到事实和道德上的双重理解。乾嘉朴学家运用考据学以研判经典正义，得儒经义理之本真；纪昀的文言小说实践则告诉我们，按照这一逻辑继续延展，朴学者还可以运用程朱理学为工具，以征实之学理解神怪世界的诸多可能性，也即由字以通其词，由词以通其道④，由道以通怪力乱神。

从"文体"论，《阅微草堂笔记》在行文和内容方面，亦确合乎其"笔记"之体，不尽为叙事文学。足见，作者的创作自觉是撰写一部"笔记"——这当然大致可归入《四库全书总目》所说"说部""小说"之类，但并不能在文学思想上简单等同于隶属于古代文学的文言小说。

即就今天看来合乎叙事文学标准的篇目来看，纪昀也往往特别标举其征实性，以与虚构作品相区别。如《槐西杂志》卷二，有一则"狐女人心"故事言：

---

① 纪昀：《纪晓岚文集（第二册）》，第1页。
② 永瑢：《四库全书总目》，第1235页。
③ 纪昀：《纪晓岚文集（第二册）》，第375页。
④ 戴震：《与是仲明论学书》，《戴震集》，第183页。

皆谓此狐非惟形化人，心亦化人矣。或又谓狐虽知礼，不至此，殆平宇故撰此事，以愧人之不如者。姚安公曰："平宇虽村叟，而立心笃实，平生无一字虚妄。与之谈，讷讷不出口，非能造作语言者也。"①

将此类表述理解为作者的真实态度（而非保护色），在《阅微草堂笔记》中还有众多旁证。除纪昀自题"前因后果验无差"② 之诗外，如《滦阳消夏录》卷四还有数例：

轮回之说，儒者所辟。而实则往往有之，前因后果，理自不诬。③

其中必有理焉，但人不能知耳。宋儒于理不可解者，皆臆断以为无是事，毋乃胶柱鼓瑟乎？④

因果轮回、鬼神妖怪之有无，在《阅微草堂笔记》中有相当多的讨论，例多不遑尽引，此仅略撷数则，以见纪昀支持其说的态度。⑤ 此外在《四库全书总目》中亦有类似之例。如《还冤志》提要云：

故此书所述，皆释家报应之说。然齐有彭生，晋有申生，

---

① 纪昀：《纪晓岚文集（第二册）》，第 276 页。
② 纪昀：《纪晓岚文集（第二册）》，序第 1 页。
③ 纪昀：《纪晓岚文集（第二册）》，第 66 页。
④ 纪昀：《纪晓岚文集（第二册）》，第 79 页。又按，本卷中"武邑某公"一则故事恰好是讽刺道学家不信鬼神是虚谈高论。纪昀：《纪晓岚文集（第二册）》，第 73 页。
⑤ 钱大昕认为"始为轮回之说者……驱斯世而入于禽兽者乎"，乃最为明显的对立。钱大昕：《潜研堂集》，第 36 页。

郑有伯有，卫有浑良夫，其事并载《春秋传》。赵氏之大厉，赵王如意之苍犬，以及魏其、武安之事，亦未尝不载于正史。强魂毅魄，凭厉气而为变，理固有之，尚非天堂地狱，幻杳不可稽者比也。其文词亦颇古雅，殊异小说之冗滥，存为鉴戒，固亦无害于义矣。①

此即谓魂魄可信，而天堂地狱等不可信。复察夏敬渠（1705—1787）《野叟曝言》中，持理学家观念，严拒佛教因果，但其中亦多语怪力乱神，惟以儒家之"理"讲之，便成道学/经学。两书所不同者，《阅微草堂笔记》旨在会通三教于一辙，而《野叟曝言》则独尊儒术严斥释道。且按《阅微草堂笔记》中之观念，即不可信者，如能有益教化，也不妨姑且信其有，如《滦阳消夏录》卷五：

余谓忠孝节义，殁必为神。天道昭昭，历有证验。此事可以信其有。即曰一人造言，众人附和，"天视自我民视，天听自我民听"。人心以为神，天亦必以为神矣，何必又疑其妄焉。②

此正所谓"六合之中，圣人存而不论"③。

不过，纪昀虽有以因果轮回为征实的思想，在当时却并未被读者所特别认同，其写作中娱乐嬉笑的面向被当作他的主要创作心理。而这一时期与官方小说观念相异，而有意识创作文学意义上的文言小说者尚有袁枚、沈起凤等。在王昶的观念中，三书的性质并无本质差别，均以空谈寓言为主。他指出：

余观近日士大夫端居多暇，辄喜研弄翰墨，以自陶写。如

---

① 永瑢：《四库全书总目》，第1208页。
② 纪昀：《纪晓岚文集（第二册）》，第93页。
③ 此语见纪昀《纪晓岚文集（第二册）》，第73、79页等所引。

纪宗伯昀、袁明府枚、沈广文起凤，咸出其所著，风动一世。然三君之作，谈空说有，多托于寓言，以寄其嬉笑怒骂，是所谓美斯爱，爱而不足传者也。①

袁枚（1716—1798）《新齐谐》（初名《子不语》）尽管在文章角度被归为"阅微体"②，但此仅就文章风格而言，究其小说创作之旨趣，实与纪昀相异。其书名取自"子不语怪力乱神""齐谐，志怪者也"，标宗旨甚明。袁枚自序云："文史外无以自娱，乃广采游心骇耳之事，妄言妄听，记而存之，非有所惑也……以妄驱庸，以骇起惰，不有博弈者乎？为之犹贤，是亦裨谌适野之一乐也"③，足见系游戏笔墨。故虽亦是采摭见闻而成，但"妄言妄听"，作者并非笃信其真实性，亦不必尽受官方小说观念的拘束。④ 类似"妄言妄听"的表述还见于和邦额（1736—1799？）《夜谭随录自序》（乾隆五十六年作，1791）："昔坡公强人说鬼，蛊白用广见闻，抑曰谈虚无胜于言时事也。故人不妨妄言，己亦不妨妄听。夫可妄言也，可妄听也，而独不可妄录哉？虽然，妄言妄听而即妄录之，是志怪也。即《夜谭随录》，即谓为志怪之书也可"⑤ 等。而"聊斋体"之踵武者，既"以传奇法而为志怪"，则当然在写作中有意虚构，具备相当的文体自觉。在文学思想上表现最显豁的则推青城子（宋永岳）的《亦复如是》（又名《志异续编》，嘉庆十六年刊，1811），其《凡例》言"集中实事固多，海市蜃楼亦复不少。子虚乌有，明眼人自能辨之"⑥。沈起凤（1741—1802）《谐铎》在其中为水平较高者，

---

① 王昶：《春融堂集》，第 690 页。
② 李剑国、陈洪主编：《中国小说通史》，第 1592 页。
③ 袁枚：《子不语》，序第 1 页。
④ 当然，《子不语》中一些记载也有认为"其事颇实"者，因这是来自听闻，与纯粹有意的虚构不同。但就"妄言妄听"一类的表述来看，袁枚对这些鬼怪故事的态度较纪昀为开明。袁枚：《子不语》，第 9 页。
⑤ 丁锡根：《中国古代小说序跋集》，第 166 页。
⑥ 青城子：《亦复如是》，重庆出版社 1999 年标点本，《凡例》，第 8 页。

詹颂[1]业已指出其笔法颇有戏曲传奇风格，亦显见作家个人的虚构。这些都是文学史乃至小说史着墨相对较少的作品，但因其未受《四库全书总目》及《阅微草堂笔记》小说观念的影响，其文学史意义还是值得重视的。

要言之，就文学成就或文学史而言，前贤谓《聊斋志异》《阅微草堂笔记》并为清代文言小说之高峰，其言殊当；但从文学思想的角度来看，蒲松龄是一位有着现代意义上的小说文体自觉，并在写作方法上有所突破的虚构文学创作者，而纪昀尽管所写作的可算作"文言叙事文学"，但他实质上却是尝试消解小说文学性的笔记家，并以唐宋说部为其标准。其间的微妙差异，也正是文学史与文学思想史角度相异的所在。这一时期的文言小说，除从《阅微草堂笔记》之外，创作水准上均不能与《聊斋志异》相提并论，而其文学思想似乎也无甚特别突破。但与《阅微草堂笔记》在小说观念上展现出的倒退而言，《新齐谐》等书尚有其价值在焉。

然而，尽管一般意义上的"文言小说"在文学思想上突破不大，但就写作体制而言，这一时期的文言小说实表现出颇为独特的新变，其丰富程度是通常文言小说史所易于忽略，但本身却极为重要。

首先说文言短篇。其代表有吴骞（1733—1813）《扶风传信录》等。吴骞的小说观念与纪昀相似，如《桃溪客语》卷二《恨这关》更明确批评关羽过五关之记载为"小说不经之语"，足见"小说"一词指代文学意义上的通俗小说时，在吴氏心中属于贬义词，而其记录的小说性质的内容，亦自认为"丛脞嵬琐，一若道听而途说"[2]，其核心价值唯在于真实性，学术性质近于今之"史料笔记"。如《拜经楼诗话》卷三论"宋人小说每多不可尽信"，即据《默记》以辨析；日记引"宋人小说"，其出处不可考，而亦为史料性质，吴

---

[1] 詹颂：《〈谐铎〉的艺术追求与创新》，《北京大学学报》（哲学社会科学版）2003年第2期。

[2] 吴骞：《桃溪客语序》，参见吴骞《拜经楼丛书》，博古斋（据清吴氏刊本增辑景印）1922年版。

骞也据《潜邱札记》等补考之,可为其证。此外吴骞尚以小说保存当地史事与文献,并基于亲见之地方文物古迹而加考据,并发挥劝讽教化思想,以为修志者之帮助,皆较为保守。这大概是这一时期朴学家对小说的普遍观念。

《扶风传信录》一书,据吴骞《扶风传信录序》及卷首任安上(1743—1819)之《与吴拜经书》,可知该书创作与成书过程之颠末。康熙年间,宜兴许生遇狐仙胡淑贞的故事,在当时流传极广,文人也多记载为文。但因多出于传说,故多异词。唯任安上藏有许生大父许可觐亲录之《叙事解疑》,以付吴骞。吴骞删除其中芜杂不雅之辞,改名《扶风传信录》,于嘉庆十三年(1808)刻入《拜经楼丛书》中传世。其书之来源与真实作者至今尚有争议①,且吴骞在此过程中所做的工作亦不可确考,但表现出吴氏信任神怪传说,以之为事实的思想倾向。《扶风传信录》记载的故事虽为明显的志怪类内容,属于今天所认为的虚构性故事,但吴骞整理刊刻的原因却是"传信",《扶风传信录》吴骞序云:"非敢效睽幽怪之所为,庶不致传讹于后世",任安上更标举"吾邑遗事,惟此可以上匹国山一考",高度称许其保存地方文献的价值,即以此书匡补《宜兴县志》《居易录》等书之传闻伪误,并以保存地方史事文献。本书在文学创作上无甚特别吸引人之处,唯其以日记为体,在文言小说中颇为罕见。

这一时期代表性的文言长篇小说有《蟫史》与《燕山外史》,两著均在体制上颇有创新。杨旭辉《清代骈文史》将两著均视作骈文长篇②,实际上《蟫史》骈散结合,一般小说史仅定为文言长篇,似乎更为简明稳妥。

陈球《燕山外史》八卷(嘉庆十六年刻,1811),乃据明冯梦

---

① 宁稼雨:《中国文言小说总目提要》疑为任安上假托之作,齐鲁书社1996年版,第355页。
② 杨旭辉:《清代骈文史》,第501页。

桢《窦生本传》敷衍改写,用排偶体作小说,是唐《游仙窟》后所仅见者。然《游仙窟》在中土亡佚甚久,《燕山外史》当未曾受其启发,其体制乃戛戛独造,颇富特色。且《游仙窟》篇幅较短,《燕山外史》达三万余言,且不惜以影响叙事效果为代价,纯以四六之文行,写作难度更高。屠绅(1744—1801)的文言章回长篇《蟫史》,其体制本罕见,又"为文则务为古涩艳异,晦其义旨"①,在文言小说史上亦可云"另类"。参之小说本身的奥衍、体裁的神魔艳情并具,与文章本身之众体皆备,其逞学炫才的心理更毋庸细论。就此而言,后人曾将其命名为"新野叟曝言",在一定程度上两书的创作心理确实略有相似之处。

综上可见,尽管一般文学史、小说史对这一时期文言小说的主要关注点集中于《阅微草堂笔记》《新齐谐》等几部名家笔记小说,但如果并不以通常的文学史观评价,文言小说之体制,以及其背后文学思想所展现的丰富性,实有未经深入研讨者。

一般小说史家将上述著作多归入"才学小说"一类,诚为有当。就其大的社会文化背景而言,当然是乾嘉朴学兴盛引发的重学风气,然身为《四库全书总目》总裁的纪昀却并未表现出这种对小说体制创新的兴趣(相反是倒退),足见两者虽有联系却并不能简单对应,其中应自有出乎小说作家本身的内在逻辑。换句话说,就小说文本而言,作家确实借小说以载其才学,但这却并不代表作家为彰显其才学家的身份才创作小说。仅就本书所涉及的作家论,尽管屠绅、陈球等是小说史上所认定的"才学小说家",但纪昀、吴骞等的小说创作方更合乎斯时之"才学"尤其是"学"。事实上,戴震一辈的考据学家多以文章为末事,流风所向,学人与才人多有对立之势,朴学有根底之士更焉能、焉愿以小说储其才学?

如果我们想到纪昀对《聊斋志异》为例不纯的批评,那么前揭

---

① 鲁迅:《中国小说史略》,《鲁迅全集》第九卷,人民文学出版社 2005 年版,第 252 页。

之"体制创新"亦多应在此之列。要言之，即用作文章之手法，而以作小说；用白话小说结构，以拟文言小说情节。

这里先说前者，即文言小说家用作文章之手法，而以作小说。这一时期的文章风气是偏向才学，而兼受骈俪文影响，这在文言小说中亦有体现。重文采，骈偶，且与时代文学风潮相吻合。

如乐钧（1766—1814）长于骈文，并有文言笔记小说《耳食录》。杨旭辉在《清代骈文史》中业已指出，其《恶鼠》"不惟俳谐似韩昌黎之《毛颖》、柳河东之《三戒》，且其深思卓识亦无逊色矣……乐钧在小说之中以谐谑的笔调，写作了一篇骈体的《檄鼠文》，虽是游戏笔墨，而嬉笑怒骂中却发人深省"①。

陈球"于国朝诸四六家尤所研究"，且与洪亮吉（1746—1809）、黄景仁（1749—1783）等有所过从。《燕山外史》吴展成（1740?—1800?）序言说：

> 其间叙窦生、爱姑事，栩栩欲活，悉以骈俪之词写之，流连宛转，自成文章，殆有得之兴观群怨之微者欤！其事甚巧，固足以传，而行文组织之工，戛戛乎与造化争奇斗胜，虽欲不传不可得也。忆曩时读孔东塘《桃花扇》后序，叹其隐括全文之妙，今以此编较之，则如胪列大烹，而彼乃不过一脔之味耳。自来稗史中求其善言情者，指难一二屈。蕴斋天才豪放，别开生面，于一气排霎中，回环起伏，虚实相生，稗史家无此才力，骈俪家无此结构，洵千古言情之杰作也。②

其言虽存溢美，但力称其文章结构，盖亦正是作者创作旨趣所在。

而与之类似者则是福庆（？—1819）的《志异新编》。该书前

---

① 杨旭辉：《清代骈文史》，第500页。
② 丁锡根：《中国古代小说序跋集》，第618页。

三卷为诗文，卷四诗后载志怪故事四篇，编辑体例颇与众不同，盖有收之为别集用意。故事均用第一人称叙述，盖其内容本质虽为志怪小说，但作者在叙事中却将其作亲历之实事写，故虚构性恐不多。惟其中《异梦述》一篇，由于其内容颇离奇，显非亲历，必有创作。此篇骈散相间，文采优美，若与《燕山外史》参照考虑，则文从骈俪乃是这一时期文言叙事文学的普遍现象。

值得注意的是，上揭之骈俪体文言叙事文学，多成于乾隆晚期以至嘉庆年间。而此时之经生学者，似已兼而从事骈俪文的写作，常州、扬州既系治经重镇，亦多骈俪名家，而陈球、屠绅等恰与洪亮吉等人久有过从，乐钧又曾入曾燠幕府，则此类体制创新，或亦可理解为"排散崇骈"风潮的表现形式之一，未来或可从此思路进一步发覆。

复就乾嘉时期小说创作实际情况来看，文言小说还有一特点，即是其与白话小说表现出相当的类似性、互动性。就同为虚构文学这一性质来说，已有《聊斋志异》为其前驱，自然无须细论；而以文学思想史角度观察，文言、白话叙事文学既然均受到乾嘉时代思潮的影响，自然也表现出若干类似的创作心理。如娱人自娱、逞才炫技、讽时刺世等，均在文言、白话叙事文学中有各自体现，这也侧面表明了当代"小说"概念统合文言白话，实非无本。再如一些具体素材的运用也多有互涉，这在小说创作中也相对常见。当然，一般来说主要是白话小说借鉴、化用文言小说素材；但袁枚《子不语》则对白话小说颇有借鉴，其仿《夷坚志》体例，采取前代小说故事甚多；而其中数则即改写白话小说《警世通言》《豆棚闲话》等。

除此之外值得注意的则是，文言小说在体制上受到白话小说的影响，这在小说史上属相对特异的事件。《蟫史》为文言长篇小说，且其文言章回体制，在文言小说中似无先例，其回目设计盖借鉴白话小说。而体裁之神魔艳情并具，亦是白话长篇小说所常见之情况。而《燕山外史》内容直接取材自明代白话小说，其相关性更是显而易见。其中重要原因之一，乃是两书从性质来看是有意识地创作虚构文学，故贴近于白话小说，而与主流小说观念异趣。

究其渊源，似与创作者的游戏心态不无关联。明清时期雅俗文体的界限已经存在相当的模糊性，一方面是在不断为下位文体作严肃的辨体、尊体工作；另一方面则是原有较尊的文体也衍生出不少游戏笔墨，其典重的权威性得到一定的消解。例如，尤侗曾以《西厢记》词句为题作《怎当他临去秋波那一转》的八股文，正可谓才情横溢而"亦极游戏之致"了。

至于其为何以文言而非白话创作，笔者有一较大胆的推断——这种特殊文体恰好展现出一般作者的文学修养，乃一种欲用白话而不能的书写困境。对当时的一般士人来说，白话虽更易于理解，但因缺乏训练，使用白话写作实较文言为更难。也就是说，有意识地用下位文体改良上位文体，或与上位文体规训下位文体的难度相仿佛。这一问题有待于后续论证。

结　语

何以乾嘉？

　　行文至此，专论似可稍告一段落。按照罗宗强先生的论述，"文学思想"应比"文学批评"关注的内容更为广阔。因此，"乾嘉文学思想"这一研究课题，应在相当程度上展示出乾嘉文学的思想主潮，乃至乾嘉时代的文化风貌。如能通过这一专题研究，窥得时代面貌之一斑，那么也许可证明本研究确有一定学术意义。

　　以下简单概括笔者在这一研究中对乾嘉的阶段性理解，其中绝大部分已在前文有所详论：

　　乾隆时期经济富足，允称"盛世"；至嘉庆朝虽转衰，但社会亦大致安定，不似顺康之际定鼎初肇，天下思变；亦不似道咸以降风雨飘摇，内外交蹙。故在此八十五年间，"文治""右文"盖为时代的主旋律。在此时代背景下，文学创作也普遍推重学养、追求精致。较稳定的生活状态，相对丰富的书籍流传、前代累积的学术风气、帝王与大吏对文化活动的奖掖，不仅在学术上促使"乾嘉考据学"正式成立并走向顶峰，对文学思潮、文学创作的影响也不可小视。就总的方面来说，参与到文学创作、有文学作品存世者，数量颇有增加。士人的平均知识水平，及在文学作品中展示学养的意识，都超过前代。这一影响及于创作题材之变。如"考据诗群"，往往以韵文记述其考据研究、善本金石收藏，并大量用典，相互酬唱，俨然为有韵之考据文章，有的甚至无甚"诗"味。以《镜花缘》为代表的"才学小说"，甚至无视叙事文学本身的情节逻辑，而刻意展示自己的经史功力和旁览杂学。骈文、律赋等文体的兴盛，也可理解为"学人之文"的羽翼。即使是以"性灵"名世，被讥为空疏无学的袁枚一派诗人，也多有意识地展示自己的学术功力，并盛称学养对文学创作的重要性，类"学人"者颇多。这些，固然均可从文化传统中为其找到相应的渊源，但若离开乾嘉时期相对安定的社会环境，这种风气绝不会如此蔚为大观——道咸文学的不同面貌，可为佐证。

"盛世"文学的另一翼在于对艺术的从容雕琢。格调诗学理论堂皇正大，上追三唐气象，尤合"盛世雅音"。此外如声调谱、桐城义法等讲求规范的创作理论，在此时期臻于严密，并以科举师生关系和学术共同体为纽带，逐渐扩充其影响力。在考据学的辐射下，文学与经史之学的关系日趋亲近，并从中借鉴义例。从作家早年小集与晚年编集的文本异同，可以明显地看到诗人对修改的重视，这在袁枚的别集与诗论中都有充分的体现。长篇小说基本全为文人之独立创作，其创作时间往往十数年至数十年不等，不少人以终生心力规模巨构。曹雪芹的"增删五次，披阅十载"，使《红楼梦》成为一部结构严密、描摹逼真、意蕴深刻的巨著，堪称中国古典小说的巅峰。

"盛世"的另一特点在于集大成。乾嘉时期，不同文体、不同流派之间，共性渐多，互涉程度趋深，特别是雅俗文学的界限已显模糊（这也是本书以专题而非文体为主要切入角度的理论依据之一）。作家、作家群体往往兼长于多种文体的创作与批评，这要求研究者应有宏观把握时代风气、文学全局的视野与能力。不同流派间的兼容互渗之处，足以说明"贴标签"做法的局限性。这与文学思想史研究兼摄文学创作、文学批评、文学理论的研究视角也相符合。如果展开更细致的论述，应该特别注重同一作家的立言语境，特别是历时性的微妙变化。

所谓"盛世文治"，文化繁荣与文化控制，往往互为表里。特别是乾隆帝,其对文化政策、文艺批评的重视,尤其是对文学创作的热衷,在帝王中可谓空前绝后。帝王通过调控文化政策、主持学术工程、参与文学创作等多种方式,对斯时文化产生重要的影响,并逐渐建立起一套"官学",成为"文行出处"的标准,规训那些对政权具有依附性的士人,并通过"权力的毛细管作用"延伸到社会的每个角落。帝王对文化问题具有唯一的权威解释权,士人则往往溺于形而下的考据,构成了这一时期的文化主流。但是,即使在这样的压抑环境下,帝王也并非无所不能,作为"变音"的潜流依然暗潮涌动。易代之际遗民的学行、著述依然发挥影响,相关历史知识和评论较隐蔽地传承、生新。在"六经尊服郑,百行法程朱"的表象之外,仍有学者有意重建新的义理学,或对晚明王学进行思想重估。对"盛世"中的天灾民瘼,及士人的窘状穷途,作家亦大量发出不平之鸣,更产生了与"盛世"绝异的幻灭感。盛世下的士人心态,对文学创作、文学思想均有直接的影响。

　　以上是本书勾勒的"乾嘉文学思想"大貌。权威人物"风行草上"式的影响或已为人所熟知,但其在实际文化生活中的复杂性、变动性、多面性,则犹有待于更微妙的把握。对于这些问题,本书尝试作了初步的探索,通过"乾嘉文学思想"这一切入点,不仅有助于对时代文学思想本身的研判,亦可借此窥得乾嘉两朝八十五年间的时代张力。但限于论文的体例、篇幅和笔者的学力、精力,更为细致的个案研讨和方法总结,特别是乾嘉与此前、此后的勾连因缘,都只得有待来日细论了。

参考文献

（参考文献先以类分，再以第一作者姓氏拼音首字母先后排列。同一作者著述，以出版时间先后排列。书中仅提及书名而未征引具体内容者不列。"文学思想史著作及方法论举要"因内容特殊，采取先列罗宗强著述，再依时代先后排列文学思想史著，再依发表时间先后排列方法评议文章的方式。）

古籍原典
经部
段玉裁：《说文解字注》，上海古籍出版社2003年标点本。
惠栋：《周易述》，中华书局2007年标点本。
江永：《近思录集注》，台北艺文印书馆1975年标点本。
阮元：《经籍籑诂》，中华书局1982年标点本。
王念孙：《读书杂志》，上海古籍出版社2014年标点本。
王念孙：《广雅疏证》，上海古籍出版社2016年标点本。
王引之：《经传释词》，上海古籍出版社2013年标点本。
王引之：《经义述闻》，上海古籍出版社2016年标点本。
郑玄注，贾公彦疏：《周礼注疏》，北京大学出版社2000年标点本。
朱熹：《四书章句集注》，中华书局1983年标点本。

史部

毕沅：《关中金石记》，《丛书集成初编》第 1524—1525 册。

陈康祺：《郎潜纪闻初笔、二笔、三笔》，中华书局 1997 年标点本。

法式善等：《清秘述闻三种》，中华书局 1982 年标点本。

高儒、周弘祖：《百川书志 古今书刻》，上海古籍出版社 2005 年标点本。

黄宗羲：《明儒学案（修订本）》，中华书局 2008 年标点本。

江藩撰，漆永祥笺释：《汉学师承记笺释》，上海古籍出版社 2013 年标点本。

毛承斗、吴国华、吴骞：《东江疏揭塘报节抄（外二种）》，浙江古籍出版社 1986 年标点本。

《乾嘉名儒年谱》，北京图书馆出版社 2006 年影印本。

《清代文字狱档（增订本）》，上海书店出版社 2011 年版。

清高宗：《御批历代通鉴辑览》，《文渊阁四库全书》本。

《清实录》，中华书局 1985—1987 年影印本。

舒位、汪国垣、钱仲联、郑方坤、张维屏原著，程千帆、杨扬整理，杨扬辑校：《三百年来诗坛人物评点小传汇录》，中州古籍出版社 1986 年标点本。

脱脱等：《宋史》，中华书局 1977 年标点本。

吴骞：《吴兔床日记》，凤凰出版社 2015 年标点本。

吴寿旸：《拜经楼藏书题跋记》，上海古籍出版社 2007 年标点本。

姚觐元：《清代禁毁书目四种》，《续修四库全书》第 921 册。

永瑢：《四库全书总目》，中华书局 1965 年标点本。

张维屏：《国朝诗人征略》，中山大学出版社 2004 年标点本。

章学诚撰，叶瑛校注：《文史通义校注》，中华书局 2014 年标点本。

郑晓霞、吴平标点：《扬州学派年谱合刊》，广陵书社 2008 年标点本。

《纂修四库全书档案》，上海古籍出版社 1997 年版。

子部

陈其元：《庸闲斋笔记》，中华书局 1989 年标点本。

方东树：《书林扬觯》，华东师范大学出版社 2015 年标点本。

方濬师：《蕉轩随录 续录》，中华书局 1995 年标点本。

继昌：《行素斋杂记》，上海书店出版社 1984 年标点本。

郎瑛：《七修类稿》，《续修四库全书》第 1123 册。

李渔：《闲情偶寄》，上海古籍出版社 2017 年标点本。

李贽：《焚书》，中华书局 1961 年标点本。

林云铭：《庄子因》，华东师范大学出版社 2011 年标点本。

钱泳：《履园丛话》，中华书局 1979 年标点本。

青城子：《亦复如是》，重庆出版社 1999 年标点本。

《清代笔记小说大观》，上海古籍出版社 2007 年标点本。

沈起凤：《谐铎》，重庆出版社 2005 年标点本。

孙诒让：《墨子间诂》，中华书局 2017 年标点本。

汪中撰，李金松校注：《述学校笺》，中华书局 2014 年标点本。

王士禛：《池北偶谈》，中华书局 1982 年标点本。

王士禛：《香祖笔记》，《文渊阁四库全书》本。

吴处厚：《青箱杂记》，《文渊阁四库全书》本。

吴骞：《桃溪客语》，上海博古斋（据清吴氏刊本增辑景印），1922 年。

袁枚：《牍外余言》，《丛书集成续编》第 214 册，台北新文丰出版公司 1988 年影印本。

袁枚：《子不语》，上海古籍出版社 2012 年标点本。

集部
集部总集之属

杜文澜辑：《古谣谚》，中华书局 1958 年标点本。

《皇清文颖》，《故宫珍本丛刊》第 646—650 册，海南出版社 2000 年影印本。

清高宗编:《御选唐宋诗醇》,《文渊阁四库全书》本。
沈德潜编:《明诗别裁集》,上海古籍出版社1975年影印本。
沈德潜编:《清诗别裁集》,中华书局1975年影印本。
王昶编:《湖海诗传》,上海古籍出版社2013年影印本。
王昶编:《湖海文传》,上海古籍出版社2013年影印本。

集部别集之属

陈烈主编:《小莽苍苍斋藏清代学者书札》,人民文学出版社2013年版。
陈文述:《碧城仙馆诗钞》,嘉庆十年(1805)刻本。
程晋芳:《勉行堂诗文集》,黄山书社2012年标点本。
崔述:《崔东壁遗书》,上海古籍出版社1983年标点本。
戴震:《戴震集》,上海古籍出版社2009年标点本。
段玉裁:《经韵楼集》,上海古籍出版社2008年标点本。
富察·明义、爱新觉罗·裕瑞:《绿烟琐窗集 枣窗闲笔》,上海古籍出版社1984年影印本。
龚自珍:《龚自珍全集》,上海人民出版社1975年标点本。
龚自珍撰,刘逸生、周锡䪖校注:《龚自珍诗集编年校注》,上海古籍出版社2013年标点本。
顾广圻:《顾千里集》,中华书局2008年标点本。
管世铭:《管世铭集》,凤凰出版社2017年标点本。
郭麐:《郭麐诗集》,人民文学出版社2016年标点本。
杭世骏:《杭世骏集》,浙江古籍出版社2015年标点本。
洪亮吉:《洪亮吉集》,中华书局2001年标点本。
胡天游:《石笥山房集》,《清代诗文集汇编》第279册。
黄景仁:《两当轩集》,上海古籍出版社2015年标点本。
惠栋:《松崖文钞》,《清代诗文集汇编》第284册。
纪昀:《纪晓岚全集》,河北教育出版社1995年标点本。
蒋士铨撰,邵海清校,李梦生笺:《忠雅堂集校笺》,上海古籍出版社 2012 年标点本。

焦循：《雕菰集》，《续修四库全书》第 1489 册。

金农：《金农集》，浙江人民美术出版社 2016 年标点本。

厉鹗：《樊榭山房集》，上海古籍出版社 2012 年标点本。

卢文弨：《抱经堂文集》，中华书局 2015 年标点本。

钱大昕：《潜研堂文集》，上海古籍出版社 1989 年标点本。

清高宗：《乐善堂全集》，《清代诗文集汇编》第 331 册。

清高宗：《御制诗初集·御制诗二集·御制诗三集（6 册）》，吉林出版集团有限责任公司 2005 年影印本。

清高宗：《御制诗四集》，《清代诗文集汇编》第 325—326 册。

清高宗：《御制文初集》，《清代诗文集汇编》第 330 册。

全祖望撰，朱铸禹注：《全祖望集汇校集注》，上海古籍出版社 2000 年标点本。

沈德潜：《沈德潜诗文集》，人民文学出版社 2011 年标点本。

舒位：《瓶水斋诗集》，上海古籍出版社 2009 年标点本。

孙星衍：《平津馆文稿》，《丛书集成初编》本，中华书局 1985 年版。

孙星衍：《问字堂集·岱南阁集》，中华书局 1996 年标点本。

王昶：《春融堂集》，上海文化出版社 2013 年标点本。

王鸣盛：《嘉定王鸣盛全集》，中华书局 2010 年标点本。

王鸣盛：《西庄始存稿》，《续修四库全书》第 1434 册。

王士禛：《带经堂集》，《清代诗文集汇编》第 134 册。

王廷魁撰，王鸣盛评：《小停云诗集》，乾隆三十一年（1766）刻本。

翁方纲：《复初斋文集》，《清代诗文集汇编》第 382 册。

吴敬梓撰，李汉秋、项东升校注：《吴敬梓集系年校注》，中华书局 2011 年标点本。

吴骞：《吴骞集》，浙江古籍出版社 2016 年标点本。

夏敬渠：《浣玉轩集》，光绪庚寅（1890）刻本。

严可均：《严可均集》，浙江古籍出版社 2013 年标点本。

姚鼐：《惜抱轩诗文集》，上海古籍出版社 1992 年标点本。

永忠：《延芬室集》，上海古籍出版社 1990 年影印本。

袁宏道撰，钱伯城笺校：《袁宏道集笺校》，上海古籍出版社 2008 年标点本。

袁枚：《小仓山房尺牍》，浙江人民美术出版社 2017 年标点本。

袁枚：《小仓山房诗文集》，上海古籍出版社 1988 年标点本。

袁枚：《袁枚全集新编》，浙江古籍出版社 2015 年标点本。

袁中道：《珂雪斋集》，上海古籍出版社 1989 年标点本。

张耒：《张耒集》，中华书局 1990 年标点本。

张问陶：《船山诗草》，中华书局 1986 年标点本。

章学诚：《章学诚遗书》，文物出版社 1985 年影印本。

赵翼：《赵翼全集》，凤凰出版社 2009 年标点本。

赵昱：《爱日堂吟稿》，《清代诗文集汇编》第 265 册。

郑燮：《郑板桥全集》，凤凰出版社 2012 年标点本。

集部诗文评之属

陈衍：《陈衍诗论合集》，福建人民出版社 1999 年标点本。

陈衍：《石遗室诗话》，人民文学出版社 2004 年标点本。

丁福保编：《清诗话》，上海古籍出版社 2015 年标点本。

法式善撰，张寅彭、强迪艺编校：《梧门诗话合校》，凤凰出版社 2005 年标点本。

冯乾编：《清词序跋汇编》，凤凰出版社 2013 年标点本。

郭绍虞、富寿荪编：《清诗话续编》，上海古籍出版社 2016 年标点本。

李东阳撰、李庆立注解：《怀麓堂诗话校释》，人民文学出版社 2009 年标点本。

梁章钜：《制艺丛话 试律丛话》，上海书店 2001 年版。

林联桂撰，何新文、余斯大、踪凡校证：《见星庐赋话校证》，上海古籍出版社 2013 年标点本。

司空图撰，郭绍虞集解；袁枚撰，郭绍虞注：《诗品集解 续诗品注》，人民文学出版社 2005 年标点本。

唐圭璋编：《词话丛编》，中华书局 1986 年标点本。

王英志主编：《清代闺秀诗话丛刊》，凤凰出版社 2010 年标点本。

谢榛、王夫之：《四溟诗话 姜斋诗话》，人民文学出版社 2012 年标点本。

徐世昌：《晚晴簃诗话》，华东师范大学出版社 2009 年版。

严羽撰，郭绍虞校释：《沧浪诗话校释》，人民文学出版社 1961 年标点本。

袁枚：《随园诗话》，浙江古籍出版社 2016 年标点本。

袁枚撰，刘衍文、刘永翔注：《袁枚续诗品详注》，上海书店 1993 年标点本。

集部小说戏曲之属

曹去晶：《姑妄言》，中国文联出版公司 1999 年标点本。

曹雪芹、高鹗著，护花主人、大某山民、太平闲人评：《红楼梦（注评本）（全四册）》，上海古籍出版社 2016 年标点本。

曹雪芹著，脂砚斋评，吴铭恩汇校：《红楼梦脂评汇校本》，清华大学出版社 2020 年标点本。

陈端生：《再生缘》，中州书画社 1982 年标点本。

丁锡根编：《中国历代小说序跋集》，人民文学出版社 1996 年标点本。

李百川：《绿野仙踪》，齐鲁书社 1995 年标点本。

李汝珍：《镜花缘》，华夏出版社 2008 年标点本。

李渔撰，王学奇、霍现俊等校注：《笠翁传奇十种校注》，天津古籍出版社 2009 年标点本。

文康：《儿女英雄传》，华夏出版社 2015 年标点本。

吴敬梓撰，李汉秋辑校：《儒林外史汇校汇评》，上海古籍出版社 2012 年标点本。

吴藻：《乔影》，《续修四库全书》第 1768 册。

夏敬渠：《野叟曝言》，人民文学出版社 1997 年标点本。

俞为民、孙蓉蓉编:《历代曲话汇编》,黄山书社 2008 年标点本。

研究著作

艾布拉姆斯:《文学术语词典(第 10 版)(中英对照)》,北京大学出版社 2017 年版。

艾尔曼:《从理学到朴学:中华帝国晚期思想与社会变化面面观》,江苏人民出版社 2012 年版。

艾尔曼:《经学、政治和宗族:中华帝国晚期常州今文学派研究》,江苏人民出版社 2005 年版。

包弼德:《斯文:唐宋思想的转型》,江苏人民出版社 2001 年版。

卜键:《天有二日?禅让时期的大清朝政》,人民文学出版社 2017 年版。

蔡长林:《从文士到经生:考据学风潮下的常州学派》,台北:"中央研究院"中国文哲研究所 2010 年版。

蔡义江:《红楼梦诗词曲赋鉴赏》,中华书局 2001 年版。

陈洪:《中国古代小说艺术论发微》,南开大学出版社 1987 年版。

陈洪:《中国小说理论史》,天津人民出版社 2006 年版。

陈惠琴、莎日娜、李小龙:《中国散文通史·清代卷》,安徽教育出版社 2013 年版。

陈居渊:《清代诗歌与王学》,上海人民出版社 2015 年版。

陈水云:《明清词研究史》,武汉大学出版社 2006 年版。

陈文新主编:《中国文学编年史·清前中期卷》,湖南人民出版社 2006 年版。

陈熙中:《红楼求真录》,北京大学出版社 2016 年版。

陈寅恪:《寒柳堂集》,生活·读书·新知三联书店 2015 年版。

陈祖武:《乾嘉学派研究》,人民出版社 2011 年版。

陈左高:《中国日记史略》,上海翻译出版公司 1990 年版。

川合康三:《中国的自传文学》,中央编译出版社 1999 年版。

戴联斌:《从书籍史到阅读史:阅读史研究力量与方法》,新星出版社 2017 年版。

戴逸：《戴逸自选集》，中国人民大学出版社 2007 年版。

邓红梅：《女性词史》，山东教育出版社 2000 年版。

邓之诚：《清诗纪事初编》，上海古籍出版社 1984 年版。

冯尔康：《雍正传》，人民出版社 1985 年版。

高王凌：《马上朝廷》，经济科学出版社 2013 年版。

高王凌：《乾隆十三年》，经济科学出版社 2012 年版。

高翔：《近代的初曙：18 世纪中国观念变迁与社会发展》，故宫出版社 2013 年版。

葛兆光：《思想史讲录续编》，生活·读书·新知三联书店 2012 年版。

葛兆光：《思想史研究课堂讲录》，生活·读书·新知三联书店 2012 年版。

葛兆光：《中国思想史》，复旦大学出版社 2001 年版。

顾诚：《南明史》，光明日报出版社 2001 年版。

郭安瑞：《文化中的政治：戏曲表演与清都社会》，社会科学文献出版社 2018 年版。

郭伯恭：《四库全书纂修考》，岳麓书社 2010 年版。

郭预衡：《中国散文史长编》，山西教育出版社 2008 年版。

韩书瑞、罗友枝：《十八世纪中国社会》，江苏人民出版社 2009 年版。

何宗美、刘敬：《明代文学还原研究——以〈四库总目〉明人别集提要为中心》，人民出版社 2014 年版。

洪子诚：《问题与方法：中国当代文学史研究讲稿》，生活·读书·新知三联书店 2015 年版。

胡适：《胡适古典文学研究论集》，上海古籍出版社 1988 年版。

胡适：《胡适红楼梦论述全编》，上海古籍出版社 2013 年版。

胡文楷：《历代妇女著作考》，上海古籍出版社 1985 年版。

黄鸿寿：《清史纪事本末》，上海书店出版社 1986 年版。

黄前进：《果勇侯杨芳研究 贵州近现代史研究文集之五》，贵州省科学技术情报研究所，1998 年版。

黄一农：《二重奏：红学与清史的对话》，中华书局 2015 年版。

蒋寅：《古典诗学的现代诠释》，中华书局 2003 年版。

蒋寅：《清代文学论稿》，凤凰出版社 2009 年版。

蒋寅：《清诗话考》，中华书局 2005 年版。

蒋寅：《中国古代文学通论 清代卷》，辽宁教育出版社 2005 年版。

金观涛、刘青峰：《观念史研究：中国现代重要政治术语的形成》，法律出版社 2009 年版。

柯愈春：《清人诗文集总目提要》，北京古籍出版社 2002 年版。

孔飞力：《叫魂：1768 年中国妖术大恐慌》，生活·读书·新知三联书店 2012 年版。

劳思光：《中国哲学史》，广西师范大学出版社 2015 年版。

勒热讷：《自传契约》，生活·读书·新知三联书店 2001 年版。

李汉秋：《〈儒林外史〉研究》，华东师范大学出版社 2001 年版。

李汉秋：《儒林外史研究资料集成》，上海古籍出版社 2017 年版。

李剑国、陈洪主编：《中国小说通史》，高等教育出版社 2007 年版。

李剑国、占骁勇：《镜花缘丛谈》，南开大学出版社 2004 年版。

李延年：《〈歧路灯〉研究》，中州古籍出版社 2002 年版。

廖奔、刘彦君：《中国戏曲发展史 第 4 卷》，山西教育出版社 2000 年版。

林庆彰、张寿安编：《乾嘉学者的义理学》，台北"中央研究院"中国文哲研究所 2003 年版。

刘世南：《清诗流派史》，人民文学出版社 2012 年版。

刘衍文：《寄庐茶座》，汉语大词典出版社 2004 年版。

刘奕：《乾嘉经学家文学思想研究》，上海古籍出版社 2012 年版。

卢苇菁：《矢志不渝——明清时期的贞女现象》，江苏人民出版社 2012 年版。

鲁迅：《中国小说史略》，《鲁迅全集》第九卷，人民文学出版社 2005 年版。

栾星：《歧路灯研究资料》，中州书画社 1982 年版。

罗钢：《叙事学导论》，云南人民出版社 1994 年版。

罗时进：《文学社会学：明清诗文研究的问题与视角》，中华书局 2018 年版。

梅维恒主编：《哥伦比亚中国文学史》，新星出版社 2016 年版。

宁稼雨：《中国文言小说总目提要》，齐鲁书社 1996 年版。

欧立德：《乾隆帝》，社会科学文献出版社 2014 年版。

欧阳健、曲沐、吴国柱：《红学百年风云录》，浙江古籍出版社 1999 年版。

潘务正：《清代翰林院与文学研究》，人民出版社 2014 年版。

浦安迪：《中国叙事学》，北京大学出版社 2018 年版。

漆永祥：《乾嘉考据学研究》，中国社会科学出版社 1998 年版。

钱穆：《八十忆双亲·师友杂忆》，生活·读书·新知三联书店 2005 年版。

钱锺书：《宋诗选注》，生活·读书·新知三联书店 2002 年版。

钱锺书：《谈艺录》，商务印书馆 2011 年版。

钱仲联主编：《中国文学家大辞典·清代卷》，中华书局 1996 年版。

乔纳森·卡勒：《文学理论》，辽宁教育出版社 1998 年版。

乔治忠、朱洪斌编著：《增订中国史学史资料编年 清代卷》，商务印书馆 2013 年版。

秦华生、刘文峰主编：《清代戏曲发展史》，旅游教育出版社 2006 年版。

商衍鎏：《清代科举考试述录及有关著作》，故宫出版社 2014 年版。

尚小明：《学人游幕与清代学术（增订本）》，东方出版社 2018 年版。

盛志梅：《清代弹词研究》，齐鲁书社 2008 年版。

石昌渝主编：《中国古代小说总目 白话卷》，山西教育出版社 2004 年版。

孙文光、王世芸编：《龚自珍研究资料集》，黄山书社 1984 年版。

谭家健：《中国散文史纲要》，山西教育出版社 2011 年版。

唐文基、罗庆泗：《乾隆传》，人民出版社 2015 年版。

滕吉庆：《年谱与家谱》，吉林出版集团有限责任公司2011年版。
王春晓：《乾隆时期戏曲研究——以清代中叶戏曲发展的嬗变为核心》，中国书籍出版社2015年版。
王达敏：《姚鼐与乾嘉学派》，学苑出版社2007年版。
王汎森：《权力的毛细管作用》，北京大学出版社2015年版。
王宏林：《乾嘉诗学研究》，百花洲文艺出版社2017年版。
王进驹：《乾隆时期自况性长篇小说研究》，中国社会科学出版社2006年版。
王琼玲：《夏敬渠与野叟曝言考论》，台北学生书局2005年版。
王英志编：《清代唐宋诗之争流变史》，人民文学出版社2012年版。
王英志：《袁枚评传》，南京大学出版社2002年版。
王振忠：《明清徽商与淮扬社会变迁（增订本）》，生活·读书·新知三联书店2014年版。
王重民辑录，袁同礼重校：《美国国会图书馆藏中国善本书目》，台北文海出版社1972年版。
魏小虎：《四库全书总目汇订》，上海古籍出版社2012年版。
笑瞂：《清代外史》，《清代野史》第一辑，巴蜀书社1987年版。
徐珂：《清代词学概论》，大东书局1926年版。
严迪昌：《清词史》，人民文学出版社2011年版。
严迪昌：《清诗史》，人民文学出版社2011年版。
杨峰、张伟：《清代经学学术编年》，凤凰出版社2015年版。
杨鸿烈：《大思想家袁枚评传》，《民国丛书》第一编第84册，上海书店1989年版。
杨建华：《清代乾嘉骈文研究》，光明日报出版社2011年版。
杨旭辉：《清代骈文史》，人民出版社2013年版。
杨钟羲：《雪桥诗话三集》，北京古籍出版社1991年版。
姚奠中、董国炎：《章太炎学术年谱》，山西古籍出版社1996年版。
姚念慈：《康熙盛世与帝王心术——评"自古得天下之正莫如我朝"》，生活·读书·新知三联书店2015年版。

叶嘉莹：《词学新诠》，北京大学出版社 2008 年版。
叶晔：《明代中央文官制度与文学》，浙江大学出版社 2011 年版。
一粟：《红楼梦资料汇编》，中华书局 1964 年版。
余嘉锡：《四库提要辨证》，云南人民出版社 2004 年版。
俞樟华、胡吉省：《桐城派编年》，人民文学出版社 2015 年版。
袁行云：《清人诗集叙录》，人民文学出版社 2016 年版。
詹颂：《乾嘉文言小说研究》，北京图书馆出版社 2009 年版。
张慧剑：《明清江苏文人年表》，上海古籍出版社 2008 年版。
张建业编：《李贽研究资料汇编》，社会科学文献出版社 2013 年版。
张岂之主编：《中国学术思想史编年·明清卷》，陕西师范大学出版社 2006 年版。
张升：《四库全书馆研究》，北京师范大学出版社 2012 年版。
张舜徽：《旧学辑存》，华中师范大学出版社 2008 年版。
张舜徽：《清人文集别录》，华中师范大学出版社 2004 年版。
张循：《道术将为天下裂——清中叶"汉宋之争"的一个思想史探究》，广西师范大学出版社 2017 年版。
张仲谋：《清代文化与浙派诗》，东方出版社 1997 年版。
张宗祥：《清代文学概述 书学源流论》（外五种），上海古籍出版社 2015 年版。
赵建斌：《镜花缘丛考》，山西人民出版社 2010 年版。
郑伟章：《文献家通考》，中华书局 1999 年版。
郑幸：《袁枚年谱新编》，上海古籍出版社 2011 年版。
郑振铎：《西谛书话》，生活·读书·新知三联书店 2005 年版。
郑振铎：《中国古代木刻画史略》，上海书店出版社 2006 年版。
政协钦州市委会编：《冯敏昌纪念文集》，1988 年版。
支伟成：《清代朴学大师列传》，上海人民出版社 2014 年版。
中国人民大学中国历史教研室编：《明清社会和经济形态的研究》，上海人民出版社 1957 年版。

周积明：《纪昀评传》，南京大学出版社 1994 年版。

周汝昌：《红楼梦新证》（增订本），中华书局 2016 年版。

朱一玄：《明清小说资料选编》，南开大学出版社 2012 年版。

朱一玄：《儒林外史资料汇编》，南开大学出版社 2012 年版。

朱一玄：《水浒传资料汇编》，南开大学出版社 2002 年版。

朱庸斋：《分春馆词话》，广东人民出版社 1989 年版。

研究论文

卞孝萱：《两本〈唐宋诗醇〉之比较研究》，《中国典籍与文化》1999 年第 4 期。

陈洪：《从"林下"进入文本深处——〈红楼梦〉的互文解读》，《文学与文化》2013 年第 3 期。

陈洪：《存史记事，铺陈为尚——清初诗学思想的一个重要方面》，《南开学报》（哲学社会科学版）2019 年第 2 期。

陈洪：《〈红楼梦〉"木石"考论》，《文学与文化》2016 年第 3 期。

陈洪：《〈红楼梦〉"水、泥论"探源》，《文学与文化》2018 年第 2 期。

陈洪：《〈天雨花〉性别意识论析》，《南开学报》（哲学社会科学版）2000 年第 6 期。

陈洪：《"闲情"背后的隐情——兼论鼎革后李渔的复杂心态》，《文学与文化》2017 年第 4 期。

陈洪：《折射士林心态的一面偏光镜——清初小说的文化心理分析》，《明清小说研究》1998 年第 4 期。

陈名扬：《陈梓生平及其华夷观研究》，硕士学位论文，宁波大学，2017 年。

陈琬婷：《杭世骏年谱》，硕士学位论文，台北中山大学，2007 年。

陈文新：《明代文学主导文体的重新确认》，《上海师范大学学报》（哲学社会科学版）2018 年第 1 期。

陈演池：《文学观念和学术规范的歧路：回顾"文学史还是思想史"

之争》,《第六届全国中文学科博士生学术论坛论文集》,中山大学中文系主办,2017年9月。

陈永正《〈红楼梦〉中劣诗多》,《文艺与你》1985年创刊号。

程日同:《钱载与翁方纲后期关系考论》,《文学遗产》2016年第6期。

单衍超:《〈五色石〉研究》,硕士学位论文,山东师范大学,2009年。

龚鹏程:《乾隆年间的文人经说》,载彭林编《清代经学与文化》,北京大学出版社2005年版。

贺照田:《文学史与思想史》,《郑州大学学报》(哲学社会科学版)2003年第6期。

胡晴:《由〈楝亭集〉中诗作看曹家文化传承及其对〈红楼梦〉创作的影响》,《红楼梦学刊》2018年第4期。

胡贤林:《汉学视野中的桐城义法——以钱大昕批评方苞为例》,《安徽农业大学学报》(社会科学版)2011年第1期。

黄一农:《索隐文学与〈红楼梦〉中之碍语》,《中国文化》第48期。

蒋寅:《乾嘉时期诗歌声律学的精密化》,《复旦学报》(社会科学版)2018年第1期。

李剑国:《文言小说的理论研究与基础研究——关于文言小说研究的几点看法》,《文学遗产》1998年第2期。

李靓:《乾隆文学思想研究》,博士学位论文,中央民族大学,2013年。

李靓:《乾隆文学思想研究述评》,《文艺评论》2012年第10期。

李鹏飞:《〈儒林外史〉第五十六回为吴敬梓所作新证》,《中国文化研究》2017年春之卷。

李鹏:《论乾嘉时期的咏史组诗热——兼论清诗中的组诗现象》,《山西师大学报》(社会科学版)2011年第5期。

李圣华:《查嗣庭案新论》,《浙江社会科学》2013年第7期。

刘畅、郑祥琥：《王士禛诗歌学宋历程详考》，《文学与文化》2017年第4期。

刘畅、郑祥琥：《王士禛中晚期诗风"亦唐亦宋"特征新论》，《贵州社会科学》2017年第7期。

刘浦江：《"倒错"的夷夏观——乾嘉时代思想史的另一种面相》，载氏著：《正统与华夷：中国传统政治文化研究》，中华书局2017年版，第172—203页。

刘世南：《"新妇初婚议灶炊"及其他》，《文学遗产》1985年第3期。

陆草：《清诗分期概说》，《中州学刊》1986年第5期。

马子木：《清朝西进与17—18世纪士人的地理知识世界》，《中华文史论丛》2018年第3期。

莫砺锋：《论红楼梦诗词的女性意识》，《明清小说研究》2001年第2期。

莫砺锋：《论〈唐宋诗醇〉的编选宗旨与诗学思想》，《南京大学学报》（哲学人文社科版）2002年第3期。

潘务正：《〈沈归愚诗文稿〉收沈钦圻诗》，《中国典籍与文化》2011年第4期。

潘中华：《钱载年谱》，博士学位论文，南京师范大学，2008年。

钱茂伟：《公众史学视野下的个人史书写》，《南开学报》（哲学社会科学版）2014年第4期。

邱怡瑄：《朱鹤龄〈书元裕之集后〉及其〈愚菴小集〉在〈四库全书〉文渊阁及文津阁本文献的存佚问题与其意义》，《静宜中文学报》2014年第5期。

任雪山：《钱大昕与方苞的一桩学术公案》，《兰台世界》2017年第8期。

沙先一：《推尊词体与开拓词境——论清代的学人之词》，《江海学刊》2004年第3期。

商伟：《〈儒林外史〉叙述形态考论》，《文学遗产》2014年第5期。

商伟：《小说戏演：〈野叟曝言〉与万寿庆典和帝国想像》，《文学遗产》2017年第3期。

斯金纳：《观念史中的意涵与理解》，载丁耘编《什么是思想史》，上海人民出版社2006年版。

谈凤梁：《〈儒林外史〉创作时间、过程新探》，《江海学刊》1984年第1期。

谭帆：《"叙事"语义源流考——兼论中国古代小说的叙事传统》，《文学遗产》2018年第3期。

唐芸芸：《试帖诗与翁方纲诗学观》，《井冈山大学学报》2015年第4期。

汪荣祖：《"中国"概念何以成为问题——就"新清史"及相关问题与欧立德教授商榷》，《探索与争鸣》2018年第6期。

王宝刚：《钱陈群诗歌研究》，硕士学位论文，河北大学，2012年。

王道成：《科举史话（连载10）八股文和试帖诗》，《文史知识》1984年第8期。

王力坚：《清代才媛红楼题咏的型态分类及其文化意涵》，《江西师范大学学报》（哲学社会科学版）2012年第5期。

王苗苗：《〈唐宋诗醇〉诗学思想研究》，硕士学位论文，湖南师范大学，2012年。

王明珂：《由表相观其本相：以凹凸镜像为隐喻》，载杨圣敏编《目光的交汇 中法比人类学论文集》，九州出版社2016年版，第171—184页。

王树民：《〈南山集〉案与〈滇黔纪闻〉》，《文史》第三十五辑，中华书局1992年版。

王英志：《随园女弟子考述》，《江南社会学院学报》2000年第4期。

卫宏伟：《翁方纲与袁枚论诗之争考辨》，《河北工业大学学报》（社会科学版）2017年第3期。

温儒敏：《思想史能否取替文学史》，《中华读书报》2001年10月31日。

吴存存：《清代士人狎优蓄童风气述略》，《中国文化》1997 年。

吴亚娜：《〈四库全书总目〉宋元易代文学的断限与批评》，《浙江学刊》2016 年第 6 期。

夏长朴：《乾隆皇帝与汉宋之学》，载彭林编《清代经学与文化》，北京大学出版社 2005 年版。

徐志摩：《关于女子》，载徐志摩《徐志摩全集》第 6 卷，中央编译出版社 2013 年版。

严迪昌：《往事惊心叫断鸿——扬州马氏小玲珑山馆与雍、乾之际广陵文学集群》，《文学遗产》2002 年第 4 期。

颜子楠：《乾隆诗体之变化——试析乾隆皇帝元旦七言律诗的写作技法》，《兰州学刊》2016 年第 2 期。

颜子楠：《沈德潜生平三事献疑》，《励耘学刊》2017 年第 2 期。

杨洪升：《略谈乾隆敕编鉴藏目录对〈四库〉禁毁限制的"违背"——以对钱谦益的禁毁为例》，《文津学志》第七辑，国家图书馆出版社 2014 年版。

杨念群：《如何诠释"正统性"是理解清朝历史的关键》，2017 年 9 月 22 日，爱思想网：http://www.aisixiang.com/data/106097.html。

叶楚炎：《匡超人本事考论》，《明清小说研究》2016 年第 3 期。

叶嘉莹：《漫谈〈红楼梦〉中的诗词》，《陕西师范大学学报》（哲学社会科学版）2004 年第 3 期。

于广杰、魏春梅：《钱陈群及其诗歌创作探析》，《天津职业院校联合学报》2013 年第 4 期。

翟惠：《〈清诗别裁集〉研究》，硕士学位论文，苏州大学，2011 年。

詹颂：《论清代女性的〈红楼梦〉评论》，《红楼梦学刊》2006 年第 6 期。

詹颂：《〈谐铎〉的艺术追求与创新》，《北京大学学报》（哲学社会科学版）2003 年第 2 期。

张昊苏、陈洪：《〈汉书·艺文志〉诸子略序文的文本结构与学术建构——以小说家为核心的考察》，《文史哲》2019年第2期。
张昊苏：《〈红楼梦〉书名异称考》，《文学与文化》2017年第3期。
张昊苏：《经学·红学·学术范式：百年红学的经学化倾向及其学术史意义》，《文学与文化》2018年第2期。
张昊苏、沈立岩：《〈红楼梦〉涉"旧时真本"脂批考证》，《南开学报》（哲学社会科学版）2018年第5期。
张晓芝：《〈四库全书总目〉明人别集提要研究》，博士学位论文，西南大学，2015年。
张循：《汪中善骂考》，《绵阳师范学院学报》2016年第1期。
赵宪章：《也谈思想史与文学史》，《中华读书报》2001年11月28日。
周策纵：《〈红楼梦〉与〈西游补〉》，载氏著《红楼梦案——周策纵论红楼梦》，文化艺术出版社2005年版。
周明初：《〈还金记〉考论——中国戏曲史上第一部自传体戏曲及其独特价值》，《文学遗产》2016年第5期。
周勇军：《文颖馆与清代文治休戚相关》，《中国社会科学报》2018年1月22日。
朱德慈：《丁香花诗案辨正》，《淮阴师范学院学报》1999年第4期。
朱恒夫：《〈野叟曝言〉中的戏曲列目叙考》，《艺术百家》1996年第1期。
朱宏达：《跋翁方纲手抄〈墨子〉节本》，《文献》1982年第3期。
朱宏达：《墨子书目版本考评》，《文史》第四十一辑，中华书局1996年版。
朱则杰：《清代"千叟宴"与"千叟宴诗"考论》，《明清文学与文献（第一辑）》，黑龙江大学出版社2012年版。

文学思想史著作及方法论举要
陈洪：《论清初文学思想的异趋与同归》（上），《南开学报》2004年第2期。

陈洪：《论清代顺康之际文坛的娱世闲情风尚》，《文学与文化》2018年第4期。

雷炳锋：《北朝文学思想史》，博士学位论文，南开大学，2012年。

李从军：《唐代文学演变史》，人民文学出版社1993、2006年版。

李明：《"历史还原"与"效果历史"——罗宗强文学思想史研究中的"纯文学"观念》，《天中学刊》2014年第4期。

李瑞山：《道光时期的文学思想》，载南开大学中国语言文学系编《文学语言学论集》，南开大学出版社1999年版。

李瑄：《明遗民群体心态与文学思想研究》，巴蜀书社2009年版。

刘畅：《宋代文学思想史》，湖南教育出版社2004年版。

罗宗强：《罗宗强古代文学思想论集》，汕头大学出版社1999年版。

罗宗强：《明代文学思想史》，中华书局2013年版。

罗宗强：《隋代文学思想平议》，载《古代文学理论研究丛刊》第7辑，上海古籍出版社1982年版。

罗宗强：《隋唐五代文学思想史》，上海古籍出版社1986年版；中华书局1999、2003、2006年版。

罗宗强：《魏晋南北朝文学思想史》，中华书局2006年版。

罗宗强：《玄学与魏晋士人心态》，南开大学出版社2003年版。

彭树欣：《历史还原：理论与实践的尴尬——兼评罗宗强先生的文学思想史的写法》，《社会科学论坛》2007年第3期。

饶龙隼：《明代隆庆、万历间文学思想转变研究（诗文部分）》，西南师范大学出版社1995年版。

沈立岩：《先秦文学思想史研究之反思》，《文学与文化》2018年第2期。

卫云亮：《罗宗强〈魏晋南北朝文学思想史〉写作得失之检视》，《太原理工大学学报》（社会科学版）2013年第5期。

许结：《汉代文学思想史》，南京大学出版社1990年版；人民文学出版社2010年版。

张峰屹：《东汉文学思想史》，上海古籍出版社2021年版。

张峰屹:《西汉文学思想史》,南开大学出版社2001年版;台湾商务印书馆2013年版。

张毅:《罗宗强先生的中国文学思想史研究》,《阴山学刊》2002年第4期。

张毅:《宋代文学思想史》,中华书局2006、2016年版。

张毅:《宋元文艺思想史》,中华书局2019年版。

周卫东:《先秦儒家文学思想研究》,博士学位论文,南开大学,2001年。

左东岭:《李贽与晚明文学思想》,天津人民出版社1997年版;人民文学出版社2010年版。

左东岭:《明代文学思想研究》,商务印书馆2013年版。

左东岭:《中国文学思想史研究方法的再思考》,《中国人民大学学报》2014年第4期。

索　引

B

毕沅　51，55，78，80，81，96，122，177，214，263，293

变音　73，85，104，124，146，147，152，155，157，161，176，178，186，217，229，312，397

C

曹雪芹　57，67，71，76，77，185，237，239，246，252，257，262，269，274，287，288，294，300—302，331，333—336，339，347，349，350，354，360，361，363，367，368，370，396

常州词派　33，64，72，120，301

陈文述　81，83，165，235，292—294，313，317

D

戴震　29，41，45，48—50，52，54，57，58，71，72，76—78，110，127，195—202，205，206，214，223，224，231，232，265，272，273，298，391

G

格调派　61，63，96，98，99，204，214，227，276

龚自珍　32，35，48，58，59，73，80，82，83，146，151，152，157，161，162，178，181，182，190，191，201，220，272，275

官学　50，92，127，128，

135，144，378，397

H

杭世骏　41，56，61，70，74，75，78，102，157—163，169，170，175，178，179，195，228—231，233，234

《红楼梦》　13，17，25，35，41，57，67，70，71，76，80，89，111，112，183—185，233，237，239，246，252，254—257，260—262，264，269，272，274，287，288，292，299—301，304—307，310，311，318，319，325，327，328，331—338，340—343，345—350，354—365，367—370，372—375，396

黄景仁　32，64，69，77—79，175—178，181，195，217—220，244，269，286，392

惠栋　33，41，43—45，48，49，51，55，58，71，75，76，195，196，209，210，278，284，304

J

肌理派　62，63，213，225，227，276

纪昀　45，54，58，65，68，75—78，82，110，111，116，117，123，127，169，238，263，273，275，377，378，383—389，391

嘉庆　20，30—35，38，39，46—48，52，56，59，65，68，69，72，73，80—82，85，90，98，118，120，131，146，147，176，181，190，200，213，225，226，244，251，260，287，294，313，340，356，388，390，393

嘉庆帝　35，39，47，59，73，80—82，84，89，90，131，233

经学　43—45，49，59，73，75，180，196—198，203，204，213，223—225，229，239，269，303，387

《镜花缘》　82，239—242，260，295—298，309—311，322，323，339，350，351，353，356，358，359，367，370，396

K

康熙　32，34，35，39，40，42，54，56，70，84，85，87，91，92，97，99，100，112，124，129，130，148，154，155，171，176，224，226，233，278，305，321，328，365，390

考据学　24，29，30，33，34，41，44，46，48—52，55—57，59，60，65，71—73，92，104，110，118，120，122，123，125—127，145，193—197，199，202，203，205，206，209—211，214—218，220—235，239，242，244—246，251，252，269，272，278，298，311，340，378，385，391，396

L

理学　45，50，51，54，57—59，85，112，197，239，242，246，247，251，263，268，273，311，312

厉鹗　41，61，64，70，74，75，163，167，170，171，173，195，228，229

《绿野仙踪》　67，75，77，112，185，288，289，349，355

Q

钱大昕　20，45，46，48，75，76，78，80—82，117，119，196，201，203—206，211，214，232，250，252，298，310

钱载　44，50，52，61，72，73，75，76，78，80，89，96—98，104，106，107，110，121，147，216，222，230，231

乾嘉　29，30，33，71，243

乾隆　20，23，30—32，39，41，106

乾隆帝　11，33，35，38—42，44，46，47，49—52，54，56，58，59，71，72，78—81，84，87—111，119，121，123—127，131—134，139，140，142—148，151，153，154，156—158，160，161，163，164，169，212，216，231，233，234，273，275，290，314，396

全祖望　41，61，65，70，

74—76，148，157，159，162，163，166，167，169—171，195，228，229，231

R

《儒林外史》 13，41，57，67，68，71，75，81，111，112，184，186，189，244，310，319，325，328—331，335—337，339—350，356，364，370

阮元 33，49，50，55，57，62，67，79—83，96，122，209，213，214，225，234，293，317

S

沈德潜 23，32，35，41，45，46，56，61，70，72，74—78，85，90，92—106，108，112，122—125，135，147，152—158，160，161，164，192，195，203，214，220，222，230，232，265，267，276，284，372

士人心态 27，34，38，52，149，163，246，247，252，397

舒位 32，62，73，81，83，121，214，220，228，231，235，311，312

《说诗晬语》 46，61，74，92，94，99—101，284

《四库全书总目》 58，59，72，84，116，125，127—132，134，135，137—139，142，144—146，272，378—386，389，391

《随园诗话》 57，63，80，99，117，171，178，211，212，223，230，263，269，282—285，304，305，334

孙星衍 52，63，80，81，83，118，122，123，175，195，196，204，211，217—219，225，293

T

台阁 84—86，269

唐宋诗之争 88，134，222，226，227

桐城派 34，43，48，59，65，66，119，203—205，209，224，225，227，276，287

W

晚明 248，249

汪中 66，78，80，122，175，

189，298，313，343

王昶　23，45，61，75—77，80—82，96，109，110，122，158，163，177，178，202—205，214，220，224，270，293，380，387

王鸣盛　44，45，61，62，75，81，133，203，232，233，280

王士禛　99，134，227，272，276—280，284

文学思潮　2，36，72，84，86，92，216，395

文学思想　2，5，11，211，395

翁方纲　44，52，62，72，75—77，79—83，96，98，107—111，115，117，118，120—122，125，127，135，136，147，177，178，189，206，212—216，224，226，231，265，273，278—282，284，286，287，343

吴敬梓　41，57，67，70，71，74，76，111，186—188，244，250，328—331，336，340—342，344，345，347，349，356，367，370

X

心学　247，248，250，261

性灵　19，32，57，63，72，73，96，99，114，119，120，126，134，148，171，195，211，212，214，215，218—220，222，223，225，235，253，262，265，267，269，270，275，282，284—286，290，294，303，304，396

秀水派　44，61，63，98，214，230，231

叙事文学　11，13，36，69，225，237，292，314，319，320，322，325，328，335，336，348，351，375—377，383，385，393，396

Y

姚鼐　43，48，52，63，66，73，77—79，81—83，110，119，127，203—205，207，216，221，223—225，271

《野叟曝言》　41，73，79，112，185，239，241，242，289，310，312，323—325，346，349，350，353，355—

359，365，370，372，
373，387

遗民　40，124，136—139，
142—144，148，149，155，
162，165—167，169—171，
174，178，179，247，397

义理学　49，50，60，195，
298，313，397

雍正　31，34，39，43，54，
59，63，64，70，111，130，
131，149—152，157，
170，228

御制　89，96，98，101，102，
105，107，125，128，129，
131，133，146，232

袁枚　19，33，44，51，52，
54，55，62—64，66，70—
75，77—81，96，99—101，
104，108，114，117，126，
171—174，178，195，196，
208—228，235，236，244—
246，252，254，262—265，
267—270，272，273，275，
278，280，282—287，292—
295，297，298，301—304，
312，313，334，344，349，
387，388，393，396

《阅微草堂笔记》　68，81，
238，273，378，383，385—
387，389，391

Z

《再生缘》　70，77，79，292，
309，314—316，324

张问陶　32，62，80，82，
212，213，227，269，286

章学诚　29，36，48，65，78，
80，81，195，201，205—
209，262，302

赵翼　62，63，80—82，102，
171，196，225，228，
269，286

浙派　33，61，63—66，170，
171，186，195，204，214，
225，227—231

郑燮　64，71，74，75，77，
173—175，186，249，
250，253

脂砚斋　68，76，185，
288，306

后　　记

在黄景仁几乎要放弃个人独擅的诗文辞章,转向当时流行的考据之学时,袁枚尖锐地致信问难:其果中心好之耶?抑亦为习气所移,而急急焉欲冒居之也?昼长夜短,他没有挽回失去"奇才"的孙星衍,但大抵是影响了黄景仁。这种隐喻真是意味深长:在有涯的求学时代读什么、做什么,与其说每个选择都是主体性的意志,毋宁说是在因缘的聚聚散散间,偶然被引向了某种自己都想象不到的道路。

尽管深受南开"师法"的滋养,但进入"文学思想史"这一领域,实在是出于非常偶然的机缘。2016年的秋天,当我刚刚抛弃对辞章的兴趣,带着一份有关古代小说文献研究的长篇提纲返回天津,打算就此将未来三年的主要精力贯注于斯的时候,意外地得到了陈洪师的新建议——将研究方向转入文学思想史,并在博士阶段撰写"清代文学思想史"的乾嘉部分。显然,这是陈先生对我治学途辙日趋狭隘的担忧与提醒。借此契机重新提振阅读能力,思考宏大命题,也与自己初入门时的问学志趣切合。但正式接受这一命题并开展相应研究,实在是经历了相当长的思想斗争。主要原因是对文学史尤其是文学批评史的知识较为缺乏,对自己能否有能力进入这一研究领域毫无自信。研究过程中也确实如此,初始构想的若干研究思路、阅读计划,后来十有八九未能兑现,要么另起炉灶,要么暂且搁置;最终完成的二十余万字博士论文初稿,虽然得到了还不错的评价,但自己心知肚明——这只能算是阅读感想的缀合,逻辑性、体系性乃至行文的粗糙程度都令人思之赧然。如果不是职业生涯"渡劫"所需,相信自己在短期内是不可能再重拾这份草稿的。

在三年的博士学习阶段中,我深感这一"命题作文"之意义重大,最初暗中立下计划,打算专心致志,绝不旁骛。但实事求是地讲,越到后来,越是因大量"副产品"分散了"主业"的精力,其原因是时常感觉阅读、写作不得要领,故不得不以"副业"转移精力(当然也有开启思路之意),并在某种程度上掩盖自己在"主业"的停滞不前。横跨其他领域的"不务正业"背后有方法连贯的一面,而表面上的平滑转向却蕴含着难向人言的思想顿挫与波澜。相信陈先生久已洞悉并深切理解我这种困顿景况,因此不仅不以为忤,还时常予以鼓励和开导,给了我最大限度、甚至有些"逾矩"的自由发挥空间。也正是在这种鼓励下,这篇论文才得以完成,乃至决心拿出来申请项目,终至得到印行的机会。

从"为人之学"的角度,书中大概有不少大而论之的泛语,细节远不能令人满意;但在阅读、写作的过程中,所想的主要是"为己之学",也就是解决自己实实在在遇到的困惑。近几年来,对论文的兴趣愈发趋向"见微知著",但宏观的题目确实更有利于营构一套意义世界。观堂说过"人生过处唯存悔,知识增时只益疑"。发表欠成熟的议论似乎是青年学者的写作"特权",不如此也很难进入到"益疑"的新境界。从此角度来说,相关思考进展颇丰,有时激发出的同道共鸣也令人兴奋。如果说面对文献是场参悟锻炼,那么每一秒的翻阅都是甘苦自知的。

乾嘉时期文学文献颇为浩繁,在三年时间内尽量阅读原始材料、参酌研究著作,并撰写个人心得,实在不算一件容易的事。写作过程中,往往不断生起新的意见,然后再推翻、再修正。限于写作体例和时间,往往以"风行水上"的方式快速行文,只留下未经详细论证的观点。从学术研究的角度,这当然不算成熟的撰述,但其间迸发的思想资源却不乏有趣之处。如对乾隆朝"受非常之知"的沈德潜，此前印象并不算佳，及至全面翻览其作品，并尝试着针对性地细读一些诗作后，才发现其人、其个性的诸多丰富层面。归愚在康、雍时期的不顺遂，与晚达后的"晚节不保"，都与其生平的微妙心态相表里。记得写作每当遇到不顺利时，陈先生都会讲一些二三十岁就撰成学术名著的成功先例，我在师门的《庄子》课上也大言不惭地引用过"彼人也，予亦人也"的古典话头。退而省思，则又时时想到初读龚自珍时所受到的那种触动。读博的那几年里经常想，二十四五岁时的定庵已经完成了堪称经典的《箸议》，撰写博士论文的同龄岁月能否成为自己生命中的"乙丙之际"？这种"影响的焦虑"也是不断写作、努力洞察的动力所在。

与相对顺遂的现实生活对比，由于迷茫于一些更为根本性的议题，又深感这篇散漫的论文不足以孚恩师厚望，博士毕业时甚至都没有勇气撰写一篇比较完满的致谢。近些年不断寻求自我转型，在读书时，在写作时，在教学时，都常常反思"古代文学"与"文学思想"本身的研究有何意味。人难免受到外在力量的影响与支配，在时常感受到荒芜和乏味的世界中，青灯摊书的乐趣愈发奢侈，但客居津门所积累的一点旧学，却依然是我与我久久周旋的思想资源。文学本身不解决问题，但是文学传达的力量足以营造超越性的理想。思想也许不会让生活变得更好，但思想让生活能够更像是生活。

本书的另一缘起是硕士阶段从杨洪升师修习古典文献学，对乾嘉学术与文学开始产生兴趣。问学记忆难以枚举，不过"最近读什么书了？最近买什么书了？最近写什么文章了？"（不妨称之为"导师三问"）始终萦绕耳畔，每日三省。我自认尚未太虚度光阴，但不论购书、读书，都远不能望杨师之项背。即使是自己下过功夫、自认稍有心得的领域，未必均与导师主要研究方向相关，但不数日后再聆师教，必能学习到大量从未想过的新见解。我当时总结为"五车之书稍聚，六月之息何知"。等到博士毕业，求学生涯告一段落的时候，杨师又对未来的科研、教学及生活方式提出了诸多详尽建议。尽管"攻城略地"的进境一直有限，但兴趣和品位终因师教而稍有树立。

博士阶段尤为难忘，且令人既感且愧者当然是陈先生的因材施教。在写作最焦灼的那段时间里，先生只从大端把握方向，具体行文任我自由发挥；到毕业前夕即将交卷的时候，则详加指谬，虽字句、标点之讹，亦不稍稍宽假。从陈先生处所受的诸多教益，随着求学、工作两阶段所处角度的不同，与人生阅历的渐增，时时俱有新的体悟，正是"仰之弥高，钻之弥坚，瞻之在前，忽焉在后"。

最后还要说明的是，拙文部分内容、观点，经修改后，曾在《南开学报（哲学社会科学版）》《文艺理论研究》《宁夏大学学报（人文社会科学版）》《日中文化学报》等刊物发表，本次印行参考发表版本做了修订。博士论文答辩前夕，答辩委员会主席张国星先生曾对文中的诸多细节做了系统指正。及至申请出版项目时，陈洪师、乔以钢师、杨洪升师，与中华书局的罗华彤、白爱虎两位先生，或审阅了申请书初稿，或提供了指导建议。此外，在获得出版资助之后，笔者又对行文和参考文献格式做了较系统地修改，其中尽量参考了博士论文外审评阅人、预答辩及答辩委员和"国家社会科学基金博士论文出版项目"匿名评审专家的诸多意见，部分章节亦由师门同窗、"泛太平洋新民学会"微信群好友及诸多同道师友加以指正。责任编辑安芳女士详细校阅了书稿全文，订正不少手民之误。谨此一并致谢。

稍稍通晓文献常识者，都知道校书如扫落叶，旋扫旋生；我则觉得写作如推巨石，还未推上山顶，就不得不回到原点，从头再来。此书终究是"稿"而已，但我已尽了最大的努力。限于学力，书中大小错谬之处在所难免，恳望方家恕其空疏，施以明教。

张昊苏书于天津，时在壬寅初夏。